El tigre de la luna

El tigre de la luna

EL MISTERIO DE LA·PROFECÍA MAYA

Mauricio Carrera

El tigre de la luna
El misterio de la profecía maya

Primera edición para México: julio, 2011
Primera edición para Estados Unidos: julio, 2011
Primera edición en tapa dura: julio, 2011

D. R. © 2011, Mauricio Carrera

D. R. © 2011, derechos de edición mundiales en lengua castellana:
    Random House Mondadori, S. A. de C. V.
    Av. Homero núm. 544, col. Chapultepec Morales,
    Delegación Miguel Hidalgo, 11570, México, D. F.

www.rhmx.com.mx

Comentarios sobre la edición y el contenido de este libro a:
megustaleer@rhmx.com.mx

ISBN 978-607-310-543-9 (Random House Mondadori México)
ISBN 978-030-788-292-9 (Random House Inc.)
ISBN 978-607-310-602-3 (tapa dura)

Impreso en México / *Printed in Mexico*

Distributed by Random House Inc.

A Marisa Escribano, porque es el principio y el fin de mi mundo
A Diego, esta novela de aventuras

… Será el tiempo de la pelea violenta,
el tiempo en que arda el fuego en medio del corazón del país llano,
en que ardan la tierra y el cielo,
en que haya de tomarse el espanto como alimento.
Rueda Profética, Chilam Balam de Tizimín

Del gran astro y el quinto mundo provendrá la muerte.
Aparecerán las manchas y después la tormenta
que regresará el todo que nunca fue a la nada.
Libro del Escorpión y *Mapa de la Profecía*

El sol oscurece, la tierra se hunde en el mar,
las blancas y luminosas estrellas caen del cielo.
Voluspa (La profecía de la vidente)

Índice

Iktán, el contrahecho

I

"El mundo que conocemos, el de las flores y el del canto de las guacamayas, el del jaguar que nos acecha y el de la risa tierna de nuestros hijos, el del copal y el del sueño, el del hacha guerrera y el del maíz que sembramos, el de la estrella que fija nuestro destino y el de nuestros corazones agradecidos por la vida, se precipitará de pronto en la miseria. En la nada. Será un instante mayúsculo, un rasgar inmenso del cielo y de la tierra, un quebrarse inaudito y violento, una profusión de ayes y de voces asustadas, un lamento colectivo, un desaparecer de todo lo nombrado y lo que ignoramos. Es el fin que se aproxima, el cataclismo, el terremoto enorme que dura para siempre. El cero total. El imperio del señor de los huesos. Del silencio. De la oscuridad. De la ceniza. El arribo del inframundo como universo absoluto. Nada quedará en la tierra, ni los recuerdos. Nada podrán hacer nuestros dioses con su gritar de trueno, de agua, de belleza. Todo se perderá. Las hazañas de guerra, las mujeres que tuvimos, las oraciones al Dios de dioses o a nuestros venerados Chaak e Itzamná, la bondad del amanecer y de las madres, el sabor de la comida más deliciosa. Todo, hasta nosotros mismos. Tragados por la destrucción, por la vorágine, por el huracán cósmico. El momento de rendir pleitesía, con dolor y terror, a la negación del ser. Un momento tan sólo, ¡pero qué momento! Terrible, espantoso, inenarrable. El verdadero instante, el único, donde nada permanece intacto ni duradero. Tal es la voz de la verdad. Tal es la voz de la profecía..."

Iqui Balam, entre sueños ardientes y confusos, entre la fantasía y la realidad impuesta por esa herida en el hombro, infectada feamente por la ponzoña de una flecha, recordaba la airada voz de Chan Chaak, el desalmado gobernante, aquel que tiene al rayo como aliado, subido en lo alto de la Pirámide de Kukulkán y dirigiéndose con palabras severas y desesperanzadas a su pueblo.

13

"El fin —anunció con voz fulminante y arrolladora—. El término de nuestro paso por el sacbé de la vida. El último katún ha llegado y nos arrollará a nosotros, los itzáes, y a todas las criaturas errantes y no errantes del universo. Vendrá del sol la aniquilación, el cataclismo. El Bolom Tikú y su tiempo de muerte y de sus nueve infiernos. El anuncio del cadáver cósmico. El fin de la respiración de los tiempos pasados y presentes."

Iqui Balam, joven soldado y poeta, ignoraba que era Iktán, el ingenioso, el responsable de esas temibles palabras. Estaba escondido en la penumbra del templo y le dictaba esas frases llenas de dolor, confusión y cataclismo al odiado gobernante. Iktán era el sumo sacerdote, hombre de ambiciones terrenas y celestiales, versado con el don de la palabra, de la magia y del saber profundo. Su aspecto frágil, prematuramente avejentado, confundía. Nadie hubiera dado nada por ese extraño ser, esa piltrafa de ser humano. Su apodo era exacto y contundente: el desperdicio. Era cierto: le habían tocado las sobras de la vida en ese físico que presagiaba un fin inminente, así fuera por intermediación de un estornudo o del piquete de un mosquito. Paradójicamente, Iktán era temido entre los temidos y poderoso entre los poderosos. A ese cuerpo infame, objeto del escarnio y de los chistes de la chiquillada los días de mercado, le correspondía una mente privilegiada, urdimbre magnífica de alianzas políticas y estrategias guerreras, de implacable lógica para juzgar a los hombres y de indudables artes para endulzar el oído de los gobernantes. Era experto en los ciclos de la cosecha y en el luminoso transcurrir de Venus por la bóveda celeste. Hablaba varias lenguas, incluso la de Tolán. Había peregrinado hasta Paquimé, en el norte, y hasta Machu Picchu, en el sur, y se decía que contaba con varios objetos mágicos y extraños, entre ellos una lámpara incandescente originaria de Atlán, el magnífico reino devorado por el mar a consecuencia de un colosal terremoto.

"La Profecía no habla con la mentira —continuó Chan Chaak aleccionado por Iktán—. Es la verdad más verdadera de todas. Está en los libros sagrados y en las piedras de la divinidad. La destrucción del mundo es cosa triste, segura e inminente."

Iqui Balam, en su pesadilla de moribundo, escuchó acrecentados los lamentos y el llanto de los itzáes, sus hermanos de sangre y, ahora, de desgracia. Él mismo se había sentido sobrecogido, al pie de la escalinata de la Pirámide de Kukulkán, al taladrar en la zona de los miedos esas palabras contundentes y ominosas. Las mujeres y los niños vertieron lágrimas como en una lluvia plena de tormenta y los hombres sollozaron, maldijeron en silencio, imaginaron el torcido destino de sus queridos hijos y oraron con devoción, como quien busca un abrigo, un hogar cómodo y seguro. Los jóvenes guerreros empuñaron sus armas, dispuestos a vender cara su vida, pero las soltaron al percatarse que todo era inútil, que, ante la furia del cosmos, la rabia apocalíptica del universo, la indiferencia del Creador de creadores, de nada valían las artes de la lucha cuerpo a cuerpo, los puñales afilados, las veloces flechas y las macanas que rompían cráneos como si se trataran de calabazas.

En su sopor de carne infecta imaginó el instante del mundo destruido y pataleó y gesticuló en medio del sudor y de las fiebres.

"No es cierto. Nada de eso es cierto", le pareció escuchar la voz de Yatzil, la cosa amada, la mujer que era amanecer y agua fresca, la escogida por su corazón para dedicarle la vida, pero volteó y no vio a nadie. Estaba solo. Solo en su pesadilla. Solo ante el fin del mundo. Ante el abismo sin fondo. Lloró. Lo hizo profunda, inmensamente, como si llevara una *pic* o falda de las mujeres y se dedicara a los hijos o a la cocina, pero sin asomo de pena o de arrepentimiento. Era un llanto incontenible y verdadero. Buscó en medio de su pesadilla sus armas y, al no encontrarlas, recobró ese añejo sentimiento, que por más que lo ahuyentaba o que creía sanado, no se iba: el de la orfandad. "Nicte", dijo y lo repitió varias veces, acaso cientos de ocasiones. Nicte. Nicte. Nicte. Era el nombre de su madre, la flor convertida en mujer, la dadora de la vida, la única que importaba, la suya propia, la bella y amable flor de la jungla y del leño que calienta los hogares, su *naa-chin*, su madre querida, capturada a fuerza de lazo y de golpes por los temibles putunes. Lloró, de nuevo, como lo había hecho a lo largo de muchas negras e interminables noches, al contemplarse como un niño tembleque, como ese niño que había visto, cobarde e impotente, cómo la habían sometido y, entre insultos y escupitajos, la habían cargado en vilo, desmayada, chorreando sangre de las narices, para llevársela lejos, más allá de la espesura de la selva, a un destino que por incierto era todavía más doloroso y terrible. Lloró, desconsoladamente, por su pequeñez, por su blandura, por su pusilanimidad, porque en lugar de defenderla se escondió detrás de un árbol. Lloró y lloró por días y por meses. Y lloró, más tarde, cuando entre burlas y veras escuchó que su madre estaría destinada a darle placer gratuito a sus captores.

—¡*Coo!* —le gritaban al deambular por el pueblo. "*Coo*", porque en maya se designa así a una loca y, por extensión, a una loca de la carne, a una mujer deshonesta.

Era una costumbre de guerra: que los hombres capturados se dedicaran con el sacrificio de sus corazones a mantener contentos a los dioses, y que las mujeres apresadas se obligaran a ejercer la putería para mantener contentos a los hombres.

—¡*Ix coo Nicte-il uinic!* —le recordaban, con una crueldad mayúscula, que su madre estaría convertida en una piruja; es decir, en una loca sensual de cuerpo que se entregaba sin pudor e indecencia a los varones putunes.

Iqui Balam apretó los puños.

Toda su vida había sufrido ese escarnio. ¿Cuántas veces se había liado a golpes para vengar esas ofensas? ¿Cuántas veces regresó a casa con el ojo morado y lleno el cuerpo de raspones y magulladuras? ¿Cuántas veces se pensó ensordecido ante las burlas, encallecido ante los insultos, para descubrir que no era cierto, que le seguían doliendo, que eran como una herida eterna que no cerraba? Muchas, incontables ocasiones. Pobre Iqui Balam, él mismo se compadecía. Se lamentaba de su dolor y de su suerte. Y lloraba, lloraba. Lo hacía a solas, sin que nadie lo viera. Como ahora, en la soledad y oscuridad del lugar de los muertos, el inframundo.

"No es cierto. No es cierto", le pareció escuchar de nuevo la voz.

Fue un instante apenas, un eco como antiguo y lejano.

Lloró en su sueño de dolores, de penas y de convulsiones. Se estremeció de miedo, de incertidumbre y de fiebre, y recordó, en su sopor de perseguido y flechado como un ciervo, la voz de Chan Chaak:

"El exterminio, el fin de todas las cosas, la muerte cósmica, ocurrirá en seis giros completos de Nohon Ek —es decir, del planeta Venus, y dio la fecha con verdadera pesadumbre: el 21 de marzo, durante el equinoccio de primavera—. Ese día, el de nuestro adorado Kukulkán, cuando la sombra de la Serpiente Emplumada haya transitado por todos los escalones de la gran pirámide, ese día —y la voz se le quebró, tal como lo había actuado un día antes bajo la previsora dirección de Iktán—; ese día —repitió—, diremos fin al mundo y él a nosotros. La tierra se abrirá en dos y caeremos al gran abismo, el de la nada. El del silencio absoluto. Tal es la voz de la verdad. Tal es la voz de la Profecía."

"No es cierto. Nada de eso es cierto", le pareció escuchar de nuevo la voz de Yatzil, pero volteó a todos lados y se imaginó que era el viento, que le jugaba una broma a su corazón de hombre enamorado y a su carne de guerrero, atravesada por una saeta.

"Yatzil", la llamó, pero no encontró ninguna respuesta. No sabía nada de ella. Los dos se habían precipitado al interior de un cenote y habían sido arrastrados por una poderosa corriente que los condujo a una oscuridad sin escapatoria.

"El inframundo", pensó él al momento de la caída.

"El lugar de los muertos, los descarnados y los hediondos", pensó ella, temerosa de dejar la vida.

Muy a su pesar, mientras se precipitaban al interior del cenote, se separaron. Iqui Balam trató de buscarla a ciegas en aquellas aguas, de sujetar su mano, de penetrar juntos a su destino final en la tierra y, sin embargo, fue inútil.

—¡Yatzil! —gritó.

No hubo eco a su llamado.

Sólo esa voz. Esa voz dulce y cantarina que parecía provenir de muy lejos. De otro tiempo o de otro sueño; de otra vida o de otra noche. La voz de su querida Yatzil, que le decía: "No te preocupes, vas a sanar, vas a estar bien, te lo prometo".

Le pareció sentir una caricia en sus mejillas y en la frente. Se sintió bien. Afiebrado y sudoroso, Iqui Balam desapretó los puños, dejó de patalear sus miedos de pesadilla y sonrió. Algo se reconfortó en él. Algo se alegró y reconcilió en su alma. Recordó a Yatzil, su andar de pantera, su rostro de cielo benefactor y su aroma a maderas preciosas. Recordó también la funesta fecha, el equinoccio de primavera, y se sintió, para su sorpresa y bienestar, aliviado. La caricia en la frente había sido reconfortante y bienhechora. Se tranquilizó. Una especie de paz producto de la bondad y la aceptación de lo inevitable. No había escapatoria. Las cosas eran como eran y había que admitirlo. Se cruzó de brazos y, más que sentirse derrotado, se sintió en calma, en armonía. Se dejó llevar por ese tufo de pus y de muerte que desprendía su herida. Aceptó el cataclismo universal como quien bebe una pócima nauseabunda que sabe que habrá de curarlo. Se sintió bien consigo mismo. Por fin, de una vez y para siempre, el recuerdo de su madre capturada se esfumaría para la eternidad. Por fin, la huella de su cobardía y las burlas y los vituperios quedarían atrás, en la más negra de las noches, en el olvido total. Por fin, las penas y los quebrantos de la existencia se acabarían de una vez por todas. Por fin, dejaría a un lado el cansancio propio de ser hombre. Por fin, y respiró aliviado, conocería el más profundo de los misterios y lo haría con la frente en alto, como todo un guerrero.

"El equinoccio de primavera, el fin del cosmos, de mi paso por la tierra, de mi vida", se repitió como si se tratara de una oración bienhechora o de un bálsamo contra la miseria más absoluta. Imaginó al Chac Mumul Aín o gran cocodrilo que, de acuerdo con la cosmogonía maya, sostenía al mundo. El descomunal cocodrilo lodoso. El dragón del universo, también le llamaban. Sobre su lomo crecía la vegetación, retozaban las montañas, susurraba el mar, se arrastraban los insectos, copulaban los seres humanos y ocurría todo lo que había que ocurrir, y lo que no, también. Era un mundo plano, cerrado en sus cuatro costados, tal como si se tratara de las paredes de una habitación, por cuatro enormes iguanas que constituían otra de las representaciones del dios sabio Itzamná. Ésa era la casa de todo lo creado, de Yatzil, del mundo y del inframundo, de los pájaros y de los peces, y de él mismo. Todo estaba bien así, bien sustentado y protegido, conforme a los designios del Creador de creadores.

"Pero todo tiene un término, hasta lo que es eterno", se dijo Iqui Balam.

En su sopor de flecha envenenada, soñó que el gran cocodrilo lodoso se despertaba un día con hambre, un hambre colosal, el apetito grandioso de siglos y siglos de inmovilidad divina. Sonrió incluso, como niño travieso, con esa imagen. Lo veía desperezarse y sacudirse el lomo. El mundo salía volando por los aires. El cocodrilo abría las fauces y, de un soberbio bocado, lo devoraba todo: cenotes, jungla, ceibas, pirámides, niños de pecho, monos y jaguares, el día y la noche, la vida y la muerte.

Se dejó llevar por ese pensamiento y se dijo: así tendría que ser el fin. Así.

El día de la Profecía.

II

Yatzil, la cosa amada, mientras cuidaba y mimaba a Iqui Balam, tuvo mucho tiempo para pensar y reflexionar acerca de su propia vida.

Algo que recordaba con mayor nitidez fue aquella ocasión,

de niña, cuando presenció su primer sacrificio ritual en el cenote sagrado de Chichén Itzá. Era una mañana cálida y seca de julio. Su madre la despertó como si se dispusiera a mostrarle una figurilla hermosa de jade, una estrella nunca antes vista en el firmamento o una mariposa posada a un lado de su cama. La vistió y acicaló con especial esmero, como si se tratara de un día de fiesta. Su madre misma —de nombre Amaité, que significa rostro del cielo— estaba ataviada con sus mejores galas. Llevaba un huipil ricamente adornado, hermoso y al mismo tiempo sobrio y elegante. El peinado era el de las ocasiones solemnes, perfectamente recogido, bien lavado y delicadamente perfumado. Era una mujer atractiva. Esbelta y con un aire natural de aristocrática dignidad, atraía las miradas y los deseos de muchos hombres. Nadie, sin embargo, se atrevía a faltarle al respeto, sabedores de lo ágil que era Kabah, su marido, para el cuchillo, el arco, la macana y la lanza. Kabah era un hombre respetado y temido. Era el más diestro de todos los guerreros, el comandante en jefe del ejército imperial de los itzáes. Kabah significaba mano poderosa y la suya lo era. Podía aplastar de un solo puñetazo a quien se le pusiera enfrente, era rígido en su don de mando pero también el primero en ponerse al frente de sus hombres y luchar con esmero en el campo de batalla contra los enemigos de su pueblo. Todo mundo lo veneraba, ya fuera por verdadera admiración o por escueto miedo. Era el nacom o jefe de la guerra. Tenía prohibido embriagarse o liarse carnalmente con otras mujeres, y él seguía sin cuestionar siquiera un instante estas ancestrales reglas. A Yatzil le gustaba verlo durante las celebraciones del mes pax, cuando su padre era llevado con gran pompa sobre una litera, cargado por sus subalternos más valientes y osados, perfumándolo a su paso con sahumerios de copal, como si se tratara de un rey o de un dios que hubiera bajado a la tierra.

Ese día, el día del sacrificio ritual, su padre se había adelantado y las esperaba al borde del cenote sagrado. Yatzil lo había visto partir ataviado con un esplendoroso tocado de plumas de loro y de quetzal, con sus collares y pulseras de jade y con la cara apuesta y belicosamente pintarrajeada.

—Apresúrate, Yatzil, mi *chhupal*, mi niña, que vamos a llegar tarde y no le va a gustar a tu padre —le dijo Amaité.

Se encaminaron por un sendero que conducía de los aposentos reales al *dzonot* o cenote. Se trataba de la caverna sagrada con agua,

19

que Yatzil siempre miró con una especie de sólido temor e irremediable curiosidad.

—No te quiero cerca del Chankú —le pedía su madre, refiriéndose al nombre que los itzáes le daban al gran dzonot de Chichén Itzá. Pero Yatzil no hacía caso. Se escurría a escondidas por las calzadas y senderos hasta encontrarse a la orilla de aquella enorme cavidad. El tamaño de ese agujero no dejaba de impresionar a la niña. Tampoco las historias que contaban, la de los sacrificios, la de los llantos, la de la muerte. Se asomaba con cautela, temiendo encontrarse con una visión horrible del inframundo o con las fauces abiertas de un enorme cocodrilo que quisiera engullirla de un solo y terrible bocado. Temblaba al hacerlo, con miedo de que el borde cediera y fuera a caer sin remedio en ese hoyo de dolor y de eterna pesadilla. Se asomaba, con el corazón palpitándole como si quisiera abandonar su pecho, y se sentía aliviada al no encontrar espíritus malignos, perros del mal, esqueletos danzantes o cocodrilos hambrientos y furiosos, sino la visión serena de unas aguas tal vez turbias pero tranquilas, del aletear juguetón de las golondrinas y la blancura de las orquideas que crecían en el lado más sombreado de aquel asombroso boquete en la faz de su único y querido mundo conocido.

—Ya ves, llegamos tarde. La ceremonia ha comenzado.

Yatzil y su madre se situaron en el extremo opuesto al pequeño altar piramidal que era el centro de atención de la multitud ahí reunida. Miles de itzáes se habían dado cita para presenciar aquella invocación a Chaak, el dios de la lluvia. El estío se había aposentado en la región. Demasiado calor y ni una llovizna. Los sembradíos sufrían. Estaba a punto de perderse la cosecha, lo que implicaba, por un lado, la hambruna y, por el otro, la guerra, para conseguir por la fuerza el alimento que faltaba.

Cuando llegaron, la multitud ahí reunida recién había invocado una oración colectiva y unísona a Chaak, en la que suplicaba su atención y su benevolencia.

"No nos dejes huérfanos, gran Chaak —alcanzó a escuchar Yatzil—. Chaak del cielo relampagueante, no permitas que la sequedad reine. Chaak del agua de los ríos, Chaak del noveno cielo, Chaak de la humedad, Chaak de lo lacustre, voltea hacia nosotros, tus hijos, que te imploran por siquiera una gota de tu presencia, tú, que eres dador de vida, Chaak, dios de los manantiales y de los frutos bellos y jugosos…"

Después, se hizo el silencio.

Un silencio incómodo, pesado. Todo mundo estaba de pie, inmóvil, sujeto a las reglas de un ritual que se situaba entre los más importantes e imponentes de aquel pueblo. Había algo de grave y severo en sus rostros. Un atisbo, también, de sufrimiento. El maldito clima. El calor. La canícula que se imponía. La condena de la sequedad y de la sed. El infierno de la no lluvia, de la no sombra, del no poder dormir en aquella quemante e insoportable brasa de clima. La gente sudaba. Sudaba a mares. Yatzil hubiera querido buscar la refrescante sombra de una ceiba, o regresar a casa para tomar un poco de agua fresca, pero su madre la retenía, agarrándola fuertemente de una mano.

Yatzil se limpió el sudor que resbalaba por sus mejillas y su frente, al tiempo que se inició un redoble de tambores. La niña se sobrecogió, sorprendida por aquel sonido, que retumbó lo mismo en las paredes del cenote que en su corazón y en sus oídos. El redoble creció en intensidad y luego se extinguió de manera exacta y repentina. Acto seguido, una voz. Una especie de alarido profundo y penetrante. Era la voz del nacom sacrificial, el sacerdote encargado de la ofrenda humana a los dioses. Noil, era su nombre. Yatzil lo había visto en diversas ocasiones. En todas ellas, su aspecto le había infundido miedo. Vestía de un blanco impecable; hubiera pasado por un dignatario pulcro y bueno, a no ser porque llevaba en la mirada el aire de los locos y los asesinos. Todo el mundo le abría el paso. Su caminar era fuerte y decidido, una mano en el pecho y la otra en la empuñadura de un muy afilado cuchillo de jade. Resoplaba al caminar, como si se tratara de una bestia salvaje. Lo peor era su cabello. Largo, encrespado y sucio. Se decía que no lo lavaba nunca. Hedía a más no poder. Un olor nauseabundo que invitaba al vómito. A Yatzil y a los demás niños les parecía repugnante. El olor era a sangre podrida. La sangre de los sacrificados, la que salpicaba su rostro y su cabellera al efectuar el trabajo que le había deparado el destino y para el que era un experto: hundir el cuchillo en el pecho de cientos de infelices.

La niña, al escuchar su voz y verlo aparecer con su encrespada y sucia cabellera, se asió a la pierna de su madre, en busca de protección. Amaité, simplemente, le pasó una mano por el rostro.

El nacom sacrificial realizó una especie de oración que finalizó con una orden terminante de mando y un nuevo retumbar de tambores.

La orden fue obedecida y, azuzados por las lanzas de un grupo de soldados, que les picaban las espaldas, las costillas y las piernas, fueron subiendo, uno a uno, por la escalinata opuesta del altar, las ofrendas humanas. Aparecieron primero los hombres y luego los niños. Estaban desnudos y maniatados. Todos, por completo pintados de azul. El famoso azul maya, una especie de betún producido por una mezcla de copal, índigo y una rara arcilla blanca de origen mineral. Las dosis y técnicas de elaboración eran un secreto sólo conocido por algunos sacerdotes. Era el color de los sacrificios. El de la próxima muerte. El de la vida que se escapa para permitir que otras vidas perduren. El del cuchillo que penetra al inframundo.

A Yatzil le sorprendió que hubiera niños.

—Mamá —intentó llamar su atención, pero Amaité la acalló:

—Shhh —le ordenó y no le hizo caso.

El nacom tomó su cuchillo, se dirigió ante uno de los hombres pintados de azul, esperó a que cuatro de los soldados lo sujetaran fuertemente de brazos y piernas, y practicó con su cuchillo de jade algunos cortes en su miembro viril.

Los mayas creían que la sangre del pene fertilizaba la tierra y ayudaba a tener buenas cosechas. Así que, apenas brotó la sangre, derramándose en la superficie del altar, cuando la muchedumbre vociferó festiva y jubilosa, como si de un momento a otro se hubieran ido para siempre sus males.

El nacom mostró orgulloso su cuchillo ensangrentado y un nuevo rugido de felicidad volvió a brotar de las gargantas de los itzáes. "Chaak del trueno y del agua que nos habita, ayúdanos", aparecieron de nuevo las invocaciones.

Noil hizo lo mismo con cada uno de los cuarenta hombres y niños que fueron llevados ante su presencia. Yatzil sentía náuseas y ganas de correr a cualquier otra parte. Experimentaba un insistente mareo y la sensación de que algo estaba mal, de que aquello no le agradaba en absoluto.

Los soldados amarraron a uno de los hombres a la piedra de los sacrificios. La piedra era convexa, lo que hacía que la espalda se arqueara y el pecho sobresaliera para facilitar la labor del sacerdote. El nacom elevó su cuchillo al cielo, sosteniéndolo con ambas manos. Luego lo clavó con fuerza cerca del esternón del prisionero, que se retorció de dolor. Gritó con el grito más fuerte posible. El grito de la vida que se escapa ajena a su voluntad. El grito de la muerte que penetra. Noil hizo un preciso y muy practicado corte, separó la piel y los huesos, metió la mano a la cavidad, forcejeó por un momento y sacó, empuñándolo, el corazón del sacrificado.

—*Puksikal* —gritó una muchedumbre cada vez más enardecida.

El corazón aún palpitaba en la mano triunfante de Noil.

Yatzil sintió que las piernas se le convertían en dos hilachos. Cerró los ojos, como intentando alejar aquella imagen de su mente. Fue imposible. "Puksikal", continuaba retumbándole esa palabra, que significa corazón. Intentó cegarse a todo recuerdo de lo que había visto pero sin resultado alguno: muy a su pesar, en su interior seguía viendo los estertores de dolor del hombre azul y el puño ensangrentado del nacom sacrificial.

Abrió los ojos y vio cómo desataban el cuerpo de la piedra y lo arrojaban como un fardo al cenote.

—Mamá…

Yatzil, con la mirada, la invitaba a irse, a escabullirse en retirada por entre la muchedumbre; pero Amaité permaneció incólume y atenta a la ceremonia, por completo inmune al ruego de su hija.

Escuchó oraciones, invocaciones divinas, solicitudes apremiantes de piedad y llantos infantiles. Esto fue lo peor. El nacom escogió a un niño. Él mismo lo sujetó de un brazo, lo levantó en vilo para que el pueblo lo viera y festejó con júbilo el lloriqueo del infante. Se creía que, mientras más lloraran los niños sacrificados, más agua caería sobre la tierra. A más lágrimas, más fertilidad. Y ese niño lloraba mucho. Se le notaba el miedo, temblaba de pies a cabeza y no dejaba de derramar un llanto dolorido y desesperado.

Pataleó y forcejeó a la hora de ser llevado a la piedra de los sacrificios, pero sus intentos de escapar fueron vanos. Fue sometido con cuerdas a la piedra. "Puksikal", volvió a gritar el gentío, cada vez más entusiasmado y esperanzado en que esas lágrimas traerían consigo la lluvia. El niño lanzó un alarido lleno de congoja. El nacom elevó el cuchillo y lo dejó caer con fuerza sobre el pequeño.

Yatzil no pudo más. Se precipitó al reino de las sombras, desmayada.

III

Noil, el sacerdote de los cabellos olorosos a sangre podrida, el que adoraba el azul de los sacrificios, el que sonreía al escuchar el llanto vertido junto al cenote por los niños inocentes e indefensos, el que tenía serpientes, pócimas y raras figurillas en sus oscuros aposentos; Noil, el temido nacom sacrificial, el del certero y experimentado cuchillo de jade, era un hombre engreído, violento y solitario que solía recitar por los senderos de la vida un canto de soberbia que encontró en un libro, el más sagrado, el más antiguo de todos: "Yo seré grande, el más grande de entre los seres creados y formados. Yo soy el sol y la claridad de la luna. Enorme es mi esplendor. Por mí caminarán y vencerán los hombres. Por mí se dirigirán al cielo, para implorarme y adorarme. Porque de plata son mis ojos, resplandecientes como piedras preciosas, como esmeraldas; mis dientes brillan como piedras finas, semejantes a la faz del mundo de arriba. Mi trono es de oro. Mi vista alcanza hasta muy lejos, hasta contemplar mi propia inmortalidad, venerado sin fin por los que he creado y por los que protejo. Yo soy grande y seré aún más grande".

Era un canto de batalla, uno más de entre los muchos que se encontraban en el libro sagrado, el dogma primigenio de los ancestros venidos del norte, del sur y del oriente. Lo entonaba Vucub-Caquix, un dios vanidoso y fútil, que quiso enfrentarse a los propios creadores del universo, a Tepeu y a Gucumatz, los progenitores.

Era el canto, también, del nacom sacrificial, el temido Noil, el de la cabellera enredada en dolor, en lamentos, en maldad y en sangre.

"Yo soy grande y seré aún más grande", repetía.

Hubo una época en que Noil era otro. Un Noil mejor, respetuoso y justo. La gente lo quería. Cumplía con ejemplar diligencia las ceremonias, era ducho en transmitir la fuerza de las oraciones a los dioses, en tiempos aciagos y de lastimera hambre, y era hábil con el cuchillo y con las manos, a la hora de arrancar corazones. Era un hombre limpio y estudioso. Un hombre de bien, tal era su reputación. Algo, sin embargo, cambió. No fue un cambio repentino, nada que ocurriera de inmediato. Sucedió poco a poco, con el paso de los años. Algo le sucedió. Algo en su mirada se trastornó. Algo asimismo en su caminar, que era pausado y terreno, se tornó como altivo y petulante, como si descendiera del cielo. Exigió más reverencias. Su voz, que invitaba a la oración y a la vida sumergida en la vida respetuosa y ordenada, en los lineamientos que habían sido marcados por los poseedores de lo divino, se volvió áspera y autoritaria.

Tenía la mirada de los que están en otro lado. Una mirada oscura y lejana, de los que no entienden la razón de las cosas y quieren hacerlas a su modo, el único posible de hacerlas, el único verdadero, el suyo. La mirada de los que han perdido algo y no quieren encontrarlo. La mirada de los que no están satisfechos. De los que desean obtener más y más. La mirada de los que no les importa cómo lograrlo.

Se hizo duro y cruel. Hacía tres años, cuando su mujer fue mordida por una serpiente venenosa, se corrió el rumor de que él no había hecho nada por salvarla. Él había estado ahí. La víbora, agazapada entre unos arbustos, la mordió en el tobillo mientras ambos tomaban un paseo. Se dice que discutían. Ella hablaba fuerte, en tono agrio, enfurecido. Le reclamaba el gusto que el sacerdote mostraba por las prostitutas de todas las etnias, libres y capturadas. "Perro vil", "Sarihueya inmunda", "Tapir sarnoso", "Demonio de lo oscuro", lo llamó en distintas ocasiones. Noil apenas escuchaba sus reclamos. Se llevaba la mano al cuchillo, dispuesto de una vez y para siempre a quitársela de encima, a acallar su parloteo incesante y de paso su vida, que se le antojaba minúscula. Estaba harto. Iracundo por dentro. Desasosegado con una belicosa furia. Una furia interna que se había aposentado en su mente y en su cuerpo. Había cambiado, él mismo lo sabía. Tenía sueños de un futuro grandioso, de grandes veneraciones en su honor, y su mujer —esa vieja pasada de carnes, quejumbrosa y airada— no entraba en sus planes. Un corte preciso en el cuello y se despediría de ella para todo lo que durara la eternidad.

Acarició la empuñadura del arma.

El cuchillo, sin embargo, que era como una extensión de sí mismo, ese jade experto y filoso, ese quitador de vida y dador de muerte, quedó en su funda. El destino quiso ayudarlo de otro modo, en forma de serpiente. Noil lo tomó como un aviso del cielo, como un mensaje divino, como la premonición de que, en efecto, un destino enorme lo aguardaba. Ya estaba escrito y tenía a los dioses de su parte. Ese día, el día de la muerte que rondaba en la selva, arrastrándose, mostrando sus coloridas escamas y su lengua bífida, los dos caminaban cada uno ocupado en sus respectivas cuitas. Las de él, en cómo hacerse de más poder para darle gusto a su soberbia; las de ella, en cómo hacer para que Noil regresara a ser el mismo de antes, amoroso y pulcro, alejado de las demás mujeres. Recorrieron la espesura a través de una vereda húmeda. La esposa dijo algo tierno que recibió como única respuesta la indiferencia. Alzó la voz. Discutieron.

De repente, el grito. Un grito fuerte de dolor.

El sacerdote se puso en guardia, el cuchillo empuñado con bravura, temeroso de que se tratara de una emboscada.

Se tranquilizó al reconocer al ofidio, que se escabulló por entre el follaje. Era una huolpoch de regular tamaño. Mala ponzoña la de sus largos colmillos. Volteó a ver a su esposa y vio el rostro asustado, los ojos muy abiertos, la mueca de sufrimiento, la petición de auxilio. Su mujer cayó al piso y él no hizo nada por ayudarla. La vio retorcerse de dolor, primero por la mordida y luego por la forma como el veneno se adueñaba de su sangre y de sus carnes. Se dice que Noil sonreía. Que permaneció como mudo testigo ante la lenta agonía de su esposa, que empezaba a respirar con dificultad y a sudar un líquido rojo.

—Ayúdame —la mujer reunió todas sus fuerzas para decir esa única palabra, la última de su existencia.

Noil no hizo nada.

No que no supiera el remedio. Le hubiera bastado chupar la herida y escupir la ponzoña, o aplicarle de inmediato, mezcladas con su saliva, las hojas maceradas de una planta medicinal que tenía a su alcance, o aliviar la vejiga en el sitio de la mordida. Con esto último hubiera neutralizado los efectos del veneno. Pero no lo hizo. La dejó morir.

La mujer quedó amoratada y tiesa, con un rictus amargo, digno de ser recordado en noches de pesadillas.

Si algún sentimiento cruzó por el cuerpo de Noil, fue el de la indiferencia. No experimentó compasión alguna. La muerte de su mujer lo hizo sentirse liberado y a gusto, reconfortado.

Fue por esa época que tanto Iqui Balam como Yatzil, apenas unos niños, le daban la vuelta al sacerdote. Lo veían venir y huían despavoridos. Le tenían miedo, desconfianza. Lo mismo sucedía con sus compañeros de juegos. Les repugnaba su atuendo, su nauseabundo olor, la maldad que le era propia, esa especie de ruina que se percibía en su aspecto y en su alma.

Fue por esa época, también, que Noil exigió más jóvenes y niños pintados de azul para los sacrificios. Le gustaba observar sus caras, sus rostros de desesperación, sus llantos y sus gritos. Arengó al enfrentamiento contra otros pueblos y a la captura de guerreros cuyos corazones fueran arrancados mientras aún latían para ofrecérselos a los dioses y agradecerles su apoyo o aplacarlos en su divina ira.

Xaman lo ayudaba. Era el mayor de sus dos hijos y el único en quien confiaba. Lo instruyó en los ritos ceremoniales y lo aleccionó en sus ansias de poder.

—Tú serás el heredero de un imperio nunca antes visto sobre la faz de la tierra —le decía, convencido por entero de sus palabras, al tiempo que le enseñaba a usar el cuchillo de jade.

Le daba palmadas en la espalda y le prometía mostrarle de un momento a otro el secreto de su técnica, su maravilloso arte de arrancar corazones con la mano, sin enredarse en el esternón o en los pulmones.

"Yo soy grande y seré aún más grande", le pedía que repitiera.

Ése era Noil, el de la mirada extraviada y los cabellos podridos de sangre. Noil el ambicioso. Se veía a sí mismo como gobernante, como el elegido por los dioses para ocupar el trono de Chichén Itzá, y no perdía tiempo en sus planes. Todo en él eran preparativos para la conjura y el contubernio, el complot y el golpe bajo. Se acostaba por las noches, sin conciliar el sueño, enredándose en imágenes donde se veía tocado con el más alto adorno de plumas de loros y quetzales jamás llevado por ningún hombre. Se pensaba ataviado con ricas ropas y adornado de joyas preciosas, que lo harían relucir como a un dios. Se veía recompensado en la piel por los favores y las caricias de las mujeres más bellas, entre las que ponía al inicio de su lista a Amaité, la admirada esposa de su aborrecido Kabah, el estúpido nacom de la macana y del arco y la flecha.

"Amaité: doblegaré tu orgullo de hembra privilegiada, para enseñarte las mieles del verdadero gozo", se relamía de tan sólo pensarlo.

Amaité sería suya, estaba seguro. Pero antes tendría que ocuparse de lo otro, de sus planes de asumir el trono de Chichén Itzá, la ciudad imperial de los itzáes. Se lo arrebataría a Yaxché Chaak, o Ceiba Relámpago, a quien desdeñaba. "¡El buen gobernante!", Noil se burlaba de ese título, dado por un pueblo agradecido. Para él, Yaxché Chaak no era otra cosa que un viejo débil y pusilánime, digno de la tumba o del destierro.

"Es un árbol podrido de la raíz y de las ramas", se burlaba, haciendo alusión al primer nombre de su soberano.

La yaxché o ceiba era considerada entre los mayas un árbol sagrado. Su aspecto monumental, imponente en su dureza, altura y grosor, lo hacía ser considerado una especie de puente que permitía, a través de su raíz, el contacto con el mundo de los muertos; de su tronco, con los humanos, y de sus ramas, que alcanzaban el cielo, con lo divino.

"Ceiba Relámpago —insistía Noil, cada vez más ensimismado en sus ambiciones y con una evidente mueca de desprecio— ya no toca el inframundo y el cielo. Ya no sabe nada. Su tronco tiene gusanos. Está putrefacto, tan carcomido como una muela de anciano. Pobre diablo. Pobre pueblo el suyo con tal calaña, con tal basura de soberano."

Complotó. Se aprovechó de la noche, como las ratas, los bandidos y los fantasmas errantes, para urdir sus planes. Se reunió con traidores, con resentidos, con ambiciosos. Su objetivo era grande y peligroso: derrocar a Ceiba Relámpago. Argumentó apoyo divino con base en tres hechos incontestables: la lectura de ciertos textos sagrados que interpretó a su antojo; la voz de Itzamná, que lo visitaba en sus sueños y le daba órdenes de sublevación, y, finalmente, en dos o tres circunstancias fortuitas —un círculo de nubes alrededor del sol, el descenso en el nivel del agua del cenote sagrado, un rayo que partió en dos a la ceiba más alta de los alrededores—, sucesos que Noil manejó en su total provecho como señales inequívocas de que había llegado la hora, el momento de la acción.

Habló también de un secreto. Un secreto que él poseía. No un secreto cualquiera sino el mayor de todos, el mejor.

Llamó a ese secreto "la Profecía que se cumple", y habló de cuevas encantadas y objetos mágicos que le permitirían apoderarse del mundo entero, si así se le antojaba.

"Yo soy grande y seré aún más grande", repetía, recordándole a quien lo escuchara que él era poseedor de un gran secreto, el de la Profecía.

Se alió con algunos caciques, a los que prometió mujeres, tierras y joyas preciosas. Preparó su arsenal de arcos y flechas y él mismo se encargó de practicar con algunos prisioneros el arte de aplastar cabezas con la macana. Su cabello se hizo más enredado y apestoso. Soñaba con hundir su cuchillo en el pecho de Yaxché Chaak y arrancar su aún palpitante corazón para proclamarse rey, el único rey de los itzáes.

Estaba enfermo. Enfermo de ambición, de poder.

Kabah lo notó. Kabah, el valeroso padre de Yatzil, la cosa amada, y devoto esposo de Amaité, el rostro del cielo. Kabah, el héroe de mil batallas, el primero en aparecer frente a las macanas y lanzas de sus adversarios, el mejor estratega de su tiempo, notó algo extraño en el proceder de Noil. No sólo se percató de la ardiente mirada del nacom sacrificial detenida más tiempo del debido en el cuerpo de su mujer, sino en la forma como deseaba para sí la túnica real de Ceiba Relámpago. Supo de sus misteriosas salidas nocturnas para encontrarse con caciques y capitanes resentidos. Mandó espías a seguirlo.

No fue difícil conocer sus planes.

Lo dejó actuar libremente.

Noil lo preparó todo, un plan que parecía perfecto, lleno de alianzas y de promesas. Para el último día del mes malo —el *cimi*, que significa muerte— todo estaba listo. Respiró hondo, convencido de su triunfo, y ordenó la sublevación.

El momento clave estaría marcado por el sonar agudo de una chirimía. Sería el momento de tomar las armas y mandar al infierno a sus enemigos.

Antes, sin embargo, tendría que matar a Kabah. Una vez muerto el guerrero, todo se desencadenaría por sí solo. Sus aliados, debidamente aleccionados, atacarían el palacio y no encontrarían resistencia. Sería el principio de su reinado. Un reinado de esplendor y gloria, de riquezas infinitas y de bienestar, eso es lo que prometía. Sobornó a los guardias y le fue fácil escabullirse, junto con un grupo de sublevados, a los aposentos de su enemigo.

Kabah dormía.

Estaba semioscura la habitación, iluminada apenas por un hornillo para que el copal hiciera su labor de aromar el recinto.

—A todos nos llega y hoy te llega —susurró el nacom ceremonial—. Mala suerte es que en los anales de nuestra historia quedará registrado que tu muerte ocurrió en la cama, como un anciano, y no en el campo de batalla, Kabah, como un guerrero.

Sonrió, sabedor de que la victoria se acercaba.

Al momento de desenvainar su cuchillo, murmuró:

—Amaité conocerá, por fin, a un hombre verdadero, digno de su belleza.

Se aproximó al lecho del guerrero. Lo escuchó respirar de manera pausada, indiferente a su destino, que ya estaba marcado.

Levantó el cuchillo con las manos, los brazos extendidos por encima de los hombros, y lo dejó caer con fuerza en el pecho de Kabah.

—Que el inframundo te reciba con sus caimanes y desmiembren y devoren tus restos y los escupan o los caguen donde nadie pueda encontrarlos —maldijo, al tiempo que realizaba el corte exacto para hacerse del corazón y tenerlo palpitante en su mano.

Sonrió, con evidente gozo, sabedor de que pronto sería nombrado rey de los itzáes.

El gusto le duró poco.

—¡Quedas detenido, zarihueya inmunda! —escuchó una voz a sus espaldas.

Un grupo de jóvenes guerreros penetró a la habitación con una antorcha en la mano y una macana en la otra. Sometieron con rapidez al sorprendido grupo que acompañaba al nacom ceremonial. Rompieron algunas cabezas y algunos huesos.

—Noil, se acabó.

La voz era de Kabah.

El sacerdote de los cabellos ensangrentados volteó a verlo y pudo ver su rostro, ayudado por la luz de las antorchas.

¿Kabah? No podía ser. Estaba seguro de que no podía ser, y sin embargo no cabía duda: era él. Kabah.

¿Entonces?, un asomo de duda, de terrible desconcierto, lo asaltó. Se abalanzó, ansioso, hacia el cuerpo de quien yacía inerte en su lecho, perforado con su filoso cuchillo.

Dio un paso atrás, asustado y conmovido.

—¡No!

Era Xaman, su hijo. Estaba amarrado de pies y manos y tenía la boca tapada con un trapo.

—¡No! —volvió a decir, cada vez más compungido y deshecho.

Contempló el pecho abierto de su vástago, por completo ensangrentado. En su mano aún tenía el corazón, que chorreaba sangre. Pudo verlo latir por unos breves instantes, para luego detenerse de manera súbita, para siempre.

Se llevó las manos a los cabellos, que jalaba como si quisiera arrancárselos.

Profirió, entonces, un grito de verdadero y horrible dolor.

El propio Kabah se estremeció. Aun para él, tan encallecido a la sangre y al sufrimiento, era el más aterrador y estridente grito que hubiera escuchado en todos sus años de hacer la guerra.

IV

Iktán, el ingenioso, dormía plácidamente en su estera. Era un niño enclenque y más propenso a soñar despierto que a participar en los juegos propios de los muchachos de su edad. Jamás intervino en las representaciones guerreras de sus iguales, donde una rama hacía el papel de lanza y una cesta hecha con junco, la de escudo. Tampoco supo disputar un encuentro de pelota ni compitió por ver quién lanzaba más lejos una piedra o una flecha. Su físico no le ayudaba. Tenía trece años y parecía de menor edad. Era pequeño y esmirriado, de una fragilidad que casi daba lástima. Estaba, además, contrahecho. Sin estar realmente baldado, caminaba con una cierta cojera que suscitaba bromas e imitaciones burdas entre la chiquillada. A él parecía no importarle. Su entusiasmo no estaba en los juegos sino en la observación de las cosas del cielo y de la tierra. Desde muy temprano tuvo una enorme necesidad de saber. Se interesaba en los ciclos de Venus y en el nombre de las estrellas. En el crecimiento del maíz y de la ceiba. En la conducta de los animales, desde el jaguar y el mono hasta el pájaro y la lagartija. Era curioso. Inquieto de mente. Inquiría. Preguntaba lo mismo sobre un dolor de muelas que sobre la manera como nacen los hijos. Sobre el origen del mundo y el porqué del nombre de cada cosa. ¿Por qué al niño se le dice *pal*, al hombre *xib* y a la mazorca *nal*, y no de otra manera? ¿Por qué al venado *ceh* y a la estrella *ek*? Gastaba el tiempo meditando sobre lo que lo rodeaba. Le gustaba pensar en el mar y en sus profundidades. En el reino de los insectos y en su incesante trajín. En los mitos que explicaban la razón de todo lo que existe y lo que no existe en el universo. Pidió que le contaran, como si se tratara de una canción de cuna, las historias antiguas del *Pop Wooh*, el libro sagrado de las regiones del sur. Aprendió, muy pronto, a leer la historia de su pueblo contada en las estelas. Se juntó con hombres sabios, que primero lo acogieron por compasión y luego por descubrir los recovecos de una mente precoz pero sin duda brillante. Se le veía pasar, como ensimismado, absorto en sus propios pensamientos, por los senderos y las calzadas. Se pasaba horas y horas de la noche y del día en constante vigilia, lleno de preguntas que necesitaban rápidas y exactas respuestas. Caan, su madre, una mujer tierna y con una inteligencia natural y callada, alentaba en él esa sed de conocimiento. Lo mimaba y lo protegía, sabedora de su fragilidad y de las burlas de que era objeto. Observaba su cuerpecito enclenque, como a punto de partirse o de romperse con tan siquiera la mirada, y el corazón le daba un vuelco de angustia, una síncopa terrible de desasosiego, un remordimiento de incomodidad, pero —cegada por su bondad y por su amor filial— no demostraba hacia él más que cariño, palabras de ánimo, promesas de que su futuro era otro, no el del escarnio y la burla, sino uno muy distinto: grande y promisorio.

Iktán amaba a su madre. Le agradaba su olor a flor silvestre y la manera como lo alentaba, con palabras tiernas, pulcras y exactas.

—No eres como tu hermano, que tiene sed de sangre —le decía—. Tu sed es otra. Es la sed del sabio, la del iluminado.

Su madre lo cargaba, le hacía cosquillas, le contaba leyendas de ciudades perdidas y le preparaba con gusto y esmero sus guisos favoritos. Cuando Caan murió, a consecuencia de la mordida de una serpiente, un fallecimiento atroz y súbito, durísimo, como si parte del cielo se le hubiera caído encima, Iktán sufrió una muy honda pena. Su muerte le pesó más que a su padre y a su hermano. Lloró durante semanas. Se sintió más frágil y vulnerable. Desprotegido. Era la orfandad furiosa de los más débiles, de los que saben que el mundo es implacable, duro e injusto. Preguntaba en los libros y en las estelas el porqué de la muerte, y podía entender las razones divinas, mitológicas y humanas de tal acontecimiento, y podía entenderlas en los demás, incluso en sí mismo, no en lo más querido y bello que tenía: su madre. ¿Por qué ella? ¿Por qué ella, que era buena? ¿Por qué ella, que lo entendía? ¿Por qué ella, que lo defendía contra todo y contra todos? Ya no la vería más. Se había apagado su suspiro, su sonrisa, su mano bienhechora en su frente. La última vez que la vio tenía la lengua de fuera, negra e hinchada, los ojos inyectados de sangre y el cuerpo tieso y violáceo.

—¡Mamá! —se despertaba en las noches, llamándola, lleno de miedo y de angustia.

Su hermano se acercaba y, lejos de compadecerlo, lo recriminaba:

—No llores, niñita —y le daba un golpe en la nuca, como si con eso desapareciera todo el dolor que sentía.

Así era Xaman, su hermano. Brusco e indolente. Engreído. Era mayor que él y más fuerte. Estaba hecho de pura reciedumbre y era bueno para las artes de la guerra.

Iktán, enojado, inmerso en una ira causada por la incomprensión de la muerte, respondía a golpes; golpes rápidos y desesperados, aunque frágiles e inocuos, que no hacían ninguna mella en la musculatura de su hermano.

—Me haces cosquillas —se mofaba Xaman.

Lo dejaba desahogarse y, una vez que se hartaba de los manotazos, tomaba a Iktán de los brazos, lo zarandeaba y terminaba por arrojarlo al piso. Casi le escupía al decirle:

—¡Niñita!

Iktán extrañaba a su madre. Hubiera dado todo por revivirla. Hubiera querido saber el secreto de la resurrección, burlar las leyes del inframundo para traerla de regreso. Era como un acertijo que lo perseguía y que no acertaba a responder. Se preguntaba y preguntaba, adolorido, sollozante, acerca de la vida y la muerte. ¿Qué se necesitaba para vencer al señor de los huesos? ¿Una pócima, un conjuro, una planta, un hechicero, la ofrenda de otra vida?

No tenía respuestas y eso le dolía.

Luego, los rumores.

Las cosas que se decían por aquí y por allá. La gente que hablaba y murmuraba. Que acusaba a escondidas. Los dimes y diretes. El chismerío implacable y vil. Se cuchicheaba —una especie de condena silenciosa, de secreto a voces— que su propio padre había abandonado a Caan a su suerte, que hubiera podido salvarla y no lo hizo.

Él no podía creerlo. ¡Su propio padre! Noil. Un hombre poderoso y temido. Si a su madre la amaba, con Noil sucedía algo distinto. No, no lo amaba, lo admiraba. La admiración que sentía por él era mayúscula. Era un hombre sabio, como él mismo quería llegar a serlo. Admiraba su devoción por el conocimiento. De él había heredado la eterna condena de la sabiduría, que consiste en saberlo todo y no saber nada. Lo veía dedicado al estudio, a la comprensión del mundo. Era un hombre de bien, dedicado a servir a los dioses y a su pueblo. Él también olía a exquisitas fragancias. Era limpio y ordenado. Cumplía con decoro su oficio, que consistía en sacrificar a los capturados en guerra. Lo hacía de manera solemne, sabedor de que se erigía en dueño de la vida y la muerte. Lo hacía incluso con respeto a los sacrificados, a los que pedía perdón antes de clavarles el cuchillo y arrancarles el corazón.

Un día todo cambió.

Iktán no estaba seguro de cuándo había sido. Hacía memoria y no encontraba el momento preciso, el instante en que se convirtió en otra persona. Si acaso, tal vez podría ser aquella ocasión en que Noil se la pasó diciendo: "La Profecía, la Profecía". Se paseaba desnudo por la casa, tenía el cabello por completo enmarañado y parecía un alucinado. Caan, su madre, trató de vestirlo y de peinarlo y él no se dejó. La apartó de su vista, empujándola con furia. Ella pensó que había perdido la razón. Iktán, temeroso, atestiguaba la escena, incapaz de atreverse a hacer algo, frágil y vulnerable como se sabía. Xaman mismo, petrificado por el miedo, permaneció a la expectativa. Noil tomó su cuchillo de jade y lanzaba cuchilladas a enemigos invisibles. "La Profecía, la Profecía", repetía sin cansancio.

Al día siguiente despertó como si nada. Se bañó y se vistió con pulcritud. Pero algo en su mirada había cambiado. Iktán pensó: "Mi padre mira sin ver, como traspasando con furia las cosas".

Al cabo de unos meses se volvió más sucio, desordenado y sanguinario. Convenció a Yaxché Chaak de hacer la guerra y traer más prisioneros que saciaran con su sangre la sed de los dioses.

Usó cuchillo tras cuchillo, fiel a su tarea de desgarrar la piel y romper los huesos de los hombres y de los niños pintados de azul.

Noil se llenó de sangre. Dejó de lavar sus manos y su cabellera.

A Iktán le daba asco el olor pero no lo decía. Temía a su padre, que se había vuelto iracundo y fácil de descargar con golpes o injurias su furia de poseído. Su madre lo sufría. Le reclamaba su proceder, pero era inútil. El esposo había dejado de ser esposo para convertirse en otra cosa. Gritaba, reclamaba, gruñía contra todo aquello que no fuera él mismo. Manoteaba por cualquier motivo, aventaba insatisfecho la comida y pasaba eternas noches en vela. "La Profecía, la Profecía", se le escuchaba murmurar de cuando en cuando. Un día llamó a Xaman y le dijo algo al oído. Xaman asintió varias veces. Desde ese momento se convirtió en su sombra, en su perro fiel, en su discípulo favorito. Le enseñaba sus técnicas de sacrificio. Le hacía repetir: "Yo soy grande y seré aún más grande". Después, le decía: "Tú me ayudarás a conquistar el mundo". Xaman comenzó a andar con las manos llenas de sangre y a mostrar con jactancia un largo y filoso cuchillo de jade.

Xaman se convirtió en el hijo favorito. Iktán, en cambio, fue relegado a un papel de ninguneo y sufrió el abandono de su padre. Caan se percató y se dedicó, con todo su amor de madre, a recompensar al menor de sus vástagos con mayores mimos y con un redoblado espíritu protector. Cuando ella murió, el mundo pareció derrumbarse. Iktán lloró y lloró. Creció con una amargura imposible de esfumar.

Dejó el mundo del conocimiento por el de los sentimientos. E[x]
ñaba a su madre y había dejado de admirar a su padre. Más bi[en]
odiaba. Hubiera querido matarlo, de haber podido.

Una noche se armó de valor y estuvo a punto de hacerlo. Tomó un reluciente cuchillo de jade y se escurrió sin ser notado hasta la recámara de su padre. Temblaba de miedo. "Atrévete. Hazlo", se alentaba. Hubiera sido fácil. El nacom ceremonial estaba distraído y le daba la espalda. Escogió el punto donde clavarle el arma. Ahí, a un lado del cuello, le parecía bien. Se encontraba dispuesto a asestar el golpe definitivo, pero se detuvo. Algo captó su atención. Encontró a Noil ensimismado en la contemplación de un extraño pergamino. Contenía signos y señales en una lengua extranjera. Le pareció un mapa o un conjuro antiguo. Pudo más su curiosidad que su sed de venganza. Bajó el arma, la escondió entre sus ropajes y le preguntó a su padre, con la suavidad del inocente:

—¿Qué haces, padre?

Noil se volteó a verlo con enorme enojo. Escondió el pergamino, enrollándolo lo más rápido que pudo. Le contestó con furia:

—Nada de tu incumbencia. ¡Vete!

Su orden fue terminante, Iktán tuvo ganas de llorar. Se sintió vejado y arrepentido. Noil, otra vez, de un solo golpe, volvía a convertirse en ese ser furibundo y lejano y no en su añorado y querido padre. Se recriminó su cobardía, su falta de talento para matar.

Se marchó por completo enojado consigo mismo.

Al momento de cruzar la puerta, le dirigió a Noil una última mirada de odio y resentimiento. "Púdrete", alcanzó a decirle antes de ver cómo el nacom ceremonial escondía el pergamino en un lugar secreto, al que tenía acceso tras mover una piedra en la pared.

Iktán sonrió, sabedor de que la noche, después de todo, no había sido en vano.

Muchas ocasiones, aprovechando alguna salida de Noil, se dio a la tarea de extraer el pergamino de aquel hueco secreto y examinarlo con inquietud creciente. Su mente inquisitiva lo hacía reconocer que se trataba de un documento de vital importancia. Lo escudriñaba y lo escudriñaba, e intuía que tenía ante sí la clave de algún misterio antiguo, la llave de entrada a algo recóndito y elusivo que, de revelarlo, lo haría rico y poderoso. Por más que lo examinaba, sin embargo, se declaraba incapaz de interpretarlo, de leer los extraños signos que contenía. Signos raros, escritos en una lengua más allá de su comprensión. Eso lo frustraba. Se iba a dormir con esos signos revoloteando en sus sueños. Indagó e indagó, cuidadoso de no dar pista alguna del porqué de sus pesquisas, pero jamás pudo saber su significado.

El tiempo pasó.

Iktán dormía una noche por entero plácido y despreocupado. Lo hacía en una estera que acostumbraba poner próxima a la ventana, para combatir de algún modo el calor. Soñaba que se encontraba en el interior del palacio de una tierra yerma y olvidada por los dioses. Llevaba en sus manos el pergamino y se sorprendía de ver cómo sus extraños signos se multiplicaban en las paredes de aquel recinto al mismo tiempo enigmático y magnífico. Lo más extraordinario era que podía leer aquellos símbolos. "El misterio de la vida y la muerte — leyó— radica en la Profecía dictada por nuestros venerados dioses venidos de ninguna parte." Quiso seguir leyendo pero se encontró siendo zarandeado por un joven soldado.

—¡Eh! Despierta, enclenque…

Se levantó en medio de un alboroto de voces y órdenes.

—Destrúyanlo todo. Que no quede huella alguna del traidor…

Iktán terminó por despertar y desperezarse en medio de la confusión y el miedo más completos. El joven soldado lo sacudía y amenazaba con asestarle un golpe de macana. Temblaba de pies a cabeza. No entendía lo que sucedía. Su casa era invadida por jóvenes guerreros que destruían vasijas y se llevaban muebles y ropajes que eran consumidos por el fuego en la enorme hoguera dispuesta en el patio.

Vio a Kabah, que presidía aquel acto injusto e infame, de violencia y de pillaje.

También vio a Yaxché Chaak, el rey, envuelto en su túnica de guerra.

—¿Qué hacemos con este desperdicio? —preguntó el soldado que sostenía y zarandeaba a Iktán.

—Por mí, que lo maten. A él y a toda esta estirpe traidora —se inmiscuyó uno de los capitanes de Kabah. Estaba furioso y enardecido. Llevaba en el rostro y en el pecho salpicaduras frescas de sangre. Mostró su puñal, decidido a ser él mismo quien cumpliera ese deseo.

—¡No! —intervino el rey.

Yaxché Chaak recordó una ocasión en que Iktán lo sorprendió con sus conocimientos del devenir de las estrellas en el firmamento. Fue durante un paseo por la selva, acompañado de sus consejeros más importantes. Ahí estaba Kabah, Petén, Quitzé, Tohil, Mahucutah, Te Kahk Alel y Noil. El nacom ceremonial había invitado únicamente a Xaman pero el *x'tup*, o hijo más pequeño, el curioso e inquieto Iktán, había desobedecido las órdenes de permanecer en casa y se les había pegado. Observaban la noche desde un claro en el sendero. Ceiba Relámpago les hacía preguntas concernientes a la mecánica celeste y a la lectura de los augurios divinos por medio de los astros. Te Kahk Alel, tras hacer como si estudiara la bóveda celeste, tomó la palabra y endulzó el oído del soberano al hablarle de lo bien dispuestas que estaban las constelaciones y las deidades para permitirle un gobierno próspero e invencible, que perduraría en el tiempo y en la memoria de los itzáes. Iktán escuchaba atento y en silencio. Cuando el consejero finalizó su intervención, el pequeño le preguntó a bocajarro dónde exactamente veía lo que había descrito. "El universo es tan grande, las estrellas tantas, los dioses tan escurridizos para las miradas humanas —dijo—, que me intriga saber cómo ha llegado usted a tales conclusiones." Lo hizo con sincera ingenuidad y curiosidad, pero con un aplomo y una firmeza que contravenía su figura breve, endeble y malhecha. Te Kahk Alel, por supuesto, carraspeó disgustado. Noil, apenado por la intromisión de su hijo, le ordenó que se callara y que regresara de inmediato a casa. A Yaxché Chaak le pareció divertido y pidió que Iktán se le acercara. Lo vio caminar rengo y siempre a punto de quebrarse. Le acarició los cabellos. "¿Y tú qué sabes de las cosas del universo?", le preguntó. "Los nombres de las estrellas", dijo Iktán, y empezó a mencionarlas una a una hasta completar una cincuentena. El rey lo detuvo. "¿Y qué más sabes?" Iktán respondió: "De eclipses y conjunciones. De Venus, todo lo conocido. De la Luna y el Sol, lo suficiente. Y cantos de los ancestros para implorar que no nos echen en el olvido y desde el cielo nos ayuden". Recitó, con una vocecilla más digna de la risa que de lo solemne: "No nos dejes, no nos desampares, oh, querido Dios. Que el Sol permanezca en lo alto, que la Luna nos ilumine en las tinieblas, que Venus presida nuestros tiempos de cosecha y que desde las estrellas nos cuiden los divinos progenitores. ¡Que amanezca y que llegue la aurora!" El rey se sorprendió gratamente. Miró a ese chamaquito frágil y contrahecho. Era un niño apenas pero hablaba como un hombre sabio. No le pareció insolente. Al contrario, le agradó su forma de discurrir sobre las cosas del cielo.

De eso hacía cuatro años. Yaxché Chaak volvió a verlo en otras ocasiones y siempre se sintió atraído por esa mezcla de fragilidad y sabiduría, que de alguna manera respetaba y al mismo tiempo lo enternecía. Le abrió las puertas del palacio y lo mandó a estudiar con los viejos más viejos.

Ahora lo tenía frente a él, en otras circunstancias, entre la vida y la muerte.

—¿Lo matamos? —preguntó Kabah.

—¿Se lo entrego al señor de los muertos? —preguntó el capitán.

El rey observó la figura estropeada y como inacabada del muchacho. Se percató de su miedo y de su vulnerabilidad. Se condolió de su aspecto malogrado y frágil. Recordó esa vez, allá, en un claro del bosque, su vocecilla que cantaba: "¡Que amanezca y que llegue la aurora!", bajo la noche estrellada.

Negó con la cabeza.

—Déjenlo con vida —ordenó.

V

El rey le tomó cariño a Iktán.

Lo llevó a vivir a sus aposentos, lo dejó jugar con sus hijos y se esmeró en darle la mejor educación. Mandó llamar a los más sabios para que le transmitieran sus conocimientos. Fue el primero de su edad en tener acceso al que consideraba un lugar mágico: el Observatorio. Fue un honor para él y una gran distinción hacia su breve y contrahecha persona. Tzabcan, el más experimentado astrónomo-sacerdote, hizo a un lado su reticencia de tener a tan joven criatura a su lado, en el reducido espacio que permitía la cámara superior de aquel magnífico edificio, y terminó simpatizando con él, porque le agradaron sus maneras educadas, de culto y estudioso. El 21 de marzo el propio Tzabcan lo invitó a contemplar, desde una de sus tres ventanas, la más ancha, la que da hacia el sur, la puesta del Sol y de la Luna durante el equinoccio de primavera.

Qué espectáculo y qué prodigio de la arquitectura y de las ciencias mayas.

Iktán estaba feliz, maravillado con lo que aprendía.

Yaxché Chaak estaba satisfecho con su decisión de haberle salvado la vida. Pero sus consejeros opinaban diferente. Consideraban a Iktán un peligro en potencia. Te Kahk Alel, que significa "El Pleno Día", era el más vehemente impulsor de esa medida, que consideraba al mismo tiempo disciplinaria y punitiva.

—Necesita un escarmiento —argumentaba.

—Un castigo severo por la altivez y la traición de su padre —lo secundaba Quitzé.

Los dos se habían puesto de acuerdo para obtener un castigo ejemplar para Iktán. Si el rey, por razones que no alcanzaban a comprender, le había salvado la vida, ellos se encargarían de hacérsela dura y miserable.

—Le perdonaste la vida, pero en él germina la semilla del traidor —aseveraron.

—Es hijo de un hombre al que le gustaba urdir torcidos planes de ambición al cobijo de la noche; lo lleva en la sangre —dijo otro de los consejeros.

—Que sepa lo que pueda pasarle si osa repetir la ignominia que con tanto deshonor urdió su padre —habló de nuevo Te Kahk Alel.

El rey meditó por algunos momentos y finalmente aceptó.

Lo hizo muy a su pesar, obligado por las circunstancias. Él mismo condujo a Iktán hasta la plazuela.

Iktán seguía nervioso y asustado. Apenas dos semanas atrás se había despertado con la noticia de la muerte de su hermano y la aprehensión de su padre. ¿Qué suerte le esperaba a él? Temía lo peor. Se imaginaba a punto de ser llevado a la piedra de los sacrificios. Le arrancarían el corazón. Lo harían sin ningún tipo de miramiento, sin piedad alguna, por tratarse del hijo del pérfido Noil.

Se encomendaba a los dioses y rezaba por que Ceiba Relámpago fuera sincero en sus promesas. "No te va a pasar nada. No te preocupes", le había dicho.

Yaxché Chaak lo llevó hasta una plazuela ubicada entre la plataforma de Venus y el tzompantli. A su nariz le llegaron los nauseabundos aromas provenientes del altar de las cabezas decapitadas. Se trataba de una empalizada donde eran colocados los cráneos de los sacrificados. Era una especie de pared de la muerte. Un muro de madera ancho y muy alto, desbordante de calaveras. Una vez, cuando Iktán se debatía entre pensamientos funestos y vitales, debido al estado de duda y orfandad en que lo había dejado el fallecimiento de su madre, se acercó al tzompantli y se dedicó a observar aquellos restos humanos. Contó más de mil quinientos. Era la vida despojada de su encanto. La guerra que todo lo presidía. Nuestro destino común de huesos y olvido.

Ahí, cerca del tzompantli, lo esperaba una sorpresa.

Se encontró a su padre. Estaba amarrado a un poste. Desnudo y descalzo. Se le veía asoleado, los labios resecos y la piel enrojecida. Tenía la mirada perdida, tan enmarañada en sus propias visiones como sus cabellos resecos e hirsutos de sangre.

"Papá", fue el primer pensamiento que lo asaltó. Algo, como una pequeña voz en su interior, le pedía correr hacia él para abrazarlo y desatarlo. Le hubiera dado agua y algo de ropa. Pero otras voces, más fuertes y poderosas, voces de rencor y de memorias de maltrato, lo hicieron permanecer incólume, sin ninguna muestra de cariño o de simpatía hacia su progenitor.

—Es un traidor y hay que matarlo —explicó Ceiba Relámpago.

Fue todo lo que dijo. Mantenía el semblante sombrío y como acongojado. Saludó a su pueblo, que lo veneraba. Cientos de itzáes se habían reunido para presenciar la forma como el villano Noil estaba a punto de encontrar su destino. Guardaban un silencio grave y solemne. Yaxché Chaak observó a Iktán, que parecía incómodo y desconcertado, y sintió lástima por él. A una de sus órdenes apareció un grupo de jóvenes soldados. Llevaban su pintura de guerra y portaban arco y flechas en las manos. Se dispusieron frente a Noil, a una decena de metros de distancia.

Te Kahk Alel apareció con una vistosísima túnica blanca y su penacho de plumas y abalorios. Se plantó junto a los jóvenes guerreros y desde ahí sentenció, con voz severa:

—Noil. Malvado Noil. Traidor Noil. No esperes nada más en esta vida que el escarnio y el olvido. Te aguarda la muerte, que te llegará en forma de obsidiana, atravesando tu carne. Se borrará tu nombre de cualquier registro en piedra, amate, recuerdo o boca. De aquí en adelante nadie podrá referirse a ti, so pena de un duro castigo, el mismo que hoy te otorgamos, el de la entrada al reino eterno de las sombras. Eso es lo que te mereces. Eso es lo que hacemos con los viles y los desleales…

El consejero ordenó, apenas con un movimiento de cabeza, que sobre el pecho del nacom sacrificial, a la altura del corazón, le fuera dibujado un círculo blanco. Noil se opuso, retorciéndose todo lo que le permitían sus ataduras.

—¡Yo soy grande y seré aún más grande! —gritó con poderosa voz.

Escupió, intentó morder a quien pretendía pintarlo, pero nada pudo hacer para impedirlo: el círculo blanco quedó dibujado en su piel.

—¡Estúpidos! ¡Yo poseo el secreto de la Profecía! —vociferó Noil.

La palabra "profecía" despertó una especie de callado rumor entre todos los que atestiguaban aquella escena.

—¡Yo tengo el secreto de la vida y de la muerte, del principio y del fin de los tiempos!

Te Kahk Alel se incomodó, lo mismo que el rey.

—¡Van a matar al único que puede salvarlos!

Ceiba Relámpago decidió que era suficiente y sólo bastó un breve movimiento de cabeza para que el consejero supiera lo que debía hacer.

—Ha llegado el momento de la verdad —dijo Te Kahk Alel.

Levantó la mano y uno de los arqueros preparó sus armas. Colocó la flecha en el arco y tensó la cuerda, apuntando hacia Noil.

—¡La Profecía! —gritó éste.

Te Kahk Alel dio la orden de disparar. La flecha salió a toda velocidad para clavarse en un hombro. "¡Ah!", se escuchó una especie de gemido colectivo de decepción. El propio arquero chasqueó la boca, contrariado por su falta de tino.

—¡La Profecía! —seguía gritando Noil.

Un nuevo arquero disparó. La flecha se incrustó en el costillar izquierdo.

Iktán vio con pesadumbre el dolor reflejado en el rostro de su padre. Algo en su interior se removió al ver la sangre que manaba de sus heridas. Algo en lo más profundo de su ser ardió en deseos de venganza. Tuvo ganas de llorar. También, de vomitar. Pensó en interponerse entre Noil y los jóvenes guerreros o en golpear a Te Kahk Alel para que diera la orden de detener aquello. De haber podido, hubiera aniquilado a todo mundo, verdugos y testigos. Se sintió más frágil y vulnerable que nunca, lleno de impotencia y de miedo.

Uno a uno, cinco arqueros más pasaron antes de que una flecha se clavara exactamente en el círculo blanco.

El tiro fue festejado con júbilo y entusiasmo.

—¡La Profecía! —fue lo último que Noil dijo en vida. Lo dijo atragantándose en su propia sangre, el cuello atravesado por uno de los flechazos.

VI

Iqui Balam atestiguó ese ajusticiamiento.

Tendría, ¿qué?, unos diez u once años cuando vio caer abatido a Noil a punta de flechazos. Sentía pena por ese hombre, que quedó como un puerco espín, desmadejado y lleno de sangre, pero también se sonrió ante el mal tino de los verdugos. Él lo hubiera hecho mejor. Ese día acababa de regresar junto con su padre de una batida para cazar venados, pavos y monos. Apenas era un *paal* o niño, un escuincle mocoso, como se burlaban, pero disparaba el arco y la flecha mejor que nadie. Era rápido, silencioso y certero. Tenía buen ojo y buen pulso para dar en el blanco donde le placiera. No desperdiciaba tiros. Un solo disparo y la flecha no se perdía entre la maleza, como sucedía con los demás, sino que se clavaba justo en el pecho del animal. Su padre estaba orgulloso. Veía en él a un futuro y excelente guerrero. No sólo era bueno con el arco y la flecha sino con la macana y el cuchillo. Era rápido para correr y diestro para subirse a los árboles, para nadar y para mandar. Organizaba a una chiquillería traviesa y juguetona en el despliegue de grandes batallas sostenidas cuerpo a cuerpo o con ramas que les servían de lanzas y saetas. Eran guerras de dos o tres horas, llevadas a cabo por distintos rumbos de Chichén Itzá, ahora cerca del Templo de las Columnas, ahora en las proximidades del Juego de Pelota, e Iqui Balam, por una especie de derecho natural, al frente de las tropas infantiles, excelente en la estrategia y con el triunfo eterno de su lado. Él mismo soñaba con llegar, algún día, a comandar el ejército real. Le haría la guerra, en especial, a los putunes. Eran el enemigo más odiado de los itzáes y el más aborrecido en los recovecos de su propio y triste corazón. Iqui Balam quería hacerles pagar caro el haberse llevado a su madre. Golpeada y amarrada, secuestrada, la había visto partir, sangrante y tomada a la fuerza, incapaz de hacer algo por ella.

Esa mañana las mujeres habían ido a lavar a un arroyo cercano. Iqui Balam caminaba a su lado. Le preguntó:

—Mamá, ¿por qué me pusiste mi nombre y no Bella Criatura o Guerrero del Sol?

—¿Qué? ¿No te gusta? Es hermoso —respondía ella.

—Sí. No es eso.

—¿Entonces?

—Quiero saber.

Su madre hizo un juguetón mohín de hartazgo.

—Pero, ¡Iqui Balam! ¡Te lo he dicho tantas veces!

—Otra vez —pedía él, divertido.

Le gustaba escuchar esa historia: la de su nombre. Le encantaba la voz de su madre, una voz llena de cariño, que era como un plácido amanecer, como una canción de cuna, cuando aceptaba participar en ese juego y le decía:

—Está bien. Te lo voy a contar… ¡Pero es la última vez!

Iqui Balam se reía, sabedor de que no sería la última.

—La noche anterior a que contemplaras por vez primera la luz del mundo —dijo Nicte— soñé que un tigre me acechaba. Fue por estos rumbos, camino al arroyo. Podía sentir su presencia. Me observaba desde algún lugar de la selva. De vez en cuando gruñía.

—¿Sentías miedo?

—¡Claro que lo sentía! Imaginé que era un tigre enorme y hambriento. ¡Y que yo sería su comida! Mi primer pensamiento fue el de huir. Corrí lo más rápido que pude. Pero, por más que corría, no me movía en absoluto.

—Yo me hubiera escondido.

—Era inútil. El tigre lo sabía todo. Mis temores, mis pensamientos. ¡Incluso que te llevaba en mi vientre!

—¿Cómo lo supo?

—No sé. Escuché un rugido enorme. O, más que un rugido, una extraña y poderosa voz que me ordenaba: "No huyas. Detente. Hazlo por el bien de tu hijo".

—Pero los tigres no hablan…

—Éste sí.

—¿Y qué hiciste?

—Le hice caso. Me quedé en mi sitio, temblando de pavor. El tigre apareció entonces. Era blanco como la luna. Y majestuoso, imponente, con una piel bellísima. Brillaba en la noche. Me enseñó los colmillos. Dijo: "La criatura que llevas dentro será grande entre los grandes".

—O sea, yo —recalcó Iqui Balam, revestido de orgullo.

—Sí, tú, mi pedazo de cielo.

Nicte le ofreció los brazos a Iqui Balam y él se encaramó entre su pecho y su regazo.

—El tigre volvió a gruñir. Agregó: "Tu hijo está destinado a notables proezas. Será fuerte y valeroso. Te dará muchas alegrías.

Poseerá el don de la flor y del canto. Se convertirá, además, en un gran guerrero que combatirá al reino de las sombras y de la sangre derramada y se convertirá en rey por derecho propio, más por sus virtudes que por su dureza o sus crueldades".

—"Fuerte y valeroso" —recalcó Iqui Balam y mostró uno de sus bíceps.

—Sí.

—¿Y lo del nombre? ¿Por qué me llamo así? Te faltó lo del nombre, mamá.

—El tigre me olfateó. Sentí que estaba a punto de despedazarme con sus garras y sus colmillos. Cerré los ojos. Cuando los abrí, vi que se alejaba entre la maleza. Volteó a verme, como para despedirse. "Tu hijo será grande entre los grandes", repitió. "Grande entre los grandes", recalcó y, al hacerlo, rugió con estruendosa fuerza. Sentí que algo de mí se iba con él. "¡Espera! ¡No te vayas!", le pedí. El tigre se detuvo. "¿Cómo te llamas?", pregunté. Creí ver una sonrisa y un brillo de amabilidad en sus ojos. Luego respondió con orgullo: "Iqui Balam. El Tigre de la Luna". Dio un colosal salto y se perdió en la oscuridad y en la espesura de la selva.

Iqui Balam. Tal era la historia de su nombre pero también la enorme causa de su desconsuelo.

"Fuerte y valeroso", recordaba la frase, que le parecía, si no irónica, absurda. Si lo era, ¿por qué no había podido salvar a su madre? ¿Dónde habían quedado sus bíceps? Y eso de "grande entre los grandes", parecía una burla. Una broma cruel del destino. Bien que lo recordaba. Ese día, Iqui Balam se había alejado del arroyo en persecución de una liebre. La descubrió en la maleza. Era café y de un porte hermoso. Intentó atraparla pero no pudo. La liebre salió a toda carrera y él detrás de ella. Por más que corrió, le fue imposible darle alcance. Se recargó en un árbol para recuperar el aliento. Fue entonces que escuchó los gritos. Gritos de horror y de miedo. Provenían del arroyo. "Mi mamá, mi mamá", fue lo primero que pensó. Emprendió el regreso lo más rápido que le permitían sus piernas. Vio a los putunes, que sometían a golpes a las mujeres. Algunas gritaban y otras lloraban. Los putunes habían hecho prisioneros a los niños más grandes y habían azotado contra las piedras a los más pequeños y a los bebés. La sangre pintaba de rojo las aguas del arroyo. Iqui Balam se detuvo y se escondió en la maleza. Vio cómo acuchillaban sin piedad a un niño de su misma edad, ante la mirada despavorida e impotente de su madre. Tuvo miedo, un miedo grande de sufrir la misma suerte. Buscó a Nicte y al fin la descubrió. Había sido sometida y era llevada en vilo por uno de los putunes. Sangraba de la nariz y de una mejilla. Iqui Balam, de manera instintiva, quiso correr a defenderla, pero se encontró incapaz de hacerlo. Estaba paralizado por el terror. Temía ser acuchillado o que su cabeza fuera azotada contra las piedras. Los putunes llevaron a su madre a un claro donde la amarraron de manos y pies. Le pasaron una especie de garrocha por entre las cuerdas y la cargaron con la ayuda de dos hombres, como si se tratara de un animal recién cazado. Nicte se retorcía, intentando zafarse de su cautiverio, pero un certero y fuerte golpe en la mandíbula la hizo desmayarse.

Iqui Balam no hizo nada. Nada.

Cuando regresó a Chichén Itzá y le contó lo sucedido a su padre, no dejaba de llorar. Se culpaba, se echaba la responsabilidad de lo que había pasado. Lloraba. Hubiera podido defenderla y no lo hizo. Ella, que era tan dulce, tan buena, y él, tan miedoso y tan cobarde. Sollozó y el fluir de sus lágrimas parecía interminable. Su padre trató de calmarlo. Agradecía a todos los dioses que él estuviera a salvo. Le dijo: "Eres un niño. No te culpes. Qué bueno que estás vivo y alegres mi desolada vida; loados sean Tepeu y Gucumatz, el Corazón del Cielo y el Corazón de la Tierra".

A Iqui Balam no le sirvieron las palabras de consuelo. Durante algún tiempo su sueño fue inquieto y terrible, lleno de pesadillas en que la captura de su madre se repetía, aumentada la violencia ejercida por los putunes y el grado de su parálisis y de su cobardía. Luego, las burlas. Sus compañeros de juegos, indolentes ante su pena, le restregaban el hecho de que su madre serviría ahora para satisfacer los deseos carnales de sus captores.

—¡*Coo!* —le gritaban.

"*Coo*", que significa mujer deshonesta. Puta.

Iqui Balam sufría. Soportaba las bromas irritado por completo, pero en silencio y acaso acobardado. Una ocasión, no pudo más. Incapaz de aguantar el escarnio, se lió a golpes con un muchacho más grande y corpulento. Para su sorpresa, resultó bueno para pelear. Sus puñetazos y sus patadas eran rápidos y certeros. No supo si se debía a la rabia acumulada o al desconsuelo triste que lo invadía, pero su furia fue descomunal. Golpe tras golpe, hizo que su rival, la nariz destrozada, el rostro tinto en sangre, le pidiera perdón y terminara por rendirse.

Sus compañeros de juegos festejaron el triunfo, alzándolo en hombros.

Nunca más volvieron a recordarle que Nicte era una mujer fácil que se ofrecía a los hombres.

Ese día nació un nuevo Iqui Balam.

El guerrero. El grande entre los grandes. El verdadero Tigre de la Luna.

VII

Iktán se refugió en el estudio y el aprendizaje de todo lo que su curiosidad le exigía. De especial interés le resultaba la observación de los fenómenos celestes. Le gustaba identificar las posiciones de las estrellas y la manera en que trazaban curiosas formas, como la cola de serpiente de cascabel visible en las pléyades, el pecarí en la constelación de géminis o el *xoc*, o monstruo de mar conocido como tiburón, en la de piscis. Estudió los ciclos de Venus, el astro más venerado y estudiado por los mayas, y de Ixchel, la Luna, y de los cuatro puntos cardinales en que se dividía Itzamná. Junto con Tzabcan, el astrónomo sacerdote que tenía a su cargo el Observatorio, se maravillaba con los misterios que le ofrecía la Vía Láctea, a la que los mayas denominaban El Árbol del Mundo, y, en invierno, La Serpiente Blanca Deshuesada. Se preguntaba cuál era el escondrijo de Kawak, el dios del trueno, de la tormenta y de las calamidades. Conforme a una extraña y casi secreta mitología, Kawak se escondía detrás de varias estrellas y se aparecía al año 12 para cobrarse los excesos y las carencias de los hombres, a la manera de sequías, guerras, desgracias y una extraña mezcla de riquezas y de excesiva pobreza. Era el año, para algunos, del abuso de poder, y, para otros, de mendigar el agua y el pan. A Noil, su padre, le había escuchado decir que quien diera con la guarida de Kawak tendría la capacidad de decidir sobre el destino de los seres humanos y acumularía fortunas inigualables. Durante algunos años el nacom ceremonial se dedicó a escudriñar el manto estrellado. "Kawak, permite que te encuentre, bribonzuelo del cosmos", lo invocaba. La búsqueda de esta deidad cesó, sin embargo, el día que llegó a manos de Noil un curioso pergamino, arrancado a un prisionero de guerra que lo trató de ocultar, poco antes de ser capturado, en el hueco de un árbol. Ese día su vida cambió. Sus esfuerzos de búsqueda de poder cambiaron de rumbo y se interesó más y más en resolver el enigma que le representaba entender aquel documento que intuía valioso, pero escrito en una lengua ajena y lejana, incomprensible e inverosímil. Noil no comprendía nada. Se quebraba la cabeza en noches de desvelo en un vano intento por traducir sus signos. Lo alentaban las palabras de ese prisionero, salidas con lastimera voz cuando descubrieron su escondite y lo despojaron de lo que, por sus ansias de que no cayera en manos de sus enemigos, parecía un enorme tesoro: "¡La Profecía, la Profecía", gritaba, en completa desesperación, jalándose los cabellos y poniéndose como loco. Tanto así, que le arrebató el pergamino a uno de sus captores y se echó a correr. No llegó muy lejos. Fue detenido por una lanza que le atravesó de espalda a pecho. Cayó a la dura y caliza piedra en medio de estertores y de un enorme charco de sangre. Por eso el pergamino estaba rojo, en particular en una de las esquinas. Así se lo entregaron a Noil, pensando, tal vez, que él era el único capaz de entenderlo. El nacom ceremonial intuyó su valor y se dedicó a estudiarlo. Así lo sorprendió la muerte, envuelto en su locura de poder y de traiciones, amarrado a un poste y perforado por las flechas. El pergamino quedó en el olvido. Nadie se acordó de él. Nadie, excepto Iktán.

Iktán soñaba con ese pergamino. Deseaba tenerlo en sus manos, poseerlo, estudiarlo. Se le había metido en la cabeza la idea de que podía descifrarlo y de que, al hacerlo, sería no frágil ni contrahecho, sino rico y poderoso. En el fondo, estaba resentido con su destino de enclenque y ansiaba venganza. Quería vengarse de quienes se burlaban de él, por considerarlo un adefesio, y de quienes habían dado muerte a Xaman y a su padre, por considerarlos traidores. Resolver el enigma de aquel pergamino sería su pago por tantos sinsabores; también, su redención. Eso pensaba.

Había un problema. Al tratarse de un traidor, las propiedades de Noil fueron confiscadas, la mención de su nombre fue prohibida y se tapió el acceso a su casa, como una primera medida para luego demolerla. La intención era borrar todo vestigio de su paso por la tierra. Para el rey y sus sacerdotes, así como para los siglos venideros, la consigna era: Noil no había nacido, no había respirado, no había tenido mujer ni hijos, no había sacrificado dos mil quinientos cuarenta y cuatro hombres y niños pintados de azul. No había existido nunca.

El lugar estaba vigilado de manera permanente por dos guardias. Tenían órdenes de matar a quien osara penetrar a aquel recinto, so pena de ser ellos mismos pasados por las armas si no cumplían con su cometido.

Iktán, que conocía a la perfección todos los detalles de la que había sido su casa, sabía de la existencia de una especie de pasadizo por el techo, hábilmente construido para no ser notado, por el que podría penetrar directamente a la habitación de Noil y burlar a los guardias. Noil mismo había ordenado construirlo en secreto, sabedor de que podría ser, eventualmente, una manera de escapar en caso de peligro. Nunca pudo usarlo, pues fue aprehendido y maniatado de inmediato. Pero el pasadizo seguía ahí. La tentación era fuerte para Iktán. Ansiaba hacerse del pergamino, estudiarlo, aprovecharse de sus secretos. Subir al techo, sin embargo, no era tarea sencilla. Mucho menos para él, pues implicaba una serie de riesgos y obstáculos imposibles para un enclenque. Trepar por un alto muro, encontrar el pasadizo y luego meterse a gatas, precipitarse unos dos metros para caer en pleno centro de la habitación, separar la piedra del muro, tomar el pergamino y regresar a salvo, sin ser descubierto por los guardias, era demasiado para Iktán.

Tuvo que resignarse a esperar una mejor oportunidad de hacerse de aquel documento.

La ocasión llegó por casualidad. Ocurrió un aciago día de invierno, fresco y oloroso a las maderas preciosas de la selva. Ese día caminaba con su paso inseguro y menesteroso por las cercanías del Templo de las Columnas, cuando una chiquillería desbordada de ánimos comenzó a arrojarle piedras y a insultarlo.

—¡Eh, desperdicio de la vida!

—¡Piltrafa humana!

—¡Vertedero de lo grotesco, de lo inacabado!

Iktán pensó: "Ahí van, de nuevo, las burlas". Estaba harto. ¿Qué culpa tenía él de haber nacido así, tan contrahecho y ridículo? "¿Hasta cuándo encontraré la paz, el descanso? ¿Hasta cuándo dejaré de escuchar vituperios?"

—¡Basura malhecha!

La crueldad de aquellos niños no tenía límite. Una de las piedras le dio en plena frente, haciéndolo caer al suelo. De inmediato fue rodeado por la chiquillada, frenética y brutal. Le echaron tierra con los pies, le escupieron.

—¡Hijo ponzoñoso de traidores!

—¡Tufo malsano del señor de los muertos!

Iktán resistía en silencio. Cerró los ojos y se contrajo en su cuerpo deforme para encontrar algo de protección a los puntapiés que empezaron a propinarle.

—¡Basta! —escuchó una voz; acto seguido, los golpes cesaron—. ¡Déjenlo en paz! ¡Váyanse a casa, bola de mocosos! —ordenó esa misma voz y la chiquillada, entre expresiones de descontento, terminó por dispersarse.

La voz pertenecía a Iqui Balam.

—Ya no te harán daño —dijo, por completo convencido, dándole una mano para ayudarlo a levantarse.

Iktán, la frente con una herida de la que manaba algo de sangre, se sacudió la tierra y agradeció a Iqui Balam. Dijo:

—Son unos salvajes, desalmados, aprovechados, crueles...

Iqui Balam sonrió con la convicción de que así era. Él lo sabía en carne propia. Las burlas y los escarnios. "Coo", le gritaban. "Tu madre es una mujer fácil y deshonesta", y ese grito injurioso le dolía en lo más profundo del alma. Por eso se condolió de Iktán. No tenían que ensañarse con él de esa manera.

Fue el comienzo de una curiosa amistad. Los chiquillos jamás volvieron a burlarse de Iktán, por lo menos no de manera ostentosa y pública, sabedores de que era amigo y protegido de Iqui Balam, el Tigre de la Luna. Iktán, a cambio, le brindó lo que tenía: su precoz sabiduría. Le mostró las cosas del cielo y sus secretos. También le ofreció su sapiencia en las cosas de la tierra, como el maíz, la ceiba y las plantas medicinales. Le habló de la flor y del canto; es decir, de la belleza y la realidad del mundo hechas palabra. Esto último interesó vivamente a Iqui Balam. La poesía. Fue su gran descubrimiento. La descubrió con Iktán y nunca más la abandonó. Se sentía a gusto con ella. Era como si se tratara de otra piel, de otra manera de respirar. La poesía le atraía más que hablar de solsticios y equinoccios, arquitectura y venenos. Le gustaba su carácter de conjuro, de batir de alas, de evocación de paraísos, de sanador de heridas, de puerta de entrada a otra clase de poder, el poder de nombrar al mundo, de comprenderlo, de poseerlo, de cambiarlo. Todo, a través de la palabra. Iktán le dio a conocer a los grandes poetas, cuyos apelativos se grabó con fuerza en su memoria: El Colibrí Iracundo de la Belleza, El que Canta con Pasión las Cosas del Cielo y de la Tierra, El Inmaculado Poseído por el Don de Dones. Iqui Balam aprendió sus versos. El arte de la guerra nunca lo dejó, pero aprendió otro, acaso superior, que pocos poseían. Cazaba con destreza pavos y jaguares y recitaba cantos interminables de amor. Se entrenaba en el uso de la lanza y la macana, o de la lucha cuerpo a cuerpo, y entonaba algún poema a Itzamná o a Tohil, o el himno al flechador. Éste último le gustaba:

¿Tienes bien afilada la punta de tu dardo?
¿Tienes bien tensa la cuerda de tu arco?
¿Has puesto buena resina de *catzim*
en las plumas de la vara que has convertido en flecha?
¿Has puesto grasa de ciervo en tu brazo y en tu pecho?

Llevaba en el cuerpo los rasguños, los moretones, las magulladuras propias del guerrero, y en el alma, los versos, las metáforas, la retórica y la búsqueda de la belleza y la verdad del poeta. Terminó, un día, por componer sus propios poemas. El primero lo dedicó a su madre:

¿No somos acaso numerosos los que te lloran?
Los frutos de la tierra, los giros de la Luna,
los recuerdos de tu bondad, las olas del mar en calma.
Sin ti, dadora de vida, dadora de ternura, dadora de alegría,
los amaneceres son múltiples y eternos
pero llenos de congoja y hiel por tu ausencia.
Así como hay hormigas y pájaros en los árboles,
así son mis penas, mis lágrimas.
Torrencial lluvia del alma.
Sollozo permanente en mi corazón.

Iktán aplaudió esos versos, los primeros de muchos, no por solidaridad poética sino por convenir a sus planes. Iqui Balam era perfecto. Perfecto para recuperar el pergamino y, con ello, satisfacer su venganza.

Un día se decidió. Le contó a Iqui Balam del pasadizo y del escondrijo en la muy custodiada y prohibida casa de Noil.

—Ayúdame a recuperarlo —pidió, con fingida voz de afligido; le mintió—: El pergamino pertenecía a mi madre. Es lo único y lo último que me queda de ella, además de su bello recuerdo.

Iqui Balam no lo pensó dos veces. Aceptó por bondad, por ayudar a su amigo.

Escogieron una noche oscura, sin luna, para llevar a cabo sus planes. Iqui Balam estaba ansioso y entusiasmado. Las manos le sudaban y le costaba trabajo mantener el ritmo de su respiración. Tenía miedo, pero Iktán no dejaba de alentarlo.

—Tú puedes, tú puedes —le decía con una vocecita entrecortada, perturbado también por los nervios.

Iqui Balam se encaramó con agilidad a un terraplén, escaló por una pared y desapareció en el techo.

Regresó al cabo de un tiempo con una sonrisa en el rostro y un envoltorio.

"La Profecía", fue lo primero que a Iktán le vino a la mente al tener en su poder tan anhelado tesoro.

La espada de Kaali

I

El fin del mundo empezó como un rugido espantoso cuyo eco parecía desgarrar el cielo y conmover la firmeza de la tierra y el corazón de todas las criaturas vivas. También, como un extraño resplandor que iluminó la noche y su séquito de sombras. Fue algo rápido y terrible. Una inmensa bola de fuego que apareció de la nada para convertirse en todo lo habido y por haber, en la única existencia aterradora y posible. Un calor que al principio resultó plácido y agradable, y luego, terrible, infernal. El mundo convertido en furia de llamas, en una estridencia fenomenal y espeluznante, en una entidad confusa y distorsionada, llena de instantes que nunca antes habían sido, aterradores y destructivos. No hubo tiempo para mucho. Si acaso, para voltear hacia arriba y ver cómo todo se venía abajo. O para tratar de huir sin lograrlo. O para tratar de entender aquello que no podía ser entendido. O para pasar en un momento ingrato y brevemente desdichado de tener toda la inmensa vida a tener toda la irremediable muerte. Fue algo pavoroso y más allá de cualquier clase de supremo tormento. Fue el término rotundo de los amaneceres, y del dominio de los árboles en el horizonte, y del respirar y comer y gozar y deambular de todo lo que contara con el mínimo hálito de vida. Fue un instante mayúsculo de sufrimiento. Un infierno mudable, en forma de una grandiosa roca incandescente que se precipitó a la tierra con ira y convicción aniquiladora. Fue como un golpe de Dios, rotundo y total en su carácter de castigo que no dejara lugar a dudas acerca de su inmensa rabia, su soberbia y su poder. Un azote cósmico, categórico e implacable.

Todo fue, de pronto, el calor y la luz. Después, una colosal explosión. Y luego, la grandiosa oscuridad y el imbatible frío. La inmaculada nada del final.

II

Al comienzo de los tiempos nada existía, nada era, salvo lo que estaba por ocurrir.

El milagro.

Ni los dioses habían hecho su aparición. Reinaba el no ser que ya era. El universo entero era un sueño del que alguien despertaba. No había nombres para las cosas porque no había nada que nombrar, ni siquiera la oscuridad eterna o el abismo infinito. Ni tú ni yo. Ni ese pájaro que canta ni esa terca mosca que no dejas de espantar...

III

A Hoenir le gustaba escuchar a su padre. Era un hombre sabio, si bien considerado loco por algunos. Había combatido en todas las guerras y su cuerpo mostraba recuerdos de batallas en forma de cicatrices, así como una muy evidente cojera a la que nunca había terminado por acostumbrarse. No sólo le dolía a cada paso o con cualquier leve cambio de clima, sino que sufría la honda pena de sentir que sus días de gloria habían pasado. Por desgracia, ya no era un guerrero sino, triste e irremediablemente, un baldado.

—Mal hayan esos *skraelings* —se quejaba no sin amargura.

Se refería a los habitantes de las Tierras Más Allá del Oeste, pequeños de estatura en comparación con la corpulencia vikinga, pero aguerridos y cruentos como ningún otro pueblo al que hubiera combatido. *Skraeling* significa enano, endeble, en nórdico, y fue uno de estos enanos el que lo asaeteó de fea manera en una rodilla. La herida fue tan grave que lo hizo caer de inmediato al suelo, incapaz de sostenerse. Sucedió en medio de una encarnizada lucha producto de una emboscada muy bien planeada, sin ningún lugar dónde guarecerse, que los tomó por sorpresa. Algunos de sus compañeros murieron de inmediato, al ser atravesados por lanzas y flechas. Él mismo, incapaz de moverse de su sitio, a no ser rodando de un lado a otro, estuvo a punto de ser acuchillado en varias ocasiones, y sólo gracias a sus excelentes virtudes para el combate pudo mantenerlos a raya, no sin sufrir uno que otro rasguño o algún golpe sin mayores consecuencias. Ni siquiera tuvo tiempo de sentir dolor, tan ocupado como estaba en defenderse. Parecía un oso feroz, acosado y herido, revolcándose en su propia sangre, dispuesto a cobrarse caro la osadía de aquel que quisiera segarle la existencia.

"Valquirias, no me lleven, aún no", se decía en esos momentos, como dándose ánimo para continuar en el combate. Se refería a las divinidades que, ataviadas con una reluciente armadura, conducían a los guerreros muertos en batalla al paraíso o Valhalla. "Aún no, hermosas", repetía, haciéndole honor a su reputación de valiente y esmerado en la guerra. No por nada su apodo de Thorsson el Indomable, que se había ganado en decenas de encuentros bélicos, lo mismo en el norte de Francia que en la Escandinavia y en los recién descubiertos territorios más allá de Vinland.

Esta vez no tendría que ser la excepción. Tenía dos días de haber llegado a las Tierras Más Allá del Oeste. Había desembarcado en un estuario al que Ulrich el Más Rubio, su capitán, le había dado el nombre de Dyflin, por encontrarlo parecido a uno de los asentamientos fundados por Eric el Rojo en Escocia. Era su sexta incursión por aquellas regiones y sabía por experiencia que los skraelings no dejarían de hostilizarlos. Era un pueblo guerrero y no le gustaba la presencia de aquellos invasores. Nada ocurrió durante el primer par de días, que pasaron cerca de sus barcos. Al tercero avanzaron tierra adentro en busca de un mejor lugar donde construir un asentamiento que les garantizara comida, agua y protección.

El contingente lo formaban unos cuarenta hombres a pie y cinco a caballo.

De pronto, se escuchó un relincho.

—¡Gö! —gritaron los vikingos. Era su grito de batalla.

A éste le siguió el primer gemido de dolor, las maldiciones y el silbido de las saetas al cruzar por el aire.

Thorsson apenas tuvo tiempo de reaccionar cuando sintió una terrible punzada en la rodilla. Se desplomó cuán largo era y rodó unos metros por una escabrosa pendiente al borde de un riachuelo. Los skraelings se les dejaron ir en hordas salvajes y numerosas. ¡Ah, cómo gritaban al descargar sus golpes! Como verdaderas y demoniacas bestias, incontenibles y furiosas. Fue una lucha cuerpo a cuerpo con cuchillos, mazos, espadas y macanas, que parecía no tener fin a pesar de las cabezas aplastadas o los cuerpos de uno u otro bando que eran atravesados por filosas armas.

Thorsson se defendió lo mejor que pudo. Los skraelings, al saberlo herido, se abalanzaron contra él para rematarlo. Fue una lucha ardua, en la que todos los pronósticos aseguraban que él tendría que sacar la peor parte. Una vez creyó llegada su hora. De reojo, como si se tratara de una intuición de peligro, alcanzó a ver a uno de sus menudos adversarios asestarle un enfurecido golpe de lanza contra su vientre. No tuvo tiempo de nada, ni de girar para tratar de desviar la estocada, ni de detenerla con su mazo, ocupado como estaba en descargar golpes y puñaladas a sus enemigos. La cota de malla que portaba no le serviría de nada contra aquella peligrosa y temible arma. Supo que su momento en la tierra había terminado, que la lanza le cortaría las entrañas, que era tiempo de decir adiós a la vida, que sí vendrían por él, finalmente, sus hermosas valquirias. Aún tuvo tiempo de pensar: "Odín, recíbeme como recibes a los valerosos guerreros en el Valhalla".

Pero no sucedió nada. Sintió el golpe de la lanza, artero y rotundo, lleno de asesina rabia, pero fue un mero golpe y nada más. No se sintió herido, no manaba sangre de su vientre; tenía los intestinos en su sitio, sanos y salvos.

Se sonrió: su viaje al paraíso quedaría pospuesto para otro momento… no muy lejano, a juzgar por la forma como los skraelings se empeñaban en matarlo.

El combate fue duro y largo. Los brazos le dolían de tanto usarlos. En el frenesí de la batalla, la posibilidad de abandonar todo intento de lucha lo invadió, desfalleciente como estaba por el colosal esfuerzo de defender su vida. ¿Por qué no, si sus brazos ya no daban para más? ¿Por qué no, si parecía que la muerte le llegaría, de todas formas? Se daría por vencido, pensaba. Se encontró entonando un poema que había aprendido desde niño:

Las riquezas mueren, los familiares mueren
uno también debe morir.
Sé de una cosa que jamás muere:
la reputación de cada hombre muerto.

Él mismo sería ese hombre muerto y distinguido por su oficio de soldado, por su valor. Les dejaría, tan sólo, para quien lo quisiera y lo apreciara, su recuerdo de hombre excelente para las cosas de la guerra.

Estuvo a punto de hacerlo, dejarse llevar por ese impulso de inevitable derrota, pero algo más allá de su comprensión, un afán casi heroico e instintivo de sobrevivencia, lo mantuvo repartiendo golpes y estocadas a quien tuviera la osadía de acercarse.

—¡Soy Thorsson el Indomable! —gritó, sacando fuerzas no sabía de dónde.

Tuvo que ser auxiliado por dos de sus compañeros que, a rastras, lo condujeron a lugar seguro, protegiéndolo de la furia de sus enemigos.

Los skraelings terminaron por batirse en retirada y los vikingos aprovecharon para reagruparse y emprender el regreso a la seguridad de sus embarcaciones. En el estuario contempló no sin desolación su rodilla destrozada. No le dolía, merced a un brebaje que le había proporcionado el mago Seuo, que funcionaba como anestésico. Temía perder la pierna. Su experiencia de soldado se lo confirmaba. ¡Había visto tantas heridas parecidas y tantos hombres que terminaban muertos o baldados! Se enojó consigo mismo por su mala fortuna. Meneaba la cabeza en señal de desaprobación. Suspiró. Lo hizo tremendamente fatigado, pero satisfecho de haber salido con vida. Fue entonces que, como si hubiera recibido una bendición o la mirada coqueta de una mujer hermosa, recordó el lanzazo que había recibido. Se llevó las manos al vientre y sacó, de entre el cinturón, la cota de malla y las pieles que lo vestían, un voluminoso libro: las *Sagas del caballero nómada*. Era un libro precioso. Estaba forrado en piel. Lo había comprado a un comerciante en Vinland y lo leía por las noches al amparo de una vela. Era su tesoro. Mientras otros perseguían riquezas y mujeres, él perseguía lo mismo, riquezas y mujeres, pero también libros, todos los libros que pudiera tener a su alcance, todos los libros que existieran, todos y cada uno quería hacerlos suyos, leerlos. Eran su pasión. No importaba el precio; él los adquiría. Las *Sagas del caballero nómada* le había costado sus buenas monedas de oro, pero era dinero bien pagado, no le importaba en absoluto. Había comenzado a devorar sus páginas mientras remontaban el océano rumbo a las Tierras Más Allá del Oeste. ¡Ah, cómo disfrutaba su lectura! La parte en la que el Caballero Nómada seducía a una princesa noruega le había parecido estupenda. "El amor puede tener el mismo efecto que un puñetazo", se le había quedado grabada esa frase. Y esta otra: "La aurora boreal de tu piel, el único sol que ilumina mis noches". El libro lo acompañaba a dondequiera que fuera, incluso en esa reciente y malhadada batalla.

No pudo menos que sonreír, agradecido con su *haminja* o buena suerte. Si estaba vivo era gracias a ese libro. Lo revisó. Más que examinarlo, lo acarició y lo mimó como si se tratara de la piel de la princesa noruega de la que había leído. Le dio vuelta ¡y ahí estaba la prueba! La cubierta posterior mostraba un hoyo y una rasgadura, producto del embate de aquel furibundo skraeling con su endemoniada y peligrosa lanza.

—Bendito Odín, el caminante y el encapuchado, el padre de todos, que proteges a los sabios y a los valerosos —dirigió la vista al cielo con verdadero agradecimiento.

Recordó asimismo a Thordal, el *snorri*. "Algún día aprenderás que un buen libro puede serte de más utilidad que la mejor de las espadas o el más sólido de los escudos", le había advertido.

De niño, Thorsson jamás lo creyó. Prefería jugar a lo que le viniera en gana antes que abrir las pastas de alguno de esos mamotretos que con tanto esmero atesoraba el snorri. *Snorri* significaba mago, y lo era, mas no por sus poderes mágicos sino por sus conocimientos de muchas cosas pasadas y presentes. Thordal leía de todo, se interesaba en todo, y a todo le encontraba cura o solución. Se vestía de negro y era ampliamente respetado en toda Islandia. Era su tío. Al morir su padre, en la incursión al monasterio de Lindisfarme, en Northumbria, el pequeño Thorsson había quedado huérfano, sin nadie que lo cuidara en el mundo. Su madre había muerto poco antes, víctima de unas extrañas fiebres que le quitaron la vida antes de que el snorri pudiera hacer algo por ella. Tenía ocho años cuando Thordal lo acogió, si no como hijo, ni como sobrino, sí como un muy querido discípulo de sus artes y de sus libros.

Le enseñó a leer. Le otorgó el conocimiento del *futhark*, o alfabeto vikingo.

—Quien conoce el futhark puede conocer todo lo habido y por haber en el mundo —le decía.

Le enseñó una a una las runas, que es como los vikingos nombraban a las letras de su abecedario. No sólo eso, sino que también le enseñó sus múltiples combinaciones, que permiten el acto de la lectura y escritura, y sus poderes más allá de su mero uso como signos: la palabra como invocación, hechizo y magia.

A Thordal le gustaba repetir las palabras escritas en el *Havamal*:

> Empecé así a germinar y a ser sabio,
> y a crecer y a sentirme bien;
> una palabra dio otra y la palabra me llevaba.

Al principio, a Thorsson le parecía absurdo y sin sentido todo ese aprendizaje. Le chocaba cuando el snorri le preguntaba, con voz severa, con respecto a las runas:

> ¿Las sabes tú grabar? ¿Las sabes tú interpretar?
> ¿Las sabes tú teñir? ¿Las sabes tú probar?
> ¿Las sabes tú pedir? ¿Las sabes tú ofrendar?
> ¿Las sabes tú ofrecer? ¿Las sabes tú inmolar?

Porque, ¿de qué le servían las runas a la hora de disparar una flecha o de blandir su espada? ¿O qué importancia tenían a la hora de hacerse a la mar, de contemplar una estrella o de comer un excelente trozo de carne? ¿Para qué aprender esos secretos si las runas no podían devolverle la vida de sus padres? Él prefería la guerra y no esa soberbia de querer nombrar y conocerlo todo a través de las letras y de lo que significaban. Todo eso le daba igual. Lo suyo era irse a jugar con sus amigos, vagar por el bosque en busca de huevos de codorniz, aventurarse por los muelles para oír historias de marineros, contemplar a escondidas los cuerpos de las mujeres mientras se bañaban en el río, y se mostraba reacio y desdeñoso a las enseñanzas del snorri. Se encomendaba a Loki, el dios de las travesuras, y no le faltaba tiempo ni ingenio para hacer las suyas propias.

Thordal, por su parte, no se dio por vencido. Conocía a la perfección la leyenda en torno al origen de las runas. Odín, el Dios de dioses, se había colgado de un árbol durante nueve noches y nueve días. Sangraba, debido a una herida que él mismo se había hecho con su lanza. Soportó el hambre y la sed, el frío y la lluvia. Fue tanto su sufrimiento que no tuvo más remedio que refugiarse en su interior, donde vislumbró las runas en el fondo de sus entrañas. Cuando las tuvo en su poder, se descolgó del árbol y comezó a caminar con paso más firme por el mundo, porque era poseedor de los secretos rúnicos. "El conocimiento cuesta —razonaba el snorri—. Hace falta autosacrificarse para adquirir la sabiduría. Nada es fácil, y mucho menos el saber." Para él, Thorsson necesitaba colgarse de su propio árbol para adquirir el poder de las palabras.

Al cabo de algún tiempo sus empeños empezaron a dar frutos. Logró, con paciencia y cariño, sembrar en él la semilla de la curiosidad y del conocimiento. Un buen día lo sorprendió hojeando uno de sus múltiples volúmenes. El niño, al sentirse descubierto, enrojeció como una manzana madura. Salió corriendo, sin decir palabra, a refugiarse en una peña desde la que contemplaba el mar y su atractivo don para las aventuras. Se decía: "Algún día me embarcaré y conoceré el mundo. Seré rico y famoso por mis proezas guerreras. Lo lograré, sin la ayuda del snorri y de sus malditas runas".

Poco a poco, sin embargo, el renuente Thorsson cambió de actitud. Terminó por ceder y rendirse. Fueron momentos de enorme alegría para Thordal, que contemplaba a su discípulo como quien sabe que ha domado a un dragón de la selva humeante o a un potro salvaje.

De esta forma, Thorsson aprendió a distinguir la runa Fehu de la runa Uruz, la Gebo de la Wunjo, y la Pertho de la Dagaz, hasta escribir y pronunciar correctamente las veinticuatro letras o runas del antiguo alfabeto vikingo.

—Eres ahora el hombre-que-sabe —lo llamó Thordal.

IV

A Thorsson le encantaban los libros.

Al principio, se sintió fascinado, como quien se detiene junto al abismo y duda en lanzarse al vacío, por aquellos libros que explicaban el origen del mundo. Aprendió unos versos:

> En los comienzos del tiempo no existía nada;
> no existía arena, ni mar, ni las frías olas,
> no existía la tierra, ni los elevados cielos;
> sólo un gran vacío, surgido de la nada.

De niño le atraían esas narraciones del comienzo primigenio, como a otros les gustan las historias de terror. Le daban miedo; no un simple miedo sino un verdadero e indudable terror, pero volvía una y otra vez a su lectura, cual si se tratara lo mismo de un castigo ejemplar que de una recompensa extraordinaria. Quería saber e intuía que el verdadero conocimiento debía partir de los orígenes de todo lo creado. Lo que estaba a punto de crearse.

—Ginunga —repetía el nombre de la nada, de ese abismo sin fondo y sin luz que constituía la ausencia total de todo, la era del no ser y del no estar.

Se aprendió los mitos que daban cuenta de aquellos orígenes. Dudó. Se preguntó cómo era posible que el primer dios, el Allfather, existiera aun cuando no existiera nada, en medio de la Ginunga. ¿Cómo? ¿Dónde se encontraba? ¿Por qué existía si sólo había vacío y oscuridad? Y luego, si la Ginunga reinaba, ¿por qué se hablaba de la existencia de la fuente eterna llamada Hvergelmir, de los doce ríos del Elivagar y de los territorios de Niflheim, poblados por agua, y de Muspells, que albergaba al fuego?

Thorsson no entendía algunas cosas pero se dejaba conducir por aquellos abismos de runas que hablaban de la nada original.

Creció en medio de aquella suerte de libros, así como del ejercicio indudable de las armas. Al tiempo que comenzó a leer la *Edda Antigua*, ya dominaba el arco y la flecha. Cuando se adentró en la poesía de la *Saga volsunga* se adiestró como jinete de imponentes corceles, y leía unos fragmentos de la historia islandesa escritos por Ari Thorgilsson el Sabio cuando pudo maniobrar un mazo de guerra sin terminar de manera aparatosa en el piso, vencido por el indudable peso de aquella arma.

Su primera espada se la regaló el propio Thordal. Era una espada magnífica de hoja recta y doble filo, que se angostaba hacia la punta y tenía correas de cuero en la empuñadura.

Thordal la mandó grabar con una inscripción que corría a todo lo largo y que decía: "Certera y poderosa, protégeme y abre el camino".

El snorri creía que las palabras tenían poderes sobre las cosas. Los conjuros no eran más que palabras combinadas para causar algún tipo de bien o de mal. Eran deseos que buscaban cumplirse y que se cumplían si se invocaban de manera constante y correcta. Tal era la esencia del mago: saber qué decir para causar un efecto, cualquiera que éste fuera. De ahí sus abracadabras, sortilegios y encantamientos. No creía que la combinación de runas permitiera la adivinación, sino que, mediante su invocación, podía ordenar cierto caos en torno a las circunstancias de la vida, a fin de moldear ese desorden del universo y ordenarlo conforme a una voluntad personal.

Así, sobre la entrada a su casa había hecho grabar: "De pie, siempre", que invocaba solidez y protección. En su gorro de mago bordó las palabras: "Erilaz" e "Ygdrassil". Lo primero significaba "Sabio de las runas", que era otro de los nombres de Odín, y lo segundo aludía al árbol sagrado del conocimiento o fresno de la vida, que tenía sus raíces en el infierno y su copa en el cielo. De él se había colgado

Odín para autosacrificarse y poseer la clave del misterio rúnico. Thordal lo llamaba "el árbol infinito de las palabras", porque nada de lo que pasara o no pasara en el universo podía ser entendido más que a través de las runas y sus significados. Invocaba así, mediante esas palabras, el conocimiento, la comprensión del mundo y la inteligencia.

Sus enseñanzas en torno al poder rúnico pronto fueron copiadas por todos los vikingos. En los barcos, por ejemplo, hacían inscribir frases como: "Vence y regresa a casa", "Que el mar te respete" o "Nunca me hundiré", que eran como una segunda armazón, un velo protector a sus quillas, mástiles y popas. En las mesas de comedor se grababan mensajes como: "Que nunca falte algo encima" o "La prodigalidad es mi esencia". Lo mismo sucedía con los cascos, con los escudos, con los mazos, con todos los instrumentos relacionados con la guerra, y con los utensilios propios de la vida cotidiana, desde cubetas y ollas hasta cucharas y ropa. Mensajes, en efecto, eso eran. A Odín, o a quien los escuchara. Frases de protección, de conjuro, de deseo que busca realizarse.

Thorsson siguió este tipo de magia o de encantamiento. La primera frase que compuso la grabó él mismo en cada una de las piedras de un collar que no se quitaba nunca. "Que la muerte tarde en llegar", decía.

Meses después, al maravillarse por los encantos de una jovencita que acompañaba a su madre a lavar ropa, una muchacha de lindos ojos y ágil y sólida de piernas, se hizo tatuar en el pecho, a la altura del corazón, lo siguiente: "Bella Ingrida, acompáñame en el mar de la existencia".

V

Un buen día llegó Ullam.

Thorsson habría tenido unos dieciséis años cuando lo conoció. Ya había leído una decena de *Eddas*, devoraba sagas al por mayor y él mismo había escrito algunos versos que guardaba para sí como el mayor de sus secretos.

Ullam llegó en una gran embarcación. Un *knorr* o barco dedicado al comercio de más de cuarenta metros de eslora. Tenía veinte remeros a su disposición, si bien la mayoría del tiempo navegaba merced al viento y a su doble velamen. Era una nave rápida en comparación con su tamaño. Ullam, además, tenía reputación de buen piloto. Sorteaba tormentas como nadie y era capaz de arribar a cualquier rincón del mundo guiándose únicamente por las estrellas. Había sido guerrero antes de convertirse en comerciante. Había estado en todas las grandes batallas, desde la de Saint Michelle, en la Normandía, hasta la de la Tierra Media, en Noruega, pasando por la de los monjes en Dublín, la de la larga noche en Glasgow y la de Northumbria, en Inglaterra.

—Conocí a tu padre —le dijo a Thorsson—. Combatimos juntos, abriéndonos paso entre los enemigos. Era un hombre valeroso, lo mismo que un estupendo bebedor de cerveza…

—Estoy seguro de que no pasará sed en el Valhalla —dijo Thordal.

—La hidromiel le encantaba. En especial la *cyser*, ¿recuerdas? *Mid*, le llaman los irlandeses; sabe a manzana y es magnífica. En mi knorr tengo dos toneles para vender, pero supongo que uno podría encontrar mejor acomodo en esta casa —ofreció Ullam.

A los pueblos del norte, en especial a los vikingos, los celtas y los sajones, les era especialmente gustosa esta bebida, fermentada con base en miel y agua. Era una especie de néctar divino, que el propio Odín había robado de un gigante, y éste, a su vez, de unos enanos. Era una bebida poderosa, que lindaba con lo mágico. Era una de las formas de la poesía. Permitía que fluyera la alegría y que los seres humanos encontraran su lugar en el mundo, pues les servía para entenderlo y soportarlo. Gracias a la hidromiel existía el canto y el valor para la conquista amorosa. O para estar dispuesto al combate. También para tener los primogénitos varones. Se decía que a los recién casados se les daba a beber de este líquido durante todo un mes lunar para que su primer hijo fuera hombre. A esta costumbre le llamaban *luna de miel* y era muy practicada, sobre todo en Islandia y en Groenlandia.

Era un líquido generoso. Los guerreros podían pasarse la noche entera bebiendo y levantarse al día siguiente como si nada, pues no producía resaca ni dolor de cabeza.

Ullam pidió a uno de sus empleados que le trajera el tonel y a otro que le llevara una espada. Llamó a Thorsson para que se acercara y le entregó el arma.

—Pertenecía a tu padre —le dijo al muchacho. La espada era bella y reluciente. Pesaba algo así como kilo y medio. Era de doble filo y terminaba en una punta roma, ideal para cortar de tajo, no para dar estocadas. La empuñadura era de oro. Tenía una esmeralda opaca y de regular tamaño engarzada en la punta—. Tu padre era bravo como pocos —agregó Ullam—. Un guerrero como ningún otro. Era el primero en lanzarse al ataque. A muchos les bastaba verlo y escucharlo con su inaudito *gö* de batalla, para salir huyendo despavoridos. Los que no lo hacían, quedaban muertos, destrozados por su mazo o mutilados por esta magnífica espada. Por guerreros como él los sajones y los franceses nos temen. Han acuñado una frase: *A furare normannorum libera nos, Domine*, que significa: "De la furia de los hombres del norte, líbranos, Señor". Tu padre era de esa estirpe, la de los hombres que se hacen temer en los territorios de la sangre derramada. Fue, en tierra, un valeroso y arrojado soldado, y ahora, en el Valhalla, un *einheriar*, un muerto en combate, que es el más alto honor a que puede aspirar un hombre.

Ullam acarició el arma. Lo hizo con respeto, acaso conmovido, y se la entregó a Thorsson.

—Es tuya —le dijo.

El muchacho, una vez que la tuvo en sus manos, la sopesó y la observó como quien aquilata un tesoro.

Su vista se detuvo en las runas que llevaba inscritas.

—Léele al joven bellaco lo que dice —le pidió Ullam al snorri.

—Él mismo puede hacerlo —le informó éste, con evidente orgullo.

Thorsson recordó a su padre y se dio cuenta de que había olvidado su rostro. Un día desapareció para no volver a verlo. Le pareció que había pasado una eternidad. Recordó, también, la forma como antaño esa espada lo maravillaba. Cuando él fuera grande, tendría un arma como ésa, e imaginaba las mil y un batallas en que su nombre resaltaría con brillo propio. Se acordaba vagamente de haber visto esos extraños caracteres, así como de haberse preguntado qué clase de enigma revelaban. Ahora sabía que eran runas. Y podía leerlas.

"Aprendió a morir matando", decía la espada.

VI

—Ullam es el hombre más sabio que he conocido en mi vida —aseguró Thordal; lo admiraba, sin duda—. Ha leído todos los libros y ha estado en todas partes. Él mismo es poeta y soldado. Lo he visto escribir, guerrear, poner en práctica sus conocimientos en torno a las estrellas, al mar, a curar enfermedades, a la siembra y a la cosecha, a las cosas divinas y humanas, y es único, bondadoso y magnífico. Es el-verdadero-hombre-que-sabe. Cualquier enigma, en un instante de reflexión, lo aclara y resuelve. Estar con él es saber. Y sentirse seguro. Conoce los remedios a todos los males y maneja la espada y el mazo como ningún otro. Es diestro con la flecha y con la lanza, como si poseyera la mismísima *gungnir* de Odín. Lleva en él la runa Algiz impresa en su alma. Y la Sowulo y la Dagaz. Es inteligente, exitoso, bueno. Su bondad lo precede. Su sabiduría. Y su afán de justicia. Por eso no es visto bien en muchos reinos. Le han puesto precio a su cabeza en no pocos lugares. Ha sido proscrito de muchos otros. Levanta la voz cuando hay que hacerlo y desenvaina sus armas por causas indudablemente nobles. Es un rebelde. Dejó de guerrear por lo mismo. Se cansó de tanta sangre en nombre de razones precarias o inútiles. Lleva en sí la paz y la armonía. Ahora comercia. Tiene fama de inquieto, toma su barco y se va a donde quiere. Se ha ganado la admiración y la envidia. Por eso lo recibo con los brazos abiertos. Y lo considero un hermano. Un maestro. Pero le cierran las puertas. Lo ponen contra la pared. Lo obligan a marcharse o a no atracar en ciertos muelles. Por eso ahora tiene puesta la vista allá lejos, del otro lado del mundo, en el misterio del horizonte que se ensancha donde el sol se pone...

Fue gracias a Ullam que Thorsson escuchó por primera vez de ese lugar: las Tierras Más Allá del Oeste.

Thorsson se imaginó un lugar poblado de gigantes, de *trolls*, de *svartálfar* o elfos de las tumbas, de enanos truhanes, de *huldras* con sus colas de vaca; la región de las maldades y de la oscuridad primigenia, que tanto le atraía y tanto temía.

Ullam, en cambio, hablaba como comerciante. Y como visionario. Un territorio rico, decía. Maderas preciosas, mucho oro y mucha plata, abundancia de comida por doquier, una tierra inmensa y fértil, a la espera de quien quisiera sacarle provecho. Un sitio para que los hombres rehicieran su vida, para que vivieran en paz.

Thorsson, que había leído con gusto la *Saga groenlandesa*, se atrevió a decir:

—Eric el Rojo nos mostró el camino...

Sí. El gran Eirik Raudi, quien llevaba en sus hombros la muerte de dos hombres. Los mató con sus propias manos, debido a un préstamo y una mirada que no debió ser. Un lío de personalidades excesivas y de armas fáciles de sacar. Lo exilió el rey de Noruega, quien lo salvó de caer abatido por la venganza familiar. Se convirtió, así, en un hombre errante, y por fuerza del destierro, en un atrevido explorador.

El propio Ullam se había aliado con Eric el Rojo en su tarea de colonizar las tierras más allá de Islandia. Se estableció en Brattahlid, un pueblo surgido entre los fiordos islandeses, junto a una ladera muy pronunciada, poblado de cabañas precarias y de hombres y mujeres que parecían dispuestos a sobrevivir y a perpetuarse a costa de lo que fuere. Eric el Rojo era ya un anciano, si bien mantenía su proverbial fortaleza física. Seguía siendo el *jarl*, o jefe.

—Dame una tripulación de valientes y te diré qué hay más allá de los mares —le pedía Ullam.

Le ofreció su propio barco para hacerlo, un knorr de veinte metros. Eric el Rojo escuchaba. También a su hijo, el osado Leif Eriksson, el converso, el cristiano. Él también ansiaba la gloria y la fortuna. Era un aventurero nato. Soñaba con descubrir nuevas tierras y correr aventuras que los poetas cantaran por siglos.

El *jarl* de la Tierra Verde sopesó ambas propuestas. La mejor era la de Ullam, un hombre sabio, curtido en la guerra, de buen juicio, rico, pragmático, un snorri a su manera y, además, un excelente navegante. Pero su fama de rebelde lo precedía. Eric el Rojo no quería problemas. Fatigado por los años, no estaba dispuesto a que su autoridad fuera cuestionada por un hombre inquieto e insumiso. Finalmente se decidió por su hijo. Le compró un barco a Bjarni Herjolfsson, el comerciante; lo avitualló y puso a su disposición treinta y cinco guerreros de los más osados, incluido Ullam, quien no estaba dispuesto a perderse tal hazaña.

Se dijeron adiós. Partieron en un drakkar con forma de dragón. La mañana era agradable aunque algo brumosa. Remaron hasta la punta del fiordo occidental e izaron las velas para ser empujados por el viento. El hijo de Eric el Rojo oró:

Señor, tú que eres inmaculado, te ruego que guíes mi viaje,
que tú, que estás en el alto cielo, cuides de nosotros, tus hijos.

Navegaron en una embarcación reforzada en la proa y las costillas, para evitar ser partidos en dos por los hielos polares. Ullam llevaba el rumbo. Avanzaron hasta la Tierra de la Piedra Lisa, sin pasto y llena de glaciares; de ahí, a otro territorio boscoso y de hermosas playas que llamaron Tierra de la Foresta o Marklandia, y, finalmente, empujados durante dos días por un generoso viento del noreste, a un lugar que encontraron lleno de bayas silvestres y de uvas, al que le dieron el nombre de Vinlandia. Ahí se establecieron. Leif era un buen líder y sabía mandar. Era alto y fuerte, de impresionante apariencia; muy perspicaz y sin vicio conocido. Bajo sus órdenes levantaron tres cabañas para protegerse de las inclemencias del clima. En un río cercano pescaron salmones, los más grandes que habían visto en su vida. De vez en cuando recibían la visita de los nativos, a los que llamaron *skraelings*, por ser pequeños de estatura y estar forrados con pieles de morsas y de focas. La palabra era útil para designarlos, pues les caía como anillo al dedo en cualquiera de sus tres acepciones: la de piel distinta, la de endeble y la de extranjero o bárbaro. El término, en un principio, había servido para definir a los primeros esquimales que encontraron a su paso, y luego, por extensión, a cualquier nativo de los territorios que fueran descubriendo. Los skraelings eran curiosos pero no hostiles. Se apostaban a prudente distancia y desde ahí observaban a los vikingos. Al cabo de un tiempo recibieron la visita de Bjorn Bonde, que había rescatado en el mar a una pareja de skraelings hermanos. Flotaban a la deriva en un bloque de hielo. Eran unos niños, casi. Estaban hambrientos y a punto de congelarse. Una vez que recuperaron las fuerzas, se mostraron de lo más agradecidos con sus salvadores. Procuraban servirlos en todo y estar atentos a sus órdenes.

Ullam trató de hacer amistad con ellos.

—Yo, Ullam —se presentaba, repitiéndolo varias veces y señalándose a sí mismo.

—Akiak —respondió uno de ellos, con ese apelativo que significaba "valiente" en su lengua.

—Nannuraluk —contestó el otro e imitó a un oso, pues eso significaba su nombre.

Ambos tenían ojos grandes y pómulos prominentes. Eran morenos y de piel curtida por el clima. Ullam intentó hablar su idioma, pero sólo pudo aprender una que otra palabra: *aput*, nieve; *quilaq*, cielo; *ugyuk*, foca, e *ikun*, cuchillo. Trató de explicarles de dónde provenían: "Somos *norse*, hombres del norte". *Norse*, insistía, pero los pequeños skraelings les llamaban *kablunait*, que significa "gente extraña que llegaba de un país misterioso".

Ullam permaneció todo el invierno en esas tierras. Fue un invierno menos duro del que esperaban. Nunca heló y los pastizales apenas se marchitaron. Volvió a Groenlandia y regresó un año más tarde a las Tierras Más Allá del Oeste, pero ahora bajo las órdenes de Thorvald Eriksson, otro hijo de Eric el Rojo. A diferencia de Leif, éste era un hombre torvo y ambicioso. De joven se había caracterizado por vivir del saqueo de poblaciones costeras, y de grande, por acumular tierras y reclamar para sí las mejores mujeres y las mejores cosechas. Mientras Ullam ansiaba conocer más acerca de las costumbres y el idioma de los skraelings, o de develar los misterios de aquellas tierras, Thorvald sólo pensaba en sacar el mayor provecho de esos viajes. Llenaba sus barcos de madera, pieles y frutillas del bosque. Había engordado, lo que consideraba un signo de bienestar y de opulencia. Se hacía acompañar de Tyrkir, un vikingo de origen germano que le había dado el nombre de Vinland a esa región. Arribaron a las Leifbundir, y de ahí se pusieron a explorar nuevos territorios. El lugar les pareció muy hermoso, con bosques que se prolongaban hasta casi alcanzar la costa y con largas playas de arena; había multitud de islas y partes de mar poco profundas. Llegaron, tras sortear un vendaval que hizo que la quilla se hiciera añicos, hasta un sitio en que carenaron el drakkar y le hicieron reparaciones. Le dieron a ese sitio el nombre de Kjalarnes, que significa Cabo de la Quilla. De nuevo en movimiento, remontaron la costa hacia el este hasta una bocana formada por dos fiordos. Se adentraron para explorar y llegaron hasta un bello promontorio, verde de pasto y ligeramente arbolado. Ullam maniobró el barco. Lo colocó con mucha habilidad paralelamente a la costa, sacaron la pasarela y bajaron a tierra.

—Es éste un hermoso sitio —dijo Thorvald—. Me gustaría construir aquí mi hogar.

No bien lo dijo cuando Tyrkir descubrió algo que le llamó la atención:

—¡Skraelings!

A lo lejos, cerca de la playa, varios hombres transportaban por encima de sus cabezas tres canoas hechas de pieles.

—¡Matémoslos! —ordenó Thorvald, por completo entusiasmado.

—¡No! —intervino Ullam—. No nos han hecho nada. ¡Déjenlos en paz!

—*Ergjask* —lo llamó Thorvald. *Ergjask*, que significa afeminado.

Era una dura palabra entre los vikingos. Ullam no lo pensó dos veces. Se lanzó encima de su capitán, tundiéndolo a golpes. Hubiera salido victorioso pero no hubo tiempo para confirmarlo. Tyrkir se metió entre ellos, separándolos. Se necesitaron cuatro hombres para tener bien sujeto a Ullam.

—¡Encadénenlo! —ordenó Thorvald, apenas recuperó la compostura.

Miró hacia la playa, en dirección de los skraelings. Éstos continuaban caminando por completo desprevenidos. Llevaban la cabeza cubierta por la canoa y no habían visto a los vikingos.

—Ya me encargaré de ti, *ergjask* —escupió con enojo a los pies de Ullam.

Dio la orden de atacar.

Los skraelings fueron flechados como conejos. Sólo uno logró escapar. Lo hizo corriendo a todo lo que daba y zigzagueando para no ser alcanzado por las saetas. Ullam, desde el barco, contempló impotente la matanza. Escuchaba las risas de los vikingos, en especial la de Thorvald, que se dedicaba a rematar a los heridos. Los despojaron de sus pieles y regresaron al barco. Todos parecían satisfechos y felices.

—*Ergjask* —volvió a decir Thorvald, no bien pisó la cubierta.

Ullam se revolvió furioso pero, encadenado como estaba, nada pudo hacer para vengar la afrenta.

Durante un buen rato, Thorvald no hizo más que contemplarlo con burla y con desprecio. Después se puso a limpiar la sangre de sus armas, ordenó que repartieran hidromiel a toda la tripulación, comió algunas viandas, se puso a cantar himnos de victoria y se decidió a tomar una siesta.

Los demás lo secundaron.

Fueron despertados por una gritería ensordecedora. ¡Los skraelings los atacaban! Eran decenas, armados con lanzas, arcos y flechas. Se detuvieron cerca de un promontorio y desde ahí dispararon sus dardos. Era una peligrosa lluvia de flechas. Algunas se clavaron en los costados, otras en la cubierta y algunas más en el velamen, que estaba recogido. Ullam, como pudo, se recargó en la borda para protegerse lo mejor posible.

—¡La pasarela! —gritó alguno, ordenando que la quitaran.

—¡A los remos! —gritó Thorvald con prestancia.

Fue su última orden. Una flecha se clavó debajo de su axila. Había volado entre la borda y su escudo y se detuvo debajo del brazo. Casi lo atravesó por completo. Cayó al piso en medio de su propia sangre, espesa y de un rojo brillante.

La tripulación buscó resguardo y luego empuñó los remos. Avanzaron lo más rápido y fuerte que pudieron para alejarse de aquel sitio. Gunmir fue herido en una mano y Froder en una pierna, nada de gravedad. Una vez alejados lo suficiente, respondieron al ataque con sus propios arcos y flechas. Los skraelings dieron la espalda y huyeron tan rápidamente como habían aparecido.

Tyrkir se acercó a Thorvald para brindarle los primeros auxilios. Era tarde. El capitán había perdido mucha sangre y agonizaba. Desencadenaron a Ullam.

—¡Ayúdalo! —le exigió Tyrkir.

Ullam sabía de esas cosas. Era un sabio capaz de curar lo que fuera. Se acercó a Thorvald presuroso, sin remordimiento ni rencor alguno.

Le bastó echarle un vistazo para saber que ya no había remedio.

Thorvald todavía tuvo tiempo de decir:

—No me arrepiento. Hay un montón de grasa alrededor de mi vientre. Me ha ido bien. He encontrado un país rico que otros disfrutarán —y expiró entre el barboteo de su propia sangre, que derramaba por la boca.

Lo enterraron en el mismo promontorio que le había gustado como hogar.

—Que esta tierra te reciba con el agrado que tú mismo tuviste al admirarla por vez primera —dijo Tirkyr a la hora de echar la primera palada.

Le pusieron una cruz en el sitio de los pies y otra en la cabeza y bautizaron aquel sitio como Krossanes.

Cuando regresaron a Brattahlid, en Groenlandia, muy cerca de Eirikefjord, el primer asentamiento fundado por Eric el Rojo, la noticia de la muerte de Thorvald se esparció con rapidez. También la negativa de Ullam de aniquilar a los skraelings. Hubo quien lo culpó de manera indirecta de aquel asesinato. Leif Eriksson escuchó sus razones, lo mismo que su hermano Thorstein Eriksson y su hermana Freydis. Estos dos querían ejecutarlo por traición. Freydis era una mujer altanera, dominante y ambiciosa, que se había casado notoriamente por interés. Se encargó de azuzar para que la cabeza de Ullam colgara expuesta del árbol más alto. Éste fue encarcelado durante una semana. Una semana larga de angustia, donde temió terminar sus días torturado y decapitado. Por fin, llegaron los carceleros y lo sacaron a empujones de su oscura celda para llevarlo ante Leif.

—Quedas libre —le dijo el *jarl*—. Tendrás que marcharte hoy mismo, porque no respondo de lo que pueda hacer la turba con tu persona. Ya he hecho público mi veredicto y a nadie le ha gustado mi decisión, pero sé que eres un buen hombre. Tú no mataste a mi hermano.

Estaban solos y se dieron un abrazo.

Después lo condujo a otra habitación llena de gente.

—He de montar esta farsa, para acallar los ánimos. No te preocupes —le susurró al oído.

Apenas vieron a Ullam, se enardeció la turba.

—¡Que lo cuelguen! ¡Que lo maten como a un perro! ¡Que su cabeza ruede a nuestros pies! —se escuchaba.

Leif Eriksson los acalló, investido de la autoridad que tenía. Era el nuevo *jarl* de la Tierra Verde. Eric el Rojo había muerto unos meses antes, víctima de una extraña enfermedad que habían traído consigo unos náufragos.

Todo mundo guardó un pesado y molesto silencio para escucharlo. Luego dijo con solemnidad, dirigiéndose a Ullam:

—Honro, al liberarte, la memoria de mi padre, el gran Eric el Rojo, hijo de Thorvald. Años atrás un buen rey de un país que hoy nos parece lejano disculpó sus acciones, que hubieran merecido la pena de muerte sin miramiento alguno. Lo hizo en razón de sus virtudes como hombre de provecho y por las circunstancias en que ocurrieron sus acciones. Ese buen rey jamás imaginó que, al otorgar su perdón, abriría el camino para una de las más grandes empresas de nosotros, los pueblos del norte: la colonización de la Tierra Verde y de muchas y muy ricas regiones de la Tierra Más Allá del Oeste. Lo perdonó, pero con el precio del exilio y el estigma de forajido. Lo sentenció a nunca más volver a Noruega. Es la misma sentencia que te impongo. El destierro. Nunca más volverás a poner pie en Groenlandia, so pena de ser ajusticiado de inmediato. Lo mismo sucederá en cualquier otro territorio que sea tomado en nombre de Dios nuestro señor por los Eriksson, la estirpe a la que nos honra pertenecer.

Mandó llamar a un emisario, que leyó con voz grave lo siguiente. Lo hizo como si se tratara de una maldición:

"Ullam de Aisberg:

"Quedarás fuera de la ley aquí y en cualquier lugar donde los hombres cacen lobos, donde los cristianos erijan sus iglesias, donde los

71

paganos eleven sus templos y hagan sus sacrificios, donde la fogata se enciende, donde la tierra verdee, donde el hijo llame a su madre, donde se alce el brillo de los escudos, donde el sol resplandezca, donde habite la nieve, donde en primavera el halcón retoce si un buen viento pasa por sus alas, donde se levanten las ciudades y donde se siembre.

"Que así sea hoy y para siempre.

"Ésa es la sentencia dictada por el *jarl* Leif Eriksson y ésa es la ley.

"Que los dioses tengan en su gloria a quienes la respeten y en su cólera a quienes la violen…"

VII

—Pero, ¿y las Tierras Más Allá del Oeste? —preguntó Thorsson. Se imaginaba a sí mismo al mando de un drakkar, aventurándose por los misterios del mar y de sus islas. Le gustaba el nombre de Thorssonland para bautizar alguno de aquellos lugares, el más fértil, el más próspero.

Ullam suspiró. Proscrito de todas partes, se embarcó en su drakkar y partió a donde esa sentencia sobre su presunta rebeldía no hubiera llegado a oídos de nadie. Marchó a las Tierras Más Allá del Oeste y ahí encontró su destino.

—Tengo algo que mostrarles —dijo.

Sacó de entre sus ropas un cuchillo y lo mostró. Era negro y reluciente. La empuñadura, de oro.

—¡Oro sólido! —exclamó el snorri.

—Y vean el material. Es una piedra negra con un filo terrible. Sirve para sacar corazones, me han dicho.

Thorsson admiró aquella arma, que le pareció fabricada por alguna criatura maligna. Un enano de la oscuridad o una bruja del bosque espeso, aventuró.

—Y tengo algo más.

Mostró un envoltorio, que desdobló con parsimonia. Parecía contener una piel. De león, acaso. El snorri había visto una piel parecida que colgaba de la pared de un castillo en Escandinavia.

—Vean.

La piel estaba por completo moteada en negro y dorado. Su pelambre era corto y muy fino. Thorsson le pasó la mano y se maravilló con su tacto.

Ullam tomó la piel y la desenrolló.

—Es un traje de guerrero. Un caballero tigre —dijo Ullam, entusiasmado.

Contó entonces la historia de Styr Hauka el Cuervo. Era el único tripulante de una pequeña lancha a la deriva, al suroeste de Islandia. Estaba en los huesos y consumido por el sol. Ullam lo rescató en medio del mar. Estaba tan exhausto y abatido, que subirlo al drakkar fue obra de un solo hombre, tan delgado y frágil como estaba. Llevaba consigo un baúl con cerrojo y un arpón. Algunos huesos de pescado esparcidos entre los tablones atestiguaban lo que había sido su dieta. Su ropa, hecha jirones, y su piel mostraba pústulas y un enrojecimiento doloroso y mayúsculo.

Deliraba, retorciéndose entre dormitaciones de pesadilla.

—Oceloyótl, oceloyótl —repetía sin cesar.

La tripulación desconocía ese nombre y lo asoció con la bestia marina que de seguro había atacado su barco.

Ullam trató de fortificar al náufrago mediante la preparación de comida y brebajes especiales. Styr Hauka recuperó la conciencia y cierta mejoría en un par de ocasiones. En una de éstas tomó de la mano a su salvador y le dijo:

—Soy rico. He descubierto un rico territorio. Y fantástico. ¡Las cosas que he visto! Oro, extensos huertos, hermosas mujeres, mares de encanto, tibios y transparentes, un sol eterno y maravilloso.

Parecía presa de una gran emoción.

—¿Dónde? —preguntó Ullam.

—Al sur, a treinta días de Vinland…

—¡Nadie ha llegado tan lejos!

—Yo sí, con mi knorr…

El barco regresaba a Islandia cargado de riquezas cuando los sorprendió una tormenta. El knorr se partió en dos. Solamente cuatro pudieron encaramarse a una lancha para no perecer. Los nombró: Vifilsson, Thornes, él mismo y alguien más a quien llamaba Oceloyótl.

—Tengo algo en mi baúl que quiero mostrarles —dijo el náufrago.

Lo hicieron traer. Era un baúl pequeño, de madera pintada de negro. Styr Hauka sonrió complacido.

—¡Ábranlo! —ordenó.

Trajeron un mazo. El cerrojo saltó hecho pedazos. Ullam sacó de su interior varios envoltorios, arropados en una tela de color rojo.

Lo primero en salir fue la piel de tigre. El náufrago la desenvolvió con cuidado. La mostró a todos con orgullo.

—Oceloyótl —dijo—. El príncipe. El Caballero Tigre.

Se volvió a recostar, por completo exangüe, débil. Respiraba con dificultad. Temblaba debido a los escalofríos. Contó, con voz entrecortada:

—Llegué lejos, muy lejos, donde nadie ha puesto el pie, ni siquiera Ulf Krakasson o Leif Eriksson el Afortunado. Lo que vi es suficiente para darme por bien servido en la vida. Un país maravilloso, de riquezas inabarcables. Si he de morir, quiero que todos sepan que yo, Styr Hauka el Cuervo, hombre de bien, creyente de Odín y de Dios en lo Alto, ¡he descubierto un nuevo mundo!

VIII

—La mítica Thule —aventuró Ullam.

—La Hiperbórea de los gigantes —dijo Thordal.

Alguno de esos dos países tendría que ser el que había descrito Styr Hauka antes de pasar a mejor vida. Tanto Thule como la Hiperbórea eran descritos desde tiempos antiguos como lugares lejanos y mágicos, más allá de las fronteras de cualquier parte, más allá de los límites conocidos. Thule era el sitio más nombrado por la gente del norte. Había quien lo describía como un lugar donde el aire, la tierra, el agua y el fuego eran una sola entidad, indisoluble y extraña. Otros, como el lugar de los orígenes, el de los ancestros. Otros más como una especie de cielo o paraíso, donde las leyes del mundo conocido no permeaban, donde existía la juventud eterna y donde todo era dicha, amor y comida en abundancia. Llegar a ese país era obtener la gloria y poderosos secretos, además de una vida para siempre cómoda, larga y despreocupada. Leif Eriksson se había hecho a la mar para arribar a este país —así se lo hizo saber a Eric el Rojo: "Quiero ser el primero en poner pie en Thule, padre, en Thule"—, pero su destino lo llevó, en cambio, a Markland y Vinland, tierras fértiles pero no mágicas ni extremadamente ricas. Nuevas expediciones se habían organizado para descubrir la tan deseada Thule. Algunas partieron al norte más distante, donde las crónicas de antaño la situaban. Otras se dirigieron un poco más al sur, pues había quien hablaba de un continente fantástico conocido como Atlántida, donde Thule sería únicamente una de sus regiones. Ullam navegó tanto al norte como al sur en busca de aquella fabulosa tierra. Había leído papeles dejados por Piteas el de Marsella y por Procopia Cesarea, en los que se hablaba de este país, situado en la parte más septentrional del mundo. Plinio el Viejo también lo citaba al noroeste. Cuando Eric el Rojo arribó a la Tierra Verde, atestiguan que dijo: "Thule, Thule, he llegado a Thule", pero la geografía agreste de aquel sitio lo convenció de lo contrario. Mandó una nueva expedición al mando de Thorstein, el tercero de sus hijos. Se dice que lo envió para traer los restos de Thorvald, pero, en realidad, fue para reclamar para sí la legendaria Thule. El hijo menor viajó junto con su esposa Gudrid y veinte marineros. Se hicieron a la mar y pronto se perdieron de vista. Fue un verano especialmente duro, que los hizo estar a capricho del clima, con sus tormentas. Navegaron y perdieron su ubicación. Llegaron a tierra firme, ¡pero en Groenlandia! Era un lugar al norte, al que algunos colonos habían bautizado como Lysufjord. Ahí pasaron el invierno. Los sorprendió una plaga que mató a la mayoría de los habitantes, incluido a Thorstein. Gudrid volvió a casarse con un rico capitán de nombre Thorfinn Karlsefni, el hijo de Thord Cabeza de Caballo. Era un noruego que poseía una cuantiosa fortuna. La dedicó a navegar y a buscar Thule, la tierra de la fortuna y de la juventud.

—Pero todo mundo buscaba a Thule en el norte o en el oeste, cuando en realidad hay que navegar hacia el sur —dijo Ullam.

Estaba convencido de que Styr Hauka había encontrado un nuevo mundo. ¡Todo era tan coherente! La descripción de aquel viaje y sus extrañas regiones. Además, ahí estaban las pruebas: el cuchillo y el traje de Caballero Tigre. Nunca, en ninguna de sus incursiones a las nuevas tierras, Ullam había visto algo parecido. Los skraelings que conocía hasta entonces eran básicamente de dos tipos: los más boreales, vestidos con pieles de foca, y los más australes, con pieles de oso. Unos u otros usaban armas confeccionadas con piedras muy burdas o con huesos de animales. Jamás había visto nada semejante a aquel cuchillo de piedra negra ni a aquel atuendo con la piel de un animal que no crecía en ninguna de las regiones del norte. Estaba seguro: debía navegar al sur para encontrar a esa nueva estirpe de skraelings. Styr Hauka había sido elocuente al hablar de uno de los nativos de Thule, al que llamaba Oceloyótl. ¿Cómo había llegado a su barco? Ullam no había logrado entender si había sido capturado o si estaba ahí por su propio gusto. Styr Hauka hablaba de él como si se tratara, más que de un prisionero, de un buen camarada de aventuras. Al momento de la tormenta que los echó a pique, fue el propio Oceloyótl quien lo rescató de las aguas y lo puso a salvo en la lancha. No hubo tiempo, sin embargo, para que Styr Hauka contara más. A la tercera noche de haber sido rescatado, se despertó en medio de furiosas convulsiones, vomitó un líquido negro y expiró, no sin antes decir aquellas que fueron sus últimas palabras: "Un nuevo mundo".

Ullam se dio entonces a la tarea de preparar su nueva y secreta aventura: la búsqueda de Thule. Arribó a Islandia, donde encontró refugio en la casa del snorri. Reforzó el casco de su drakkar. Lo calafateó con brea de excelente calidad, hecha con grasa de oso y una mezcla de hierbas. Contrató a diez de los más expertos marinos y a treinta de los mejores y más disciplinados guerreros. A ninguno le dijo el destino de aquel viaje. Sólo el snorri lo sabía. Él mismo fue de los primeros en alistarse.

—Ni creas que te desharás de mí. No quiero terminar mis días en el viejo mundo sino en el nuevo —le dijo.

Los preparativos de la travesía duraron dos semanas. Todos parecían entusiasmados. Todos, con excepción de Thorsson. Él quería formar parte de esa aventura, pero el snorri se negaba:

—No. Tu destino es otro. Debes quedarte aquí —le decía.

Thorsson se sintió huérfano de nuevo, desprotegido. No entendía nada. No le parecía justo. ¿De qué le había servido esforzarse en el arte rúnico, que era una forma de complacer al snorri, si a final de cuentas éste se marchaba, dejándolo solo, a merced de eso que llamaba destino y que él contemplaba como algo frío y lleno de vacío y soledad? ¿Para qué se había hecho cargo de él, si de todas maneras lo iba a abandonar?

El snorri le pasó una mano por los cabellos y Thorsson se le abrazó fuerte, como si no quisiera dejarlo nunca. Thordal lo separó con suavidad y le dijo:

—No te preocupes, no te voy a dejar desprotegido.

—¡Cómo no, si te marchas! —lloró el muchacho.

—Te voy a dar algo.

El snorri se dirigió a una trampa hábilmente oculta en el piso. Accionó un mecanismo secreto que levantó una tapa. Se agachó a recoger algo. Se incorporó y lo que llevaba en sus manos se lo entregó al muchacho.

Era un objeto largo y reluciente.

—Es una espada de Kaali —informó.

—¡Una espada de Kaali! —se entusiasmó Thorsson.

—Está hecha del mismo material de las estrellas —dijo Thordal.

IX

El muchacho conocía la leyenda de la espada de Kaali. La malvada Louhi, reina del territorio gélido de Pohjola, decidió burlarse de los hombres robándoles el sol. Ukko el Viejo, el dios de dioses, se opuso de manera terminante. Era el dios del cielo y del trueno. Con su martillo gigante se dedicaba a golpear un yunque enorme, del que salían serpientes de fuego conocidas como chispas, que terminaban convertidas en estrellas. Ukko tomó su martillo y golpeó con fuerza para crear un nuevo sol. Salió una chispa enorme. Sin embargo, en lugar de dirigirse a donde sale o se pone el sol, se desvió de su camino y terminó precipitándose a tierra en una región más allá de Finlandia llamada Kaali.

A Kaali se le conocía como el sitio donde el sol chocó contra el mundo.

Se trató de un enorme meteorito que impactó la superficie terrestre. Fue una colisión terrible y espectacular, que generó un cráter de forma casi circular. Miles de hectáreas de bosque se incendiaron durante varias semanas. Los testigos de aquel fenómeno pensaron que era Thor el que viajaba en su carroza de fuego y que el bosque ardiente, cuyo resplandor podía verse a cientos de kilómetros de distancia, obedecía a los hornos donde el legendario hijo de Odín había forjado su legendario mazo y su poderosa lanza Mjollnir. Estas armas eran tan potentes que podían derribar montañas y gigantes de un solo golpe.

Muchos hombres, buenos y malvados, se dirigieron a Kaali para lograr forjarse un arma parecida, que les otorgara poder y fortuna. Los primeros que llegaron se encontraron con un páramo yermo y destruido, por completo reducido a cenizas. No había yunques ni martillos gigantes. Sólo extrañas y curiosas piedras. Eran enormes y pesadas. Despedían un fuerte calor y brillaban de noche. Intentaron desprender pedazos más pequeños, fáciles de transportar, pero eran tan duras que cualquier intento era total y lastimosamente vano. En su mayoría, murieron al cabo de un par de días, víctimas de un extraño mal que los quemaba por dentro. Los que sobrevivieron, muy pocos, quedaron ciegos, los cabellos desprendidos de la cabeza y con extrañas llagas por todo el cuerpo. Pensaron que todo aquello era producto de una brujería más de la malvada Louhi. Kaali quedó considerado como un lugar peligroso y de muerte.

No faltaron otros arriesgados. A pesar de las advertencias, quisieron ver con sus propios ojos el lugar donde había caído el sol, y para procurarse el material para hacer su propia arma mágica y poderosa. Lo hicieron ya entrado el año, en época de lluvias. El enorme cráter se cubrió de agua. Por las noches ocurría un fenómeno que les pareció alucinante. El lago que se formó brillaba en la oscuridad y burbujeaba como si estuviera hirviendo. Nadie se atrevió a meter la mano, temerosos de perderla por el solo contacto con aquel líquido embrujado. Salían vapores nauseabundos, que a muchos hicieron pensar que en sus profundidades se estuviera cocinando un platillo perteneciente al reino de los monstruos y de los muertos.

Algunos salieron huyendo mientras juraban no volver. Otros se quedaron y murieron al poco tiempo. Se especuló acerca de la existencia de un ser terrible encargado de exterminar a los humanos, proveniente de algún lugar maligno de la bóveda celeste. Un *jotun* indomable y come-hombres, o cualquier otro gigante de apariencia espantosa y terrible, de afilados dientes y garras. Podría ser un gigante de fuego, encargado de incendiar el Ygdrassil para causar el fin del mundo. También se aventuró otra posibilidad: que el fallido sol, en su escandalosa caída, hubiera abierto una entrada directa al Helheim o infierno, a la tenebrosa morada de Hela, la reina del lugar de la oscuridad y la frialdad conocida por los vikingos como Niflheim. Hubo quien juró haberla visto ascender hasta la superficie entre aquellas aguas, con la mitad de su cuerpo perteneciente a la mujer más hermosa que ojos humanos hubieran visto, y la otra mitad convertida en un cadáver fétido y putrefacto. Llegó a temerse tanto ese sitio, y eran tantas las muertes ocurridas en Kaali, que se decidió construir un alto muro que hiciera desistir a los curiosos de avanzar y que sirviera para mantener dentro de sus paredes a cualquier extraña y peligrosa criatura que habitara en su cráter.

Kaali quedó como un sitio tabú, como una región prohibida y de alto riesgo. Aun así, no faltó quien se aventurara a franquear su alto muro so pena de perder su propia vida. Sucedió con un snorri apodado Fenrir. Era un hombre sabio y valeroso. Se le impuso ese apodo debido a su carácter audaz e indomable. Según la leyenda, Fenrir era un lobo enorme y poderoso, imposible de tener atado. Cualquier tipo de cadena o sujeción la rompía con facilidad. Así era el snorri. Un hombre libre, independiente, sin ataduras. Era un viajero incansable. Viajaba movido por su insaciable curiosidad. Fue así como llegó a Kaali. Quería saber qué había detrás de esos muros. Los escaló y penetró a la zona vedada. Estuvo ahí varios días. En la *Saga del sabio*, que recoge la historia de algunos de sus viajes, se da cuenta de esa estadía, pero sin que se mencione qué pasó o que encontró en aquel sitio. Sólo dos cosas se saben: que sus cabellos, antaño negros, se habían tornado blancos, y que, al salir, llevaba consigo pesados fragmentos de aquel sol caído.

La *Saga del sabio* cuenta cómo Fenrir cargó con esos fragmentos hasta su cabaña, situada en lo más hondo del bosque negro de Noruega. Pasó el resto de su vida encerrado en aquel sitio, tratando de penetrar el misterio de aquellas rocas. Logró fundir el material y forjó con sus propias manos tres espadas.

Supo que tenía en sus manos armas por demás poderosas, comparables a la Mjollnir de Thor. Supo también que, de caer en manos equivocadas, acarrearían consigo enormes matanzas y, acaso, la destrucción del mundo. Guardó para sí el secreto de aquellos artefactos de guerra. Sin embargo, desde que salió del lugar prohibido había sido vigilado por enanos de las sombras a las órdenes de la malvada Louhi. Aquellos hombres pequeños le comunicaron a la reina lo que habían visto, ésta se alió con Hela y decidieron apoderarse de las espadas de Kaali.

Una noche, el snorri Fenrir se despertó en medio de un terrible sobresalto. Sintió que el frío más sobrecogedor invadía su cabaña y, también, que de algún lado penetraba un fuerte olor a muerte.

Supo de inmediato de qué se trataba. ¡Había sido descubierto! Se dirigió a donde tenía las armas. Fue obstaculizado en su intento por los tropiezos que le hicieron sufrir los enanos de las sombras. Aun así pudo llegar y, una vez que las tuvo en su poder, sacó de entre sus ropas un frasco que contenía una pócima mágica. La había hecho con el maullar de un gato, la pisada de un bebé que empezaba a caminar, polvo del corazón de un guerrero muerto en batalla, el cabello de cinco inocentes, un rayo de sol y una gota de leche materna. Estaba a punto de rociarla sobre las espadas cuando escuchó un grito que le erizó los cabellos.

—¡No! ¡No lo hagas! —le ordenaron Louhi y Hela.

Las dos reinas estaban desencajadas, a punto de verter sobre el snorri la mayor de sus furias. Fenrir no hizo caso y derramó la pócima sobre las espadas.

Las dos terribles soberanas de las sombras, de lo gélido y del infierno, se abalanzaron sobre el snorri y ejercieron en él todos los horrores posibles en el universo. Fenrir cayó muerto, el rostro marcado con una indeleble expresión del más absoluto de los espantos.

Louhi y Hela trataron de llevarse las espadas pero no pudieron. Apenas intentaban tocarlas, algo las repelía. Ordenaron a los enanos que las transportaran pero, al intentar cargarlas, éstas estaban tan pesadas que parecían formar parte del mismo suelo. Tampoco pudieron cumplir con su tarea.

Furiosas y decepcionadas, las malvadas reinas decidieron dejar las espadas en ese sitio, no sin antes precipitar sobre él una especie de cataclismo que destruyó la cabaña y dejó enterradas las armas bajo toneladas de roca, nieve, tierra y árboles.

Algún día regresarían con la forma de revertir los ingredientes de la pócima del snorri y aquellas poderosas armas serían suyas.

Las espadas de Kaali permanecieron enterradas y sólo existían en los cantos de los poetas y en muchas de las más famosas leyendas nórdicas. Los niños vikingos jugaban a poseer una de estas espadas. Thorsson mismo había practicado esos juegos. ¡Y ahora tenía una de verdad!

El snorri nunca le dijo cómo la había conseguido. Tan sólo le mostró, como prueba irrefutable de que se trataba, en efecto, de una espada de Kaali, una runa grabada en uno de sus lados. Era la runa Tywaz, la runa del combate y la victoria, que representaba a Thor.

—Cuando Fenrir vertió la pócima en las espadas —informó Thordal— salió un humo blanco y en cada una de ellas quedó inscrita esta runa: la marca del dios de la guerra.

Thorsson contemplaba la espada con veneración y escuchaba atento las palabras del snorri.

—Es una espada mágica, de eso no me cabe la menor duda.

—Pero, ¿en qué consiste su magia? —el muchacho estaba ansioso de saber.

El snorri movió con desánimo la cabeza.

—No he podido averiguarlo.

La expresión en su cara no ocultaba un ligero mohín de disgusto, acostumbrado como estaba a encontrarle respuesta a todo.

—Pero, mira: te voy a enseñar algo. Fíjate en la empuñadura —pidió Thordal.

El muchacho lo hizo. Tras revisarla con detenimiento, encontró otra runa. Estaba escrita entre las tiras de cuero que servían para sujetar el mango de la espada.

—Es la runa Wyrd…

—¡Exacto! La runa de…

—¡Odín! —respondió Thorsson.

—He llegado, entonces, a una conclusión —dijo el snorri—. Esta espada es la fuerza, que corresponde a Thor. La materia de que está hecha la hace indestructible. Mira, no tiene ni un rasguño. Se necesitó un gran poder, el poder mágico del snorri Fenrir, para inscribir la runa Tywaz en su hoja. Si te das cuenta, la runa se halla cerca de la punta. Por el otro lado, en el extremo opuesto, alguien grabó la runa Wyrd, la runa de la inteligencia, del conocimiento.

—También de las tres hermanas —lo interrumpió Thorsson—. Urdrhr, que representa el pasado, Verthandi, el presente, y Skuld, el futuro.

—¡Exacto! A la fuerza de la espada hay que agregar la inteligencia de quien la usa. Thor es la batalla y la sangre; Odín, la curiosidad y el conocimiento. Thor hace y Odín piensa. Uno motiva y el otro inspira. Por eso, cuando uses la espada de Kaali, no te dejes llevar sólo por tu impulso guerrero sino por tu vocación de hombre sabio.

El muchacho se sintió, entonces, como ungido por un secreto valioso. Tomó la espada y la apretó contra su pecho, sintiéndose de alguna manera protegido. Después hizo dos o tres arabescos, como si repartiera estocadas a un adversario imaginario. Esa espada lo haría valeroso pero, sobre todo, invencible.

El azul de los sacrificios

I

Para Iqui Balam, Yatzil, la cosa amada, era la más bella entre las muchachas que acompañaban a sus madres a lavar en el arroyo. Era hermosa, radiante, distinguida y con una inequívoca dosis de bondad en todos sus actos. Ayudaba a Amaité en cada una de sus labores. Lo hacía con esmero, sin protestar. Preparar la comida, barrer las habitaciones, bordar las vestimentas, cepillar los largos y brillantes cabellos de su madre, contribuir a que el tocado de plumas de quetzal de su padre fuera el más vistoso de todos los hombres cercanos al rey. También se afanaba en cargar los cestos de ropa por un sacbé polvoriento y bajo los inclementes rayos del sol para lavarla en ese apartado rincón de aguas cristalinas. Era el mismo sitio donde, años antes, la madre de Iqui Balam había sido capturada por los putunes. Él acostumbraba frecuentar ese arroyo, el lugar del secuestro y de su cobardía. En un principio fue con la esperanza de ver regresar sana y salva a Nicte; la abrazaría, la llenaría de besos y le pediría perdón por no haberla protegido.

Mantenía ese afán, el de reencontrarse con Nicte, el de conversar con ella, el de contarse mutuamente sus alegrías y sus penas en esos eternos años de cautiverio; pero a estos motivos se le añadió uno más: Yatzil.

Yatzil era bella. Una hermosura aparte, distinta.

Sólo Iqui Balam la veía así. Los demás muchachos la consideraban fea. No sólo fea, sino horrible. Lo era, conforme a la usanza maya.

Kakaas Máak, la llamaban. "Monstruo." Y es que el concepto clásico de belleza maya enaltecía el estrabismo y la deformación craneal.

A los recién nacidos se les colgaba una bolita de resina en la frente, entre los ojos. Se les forzaba a verla. Al cabo de cuatro años la bizquera se hacía evidente, lo que motivaba la alegría de sus padres. Era señal de que atraería la mirada de los hombres y llegaría a casarse con rapidez. Entre más bizca, más bella. Lo mismo sucedía con la forma de la cabeza. A los pocos días de su nacimiento, se les colocaba unas tablillas fuertemente atadas, que apretaban la frente y la parte posterior del cráneo. El propósito era alargar la cabeza, hacerla puntiaguda y aplastada por delante. La frente se hacía más ancha y se acentuaba el perfil, aplanado hacia atrás.

Las mujeres mayas más hermosas y codiciadas eran las que lograban un estrabismo más pronunciado y la frente más inclinada. Serían las que acabarían desposadas con un noble señor o con un rico y valeroso guerrero; las afortunadas del destino, las beldades de la tierra, las recompensas de los hombres.

Yatzil no tenía deformado el cráneo ni era bizca.

Amaité, a los tres días de nacida, le sujetó la cabeza entre las dos tablillas. Lo hizo del modo correcto, conforme a la enseñanza de su propia madre y de su abuela. Consiguió, ella misma, en el mercado, las mejores tablillas de cedro amargo. Se las vendieron caras —tres cuentas de jade jaspeado—, pero las compró sin fijarse en el precio, porque quería lo mejor para su hija. La madera de cedro amargo era ampliamente recomendada por sus bondades aromáticas y de suavidad. Se las amarró con fuerza, aunque tratando de no lastimar a la pequeña. Yatzil no lo soportó. No dejaba de derramar gruesos lagrimones y de buscar, mediante balbuceos molestos y chillidos estridentes, cualquier forma de quejarse ante esa tortura. Su madre se condolió con aquel llanto, fuerte y adolorido. Le retiró las tablillas para siempre. Lo hizo a pesar del disgusto de Kabah, que imaginaba las burlas de que sería objeto por tener una hija tan poco agraciada. Amaité se mantuvo en su postura. Amaba a su hija y le evitaría cualquier tipo de sufrimiento.

Le colocaron, eso sí, la bolita de resina entre los ojos.

Pero Yatzil nunca entornó la mirada, por más que se le forzara a hacerlo.

—¿Qué le pasa a esta niña? —se preguntaba su padre, disgustado.

Recurrieron a todos los trucos habidos y por haber, consultaron a todas las ancianas y matronas de Chichén Itzá, pero cualquier esfuerzo parecía en vano.

El estrabismo nunca ocurrió.

Kabah se desesperaba. Le reclamaba a su mujer que hiciera algo y ella lo hacía. Sin embargo, nada funcionó. Su padre bufaba del enojo. Su madre terminó por alzarse de hombros. Un buen día Kabah, mientras la cargaba y jugaba con ella, se dejó llevar por las risas francas y contagiosas de Yatzil; la quería, por supuesto que la quería. Era la alegría de esa casa, de su vida. También le importaba su bienestar. La dejó sobre su cuna y la miró con ternura. Suspiró hondamente y, tras mover la cabeza con resignación, terminó por reconocer: ni modo, tendría una hija fea.

Era fea para todos, menos para su madre. A ella no le importaba si era bizca o no, si estaba alargada del cráneo o no. Era su hija y con eso bastaba.

A Iqui Balam tampoco le importó.

Ahí, en el arroyo, se enamoró de ella. No podía dejar de observarla, de fijarse en todos los detalles de su cuerpo, de su sonrisa y de su comportamiento.

Los demás la llamaban monstruo, y él, cosa amada del cielo.

Los demás se burlaban de su fealdad y él ponderaba sus encantos, que le parecían tan inmensos como los árboles en la selva. Los demás aseguraban que nunca encontraría marido e Iqui Balam pensaba en ser rodeado por esos brazos y ser besado por esa boca para siempre.

Le dedicaba versos, que se le venían a la mente de tan sólo verla caminar o llevar el cesto de la ropa.

"Criatura perfumada de encantos, palidece el jazmín, la madera preciosa, la noche tras la lluvia, y tiene envidia de ti la luna, porque existes y he dejado de admirarla."

Iqui Balam no dormía, pensando en ella. Y si lo hacía, soñaba con ella. Y si estaba despierto, igual: le parecía estar dentro de un sueño y ese sueño, sin duda, era ella.

Yatzil se convirtió en su atardecer, en su comida favorita, en su flecha en el blanco, en sus manos que bajaban frutos de los árboles, en el templo a Kukulkán, en el ritmo de su corazón, en su esperanza de amor y en su respirar cotidiano. No hubo lugar, en todo Chichén Itzá, ningún templo, ninguna otra edificación, ningún puesto del mercado, ningún camino, ningún cenote en sus orillas, ningún graderío en el juego de pelota, que no recorriera y donde todos sus pensamientos y su sentimientos, sin excepción, se dirigieran a ella.

Iqui Balam estaba exaltado. También contento. Yatzil, Yatzil, Yatzil, repetía, como si se tratara de una invocación divina. Yatzil, Yatzil, Yatzil, no se cansaba de decir su nombre y de saborearlo sílaba a sílaba. Quería gritarlo, proferirlo en voz alta, decirlo a los cuatro puntos cardinales, a Acantun y a Bacab y a sus cuatro esquinas. Ansiaba contárselo a alguien que no fuera su propio oído o su corazón.

Un buen día, incapaz de acallar lo que sentía, se decidió a contárselo a Bocob y Gutz, un par de amigos de correrías de caza y juegos de guerra. Eran ágiles y fuertes como él, si bien carecían de su vivaz inteligencia y, sobre todo, de su sensibilidad.

—¡Pero si es una fea horrible! —se burló Bocob.

—¡Su fealdad es digna de los hombres comunes y corrientes, de los esclavos y de los desposeídos, no de ningún buen guerrero como tú, como nosotros!

Iqui Balam sintió que su rostro se encendía.

Los injurió. Ellos hicieron lo mismo y terminaron peleándose.

Se lo contó a Iktán y lo llevó a verla.

Iktán pensó: "Es una mujer bella, en efecto", pero no se lo dijo. Le atraía el hecho de que Yatzil, como a él mismo le sucedía, no correspondiera con los ideales de perfección física que se imponían los itzáes.

Se acercó a Iqui Balam y le dijo:

—Háblale. Dile algo. Llama su atención, si no el pozo de tu alegría se secará para siempre.

Iqui Balam se pasó noches y noches en vela pensando qué hacer. Un buen día se decidió. Se dirigió al arroyo. Aprovechó un momento en que Yatzil se apartó del grupo de mujeres que lavaban para decirle: "Eres lo más bello que hay sobre la tierra".

Lo dijo escondido detrás de una roca.

Yatzil se asustó.

"No temas, que no te haré daño. Así como admiro los dones del cielo en forma de bienhechora lluvia, de bello amanecer, de agradecidos manjares para mi cuerpo y mi espíritu, así te admiro a ti, mi querida Yatzil, la cosa amada."

—¿Quién eres? —preguntó ella.

"Ya te lo dije: un admirador de tus dones."

—Sal de tu escondite. Hazte presente. Descúbrete ante mí.

"Temo que te rías."

—¿Por qué?

"Por mi fealdad."

—¡Pero si la fea soy yo! —se rió ella.

"No te rías."

—Me río de mí, no de ti.

Iqui Balam, apenado, se deslizó a rastras para huir de su amada. Sentía que le faltaba la respiración y que el corazón se le salía del pecho.

Unos días más tarde, el encuentro se dio de la misma manera.

"Si el cielo se cayera, tendría tu atuendo, Yatzil."

Ella volvió a sobresaltarse. Esto fue sólo al principio. Después, se sintió cobijada por esa voz que le decía: "Si las estrellas hablaran, o el jade de los ornamentos preciosos, o el río de aguas cantarinas, ni las estrellas, el jade o el río, se cansarían de enumerar las razones de tu belleza".

Yatzil descartó la presencia de un duende que se divirtiera haciéndole esa travesura. No creía, como muchas de sus amigas, en ese tipo de apariciones. Se trataba, sin duda, de algún diablillo de muchacho que quería reírse a sus expensas. Por supuesto, imaginaba una broma. Querían burlarse de ella, era todo. "Eres lo más bello que hay sobre la tierra." ¡Por favor! Si era tan fea. Todo mundo se lo decía. "Kakaas Máak", la llamaban. A Yatzil le dolían todas aquellas burlas; le pesaban en el alma y la herían. Temía que todo se redujera a eso: a otra forma de hacer escarnio de su aspecto. Por otro lado, en el fondo de su corazón estimulaba la esperanza de que así no fuera. Desde ese primer encuentro, que le intrigaba y la atemorizaba, pero que al mismo tiempo la divertía, había pasado horas y horas dedicada a pensar en esa voz. En su dueño. ¿A quién le pertenecía? Palabras de admiración, palabras de cariño, palabras de belleza. ¡La creían bonita! ¡A ella! ¡A Yatzil! Se lo decían y parecían honestas, sinceras. Le gustaba escuchar esas palabras tan distintas a las que había escuchado a lo largo de su vida. ¿Y si fuera cierto? ¿Y si en verdad alguien, por fin, la considerara hermosa? Trataba de imaginarse al propietario de esa voz y su caudal de frases que algo tenían de flor y canto. Su autoestima, tan baja debido a años y años de motes y mofas, la obligó a imaginar que su admirador era otro Kakaas Máak, otro horripilante negado a la hermosura. En una de sus divagaciones llegó a pensar incluso en un candidato: Iktán. El desperdicio. El adefesio. Pobre criatura. Lo había visto varias veces rengueando por los caminos, mostrando sus miserias físicas, su ser contrahecho y deforme. No le deseaba mal; nunca se había burlado de él, pero rogaba que no fuera su enamorado.

—¿Quién eres? —preguntó ella.

"Lo que quieras, eso soy. Tu sombra, si lo deseas; tu esclavo o tu guardián."

—¿Cómo eres?

"Poca cosa. Apenas un asomo del gigante que sería si tú, bondadosa, me dedicaras una de tus miradas."

Yatzil sonrió, por completo sonrojada.

Pensó, encogiéndose de hombros: "No importa si es feo. Si habla de esta manera, puede que me guste escucharlo toda la vida".

—Sal de tu escondite. Te lo pido.

"No."

—¿Por qué?

"Porque temo no gustarte y que te decepciones."

Yatzil suspiró, resignada. "Sí, ha de ser feo, muy feo —imaginó—. Pero, con todo y lo feo que sea, necesito conocerlo." Ordenó:

—Si en verdad eres mi sombra y mi esclavo, sal. Te lo ordeno.

Iqui Balam dudó brevemente.

—Sal —volvió a escuchar y salió de su escondite. El corazón le rebotaba en el pecho y las manos le sudaban copiosamente. Estaba nervioso y con miedo. Temía el rechazo de su amada.

Le pidió:

—Cierra los ojos.

Yatzil lo hizo. Estaba pendiente de cualquier ruido, de cualquier asomo de peligro. ¿Qué tal si era un putún con intenciones de secuestrarla? ¿O un espíritu malo que devoraba doncellas? Apenas lo pensó y se dijo que era una tonta por arriesgarse de esa manera. Aún así, obedecía:

—No los abras —agregó Iqui Balam.

Ella también temblaba. Lo hacía plena de miedo y de emoción.

—Ya puedes.

Yatzil abrió lentamente los ojos…

Al terminar de hacerlo, se encontró frente al más joven y apuesto guerrero que había visto en su vida.

II

Yatzil estaba feliz.

Iqui Balam le parecía encantador. ¡No podía dar crédito a su buena suerte! ¡Qué afortunada había sido de encontrarlo, de que le hablara de amor, de que le resultara tan atractivo! ¡Ella, tan fea! ¿Por qué se había fijado precisamente en una muchacha como Yatzil, a la que llamaba —y le encantaba escucharlo de sus labios— "cosa amada del cielo"? ¿Estaba mal de la vista? ¿O de la cabeza? ¿Qué le veía? ¿Qué?

Él respondía:

—Tu bondad, que es como el regalo de la lluvia en verano.

¡Su bondad! ¡Ella quería que le hablaran de su aspecto, de su cuerpo, de su rostro, no de su alma!

—¿Y mis ojos? —se atrevía a preguntarle—. ¿Te gustan?

—Más que a mi vida misma, porque de no mirarme como lo haces ahora, me moriría...

¡Cómo le encantaba escucharlo! ¡Y, además, era tan fuerte, tan guapo, tan bien hecho! Le gustaba admirar su musculatura. También su rostro, enmarcado en una potente quijada, una sonrisa que no podía considerar más que bonita y una mirada inteligente. Su piel estaba llena de raspones, rasguños y moretones, ¡pero era tan tierno!, tan respetuoso.

—Me imagino la delicia de tu boca —fue lo más osado que llegó a decirle.

No habían pasado de un leve roce de manos o de un acercamiento accidental de hombros. Paseaban mucho. Lo hacían a escondidas, temerosos de ser descubiertos. Yatzil se alejaba del arroyo y lo encontraba siempre detrás de la misma roca. Su corazón latía apresuradamente antes de cada encuentro y continuaba su loca carrera en el interior de su pecho mientras caminaban o al escuchar alguno de sus muchos piropos.

—¡Oh, águilas! ¡Oh, jaguares! Contemplen esta hermosa cabeza, estos lindos ojos, esta suave piel...

Un día, el secreto de sus encuentros se terminó. Sucedió de manera abrupta, sin que ninguno de los dos lo esperara. Amaité, la madre de Yatzil, sorprendió a su hija al preguntarle, sin ceremonia ni preámbulo:

—¿Quién es ese muchacho con el que caminas por la selva?

Yatzil enrojeció. También tartamudeó, incapaz de proferir respuesta alguna.

—Lo quiero conocer —dijo Amaité.

Iqui Balam tembló de pies a cabeza cuando, de boca de Yatzil, se enteró de las intenciones de su madre. No era un cobarde. Lo había sido una sola vez y se arrepentiría de ello por el resto de sus días, pero había cambiado. Ya no era ese niño miedoso e incapaz de defenderse. A las pruebas se remitía. En una ocasión se encontró de frente con un jaguar. Sucedió una tarde, al regresar de cazar pavos y tapires. Se detuvo en seco al verlo. Se puso por completo en alerta, pero no sintió miedo. Por lo menos, no el miedo atroz y paralizante que lo había embargado años atrás, en aquel desafortunado encuentro con los putunes. Empuñó su cuchillo de jade y esperó el ataque. El jaguar gruñó. Lo hizo varias veces, amenazador. Terminó por irse, escabulléndose entre unos arbustos. Iqùi Balam respiró aliviado. En otra ocasión una boa le cayó encima, desde la rama de un árbol. El muchacho rodó por el suelo, vencido por el peso de la serpiente. Apenas se recuperó de la sorpresa, intentó escapar. No pudo hacerlo. La boa, dando un rápido giro, le había aprisionado una pierna. Lo hacía con fuerza, como si quisiera romper cada uno de sus huesos. Iqui Balam, de nuevo, se mostró sereno y mantuvo la calma. No se asustó. Se ocupó de evitar ser atrapado de la cintura o del pecho. De haberlo logrado, la boa lo asfixiaría hasta la muerte. Forcejeaba, tratando de zafarse. No llevaba el cuchillo. Vio una piedra y la tomó. Arremetió a golpes contra la cabeza del enorme animal. Defendía su vida y lo hizo con inusitado vigor, con verdadera enjundia de sobrevivencia. La boa terminó por soltarlo. Iqui Balam se incorporó y se puso a salvo. Temblaba de la emoción, mas no verdaderamente de miedo. No experimentó pavor ni espanto. Se sintió contento, satisfecho consigo mismo. ¡Ojalá ese mismo valor lo hubiera tenido cuando ocurrió el secuestro de su madre!

Se descubrió fuerte y valiente, capaz de lograr lo que se propusiera. Era otro. Sabía que podía enfrentarse a mil y un peligros y salir avante. No tenía miedo del jaguar ni de la serpiente. Tampoco de los putunes. Es más, oraba por encontrarse de frente con alguno de ellos. Le rompería el cuello con sus propias manos.

Era un hombre valeroso.

Ese día, sin embargo, la cosa fue distinta.

Cuando se presentó ante Amaité, Iqui Balam temblaba de miedo.

—Pareces un ratoncito asustado —se burló ella—. Pero no te preocupes; acércate, muchacho, que no habré de comerte.

Yatzil estaba nerviosa, preocupada. Temía que su madre ahuyentara a su amado. ¿Quién más iba a quererla, fea como era, si no él? ¡Y tan guapo, tan gallardo! En poco tiempo, en apenas algunas semanas de conocerse, había abrigado sueños de pareja, de hogar, de tener una familia. ¡Iqui Balam era el elegido de su corazón!

—Lo sé todo sobre ti —dijo Amaité, con una curiosa mezcla de ternura y aplomo; vio la cara de sorpresa del muchacho y continuó: —Sí, lo sé. Todo, en verdad. No sólo yo, también Kabah, mi adorado esposo y el padre de esta linda niña que tú frecuentas, como un bandido, entre las sombras y los peligros de la selva. No lo has notado, pero has tenido, vigilándote muy de cerca, a los sigilosos de la guerra, enviados por mi marido para seguir tus pasos. Conozco tu vida. Sé lo de tu madre y lo lamento. Sé de tus hazañas como cazador. Sé que eres un líder, valeroso y respetado. Sé que rescataste al malhadado de Iktán de los puntapiés y las pedradas. Sé que eres ingenioso para los versos, y que, además, le endulzas con ellos el oído a mi hija. Eso también lo sé. Y Kabah.

Iqui Balam tembló. La sola mención del nombre de Kabah infundía aprensión y sobresalto. Sabía de la reputación del padre de Yatzil. Era el nacom de la guerra. Un hombre poderoso y temido. Una palabra suya y podían colgarlo del árbol más alto.

—Me gustan tus versos —se sonrió Amaité—. Me agradó aquello de "muchacha de la luna cuando duerme y del sol cuando despierta". O "tu piel de selva humedecida", "tus manos para tomar mi esperanza". ¡Ah, si tan sólo Kabah hubiera tenido un poco de flor y canto y me hubiera dicho eso! —se sonrió y lanzó un prolongado suspiro.

Yatzil e Iqui Balam guardaban silencio. Los dos estaban azorados y sonrojados al escuchar aquellas palabras que repetían los diversos piropos que uno había proferido con osadía de poeta y la otra escuchado con deleite de mujer. Los sigilosos de la selva habían hecho bien su trabajo.

—No te preocupes, muchacho —le puso su mano con delicadeza en el hombro—. No estoy aquí para juzgar tu sensibilidad y la forma como transformas tu alma en frases hermosas. Quería conocerte. Saber quién hace suspirar a mi Yatzil, quién la hace caminar como sonámbula.

Los jóvenes enamorados intercambiaron una rápida sonrisa, apenada y cómplice.

—Pero una cosa son las palabras y otra los hechos —agregó Amaité, terminante—. A las palabras se las lleva el viento. Tienen la misma esencia que las promesas de los hombres.

Guardó silencio, pensativa, por unos instantes. Finalmente preguntó:

—¿Amas a mi hija?

El muchacho respondió con gallardía:

—Sí, mucho.

—¿Cómo puedes demostrarlo? ¿Cómo, con algo más que no sean palabras?

Iqui Balam titubeó, incapaz de responder de inmediato.

—Necesito una prueba. Algo que me diga que vas a responder por mi hija. Mírala: es una mujercita pura, una mujercita buena. Y linda. Se merece lo mejor. ¿Tú lo eres? Te lo pregunto yo y también su padre, Kabah.

De pronto, el nacom apareció a sus espaldas. No supo de dónde salió, pero ahí estaba, el mismísimo jefe de la guerra en persona. Tenía una actitud desafiante y empuñaba el cuchillo de jade que colgaba en su cintura, dispuesto a usarlo al primer motivo.

Iqui Balam se estremeció.

—Necesitamos una prueba de tu compromiso para con mi pequeña Yatzil —dijo Kabah.

—No sólo la flor y el canto —acotó Amaité.

—¿Qué le ofreces a mi hija? ¿Qué clase de vida puedes darle?

—¿Qué nos haría pensar que sí la quieres, que no es un juego para ti, que estás dispuesto a honrarla, a cuidarla, a alimentarla, a defenderla? Dinos, muchacho.

Iqui Balam estaba nervioso. Temía dar una respuesta equivocada. O provocar la furia de Kabah. De su respuesta dependía su vida, personal y amorosa. Pensó rápido. Sudaba de manera incómoda mientras lo hacía. Sonrió imperceptiblemente, más para sí que para los demás, al llegar a una conclusión que le pareció acertada.

—Déjenme traerles la prueba —dijo.

Miró con ternura a su amada y salió corriendo lo más rápido que pudo.

Kabah pensó: "Huye, ya lo sabía, el muy cobarde", e imaginó el severo castigo que le daría. De haber tenido en ese momento su carcaj y su arco de mil y un batallas, le hubiera disparado toda su carga de flechas. Amaité se decepcionó. "Pobre de mi hija", se dijo para sí. "Nadie habrá de quererla, pobre", agregó, en un callado sollozo. Yatzil, en cambio, reconoció en la mirada de Iqui Balam el mensaje de confianza que le mandaba.

—Va a regresar —fue lo único que dijo.

Kabah y Amaité se miraron con pesadumbre. Él quiso retirarse para dar rienda suelta a su furia, pero su esposa lo detuvo.

—Por favor —le pidió, y con un gesto le hizo voltear a ver el rostro tierno, de ilusión y de esperanza, de su hija.

Pasaron unos minutos de una larga y pesada espera cuando avistaron a Iqui Balam.

—¡Aquí viene, lo sabía! —dijo Yatzil con entusiasmo.

El muchacho corría a toda velocidad hacia ellos.

Llevaba, a su lado, un menudo y tierno venado.

—Es tuyo —dijo, sin hacer caso de Kabah y Amaité, y presentándose directamente ante Yatzil—. Se llama Bulín, el pequeño de la selva —explicó, jadeante, en busca de recuperar el aliento—. Lo encontré perdido y solo entre los árboles y la maleza, después de que una batida de cazadores ultimara a su madre. Temblaba de miedo. Tuve que pelearme a golpes con mis compañeros de caza para evitar que lo mataran. Lo rescaté de una muerte inútil y segura. Soy un guerrero capaz de enfrentarme a cualquier riesgo, pero también un hombre que se conmueve ante la orfandad de una inocente criatura. Me reconocí en sus ojos. Yo también he sufrido la pérdida de una madre. Yo también conozco la impotencia de no poder salvarla y el miedo y la soledad. Cargué a Bulín en mis brazos. No paraba de temblar. Le construí un corral y me he encargado de cuidarlo todos los días. Mira: ya no tiembla. Mira: su piel es limpia y reluciente. Mira: se acerca a ti sin temor. Pásale una mano por su cabeza. Está fuerte y sano. Ve cómo salta de gusto.

—¡Es tan lindo! —dijo Yatzil, emocionada.

—Yatzil, la cosa amada: no tengo riquezas, sólo mis manos, mi amor por ti, mi honestidad, mi flor y canto, mis flechas y este venado. Es mi tesoro. Lo poco que tengo, todo lo que soy, te lo doy...

—¡Ay, Iqui Balam, Tigre de la Luna! —suspiró con orgullo la muchacha, a punto de verter una lágrima de ternura y alegría. No dejaba de acariciar a Bulín, de hacerle mimos y de mirar con cariño a su amado.

Amaité no pudo evitar llorar. Tambié se puso a acariciar al venado, a festejar sus saltos, sus modos juguetones.

Sólo Kabah se mantenía incólume, firme en su estatura de guerrero entre los guerreros, de vencedor sempiterno en los campos de encuentro con el enemigo. No mostraba emoción alguna; únicamente contemplaba a su hija y a su esposa, sonrientes y felices.

Fue Iqui Balam el que llamó su atención:

—Kabah, señor de la guerra —le dijo con gallardía.

El nacom lo miró con severidad, dispuesto a no permitir ninguna descortesía o falta de respeto a su rango como soldado y como padre.

—Tome su puñal y máteme —dijo el muchacho—. Amo a su hija. Si no me permite amarla, mi vida no tiene sentido. Máteme —y echó para adelante, con arrogancia, el torso, para enseñarle el pecho desnudo.

Kabah se llevó la mano a la cintura y desenfundó el arma. El cuchillo asomó reluciente y filoso. Se acercó a Iqui Balam. Le apuntó al corazón. El muchacho temblaba, pero no retiró el pecho. Cerró los ojos, dispuesto a entrar por amor al inframundo.

III

"Que sea lo que el bello señor Dios de todo lo creado quiera y ordene", dijo Kabah, enfundando su arma.

Años después, Iqui Balam escucharía lo mismo, en otras circunstancias, en el adiós final del que sería su suegro.

En ese momento, el nacom de la guerra sonrió, besó a su hija en la frente y se puso a jugar también con Bulín, el pequeño de la selva.

Le dio una palmada a Iqui Balam y le dijo, con severidad:

—Te quiero mañana en la escuela de los guerreros.

El pecho de Iqui Balam se hinchó de orgullo. ¡La escuela de los guerreros! La de Chichén Itzá era la más reputada de la región maya. Exclusiva para hijos de la nobleza imperial y religiosa, de vez en cuando aceptaban a destacados y valerosos guerreros sin alcurnia, como él. Qué gran fortuna la suya. Iqui Balam sonrió con satisfacción. Cuando se lo contó a su padre, lo abrazó con entusiasmo.

Fue el primero en llegar al día siguiente, recibido a la entrada por el propio Kabah.

—¡*Hohohue!* —lo recibió con este grito, que los mayas proferían en las batallas al acometer a sus enemigos con decisión de verdaderos guerreros.

—¡*Hohohue!* —repitió Iqui Balam con fiereza.

En la escuela, el Tigre de la Luna aprendió las artes bélicas. El *tompuh* o ataque por sorpresa. El *yidzatilkatún* o ardid de guerra. Se preparó para enfrentar a los *ahuales* o enemigos, a los *akalbés* o salteadores de caminos, y a los *achabés* o espías. Él mismo se instruyó como *ahpicitbé* o explorador. Tomó lecciones de tiro con *dzon* o cerbatana, con *chulúl* o arco, con *lomché* o lanza, con *baat* o hacha y con *yum tun*, que literalmente significa "piedra que se mece" u honda. Era bueno en todas estas disciplinas. Se distinguía de inmediato por su excelente puntería y por la fuerza de su impacto. Le ponían un *chic il* o blanco a una veintena o treintena de metros y no fallaba, su tiro era certero. Contra cualquier *nup* o adversario que se enfrentaba, vencía, ya sea a mano limpia o en competencias de puntería con arco y flecha, o con lanza. Era el mejor. Kabah estaba orgulloso de él. Un día le pidió sus flechas con punta de pedernal y se las cambió por unas con punta de obsidiana.

—Una herida de pedernal hace una herida que sangra mucho, pero una herida de obsidiana siempre mata —le dijo.

Al cabo de un tiempo recibió el nombramiento de *ah bolom nacap* o gran flechador y cazador. Meses después, pasó de simple soldado a ser el *ah hoch pan*, es decir, "el que lleva la bandera". Al final, tras seis años de arduas enseñanzas, obtuvo por méritos propios el título de capitán o *u kakil katún*, que significa "el que dirige la guerra".

Kabah, al término de sus estudios, le regaló su escudo, un chimal muy sólido y vistoso, hecho con madera de roble y plumas de un pájaro llamado kukul, y un *xca huipil*, o doble huipil, que se usaba como coraza, confeccionado por la propia Yatzil y su madre Amaité.

—Que este escudo y este huipil te proteja de Ah Puch y te dé la bendición de Ahchujkak —le dijo, dándole un abrazo, refiriéndose al dios de la muerte y al dios de la guerra, respectivamente. Al primero se le representaba como un cuerpo humano en descomposición, flanqueado por un perro y una lechuza, y al segundo como un sanguinario guerrero esculpido en piedra negra.

A Iqui Balam, de niño, le causaban terror las estatuas y representaciones de Ah Puch, y temía ser llevado por él al Mitnal, o infierno maya, a sufrir torturas permanentes de sed, hambre, dolor y cansancio.

Kabah le entregó también un juego de armas hechas con obsidiana. El obsequio dejó con la boca abierta a sus compañeros de la escuela de los guerreros. La obsidiana era costosa y difícil de obtener. La de mejor calidad provenía de un lugar tan apartado como Teotihuacan, o ciudad de los dioses, donde había minas y expertos manufactureros que la cortaban en lajas de diversos y punzantes tamaños. Había otras minas de renombre en Cantona, famosa por su cantidad de juegos de pelota, que quedaban aún más lejos. La obsidiana verde de Pachuca también era muy estimada, pero por su fragilidad se utilizaba más para fabricar joyas que armas. Al sur de Chichén Itzá, en la zona quiché, también se hablaba de ricos yacimientos. Ahí, según la leyenda, se encontraba la Casa de la Oscuridad o Quinta Morada, también llamada Chayim-ha o Casa de las Navajas. Era un lugar húmedo y sombrío formado por cuevas de distintas dimensiones, "donde en todas partes había puntas de obsidiana de muy agudos filos, que estaban haciendo ruidos refregándose unas contra otras". Era un lugar prohibido, por ser el reino de los señores del inframundo. Nadie se atrevía a entrar a las minas de Chayim-ha, so pena de sufrir una pesada maldición o de perder la vida, y toda la obsidiana debía traerse de lugares distantes a un alto precio.

—¡*Hohohue!* —respondió Iqui Balam a este regalo con un entusiasta grito de guerra y le externó su respeto y su lealtad a Kabah.

Más tarde fue a mostrarle sus armas a Yatzil.

—¡Qué guapo y gallardo caballero de la guerra es usted! —le dijo ella, en verdad admirada por su porte.

También fue con Iktán.

—Pareces un Hunahpu, pero pobre —se burló Iktán.

Hacía referencia a uno de los grandes mitos ancestrales, según el cual un joven guerrero de nombre Hunahpu derrota al soberbio Vucub Caquix, quien se creía el sol y no lo era, o dios y no lo era. Lo logra mediante un certero disparo de cerbatana que le rompe la mandíbula y lo hace caer desde lo alto de un árbol donde comía frutos.

"Un Hunahpu pobre." El comentario hirió a Iqui Balam. Ya hacía tiempo que Iktán le recordaba su falta de alcurnia y de nobleza. En la escuela de los guerreros le habían hecho pasar malos ratos al traer a colación su origen plebeyo. El muchacho acallaba los comentarios con sus estupendas dotes para las armas. Tal vez no era de origen real o sacerdotal, tal vez su linaje se perdía en la noche de los tiempos y no se rememoraba en estelas e inscripciones, pero era el mejor, el más rápido, el más valiente, el más certero, el más arrojado y el más fuerte. Su linaje empezaría de él en adelante. Estaba destinado a la gloria por sus hechos de guerra. También, aunque este deseo no lo externaba en voz alta, abrigaba la esperanza de ser recordado por su flor y canto. No había dejado de componer sus versos. Iktán mismo le había regalado cortezas de árbol dónde escribirlos. Pero eso había sido antes. La amistad con Iktán se había enfriado. Fue culpa del malogrado y contrahecho. No fue un cambio súbito, sino paulatino, debido a la amistad que empezó a surgir entre él y Chan Chaak, el hijo del soberano de Chichén Itzá, Ceiba Relámpago. Eran amigos, más que por gusto, por conveniencia. Los dos, ambiciosos y sedientos de poder. A Chan Chaak le gustaban los lujos y las riquezas y alentaba a su padre a conquistar nuevos territorios para acrecentar su fortuna. El rey se negaba. Le había costado, en su juventud, hacer largos años de guerra para traer por fin la paz a su pueblo. Conocía los horrores de las batallas y la crueldad de los hombres. Había visto mucha sangre correr a sus pies como para otra vez darse a esas tareas de conquista y sometimiento. Veía a su gente crecer en armonía. No tenían enemigos verdaderos, a no ser por esas escasas batidas de putunes que llegaban a asolar los caseríos distantes. Hacía mucho tiempo que las empalizadas que circundaban la ciudad habían sido retiradas. Nada menguaba su influencia sobre una vasta zona, que crecía alegre merced al comercio, la agricultura, la caza y a quedar bien con los dioses. No, él no quería la guerra. En eso estaba de acuerdo Kabah, quien se había distinguido por su entrega e indudable valor durante aquellos años de combate contra déspotas y adversarios de renombre. Pero el hijo del soberano opinaba diferente. Él ansiaba ser un rey más famoso que su propio padre. Un día escuchó a hablar a Iktán del secreto de la Profecía y entrevió la oportunidad de convertirse en rey no sólo de todos los itzáes, sino de todo el mundo. Conforme a Iktán, el poder de la Profecía era inmenso. Quien descubriera sus secretos sería amo del cosmos. Chan Chaak ambicionaba ese poder, lo mismo que Iktán.

Un día le mostró el pergamino atesorado por Noil.

Los extraños caracteres maravillaron a Chan Chaak.

—No hallo aquí en el mayab la respuesta a este misterio —le dijo Iktán.

—¿Dónde se halla? —preguntó el hijo del soberano.

—No lo sé. Tal vez en Tollan, tal vez en Teotihuacan, tal vez más al norte, en la región de las casas de tierra y las guacamayas enjauladas, o tal vez más al oeste, de donde vienen nuestros ancestros, o en la ciudad hundida del este, más allá de Tulum, en Atlán, el lugar donde los olmecas afirman tener su nacimiento.

Chan Chaak habló con su padre y lo convenció de enviar a Iktán a lo que denominó "un peregrinaje de conocimientos". Ceiba Relámpago aceptó y conformó un grupo de cargadores, soldados y sabios que cuidaran y apoyaran al contrahecho para sus fines.

Partieron una mañana de enero. Iktán lo hizo sin despedirse siquiera de Iqui Balam. Llevaba amarrado en su pecho, protegido por un envase hecho de corteza de ceiba, el manuscrito de la Profecía.

IV

El tiempo pasó.

Chichén Itzá se despertó un día con una noticia terrible: la muerte de Ceiba Relámpago, su soberano. Los sollozos se sucedieron, uno a uno, al darse a conocer la noticia. "Yaxché Chaak, que el gran Hun Ab Ku te acoja en su benevolencia y grandeza", se oraba en las calles. "Que el Único Dios te conduzca al cielo y que reines en alguno de sus bellos rincones", pedían otros.

Había quien gritaba y lloraba verdaderamente desconsolado, como si hubiera muerto un ser muy querido o se avecinaran grandes desgracias.

Kabah fue de los que lloraron. Lo hizo con dignidad, a solas, sin que nadie lo viera. Después, secándose las lágrimas, acudió presuroso a los aposentos reales para despedirse de su rey. Se le veía compungido y adolorido. Para su sorpresa, no se le permitió el paso. Los guardias le cerraron la entrada. Lo hicieron de manera tajante y amenazadora, sin importar su alto rango militar. Eran órdenes de Chan Chaak, el nuevo rey de los itzáes.

Kabah entró en sospechas. La noche anterior se había despedido de Ceiba Relámpago entre risas y promesas de verse al día siguiente. Parecía gozar de cabal salud. Ninguna dolencia o padecimiento lo aquejaban. ¿Entonces? La duda lo invadía. Esa misma noche, por uno de los guardias de palacio, fieles a su causa, se enteró de algo que lo disgustó y lo dejó sin habla. Según algunos testigos, Ceiba Relámpago, en su lecho de muerte, lucía hinchado y violáceo del cuerpo.

—¿La lengua? —preguntó Kabah—. ¿Tenía la lengua de fuera?

—Sí, hinchada de fea forma y morada. Muy morada.

"Veneno", pensó el nacom de la guerra. Se cuidó de decirlo en voz alta, para no caer de la gracia del nuevo soberano. Recogió más informaciones, aquí y allá, y todas parecían conducir a la misma conclusión: su soberano había sido envenenado. ¿Por quién? A Kabah le parecía obvio: por su propio hijo.

Sus sospechas se acrecentaron cuando el cuerpo de Ceiba Relámpago fue depositado, tras una breve y hermética ceremonia, en una de las cámaras subterráneas del Templo de Kukulkán. A nadie se le permitió acercarse, con el pretexto de que así había sido la voluntad del rey. "No fue ostentoso en la vida y tampoco lo fue en la muerte", argumentó Chan Chaak. Ni al propio Kabah se le permitió aproximarse para darle una última despedida. Nadie pudo ver su cuerpo ni su rostro, ocultos bajo un huipil de color rojo ricamente bordado. Sólo estuvieron presentes su hijo, el nuevo rey de los itzáes; también Iktán, que recientemente había regresado tras cinco años de su "peregrinaje de conocimientos", y unos cuantos y selectos guerreros de la escolta real. La cámara mortuoria se selló, dejando en su interior no sólo a Ceiba Relámpago en su morada eterna, sino el secreto de su posible asesinato y a los guerreros que lo acompañaban. No hubo lágrimas por parte de Chan Chaak y tampoco de Iktán.

Durante un tiempo, Kabah temió que la llegada de Chan Chaak al poder trastornara completamente la vida del reino. Intuyó represalias y un rápido reacomodo de las jerarquías reales. Las cosas, sin embargo, sucedieron con toda normalidad. El nuevo rey de los itzáes cumplía su encargo con responsabilidad, tal como lo había hecho su padre. Parecía un buen soberano, equilibrado y justo. La gente comenzó a quererlo. Atribuyó su bienhechora postura a Iktán, quien había regresado de su viaje y era su principal consejero. Parecían uña y mugre. Se les veía a los dos siempre juntos. La búsqueda de la sabiduría parecía haber hecho del malogrado sabio un hombre bueno y esa misma bondad se reflejaba en las decisiones del nuevo soberano.

Nada más lejos de la verdad.

En realidad, Chan Chaak, enfermo de poder, deseaba conquistar todo el Mayab y luego apoderarse del reino de los olmecas y de los nahuas. No le importaba cuánto dolor causara o cuánta sangre se derramara; él iba a ser el dueño del mundo. Urgía a Iktán a descifrar el misterio de su valioso pergamino. El malogrado, en su largo y fructífero viaje, logró reunir algunos datos que le permitieron ahondar en el secreto de los extraños signos que conformaban su tesoro. Uno de los aportes más significativos provino de un viejo sacerdote que protegía el misterio de las siete cuevas localizadas debajo de la pirámide del Sol, en Teotihuacán. Ahí, Tihuin, como se llamaba el anciano, llevaba a cabo antiguas ceremonias de purificación y se daba a la tarea de estudiar los fenómenos celestes mediante una extraña combinación de resonantes vasijas llenas de agua y de agujeros que apuntaban al cenit.

—El gran astro después del astro rojo es la clave para entenderlo todo —le confió Tihuin, refiriéndose a Júpiter.

Iktán le extendió sobre una mesa su tesoro de símbolos y, apenas tuvo oportunidad de echarle un ojo, el sacerdote dio un paso atrás y exclamó con temor y sorpresa:

—¡La Profecía!

Una vez que se hubo tranquilizado, se puso a revisar con detenimiento el pergamino.

—Es un mapa —dijo—. Señala la entrada al Inframundo que No Es, el lugar de los asombros y el poder eterno.

—Pero, ¿en verdad existe tal sitio? —Iktán lo había oído mencionar, aunque lo imaginó más propio de las fantasías y supercherías de los ignorantes.

—¡Claro que existe! Es la casa de Quetzalcóatl, nuestro señor. A quienes ustedes llaman Kukulkán. La casa de la sabiduría y del poder.

—¿Por qué del poder? —se interesó Iktán en el tema.

—Porque posee secretos antiguos y armas poderosas. Mira, te voy a enseñar algo...

Lo condujo por una de las cuevas a través de un pasadizo húmedo y lleno de aire enrarecido. Iktán, acrecentado por su cojera, caminaba con dificultad hacia el interior de esas regiones resbaladizas y oscuras.

—Eres privilegiado. Pocos, muy pocos, son los elegidos —murmuraba sin cesar el viejo sacerdote.

Su voz, aunque débil, reverberaba entre aquellas paredes. Llegaron, tras adentrarse en una de las siete cuevas, hasta una cámara de altas bóvedas. El anciano elevó la antorcha que llevaba en la mano y le mostró una serie de inscripciones en la roca.

Iktán se maravilló. ¡Muchas de las inscripciones se parecían a las de su pergamino! El sacerdote, satisfecho de producir en Iktán esa cara de gusto y de asombro, explicó:

—Durante algún tiempo una de las entradas al Inframundo que No Es se encontraba precisamente aquí, debajo de la Pirámide del

Sol. Por aquí entraba y salía nuestro amado y añorado Quetzalcóatl a prodigar al mundo con su verdad y su obra bienhechora. De aquí salía el conocimiento necesario para cultivar la tierra y entender el movimiento de los astros. De aquí provenían maravillosas armas, el tapir volador, las flechas semejantes al rayo, las lanzas que vomitaban fuego, mismas que fueron utilizadas para derrotar al terrible ejército comandado por el rubio *xiu* o extranjero del norte.

Iktán escuchaba con atención pero, al mismo tiempo, revisaba el lugar, escudriñando por aquí y por allá, en espera de encontrar algún otro pasadizo, algo que lo condujera a esa región extraña y asombrosa… y a sus secretos, así como a sus maravillosas armas. No encontró nada. La cueva terminaba abruptamente. No había más que enormes y sólidas rocas.

—¿Qué pasó con la entrada? —preguntó.

—Aquí tendría que estar. Debajo del templo que el mismo Quetzalcóatl mandó construir con medidas y orientaciones precisas. Era el Escorpión en la ciudad de los dioses. La Puerta de la Tierra y la Puerta del Cielo. Una, la entrada a un mundo maravilloso, mejor que el nuestro, y la otra, el acceso a todos los confines del universo. Pero Quetzalcóatl mismo mandó sellar el acceso con roca impenetrable.

—¿Por qué?

—El lugar, que era sagrado, comenzó a ser profanado por hombres ambiciosos que quisieron poseer esas armas para conquistar el mundo. Hicieron incursiones al Inframundo que No Es. Violaron los sellos de entrada, dieron muerte a muchos inocentes y se atrevieron a atentar contra la vida de nuestro señor Quetzalcóatl. Organizaron un ejército poderoso formado por mercenarios, traidores, gigantes, nahuales, invasores del oriente y del norte, hombres malos del quiché, sedientos de venganza y de sangre, comandados por un ser abominable y cruel: Huichil, el déspota, el musculoso.

El sacerdote hizo una pausa para tomar aire, en medio de ese ambiente que carecía de oxígeno, dominado por las sombras y la humedad.

—¿Has escuchado hablar de Huichil?

—No —Iktán negó con la palabra y también con la cabeza.

—Nadie lo ha escuchado. No existe. Su nombre se borró de cualquier registro o anal histórico después de ser derrotado por Quetzalcóatl, nuestro señor. No fue fácil. Huichil era un adversario formidable. Huichil, que era tan astuto como malvado, mandó una batida de exploradores a que se adueñaran, con mucho arte de la reflexión y la estrategia, de un arsenal importante de estas armas. Las aprendieron a usar. Y, una vez que fueron duchos en su práctica, se enfrentaron al tú por tú con el ejército de Quetzalcóatl. Se le conoció como la Guerra de la Verdad de la Sangre. Su ejército parecía invencible. Fueron batallas estruendosas, sangrientas y cruentas las que ambos libraron...

El anciano volvió a jalar aire, fatigado. Continuó:

—Finalmente, Quetzalcóatl venció, sí, pero a un alto precio. Para él y para nosotros como humanidad. Perdió a sus dos hijos en una batalla y a su mujer en una emboscada. Él mismo resultó con heridas que hicieron temer su muerte. Cuando se recuperó y reagrupó su ejército, invocó al Escorpión y logró abrir la Puerta del Cielo. Viajó en el tiempo comprimido, es decir, en la eternidad convertida en un instante, hasta el lugar de sus orígenes. Otro tiempo y otro espacio. Otra realidad, aún más maravillosa que la nuestra, como afirman los sabios. Quetzalcóatl regresó con nuevas armas, con las que venció a Huichil y a sus desalmados partidarios. Pero regresó, también, con malas noticias. En la Puerta del Cielo tuvo conocimiento de un hecho funesto: la proximidad de un cataclismo universal que daría fin a nuestro mundo.

—La Profecía.

—Así es. El mundo se extinguiría de un momento a otro merced a la furia del fuego. Todo estallaría a nuestro alrededor. No quedaría nada, ni un rastro, de nuestro paso por el universo. El sismo mayor. El volcán devorador de todo...

—Pero seguimos vivos, Tihuin. El mundo se mantiene como es.

—Gracias a Quetzalcóatl. A sus artes de sabio. A su bondad. Y a ese pergamino.

Los dos lo volvieron a ver a la luz de la antorcha.

—Es un mapa —comentó el anciano después de examinarlo más detenidamente—. Y un calendario muy exacto. Está escrito en la lengua del Escorpión, igual que estos signos en las paredes. Es el idioma de las estrellas y de los hombres que las habitan. El idioma de los dioses, como también les llaman. El mapa señala una de las entradas al Inframundo que No Es, de las siete que existen repartidas en diversas regiones. Se mantienen en secreto. Quetzalcóatl las utiliza para salir y cerciorarse del estado de las cosas del mundo. Abomina la guerra y prefiere mantenerse a prudente distancia de los hombres, y su sed de sangre y de riquezas. Cuando el mundo esté en paz, saldrá a proporcionarnos su bondad y sus conocimientos.

—¿Y el calendario?

—Señala la fecha de la destrucción del mundo.

—¿Y de qué nos sirve saberlo?

—No nos serviría de mucho llegado el instante. El mundo perecerá sin remedio y con él todas las criaturas, las que son y las que no son. El mapa es lo importante. El Inframundo que No Es está protegido del cataclismo. Quetzalcóatl diseminó algunos de estos mapas y calendarios, escritos en la lengua del Escorpión. Según su amable y versado entender, si algún hombre llegara a descifrar su secreto, sería porque dedicó su tiempo al cultivo de la sabiduría, no de la guerra, y merecería salvarse del cataclismo. Podría, por sí mismo, encontrar una de las entradas y penetrar al interior de la tierra para estar protegido del sol incandescente que lo devorará todo.

El anciano carraspeó y dio muestras de fatiga. Pasó el brazo por el hombro de Iktán y lo instó a acompañarlo de regreso por el mismo pasadizo.

—Espera —le pidió Iktán; el hombre se detuvo. Le preguntó, entonces—: ¿Tú puedes leer algunos de estos extraños signos?

El sacerdote temía que le hicieran esa pregunta. Su sabiduría era tanta que lo mismo podía leer algunos de los caracteres de esa singular lengua del Escorpión que el corazón de los hombres. El de Iktán le parecía confuso. Le simpatizaba ese ser tan vulnerable y contrahecho y, sin embargo, tan sabio. Por eso le había abierto las puertas de su casa y de su cueva. Pero, al mismo tiempo, también intuyó la ambición. Temió que se tratara de otro ávido del error y de la maldad. Fue cauto y optó por mentir:

—No, no he podido nunca traducir ni uno solo de esos signos.

Iktán no le creyó.

Por la noche, al mando de cuatro de sus escoltas, el contrahecho se dirigió a los aposentos del sacerdote y lo secuestró. Lo llevaron, maniatado y amordazado, hasta una colina cercana, al interior de una cavidad olorosa a excrementos y roedores donde empezaron a torturarlo.

—¿Dónde están las entradas? —pedía Iktán, al tiempo que ordenaba a uno de sus hombres que fuera clavándole espinas de nopal entre las uñas.

Tihuin gritaba de dolor. Lo hacía primero muda, ahogadamente, amordazado como estaba.

—¿Cómo entro al Inframundo que No Es? ¡Confiesa!

La tortura continuó durante varios minutos. Le retiraron la mordaza y aún así su boca estuvo sellada para otra cosa que no fueran sus ayes de dolor. El sacerdote se retorcía por los sufrimientos y las heridas impuestas. Lloraba. Lloraba y sangraba. Tenía largas espinas clavadas en su pecho y en su vientre.

—¿Dónde? ¡Dime!

El anciano estaba casi desfallecido, pero se mantenía incólume, sin querer decir nada. Iktán ordenó:

—¡Sáquenle los ojos!

Tihuin no hizo seña de querer confesar. Iktán, entonces, ordenó otra cosa:

—Diríjanse a la cueva debajo de la pirámide y destruyan todas las pertenencias del sacerdote. En especial, las vasijas con agua...

Apenas escuchó esto, el anciano dio muestras de ceder. Las vasijas eran parte de un estudio de años del universo, los ciclos de los planetas, lo que denominaba "la nada que lo es todo en el espacio", Júpiter, planeta al que consideraba la clave de todo, y las manchas solares. Era parte del legado de Quetzalcóatl. A través de los extraños signos de la lengua del Escorpión había llegado a entender mejor que sus contemporáneos la mecánica celeste y sus repercusiones en los ciclos de la vida y el destino de los hombres. Entender y saber leer esas señales del cielo era crucial para salvar a la humanidad de las catástrofes y la destrucción. En las vasijas se reflejaban esos fenómenos celestes, que él podía ver con precisión a través de imágenes y resonancias, reflejadas en el agua de las vasijas, por rayos y ondas que penetraban por decenas de agujeros practicados desde el fondo de la pirámide hasta su cima.

Las vasijas y su perfecta disposición, eran su vida. Todos sus años de estudio y dedicación a Quetzalcóatl estaban ahí, en ese observatorio astronómico.

—No, no hagan eso —pidió con contundencia, juntando las pequeñas fuerzas que aún le quedaban; se le veía por completo demacrado y acongojado—. Te diré lo que quieras —Tihuin suspiró resignado—. Lo que quieras. Tú pregunta.

—¿Dónde están las entradas al Inframundo que No Es?

El anciano volvió a suspirar, apenado consigo mismo.

—Sólo he podido interpretar algunos de esos signos —tartamudeó.

—Habla.

Tihuin tragó saliva. Iktán le dio un fuerte golpe en las piernas con una macana. No había piedad alguna en sus acciones, sólo el impulso ciego de la ambición. El anciano se convulsionó de dolor. Recibió otro golpe y otro más. Sólo así terminó por confesar:

—Sé de dos entradas. Tulum y el cenote de Chaltún. Es todo. No sé más, lo juro.

Iktán emprendió el regreso a Chichén Itzá.

Se le veía, más que contento, pleno de una emoción que le daba fuerza a su alma y a su cuerpo. Se sentía un gigante. Tenía en sus manos la respuesta a uno de los grandes misterios y la clave para adquirir riquezas y poder. Se imaginaba más alto, más fuerte, con un físico privilegiado. Sonreía. Una sonrisa con miras al futuro. El pasado quedaba atrás. Ya no se acordaba de Tolán ni de Teotihuacan. Tampoco de Tihuin y su triste fin. No experimentaba, por él, ningún arrepentimiento o condolencia.

El cuerpo del anciano sacerdote fue encontrado por trabajadores de una mina de obsidiana en las cercanías. Los zopilotes y las ratas habían hecho lo suyo. Tenía las entrañas de fuera y más de la mitad del cuerpo devorado por la rapiña.

V

—La Profecía. La Profecía.

Con este grito, los soldados de Chan Chaak comenzaron a invadir los reinos vecinos.

—Se acerca el fin del mundo y hay que evitarlo…

Tal había sido la arenga de Chan Chaak a sus guerreros, y en general a todos los itzács reunidos frente a la Pirámide de Kukulkán.

Sucedió durante el equinoccio de primavera.

Al principio todo fue silencio y solemnidad. El pueblo de Chichén Itzá se había reunido de nuevo para recibir a la Serpiente Emplumada.

Iktán, en lo alto de la pirámide, presidía la ceremonia.

Desde mucho antes del mediodía comenzaron los preparativos. El olor a sahumerios sustituyó el aroma a jungla que provenía de los alrededores. Iktán oraba en voz alta, con visos lo mismo de veneración que de respetuoso júbilo. El cielo era claro y luminoso, el calor dominaba el alma de todo lo viviente y de las cosas inanimadas. Hacia las dos de la tarde, la plaza frente a la pirámide rebosaba de hombres y mujeres, niños, jóvenes y ancianos, todos vestidos de blanco. Tenían el rostro hacia arriba y cerrados los ojos, para recibir las bendiciones del dios Kin, el sol. Oraban en voz baja, a la manera de un murmullo tranquilizador y repetitivo.

Era un lugar sagrado. La pirámide había sido construida por órdenes expresas del propio Kukulkán, con medidas y alineamientos astronómicos muy precisos. Constaba de nueve cuerpos escalonados y cuatro fachadas ornamentadas con representaciones de serpientes y tigres. No era una construcción muy alta pero sí armoniosa y estéticamente muy lograda. A los itzáes les parecía lo más bello de todo cuanto su saber y empeño les había hecho construir. Tenía un templo almenado en la cima, al que se accedía mediante cuatro escalinatas, una a cada costado, con noventa y un escalones, respectivamente. Multiplicados por cuatro, junto con la plataforma del piso superior, daban un número de 365, que correspondían a los días o kines del año. Por su orientación, durante cada equinoccio, ya sea el de primavera o el de otoño, ocurría un fenómeno mágico y singular: el regreso de Kukulkán, la Serpiente Emplumada.

Ese día no fue la excepción. Se trataba de un hecho de lo más importante en la vida maya. Esa fecha marcaba, astronómicamente, el momento en que el día tiene la misma duración que la noche, y, religiosamente, el esperado regreso de su dios, la Serpiente Emplumada o Kukulkán. Todo era júbilo y solemnidad en esos instantes. Las almenas del templo en la cima estaban coronadas con estandartes multicolores, hechos con vistosas plumas de pájaros. Se habían colocado hornillas para el copal y su esencia se desprendía en volutas de aromático humo negro. Se escuchaba el retumbar rítmico de tambores y el canto agudo de las chirimías o el más grave de las caracolas marinas.

Iktán había hecho sacar al jaguar de los sacrificios del templo frente a la fachada norte. Era una escultura muy colorida, pintada de rojo y con incrustaciones de jade. Iktán mismo la había mandado construir tras su regreso de su viaje de conocimiento. Ahí llevaba a cabo sacrificios rituales. Había tomado el lugar de su padre, el aún vilipendiado Noil, y lo hacía con religioso rigor, cuidadoso esmero y enorme beneplácito. Ataba a sus víctimas al jaguar, esbozaba una oración, les sacaba el corazón y lo llevaba, aún palpitante, a la vasija sostenida entre las manos de un chacmol pintado también de rojo y con un tocado de blanco pedernal en su cabeza.

Iktán se había pasado la noche anterior afilando varios cuchillos. Ese equinoccio también estaría marcado por el rojo de la sangre y el azul de la piel de los sacrificios. Había llegado la hora del triunfo, del poder y la venganza. Mientras tanto, oraba sin cesar. Lo hacía desde muy temprano en la mañana. Su voz se escuchaba con respeto y veneración. Lo hizo hasta que, a una hora sabida de antemano, pronunció varias veces el nombre de su soberano.

—Chan Chaak, Chan Chaak —y cada vez que lo pronunciaba aumentaba el tono de su voz.

Chan Chaak apareció con todo su esplendor de rey de los itzáes. Lo hizo seguido de su corte de guerreros y sacerdotes. Estaba pintado para la guerra y vestía uno de sus más ricos y llamativos atuendos.

Iktán se arrodilló con evidente pleitesía y lo mismo hicieron todos y cada uno de los itzáes ahí presentes.

Chan Chaak subió la escalinata de la Pirámide de Kukulkán. Su porte era impresionante. Mostraba inusitado vigor y firmeza en cada uno de sus pasos. Al llegar a lo alto se plantó altivo a contemplar su ciudad y a sus súbditos. Fue ahí que dijo:

—¡El momento ha llegado! ¡El momento de la Profecía!

Se escuchó un leve, pero multitudinario murmullo. Chan Chaak habló entonces, con palabras directas y duras, de la inminencia del fin del mundo.

"El mundo que conocemos, el de las flores y el del canto de las guacamayas, el del jaguar que nos acecha y el de la risa tierna de nuestros hijos, el del copal y el del sueño, el del hacha guerrera y el del maíz que sembramos, el de la estrella que fija nuestro destino y el de nuestros corazones agradecidos por la vida, se precipitará de pronto en la miseria. En la nada. Será un instante mayúsculo, un rasgar inmenso del cielo y de la tierra, un quebrarse inaudito y violento, una profusión de ayes y de voces asustadas, un lamento colectivo, un desaparecer de todo lo nombrado y lo que ignoramos. Es el fin que se aproxima, el cataclismo, el terremoto enorme que dura para siempre. El cero total. El imperio del señor de los huesos. Del silencio. De la oscuridad. De la ceniza. El arribo del inframundo como universo absoluto. Nada quedará en la tierra, ni los recuerdos. Nada podrán hacer nuestros dioses con su gritar de trueno, de agua, de belleza. Todo se perderá. Las hazañas de guerra, las mujeres que tuvimos, las oraciones al Dios de dioses o a nuestros venerados Chaak e Itzamná, la bondad del amanecer y de las madres, el sabor de la comida más deliciosa. Todo, hasta nosotros mismos. Tragados por la destrucción, por la vorágine, por el huracán cósmico. El momento de rendir pleitesía, con dolor y terror, a la negación del ser. Un momento tan sólo, ¡pero qué momento! Terrible, espantoso, inenarrable. El verdadero instante, el único, donde nada permanece intacto ni duradero. Tal es la voz de la verdad. Tal es la voz de la Profecía…"

Hubo llantos y expresiones lastimeras de dolor.

"Se acerca el fin —anunció con voz fulminante y arrolladora—. El término de nuestro paso por el sacbé de la vida. El último katún ha llegado y nos arrollará a nosotros, los itzáes, y a todas las criaturas errantes y no errantes del universo. Vendrá del sol la aniquilación, el cataclismo. El Bolom Tikú y su tiempo de muerte y de sus nueve infiernos. El anuncio del cadáver cósmico. El fin de la respiración de los tiempos pasados y presentes."

Iktán le dictaba esas palabras, si bien pasaba inadvertido para los itzáes que allá abajo, al pie de la pirámide, escuchaban con verdadera pena y sufrimiento.

"La Profecía no habla con la mentira —continuó Chan Chaak, aleccionado por Iktán—. Es la verdad más verdadera de todas. Está en los libros sagrados y en las piedras de la divinidad. La destrucción del mundo es cosa triste, segura e inminente."

Se escucharon más sollozos y algunos llantos incontenibles.

"El fin ocurrirá de hoy en 365 kines, es decir, durante el próximo equinoccio de primavera…"

El anuncio de la fecha provocó un enorme pánico y alarma entre los itzáes, e incluso entre algunos sacerdotes y miembros de élite de su escolta.

"Pero, calma. No tengan miedo, queridos itzáes. Hoy es el día de Kukulkán y nuestro poderoso y venerado dios no puede dejarnos en la orfandad más absoluta…"

En ese momento sonaron los tambores e Iktán llamó la atención de Chan Chaak.

—Es hora del regreso de nuestro querido dios —le dijo.

El soberano miró hacia el sol y gritó con todas sus fuerzas:

—¡Kukulkán!

Igual hicieron sus súbditos. Un único y colectivo grito que imploraba con el ánimo esperanzador de los tristes y los desposeídos:

—¡Kukulkán!

En ese momento apareció una pequeña sombra a un lado del templo, que avanzó con lentitud hacia una de las escalinatas.

El silencio que se hizo fue, entonces, absoluto. No se escuchaba ni el susurro del viento ni el vuelo de las avispas. Acaso, tan sólo, el latir apasionado de los corazones o el ritmo anhelante de las respiraciones. Todo mundo estaba atento. Nadie quería perderse ni un instante aquel momento divino. La sombra se desplazó aún más, lenta, muy lenta, pero inevitable en su proceder cósmico. Avanzó hasta el primer cuerpo escalonado y luego hasta el otro. Parecía moverse como si tuviera vida. Conforme avanzaba, la sombra formaba una serpiente que bajaba entre los cuerpos escalonados y la alfarda de la escalinata.

Fueron siete triángulos y nueve cuerpos escalonados los que cubrió con su recorrido esa sombra, convertida en la Serpiente Emplumada.

Estaba a punto de llegar con su sombra a la base de la pirámide cuando algo insólito ocurrió: la escalinata del lado noreste comenzó a cubrirse de sangre, sangre líquida, de un rojo brillante, que chorreaba sin cesar desde las alturas del templo.

Hubo una exclamación generalizada de asombro y también de miedo.

Nunca antes había ocurrido algo así. ¿Qué augurio terrible escondía esa aparición escarlata, esa sangre que no dejaba de manar por todos y cada uno de los escalones? ¿La cercanía del fin del mundo? ¿Tal vez no dentro de un año sino ahora, en ese preciso momento? Los itzáes retrocedieron, alejándose algunos metros de la pirámide, por completo sobrecogidos de asombro y de miedo.

La sombra llegó hasta la representación de la cabeza de Kukulkán en uno de los costados de la escalinata y siguió su camino con lentitud hacia el cenote sagrado. De esta manera, se simbolizaba la aparición celeste del dios, que bajaba hasta el mundo de los hombres para bendecirlos y después descender al inframundo, como una forma de demostrar el triunfo de la vida sobre la muerte.

Así había acontecido desde que los itzáes tenían memoria. Durante siglos y siglos, por miles de katunes y de kines. Pero ahora era diferente. Algo estaba mal.

La sangre derramada anegó el suelo e hizo retroceder aún más a los itzáes, que no salían de su estupor y de su sorpresa. El ambiente comenzó a llenarse de un nauseabundo olor a sangre podrida, a muerte.

Cuando la sombra llegó al Chankú o dzonot sagrado de Chichén Itzá, los esperaba aún otra sorpresa.

Las aguas del cenote estaban teñidas de rojo y azul.

El rojo de la sangre y el azul de los sacrificios.

VI

El rojo y el azul se convirtieron en un símbolo de la Profecía, de la inminente destrucción del mundo, pero también de su salvación.

Algunas mujeres se desmayaron al ver el cenote y el color de sus aguas. Las palabras de destrucción y de furia divina, de holocausto inminente, habían hecho mella en el ánimo de todos. Los hombres miraron a sus hijos con enternecida y triste condescendencia. Las parejas se abrazaron como quienes saben que algún día tendrán que separarse y esperan con toda el alma que ese momento se tarde en llegar, o no llegue nunca; sin embargo, parecía tan cerca, tan próximo, que derramaron lágrimas de desesperado amor. Hubo quien miró al cielo como si fuera la última vez. Hubo quien respiró hondo y grabó en su memoria y en su corazón el sonido de los pájaros, el aroma a las flores y el suspiro del viento en sus pulmones. Algunos se dejaron llevar por una suerte de dulce resignación. Así era el mandato de los dioses y había que acatarlo. Otros dejaron de ver la sangre en las escalinatas y las aguas azules y rojas en el dzonot y escucharon atentos las palabras de Chan Chaak, mismas que grabaron hondo en su desolación y en su esperanza.

—Sólo hay un modo de aplacar la ira del cielo...

"¿Cuál?", la duda apareció en sus corazones tristes y en sus voces acongojadas.

Iqui Balam también se hizo esa pregunta: "¿Cuál?", y tampoco encontraba respuesta. "¿Cuál era el modo de aplacar la ira del cielo? ¿Cuál, la forma de evitar el irrevocable exterminio del mundo?" Estaba inquieto y nervioso. Se sentía solo. Hubiera querido tener a su madre ahí, con él. También buscó a Yatzil. Lo hizo con una mirada ávida de encontrar aquel bello rostro, pero no la halló por ninguna parte.

—Los dioses están cansados de nuestra apatía —dijo Chan Chaak—. Somos un pueblo guerrero y nos hemos dejado llevar por la abulia antes que por imponer nuestra valía, nuestra ley, lo que somos, al mundo entero.

Iqui Balam buscó a Kabah, a quien pensó ver al lado del soberano, pero tampoco lo distinguió allá arriba en el templo ni en ningún otro sitio.

—La Profecía es real. Es ley divina. El mundo habrá de terminar destruido con fuego... ¡Pero hay una alternativa! Una sola alternativa, ¡y es para nosotros! Somos el pueblo elegido, el mejor. Los itzáes debemos subsistir para toda la eternidad. Para lograrlo, mi equipo de consejeros, encabezados por el sabio Iktán, ha descifrado antiguas escrituras, extraños documentos provenientes de los astros y de nuestros antepasados. Han visto con anticipación lo que hoy se ha manifestado sin duda. El rojo de la sangre y el azul de los sacrificios. ¿Puede haber un mensaje más claro? ¡Los dioses quieren sangre! Ya no, simplemente, para hacer llover. No nada más para que el maíz crezca venturoso en los campos. No, para que nuestros enemigos sean más débiles que nosotros. No en honor de Ahchujkak, el dios de la guerra. No para alejarnos del Mitnal, el infierno. Los dioses quieren sangre para salvarnos de algo peor. La destrucción del mundo, la aniquilación de todo lo conocido y por conocer, lo que es y lo que no es. Quieren sangre para que la Profecía de destrucción no se cumpla. ¡Sangre! —gritó con todas sus fuerzas.

—¡Sangre! ¡Sangre! ¡Sangre! —corearon los itzáes.

Tan fuerte fue su alarido que hizo retumbar el suelo y el Templo de los Guerreros, el tzompantli, el Caracol y la mismísima Pirámide de Kukulkán.

El clamor de sangre tuvo efecto de inmediato. Iktán hizo traer a varios prisioneros y los sacrificó sobre su jaguar de piedra roja.

—¡Sangre! ¡Sangre! ¡Sangre! —sonaba de nuevo la gritería cada vez que Iktán mostraba un corazón aún palpitante.

Trescientos sesenta y cinco hombres, todos pintados de azul, fueron sacrificados esa tarde.

Chan Chaak tomó la palabra.

Dio la orden de que cada muchacho, hombre y anciano capaz de sostener una macana o lanzar una saeta fueran reclutados de inmediato para formar parte de las tropas imperiales.

—¡El Ejército de la Profecía! —lo llamó con evidente gusto y orgullo.

El reclutamiento fue inmediato. Todo el mundo estaba enardecido por lo que había sucedido aquel día y por los vaticinios de aniquilación del mundo de Chan Chaak.

Nadie quería morir y todos se entregaron a un inusitado frenesí guerrero. Las propias madres convencían a sus hijos de tomar las armas y luchar por su pueblo. Los padres tomaron de la mano a sus vástagos y se presentaron junto con ellos ante los capitanes de guerra para ponerse a su disposición y solicitar su ingreso al Ejército de la Profecía.

Iqui Balam también se dejó llevar por ese impulso.

Fue un impulso ciego y por completo natural. No tenía por qué dudar de las palabras de su soberano y le parecía lógico hacer algo por salvar al mundo de su destrucción. No tendría que acobardarse ante esas circunstancias; al contrario, debía luchar con valentía para que su pueblo no fuera condenado a las sombras eternas. Se presentó de inmediato con Kabah, su capitán. Su sorpresa fue grande cuando supo que Kabah había sido sustituido por otro guerrero de nombre Tzutul. Lo más extraño era que nadie le supo dar razones de Kabah. Preguntó, pero nadie pudo darle una respuesta. Tup, uno de sus mejores amigos, le recomendó que no siguiera preguntando.

—Kabah ahora significa muerte —fue lo único que le dijo.

Le entregaron a Iqui Balam sus armas de guerra; por la noche asistió a una reunión con los guerreros más valientes, donde les explicaron el objetivo militar que tenían por delante y la mejor estrategia para tener éxito en su acometida.

—Atacaremos con todas nuestras fuerzas el reino de Tulum. Quien se someta a nuestra voluntad, será convertido en guerrero del Ejército de la Profecía. Quien no, sufrirá las consecuencias. La consigna es arrasar con toda resistencia y matar a cuanto enemigo encontremos.

"Tulum", pensó Iqui Balam. Una vez había estado ahí, llevado por su padre. La capital de ese reino era bella y, aunque pequeña, magnífica. Estaba junto al mar, cosa que había impresionado vivamente al joven guerrero. Se embelesó con el azul turquesa y la transparencia de aquellas aguas. Llegó a meterse en una de las playas, si bien le advirtieron que tuviera cuidado con el xoc o monstruo marino, como conocían al tiburón. En Tulum había visto a varios hombres sin brazos o sin piernas, que habían sido atacados por tal criatura. También se subió a una piragua. El vaivén de las olas le gustó. De haber sido por él, se hubiera quedado en ese sitio a vivir. "Tulum", y pensaba en esas horas felices mientras nadaba o miraba el infinito mar. También pensó en Yatzil. La llevaría ahí algún día. La besaría en la playa a la sombra de una palmera.

Yatzil. No sabía nada de ella, tampoco.

Volvió a preguntar por Kabah. Lo hizo ya entrada la noche.

Su amigo Tup vaciló en contestar.

—Lo tienen prisionero —le dijo al oído, temeroso de ser escuchado.

—¿Y Yatzil? —Iqui Balam tuvo un funesto presentimiento.

La respuesta de Tup le causó un hondo asombro y gran pesar.

—Yatzil está pintada de azul...

Thorsson el Indomable

I

Nada pasó con Thorsson, a no ser la vida, que se le vino encima. Extrañó por un tiempo a Thordal y a Ullam. Pasaron los años y nadie más volvió a saber de ellos. Circularon versiones de que fueron atacados por un gigante que destrozó el barco y engulló a sus tripulantes, hasta ser azotados por una descomunal tormenta que los hizo naufragar a mitad del gélido océano. No hubo bardos que cantaran su llegada a Thule o que entretuvieran a las concurrencias en las plazas públicas con el relato de sus aventuras. Sus nombres dejaron de sonar en tabernas, caminos y puertos. Thorsson mismo se cansó de esperar. Terminó, él mismo, por perder la ilusión de saberlos de regreso y, también, por olvidarlos. Durante una época se sintió triste, desprotegido, pero el propio trajín cotidiano del pueblo lo hizo salir de su marasmo de orfandad para abrirse paso por el mundo. No hizo a un lado el arte rúnico o la delicia de leer las eddas o las sagas, pero también aprendió a beber fuerte, a manejar con destreza las armas y las maldiciones, a navegar, a presumir sus proezas y a conocer de mujeres, sus pieles y sus caricias. Perdió la virginidad con una prostituta pelirroja de la que nunca supo el nombre; sólo tuvo que preocuparse por conseguir el dinero necesario para acostarse con ella. Al poco tiempo conoció a una linda muchacha a la que empezó a cortejar. Ingrida, se llamaba. Era rubia y sonrojada. Le gustó su sonrisa, que era como un abrazo cuando se sentía solo. A esto se le agregaba un bonito cuerpo que le sorbió el seso y lo hizo perseverar en su deseo de casarse con ella. Habló con sus padres y se concertó el matrimonio. Antes, Thorsson tuvo que probarse en el campo de batalla. Necesitaba dinero y éste se conseguía por medio de la guerra. Su primera incursión militar ocurrió en Francia, en la región conocida como Normandía. Nada qué contar, en realidad. Una pequeña escaramuza sin mérito alguno, fue todo. Llevó consigo la espada de Kaali. Se cuidó de descubrir su origen, por temor de que le fuera arrebatada por alguno de los capitanes. Era una espada bella y filosa, tal vez bastante inútil para aquellos menesteres de la guerra, pues además de ser más larga que las demás, también era demasiado pesada. Con un arma así no podría defenderse ni atacar con la rapidez necesaria, por lo que de vuelta a casa la escondió en un lugar seguro.

A su segunda incursión bélica llevó la espada de su padre, la misma que le había obsequiado Ullam. Le sacó filo y acarició las palabras que tenía grabadas: "Aprendió a morir, matando". Se embarcó en uno de los trescientos drakkars al mando del rey Hadrada de Noruega, que marcharon con rumbo a Inglaterra. Fue un viaje incómodo. Más de nueve mil vikingos se repartían en sus cubiertas. Apenas pusieron pie en tierra, la vanguardia sometió a Scarborough con facilidad. Después, tras una gran batalla en los pantanos cercanos a Fulford Gate, el ejército vikingo entró a Jorvik. El saqueo fue impresionante. Le dieron su parte del botín, que le pareció suficiente para casarse con Ingrida. Tuvo la oportunidad, además, de presenciar la coronación de Hadrada como rey de Inglaterra.

Su reinado duró tres días. Lo depuso Harold Godwinson, quien reunió más de ocho mil hombres para enfrentarlo. La diplomacia actuó primero. Godwinson le hizo un muy atractivo ofrecimiento a los capitanes de Hadrada.

—Les daré una tercera parte de Inglaterra si se unen a nosotros —les dijo.

—¿Y cuánta tierra le darán a nuestro señor, el rey Hadrada? —preguntaron.

—Le daré con gusto dos metros de tierra, y un poco más, porque me han informado que es un hombre alto, más alto que el común de los mortales.

Fue toda una declaración de guerra. Los dos ejércitos se enfrentaron en un lugar conocido como Stamford Bridge. Fue el primer combate verdadero de Thorsson. Vio a Hadrada ondear su estandarte Landeythan, que significaba "el Asolador de la Tierra", con su cuervo resaltado, uno de los símbolos de Odín, y dio la orden de comenzar la batalla. "Avanzad, avanzad —los arengaba—, con el canto de las espadas, con el corazón en nuestro ejército, que nunca ha conocido el miedo."

Los primeros en lanzarse contra el enemigo fueron los bersekers.

Thorsson nunca había visto algo parecido. Doce hombres que luchaban como enajenados y que mantenían a raya a todo un ejército. ¡Los bersekers! ¡Los hombres oso! Eran enormes e incontenibles en el ataque. Doce armas furiosas y mortales. Al muchacho le tocó presenciar muy de cerca a uno de ellos. Un solo bersek detenía el embate de cientos de ingleses en el puente. Lo hacía casi desnudo, sin casco, sin malla protectora, armado únicamente con su mazo y su espada. Era un animal salvaje que hacía la guerra.

Thorsson no quiso quedarse atrás. Luchó lo mejor que pudo. Mató a una veintena de ingleses y se daba el tiempo y el ánimo de ponerse a arengar:

—¡Eh, compañeros! ¡Que el estrépito de las armas sea como el lobo del mar que guía nuestras naves! ¡Que alimentemos a los cuervos con el dolor de los escudos y el sudor de nuestros corazones!

Pero ni sus esfuerzos ni los de los bersekers fueron suficientes. En un momento dado, la batalla pareció decidirse del bando vikingo, debido a la llegada de refuerzos al mando de Eystein Orre. Pero la estrategia de Godwinson fue superior. Atacó con todo lo que pudo los flancos de sus enemigos. Más y más flechas se lanzaron contra ellos. Los escudos parecieron insuficientes para detener tantas saetas. Cuando el propio rey Hadrada falleció de un flechazo que le perforó el cuello, los sajones comenzaron a cantar victoria. Thorsson tuvo que batirse en retirada. Fue una verdadera carnicería. El único capitán que quedaba, Olaf Haraldson, pidió una tregua. Godwinson, generoso, se la concedió. Le permitió embarcarse e izar velas, pero con una condición: su promesa de nunca más volver a invadir Inglaterra.

De los trescientos drakkars que llegaron, sólo veinticuatro partieron de regreso.

II

Thorsson el Indomable, comenzaron a llamarle. Guerreó en muchas guerras. Su cuerpo mostraba cicatrices de muchos campos de batalla.

—Firme ante el ataque del lobo —llamaban así a su valentía.

—Rápido como un corcel del viento —a su agilidad de combate.

—Exacto como un rayo de la hermana de la luna —a su puntería.

—El primero en la danza de las espadas y en la lluvia de la batalla —a su arrojo.

—Dueño del mazo que doblega el refugio de los huesos —a la potencia demoledora de su golpe.

Se fue llenando de anillos y brazaletes. En una ceremonia especial, los reyes, *jarls* o capitanes, se los colocaban en la punta de su espada y Thorsson los recibía como una prueba lo mismo de generosidad que de reconocimiento a sus valerosas virtudes.

—Que tu fortuna se multiplique, bravo guerrero —le dijo Harald Diente Azul, uno de sus capitanes, que llegó a ser rey de Dinamarca, al hacerle entrega de un hermoso anillo de oro.

Los anillos y brazaletes eran muy importantes para los vikingos. El título de "Dador de Anillos" era muy ponderado entre ellos. Se suponía que al regalarlos se acrecentaba la riqueza. Odín mismo portaba un anillo famoso, el Draupnir, que se multiplicó en nuevos anillos y brazaletes. Cuando un vikingo prometía algo, lo hacía tocando un anillo. Su juramento, entonces, se volvía duradero, irrompible.

Cuando Thorsson se casó, le juró amor eterno a Ingrida, su flamante esposa, y mientras lo hacía, para reforzar su promesa, le dio un anillo.

Ingrida estaba feliz. Thorsson también. Le entregó las llaves de la casa, la misma casa que le había dejado el snorri, sobre cuya entrada podía leerse: "De pie, siempre".

—Tú, de ahora y para toda la eternidad, eres la dueña y señora de este hogar —le dijo, con firmeza y ternura.

Era un signo de lealtad. Significaba que él podía tener otras queridas, pero ella, Ingrida, era la verdadera mujer, la esposa. Tener las llaves en sus manos la hizo sentirse bien con ella misma y con el mundo. Se veía guapa; estaba vestida con un atuendo blanco de lino y una túnica del mismo color. Sus zapatos eran nuevos, de piel, y usaba brazaletes y collares al por mayor. Era muy joven. Él tenía veintitrés y ella quince cuando se casaron. Durante la boda circuló mucha cerveza, abundante hidromiel de manzana y todo tipo de carne de bueyes y de aves.

—Quisiera ser el mar de inmenso a tu mirada —le escribió a su mujer en uno de los ángulos de la cama—. Quisiera ser la noche para contemplarte con miles de mis brillantes ojos —le escribió en la cocina—. Quisiera que tu belleza sea eterna, como mi admiración por tu hermosura.

Ella no sabía leer, así que Thorsson le pronunciaba amoroso el sonido que formaban las runas.

Ingrida le pidió que escribiera en un muro: "Tuyo es mi tesoro del pecho", refiriéndose al corazón.

Fue un buen matrimonio, marcado por las ausencias de él por irse a la guerra y los sobresaltos de ella al imaginar la posibilidad de no volver a verlo de regreso, destrozado y sangrante en un campo de batalla agreste y lejano. Él le prometía permanecer sano y salvo, y ponía como prueba su destreza con la espada, su rapidez de reflejos, su collar cargado de buenas intenciones rúnicas, su seguridad de ser el mejor de los guerreros y el intenso amor que sentía por ella.

—Regresaré. Siempre regresaré —juraba con su anillo de matrimonio como testigo.

Ella lloraba cada vez que lo veía partir. Ni las faenas cotidianas —lavar la ropa, ordeñar la única vaca que tenían, mantener el fuego y la limpieza de ese hogar solitario— hacían que no lo extrañara. Sus ausencias podían durar lo mismo una semana que tres meses. Cuando volvía, él olvidaba las heridas, la cercanía de la muerte o las fatigas de la guerra, para hacerle el amor con pasión y con cariño. Al año y medio, después de regresar de una nueva incursión al Monte Saint Michelle, se encontró con Ingrida embarazada. Thorsson se alegró. La cargó con entusiasmo, dándole vueltas y llenándola de besos y de mimos. Ella se dejó hacer, contenta por esperar un hijo. El primogénito de ambos.

Pensaron en un nombre. Thorsson daba por hecho que sería un varón.

—Thordal —dijo él, en recuerdo del snorri.

—¿Qué tal Ask? —insinuó ella.

Así se llamaba el primer hombre de la creación en la mitología vikinga. "Ask", a ella le gustaba cómo sonaba. Ask, el primordial. O Embla, la primera mujer, en el caso de que fuera una niña. "Sí, Embla", se entusiasmaba. Pero no podía expresarlo en voz alta. Thorsson ansiaba un varón y no quería defraudarlo.

—Si no Thordal, entonces... —se quedó pensando— Hoenir.

Hoenir era el dios de la luz y del silencio. El dios brillante, le llamaban. Le ayudó a Odín a crear, precisamente, a Ask, el primer hombre, y a Embla, la primera mujer. Los había formado con dos troncos, uno de fresno y otro de olmo, que encontró a la deriva, muy cerca de una playa. Se le consideraba un sabio, fuerte y de buen aspecto. Fue el encargado de mediar para que la guerra entre los dos tipos de divinidades, los Aesir y los Vanir, llegara a su fin y se declarara una tregua.

—Tenía fama de buen jefe —dijo Thorsson, como para justificarse.

—Además —agregó Ingrida—, Hoenir es uno de los contados dioses que sobreviven al Ragnarok o fin del mundo.

Eso le agradó sobremanera a Thorsson. Su cercanía con la muerte, producto de sus incursiones guerreras, lo había vuelto sombrío y desesperanzado. Todo terminaba, se extinguía sin remedio. La amistad, las risas, el latir de la sangre, los sueños de los hombres, el disfrute de la piel, se desvanecían de manera abrupta merced a las armas, los accidentes y las enfermedades. Tenía en mente el Ragnarok, que tanto lo había impresionado de niño. Ragnarok significaba "el destino de los dioses" y daba cuenta de la extinción de todo lo conocido merced al enfrentamiento entre dos poderosas fuerzas. El bien y el mal. El poeta Sturlusson lo había descrito a la perfección en su *Edda Prosaica*: "Se desatarán las bestias, que se anunciarán al cabo de la llegada del frío, con tres largos inviernos sin verano, y el sol y la luna devorados por el lobo Skoll".

—La Profecía —así le llamaba el snorri al Ragnarok.

Era una Profecía terrible. Auguraba la derrota de Odín y de Thor y la llegada del reino del inframundo, de Hela y por consiguiente del Hel, el lugar de las sombras y de la nada.

Al desatarse el Ragnarok, comenzaba la gran guerra y los terremotos. Las estrellas caían, apagándose en el mar. La sangre corría, incluso la de los inocentes. Los hombres y los dioses luchaban en la oscuridad. Imperaba el hambre, el llanto, el pesimismo y la orfandad. Las tumbas se multiplicaban. Nunca más la belleza y la bondad, ni la mirada tierna de las madres a los hijos, ni los atardeceres junto a los seres amados. Desaparecían el mar y sus criaturas, el cielo y su azul inmenso.

—Hoenir, en efecto...

Conforme a la mitología vikinga, sólo él sobrevivía. Se levantaba de entre las ruinas y la destrucción y repoblaba la tierra. Hoenir era sabio y tenaz. Resistía lo irresistible.

Sí, ese nombre le gustaba.

Pasaron los meses. Thorsson partió de nuevo a la guerra. Remontó el río que los franceses llamaban Sena y exigió un cuantioso botín al *jarl* de París so riesgo de invadir y saquear su ciudad. No hubo necesidad de disparar ni una flecha. El muchacho regresó a casa un poco más rico y más conocedor de las cosas del mundo. Apenas desembarcó, se enfiló con rapidez en busca de Ingrida. La encontró en la cama, amamantando a su recién nacido.

—Se llama Hoenir —le dijo ella.

III

Thorsson estaba feliz. Hoenir resultó un niño sano, de buenas y atractivas facciones, ágil y fuerte, propenso lo mismo a las artes de la guerra que al de las runas. Él mismo se encargó de enseñarle los secretos en el manejo de las armas y lo dirigió en la lectura de poemas y libros que al principio le aburrían y luego le dieron otra noción del mundo. Creció. Desarrolló musculatura y cerebro. Era curioso. Le gustaba escuchar a su padre, sus historias de mar y de otros países. Se entusiasmaba con los relatos en torno a la búsqueda de nuevas tierras. Se dejaba llevar por las sagas que hablaban de las regiones Más Allá del Oeste. Un día su padre marchó y se ausentó cerca de medio año. Cuando regresó, le contó acerca de Markland, de Vinland, y de algo que parecía ser una isla enorme, aún más grande que la Tierra Verde. Supo así de los skraelings y su bravura al pelear. El niño escuchaba sentado en sus piernas, muy entretenido y atento.

—Te traje un regalo —le dijo Thorsson.

Le mostró una especie de hacha.

—Los skraelings le llaman tomajok. Es un arma eficaz y mortífera.

El propio Thorsson había visto morir a muchos de sus compañeros con esas armas.

Hoenir la observó. Estaba hecha de madera, el mango; y de metal, la punta. Uno de los extremos era filoso y el otro terminado en forma de martillo. Servía lo mismo para cortar que para machacar.

—Son rápidos y desalmados al usarla. Es ideal para la lucha cuerpo a cuerpo —y mostró la manera como la empleaban para dar golpes y tajos al derecho y al revés, de ida y vuelta, ágiles y efectivas para lo único que podían servir: para matar—. También la arrojan a distancia. Lo hacen con mucha fuerza y puntería. He visto cómo se clavan en los pechos y en las cabezas, como si se trataran de troncos que cortar.

Hoenir escuchaba y se imaginaba esos encuentros con los skrae-lings.

—Es tuya —se la dio y le pasó una mano por el cabello.

—Cuéntame más —le pedía—. Más de tus aventuras por las Tie-rras Más Allá del Oeste. Cuéntame, por favor.

Thorsson lo sentaba en sus piernas. Hoenir había crecido y era un niño robusto y alto. Ya no era un bebé y, sin embargo, le gus-taba que su padre lo sentara de esa manera. Se sentía a gusto con él, protegido. Lo extrañaba. "Cuéntame", insistió, y escuchó, una tras otra, muchas aventuras: la de la emboscada en el pantano, don-de perecieron ahogados o flechados muchos de sus compañeros de andanzas; la de la tormenta que por poco y los encalla en los alre-dedores de una isla; la del río de los salmones, donde se toparon con osos enormes; la del bosque aullador, por la cantidad de lobos que encontraron; la del velamen rasgado por el poderoso viento; la del mar poblado de medusas amarillas; la de la larga noche, atacados sin cesar por los pequeños demonios de aquellas tierras; la del tomajok que fue a estrellarse en un pino, a escasa distancia de su cabeza.

—¿No tienes miedo? —preguntó Hoenir.

—Sí

—Pero eres el Indomable. Así te conocen todos.

—Sí, porque me gusta la vida —Hoenir pareció no entender—. Me gusta tanto que hago todo lo posible por permanecer vivo —dijo Thorsson.

—Eso es valentía…

—No. Son ganas de vivir.

Hoenir se acercó a él y le pidió:

—No te mueras.

Thorsson se conmovió. No supo qué responder. Sólo se le ocu-rrió decir:

—Sería un guerrero muerto en batalla y entraría directo al Val-halla, lo cual es un honor muy grande para nosotros, la gente del norte.

—No te mueras —insistió su hijo.

—No lo haré nunca —dijo entonces.

Thorsson cumplió su promesa. Se fue a hacer la guerra y regresó sano y salvo, con excepción de una que otra herida sin importancia.

Ingrida lo procuraba entonces con verdadero cariño. Le pre-paraba el baño, uno de los grandes rituales vikingos. No eran esas bestias apestosas como los tildaban los franceses, los ibéricos y los sajones. Eran aseados y aliñados. Creían en las virtudes de la limpieza corporal. Fabricaban jabones aromáticos y, a diferencia de otros pueblos, tenían la costumbre de bañarse, por lo menos, un día a la semana. Ese día era el sábado o *laurdag*. Lo hacían en una pileta especial, en casa o en lugares públicos destinados exclusivamente para tal efecto. Thorsson, en alguno de sus muchos viajes, había disfrutado con especial gusto las aguas termales de una avanzada al norte de Groenlandia y en un monasterio recién conquistado al norte de Francia. Le agradaba sentirse pulcro, oloroso a lociones, bien afeitado y peinado. Ingrida le había regalado un bonito peine y una muy útil "cuchara de oreja", con la que se limpiaba los oídos. Ella misma se encargaba de calentar el agua y luego de bañarlo con especial cuidado y ternura. Le lavaba el cabello con una sustancia jabonosa y perfumada, que ella misma fabricaba con flores silvestres. Le aromaba el agua, también, con aceite de pinos. Thorsson gozaba enormemente esos momentos, al cuidado de su mujer.

—Trae no sólo raspones o moretones de tus viajes, sino también jabones y esencias —le pedía Ingrida.

Thorsson marchó de nuevo a asolar otros pueblos. Le tocó su turno a los moros. Partió en una flota de cuatro drakkars con rumbo a la península ibérica. Los vikingos remontaron el Guadalquivir y atacaron los poblados que encontraron a su paso. Fue un viaje especialmente benéfico para Thorsson. Disfrutó enormemente el clima, placentero y cálido. Se hizo de diversos libros y manuscritos, que le parecieron un tesoro en virtud de su antigüedad y, asimismo, por sus coloridos grabados y sus extraños caracteres. También de elegantes y exóticos tapetes y tapices, que suponía se verían estupendamente bien en su casa. A Hoenir le llevaba una espada sarracena y una lámpara de aceite. A Ingrida, joyas, brazaletes de plata, atuendos varios y una dotación cuantiosa de jabones de olor. La mayoría estaban hechos de aceite de oliva, pero había otros con aroma a lavanda, a miel, a almendras, a rosas.

Los dos meses que duró aquella incursión le parecieron maravillosos. Estaba encantado con la arquitectura y las costumbres musulmanas. Le parecía un pueblo culto y enfocado a las artes. Fue, además, el viaje más al sur que hasta entonces había hecho. A las tierras cálidas, como les llamaba. Aprovechó muchos momentos para quitarse la ropa y asolearse por completo desnudo, lo mismo en la cubierta del drakkar que en la terraza de alguna casa conquistada. Su cuerpo se bronceó y tonificó. Se alimentó también de viandas y frutas que no conocía, como los dátiles y las guayabas. Aún así, ansiaba regresar. Pensaba de manera continua en su esposa y en su hijo. Añoraba las manos de Ingrida, su piel. Deseaba estar pronto de vuelta para ser objeto de sus mimos y de sus baños.

Cuando, por fin, el *jarl* que los capitaneaba dio la orden de regresar a casa, él se alegró. Disfrutó como nunca la travesía. Se entretenía observando el cielo, sus estrellas y sus misterios. Se sintió, a ratos, pleno de sí mismo y poseedor de una felicidad que consistía en estar a gusto con la vida. Parecía saber sus secretos, aunque los desconociera. Se sentía inmensamente vivo, henchido de una alegría vital que lo desbordaba.

—Gracias, Odín, por los dones de la existencia, por su pan y su sal, por el rostro de Ingrida y por su piel, que es como la de un durazno en la boca; gracias por ella y por el hijo que me dio, el pequeño Hoenir, el bribonzuelo, por su risa que me alimenta, por su noche, que sea bella y no oscura; gracias por la misteriosa forma de las cosas; gracias por hacer de mí un hombre valiente y feliz, un vikingo que blande la espada y recita versos y leyendas como ningún otro. Gracias.

La felicidad se truncó apenas divisó el puerto. Desde el principio, desde que el drakkar entró al canal entre los fiordos, algo le pareció mal. La disposición de los peñascos, de la línea de la costa, de los árboles, era otra. Todo parecía cambiado. Se puso alerta. Algo no estaba bien, intuyó con adusto semblante.

Cuando el barco atracó, tuvo que hacerlo de manera precaria en los restos de lo que había sido el muelle. Las casas del pueblo estaban destruidas. Había una enorme y larga grieta que atravesaba las calles.

—Un terremoto, oh, Dios, un terremoto —musitó Thorsson con preocupación.

Apenas pudo hacerlo, saltó a tierra y corrió a todo lo que daba hasta su casa. Pudo constatar la desolación. La gente lloraba a sus muertos, olía a podredumbre, a destrucción.

—Oh, Odín, ¿por qué nos castigas? —escuchó un lamento.

Cuando llegó a su casa la encontró de pie y respiró aliviado. Abrió la puerta azotándola, desesperado y preocupado por encontrar a los suyos. No encontró a nadie.

—¡Ingrida! ¡Hoenir! —gritó.

Nadie hizo caso.

Buscó por los alrededores, y nada. Tuvo un presentimiento y se dirigió al cementerio. Había una multitud ahí reunida. Enterraban a sus muertos, las víctimas del terremoto.

—¿Ingrida? —le preguntó al herrero. Éste movió la cabeza con tristeza, con pesadumbre. Le señaló una tumba recién hecha. La tierra aún estaba fresca y negra.

—Le cayó una viga encima, en casa de Hildegunde —dijo sin asomo de compasión, como si respondiera acerca del estado del clima.

Thorsson se arrodilló junto a la tumba y lloró. Lo hizo larga y desesperadamente. Ingrida, su amada Ingrida, se había ido para siempre. Recordó los jabones que le traía. Ya no los olería, ya no los utilizaría para bañarlo con agua caliente y con sus manos delicadas. Ingrida. Ya no verían atardeceres ni cantarían felices tomados de la mano.

—Papá —escuchó una voz a sus espaldas.

Era Hoenir; el rostro por completo desencajado en llanto y en tristeza.

—¡Hijo mío! —Thorsson lo cobijó con un fuerte y sentido abrazo.

—Sentí que llegaba el Ragnarok —dijo el niño, hecho un mar de lágrimas

IV

Thorsson y Hoenir se fueron acostumbrando a la idea de no volver a ver nunca a su esposa, a su madre. Fue doloroso por algún tiempo, un dolor agudo, quizá uno de los más grandes e insoportables que cualquiera de los dos hubiera experimentado. Ni siquiera el corte de la piel por una espada se comparaba con eso. O un flechazo en el hombro. O la incisiva dolencia de ver partir a su padre a hacer la guerra y no saber si retornaría. Nada se le parecía. Nada, en verdad, como la muerte de un ser querido para saber de heridas y dolores. Nada como esa aflicción en el cuerpo y en el alma. Nada como esa punzante e incisiva dolencia en forma de ausencia y de recuerdo. Ingrida, Ingrida, repetían su nombre en silencio, como conjurándola a aparecer. Ingrida, Ingrida, y creían que con ello volverían a tener sus guisos o su andar por la casa o su sonrisa o su aroma de vuelta, o sus abrazos, una vez más. Ingrida, Ingrida, pero nada ocurría, fuera del silencio, de la no respuesta de ninguna parte, ni del reino de los vivos ni del reino de los que ya no lo eran. Ingrida estaba muerta.

Había fallecido como consecuencia de una viga que le cayó encima. Sucedió en casa de Hildegunde, una viuda gorda y entrada en años, cuyo esposo había sido conducido por las valquirias hasta el Valhalla, después de haber sido muerto en la batalla del Nordfjord, y a la cual, por compasión a su soledad, le había tomado cariño. Hildegunde era una mujer triste pero buena. Le enseñaba a bordar y a cocinar. A ser una mejor mujer para su esposo y una mejor madre para su pequeño hijo. Iba por lo menos dos veces a la semana a visitarla. Le llevaba un jabón o unas galletas. Y platicaban de la vida, del clima, de la gente del pueblo, de sus esposos, de la guerra. Ahí se encontraba, en la cocina de Hildegunde, dedicada a preparar un guisado de carne de vaca con distintas hierbas aromáticas recogidas apenas esa mañana en el campo, cuando sintió un ligero mareo que la hizo pensar, primero, en la posibilidad de un nuevo embarazo. Así se había percatado, años atrás, de que llevaba a Hoenir en su vientre, por los mareos, la señal de que algo había cambiado en su cuerpo. Luego escuchó el crujir de las maderas y de las piedras con que estaba construida la casa. No, no estaba encinta. Temblaba.

—Es el dragón que se despereza —anunció Hildegunde, refiriéndose a un viejo mito. Lo dijo con recelo. Tenía cara de preocupación y una creciente angustia. Las dos se asustaron. El terremoto era tan fuerte que no podían sostenerse de pie.

—¡Salgamos! —pidió Ingrida.

Trataron de hacerlo, no sin dificultad. Apenas daban unos cuantos pasos y caían o eran lanzadas con fuerza contra la mesa y las sillas. Hildegunde cayó de manera aparatosa, torciéndose una mano y lastimándose el hombro. Ingrida trató de ayudarla a incorporarse. Tal empresa parecía imposible. Se levantaban e iban a dar al piso de nuevo. Así las sorprendió la muerte. La casa comenzó a deshacerse. Se inició con el rechinido y el polvillo que caía del techo. Después, con una pared a su izquierda que se derrumbó por completo. Gritaron, incluso pidieron ayuda, pero nadie vino en su auxilio. Luego, las vigas, que se precipitaron en medio de un gran estrépito. Una de éstas, al derrumbarse, se les vino encima, aplastándolas.

Ahora yacía en una tumba solitaria y fría.

Thorsson, desde tiempo atrás, como la mayoría de los vikingos, convertido al cristianismo, le había hecho poner una cruz de madera que llevaba el nombre de su amada y una inscripción que decía: "Tal vez ida para siempre, pero nunca olvidada".

126

Cada día la iba a visitar al sitio de su último reposo y le llevaba una flor cortada en las montañas. Le dio por recordar, no sin pena, un dicho vikingo que decía:

> Sólo en la noche puedes juzgar al día;
> a una cerveza cuando la has bebido;
> a una espada cuando la has probado;
> a una mujer cuando está muerta.

Por un tiempo se olvidó de la guerra y se quedó a hacerle compañía a su hijo. Éste lloraba por las noches, en recuerdo de su madre. A Thorsson lo conmovía enormemente ese llanto. Le cruzó por la mente casarse de nuevo, para encontrarle otra madre a su hijo. Pero, aunque no faltaron mujeres que quisieran consolarlo en su temprana viudez, él prefirió guardarle respeto a Ingrida y no se casó de nuevo. Tampoco llevó mujeres a su casa. A ninguna le dio las llaves de su hogar.

Se refugió en los libros. Se interesó en la profecía de las profecías, el Ragnarok, y sus cantos de destrucción. Pensaba mucho en la muerte y en el fin de todo lo conocido. Su semblante se volvió más grave, como descreído de todo lo que le rodeaba. Pensaba en las palabras del *Havamal*: "No hay para el sabio dolencia peor que no estar contento consigo mismo". Y era cierto: tantos viajes, tanta sangre, tanto amor, tantos libros, tanta experiencia del mundo, ¿de qué le servían? Ingrida estaba muerta, al igual que algún día lo estaría él. "Nada dura. Ni yo", reflexionaba de manera repetitiva, dándole vueltas a ese pensamiento que siempre había sabido y que ahora adquiría otra dimensión, aún más grande. Le preocupaba y lo mortificaba. Pasó un año, luego otro y otro más. Poco a poco fue encontrando consuelo en las cosas del mundo, en sus vinos y en sus golpes de ola y en sus atardeceres. Poco a poco, también, volvió a escuchar el llamado de la guerra. "*Gö*", añoraba ese grito de batalla. Hoenir había crecido y ya no era ese niño desprotegido, sino un adolescente fuerte e instruido. Era guapo, además. Las muchachas del pueblo volteaban a verlo y lo seguían con la mirada. Un día Thorsson habló con él:

—Me voy a hacer la guerra —le dijo.

—Pero, papá —el muchacho experimentó, de nuevo, la cercanía de una orfandad que no le gustaba.

Thorsson le pasó una mano por los cabellos y lo abrazó con fuerza y con ternura.

—Regresaré —le dijo—. Lo prometo.

Hoenir contuvo las lágrimas. De alguna manera comprendía que se convertía en hombre y debía cumplir con un destino, cualquiera que éste fuese. Recordó algo que había leído en alguna saga: "El hombre está solo y solo se queda. Ése es su sino, el único que en verdad le corresponde". Solo, se repetía esa palabra. Solo. Se quedaría solo de nuevo. Y así fue. Thorsson acudió al llamado de las batallas, acaso como una manera de lidiar con su sombría visión del mundo y de la vida. También, para indagar sobre el paradero de Ullam y Thordal. Partió a las Tierras Más Allá del Oeste. Se enfrentó a nuevas batallas que curtieron su piel y su espíritu, pero de Ullam y Thordal no supo nada. Parecía como si hubieran sido tragados por la misma tierra o como si nunca hubieran existido. El muchacho, por su parte, se quedó en el pueblo. Solo, sin más compañía verdadera que sí mismo. La soledad no fue fácil, sobre todo al principio. Temblaba de miedo y lloraba algunas noches. Temió la llegada de nuevos terremotos, anuncios del Ragnarok que se acercaba, o la noticia de la muerte de su padre, pero nada de esto aconteció.

Thorsson hizo la guerra y al cabo de ocho meses regresó, sano y salvo, y lleno de historias de aquellas tierras lejanas.

A Hoenir le trajo más tomajoks, chalecos hechos con pieles de ciervo, collares con diversos tipos de cuentas y, lo más interesante, el cuero cabelludo de guerreros muertos en batalla. Algunos correspondían a cabelleras vikingas y otras a nativos de aquellas tierras.

—Es un trofeo de guerra muy preciado. Sus hazañas se cuentan por la cantidad de cueros cabelludos que cada guerrero tenga en su haber. Es la medida de su audacia, de su arrojo, de su valor.

Le hizo entrega de ocho cueros cabelludos, cinco de ellos rubios y los demás de un negro azabache.

—Se los arrebaté, matándolo, a un demonio de skraeling. Era apenas un poco más que un niño, pero tenía la destreza y la fuerza de un guerrero de mil batallas. Habrá tenido tu edad, lo mismo que tu estatura. Y era bueno para el tomajok. Lo vi destrozarle el cráneo por lo menos a cinco vikingos. Me alcanzó a dar un golpe contuso en un hombro, mira, aún lo tengo amoratado, pero nada pudo hacer ante mi espada. Aún puedo ver sus ojos de sorpresa ante la llegada de la muerte.

Hoenir contempló aquellos trofeos de guerra. Lo hizo con una mezcla de asombro y repulsión, de curiosidad y miedo. Se imaginó a su padre, o a sí mismo, despojado de su cuero cabelludo, y la sola idea le produjo un escalofrío. Aún así, le atraía el hecho de que Thorsson le contara de sus aventuras por aquellas tierras. De la ocasión que estuvo a punto de naufragar o de un tomajok hecho por completo de oro que habían encontrado clavado en un cráneo mondo y antiguo.

—Algún día me acompañarás a conquistar esas tierras —le decía.

V

Dos incursiones más realizó Thorsson por las Tierras Más Allá del Oeste. Regresó lleno de tesoros y experiencias. También rico, muy rico, pues el *jarl* de la tierra conquistada conocida como Hauptgard, lo había favorecido con un vasto terreno por el que cruzaban bosques y lagos, planicies anchas y verdes como de ensueño; fértil y hermoso todo lo que apareciera a la vista. Se imaginaba como señor de aquel lugar, su reino en la tierra. De él y de su hijo. Planeaba asentarse en aquel sitio. Convencería a quien hubiera de convencer de llevar ganado y mujeres para poblarlo. Lo llamaría Ingridaland y sería la región donde pasaría sus últimos días, en paz.

Partió una vez más a despojar a los skraelings de sus tesoros y de sus tierras.

No lo hubiera hecho. Fue la vez en que, al mando de Ulrich el Más Rubio, desembarcaron en un estuario al que le habían dado el nombre de Dyflin. Dos días lo pasaron cerca de sus barcos y al tercero se decidieron a explorar aquellas tierras.

Fueron emboscados. Fue una verdadera carnicería. De doscientos hombres que emprendieron la marcha, apenas sobrevivieron unos cuarenta; ni siquiera los mejores, sino los más afortunados. Thorsson entre ellos. Se defendió lo mejor que pudo a pesar de tener una rodilla destrozada. Ni las lanzas ni los tomajoks terminaron con su vida. Era el Indomable y, aunque en dos o tres ocasiones sintió que era el tiempo de las valquirias, sacaba fuerzas de flaqueza y se defendía lo mejor que podía.

Salvó la vida, pero quedó como un baldado.

Fue un duro golpe para su orgullo.

Regresó a casa sabedor de que sus días de guerrero habían terminado.

De nada sirvieron los emplastos de hierbas que le recetó un snorri. Su rodilla quedó inservible y su pierna como más corta y tiesa al mismo tiempo. Renqueaba de una manera por demás visible. Había dejado de ser el Indomable para convertirse en el Inválido. Se entregó a la bebida y al pesimismo.

—El cataclismo final, la pérdida de los poderes, el aniquilamiento de lo que conocemos, la llegada del invierno eterno, de las sombras, de la nada —le daba por decir con verdadera vehemencia, en sus disquisiciones de borracho.

Hoenir lo observaba con algo de compasión y curiosidad. Desde el terremoto que lo había dejado huérfano, al cobrarse la vida de su madre, se había interesado en el Ragnarok y en sus profecías de destrucción y vacío eterno.

Sabía que su padre había leído libros antiguos llenos de verdades y estaba atento a descubrir pistas o claves que lo condujeran a saber más acerca de la Profecía: del inminente cataclismo del mundo y de los dioses. Lo acompañaba a todos lados, escuchándolo. También lo cuidaba. Lo conducía de regreso a casa, después de pasar horas en las tabernas. Lo llevaba casi a rastras, escuchando sus incoherencias.

—El lobo Skoll, que persigue al sol, y su hermano Hati, que persigue a la luna, la misma persecución y la misma evasión que existe desde siglos atrás para marcar el transcurso de la vida de los hombres, llegará a su fin. Los lobos los alcanzarán hambrientos e inmisericordes y el tiempo se detendrá al momento de ser devorados.

Parecía delirar o sumirse aún despierto en una pesadilla terca y recurrente. Thorsson fue perdiendo la fe en la continuidad del universo y en sí mismo. Se sentía inútil. Le daba por repetir un conocido proverbio vikingo: *"Svá ergisk hverr sem eldisk* —decía, no sin desconsuelo—. Todos se convierten en *ergi* cuando llega la vejez".

Ergi era el nombre que la gente del norte daba a los afeminados.

Thorsson no era viejo. Rondaba los cincuenta. Pero así se sentía, avejentado, inútil para las cosas de la guerra, como una mujer.

En algunas de sus borracheras, se reprochaba:

—Parezco un *fuðflogi* —que significa, literalmente, el que huye de la vagina, y por ende, un homosexual.

Hoenir lo escuchaba y sentía pena por él. Lo cuidaba. Se con-

virtió en su sombra, en su protector; el encargado de llevarlo a rastras de regreso a casa, el que lo calmaba cuando se despertaba en la
noche y gritaba:

—¡Skraelings!

VI

Thorsson, en medio de sus penas de inválido, recordó las palabras
de Thordal:

—Eres ahora el hombre-que-sabe —lo llamó.

Empezó a grabar runas por doquier. En paredes, en utensilios
domésticos, en rocas. Frases inconexas que parecían sin sentido. También tiró las runas para develar los misterios del futuro. Lo hizo por
dos o tres días, hasta que renegó entre maldiciones de ese falso arte
de la adivinación.

—La esencia del hombre rúnico, la del hombre-que-sabe —volvió a recordar a Thordal—, consiste no en adivinar, sino en invocar.
Tal es el secreto de la verdadera magia.

"Las letras, las palabras", se saboreó Thorsson con lo que parecía, más que una revelación, un redescubrimiento.

—Nombrar es invocar. E invocar es realizar —era la receta mágica, el abracadabra de la vida; agregaba—: el nombre otorga esencia y
significado a las cosas. La invocación posee un propósito, o un des-
propósito, según se vea. Al invocar vida, se crea. Al invocar muerte,
se destruye. Lo vital y lo mortal, tal es lo que esconden las palabras,
dependiendo de cómo se utilicen.

Por eso los conjuros de los hechiceros. O los buenos deseos en
las bodas. O las maldiciones cuando detestamos a alguien. El significado de la palabra runa, precisamente, era el de sortilegio, el de
secreto, el de encantamiento.

—El poder sobre todas las cosas, eso es lo que te da la palabra
—recordaba las enseñanzas de Thordal.

Era el verbo que movía al mundo. La palabra hecha sentencia y
hechizo, encantamiento y súplica, insultos y blasfemias, juramentos
y perjurios. La clave para entenderlo y dominarlo todo.

Desempolvó viejos libros, voluminosos volúmenes y legajos dejados por Thordal y olvidados durante años y años de indiferencia y
encierro, y se puso a devorarlos. Parecía un poseso de las runas y de
las historias que contaban. Al poco tiempo, dejándose llevar por el

influjo de lo que leía, le entró una idea de la que ya nunca más se despojaría:

—Yo mismo escribiré mi propio libro.

Lo dicho: invocar es realizar. Se lo repitió a Hoenir:

—Invocar es realizar.

Invocó al libro y el libro comenzó a aparecer de la nada. La *Saga profética*, lo tituló. Empezaba: "En el principio fue el frío. Mucho frío. La tembladera del mundo, de la armadura del cuerpo, de los seres que se arrastran y de las rocas en las partes bajas. El estremecimiento de lo que ha sabido del calor y se ve envuelto, de pronto, en un tufo helado. El invierno que antes era pasajero y ahora aposentado para siempre, eterno".

Thorsson lo leyó en voz alta y su hijo tembló.

—¡El Ragnarok! —dijo.

—Sí —aceptó su padre—. Pero yo he de cambiar sus palabras para invocar una mejor suerte para nosotros.

Escribió y escribió.

"Al empezar la creación, en el mismo centro del espacio se abría Ginnunga, el terrible abismo sin fondo y sin luz, y al terminar la creación, desde los extremos del espacio se cernía Ginnunga, el terrible abismo sin fondo y sin luz."

VII

Para muchos, Thorsson había enloquecido. Empezó a vestirse de negro, como un snorri, y había tornado a hablar de sismos y cataclismos que a nadie le gustaban, en vez de contar sus historias de guerra. Algunos le voltearon la espalda. Otros se apiadaron de él como un enfermo sin remedio. Hoenir mismo sentía pena por su padre. Entregado a la escritura de su libro, Thorsson había comenzado a descuidar su persona. Su barba era larga, sucia y enmarañada, y hacía mucho que su cuerpo no se entregaba a los placeres del *laurdag* o baño sabatino. Comía poco y mal. Lo que no perdonaba era el vino o la hidromiel, que ingería en grandes cantidades.

—Es la única manera de reunirse con los sabios y los poetas en Sökkvabekk —se justificaba, refiriéndose al palacio de Saga, la diosa de la historia y la cultura.

En el mítico Sökkvabekk nunca faltaban las bebidas. Los poetas decían que las olas jamás dejaban de llegar a sus costas, en obvia alusión al vino y a la hidromiel. Ahí, Saga y Odín se entretenían bebiendo en grandes tazas doradas. Thorsson también bebía, escribía día y noche, y acumulaba semanas sin bañarse. Descuidaba lo más elemental, como proveerse de comida o de madera para el invierno.

Hoenir tuvo que hacerse cargo de todo. Al principio lo hizo de buena gana, amoroso con la invalidez de su padre. Después, se fue hartando de otra clase de orfandad. Se sintió hecho a un lado. No que su padre hubiera dejado de ser amoroso con él, no. Thorsson le acariciaba el cabello, lo llamaba bribonzuelo con ternura y lo sentaba junto a él para leerle todo lo que había escrito la noche anterior. Pero ya no era un padre, sino un poseso de su propio mundo de historias. Hoenir tuvo que vender joyas y armas para hacerse de alimentos y ropa y, en fin, de lo necesario para sobrevivir con alguna dignidad y comodidad.

—¿No tienes ningún problema si vendo esto? —le preguntaba, por pura cortesía, ignorando si alguno de esos objetos le era más querido que otros en razón de algún motivo de guerra o de amores.

—No, no, véndelos —le contestaba Thorsson, sin siquiera alzar la vista de sus legajos, indiferente a todo que no fuera plasmar en papel sus fantasías.

Un día, al abrir una trampa secreta en el piso, el muchacho descubrió una espada que le pareció muy valiosa.

"Creo que me pueden dar muy buen dinero por ella", fue lo primero que pensó.

Era un arma hecha de un metal extraño, en cuya hoja distinguió de inmediato la runa Tywaz, la runa de Thor. La revisó con más cuidado. Era una espada muy filosa, trunca en la punta y más ancha en la empuñadura. En ésta, en su encordado de cuero, encontró otra runa. La runa Wyrd. La runa de Odín.

—Las runas del poder y de la inteligencia —coligió Hoenir.

Se dirigió a su padre. Necesitaban comprar víveres, pues se acercaba el invierno. Uno muy duro, a juzgar por las tempraneras nevadas.

—¿Puedo vender esto? —le preguntó.

Lo hizo sin detenerse a pensar que la espada podría serle útil. Él tenía muchas, tanto vikingas como francesas y sarracenas, además de tomajoks y otras armas curiosas. Además, se trataba de una espada demasiado larga y pesada. Más que en su filo, se fijó en el extraño material de que parecía hecha y en la piedra preciosa que coronaba la empuñadura. Era una joya grande, parecida a un rubí. Calculó cuánto podrían darle por ella. Lo suficiente para sobrevivir un par de meses, concluyó.

Thorsson, absorto en la escritura de su libro, pareció no escuchar.

Hoenir repitió la pregunta:

—Papá, ¿puedo vender esta espada?

Thorsson apenas levantó la vista, como molesto por haber sido distraído de su empeño rúnico con minucias sin importancia.

—Sí, sí, sí —dijo con rapidez, empeñado en volver de inmediato a la escritura de su obra.

Hoenir marchó al pueblo a ofrecer la espada al mejor postor. La llevaba envuelta en un viejo paño de color negro.

Hacía frío. Un frío intenso. El muchacho se dirigió a la taberna más grande del pueblo. Sigmund Mundag, el propietario, le había ayudado a vender algunas cosas con anterioridad. Era un hombre bonachón y de sonrisa amable. Llegó a la taberna justo cuando se iniciaba una helada ventisca que arrastraba lluvia y nieve. Se alegró al sentir el calor de la hoguera que presidía aquel sitio.

—¡Eh! ¿Qué me traes, muchacho?

Sigmund Mundag no era un buen hombre, sino un buen comerciante. Su cerveza tenía más agua de la necesaria, pero él se ofendía con suma gravedad si alguien ponía en entredicho la calidad de sus productos. Era, a pesar de su aspecto candoroso, un hombre de pocas palabras y mucho entusiasmo para la pelea. El mismo Hoenir había presenciado cómo el propietario había sacado de su establecimiento, a punta de golpes y patadas, a más de tres temibles vikingos, borrachos, altaneros y rijosos. Fiaba la comida y la bebida, pero llevaba un riguroso control de sus deudores y era implacable a la hora de cobrar las deudas. Si no contaban con dinero, aceptaba joyas y otras prendas igual de valiosas, producto de la pillería de guerra. Él se encargaba de venderlas luego a mejor precio a ricos comerciantes o poderosos *jarls*. Igual había sucedido con Hoenir. Sabedor de las premuras económicas por las que atravesaba, se había encargado de dar su mejor cara, fingiendo ayudarle, cuando en realidad le daba una bicoca por sus cosas, mismas que se encargaba de vender con un buen margen de provecho.

Por eso se sonrió, complaciente, al ver aparecer a Hoenir. El muchacho le regresó la sonrisa y puso frente a él, en la barra de la taberna, junto a unos tarros de cerveza recién servidos, su envoltorio de paño negro.

—Espero que sea algo en verdad valioso esta vez —dijo el tabernero.

Hoenir comenzó a desenvolver su carga.

En eso escuchó cómo se abría y se cerraba con fuerza la puerta, dejando entrar una ráfaga helada con olor a tierra quemada por el intenso frío.

—¡No está a la venta! —reconoció, detrás de él, la voz de su padre.

Sigmund Mundag alcanzó a ver la curiosa espada antes de que ésta fuera envuelta de nuevo por Thorsson, quien la tomó entre sus brazos como si se tratara de un enorme tesoro.

VIII

Transcurrió aquel invierno, uno de los más crudos de que se tuviera memoria en Islandia. Una semana entera permanecieron en casa, enterrados hasta el techo de una nieve espesa, que se abatió inclemente como si se tratara del anuncio del fin del mundo. Thorsson así lo pensó y se puso a escribir con mayor ahínco su libro. Nada parecía preocuparle más que dar por terminada su obra antes de que todo se precipitara en la más absoluta de las tinieblas. Hoenir, por su parte, se había avituallado lo suficiente, con víveres y madera, para soportar la gélida temporada. Encerrado en casa, dedicó su tiempo a leer y a soñar. El invierno, con su acompañamiento de soledad y aislamiento, le había servido para pensar acerca de su futuro inmediato. No quería permanecer más en la seguridad del pueblo, sino partir a guerrear y a probarse en otras latitudes. Ya estaba decidido: apenas diera comienzo la primavera, le haría saber a su padre que lo abandonaría para ir a probar fortuna como guerrero. Ése era uno de sus sueños. El otro era Hilda, una bella muchacha que ocupaba la mayoría de sus pensamientos. Se ponía a leer para pasar el rato y ahí estaba ella. Preparaba la comida, y también. Hilda, Hilda, repetía su nombre y pensaba en sus sonrojadas mejillas o en sus tobillos, firmes y atrayentes. El invierno con su eterna blancura hubiera transcurrido como cualquier otro, a no ser porque ahora se le figuró más largo, merced a que la extrañaba y ansiaba verla de nuevo, admirar su sonrisa y verla jugar con sus amigas por las calles del pueblo. Fue un invierno interminable, frío por fuera y ardiente por esa sed de guerra y amor que lo consumía por dentro.

Reapareció el sol y con él se fue el frío. Comenzó el deshielo con su interminable cantar de agua que corre o gotea, y el lodo por todas partes.

Thorsson se sentía fatigado y satisfecho. Había completado, según sus cálculos, la mitad de su obra. Ese nuevo año, pensaba, la daría por terminada.

Sonrió. Escuchó el trinar de un pájaro, contempló las primeras señales de la hierba que empezaba a crecer, vio las ramas de los árboles llenas de prematuros retoños, observó en su hijo las señales de que pronto dejaría la adolescencia para convertirse en un hombre hecho y derecho, e imaginó que su *Saga profética* algún día se contaría entre las grandes obras de todos los tiempos. Ése sería su legado, su testimonio y la huella de su paso por el mundo. Terminó por sentirse a gusto, por animarse

—Va a ser un buen año —se dijo—, lleno de sorpresas y de maravillas.

No estaba equivocado. Apenas arribó la primavera cuando un suceso inesperado lo cimbró por completo, haciéndole modificar su destino y el de Hoenir.

Un náufrago.

Por el pueblo se difundió la noticia del rescate de un náufrago. Ésta llegó a oídos de Thorsson, quien se alzó de hombros, por entero indiferente a tal suceso que, en verdad, no revestía nada extraordinario. Se trataba de un pueblo navegante y el mar y sus peligros traían de vuelta, de manera constante, lo mismo informaciones funestas de naufragios que, de cuando en cuando, la llegada de algún afortunado que había sobrevivido al desastre.

Pero las circunstancias eran distintas ahora. El náufrago no dejaba de repetir un nombre:

—Thorsson, Thorsson...

El *jarl* del pueblo le pidió que acudiera a visitar a ese hombre, hecho trizas por las inclemencias del mar. Lo habían encontrado sujeto de un madero, a la deriva. Se le veía más cerca de la muerte que de la vida, y aún así se aferraba a ese madero con energía inusitada y, ahora, a respirar y a repetir el nombre de Thorsson, como quien busca una ciudad o un faro.

Thorsson acudió, preso de una gran curiosidad, a visitarlo al lugar donde lo habían albergado.

¡Cuál no sería su sorpresa al descubrir que se trataba de uno de los miembros de la tripulación de Ullam y Thordal!

—¡Heyerdahl! ¡Heyerdahl! —lo llamó varias veces por su nombre, en un vano intento por hacerlo volver de su marasmo.

De nada sirvió. El náufrago no dejaba de musitar el nombre de Thorsson y de experimentar un constante y terco temblor. Estaba bien tapado y aun así no dejaba de estremecerse. Su semblante era el de un agónico, su rostro verdoso, más que pálido, una descuidada y fea barba, los ojos —cuando los abría en uno de sus raros despertares—, acuosos y vidriosos. El cabello lo tenía muy crecido aunque descuidado. Era él, no le cabía duda a Thorsson. Heyerdahl había sido escogido por Ullam en virtud de reunir dos cualidades: era buen marino y buen guerrero. Sabía orientarse por las estrellas y manejar con destreza el hacha, el arco y la flecha. No se arredraba por el mar ni por la gritería, ni por el embate de los enemigos. Era él, aunque más avejentado. De pronto se dio cuenta de que habían pasado más de treinta años desde aquella partida. Él, Thorsson, se había convertido en hombre, se había casado, había enviudado, tenía un hijo que hoy rozaba los diecisiete años. ¡Tanto tiempo había transcurrido, tantos inviernos, tantas noches y días de no saber de ellos, de esperarlos y esperarlos y, después, de darlos por muertos! De olvidarlos progresivamente. Treinta años desde que partieron en búsqueda de la mítica Thule.

Cuando el *jarl* le preguntó acerca del náufrago, Thorsson mintió:

—Peleamos juntos en lo de Hadrada, y más tarde en París y en lo que los negros llaman Granada.

Aún pesaba el nombre de Leif Eriksson y su descendencia en Islandia y Groenlandia, y Thorsson se mostró cauto, temeroso de volver a mencionar el nombre del proscrito Ullam, a quien en algunas leyendas continuaban culpándolo por la muerte de Thorvald, el hijo de Eric el Rojo.

Pidió permiso para frecuentar al náufrago y le fue concedido.

—No tardará en morir, de todas formas —sentenció el *jarl*.

Thorsson acudió a verlo diariamente. Por más que lo interrogaba acerca de Ullam y de Thordal, Heyerdahl no acertó a volver a decir palabra alguna, fuera de ese nombre que no dejaba de repetir como una letanía. Eso le intrigaba al vikingo. Trataba de dilucidar qué había detrás de esa persistencia en nombrarlo y no atinaba a saber si se trataba de un llamado de auxilio, de una petición para reunirse de nuevo en alguna parte o, simplemente, de un delirio de quien está próximo a la muerte. Pensó y reflexionó largamente sobre el particular. De pronto, se le ocurrió algo.

Aprovechó un momento en que fue dejado a solas con el náufrago, le quitó las cobijas e inspeccionó su cuerpo. Removió sus ropas en busca de algo que no sabía qué. Se conmovió ligeramente por la fragilidad de aquel hombre, que se encontraba casi en los huesos. Descubrió heridas viejas y recientes de guerra. Aquí, donde había penetrado una flecha; allá, donde la carne había sido alcanzada por una lanza; en la espalda, huellas de haber sido sometido a latigazos. Escuchó voces que se acercaban y se apresuró a inspeccionarlo. Le vio los brazos, y nada. Las axilas, y tampoco. Le bajó los pantalones y no distinguió nada que llamara su atención. En las piernas, tampoco. Estaba a punto de volver a cubrirlo cuando tuvo una corazonada. Le vio los pies. Revisó uno sin ningún resultado. Con el otro resultó diferente. Tenía escrito algo en la planta y algo más en el dedo pequeño. Eran runas que le resultó muy sencillo leer.

En el dedo pequeño se leía: "Mira", y en la planta del pie: "Cielo".

Escuchó pasos y cobijó de nuevo al náufrago. Cuando el encargado del sitio abrió la puerta, se encontró a Thorsson junto a él, pasándole un trapo húmedo para refrescarle los labios. Parecía que nada hubiera pasado.

Thorsson se despidió y se quedó pensando en aquellas palabras. Veía en ellos la obra de Ullam o de Thordal, seguramente. Pero, ¿qué significaban?

Llegó a casa y las escribió sobre un pergamino. "Mira cielo", leyó en repetidas ocasiones en voz alta. Hoenir, que estaba junto a él, le preguntó acerca de aquellos dos términos. Cuando Thorsson le hubo explicado, tanto él como su hijo empezaron a tratar de descubrir el misterio en torno a aquellos vocablos. Era una clave, de eso estaban ciertos. Mas una clave, ¿de qué?

—Tal vez debamos buscar algo en las estrellas —dijo el muchacho.

—Pero, ¿dónde? ¡El universo es tan vasto!

—O Heyerdahl, convertido al cristianismo, lo usaba como un recordatorio de que Dios se encuentra en el cielo.

—Suena lógico, ¿pero por qué en el pie y no en un brazo o en el pecho para ostentarlo a la vista del mundo?

—Porque no era para ostentarlo, sino para encubrirlo —dedujo Hoenir.

—¡Exacto!

—Tal es la razón por la que las runas estaban inscritas en la planta del pie y en el dedo pequeño, para que no fueran vistas.

Pasaron esa noche pensando cuál era la clave y el significado de aquellas dos palabras.

Al día siguiente Thorsson se presentó ante el *jarl* y le pidió hacerse cargo personalmente de Heyerdahl. Adujo compañerismo de guerra, solidaridad entre guerreros. Al jefe del pueblo lo convencieron esas palabras. No sólo accedió a esa petición, que le pareció loable y generosa, sino que hizo que varios de sus escoltas ayudaran al traslado del náufrago a casa de Thorsson.

Una vez instalado, tanto Thorsson como Hoenir se dedicaron a buscar más runas en el cuerpo de Heyerdahl.

No encontraron nada.

Intentaron hablarle, sacarle algo de provecho de su boca, pero todo intento resultó vano. Thorsson le proporcionó un brebaje ideado por Thordal, al que llamaba el Agua de la Verdad. Quien lo bebiera desterraba por unos momentos las mentiras y los encubrimientos. Abrigaron una pequeña esperanza cuando, en vez de repetir y repetir el nombre de Thorsson, lo escucharon decir cosas como "montañas de piedra", "dragones milenarios con plumas", "la gran cueva", "los nuevos dioses".

En una ocasión alcanzaron a escuchar: "Tula", o algo así como "Tolán", si bien lo que quiso decir, pensaron con entusiasmo, fue Thule, la mítica Thule.

¡Tal vez sí alcanzaron ese lugar de encanto!, se ilusionó Thorsson.

Pero aquello fue todo lo que Heyerdahl alcanzó a expresar antes de caer de nuevo en una profunda inconsciencia.

—Se aferra a la vida, pero la muerte lo llama —observó Hoenir.

—Así es. Morirá de un momento a otro. Su cuerpo se convertirá en el árbol de los cuervos —aseguró Thorsson, utilizando una vieja imagen poética.

Le procuraron los cuidados necesarios. Aún así, a los dos días dejó de respirar.

—Su secreto se lo llevará al infierno —dijo el vikingo, cerrándole los ojos, que habían permanecido abiertos.

—O al cielo, si él creía en eso.

—Sí, allá arriba.

Apenas dijo esto cuando los dos se voltearon a ver, presos de la misma corazonada.

—Cielo es la primera acepción de esa palabra…

—Pero también significa "arriba".

—¡Exacto!

—Y si en lugar de "Mira cielo", lo que las runas quieren decir es "Mira arriba", el arriba entonces estaría...

—¡En la cabeza! —contestó Hoenir.

Se pusieron a inspeccionarla. Apartaron algunos de sus cabellos y alcanzaron a ver algo que los sorprendió y maravilló: caracteres rúnicos.

Thorsson tomó un cuchillo y pidió a Hoenir que preparara un poco de agua jabonosa, con la que humedecieron el pelo del náufrago. Thorsson, con algo de verdadera contrición, inclinó la cabeza de manera humilde ante el cadáver, y le dijo: "Lo lamento, querido Heyerdahl", y comenzó a raparlo.

No cabían de su asombro: encontraron cientos de runas inscritas en su cabeza, desde la frente hasta la nuca.

IX

Thorsson le ofreció a Heyerdahl un sepelio digno de un guerrero.

El propio Odín, conforme a la *Saga inglynga*, había dispuesto que todos los varones debían ser incinerados y sus cenizas depositadas en el mar. Tenían que ser quemados con todo y sus pertenencias, a fin de que disfrutaran de ellas en el Valhalla.

El pobre Heyerdahl no tenía más que las tristes vestimentas que traía encima. Thorsson se mostró generoso. Le brindó dos espadas, un tomajok, un peto de cuero, una coraza de malla, un abrigo de piel de oso y unas cuantas monedas de oro. Conforme la costumbre, sellaron todos sus orificios, para prevenir que su alma escapara antes de ser incinerada. Fue vestido con ropas decorosas y se le colocó un reluciente yelmo. Esto último era necesario para ocultar la calvicie del náufrago. Todo su cabello había sido rapado con un filoso cuchillo. El casco servía para prevenir que alguien pudiera ver las runas en su cabeza.

Lo colocaron en una pequeña embarcación sobre una pila de ramas secas, a la que le prendieron fuego con una antorcha. Empujaron la barcaza y dejaron que ésta flotara a la deriva, llevada por la corriente.

—"He aquí que veo el paraíso. Llevadme a él" —repitió Thorsson aquella fórmula mortuoria al momento de ver cómo el cuerpo de Heyerdahl se alejaba de la playa, consumiéndose en llamas.

Fue lo único que dijo. A partir de ese momento, Thorsson, Hoenir y todos los que participaron en aquella ceremonia, incluido el *jarl* y algunos destacados guerreros, se pusieron tapones en la nariz y en las orejas, cubrieron con una mano sus nalgas a la altura del ano y con la otra taparon su boca lo necesario sólo para poder respirar. Tenían la creencia de que el alma de los difuntos no siempre estaba dispuesta a dejar el mundo y buscaría la mejor manera de encontrar acomodo en los cuerpos de los vivos, por lo que tapaban cualquier abertura por la que pudiera introducirse.

El aire se llenó a ese olor acre y molesto a cadáver incinerado. La barca se consumió por completo y lo que quedaba de ella; con todo y su fúnebre cargamento, terminó por hundirse en el mar.

Así, entre las llamas y las olas, desapareció el extraño mensaje rúnico oculto en la cabeza de Heyerdahl.

Por supuesto, Thorsson se había cuidado de transcribirlo. Lo copió entero en un pergamino al que tituló: "El mapa de Thule", el cual llevaba doblado en una bolsa de cuero muy bien sujeta a su cuerpo mediante un cinturón oculto de la vista de los demás.

X

A menos de una semana de la muerte de Heyerdahl, Thorsson se dirigió a los muelles y preguntó quién le podría vender un drakkar.

Knut el Calvo le ofreció uno a buen precio. No era un drakkar grande, pero estaba construido con buena madera de roble y muy bien calafateado. Entre sus maderas no se apreciaba ningún resquicio de humedad. Contaba con una sola vela cuadrangular y podría ser impulsado solamente por cuatro remeros. Estaba decorado en la proa con una cabeza de dragón color verde y, en su popa, por una hermosa cola dorada, finamente tallada y escamada.

Regatearon en cuanto a su valor y, finalmente, mediante un salivazo en la palma y un apretón de manos, hicieron el trato.

Thorsson comenzó a vender todo lo que tenía de valioso.

Sigmund Mundag, el tabernero, se ofreció a pagar el precio entero del drakkar a cambio de la espada de Kaali.

—No sé de qué hablas —le contestó Thorsson.

—Del mágico roedor de yelmos —dijo Mundag.

—Aléjate, si no quieres conocer el canto de los cisnes rojos —contestó Thorsson, refiriéndose a la muerte.

—Es una espada valiosa, que podría estar en mejores manos que las tuyas.

—Ay de ti si abres la boca, porque entonces sí tendrás la espada de Kaali, pero atravesada en el pecho...

Mundag le compró algunos artículos venidos de Oriente y algunos anillos de oro con piedras preciosas, que Thorsson malbarató con tal de conseguir con qué pagar su drakkar. Lo mismo hizo con algunos notables del pueblo, a quienes llevó sus tesoros de guerra para venderlos a menor precio. Sucedió con el *jarl*, al que vendió un baúl ricamente adornado y unos collares que pertenecieron a tres princesas de un castillo en Francia.

El *jarl* le preguntó:

—¿Y para qué quieres ese potro de la ola? —refiriéndose al drakkar.

Thorsson mintió:

—He decidido partir a Hauptgard, en las Tierras Más Allá del Oeste, donde fui obsequiado con un vasto terreno y donde quiero aposentarme y pasar lo que me resta de vida.

—Haces bien. Estas tierras del hielo ya han dado lo suyo. El destino está allá. La vida que no ha pasado. La vida que recibe el título de mejor.

Thorsson asintió, sabedor de que mentía a medias. Partiría a las Tierras Más Allá del Oeste, pero no a Hauptgard, ni se asentaría en lo que él denominaba Ingridaland, sino que viajaría más al sur, en busca de Ullam, de Thordal y, por supuesto, de Thule.

XI

"El mapa de Thule", más que una cartografía en sentido estricto, era una maravillosa mezcla de runas que contenía información en forma de figuras mundanas y poéticas. Thorsson pasó varios días junto con Hoenir leyéndolo y tratando de hacerlo más comprensible. Al cabo de ese tiempo, el texto pudo ser interpretado de esta manera:

"El dragón emplumado, cansado de las miserias de los seres humanos, se retira al inframundo de la mágica vida, no de los caminos secos de la muerte, a la que llaman la bóveda celeste hecha de piedra, el jardín olvidado, el hogar de los desilusionados de la guerra, el espacio de la felicidad. Únete a él para que la sangre no se vierta. Lleva el corazón alegre, la proa siempre hacia abajo y la lengua de fuego de Kaali. Es tu faro y tu guía, la única salvación. El destino que está más allá de la tierra roja y del vino. Hacia Westri, el que sostiene y el que nunca creció, y hacia sus hermanos Bofur, Nain, Onar y Sudri. La gran presa de los lobos manchados, que está donde ocurrió el fin del mundo, incluso antes de las ballenas y de nuestros ancestros. Tú, quienquiera que seas, quien retire el bosque de la cabeza para descubrir este secreto de secretos, renuncia a tu estirpe nórdica. Busca la piedra preciosa del cielo. La que cayó a la Tierra como una bola de fuego y destrucción. Encontrarás osos del mar, malvados y feroces. Skraelings que son otros. Caballeros reyes del aire y caballeros gatos feroces. Aguas claras y cálidas donde las deidades sonríen. Sigue al enano. A la estrella doble. A las tormentas. Reconoce en Kaali el camino que emprende Odín. Y cuando te enfrentes a la pared de roca, no le temas. Tampoco al dragón emplumado, que será tu aliado. Si eres quien eres, seguirás adelante. Recuerda las runas Tywas y Wyrd. Y no desconfíes de la runa Kano invertida. Llegarás a la raíz de Ygdrassil, el viejo roble-yaxché de la existencia y del conocimiento, a mi nueva morada, al Chichenheim".

Thorsson estaba entusiasmado. Se encontraba a punto de reunir el dinero suficiente para comprar el barco y eso lo motivaba enormemente, hasta el punto de dejar de pensar en su libro y dedicar todos sus pensamientos al drakkar. *El Indomable*, pensaba renombrarlo una vez que lo tuviera en sus manos.

"El Chichenheim, el Chichenheim", se repetía, como si se tratara del conjuro que le abriría las puertas de un magnífico tesoro.

—¡El Chichenheim, la espada de Kaali, los osos del mar! —trataba de entusiasmar a Hoenir, llenándolo de abrazos y palmadas en la espalda. Decidido a hacer ese viaje, quería que su hijo lo acompañara. Sería una magnífica compañía. Un guerrero leal. Conocería el mundo, le cumpliría su sueño de arribar a las Tierras Más Allá del Oeste y, además, vertería sobre él toda su experiencia en el arte de la vida, así como en el de sobrevivir y en el del matar.

En un principio, Hoenir había acogido con entusiasmo todo lo que había sucedido, desde el descubrimiento rúnico en la cabeza de Heyerdahl hasta la propuesta de su padre de acompañarlo en aquella aventura. ¡Por supuesto que quería viajar y conocer las Tierras

Más Allá del Oeste! Le maravillaba saber qué secretos escondía "El mapa de Thule", qué era aquello de los osos del mar o lo del dragón emplumado y lo de Chichenheim. Pero ahora su actitud era radicalmente opuesta. Se mostraba reticente, desinteresado, como si nada de aquello le importara en absoluto. Thorsson lo encontraba distante y lejano, y eso le preocupaba. Se preguntaba la razón.

Un día lo siguió en secreto y, tras acompañarlo como una sombra en sus correrías por la aldea, descubrió la respuesta.

Hoenir estaba enamorado.

Hilda era el nombre de la afortunada. Era una mujer hermosa, en efecto. O más que una mujer hecha y derecha, una muchacha de estupendas facciones y magnífico porte, con toda la belleza y vitalidad propias de la soberana juventud. Hilda destilaba hermosura a través de unos ojazos; imposible no quedar prendados de ellos y de un rostro agraciado, como el que uno se imaginaba más propio de una diosa que de una simple mortal. Su figura era esbelta y atractiva, dueña de unos pechos que eran como el anuncio de la primavera, unas piernas fuertes y largas, una cintura breve que despertaba entre los hombres el deseo de tenerla sujeta, bien rodeada con sus brazos. Lo mejor, sin embargo, era su sonrisa, amplia y abierta, despejada de todo pensamiento que no fuera gozar las cosas buenas de la vida. Thorsson, desde su lugar de espía, se sintió regocijado al ver cómo Hilda y Hoenir se correspondían. Los dos eran jóvenes y bellos, y se gustaban. Las mejores sonrisas de ella eran dirigidas a él. Sus miradas lo buscaban y se alegraban de reconocer esa misma mirada en la de su joven amado. Sus manos, inquietas, no dejaban de buscar formas de cómo tocarse, conocerse, amarse, así fuera a través de un tocamiento de yemas, un roce de mejillas, un coqueto acariciar de sus cabellos. Era el amor, lo reconocía sin lugar a equivocarse, ese amor único que sólo dos jóvenes en la plenitud de la vida pueden brindarse.

El alma de Thorsson se alegró al ver a su hijo, que seguía los caminos propios del hombre.

Recordó unos versos del *Hamaval*, muy exactos y muy certeros:

> Con viento el árbol se tale;
> en bonanza se salga a pescar;
> hablar de noche a la moza;
> son muchos los ojos del día;
> navegar debe el barco, guardar el escudo;
> herir la espada y besar la muchacha.

Así estaría Hoenir: hablándole de noche a Hilda, besándola. Lo imaginó gozando de las delicias del sexo y dándole las llaves de la casa a su amada, y con hijos. Le gustó la idea de que Hoenir tuviera quien lo bañara con delicadeza, tal como a él lo había bañado su añorada Ingrida. Pero, al mismo tiempo, su semblante se ensombreció. Hoenir era feliz. ¿Cómo podría obligarlo a emprender una locura como aquella de lanzarse en busca de Thule, de Chichenheim, de Ullam y Thordal? Era una aventura riesgosa y sin fecha de regreso. No podía hacerle eso a su hijo. No.

—Tal vez mi destino sea emprender solo este viaje —pensó Thorsson, no sin pesadumbre.

La Tierra de Adentro

I

La ciudad quedó atrás.

La gran Chichén Itzá. El sitio sagrado de los itzáes. El lugar del cenote. El pozo de los brujos de agua. El origen de todo lo que es. El pasado de los chanes de Bacalar, que la fundaron para adorar a Kukulkán. Para decirle: te veneramos. Para pedirle: ora por nosotros. Para recordarle: te extrañamos, regresa, inúndanos con tu sabiduría, protégenos con tu bondad. El lugar de la Serpiente Emplumada que baja del cielo, asombra a los hombres y desciende al inframundo para conocer sus secretos y vencerlo, para darnos inmortalidad. A nosotros, los especiales, los mayab, es decir, los elegidos, los selectos, los privilegiados del universo y de los dioses.

La ciudad quedó atrás.

Atrás el Chankú, como llamaban al gran dzonot de Chichén Itzá. Y el Juego de Pelota, con sus jugadores con gruesos callos en los codos, en los hombros y en las caderas, y su bullicio de victoria y la sangre derramada por la derrota. Y el tzompantli con su terrible olor a muerte y sus calaveras infinitas, recordatorio de la guerra y de nuestra propia crueldad y de la mortalidad de nuestros cuerpos. Y el mercado, que jueves y viernes vertía en calles y plazas su algarabía de hierbas medicinales, de iguanas para un buen caldo caliente, de algodón recién pizcado, de vasijas policromadas, de pedernales labrados o sin labrar, de cacao y de chile, de plumas de quetzal y de canarios azules y cantarinos, de uno que otro perro para comer o *malixpec*, de pescado fresco y de miel, de fajas y blusas bordadas, de olorosas frutas y de gallinas, de silbatos hechos con hueso de venado, del sagrado *ixim* o maíz, de armadillos y carne seca de ciervos y tapires, de la tan apreciada yuca, y de temerosos, bárbaros y lloriqueantes esclavos.

Atrás sus juegos de guerra con sus amigos de travesuras, en las cercanías del Templo de los Guerreros, tan oloroso siempre a sudor y a copal. Su casa de paredes de ramas encaladas de blanco y techo de hojas de palma, donde tenía pesadillas por su madre molida a golpes por los putunes. Atrás una ceiba ante la que adoraba a Chaak y le pedía por su padre, por su madre y después por Yatzil.

Atrás. La ciudad quedó atrás y con ella su vida de niño y de muchacho. Sus miedos y sus alegrías. Su manera de hacerse hombre. Su forma de contemplar las estrellas, sentado en una de las escalinatas del templo a la Serpiente Emplumada. Su olor a selva húmeda, su calor insoportable en verano, sus amaneceres vistos desde lo alto de un árbol, su trepidar de monos en los alrededores, el canto de los pericos a las seis de la tarde.

Atrás su padre, del que no se despidió, como si huyera de la peste o la deshonra. Y de sus armas de joven guerrero, el que cuenta apenas con unas cuantas cicatrices y ansias de gloria eterna en las batallas: su cuchillo de cortar gargantas, su macana de quebrar huesos, su cerbatana de dardos envenenados, sus flechas de rasgar la piel de sus adversarios. Atrás sus sueños de convertirse en el *ah tan katún*; es decir, el que va al frente en la guerra. Y atrás también la sollozante Amaité, pintada de azul, y de un estoico Kabah, también pintado de azul, este último demasiado terco y digno en su destino de corazón que le va a ser sacado de las entrañas.

—¡Kabah! —le imploraba su esposa.

El nacom no escuchaba. No hacía caso. Se había hecho a la idea de que ése era su fin último en la tierra y había que respetarlo.

Estaban en su casa, rodeados de jóvenes guerreros que antes tenía a sus órdenes y ahora en su contra.

—Ay, la desgracia que se abate sobre nosotros —sollozaba Amaité.

—Calla, mujer. Prepárate de una manera honrosa para dejar la vida. Nos esperan los dioses y su benevolencia divina.

Eso decía Kabah y la abrazaba y la desperezaba como para darle ánimos, razones para enfrentar con honor el dolor del cuchillo hurgando en el pecho.

Eso lo decía en voz alta para hacerse escuchar. Sus pensamientos eran otros. "Maldito Iktán —juraba y perjuraba para sí, presa de un enorme odio—. Que te pudras en vida, animal contrahecho, vómito de los dioses. Debí haberte matado", y apretaba fuerte los puños, como si algo le doliera y no supiera qué.

Atrás también su pasado de jefe indiscutible, de señor y amo de la guerra, de hombre que impone su ley por derecho propio, porque era el mejor, el más fuerte, el más venerado de los nacoms de la flecha, el escudo y la macana.

Atrás, cuando todos y cada uno de los guerreros lo obedecían como se obedece a un rey o a un dios.

—¡Kabah!

Yatzil lloraba. Gruesos lagrimones rodaban por sus mejillas pintadas de azul y por su cuerpo, igualmente pintado de azul. Lloraba porque los iban a sacrificar, a sacarles el corazón. Se imaginaba el dolor, los gritos. Y no quería morir, no quería. Ni que murieran sus padres, tampoco quería eso. Amaité la veía llorar y se le quebraba algo en su interior. Le dolía fallar como madre: no poder defender a su hija, ahuyentarla del sitio de los huesos, alejarla del inframundo que les esperaba. ¡Ella, que tanto la había protegido de todo, hasta de las malas lenguas que la tachaban de fea, de tener la mirada horrible!

—¡Kabah!

Pero Kabah estaba decidido a no luchar, a no hacer nada en contra de su sino. Estaba resignado. Había perdido su última batalla y aceptaba el precio de sangre que la derrota le imponía. Ni siquiera opuso resistencia cuando se presentaron a apresarlo. Se dio cuenta de que estaba solo, traicionado por todas partes. Maldito Iktán, había hecho bien su labor, convenciendo de rebelarse a sus subalternos más leales. La Profecía había logrado su objetivo. Él no creía en semejantes patrañas. Era un ardid de Chan Chaak para lograr sus afanes imperiales de convertirse en el Señor de los Señores del Mayab y de más allá. Ardid y todo, aquello del fin del mundo había hecho mella en los itzáes. Ahora todos marchaban como sonámbulos temerosos del tan anunciado cataclismo o habían tomado las armas para apoyar en su guerra de sangre a Chan Chaak.

Todo lo veía perdido. Por supuesto, tampoco hizo nada para evitar que tanto a él como a Amaité y a su hija los pintaran de azul. Fue una gran afrenta y él lo sabía. En otras circunstancias hubiera cobrado cara esa falta de respeto. Pero algo en él se apagó. Tal vez su noción de que todo estaba perdido y era hora de rendir su estandarte.

De esta forma, cuando Iqui Balam, burlando a los guardias, se introdujo a sus aposentos y abrazó a Yatzil, Kabah, lejos de contemplarlo como una esperanza de vida, no se alegró. Al contrario, una sombra se adueñó de su semblante, una maldición de su boca, y pensó en denunciarlo. "¡Guardias!", estuvo a punto de llamarlos.

—¿Qué quieres? —le preguntó a Iqui Balam.

—Ayudarlos —contestó éste.

—No puedes. Estamos condenados. Es nuestro destino. Debemos aceptarlo.

—Hay que luchar —insistió el muchacho.

—¿Tú y cuántos más?

—Yo solo —aceptó, más que con resignación, realmente decidido. Veía a Yatzil, la pobre, pintada de azul, lista para el sacrificio, y sacaba fuerza y ánimo de su amor, que creía invencible e infinito.

Kabah sonrió, por completo desdeñoso de Iqui Balam, sumiso ante su suerte.

—Papá —intervino Yatzil—. Escúchalo. Hay que hacer algo.

—¡No! —fue la respuesta, áspera y contundente.

—Esposo mío, adorado señor de mi cuerpo y de mi alma —Amaité tomó la palabra, abrazándose y estrujando con ternura su pecho contra el de Kabah—, no discutiré tus razones de este empecinamiento tuyo para dejarnos morir como si nada. Siempre te he respetado y he creído en ti. Te seguiría hasta el fin del mundo, hasta la misma muerte, si así lo quisieras. Gustosa me dejo arrancar el corazón, y sonreiré, si ése es tu deseo… Pero Yatzil, nuestra niña, nuestra estrella, nuestro regalo de los dioses… No permitas que llegue hasta el jaguar rojo, el lugar de los sacrificios. Por favor —y volvió a sollozar—. Entrégala en manos de Iqui Balam y sálvala. Dale el regalo de la vida y del amor, no de la muerte. ¡El de la vida! ¡Kabah, por favor!

Eso dijo Amaité y cayó de rodillas, convertida en un mar de lágrimas.

Kabah terminó por rendirse y ceder. Antes, miró a Iqui Balam con severidad. Parecía a punto de reprenderlo. O de clavarle una lanza en un costado. Le dijo:

—Está bien. Protégela. El amor no detiene la ira del cuchillo ni el dolor de las flechas. Debes ser un guerrero antes que un esposo. Sólo así podrán sobrevivir a las sombras, a la sed de sangre y de venganza que se abaten sobre nosotros, los itzáes.

Le puso las manos en los hombros y le recordó su responsabilidad:

—Protégela.

Atrás, también, quedó esa orden, que era como un grito de batalla, y el llanto de la despedida. Atrás el filoso cuchillo que Kabah le regaló al muchacho y una macana con cortantes hojas de obsidiana. Atrás la huida de aquellos aposentos, protegidos por las sombras y el descuido de los guardias.

Salieron por atrás, hacia un cobertizo oscuro donde podían esconderse hasta ver cuál era la situación y reconocer el terreno, lleno de hombres fieles a Chan Chaak.

Apenas entraron al cobertizo, un ruido los sobresaltó.

Se creyeron descubiertos, perdidos y apresados. Algún enemigo, sin duda, que los había descubierto. Iqui Balam empuñó el cuchillo, dispuesto a defender cara su vida. Sintió que algo se acercaba. La oscuridad era total y no podía distinguir nada. Estaba a punto de descargar una cuchillada cuando Yatzil lo detuvo.

—¡Bulín! —dijo ella.

En efecto, era el ciervo que el muchacho había salvado de la muerte y le había regalado a Yatzil en muestra de su amor.

Bulín se acercó dócil y cariñoso, dispuesto a dejarse acariciar. Quería jugar, como siempre lo hacía con sus amos, y se entusiasmó de olerlos, de sentir sus manos sobre su lomo y su testuz.

Yatzil estaba contenta de ese recibimiento. ¡Por fin una pequeña alegría entre tanto sufrimiento! Pero Iqui Balam se preocupó. Bulín daba coces, divertido. Balaba de forma tierna y gutural. Pateaba el piso y se dejaba llevar por un juguetón pero ruidoso alboroto. Temió que tal muestra de entusiasmo despertara la atención y la sospecha de los guardias.

"Protégela", recordó las palabras de Kabah.

Debía matarlo, pensó. Silenciarlo. El secreto era esencial para su escape. Era el ciervo o ellos. La decisión fue dura, muy dura; le dolía pero no había otra. Bulín, el pequeño de la selva, mi querido Bulín, se lamentó. Pensó en Yatzil y en lo que ese sacrificio significaría para ella. "Protégela", volvió a escuchar las palabras de Kabah. Tomó a Bulín por la fuerza, se abalanzó a su cuello para acallarlo. Blandía el cuchillo dispuesto a enterrárselo a la altura del corazón. Yatzil intuyó algo, acaso el miedo, la duda del muchacho ante semejante acción. O el pataleo de Bulín que presentía la muerte.

—¡Iqui! —lo recriminó.

Iqui Balam se detuvo. No estaba bien matarlo. "Perdóname, Bulín; perdóname, Yatzil, por pensarlo siquiera", y lo eximió del terror del cuchillo en un costado, a la altura del corazón. Cortó la soga que lo sujetaba, para liberarlo, tomó la cuerda en su mano y le dijo a su amada:

—¡Vámonos!

Afuera los esperaba una sorpresa. Dos guardias, prevenidos por el alboroto, se acercaron a inspeccionar el cobertizo. Lo abrieron justo en el momento en que los fugitivos salían. Iqui Balam no cuestionó ni por un instante sus acciones. Saltó encima de uno de aquellos hombres y le clavó el cuchillo en el pecho. El otro, aturdido por la rapidez del ataque, no hizo nada por ayudar a su compañero. En lugar de eso, una vez que recuperó algo de su compostura, salió corriendo en busca de sus compañeros.

No dejaba de dar gritos de alarma.

—¡Se escapan los prisioneros! —exclamaba con voz chillona y estridente.

II

La selva era un lugar terrible y oscuro.

Había una hermosa luna creciente, pero su brillo había sido ocultado por gruesas nubes, que presagiaban algún chubasco nocturno.

No sabían por dónde corrían. Se dejaban llevar por Bulín, que parecía conocer el rumbo. Iqui Balam lo tenía sujeto de una cuerda. El ciervo saltaba, sorteaba los obstáculos, se sentía en libertad. Con la otra mano el muchacho jalaba a Yatzil, para que no se quedara atrás, a merced de sus perseguidores.

—Te amo —le decía él.

—No tengo pasado. Tú eres mi presente y mi futuro —le contestaba ella.

—Te protegeré hasta el día en que exhale mi último suspiro, y aún más allá —le juraba, la respiración entrecortada y el corazón acelerado por la carrera en medio de aquellos árboles, arbustos, ramas secas y matorrales.

Yatzil se había herido con algo, acaso simplemente con la corteza de un árbol. Iqui Balam se imaginó su cuerpo azul manchado levemente por la sangre. Él también estaba lleno de rasguños y raspones.

El guardia había dado la voz de alarma y un tropel de jóvenes e iracundos guerreros salieron en su persecución. Gritaban, llenos de sed de sangre y de enojo:

—¡Muerte a los que no creen! ¡Somos el Ejército de la Profecía!

Yatzil, al escucharlos, se estremeció. Sintió, de nuevo, la cercanía de la muerte. Pensó, no sin desconsuelo, que ésta ocurriría en la piedra de los sacrificios o a manos de uno de esos hombres, que no se tentarían el corazón para ultimarla.

—Te amaré aquí o en el reino de los huesos —le dijo a Iqui Balam.

Él también tenía pensamientos funestos. Conocía las habilidades de sus compañeros guerreros, la forma en que podían seguir cualquier rastro, a pesar de la oscuridad. De un momento a otro los alcanzarían. Y les darían muerte. Corrían detrás de ellos. Escuchaba sus gritos, sus jadeos, sus arengas de captura. Bulín también lo hacía y buscaba la forma de escapar, de alejarse lo más posible de aquellos hombres.

En una ocasión lo logró. El barullo guerrero dejó de escucharse. El propio Bulín aminoró el paso y lo mismo hicieron Yatzil e Iqui Balam. Ambos entrevieron la posibilidad de salvarse. Tal vez sí era posible, tal vez sí habían burlado a sus perseguidores. Caminaron, en lugar de correr.

En un momento dado salió la luna. La magnífica *Uh*. Su resplandor iluminó el aposento de la selva. Fue un instante mágico. Los dos fugitivos se voltearon a ver, como si tuvieran siglos de no contemplar sus rostros. Destilaban amor y agradecimiento. Ella se vio las manos y los brazos, el vientre y las piernas, todo pintado del azul de los sacrificios, y estuvo a punto de llorar, pero Iqui Balam la tomó entre sus brazos y le brindó su pecho para protegerla. Fue un instante mágico. El instante de los enamorados.

No duró mucho.

—¡Ahí están!

Habían sido descubiertos. Dos, tres flechas silbaron muy cerca de sus cabezas.

—¡Vámonos!

Bulín fue el primero en correr. Yatzil e Iqui Balam, tomados de las manos, lo siguieron de inmediato. Ahora sí, con la selva iluminada por la luna, podían ver por dónde corrían y era más rápida y ágil su carrera.

Pero la misma ventaja tenían sus perseguidores.

Corrieron a todo lo que daban. Iqui Balam tuvo tiempo de reconocer los alrededores. Se hallaban al norte de Chichén Itzá, muy cerca de una cueva donde alguna vez se metió Bulín. Era una cueva no muy grande, oculta entre dos enormes ceibas, lianas y matorrales. Bulín había entrado ahí, en busca de algún sitio fresco donde protegerse del calor. "¡Bulín! Niño malo. No te metas ahí", lo regañó Yatzil. El cervatillo asomaba la cabeza y parecía no entender. Iqui Balam, por su parte, quiso entrar a conocer la cueva. Yatzil lo detuvo. "No. Es una de las entradas al inframundo", le dijo. El muchacho desistió de su intento y regresaron a la ciudad.

Ahora ese sitio podía ser su salvación.

—¡La cueva! —gritó Iqui Balam.

Apenas lo dijo, recibió un fuerte golpe en el hombro izquierdo. Se preguntó que había sido eso, que lo hizo tambalear. No pasó mucho tiempo antes de darse cuenta de lo que había pasado. Había recibido un flechazo.

Yatzil, que lo vio, se asustó.

—¡Iqui, te hirieron!

El muchacho desestimó la herida y le ordenó que siguiera corriendo.

—¡La cueva! —repitió.

Pero una cosa ensombrecía su pensamiento. La flecha. Oraba porque sus perseguidores no hubieran untado la flecha con un poderoso veneno. Algunos de los guerreros itzáes lo usaban. Lo extraían de una planta en particular, a la que le añadían toxinas de la yuca amarga, y untaban la punta de obsidiana o pedernal con aquella sustancia, de color verdosa. Iqui Balam se asustó, pues había visto sus efectos. Una vez le dispararon a un putún. La herida fue en el muslo. Una herida sin importancia, apenas un rozón. El hombre fue capturado y llevado a un campamento. Ahí, al poco rato, el veneno comenzó a hacer sentir sus efectos. El hombre se estremeció. Temblaba sin parar y sudaba. Entonces la herida empezó a supurar, como si todo el muslo estuviera infectado. El putún cayó al suelo, dominado por un terrible sopor lleno de escalofríos y delirios. Bien pronto, su cuerpo se empezó a hinchar. Olía terriblemente mal. Murió como a las siete horas, en medio de fuertes convulsiones y el cuerpo entero como si hubiera entrado en un irremediable estado de descomposición.

Había un remedio hecho con achiote y otros ingredientes, pero Iqui Balam se encontraba lejos de cualquier *dza dzac*, el que cura con yerbas, como para ser atendido.

Sintió su cuerpo invadido por una súbita fiebre y eso lo espantó. Escuchaba, además, los gritos de sus perseguidores, que no dejaban de lanzarles flechas. Iqui Balam se puso atrás de Yatzil, para protegerla. Si él de todas formas iba a morir, que ella se salvara.

—¡Ahí está! —gritó la muchacha.

Bulín fue el primero en llegar y se introdujo de inmediato a aquel sitio. Lo mismo hizo Yatzil, quien esperó ver que Iqui Balam también lograra alcanzarla.

—¡Métete! ¡Métete! —le gritó éste.

Se dio cuenta de que empezaba a sentir náuseas.

Penetraron a la cueva. Adentro, más allá de unos cuantos metros, todo era oscuridad. Era un lugar de miedo, oloroso a humedad y a alimañas. Se escondieron lo mejor que pudieron, escudándose en las sombras. Ambos jadeaban, en espera de recuperar la respiración. No querían ser descubiertos. El muchacho pedía que sus perseguidores no los hubieran visto entrar en aquel sitio y se pasaran de largo.

No fue así. Uno de los itzáes asomó la cabeza.

No lo hubiera hecho. Fue recibido con una pedrada que lo dejó tirado en la entrada.

Se escuchó la gritería allá afuera. Ni modo, tendrían que adentrarse más en la cueva. Bulín iba adelante y ellos lo seguían. Caminaban muy dificultosamente, a tientas, tropezándose o resbalando en las lodosas piedras. Yatzil tenía un gran miedo. Iqui Balam también, pero trataba de mantener la calma. Volvió a sentir la náusea y se estremeció por varios escalofríos. Seguía con la flecha en el hombro. Caminaba extendiendo los brazos, sosteniéndose de las húmedas paredes.

El túnel de la cueva se extendía en principio de manera diagonal. Fue un golpe de suerte, pues a los pocos minutos escucharon una andanada de flechas que se estrellaban contra alguna de las paredes. Luego parecía tomar un aspecto de zigzag. No se veía nada. Era pura intuición y sentido de la observación. De pronto, Iqui Balam se percató de que no escuchaba el andar de Bulín.

—¡Eh! ¡Bulín! —lo llamó en voz baja.

No hubo respuesta.

Yatzil seguía atrás de él y eso lo consoló.

—¡Bulín, pequeño! —lo llamo la muchacha.

A unos diez metros de distancia lo escucharon. El sonido provenía del lado izquierdo y hacia allá se encaminaron. Fue un andar arduo y peligroso. No sabían por dónde iban ni adónde iban a llegar. ¿Y si, en efecto, se encontraban con la muerte y su cauda de dolor y de huesos? Pero era eso o morir a manos del Ejército de la Profecía. Avanzaron.

En un momento dado Iqui Balam perdió el paso. Se dio cuenta de que, frente a él, se abría un enorme agujero, un abismo tal vez sin fondo. Apenas tuvo tiempo de reaccionar y torció su cuerpo hacia atrás para buscar de dónde asirse, una saliente o una roca. Resbaló, incapaz de sujetarse. Estaba a punto de caer al vacío cuando sintió que una mano iba en su auxilio. Era Yatzil, que trataba de sujetarlo.

Era tarde. Iqui Balam pendía en aquella fosa. Sólo la mano de la muchacha evitaba su caída.

—¡Iqui! —gritó ésta.

El muchacho intentó sujetarse de algo más o de poner el pie en algún punto de apoyo, pero se trataba de un agujero por completo liso, lodoso y resbaladizo. La herida en el hombro ahora sí le dolió. Y sentía el asomo cada vez más fuerte de la náusea y los temblores. Se lamentó de su mala suerte. La flecha sí estaba envenenada, ahora estaba seguro.

Yatzil hacía un enorme esfuerzo por sostenerlo. Estaba boca abajo, apoyada de una roca y desesperada por no poder subir a su amado a un lugar seguro.

—¡Suéltame! —le pidió el muchacho.

—¡No! —y sus voces resonaron con eco.

Notó que Iqui Balam intentaba zafarse de sus manos y eso la desesperó.

—¡Si vas a morir, lo vas a hacer conmigo! —le gritó.

Sintió que no podía más y que el peso del muchacho la vencía.

—Te quiero —le dijo.

Dejó que su cuerpo resbalara hacia adelante, dejándose llevar por el peso de su amado. Apenas lo hizo, ambos cayeron sin remedio en ese terrible agujero. En el tan anunciado cataclismo. En el reino de las sombras. En el inframundo.

III

"El mundo que conocemos, el de las flores y el del canto de las guacamayas, el del jaguar que nos acecha y el de la risa tierna de nuestros hijos, el del copal y el del sueño, el del hacha guerrera y el del maíz que sembramos, el de la estrella que fija nuestro destino y el de nuestros corazones agradecidos por la vida, se precipitará de pronto en la miseria. En la nada. Será un instante mayúsculo, un rasgar inmenso del cielo y de la tierra, un quebrarse inaudito y violento, una profusión de ayes y de voces asustadas, un lamento colectivo, un desaparecer de todo lo nombrado y lo que ignoramos. Es el fin que se aproxima, el cataclismo, el gran terremoto que dura para siempre.

El cero total. El imperio del señor de los huesos. Del silencio. De la oscuridad. De la ceniza. El arribo del inframundo como universo absoluto. Nada quedará en la tierra, ni los recuerdos. Nada podrán hacer nuestros dioses con su grito de trueno, de agua, de belleza. Todo se perderá. Las hazañas de guerra, las mujeres que tuvimos, las oraciones al Dios de dioses o a nuestros venerados Chaak e Itzamná, la bondad del amanecer y de las madres, el sabor de la comida más deliciosa. Todo, hasta nosotros mismos. Tragados por la destrucción, por la vorágine, por el huracán cósmico. El momento de rendir pleitesía, con dolor y terror, a la negación del ser. Un momento tan sólo, ¡pero qué momento! Terrible, espantoso, inenarrable. El verdadero instante, el único, donde nada permanece intacto ni duradero. Tal es la voz de la verdad. Tal es la voz de la Profecía…"

Iqui Balam, entre sueños ardientes y confusos, entre la fantasía y la realidad impuesta por esa herida en el hombro, infectada feamente por la ponzoña de una flecha, recordaba la airada voz de Chan Chaak, subido en lo alto de la Pirámide de Kukulkán y dirigiéndose con palabras severas y desesperanzadas a su pueblo.

"El fin —anunció con voz fulminante y arrolladora—. El término de nuestro paso por el sacbé de la vida. El último katún ha llegado y nos arrollará a nosotros, los itzáes, y a todas las criaturas errantes y no errantes del universo. Vendrá del sol la aniquilación, el cataclismo. El Bolom Tikú y su tiempo de muerte y de sus nueve infiernos. El anuncio del cadáver cósmico. El fin de la respiración de los tiempos pasados y presentes."

"La Profecía no habla con la mentira —continuó Chan Chaak aleccionado por Iktán—. Es la verdad más verdadera de todas. Está en los libros sagrados y en las piedras de la divinidad. La destrucción del mundo es cosa triste, segura e inminente."

Iqui Balam, en su pesadilla de moribundo, en su sopor de carne infecta, imaginó el instante del mundo destruido y pataleó y gesticuló en medio del sudor y de las fiebres.

—Iqui, mi amado —lo consolaba Yatzil—. He de conseguir ayuda. No desfallezcas. No te mueras.

Los dos se habían precipitado en la misma boca del inframundo. Los dos habían caído en el reino de las sombras. Los dos pensaron que la Profecía se cumplía, que todo lo conocido y por conocer, lo que existe y lo que no es, desaparecía para siempre. Y lo mismo ellos. Yatzil se imaginó estrellada en el fondo o devorada por animales desconocidos y feroces. Iqui Balam se sintió mal consigo mismo. Era un fracaso. "Protégela", le habían hecho prometer, y no lo había cumplido. Los dos morirían. Se habían sacrificado por nada.

La caída les pareció eterna. Habrán sido unos veinte metros. Por fortuna cayeron en una especie de túnel sin piedras, más bien lodoso e inclinado, lo que amortiguó el golpe y les permitió continuar deslizándose hacia abajo. Seguían tomados de las manos, dispuestos a no separarse ni en la hora suprema, la de la muerte. El muchacho olvidó su herida en el hombro. Le preocupaba más esa especie de pozo sin fin. No veían nada. Ni bestias o duendes, ni demonios o fuegos infernales. Sólo esa sensación de vacío, de no saber, de precipitarse al sueño eterno, a la nada.

Llegó un momento en que la pareja dejó de deslizarse sobre la roca. Descendieron de nueva cuenta en otra clase de abismo donde no había nada qué tocar, sólo ese espacio negro e infinito que cruzaban en silencio.

—¡Yatzil! —gritó él—. ¡Cosa amada!

Ella no tuvo tiempo de contestar. Cayeron al agua, en una especie de río. Se hundieron varios metros, y una vez que recuperaron la conciencia de lo que pasaba, nadaron hacia la superficie. Ahí, los dos aspiraron aire, como si se tratara de una última y desesperada bocanada. La corriente los arrastraba. De vez en cuando rozaban alguna roca y sentían miedo de estrellarse, de terminar sus días en la oscuridad de ese río que no entendían. Yatzil tiritaba. Iqui Balam comenzaba a ponerse mal, víctima de la ponzoña. Se mantenía a flote sólo por un enorme sentido de la sobrevivencia. Pero ya no podía más. Dejó de patalear y de poner los brazos y las rodillas por delante, para protegerse. Se dejó llevar por el sopor del veneno; le pareció que ya estaba bien de luchar. Quiso decir: "Yatzil, perdóname", pero no pudo. Se desmayó justo antes de que a ese inframundo oscuro lo desplazara la luz. Le pareció que, por allá, había un dulce y fuerte resplandor. Tal vez sólo era otro efecto del veneno o de un irresistible deseo de abandonarse a la muerte.

IV

Yatzil no podía comprenderlo pero aquella gran caverna estaba iluminada.

Había logrado asir de un brazo a Iqui Balam. Él estaba por completo fuera de sí, desmayado.

—¡Iqui! —lo llamaba. Pero Iqui no respondía.

Se hallaban los dos a la orilla de ese misterioso río. Él, inerte, acostado sobre el fango de la ribera. Ella, de rodillas, reclinada hacia él. Lloraba. "¡Iqui! ¡Iqui!", lo llamaba sin obtener respuesta. Se sentía sola. Desprotegida. Derramaba un amargo llanto de huérfana y viuda al ver a su amado así con ese aspecto, como de muerto.

Trató de calmarse. Lo hizo por fin al cabo de algunos minutos de terrible pena y desesperación. La luz ayudaba. Fue reconociendo el lugar donde se encontraban y, al no detectar señal alguna de peligro, terminó por tranquilizarse. Se preguntaba: ¿qué era aquel sitio?, ¿de dónde provenía la fuente de luz que iluminaba todo aquello?, ¿era, en efecto, el inframundo o, por el contrario, la salida de nueva cuenta al mundo de los vivos?

Abandonó pronto esos pensamientos y se dedicó a atender al muchacho. Observó la herida. La flecha había penetrado por la espalda, justo debajo del hombro izquierdo, y había salido por delante, en la parte superior del pecho, por debajo de la clavícula. "¡Pobre Iqui!", suspiró compungida. El dardo era pequeño, la vara era delgada y, conforme a lo que pudo colegir, no ameritaba una herida de suyo mortal. ¿Por qué, entonces, su amado parecía hallarse al borde de pasar al lado de los descarnados? Comprendió pronto de qué se trataba. Una flecha envenenada. "¡Pobre Iqui!", repitió, tomándolo de las manos.

—¿Qué puedo hacer para salvarte? —le preguntaba tierna y desesperadamente al oído.

Iqui Balam no escuchaba. En vez de eso, deliraba:

—¡El fin del mundo! ¡La Profecía que nos alcanza!

—No, no es cierto. Todo son patrañas inventadas por Iktán y Chan Chaak. No hagas caso, amado mío. ¡Yo habré de salvarte!

Pero Iqui Balam estaba ausente, sumergido en sus delirios y en sus fiebres. Temblaba como si tuviera dentro todo el frío del mundo.

Yatzil se puso a pensar acerca de un remedio. ¿Cuál? No lo sabía. Vio a su alrededor y nada había más que rocas y lodo.

La tranquilizó ver el rostro de su amado, todavía bello a pesar de la ponzoña que llevaba adentro. Ah, cómo lo amaba. Estaba dispuesta a ofrecer incluso su vida con tal de salvarlo. Ella era la única que podía hacerlo, pero ¿cómo?

De pronto, se acordó de algo. Le vino a la memoria una ocasión en que su padre llegó a casa, divertido y jocoso, deseoso de contar a su mujer lo que hizo durante un ejercicio militar en el que uno de sus capitanes había sido herido por error con una flecha envenenada.

—¡Lo oriné! —se reía, como si se tratara de lo más chistoso del mundo.

—¡Lo orinaste! —exclamó Amaité, aún sin creerlo del todo—. ¿A quién, dices?

—A Mool-Puch. Lo salvé de una muerte terrible y segura. Estaba acostado, presa de fuertes convulsiones y lo oriné. Apunté el chorro directo sobre la herida. Hubieras visto la cara de todos cuando lo hice.

—¡Qué asco! Mool-Puch el Orinado —ahora era Amaité la que sonreía.

Yatzil, que escuchaba, también sonrió, divertida con aquel relato.

Mool-Puch el Orinado... ¡Claro! A Yatzil se le iluminó la cara. Se reclinó a ver la herida. Con mucho cuidado tomó dos piedras y las estrelló repetidas ocasiones contra la punta de la flecha, intentando romperla. Lo consiguió al cabo de varios intentos. La obsidiana se deshizo en cientos de pedazos. Sin la punta, le fue fácil sacar la flecha. Iqui Balam se quejó durante este proceso, pero Yatzil se mantuvo firme en su tarea. La vara salió y un hilillo de sangre recorrió el pecho y la espalda del muchacho.

Había dado el primer paso y se sentía satisfecha de su proceder. Pero faltaba el segundo. ¿Se atrevería? No, por lo menos, enfrente de Iqui Balam. Desmayado y todo, sentía pena. Su presencia la incomodaba. Sería vergonzoso. Pero, vergonzoso y todo, debía hacerlo. Le dio un beso en la mejilla y se alejó para ocultarse tras unas rocas. Ahí se acuclilló. Hizo el intento de orinar, mas no pudo. Todo aquello la turbaba. Se sentía apenada e incómoda. Intentó de nuevo, y nada. Comenzaba, otra vez, a desesperarse. ¡Tenía que salvar a su amado! Se concentró en el sonido del río y en el correr armónico de sus aguas. Sólo así pudo. Primero fue un tímido chisguete. Después orinó una mayor cantidad y puso sus manos debajo, a manera de cuenco. Yatzil no sintió asco. Se confortaba arguyendo que era para ayudar al pobre de Iqui Balam. Se incorporó y le llevó, con mucho tiento, aquel remedio. Se agachó y empezó a derramarlo sobre la herida.

—¡La Profecía! ¡La Profecía! —musitaba tan sólo el Tigre de la Luna.

Yatzil repitió la operación varias veces. Lo hizo con una mezcla de respeto y delicadeza, como si temiera ofender a su amado o empeorar su estado con aquel remedio. Lo hizo con amor, deseosa de sanarlo. La orina cayó en forma de delgados hilillos dorados. El muchacho no mostró signos de recuperación, lo que la inquietó fuertemente. Tal vez ya era tarde. Tal vez la ponzoña había invadido ya todo su cuerpo. Lloró amargamente. Se recostó a su lado, como una manera de protegerlo y de curarlo. Sin darse cuenta, se quedó dormida. Despertó después de un tiempo indefinido, que lo mismo pudieron haber sido quince minutos o dos días. Se desperezó. Iqui Balam seguía ahí. Guapo y distinguido. Con su musculoso y joven cuerpo. Desmayado y todo, parecía tener un mejor semblante.

Tenía hambre. Se desperezó y se atrevió a dar unos pasos por aquí y por allá para explorar aquel sitio. Buscó algún resquicio, alguna rendija por la que penetrara aquella misteriosa luz, pero no encontró nada. Este acertijo la intrigaba. Caminó con rumbo a otro túnel, que seguía el mismo cauce del río. Lo hizo primero con cierta cautela y después con paso más decidido y seguro. No había ahí, le pareció, descarnados y horribles habitantes del inframundo ni bestias sangrientas y feroces. Eso la animó en su afán de exploración. Avanzó por varias decenas de metros hasta quedar en el umbral de otra gran caverna.

Ahí, algo llamó su atención. Era una especie de glifos inscritos en la pared.

Los tocó con la mano. Eran unos signos extraños, desconocidos para ella. Estaban cincelados sobre la dura roca.

Eran las runas Tywaz y Wyrd.

Se puso alerta, pues aquello indicaba la presencia de algo o alguien en aquel extraño sitio. En ese momento escuchó un sonido que la dejó petrificada. Se trataba de un ruido pavoroso, una especie de estridente rugido, que resonó por toda la caverna. Yatzil tembló, presa del miedo.

V

Iqui Balam despertó.

Lo hizo en medio de aquel rugido, que al principio le pareció motivado por las horribles pesadillas en que se había visto sumergido. Tal vez era parte del fin del mundo. El anuncio de la calamidad, del cataclismo. El ruido de las resquebrajaduras del universo.

Se desperezó poco a poco. Se sorprendió de encontrarse en aquel sitio, si bien comenzó a recordar poco a poco la persecución, la entrada a la cueva, la caída en el inframundo. ¡El flechazo! Se tocó el hombro y observó la herida. La flecha había desaparecido y con ella los efectos de la ponzoña. Se sentía algo débil, eso sí. Confuso y atolondrado.

—¿Y Yatzil? —se preguntó, no sin angustia.

¿Dónde estaba su amada? Miró hacia el río y pensó en lo peor: que se había ahogado o que la corriente la había arrastrado.

—¡Yatzil! ¡Yatzil! —gritó.

Su alarido fue opacado por aquel sonoro y terrible rugido.

Iqui Balam se puso alerta. Supo que había cometido un error al gritar de esa manera. Lo pensaba su naturaleza guerrera, no su carácter de enamorado. Si fuera por este último, seguiría gritando hasta encontrar una respuesta a su inquieto corazón. Pero ganó su instinto de supervivencia. Guardó silencio. Sus músculos se tensaron, por completo atentos a atacar o a escapar, a defender su vida como mejor pudiera.

Sintió que la tierra vibraba bajo sus pies.

El rugido se aplacó por unos momentos, no así la vibración, que se acrecentó, como si se acercara algo descomunal.

El corazón de Iqui Balam latió más fuerte. Se llevó la mano a la cintura y respiró aliviado: ahí seguía el cuchillo de obsidiana que le había regalado Kabah al despedirse. "Protégela", recordó sus palabras. Había fallado, se reprochó, pero en ese momento su ser guerrero apareció en todo su esplendor, desplegando sus sentidos bélicos, alerta a cualquier ruido, a cualquier movimiento. Desenfundó el cuchillo y lo blandió en la mano derecha.

Su respiración era agitada. Más aún, cuando volvió a escuchar el sonido y la tierra tembló con más fuerza. Tanto así, que tuvo que sujetarse de una roca para no caer. Esperó, a la expectativa, ansioso de descubrir de qué se trataba y, al mismo tiempo, temeroso de saberlo.

El rugido esta vez fue más fuerte, aterrador. Provenía de uno de los extremos de la caverna, el mismo rumbo por el que había marchado Yatzil. Iqui Balam respiró hondo y aguardó con valentía la aparición de lo que imaginó sería una horrorosa criatura del Bolom Tikú o del infierno.

Por fin la vio.

El muchacho no podía dar crédito a lo que estaba frente así.

Era una especie de iguana. La misma cabeza y el mismo tipo de piel. ¡Pero gigante! ¡Enorme! Y avanzaba rugiente y amenazadora. No lo hacía arrastrándose, a ras del piso, sino erguida, sostenida por sus patas traseras.

VI

No hubo tiempo de sentir asombro o pánico.

Aquella bestia descubrió a Iqui Balam y se abalanzó sobre él de inmediato.

El muchacho apenas tuvo oportunidad de esquivar esa poderosa embestida. Con toda la agilidad de que disponía se hizo a un lado para evitar la tarascada. Era un reptil con grandes y peligrosas quijadas, de las que sobresalían unos colmillos filosos. Iqui Balam sintió el fétido aliento del animal al saltar, apartándose con toda rapidez, lo más lejos de esas fauces. Tuvo que hacerlo en repetidas ocasiones. Una vez sintió la pegajosa saliva de la bestia que caía sobre su espalda. Era espesa y maloliente. No había manera de defenderse. Era un engendro demasiado grande y feroz como para enfrentarlo de manera directa. Aún así, no dejaba de blandir su cuchillo, dispuesto a usarlo en la primera oportunidad. Ésta llegó tras de que la enorme iguana lo persiguió hasta una pequeña cavidad donde se escondió el aguerrido muchacho. El reptil metió la cabeza sólo para encontrar que Iqui Balam había podido escapar, escurriéndose por una abertura más pequeña, ubicada en la parte posterior. El descomunal lagarto rugió con furia, decepcionado de no poder engullirlo como era su intención. Al tratar de salir de aquella cavidad, se encontró con que su cabeza se había atascado. Se movió, buscando liberarse. No pudo hacerlo. Iqui Balam, que se dio cuenta, vio la ocasión de propinarle una buena cuchillada. Lo hizo justo en el pecho, debajo de lo que parecía ser un brazo, un brazo pequeño, por completo desproporcionado al tamaño de aquel animal. El rugido que lanzó esta vez fue de dolor. Volvió a tratar de liberarse de su encierro pero parecía imposible: estaba atascado. Y herido: un chorro de sangre en extremo colorida comenzó a brotar, manchando aquella piel áspera y escamosa. El muchacho se dio cuenta de los apuros que pasaba la bestia para liberarse; aprovechó una formación rocosa cercana y, dando decididos y ágiles pasos, pudo encaramarse en el lomo del reptil. Éste lo sintió y trató de removerlo de aquel sitio. Hizo uso de su cola, que latigueaba para golpear al intruso. Iqui Balam se mantuvo bien asido de una especie de crin que surcaba todo el lomo. Era una crin dura y colorida, de tono entre azulado y verde intenso. Parecía un experto e intrépido jinete, montado en tal portento de criatura. Alzó su mano para propinarle una cuchillada en el comienzo del largo cuello. Hundió el cuchillo hasta su mango. Lo hizo con fuerza, como vengándose; como un desalmado, como un iracundo. Repitió la operación varias veces. Los rugidos del gigantesco lagarto eran espantosos. Se revolcaba de dolor y desesperación, incapaz de soltarse de su prisión de roca y de desembarazarse de aquel muchacho que no dejaba de hundirle una y otra vez el cuchillo.

De pronto, tras una de las cuchilladas, cesó todo movimiento. La bestia exhaló con fatiga y se dejó caer, tan larga como era, en el lodoso y rocoso piso. Estaba muerta.

A Iqui Balam le dieron ganas de gritar de puro gusto. El gusto de haber sobrevivido a semejante lagarto. Lo hizo. Fue un grito largo y profundo de victoria. Pudo ver entonces al reptil en todo su esplendor. Era una bestia terrible pero magnífica a la vez. Medía unos dos metros, sin contar la cola, que alcanzaba una longitud cercana a los tres metros. Su piel era dura y rugosa.

Se acordó de su amada y volvió a gritar su nombre.

—¡Yatzil!

Escuchó pasos. Volteó. Se encontró con un grupo de hombres vestidos con extraños atuendos, que lo habían rodeado y lo amenazaban con lanzas y flechas.

VII

Fue cosa de un instante, durante el cual Iqui Balam sopesó la situación. O se defendía, tratando de cobrar cara su vida, matando a dos o tres de aquellos hombres, o se rendía y se salvaba de una muerte segura. Poco hubiera hecho en contra de aquellas armas. Se quedó de pie, simplemente, con el cuchillo en la mano, por lo que pudiera ofrecerse. Los hombres lo rodearon aún más. Lo miraban con curiosidad y, al mismo tiempo, con cautela, como si se tratara de un animal en extremo peligroso.

—¡Suelta el arma! —le ordenaron.

Iqui Balam, aunque reticente, terminó por hacerlo. No la soltó sino que volvió a enfundarla en su cintura.

De inmediato fue sujetado por cuatro o cinco de aquellos hombres, que comenzaron a zarandearlo y a golpearlo con sus puños.

—¡Déjenlo en paz! —ordenó alguien con voz poderosa.

Era un hombre alto y blanco, que ostentaba una larga y canosa barba. Se ayudaba de un bastón para caminar.

—Quiero conocer al hombre que es capaz de matar, por sí solo, al temible Mildnor.

Se dedicó a observar al muchacho, a caminar pensativo alrededor de él.

—¿Quién eres? —le preguntó.

—El Tigre de la Luna —respondió con orgullo.

—¿Y qué haces aquí?

—Caí en el inframundo.

Tanto el hombre, que parecía su capitán, como sus subalternos, sonrieron.

—¿Qué intenciones tienes?

—Encontrar a mi amada y salir de inmediato de este sitio.

—¿A tu amada? ¿Te refieres a la muchacha pintada de azul?

El corazón de Iqui Balam le dio un vuelco. Exigió que la llevaran ante ella.

El hombre de la barba blanca fue terminante:

—No creo que estés en condiciones de exigir nada; sin embargo —recapacitó—, dado que eres un hombre valiente, uno de los pocos que han logrado la hazaña de matar a un Mildnor...

Dio una palmada y dos de sus hombres trajeron sujeta a Yatzil.

—¡Iqui! —fue lo primero que dijo ella, al ver al muchacho.

Los hombres permitieron que se dieran un largo y fuerte abrazo.

—¡Pensé que estabas muerta!

Yatzil le contó del Mildnor, el miedo terrible que sintió al verlo. Se había escondido lo mejor que pudo entre unas rocas y, para su fortuna, el gigantesco animal había pasado de largo.

—¡Temí por tu vida! ¡Pensé que te comería vivo!

Iqui Balam sonrió con vanidad de guerrero y enamorado. Le señaló a la enorme bestia. Yatzil no podía creerlo.

—¿Tú lo mataste?

El muchacho no tuvo tiempo de responder. El hombre de la barba pareció hartarse. Chasqueó y dijo:

—Está bien. No más escenas tiernas. Las personas como ustedes traen el dolor y la desgracia. Han entrado sin permiso a Chichenheim y deben ser castigados.

—Nosotros venimos huyendo, precisamente, del dolor y la desgracia; de la sangre derramada —argumentó la muchacha.

El hombre de la barba cana no quiso escucharla.

—Nadie puede entrar a Chichenheim. Es cuestión de supervivencia y no hay lugar para el perdón o la piedad. Es la ley del Mundo de Abajo y debe cumplirse. Todo aquel que entre sin permiso será condenado a muerte. Ésa es la ley.

El muchacho trató de resistirse pero rápidamente fue aplacado. Los ataron y los obligaron a arrodillarse. Yatzil lloraba. El muchacho se mostraba enojado y sin embargo digno, sabedor de que le había llegado su hora y poco podía hacer para defenderse. "Que llegue rápida e indolora", oró con estoicismo y furia.

El hombre de la barba hizo a un lado su bastón. Acto seguido, desenfundó y blandió una larga y pesada espada. Un arma temible y reluciente. Era la espada de Kaali.

Se dirigió primero a la muchacha. Se plantó junto a ella. La obligó a bajar la cabeza y midió el sitio donde descargaría su tajo mortal. Ella seguía llorando. El hombre alzó la espada y, a punto de decapitarla, algo lo desconcertó.

Ahí, en la nuca, semiescondidas por el cabello, alcanzó a ver las runas Wyrd y Tywaz.

—¡Vean! —les ordenó a sus hombres.

Éstos se agacharon para observar la cabeza de la muchacha.

Se voltearon a ver, desconcertados.

—¡Las runas de Odín y de Thor! —dijo con asombro uno de ellos.

Hako y sus buitres

I

En aquel tiempo arribó a la aldea un grupo de hombres comandados por un vikingo enorme y corpulento llamado Hako y apodado el Buitre o Cisne de lo Sangriento. Parecía, en efecto, esa ave, pero sólo por su nariz prominente y un cutis áspero y granuloso, además de unos extraños y penetrantes ojos verdes, que le daban un aspecto de pajarraco ávido de rapiña. De ahí en fuera semejaba un oso, el más grande y agresivo que pudiera imaginarse. Era ancho de espaldas, fuerte de piernas, de musculoso pecho y de poderosos brazos. Su presencia no podía pasar inadvertida. Tampoco su olor. No era devoto del baño de los sábados ni de ningún otro tipo de limpieza. Su ropa, que consistía en fieltros y pieles, hacía mucho que no había sido mudada por una vestimenta nueva o por lo menos lavada o adicionada con dulces aromas de Oriente. Era un miasma toda su persona. De sus axilas y de su boca provenía un olor que algunos comparaban con el del hocico de los lobos y otros con el de un pozo lleno de podredumbre. Era violento y altanero. Hacía ostentación de su fuerza y de sus malas maneras, lo mismo con sus propios hombres —una veintena de guerreros hoscos y mal encarados— que con quien se le cruzara enfrente, así fuera un aldeano viejo o un simple perro sin dueño. Juraba y perjuraba sin cesar, profiriendo maldiciones e insultos al por mayor, y carcajeándose de manera burlona, petulante y ostentosa.

Era, al igual que los hombres a su mando, un guerrero al mejor postor. Ofrecían sus hachas y su entrega en las batallas a quien pudiera comprar sus servicios. El *jarl* de la aldea los había contratado para ir a hacer la guerra a Inglaterra. Tenían fama de expertos en lo que los poetas denominaban la tempestad de las espadas o el despertar de los escudos rojos. Si apestaban o eran ruidosos, eso no importaba. Mientras fueran buenos para partir cabezas, con eso bastaba.

167

Por supuesto, el carácter rudo y jactancioso de Hako y sus hombres ya había causado uno que otro problema. Odnir, el mesero, había sido golpeado con furia, casi hasta el punto de quedar con varios huesos rotos y muy cerca de la muerte, sólo por hacer un leve gesto de desagrado ante el hedor que provenía de aquellos cuerpos. Lo mismo había sucedido con Raudir el pelirrojo y Smidur el herrero, quienes tuvieron la mala suerte de encontrarlos camino a casa perfectamente borrachos, motivo más que suficiente para rodearlos, sujetarlos y darles una buena y dolorosa paliza. El propio Smidur, que era un hombre fuerte, no pudo hacer nada ante los embates de estos vikingos y terminó con la quijada fracturada y un hombro feamente dislocado.

Lo más indignante fue la forma como empujaron, arrojándolo al piso de manera despiadada y violenta, a Bjorn, un anciano muy respetado entre la gente de la aldea. En sus tiempos había sido un valeroso y arrojado guerrero, tanto que todos lo conocían como Kappi, o Campeón. Había sobrevivido a cientos de batallas en todos los confines del mundo. Pero los años habían hecho lo suyo. Ya no era ese hombretón fornido y ágil de antaño, sino un octogenario desdentado y enclenque.

—¡A un lado, tumba que camina! —le espetó Hako, apartándolo de un golpe de su camino.

—¡Malditos, malnacidos! —les gritó Stickla, la hija de Bjorn.

—¡Eh! ¡Tú, también, costal de patatas, a callar! —y dio la orden a sus hombres de silenciarla con base en una buena tunda.

Quedó la pobre mujer llorando junto a su padre.

No fue todo. Los hombres de Hako comenzaron a acosar a cuanta jovencita encontraban a su paso.

—¡Eh! ¡Ojos azules! ¡Dame el corazón de tu entrepierna! —les decían.

—Mi espada busca una buena funda —se reían.

El *jarl* permitía esos excesos, a pesar de las protestas de muchos en la aldea.

Las madres terminaron por prohibir que sus hijas salieran a las diligencias más sencillas, temerosas no sólo de las frases procaces que les dirigían, sino de que sus muy preciadas honras fueran a parar a manos de aquellos apestosos vikingos.

Thorsson se había percatado de su presencia y escuchó de boca de algunos de los aldeanos el recuento de sus escándalos y de sus excesos, pero no hizo mayor caso. Los consideró una horda de tunantes escandalosos, ni mejores ni peores que muchos otros que había conocido en sus años de guerra. Se alzó de hombros y se dedicó a avituallar y a acondicionar su barco de la mejor manera. Había remendado su velamen y se había dado a la tarea de pintar de rojo sus costados. El drakkar lucía como un sueño a punto de realizarse. Él mismo dibujó, a ambos lados de la popa, el nombre de su querida esposa muerta y, en la proa, una frase rúnica que le pareció apropiada: "El que desconoce las profundidades".

Recordó a Thordal y su creencia en el poder de invocación de las runas. Era su manera de invocar que su barco no se partiera en dos, que resistiera las tormentas y los monstruos marinos, y que fuera, para siempre, insumergible.

¡Ah, cómo estaba orgulloso de su drakkar! Contemplaba su perfil, su modo de dragón de los mares, y se henchía de gusto por su adquisición y por las mejoras en que había trabajado los últimos días.

Si todo iba bien, partiría en menos de una semana. Ya se había apalabrado con un marino de nombre Gaulag o Buenos Pelos, un hombre de prominente barba y cabellera, peludísimo de todas partes del cuerpo, y de otro al que llamaban Olaf Hacha Sangrienta, quien además de saber acerca de cuestiones marinas se había destacado en algunos hechos de guerra. Este último le había prometido reclutar a seis hombres más, los necesarios para navegar el drakkar. Por supuesto, se mantuvo en la mentira dicha ante el *jarl*. A todo aquel que le preguntara, y lo mismo a Gaulag y a Olaf, les dijo que partirían con rumbo a Hauptgard, más concretamente a Ingridaland, el terreno que poseía en las Tierras Más Allá del Oeste, y no a Chichenheim, en busca de Ullam y Thordal. Ya tendría tiempo, después, de hacérselos saber en el momento oportuno, lejos de toda costa y en medio del océano, cuando no hubiera más remedio que continuar la travesía.

Estaba contento y de buen talante. Además de provisiones y víveres, había reunido los libros que quería llevar, así como un pequeño arsenal que consistía de arcos y flechas, escudos y espadas, algunos tomajoks, sus hachas de guerra y uno que otro yelmo y cotas de malla. Desenterró la espada de Kaali de un cierto lugar en la montaña donde la tenía a cubierto, lejos de la ambición de Sigmund Mundag. La contempló como quien vuelve atrás en el tiempo, a sus años de soledad y de infancia. Recordó el rostro amable de Thordal y la expresión sabia de Ullam.

Rememoró las palabras del snorri: "Cuando uses la espada de Kaali no te dejes llevar sólo por tu impulso guerrero, sino por tu vocación de hombre sabio", y estuvo a punto de verter una lágrima, lleno lo mismo de ternura que de cuestionamiento a sí mismo. "¿Qué he hecho de mi vida?", se preguntaba. "No soy sabio ni guerrero. ¿Qué soy?" Se miró la rodilla deshecha. "Sólo un inválido que sueña", se dijo con crudeza, por completo desilusionado. Tomó la espada de Kaali entre sus manos, la apretó con fuerza contra su frente y su pecho, y pensó que la única manera de salvar su espíritu y su reputación era ese viaje en busca de Thule, de Chichenheim.

Ese mismo día pintó las runas Wyrd y Tiwaz en el velamen.

—Fuerza y sabiduría —se dijo, satisfecho de haber terminado, con las manos aún manchadas de pintura negra.

En eso estaba, fatigado, sí, pero contento con su obra, cuando Gaulag el marino se apareció con todo y su barbado y peludo aspecto.

—¡Thorsson, tu hijo!

Su voz, agitada, denotaba una gran inquietud.

Thorsson le preguntó qué pasaba.

—Lo van a matar —dijo el de la hirsuta pelambre.

—¿Quiénes? —lo zarandeó, tomándolo de los hombros.

—Hako y sus pelafustanes...

II

Hako se había prendado de la belleza de Hilda. La había visto sólo un instante y esa única ocasión le había bastado para obsesionarse con ella, con su cuerpo de diosa, con su piel incomparable, que deseaba tener para sí en su boca y en sus manos.

—Será mía —se jactaba mientras se empinaba litros y litros de cerveza—, por la buena o por la mala.

Ya una vez, al principio de su estancia en la aldea, había intentado robarle un beso. Hilda no se dejó. Como pudo se desembarazó del abrazo que intentaba darle el desgraciado y de paso le propinó una sonora cachetada. Huyó cual ciervo acosado hasta su casa, donde se encerró a piedra y lodo, y donde se armó de un filoso cuchillo, por si el apestoso y osado vikingo se atrevía a tratar de derribar la puerta.

Hako quedó dolido en su orgullo, pero su obsesión por la muchacha, lejos de disminuir, se vio acrecentada por lo que consideró una atractiva valentía femenina.

—Es mi pequeña y hermosa Hervor —decía, refiriéndose a una conocida reina guerrera, que había tomado las armas con bravura para defender las fronteras de su reino.

Hilda se escondió, protegida por su madre, una temerosa viuda que nada hubiera podido hacer ante la corpulencia y la agresividad de Hako y sus hombres. Cauta, la bella muchacha no le dijo nada de aquel malhadado suceso a Hoenir, a fin de no exponerlo a aquellos energúmenos. Sabedora del amor que él sentía por ella, no dudaba ni un instante que su amado pudiera tomar las armas y hacer una locura, con tal de vengar lo que sin duda era una afrenta. A Hoenir le extrañó que Hilda prefiriera quedarse en casa antes que deambular tomados de la mano por la aldea y sus alrededores, pero lo consideró un capricho femenino y no protestó en absoluto.

Pasó algo así como una semana, e Hilda, cansada de su encierro, fue haciendo a un lado su obligada cautela. Un buen día se enteró de que Hako y sus truhanes departían con unas prostitutas en la taberna y decidió aprovechar la oportunidad para ir a lavar ropa en un arroyo cercano.

No lo hubiera hecho. Hako había colocado a un espía, encargado de vigilar sus movimientos. Harald Hviti, se llamaba. Era un hombre blancuzco, huesudo y repugnante. Apenas vio que Hilda salía de casa, la siguió con sigilo y luego partió a toda carrera a avisarle a su *jarl*.

—Mi pequeña Hervor —Hako se relamió el bigote y se acarició el bulto en la entrepierna, apenas recibió la noticia. Arrojó al piso a la prostituta que lo abrazaba y fue en busca de la hermosa Hilda.

Tomó su caballo y, escoltado por dos de sus hombres, cabalgó a toda prisa hasta el lugar indicado por Hviti. La encontró en el arroyo, precisamente. Era un cauce de piedras, por el que circulaba una pequeña corriente de agua cantarina y transparente. Hilda había terminado de lavar dos blusas, y se refrescaba el cuello y el pecho, echándose con la mano un poco de aquel tibio líquido, cuando escuchó el ruido de los caballos que se acercaban.

Se puso en guardia.

Apenas distinguió a Hako y a sus hombres, el corazón le dio un vuelco del susto.

—Mi serpiente busca su guarida, hermosa bribonzuela —le dijo el gigante. Aún recordaba la cachetada que había recibido una semana antes y se regodeaba pensando que, como castigo, la pondría a la fuerza en sus piernas, acostada boca abajo, y le propinaría un par de sonoras nalgadas.

Hilda se echó a correr. Los vikingos se carcajearon al ver su huida. Acicatearon a sus caballos y se dispusieron a seguirla como si se tratara de arrear ganado. Hako, sin dejar de proferir piropos e indecencias, la seguía a prudente distancia.

—La lanza es dura, la cama es blanda… —le espetaba el corpulento y apestoso *jarl*.

Hilda, de haber tenido un arma a la mano, lo hubiera enfrentado, decidida a defender caro su honor. Hoenir le había hablado de Alwilda, una princesa sueca quien, por negarse a aceptar casarse con un hombre que no quería, huyó en compañía de varias mujeres de la corte y se convirtieron en piratas. Eran despiadadas y valerosas. Alwilda se distinguió en varios ataques a poblaciones inglesas, lo mismo que Groa, su escudera, Alfhild, quien se vestía con atuendos masculinos, y Visma, quien había perdido una mano en alguna batalla. Se decía que "ellas ofrecían guerra, no besos, y se dedicaban a los asuntos de la lucha armada, no del amor. Dedicaron sus manos a las lanzas, no a los telares. Conquistaban a los hombres a punta de hachas y flechas, con pensamientos de muerte, y no de coqueteo". Sí, de haber tenido un arma… Pero no la tenía, a no ser sus dientes y sus uñas. Comenzaba a cansarse. Y tenía miedo. Un temor enorme de ser presa de aquellos hombres y de sus deseos. Imaginaba lo que le harían y el solo pensamiento la obligaba a olvidar su fatiga y a renovar su carrera con mayor rapidez y energía.

—¡Auxilio! —gritaba.

Algunos de los aldeanos la vieron pasar y sonrieron al adivinar la suerte que correría la muchacha; otros, se condolieron de su destino. Pero ni los unos ni los otros hicieron el menor intento de ayudarla. El galope de los caballos atronaba en la tierra; el aspecto de aquellos hombres les infundía miedo.

Hako seguía riéndose. No lo hizo por mucho tiempo.

Una piedra surcó los aires y lo golpeó directamente en la boca. El impacto fue tan fuerte que, a pesar de su corpulencia, perdió por un instante la seguridad en sí mismo, también el equilibrio, y cayó tan pesado como era del caballo, para precipitarse con estrépito en el camino, pedregoso y lleno de polvo.

—¡Hoenir! —gritó Hilda, esperanzada.

Hoenir estaba de pie en un promontorio y llevaba piedras en las manos, listas para lanzarlas.

Los hombres de Hako se detuvieron en seco, desconcertados. Su *jarl* permanecía en el suelo. Tenía raspaduras en brazos y piernas y la boca sangrante. Se le veía aturdido, casi a punto de desfallecer. Gemía, como suelen gemir los moribundos o los niños que tienen pesadillas.

—¡Hoenir!

El muchacho tomó a Hilda de la mano y ambos emprendieron la huida a la casa de la muchacha, donde se parapetaron, cerrando la puerta y corriendo los pesados aldabones.

Hako, al cabo de algunos momentos, tras ser auxiliado por sus hombres, se puso de pie y recuperó la compostura. Al hacerlo, emergió en él una rabia mayúscula.

—¡Muerte al infame! —gritó con todo su enojo.

Ensilló de nuevo y cabalgó hasta donde Hilda y Hoenir se habían escondido.

—No temas —la calmaba éste, tomándola de las manos.

—Nos van a matar…

Hilda, a pesar de ser una muchacha valiente, estaba asustada.

—Yo te defenderé.

—¿Cómo? Dime, ¿cómo? —se desesperaba ella, olvidando por un momento su admiración por Alwilda o Alfhild y dando paso a la muchacha que era, casi una niña, frágil y desprotegida.

"¿Cómo?", se repitió Hoenir con desencanto. Era una buena pregunta. En la casa de Hilda no había otra arma que cuchillos de cocina. Su padre había muerto en la campaña de las Galias y su madre se había sujetado a una viudez en la que el recuerdo de la guerra y sus artefactos era insoportable. No había ni una espada ni un hacha. Nada.

—Te destazaré vivo, muchacho —pudieron escuchar la potente voz de Hako.

III

Fueron vanos los intentos por derribar la puerta, por lo que Hako dio la orden de tomar una antorcha y prenderle fuego.

—Te sacaré los ojos y ofreceré tus tripas a los buitres —gritaba el *jarl*. Tenía la boca ensangrentada, una sangre de un vivo color rojo, que se deslizaba hacia abajo por su cuello y por sus ropas. Aún se hallaba estremecido por la pedrada. El golpe le dolía, pero aún más su orgullo.

—Implorarás no haber nacido. Mi venganza será mayúscula.

Thorsson llegó justo en el momento en que el fuego comenzó a devorar la puerta.

—Haz algo —lo urgía Gaulag.

Thorsson le echó una rápida ojeada a la situación. Los hombres de Hako superaban la treintena y todos, además de ser buenos guerreros, iban armados hasta los dientes. Cualquier enfrentamiento directo sería un suicidio. Moriría sin remedio ante la superioridad numérica de aquellos truhanes, y ni así podría salvar la vida de su hijo. Miró su rodilla deshecha, su pierna baldada, y se condolió de su suerte. "En otros tiempos...", pensó. Sí, en otros tiempos, cuando era Thorsson el Indomable. Pero, ahora...

—Haz algo —insistía Gaulag, incapaz él mismo de empuñar su arma.

La puerta se consumía entre las llamas, mientras Thorsson pensaba qué hacer. Vio a Hako. Tenía el odio y la sed de sangre reflejada en el rostro. Era un hombre en verdad temible, alto y corpulento. Parecía un oso, a juzgar por el tamaño.

"Oso...", se quedó meditando en esta palabra. "Oso", se dijo, y de pronto supo qué hacer. Salió corriendo, lo más rápido que su rodilla contrahecha se lo permitía, con rumbo a su casa.

"Cobarde —lo consideró Gaulag, al verlo huir de esa manera—. Es incapaz de defender a su propio hijo", y escupió en el suelo en señal de desprecio.

Pero Thorsson no huía. Apenas llegó a su casa buscó con vehemencia entre las cosas que le había dejado el snorri. Recordaba algo en especial. Un frasco. Thordal guardaba en frascos distintas pócimas, que lo mismo eran brebajes mágicos que polvos o hierbas medicinales. Los frascos estaban rotulados según su contenido o sus consecuencias. Mandrágora, dolor de muelas, hemorragias, causas perdidas, amores dolientes, circaria fungum, heliotropus rapidus, buena memoria, arsenicus, belladonea..., leyó algunos de los recipientes. Por ahí debería estar el que buscaba. Por fin lo encontró. Era un frasco que decía: "bersek".

Lo contempló presa de alguna duda. Recordó un poema que había aprendido de joven: "El guerrero levanta los ojos a la luna y se transforma. La sangre hierve. El oso es su piel". Temió equivocarse, poner su esperanza y su vida en ese frasco. Fallar. Morir. Pero pronto disipó cualquier temor que tenía con respecto a aquel polvo rojo que estaba en su interior. "Bersek", se repitió aquel nombre, como si se tratara del exacto conjuro que salvaría a su hijo de una fea muerte. Debía apurarse. Abrió el recipiente de cristal, tomó una jarra, le vació un poco de agua y revolvió su contenido. Lo apuró entonces de un solo y magnífico trago.

Thorsson hizo un gesto de repulsión. Aquello sabía horrible. Después, esperó. Esperó y esperó para experimentar alguna reacción, y nada. Comenzó a desanimarse, a ser presa de la angustia y la desolación. Su hijo estaba en peligro de muerte y el polvo de bersek no funcionaba…

De pronto, sintió un fuerte retortijón. Cayó al piso presa de un gran dolor. Empezó a temblar de manera violenta y terrible. Temió haber ingerido un veneno. El cuerpo le dolía de una manera terrible. No dejaba de estremecerse, como si estuviera agonizando. Gritó. Un grito desesperado de auxilio. Pero fue un grito que pareció haber sido proferido por alguien más, no por él. Un grito sobrehumano, como de animal herido.

Sintió, por varios instantes, cómo su cuerpo parecía salírsele de la piel y los ojos a punto de saltársele. Los músculos estaban a punto de quebrarse en miles de astillas. El Ragnarok, imaginó. Era su fin, sin duda alguna. Volvió a gritar. El mismo grito extraño y ajeno, y sin embargo suyo. Más que un grito, un aullido. Un aullido de desesperación.

Cuando estaba a punto de sucumbir a lo que pensó era su muerte, dejó de temblar y de sentir dolor. Nada le molestaba. Al contrario, se sentía preso de una gran vitalidad. Se incorporó, sólo para encontrarse que sus músculos eran grandes y poderosos, que sus manos parecían garras y que él mismo aparentaba ser un enorme oso.

¡Era un bersek!

No tuvo mucho tiempo para dedicarse a contemplar ese cambio extraño y maravilloso. Debía actuar con rapidez. Su propio instinto se lo ordenaba. Buscó un arma y encontró la espada de Kaali. La empuñó con fuerza. Tomó un tomajok traído de las Tierras Más Allá del Oeste y salió con sus dos armas rumbo a la casa de Hilda.

Se dio cuenta de que la rodilla no le molestaba en absoluto. Que podía correr cual si se tratara del más veloz de los ciervos. Se sentía fuerte, valiente, vigoroso, presa de una fuerza desconocida y suprema.

IV

Los bersekers eran una casta especial de guerreros valientes y feroces. Temidos dondequiera que se presentaran, al principio o al final de una batalla. Tenían fama de invencibles. También, de inmortales. Nada parecía hacerles daño. Eran rápidos y fuertes en el uso de las armas. Su poderosa musculatura podía enfrentarse con un ejército y salir victoriosa con apenas uno que otro rasguño. Había quienes los creían sobrehumanos. Eran mitad oso o lobo y mitad humano; meras bestias salvajes que arremetían contra cualquier enemigo que se les pusiera enfrente. Se arrojaban a la lucha con el pecho descubierto y una piel de oso cubriéndoles las espaldas. Su fuerza era descomunal. Aullaban como animales y atemorizaban con su aspecto terrible y furioso. El rey Harald, de Noruega, que había tenido a su servicio a doce bersekers, los llamaba con acierto "aquellos a quienes el hierro no puedo dañar".

Eran protegidos de Odín. Se decía que de él habían recibido el poder para vencer lo que se les pusiera enfrente. Este poder emanaba de la ingestión del polvo de un hongo especial, la *Amanita muscaria*. Según la leyenda, Sleipner, el caballo de Odín, cabalgaba como un energúmeno y al hacerlo despedía de su boca una espuma roja que, al caer al suelo, hacía crecer el hongo de los bersekers.

Al consumirlo, los bersekers entraban en un éxtasis puro de batalla. Repartían golpes por doquier y tenían en mente la victoria a costa de todo. Producía un estado profundo de violencia y agresividad, propicio para la destrucción y para no detenerse ante el peligro. Su furia se veía acrecentada con el desarrollo momentáneo de una gran fuerza muscular. La cara se les hinchaba y se les ponía roja. Eran poderosos e incansables. Aullaban y se entregaban sin igual al frenesí de la guerra.

Lo mismo sucedió con Thorsson cuando ingirió el contenido del frasco con la *Amanita muscaria*.

—¡*Gö*! —aulló su grito de batalla.

Fue un verdadero rayo de guerra, un portento de fuerza y arrojo. Los hombres de Hako apenas tuvieron tiempo de reaccionar cuando ya tenían a ese hombre oso encima. Manejaba el tomajok con eficacia y maestría, cual si se tratara del más osado y terrible de los skraelings. Una, dos, tres, cuatro cabezas fueron golpeadas con la fuerza de un mazo divino, o perforadas hasta el cerebro con el otro extremo, filoso y puntiagudo. Eran muertes rápidas, en las que sus víctimas no profirieron ni el menor lamento. Si acaso, un mero murmullo de sorpresa, de no saber lo que ocurría. Nunca lo supieron, nunca se dieron cuenta de qué manera se fueron directamente al inframundo. Uno de ellos, al que apodaban Durs, o Gigante, sí tuvo tiempo de blandir su espada y ponerse en guardia para enfrentarlo. Era, en efecto, un hombre enorme, y su semblante era fiero y decidido. Había estado en muchas batallas y había sentido muy de cerca el tufo de la muerte, pero nunca se había amilanado. No sería ésa la excepción. Se puso, presto y acostumbrado a la guerra, en posición de combate y retó a Thorsson:

—Prepárate para llegar al lugar donde no hay vida —le dijo.

Fue lo último que pronunció en toda su existencia. Thorsson arremetió sin dudas ni rodeos. Parecía una enorme roca camino abajo en la montaña, un toro a la hora de embestir. Durs lo vio venir y tragó saliva, con un sentimiento que algo tenía de miedo, pero lo esperó como un verdadero valiente. Tomó su espada con ambas manos y, una vez que lo sintió a distancia, respondió lanzando un poderoso tajo horizontal que buscó hacer el mayor daño: destrozar el torso o la cintura del bersek. Para su sorpresa, no dio en el blanco. El hombre oso esquivó con pasmosa habilidad el golpe de aquella hoja en extremo filosa, saltó en el aire y desde ahí le dejó caer todo el peso de su inusual arma, la espada de Kaali.

Los que atestiguaron el resultado de aquel rápido movimiento no podían dar crédito a sus ojos. Nunca habían visto nada igual. Era alucinante, terrible.

Thorsson partió en dos al Gigante. Fue un tajo certero, poderoso y limpio que produjo dos mitades de hombre, divididas en partes iguales. Una cayó a un lado y la otra al otro, en medio de un gran charco de sangre.

—¡Gö! —volvió a aullar Thorsson a todo pulmón, un aullido estremecedor, que daba miedo y ponía la carne de gallina.

—¿Qué es eso? —se preguntó Hoenir, igualmente sobrecogido por aquel sonido, estridente y horrible.

—Es como si torturaran a un animal salvaje —agregó Hilda, temblorosa y pálida, como si hubiera visto un fantasma.

La puerta ardía y el humo comenzaba a invadir la casa. Hilda tosió, lo mismo que Hoenir. Éste tomó un cubo de agua y arrojó su contenido sobre la madera envuelta en llamas. Afuera, mientras tanto, todo mundo se había quedado pasmado por lo que le había ocurrido a Durs.

—Un demonio —dijo alguien, calificando de esta manera a Thorsson.

—Un hijo de puta —lo definió Hako, quien arengaba a sus hombres para que lo atacaran.

Sólo dos se atrevieron. Acometieron con sus caballos a todo galope en contra del hombre oso. La furia se reflejaba en sus rostros y en la forma como uno blandía una espada y otro un mazo, listos a descargar sus habilidades guerreras en el cuerpo de aquel intruso.

Thorsson ni siquiera parpadeó. A la hora que los caballos estaban a punto de embestirlo, se tiró debajo de sus patas. Los equinos lo saltaron sin hacerle el menor daño con sus coces. En un rápido movimiento, Thorsson se encargó de cortar las patas traseras de uno y de descolgar de su silla al jinete que lo montaba. El caballo relinchó por completo adolorido, en tanto que el hombre recibió un certero tajo en el cuello que le cortó la cabeza. El otro jinete atacó de nuevo, sólo para recibir en el pecho, a la altura del corazón, un certero golpe de cuchillo, tomado entre el cinturón del descabezado y lanzado con fuerza para clavarse inmisericorde, cual si se tratara de un castigo divino.

El jinete cayó al piso, en medio de estertores de muerte. Llevaba un arco y un carcaj, mismo que Thorsson tomó antes de dirigirse a la casa de Hilda. Marchó a ésta con paso rápido y decidido. Derribó de una patada la puerta incendiada.

—Hoenir, afuera —gritó con voz acostumbrada al mando.

Apenas vio salir a su hijo, le lanzó el arco y el carcaj.

Hoenir supo qué hacer. Preparó la flecha y la disparó contra uno de aquellos hombres. Le atravesó el cuello. Disparó otra más y dio de nuevo en el blanco: justo entre los ojos de un joven soldado a quien llamaban el Cuervo.

Hako estuvo a punto de abalanzarse contra Thorsson, pero lo pensó mejor:

—¡A la taberna, todos a la taberna! —ordenó, con la intención de reagruparse y traer refuerzos.

—¡A la taberna! —gritaron los sobrevivientes, aliviados de alejarse.

—Debemos irnos, rápido —dijo Thorsson.

—¡Padre! —Hoenir no podía creer aquella transformación; su progenitor parecía una bestia salvaje, un oso sediento de sangre, un energúmeno poseído por algún maléfico embrujo.

Sintió un poco de miedo, pero éste fue aplacado por la forma en que Thorsson intentaba protegerlo; a él y a Hilda.

—Tómala de la mano y corran con rumbo al drakkar —ordenó.

Corrieron a toda velocidad con rumbo a los muelles. Apenas pusieron pie en la embarcación, escucharon una gritería frenética. Era Hako y su séquito de truhanes. Marchaban a todo galope blandiendo sus espadas o empuñando un arco o una lanza. Eran algo así como cincuenta hombres, deseosos de venganza. Gaulag, que los siguió hasta la embarcación, desamarró los cabos. Había un poco de viento, pero no lo suficiente para hacer que zarpara. Thorsson empujó la nave. Su fuerza seguía siendo poderosa, inaudita. Aullaba a cada esfuerzo por alejarse del muelle. Saltó al agua y siguió empujando. Tenía la potencia de un centenar de guerreros.

Hoenir tomó su arco y disparó. Cada flecha daba en el blanco con formidable puntería.

Los hombres de Hako desmontaron y los atacaron con lanzas y flechas. Algunas se clavaban en cubierta, otras en los costados y otras más silbaban muy cerca de sus cabezas. Thorsson subió y comenzó a remar.

—¡Gaulag, al timón! —ordenó.

El drakkar comenzó a alejarse.

—¡Hilda! —gritó Hoenir.

La muchacha había recibido un flechazo en el pecho.

En ese momento un viento favorable comenzó a hinchar la vela. Las runas Wyrd y Tywaz lucieron en todo su esplendor. El drakkar con su forma de dragón se deslizó con suavidad y rapidez sobre aquellas aguas. Muy pronto saldrían de la protección del fiordo para encontrarse en mar abierto y navegar con rumbo a las Tierras Más Allá del Oeste. A Chichenheim.

Chichenheim

I

Yatzil e Iqui Balam caminaron en completa libertad.

Lo hicieron al lado de aquellos hombres, que marchaban por esas cuevas con rumbo a lo que llamaban Chichenheim.

Tanto al muchacho como a ella les maravillaba el hecho de que estuvieran iluminadas. Les parecía algo mágico, sobrenatural. Por supuesto, lo agradecían. Preferían eso a la oscuridad que se hubieran imaginado. Si aquello era el inframundo, no era tan terrible. Aún así, no entendían qué pasaba. No dejaban de preguntarse por aquellos hombres. ¿Quiénes eran? ¿Cuáles sus intenciones? Y ¿por qué habitaba ahí una criatura tan terrible como el Mildnor? Además, ¿adónde los conducían? ¿A matarlos de todas formas? ¿A sacrificarlos a sus dioses?

Pasaron de una caverna a otra, y a cada una que dejaban atrás, la siguiente era más grande, más alta. También, con algo más de vegetación. Pequeños arbustos y plantas que crecían aquí y allá.

Yatzil, de cuando en cuando, se llevaba las manos a la cabeza, intrigada por aquello que les había salvado la vida. Iqui Balam caminaba junto a ella. Lo mismo hacía el anciano de la barba blanca, cuyo paso era cansino pero decidido. Transitaban por un sendero entre rocas, arbustos y estalagmitas. Al muchacho no le pasó inadvertida cierta tensión. Todos parecían cautos, alertas al peligro.

De pronto se escuchó algo así como un aleteo.

—¡Abajo! —se dio la orden.

Yatzil e Iqui Balam obedecieron de inmediato. Al hacerlo sintieron cómo, justo arriba de sus cabezas, pasaba algo volando. Algo por completo increíble y amenazador. Un animal grande, parecido a un pelícano. Un *ponto*, como lo nombraban los itzáes. El muchacho había visto algunos en la costa, en Tulum. Le gustaba verlos planear, observar el océano y luego lanzarse en picada para atrapar algún pez. Lo mismo había intentado hacer este otro *ponto*, pero, en lugar de peces, con sus cabezas. Era un ave mucho más grande que cualquier pelícano. Iqui Balam pudo ver su pico, largo y puntiagudo. Pudo escuchar también una especie de feroz y fallida tarascada.

—El Munin de la Sangre —gritó alguien.

Ocurrió un nuevo aleteo y algo como un rápido zumbido que cruzaba el aire. Era el pelícano gigante, que atacaba de nuevo.

Iqui Balam tomó una piedra y se la lanzó con furia al pajarraco, con tan buen tino que le pegó en la cabeza. El ave pareció atontada por el golpe. Tanto así, que fue a estrellarse unos metros más adelante, entre unas rocas. Una vez que se incorporó, se dirigió hacia el grupo de hombres. No voló. Lo hizo arrastrándose, con la ayuda de sus alas, que utilizaba como si se trataran de piernas. La bestia caminaba erguida. Habrá tenido unos dos metros de alto. Abría el pico y chasqueaba, como preparándose para comer lo que se le pusiera enfrente.

Los demás hombres se echaron a correr para buscar refugio detrás de algunas rocas. Iqui Balam era el único que parecía dispuesto a enfrentársele.

—¡Mi cuchillo! —pidió; se lo habían quitado al ser capturado—. ¡Mi cuchillo!

El hombre de la barba blanca no hizo caso.

El pajarraco se hallaba a no más de tres metros y parecía entusiasmado con la posibilidad de agarrar con su pico un excelente bocado.

—¡Mi cuchillo! —volvió a pedir Iqui Balam.

Al no obtener una respuesta, tomó otra piedra, que lanzó a aquella bestia voladora. Le pegó en el pecho. Fue un golpe duro y contundente. Aún así, el animal no se amilanó ni se detuvo. Prosiguió su hambrienta marcha decidido a engullirse al primero que encontrara.

El hombre de la barba blanca se mantuvo incólume en su sitio. Parecía retar al pajarraco. Esquivó, incluso, una primera dentellada. Iqui Balam seguía defendiéndose a pedradas. Por fin, el hombre aquel sacó algo entre sus ropas. Un tomajok. Lo usó con maestría para asestarle varios golpes en la cabeza. Fue certero y al mismo tiempo medido. Hubiera podido matarlo y no quiso. El pelícano, aturdido, optó por retirarse. Desplegó las alas, aleteó con fuerza y se alejó volando lo más rápido que pudo.

Iqui Balam seguía sin entender nada.

¿Dónde estaban? ¿Qué clase de lugar era ése, donde existían ese tipo de criaturas, enormes y peligrosas? Yatzil misma, más que confundida, parecía presa de un gran miedo, temerosa de lo que albergaba ese extraño sitio.

—Dime que no estamos en el Mitnal, Iqui, dime que no —le pedía, refiriéndose al infierno.

Tomada de la mano de Iqui Balam, se acercaba a él en busca de protección. Lo observaba todo con evidente cautela y miedo.

—¿Y Bulín? —preguntó de pronto.

El pequeño de la selva había desaparecido. Lo último que recordaban era haberlo perdido en la cueva, mientras huían de sus perseguidores.

Yatzil volvió a sollozar. Pensó lo peor: que Bulín había sido devorado por alguno de aquellos monstruos. El muchacho le pasó una mano por el hombro para calmarla. Se dio cuenta, al hacerlo, que le dolía levantar su brazo izquierdo. ¡Hasta entonces recordó su herida! Se dio cuenta de que un hilillo de sangre corría sobre su piel, en el sitio del flechazo. Se sentía fatigado, además.

Caminaron hasta un lugar donde la cueva se fue ensanchando, al tiempo que crecía en luminosidad y vegetación. En un momento dado, les pareció estar más en una selva que en un lugar cerrado. No tuvieron, sin embargo, mucho tiempo para sorprenderse. Escucharon una especie de fuerte graznido y entre los árboles y la maleza algo pareció moverse. Tenía que ser algo muy grande, por la forma en que la arboleda y el suelo se cimbraban a su paso.

Iqui Balam se puso en guardia y colocó a Yatzil detrás suyo para protegerla.

Lo que entonces surgió ante su mirada los dejó sorprendidos y estupefactos.

Apareció, en un claro de la selva, una pavorosa criatura.

—Un *áayin* —exclamó el muchacho.

Aquel era el nombre maya para designar a un lagarto. Iqui Balam había visto varios en los ríos y en los estuarios del Mayab. Incluso había probado su carne, preparada a manera de caldo. Su sabor era parecido al de la iguana, si bien su consistencia era un poco más dura. Pero aquella bestia que tenía enfrente era mucho más grande que un verdadero *áayin*. Si así lo nombraba era por no tener un nombre más certero para designar a tal criatura. Nunca en su vida había visto algo semejante. A diferencia de los lagartos, éste no contaba con su larga boca. Era más bien de cabeza pequeña en relación con lo largo de su cuerpo. Fuera de eso parecía tener el mismo tipo de piel y de cola. ¡Pero era enorme!

A esta primera aparición se le sumaron tres más. Eran grandes y largos, y caminaban en cuatro patas, arrastrándose, pero sin dejar que sus vientres tocaran la tierra. Producían un sonido estremecedor, parecido al graznido de un cuervo. Sólo que este ruido era mucho más potente, y como salido, más que de la garganta, de las entrañas. Eran unas bestias extrañas y al mismo tiempo magníficas. Tenían un porte muy distinguido y colores muy llamativos.

Iqui Balam pensó que de un momento a otro serían atacados, que aquellos magníficos animales se abalanzarían sobre ellos para devorarlos de una sola y poderosa mordida o para aplastarlos con sus enormes patas. Pero, a decir verdad, las criaturas se veían, más que furiosas, como gráciles, dóciles. De hecho, ninguno de los hombres comandados por el anciano de la barba blanca huyó. Bien al contrario, su rostro se alegró al verlos. Las bestias se acercaron de manera sumisa, mansas y obedientes.

Sólo uno de los *áayines* parecía inquieto. Era el más grande, el de mayor porte. Fue el que pareció percibir algo en el aire que no le gustó. Detectó ese olor y su mirada se fijó en el sitio donde se encontraban Yatzil e Iqui Balam, abrazados, ella en busca de protección y él dedicado a protegerla. El animal se alzó sobre sus patas traseras y mostró sus fauces, con agresividad. Su mirada denotaba verdadero odio, dirigida a aquellos extraños. Se dio a la tarea de graznar con fuerza inaudita. Puso en alerta a los demás lagartos y éstos comenzaron a hacer lo mismo. Se sentían nerviosos y amenazados.

Los hombres trataban de calmarlos, hablándoles en tono conciliador o acariciándolos. Pero el *áayin* más grande y robusto no obedecía. Parecía faltar muy poco para que se abalanzara sobre el muchacho y su amada.

Fue entonces que intervino el hombre de la barba cana.

—¡Durgold! —lo reprendió con voz potente.

El animal escuchó aquella voz y pareció aplacarse. Graznaba, pero cada vez con menor agresividad. Mostraba los colmillos y de su boca salía una lengua larga y roja, muy parecida a la de las serpientes.

—¡Durgold, ya! —lo volvió a regañar el de la barba cana; después pidió—: Dejen que los huela.

Yatzil no quiso hacerlo, temerosa de aquella criatura.

—Es la única manera en que respetará sus vidas —agregó el hombre.

Tomó al Durgold de las riendas y lo guió hasta donde los dos enamorados se hallaban. Una vez ahí, el animal empezó a olfatearlos. Lo hizo de pies a cabeza. De vez en cuando exhalaba un tufo vaporoso y maloliente. Cuando finalizó con su tarea, se volteó hacia otro lado, por completo indiferente y dócil. Aguardó, la cabeza gacha, en actitud humilde, como en espera de algo. Incluso graznó, pero ahora de una manera delicada, más que como un cuervo, como un enorme tigre en reposo.

Iqui Balam se acercó al lagarto y puso su mano en la cabeza. Lo hizo con cautela, temiendo despertar de nuevo la furia del animal. No pasó nada terrible. Al contrario, el lagarto se dejó acariciar. Al muchacho le desagradó lo rugoso y áspero de la piel, pero le gustó la experiencia de aplacar a un animal de tal ferocidad y tamaño.

—Suban —pidió el hombre de la barba blanca.

Los muchachos vieron cómo los demás lagartos eran montados por aquellos hombres. Iqui Balam accedió de inmediato y se encaramó con agilidad encima del animal.

—Ven —le extendió la mano a Yatzil.

La muchacha, aunque reticente, terminó por subir. Lo hizo aún con miedo, los ojos cerrados, dejándose guiar por su amado. Se sentó atrás de él, las piernas abiertas sobre el lomo. Se abrazó a él con ternura.

—No me sueltes —le pidió, una vez que sintió que el animal comenzaba a desperezarse para emprender la marcha.

El hombre de la barba cana dio la orden de avanzar.

—¡Gö! —dijo.

III

¿Qué era aquel lugar?, se preguntaba Iqui Balam conforme avanzaban montados en el Durgold. Un mundo dentro de otro mundo, parecía. El Mundo de Adentro, comenzó a llamarlo, más que el Mundo de Abajo. Su temor de estar en el reino de las sombras y de los huesos se disipaba con rapidez. Aquello no podía ser el infra-

185

mundo. Tampoco el Mitnal, el reino de Ah Puch, el señor de la muerte. Estaba poblado, sí, de criaturas extrañas y poderosas, pero también estaba lo otro: la maravillosa presencia de algo más. Algo vivo y no muerto. Algo con una esencia propia, distintiva, diferente. La tupida selva, por ejemplo. Esos árboles curiosos y enormes. Esas grandes flores por aquí y por allá. Esa colorida mariposa, cuyo tamaño era como el de un águila. Los frutos, algunos conocidos, otros desconocidos, que colgaban de las ramas o se encontraban desperdigados por el piso, pero todos grandes, más grandes que el tamaño normal, común y corriente. Todo era descomunal, e insólito, desconocido. ¿Dónde estaban? ¿En qué misterioso y apartado sitio? ¿Y aquellos hombres? ¿Quiénes eran? Los observó. Vestían de negro. Su atuendo era raro. Parecían estar disfrazados de murciélagos. Su piel era lo mismo blanca que morena o una mezcla de ambas. Igual que sus facciones. Había quienes poseían rasgos sin duda mayas, pero otros tenían ojos de color verde o azul y barbas rubias. Una vez, en una visita a Bonampak, Iqui Balam se quedó observando un mural que había captado su atención porque contenía representaciones de hombres barbados y blancos. Los *tsul*, los llamaban los sacerdotes. Los extranjeros, agregaban, los hombres del Oriente.

Iqui Balam centró su atención en el hombre de la barba blanca. Su porte, aunque ligeramente fatigado, era elegante y distinguido. Tenía un aire sabio y tranquilo. Sus hombres lo obedecían y lo respetaban. Lo llamaban *jarl*.

—¿Cuál es tu nombre, muchacho? —preguntó el anciano.

Iqui Balam estuvo a punto de responder. Fue interrumpido por un sonido estentóreo y espectacular.

—¿Qué es eso? —preguntó Yatzil.

Se trataba de un poderoso rugido que hizo detener el paso de los Durgold. Se les veía temerosos de seguir adelante. Estaban nerviosos, inseguros. Su piel misma pareció ponerse más tiesa, más dura.

La marcha continuó sin sobresaltos hasta que descubrieron una huella.

—Es un tigre —apuntó Iqui Balam.

De eso estaba seguro. Pero la huella era demasiado grande. De tratarse de un tigre, sería enorme.

—Es un Grendel —informó el anciano—. Tiene la fuerza de cincuenta guerreros y sus colmillos son tan largos y afilados como sables.

IV

La jornada les llevó cerca de un día.

—¿Dónde estamos? —se atrevió a preguntar Iqui Balam en un descanso que tomaron junto a un manantial. Los Durgold y los hombres bebieron agua. Yatzil se refugió bajo una palmera. Se le veía inquieta y pensativa. Iqui Balam se quedó al lado del *jarl*.

El hombre de la barba blanca caviló, como si dudara en responder.

—En Asgard —dijo por fin; fue como un suspiro, como una bocanada de aire largamente contenida—. O en Thule, como le llaman otros. Hay muchos nombres para denominar esto. El Mundo de Adentro. La Hiperbórea. La Tierra que no Existe. La Cueva del Milagro. O mejor: la Cueva del Misterio.

—Usted mencionó otro nombre: Chichenheim.

—Sí, claro, Chichenheim. Pero Chichenheim es nuestro destino. El Lugar de la Verdad.

—¿Cuánto falta para llegar?

—No comas ansias. Todo en esta vida llega. Hasta la muerte.

De nuevo emprendieron la marcha. Llegaron a un sacbé con sus piedras bien dispuestas en los bordes y el piso perfectamente aplanado. Les llamaron la atención dos cruces dispuestas a ambos lados del inicio del camino. Eran unas cruces de buen tamaño, esculpidas en piedra caliza. Representaban el árbol de la vida, la fecundidad de la tierra expuesta a los cuatro puntos cardinales. Se percató de la forma en que el *jarl* se detuvo frente a ellas e hizo una reverencia. Acto seguido, realizó un extraño movimiento con su mano, con la que tocó primero la frente, luego el centro del pecho, luego un hombro y luego otro hombro, y finalmente la boca. Lo mismo hicieron los demás hombres. Iqui Balam supuso que se trataba de una reverencia a Chaak, el dios de la lluvia, pues los itzáes asociaban esa divinidad con la cruz. O tal vez era una especie de conjuro de protección. El lugar era tan peligroso que debían buscar mil y un maneras de protegerse. Por si las dudas, el muchacho repitió los mismos movimientos en forma de cruz y le pidió hacer lo mismo a Yatzil.

Avanzaron por espacio de una hora más.

Iqui Balam recordó el viaje que había hecho junto con su padre a Uxmal. Con él recorrió el sacbé bajo los intensos rayos del sol. Ocurrió unos tres meses después del secuestro de Nicte, su madre, por parte de una partida de putunes.

Recorrieron el camino por *kankabales* y *huitzes* y sus respectivas rampas de subida y de bajada. Bebieron en un *chultún* o depósito de agua y se detuvieron a descansar junto a un obelisco que marcaba la ruta hacia Uxmal.

Llegaron asoleados y cansados. Fueron recibidos por los padres de Nicte, cuya algarabía de bienvenida se vio de pronto oscurecida por la noticia de lo que había pasado con su hija. Todos lloraban, consternados por su destino. Pero el llanto de Iqui Balam era todavía más hondo y triste. Había intuido la razón de aquel viaje: su padre lo dejaría en manos de sus abuelos. Era demasiada carga para él, les dijo. Necesitaba una madre y no podía proporcionársela, argumentó. El niño escuchaba, escondido en una habitación contigua. No podía dejar de derramar un amargo llanto. Los abuelos habían terminado por aceptar pero Iqui Balam se arrodilló frente a su padre y le dijo:

—¡Perdóname! ¡Imploro tu perdón! ¡Perdóname por haber dejado que se llevaran a mi madre! Soy un mal hijo. Un pobre que no supo defenderla. Te pido perdón si por mi debilidad te he causado la honda pena de perderla. Pero no me dejes. No quiero perder también a mi padre…

El niño lloraba y lloraba. A su padre se le partió el corazón de verlo así. Lo tomó entre sus brazos y lo estrujó contra su pecho.

Le dijo:

—Perdóname tú. Nunca te dejaré.

Lo cumplió. Emprendieron el camino de regreso por el mismo sacbé soleado y polvoso. Fue un trayecto arduo y pesado. Pero Iqui Balam estaba feliz, sujeto de la mano de su padre.

Sus pensamientos fueron truncados por el anuncio que hizo el *jarl*:

—¡Chichenheim!

Habían bordeado un pequeño promontorio y, al salir de una curva, apareció una ciudad majestuosa.

Iqui Balam no podía creerlo. Era una ciudad parecida a Chichen Itzá.

V

La comitiva fue acogida en medio de una gran algarabía.

Los recibió un grupo muy numeroso de mujeres. Eran ancianas, la mayoría. Apenas vieron a los muchachos esbozaron una cálida expresión de asombro. La que más les llamó la atención fue Yatzil.

Se percataron de inmediato de su inmensa fatiga. Estaba a punto de desfallecer.

—¡Pobre muchacha! —dijo una.

—Hay que darle de comer —dijo otra.

La ayudaron a bajar del Durgold.

—El azul de los sacrificios —contemplaron su piel, pintada de ese color.

—Pobre —insistieron.

—Tiene la marca —intervino el hombre de la barba blanca.

De nuevo, sobrevino aquella susurrante expresión de asombro.

Buscaron en su cabeza y, en efecto, ahí estaba, la marca…

La ayudaron a caminar y la condujeron con delicadeza hasta el interior de un pequeño templo. Iqui Balam se bajó del Durgold y quiso seguir a Yatzil, pero el *jarl* lo detuvo.

—Espera. Tú te quedas conmigo. Hay que tratarte esa herida en el hombro…

El muchacho asintió agradecido. Al hacerlo, bostezaba. Estaba cansado, muy cansado. En ese momento sintió que toda la fatiga acumulada hacía estragos en su maltratado cuerpo. Sintió hambre y algo así como el inicio de un desvanecimiento. Luego ya no supo más. Cayó desmayado, por completo inerme. Ni siquiera escuchó el rugido del poderoso Fafner, que merodeaba no muy lejos, en la selva.

Despertó atontado, muy atontado. Tres días habían pasado desde su llegada. Tres días de inconsciencia total. Tres días perdidos por completo en el recuerdo de su vida. Se sentía mareado y aún débil. Se encontró en una habitación desconocida.

—Pudiste haber muerto —escuchó.

El *jarl* se encontraba junto a él.

—El veneno era muy fuerte y peligroso. Aún nos preguntamos cómo sobreviviste.

—¿Y Yatzil? —fue lo primero que se le ocurrió preguntar.

—Está en buenas manos, no te preocupes.

Iqui Balam volvió a sentirse mareado. Se dio cuenta de que la cabeza le dolía.

—¿Dónde estamos?

—En Chichenheim.

Iqui Balam guardó silencio. Su mente se fue haciendo más clara. Se puso en alerta. No pudo evitar preguntar:

—¿Nos van a matar?

—No, claro que no —sonrió el hombre—. Pensábamos que eran el enemigo. Por eso íbamos a hacerlo.

—¿Qué enemigo?

—Nuestros enemigos han tenido muchos nombres: los Kajines, los Hombres de la Oscuridad, las huestes del rey Gucún y, ahora, Chan Chaak y el Ejército de la Profecía.

Iqui Balam respondió lo que sabía:

—Chan Chaak quiere salvar al mundo de su fin —dijo—. Y hay poco tiempo. En menos de un año ocurrirá el cataclismo…

El hombre de la barba blanca esbozó una sonrisa.

—Chan Chaak no quiere salvar el mundo —respondió—. Su ambición es otra: Chichenheim y sus secretos.

—Pero aquí están a salvo. Nadie, que yo sepa, sabe de este extraño lugar…

El hombre se paseó por la habitación. Era de piedra y estaba iluminada por unas antorchas.

—Ya no. Un sacerdote de nombre Iktán ha descifrado la clave para entrar a la Tierra de Adentro…

¡Iktán! El solo nombre hizo que el muchacho se sobresaltara.

—¿Lo conoces?

—Es el contrahecho, el deforme, la piltrafa. Era mi amigo. Él fue quien dio la orden de sacrificar a Yatzil y a su familia.

El hombre guardó silencio por unos momentos. Luego dijo:

—Iktán es un hombre empecinado, inteligente y ambicioso. Le temo más a él que a diez Chan Chaaks. Es el poder detrás del rey, el verdadero enemigo.

El hombre suspiró, como harto de todo. Se paseó de nueva cuenta por la habitación. Tenía el semblante adusto, como preocupado.

—¿Cuál es tu nombre? —preguntó Iqui Balam.

El *jarl* se mesó la barba. Respondió, sin disimular su orgullo:

—Hoenir. Mi nombre es Hoenir, hijo de Thorsson, celoso guardián de Kukulkán.

El Mapa de Thule

I

El mar no se desborda, el mar lo es todo, el mar siempre está.

El mar y su sal, tan parecido a una lágrima, a una gota de rocío. El mar y sus tormentas. El mar y Ran, la diosa de los ahogados, la ladrona de los océanos, la de las cuevas de coral, la insaciable perseguidora de oro. El mar y Egir y su carácter tempestuoso, con sus garras que trataban de asirlo todo, drakkars, lengskips, skeids, knorrs, karfis, skutas o snekkars, hombres y mujeres, niños, pescadores y marinos, lo que fuera, con tal de apropiárselos y conducirlos a su reino de oscuridad y olas… el gran ocultador de las profundidades. El mar y sus monstruos, el Neckar y el Gora, el despiadado y enorme Kraken. El Fossegrim, que ahogaba niños para alimentarse.

El mar y sus peligros. El mar, que se abatió una y otra vez sobre ellos. El mar y su frío. El mar y su eterno vaivén. El mar y su eterno sol, inclemente y poderoso. El mar y la furia de Vingthormadr, el dios de los terribles vientos y de las altas y duras olas.

¡Vaya que sufrieron el mar! El drakkar, que era como una serpiente adolorida, no dejaba de crujir, como a punto de partirse. Como si hubiera sobrevivido a las garras de Egir. Como si se hubiera precipitado al abismo eterno, exactamente ahí donde terminaba el mundo.

Las velas estaban rasgadas. El agua se colaba entre los maderos. La comida era un recuerdo. Thorsson hacía rato que había dejado de cantar:

> Con vientos cruzados navegando lejos,
> yo vine en mi caballo de los oleajes.

Hilda estaba junto a él, recostada, víctima de las fiebres. La flecha no había afectado ningún órgano importante, pero la herida se le había infectado. Deliraba y se quejaba con leves ayes adoloridos.

Hoenir, al frente del barco, en la proa, era el único fuerte y cuerdo. Su padre creía ver tierra a cada momento. Gaulag manejaba el timón. Lo hacía más por inercia que por verdadera fuerza de voluntad. Estaba convertido en un pobre diablo.

—El sur, el sur —repetía como un delirio de borracho o de agonizante.

Estaba requemado por el sol, la otrora blanca piel convertida en un tizón al rojo vivo, llena de pústulas y de pellejos.

Atrás los días en que presumía:

—A piloto diestro, no hay mar siniestro.

Ahora, de vez en cuando musitaba una gran verdad que había aprendido de niño, cuando presenció su primer naufragio y su padre le dijo:

—El muerto es del mar cuando la tierra está lejos.

Hacía mucho que, en efecto, no veían el contorno de ninguna costa. La primera a la que llegaron, en medio de un mar gélido y picado, fue probablemente Weststadt, en las Tierras Más Allá del Oeste. Thorsson recordaba algo de aquel paisaje, que conoció en sus años de exploración de aquellos territorios. También pudo haber sido Forrestgard. O Svensonland. Era el mismo bosque, las mismas playas pedregosas, el mismo extremo conocido del mundo. Pero, si era ése o cualquier otro sitio, le daba igual. Para el caso, no deberían estar ahí sino más al sur, en la ruta que emprendieron Thordal y Ullam.

Thorsson estaba enojado porque las corrientes los habían arrastrado sin remedio a aquellas latitudes. Pernoctaron en una caleta que les pareció segura y se avituallaron de bayas, de agua fresca y de algunos salmones pescados en el lecho de un río. Hoenir cuidó de Hilda. Su padre se había encargado de sacarle la flecha. Lo había hecho con tino y especial esmero; lo primero debido a su experiencia en los campos de batalla y todas las heridas de las que había sido testigo y víctima, y lo segundo gracias a que Hilda le parecía una muchacha hermosa y delicada, a la que no podía tratar de ninguna manera como a un soldado herido. La había tratado con especial deferencia. De ser otro, le hubiera removido la flecha sin piedad, conforme a los usos de la guerra. Pero veía la cara de angustia de su hijo y se conmovía. "Ah, pobre de mi Hoenir, tan enamorado", pensaba. Hubiera querido decirle, como se asentaba en las sabias palabras del *Hamaval*: "Que nadie confíe en palabras de muchacha ni en nada que diga mujer, pues en rueda giratoria su corazón es, y la inconstancia en el pecho". Quería evitarle las trampas del amor y sus dolencias; eso era todo. Pensaba en su hijo, más que en su satisfacción inmediata, en su bienestar futuro. "La mujer engaña el juicio del sabio", repetía algo que acostumbraba decir Thordal.

Bastante había visto en muy buenos guerreros la forma en que perdían la cabeza no por una espada sajona o por el letal tomajok de los skraelings, sino por la perfidia y la ambición de una mujer que terminaba por dominarlos y someterlos a sus encantos. Los que no habían sucumbido a profundas tristezas, duelos, cargas suicidas o empobrecimientos repentinos, se habían convertido en hombres mansos y gordos, desdeñosos de las armas y de buscar fortuna en otras partes. Les habían entregado no sólo las llaves de su casa sino de su vida.

Eso, y el amor a Ingrida, habían detenido a Thorsson de buscarse una nueva esposa. Mejor solo que mal acompañado. O perdido para siempre. No era un amargado. Él había tenido suerte con las mujeres. Había tenido, también, la dicha de contar con una buena mujer. Pero, ¿Hilda era esa mujer para toda la vida que quería para su hijo? Era bella y de buen cuerpo, a no dudarlo. Hoenir demostraba tener buen gusto y eso, en su orgullo de padre y de hombre, lo satisfacía. Pero, ¿esa muchacha, tan joven, a sus dieciséis o diecisiete años, no los había metido ya en un serio lío al enfrentarlos con Hako y sus hombres? ¿Sería ése un augurio de lo que le deparaba la suerte a su hijo? En el fondo la culpaba por haber sido la causante de todo y, en particular, por haberse hecho a la mar con tanta prisa. De no haber sido por ella hubiera preparado mejor su expedición. Estaba enojado por eso y por la mala fortuna de las corrientes, que los habían arrastrado al oeste y no al sur. Por supuesto, contemplaba a su hijo, su abnegación para con su amada, y no podía menos que sonreír y ceder. Allá él y su destino, que de todas formas, hechos a la mar y en tierras extrañas, no era tan alentador. Citó de nuevo el *Hamaval*: "Nadie jamás censure a otro hombre el amor que tenga". Tenía razón. Se alzó de hombros y dejó sus cuestionamientos para otro momento. Se encargó de curarla a ella con devoción y de confortarlo a él con ternura. Durante su estancia en aquella caleta se la pasó junto a Hoenir, ponderando el valor que había mostrado al enfrentar a Hako y contándole historias de sus andanzas guerreras o distintas leyendas sacadas de libros o escuchadas aquí o allá.

Una vez, mientras contemplaban una hermosa noche estrellada, le preguntó:

—¿Sabes por qué es salado el mar?

Hoenir no dejaba de ver a Hilda. Estaba dormida, recuperándose de su herida, en una especie de cobertizo construido con ramas y mantas en la cubierta del drakkar. Estaban, por precaución, anclados a unas dos decenas de metros de la orilla.

—No —contestó el muchacho.

Su padre comenzó a contar.

—Todo sucedió hace mucho tiempo. En aquel entonces Frodi era el rey de Dinamarca. Se decía descendiente directo de Frey y de la bella Gerda. Un buen día, durante el mes de Yule, recibió un regalo espléndido: dos piedras de molino. Eran duras como la venganza y enormes como la envidia. Además, tenían una característica muy particular: eran mágicas. Podían producir lo que su propietario les pidiera. Si de moler se trataba, podían moler cualquier cosa, y lo que molieran salía aumentado en cantidad y en valor. Quien las poseyera podía convertirse de inmediato en un hombre muy rico. Pero eran tan pesadas que ninguno de sus hombres, incluso los más fuertes, podía hacer que funcionaran.

—¿Qué pasó entonces?

—Durante una visita a Suecia se encontró con dos gigantas, Menia y Fenia, cuya musculatura le pareció impresionante. Las convenció de acompañarlo. Lo hizo mediante engaños, prometiéndoles que les daría un buen lugar donde vivir. En vez de eso, aprovechó que dormían para encadenarlas y ponerlas a trabajar en su molino. Eran tan fuertes que podían mover las pesadas piedras. El rey ordenó que molieran oro, y oro manó en grandes cantidades. Pidió que molieran paz y prosperidad, y paz y prosperidad fueron esparcidas por el reino. Un buen día las gigantas se rebelaron. Estaban cansadas de ser esclavas y decidieron vengarse. Pusieron a moler guerra, y la guerra cundió por todas partes. El rey Frodi sucumbió al cabo de algunas semanas, muerto en una batalla.

—Pero, ¿qué tiene que ver eso con el mar?

—Las piedras de molino las hurtó Mysinger el Nórdico. Las partió en pedacitos y con los restos fabricó un molinillo. Lo subió a su drakkar, con la esperanza de que produjera todo lo que él deseaba. Le funcionó a las mil maravillas. Comida, pedía, y el molinillo producía comida. Hidromiel, y producía hidromiel. ¡Qué buena fortuna la suya! No dejaba de saborear las mieles de la riqueza. En cuanto llegaran a Islandia vendería esos productos y se haría de una buena fortuna. Durante la travesía se le ocurrió moler sal. Era un producto de lo más preciado, como tener oro. Puso a funcionar su molinillo y contempló satisfecho cómo manaba la sal. Lo dicho, tenía en sus manos algo muy poderoso que lo convertiría en el hombre más rico del mundo. Temeroso de que sus hombres le arrebataran aquel aparato, se lo llevó a su camarote, donde terminó por dormirse. Cuando despertó, estaba rodeado de sal por todos lados. Fue tanta, que su peso terminó por hundir el barco. El molinillo se precipitó en las profundidades. Nadie ha podido encontrarlo y, desde entonces, no ha dejado de producir sal. Por eso el mar es salado...

El muchacho no sonrió. Tampoco hizo una mueca de agrado ante tal historia. Se puso atento, más bien. Aguzó el oído. Había escuchado algo...

El padre hizo lo mismo. Tomó su espada y se puso en guardia.

Por un instante todo pareció transcurrir normalmente. El chapoteo del agua contra el barco era todo lo que se oía. El viento, que movía los cabos del mástil y la vela. Por allá, el graznar de algún pajarraco.

De pronto, otro sonido. Especial, diferente. Thorsson y Hoenir intuyeron de dónde provenía. Raudos, se armaron hasta los dientes y se dirigieron a uno de los costados del drakkar.

Apenas a tiempo. Un skraeling había logrado encaramarse en la borda y blandía su tomajok.

Fue recibido con una estocada que lo atravesó de pecho a espalda.

Hoenir se asomó y empezó a disparar sus flechas.

La canoa de los skraelings no era grande. Tenía lugar para unas cinco personas cuando más. Uno a uno, sus tres ocupantes recibieron los flechazos. El que estaba de pie, a punto de encaramarse a la borda, cayó al mar, en medio de un pavoroso alarido. Los otros dos ni tiempo tuvieron de gritar. Quedaron tendidos en su embarcación. Thorsson bajó a rematarlos y a despojarlos de sus armas. Quiso festejar ese segundo bautizo de fuego con su hijo, pero algo, una especie de intuición, una sensación de que algo no estaba bien, lo hizo estar alerta. Fue una cuestión rápida y lógica. Reflexionó, con la premura de quien tiene la vida y la muerte ante sí: si la canoa era de cinco asientos y ellos habían matado a uno, dos, tres, cuatro, únicamente, ¿dónde estaba el quinto skraeling? Miró hacia arriba y la preocupación lo invadió. Hoenir se asomaba por la borda. Se le veía tenso. Aún así, sonreía, satisfecho por aquella victoria. Esperaba la felicitación de su padre. Se había comportado valerosamente ante esa nueva prueba que el destino les imponía. Era un guerrero. Todo un vikingo. Pero Thorsson no estaba para felicitaciones. Empuñó el tomajok de uno de aquellos infelices y subió a la borda lo más rápido que pudo. ¡Justo a tiempo! Un skraeling corría desde el otro lado del barco y se lanzaba con furia contra el muchacho. Su rostro era de apacible furia. Casi podría decirse que sonreía por la alegría de la matanza que estaba a punto de lograr. El gusto le duró poco. Thorsson actuó con rapidez. Hizo a un lado a su hijo, obligándolo con todas sus fuerzas a agacharse. Lo logró con un muy resuelto movimiento, ayudado por su brazo izquierdo. Con el derecho, una vez apoyado en firme sobre la borda, lanzó el tomajok con toda su energía. El skraeling detuvo su carrera a un metro escaso del muchacho. Tenía el cráneo hendido, partido a la mitad.

II

—"Con la mujer y con la mar hay que saber navegar" —cantaba Gaulag.

El buen Gaulag. Gaulag Notenson era su nombre completo. De no haber sido por él hubieran naufragado sin remedio. Era un buen piloto, curtido en muchos mares. Había empezado su vida como pescador, a bordo de un rodrarferja, un pequeño bote de remos propiedad de su padre. Pescaban arenques y caballas, salmones y sollas, anones y bacalaos.

Una vez, mientras pescaba, Gaulag vio a un hombre-pez.

—Era gris de cuerpo, con los dedos de las manos y los pies unidos por una membrana, como un ganso. No hablaba. Se apareció de repente, un día que esperaba a mi padre, Notenson el viejo, para ir a pescar. Sucedió por la tarde, antes del anochecer. No me dio miedo. Ya había escuchado historias. El Hauman, le llamaban. Se decía que le gustaba asomarse a la superficie para conocer la vida de los hombres. Le di el trozo de una hogaza de pan y lo aceptó. Sus ojos eran los de un tiburón recién pescado. Como apagados y lacrimosos. En los costados, a la altura de las costillas, sobresalían las branquias. No tenía escamas pero sí una piel viscosa, húmeda. Decían que su hogar era una ciudad enorme a mitad del océano. Ahí vivían felices, sin preocuparse de nada. No les gustaba ser vistos, por temor a que los seres humanos llegaran a destruirlos. Se escondían. Se ocultaban, en especial de los adultos. Yo era un niño entonces. Si hubiera dicho: "Vi a un Hauman, era gris y nadaba más rápido que un delfín", mi padre me hubiera dado un par de nalgadas por decir mentiras. Pero lo vi, no sólo en esa ocasión sino muchas otras. Le daba pan y él lo agradecía. Una vez dio una cabriola en el aire. Parecía estar alegre. ¿Por qué me escogió a mí para hacerse presente? No lo sé. Se apareció por espacio de tres meses. Le encantaba el pan y yo se lo daba con creces. Él lo retribuía poniéndose debajo de nuestro rodrarferja y conduciéndolo hasta algún nutrido banco de peces. "No debes preocuparte de nosotros, los Hauman —decía—, sino de los Fossegrim." Se refería a una especie de duende de las aguas, que gustaba de merodear las orillas. Si divisaba a un niño, lo jalaba y lo ahogaba. Después lo comía. No dejaba ni los huesos.

Gaulag conocía mil y una historias de mar.

—¿Quieres saber cuál fue mi primer encuentro con la muerte? —le preguntó a Hoenir, al tiempo que navegaban por aguas frías y cielos nublados.

El muchacho aventuró la única respuesta que le parecía posible: algún ahogado. Gaulag negó con la cabeza.

—Fue en alta mar, con un Ala de Cuervo.

Le llamaban así a los barcos de la muerte. Era una costumbre vikinga. Al capturar alguna embarcación francesa o inglesa y ultimar a todos sus tripulantes, lejos de echarlos por la borda, colocaban los cadáveres de tal forma que pudieran ser visibles a lo lejos, como si se encontraran vivos, en posturas o situaciones propias de la navegación. Izaban velas y abandonaban la nave a la deriva.

—Lo primero que vi fue una apretada nube de cuervos, cormoranes y gaviotas —recordó Gaulag—. Volaban presas de un gran frenesí, graznando sin cesar y atacándose entre sí. Después, entre aquel torbellino de pajarracos, pudimos distinguir un mástil. Nos acercamos. Conforme lo hicimos, no dejamos de hacer una mueca de asco, en virtud del olor, penetrante y nauseabundo. Las velas estaban rasgadas e inservibles. Era un barco inglés. Aún llevaba a cuestas, por el rumbo de la popa, una bandera con dos leones recostados, en un fondo rojo. De pronto, escuchamos un grito. Alguien, desde la cubierta, nos hacía señas. Era un desgraciado que alejaba a manotazos a

197

las aves. Estaba por completo picoteado y ensangrentado. Parecía un loco. Tenía los cabellos crecidos y despeinados y la expresión extraviada. No se necesitaba mucha imaginación para pensar qué había sucedido. O lo habían dado por muerto y lo habían dejado como un cadáver más, o lo habían dejado de manera deliberada como único sobreviviente, para que sufriera la tortura de permanecer en aquel barco de muertos.

Gaulag pidió a su padre que lo rescataran, pero él se opuso. Se acercaron lo suficiente para verlo y para escuchar sus ruegos. "Por piedad, sáquenme de aquí", parecía decir en su idioma. Estaba hecho un guiñapo, en los puros huesos y completamente desnudo. Las aves no dejaban de atacarlo. Picoteaban también los cadáveres, que ya no tenían ojos ni entrañas. Revoloteaban enardecidas, dándose un buen festín con aquellos soldados y marineros muertos. Algunos todavía portaban su casco. Otros, gruesas cotas de malla. El hombre se arrodilló y comenzó a llorar y a gritar, con gran desesperación, una vez que vio que su salvación se alejaba, por completo indiferente a su suerte.

Su padre enfermó al poco tiempo. Murió dos o tres años después. A la usanza de los hombres de mar, cumplió con su última voluntad. Lo llevó mar adentro y tiró su cuerpo por la borda. Esperó algún tiempo a ver si Ran lo devolvía, como en ocasiones lo hacía con los náufragos. Nada sucedió. Durante algunos meses imaginó que el Hauman lo había llevado a su ciudad y ahí le habían dado otra oportunidad de vida. Al cabo de algunos meses terminó por aceptar que la muerte no perdonaba. Que no había regreso. Le perdonó no haber salvado a aquel desgraciado que flotaba en el Ala de Cuervo, vendió el rodrarferja y buscó trabajo en el *naustr* o astillero. Aprendió el oficio de los *smidir* o carpinteros, desde escoger la madera de roble hasta tallarla para hacer la quilla, el palo del mástil y los tablones del casco. La labor era ardua pero se compensaba con el resultado. Los corceles de mar le parecían fascinantes. Una vez, incluso, participó en la construcción del drakkar más grande jamás hecho. Lo ordenó el rey Olaf Tryggvason de Noruega. Lo bautizaron como *Ormen Lange*, que significa "la gran serpiente". Medía cuarenta y cinco metros de largo y se necesitaban sesenta y ocho remeros para movilizarlo. La proa y la popa eran doradas. Las bordas eran tan altas como un barco común y corriente.

—Era tan grande, que no servía para nada —dijo Gaulag—. Era hermoso e imponente, pero en batalla era lento, un blanco fácil para los otros navíos. De hecho fue hundido en la batalla de Svolder. ¡Ochenta drakkares participaron en esta lucha! "Nosotros no tememos a estos comedores de caballos", dijo el rey Olaf al contemplar el ataque de la flota sueca. El *Ormen Lange* fue embestido por un barco con un ariete, que le hizo un enorme boquete. Penetró agua y adiós a todos sus tripulantes. ¡Más de doscientos, entre remeros y soldados! El rey Olaf se suicidó, lanzándose al agua. Llevaba una copa de oro en su mano. Pidió, como última voluntad, que le fuera otorgada "una bebida de muerte, salada como el mar".

Durante un tiempo Gaulag estuvo dedicado a la construcción de embarcaciones. Sellaba los huecos y las junturas con una mezcla de musgo y brea. Acompañaba de cuando en cuando a los maestros carpinteros a escoger los mejores árboles, que crecían en los bosques cercanos. Con su ayuda o supervisión armó skeids, snekkars, karfis y drakkars. Aprendió a catalogar las embarcaciones por el número de sus remeros: sexoeringr, de seis; tolfoeringr, de doce, y las más grandes, fimtansessa, de treinta, y tvitogsessa, de cuarenta. Se especializó en kerlings; es decir, en la fabricación de bases de mástil fuertes y firmes, así como en el tallado de las cabezas de dragón que tanto en la proa como en la popa portaban los drakkares.

—No es sólo un adorno —aseguraba Gaulag—. Sirven para espantar a esas odiosas criaturas, los landvaetir.

Gaulag creía en la existencia de toda clase de extrañas criaturas marinas. Por algún tiempo, Hoenir estuvo atento a ver si en los acantilados y en los riscos cercanos a la costa podía ver a una especie de figura fantasmal llamada Beanarg Rakke. Era el espíritu de una mujer que lloraba la triste suerte de los náufragos. Según Gaulag, se le podía ver en las orillas. Afirmaba que se trataba de la madre de un marino, que no se resignaba a que su hijo hubiera muerto. Al fallecer, se había convertido en una plañidera y en una lavandera. Lavaba la ropa ensangrentada de los que perecían en el mar. Igual le había contado de las kallraden, especie de brujas del agua, malignas y sanguinarias, que provocaban tormentas a su antojo, con tal de hacerse de la sangre de los ahogados. Hoenir había escuchado algo de estas criaturas, pero nunca les había prestado importancia. Ahora, sin embargo, su vida parecía depender de un barco y del mar, y se empeñaba en saber más y más de las cosas del océano, de sus peligros y de sus maravillas. Pasó una buena tarde escuchando a Gaulag contar historias acerca de una especie de duendes que vivían en ciudades enteras en las profundidades y del hada buena del mar, que él mismo había visto, bañándose en un fiordo, y que era cachetona, rubia y regordeta. El día del ataque de los skraelings, mientras pernoctaban en aquella caleta, lo primero que se le vino a la mente al escuchar lo que llamó su atención, fue la presencia de una criatura marina. Pensó en un Hauman, o peor, en un fossegrim, que era un duende malvado. En cuanto a los landvaetir, Hoenir estaba más que familiarizado con ellos. Se suponía que eran los guardianes de la naturaleza. Cuidaban el bosque, los ríos, los peces, el océano. Se enfrentaban a los seres humanos, por considerar que éstos afrentaban contra las cosas del mundo. Talaban árboles, utilizaban redes para pescar, cazaban animales. Enojados, los landvaetir ponían trampas y utilizaban engaños para que los hombres sufrieran algún tipo de estropicio. Los hacían resbalar de sus barcazas, los tropezaban, provocaban su caída desde alguna altura considerable. Eran traviesos, más que malvados, pero Gaulag los odiaba. Los culpaba de la muerte de su madre, quien había resbalado de un puente, rompiéndose la nuca al caer, tras regresar del bosque adonde había ido para recoger leños y hongos. "¡Fueron los landvaetir!", aseguraba, sin ningún asomo de duda. Algunos creían que bastaba con pedir permiso antes de pescar, cazar o recolectar para obtener su complacencia. Otros, que había que ahuyentarlos con conjuros o con imágenes que los asustaran. Ésta era la razón de ser de las cabezas de dragón en la proa de los drakkares. Los marineros creían que asustaban a los landvaetir, previniéndolos de alguna de sus diabluras.

Un buen día Gaulag decidió dejar las sierras y el martillo y se embarcó en un drakkar para probarse como aprendiz de piloto. Navegó hasta la tierra de los lapones y luego hasta el estrecho de Gibraltar. A cada nuevo viaje, algo nuevo aprendía. Se aplicó en aprender a navegar de noche, guiándose tan sólo por las estrellas, o de día, por la posición del Sol. Distinguió la mar en calma o la posibilidad de tormenta por medio del color de las aguas y el espacio entre las rachas de viento. Sabía cómo sortear con suavidad las olas y cómo atracar y desatracar con la maestría de un experto. También cómo escabullirse con rapidez de los barcos ingleses y franceses. Fue contratado por un *jarl* que lo hizo navegar por las rutas del comercio. La gente lo tomó por loco cuando llenó de piedras la bodega si el navío iba vacío; pero bien pronto siguieron su ejemplo, al darse cuenta de que le daba mayor estabilidad cuando empeoraba el clima. Salió airoso de tormentas y hasta de un remolino que por poco lo atrapa frente a las costas de Noruega. Luego vino la guerra y brindó sus conocimientos en batallas navales y en transportar sanos y salvos a los guerreros a Inglaterra, Groenlandia o adonde fueran llamados. Tres veces arribó a las Tierras Más Allá del Oeste. Aprovechó el buen clima del verano y navegó sin dificultad hasta Vinland, Thorland y Krakenland. De regreso a Islandia le tocó la captura de un barco inglés, merced a su habilidad como piloto. A pesar de la ventaja que le llevaba, y de las maniobras evasivas que hizo, logró darle alcance a la embarcación. Lo demás le correspondió al *jarl* y a sus guerreros. El abordaje, los gritos de guerra, la matanza y la rapiña.

Ninguno de los ingleses sobrevivió. Ahí le tocó presenciar, por primera vez, un Águila de Sangre. Explicó:

—Su capitán fue abierto del pecho con la ayuda de un hacha. Una vez que los huesos cedieron, se procedió a sacarle el corazón y los pulmones, como si se tratara de una mariposa con las alas extendidas o de un águila en pleno vuelo. A los demás tripulantes se les colocó en posición de servicio y no tardaron en aparecer las gaviotas, que empezaron a picotear los cuerpos.

Fue, en ese día, que Gaulag decidió apartarse de la vida en el mar.

Se retiró a vivir en tierra firme. Estaba harto de la guerra, de contemplar el carmesí de la espuma de las olas tintas en sangre y de los muertos que habían dejado atrás, en el campo de batalla. Se había cansado de escuchar órdenes de ataque, de las ocasiones en que había tenido que dar alcance a las embarcaciones enemigas para diezmar a sus tripulantes, o de utilizar su drakkar como ariete para enviar a pique a los navíos enemigos. Llevaba consigo los gritos de la guerra, los ayes de la guerra, la fatiga de la guerra, las Alas de Cuervo de la guerra, y quería quitárselos de encima. Juntó algo de dinero y se dispuso a trocar el vaivén del oleaje por la brisa terrena, la sal en sus ropas por el alboroto de las gallinas, los peligros de las criaturas marinas por la tranquilidad de la vida en una aldea.

Adquirió una casa pequeña. Tuvo oportunidad de hacerlo con rumbo a las montañas, una casa más barata y agradable, pero se decidió por otra que daba a la costa. No podía negarlo: era un hombre de mar. Lo sería toda la vida. Se había retirado por voluntad propia de la actividad marinera, pero no dejaba de sentir una cierta afinidad y cierta atracción por el océano. Le hacía bien estar cerca de él. Se pasaba horas contemplándolo. Tenía la costumbre, por las mañanas, al despertar, y por las tardes, antes de anochecer, de pasear por las pedregosas playas de los alrededores. Un día, a lo lejos, distinguió una parvada de cuervos y gaviotas. Era una nube enorme de pajarracos, que volaban de manera agitada y agresiva. Lo primero que se le vino a la mente fue el Ala de Cuervo. Pensó que uno de esos barcos de la muerte había encallado en las cercanías. Se imaginó los cuerpos descarnados de aquellos infelices, sin ojos y sin vísceras. Caminó hacia allá. Los pájaros no dejaban de congregarse frenéticamente. Lo hacían para darse un festín con el cuerpo varado de una enorme ballena.

—Ran Raki —se dijo Gaulag entre dientes y sonrió con levedad.

Recordó una ocasión, de niño, cuando se sorprendió al sentir el chorro de aire de una ballena, justo al lado de su embarcación. Ésta se ladeó, como si hubiera sido empujada por una ola. El cetáceo apareció de pronto. Gaulag, por su tamaño, pensó en un monstruo marino. Jamás había visto uno. Fue su padre quien gritó, al avistarla: "¡Val!" Volvió a gritar: "¡Ballena!" Se trataba de un rorcual. Era enorme. Habrá medido unos quince metros de longitud. Se sumergía y volvía a aparecer, rociándolos de agua con su chorro. Gaulag se atrevió a tocarlo. La piel era áspera y mullida.

Gaulag sonrió al recordar ese momento.

Se acercó a la playa. La ballena estaba muerta, varada desde hacía algunas horas. Los pájaros se habían encargado de picotearle la boca y los ojos.

Ahí, junto al cetáceo, un grupo de hombres discutía.

—Es mi *reki* —gritó uno de ellos, refiriéndose al derecho que como dueño de la playa tenía de reclamar la pertenencia de lo que ahí arribara, desde un náufrago hasta una ballena.

—Tenemos hambre —argumentaban los otros.

La situación estaba tensa. Había empujones y relucieron algunas armas.

—¿Por qué no la dividen? —intervino Gaulag, conciliador—. ¡Es tan grande este rorcual, que alcanzaría para todos!

Le pidieron que se metiera en sus propios asuntos y lo alejaron a punta de pedradas.

—Ran Raki —dijo, como una advertencia, pero nadie le hizo caso.

A la distancia, presenció la pelea. Fue una lucha cuerpo a cuerpo, a puñetazos, patadas y cabezazos. Sangraron las narices y terminaron revolcándose en la playa. Uno de ellos tomó una piedra y la estampó repetidas ocasiones en el rostro de su rival. Lo dejó con el cráneo destrozado. Eso encendió aún más los ánimos. A una primera reacción de sorpresa y silencio, siguió otra de furia y venganza. Afloraron cuchillos y mazos. No pocos quedaron tirados sobre la arena. Los pájaros de inmediato se abalanzaron sobre ellos, picoteándolos.

Gaulag no quiso ver. Se alejó repitiendo aquellas palabras: "Ran Raki". Sabía que la ballena era una trampa de la malvada diosa Ran, la soberana de los mares. Se divertía haciendo esa clase de travesuras. El rorcual varado, que parecía un regalo del océano, era la forma como Ran se cobraba algunas vidas, que terminaba llevándose a sus profundos aposentos de corales.

—Ran Raki —insistió en esas palabras, al contarle a Hoenir aquella historia.

Fue por aquel tiempo que conoció a Thorsson.

Sucedió un día en que paseaba por los muelles. Estaba sosegado, con una vida tranquila y de tierra firme, y aun así, de vez en cuando, le gustaba tener contacto con la bulliciosa actividad marinera. Los drakkars iban y venían. Llegaban knorrs cargados de vino. Se entretenía al ver a los pescadores partir a hacer sus faenas. Se sentía cómodo de ver las redes y los chinchorros, de aspirar el acre aroma del calafateo, de oír las maldiciones y los juramentos de los marineros, de saber que él podía reparar un barco mejor que esos carpinteros. Así se enteró de la búsqueda que alguien hacía de un drakkar barato y en buenas condiciones. Era Thorsson.

—Lo quiero para ir a las Tierras Más Allá del Oeste —argumentaba.

—¡Pero si no eres marinero!

—¿Y qué que no lo sea? Los peces no necesitan velas.

Las personas en el muelle se reían.

—El aroma a pescado ya lo tienes, despreocúpate…

—¡Y luego, con esa pierna!

—Voy a fundar Ingridaland —insistía el hombre.

Gaulag se enteró de los regateos y de cómo Thorsson fue vendiendo sus pertenencias con tal de cumplir su capricho. O su sueño. Supo también de Hoenir y de Hilda. Había deducido el porqué de su semblante atormentado: sus dudas en torno a cumplir con la promesa de acompañar a su padre, o, por el contrario, de verlo partir en solitario y quedarse con su amada. Gaulag parecía entretenido al enterarse de la vida de aquellos dos desconocidos. Envidiaba a Hoenir por su juventud. Veía a Thorsson con su andar contrahecho y admiraba su valentía. Había quien todavía le seguía llamando el Indomable. Tal vez lo era, pero con el mar había que andarse con cuidado. Thorsson mismo lo sabía. Tan fue así que, una vez que selló el trato de la compra del drakkar, dejó a Knut el Calvo con su dinero y se puso a divulgar en muelles, calles y bares, su deseo de contratar un piloto. Gaulag se ofreció. Él mismo se sorprendió de haberlo hecho. ¿Qué no estaba a gusto en tierra firme? ¿Qué necesidad tenía de volver a afrontar los peligros del océano? Tal vez era que había vuelto a escuchar el llamado del mar; tal vez era que, honestamente, la vida en tierra lo aburría de manera profunda. Thorsson no dudó ni un instante. Sabía de la reputación de Gaulag, de su destreza al mando de un navío, de su capacidad de llegar a buen puerto a pesar de todos los obstáculos. Fue una buena decisión. Gaulag se mostró entusiasta desde un principio. Le ayudó a mejorar las características de la embarcación, con una proa más resistente, una vela cuadrada, una base de mástil más fuerte y un timón reforzado.

Un día Thorsson le preguntó:

—¿Qué has escuchado de las Tierras de Sudri?

A Gaulag por poco y le da un vuelco el corazón.

Una vez, en los mares fríos donde reinaba el narval y la ballena glacial, encontró a un náufrago que no dejaba de temblar y de musitar los peligros y las maravillas de unas tierras singulares y lejanas, ubicadas al sur. Pájaros de bellos colores, bosques extensos de maderas preciosas, skraelings vestidos de oro, palacios como montañas de piedra, formaban parte de su discurso, repetitivo y la mayor parte del tiempo incoherente. Muchos lo tomaron por loco, y tal vez lo era, pero sus palabras se grabaron como un eco constante en la mente de Gaulag. "Sudri. La verdad está en Sudri", deliraba, a veces de una manera tranquila, a ratos de un modo violento. Él, por su parte, ya había escuchado historias parecidas. Eran como un susurro a punto de convertirse en grito. Secretos a voces. Intuiciones y saberes rotundos. La Tierra no era plana ni se terminaba en un negro abismo, el más horrible de todos. Era redonda, decían los pilotos más osados, casi en voz baja, temerosos de ser considerados blasfemos o poco cuerdos. En otra ocasión, un piloto de nombre Uzkuri, un vasco que cazaba rorcuales y toninas, y que enseñaba sus artes a los vikingos, presumía haber llegado más allá del límite de lo conocido, en los linderos de lo misterioso y lo prohibido. La tierra de Tolán, le llamaba, un lugar etéreo y lleno de impresionantes riquezas. Oro y frutas por doquier. Montañas más altas que en cualquier otra parte. Hordas de guerreros que aunaban sed de sangre con un extraordinario refinamiento. Ciudades que aspiraban a no perecer nunca. "Yo he estado ahí", afirmaba con orgullo, como si se tratara de la mayor de las proezas. Lo era, de ser cierta. Pero, ¿lo era? El vasco estaba preparado para probarlo. Cuando lo tomaban por borracho o fantasioso, sacaba entre la ropa y el pecho una bolsita de cuero que, no sin algo de medido artilugio escénico, abría para mostrar una especie de collar del que pendía un curioso dije, ejemplo muy fino de orfebrería, todo fabricado en oro, con extrañas grecas, un cráneo y, por encima de él, una especie de serpiente o dragón emplumado con las fauces abiertas. "Yo he estado ahí", aseguraba de nuevo y se volvía a guardar aquel tesoro, esa pequeña prueba de su sinceridad que consideraba imbatible y contundente. En otra oportunidad un piloto danés, como parte de una noche de juerga, mucha hidromiel y varias mujeres, terminó por mostrarle un mapa donde se mostraba el contorno de un extenso país ubicado mucho más al sur de Vinland. "Terrae Australis Tolanensis", recordaba las palabras del danés, cuyos ojos brillaban como si recién hubiera descubierto un tesoro.

—¿Qué sabes tú de un lugar llamado Chichenheim?

Gaulag no sabía nada de ese sitio, pero sí que representaba algo lejano y desconocido. Intuía que Thorsson, más que querer fundar una aldea en las Tierras Más Allá del Oeste, tenía otros planes en mente. Eso le gradó. En el fondo, en su ser de piloto, de osado marinero, aventurarse por otros confines, le atraía. Siempre abrigó la esperanza de que alguna nueva región fuera bautizada en su honor. Sudri. Thule, como también le llamaban. Chichenheim. Daba lo mismo. Lo cierto es que empezó a experimentar una fuerte noción de entusiasmo y alegría, la misma que había sentido cuando, ya como piloto, tuvo a su cargo su primer drakkar.

Gaulag respiró hondo, le puso a Thorsson una mano en el hombro y le respondió, simplemente:

—Yo seré el piloto que te lleve hasta esas tierras.

III

En las Tierras Más Allá del Oeste se avituallaron de bayas y agua dulce, que almacenaron en jarrones de barro sellados con una tela untada de brea. También cazaron un alce. Hoenir fue quien lo hizo.

Era bueno con el arco. Ni siquiera apuntó en demasía. Era como un instinto, como algo natural que se le daba. La flecha dio en el blanco, justamente donde el cuello se juntaba con los cuartos delanteros. El animal tembló a la manera de un rápido escalofrío y terminó por desplomarse de inmediato. No bien se acercó a cerciorarse de que su presa estuviera bien muerta, cuando escuchó una especie de crujido que lo puso en alerta. Ya no pensó en landvaetirs ni en ninguna otra criatura fantástica, sino en la presencia cercana de skraelings. Volteó a ver la procedencia de aquel ruido. Lo hizo con la rapidez de un experimentado guerrero, el arco preparado y una nueva flecha lista para ser disparada. Se encontró con una sorpresa: un niño.

Era un niño que lo miraba con recelo y curiosidad.

Hoenir detuvo el disparo. Aún así, hizo un movimiento obvio de amenaza, apuntándole con la cuerda lo más tensa que era posible. El niño, que temió ser herido o muerto como aquel alce, levantó las manos en señal de rendición y comenzó a decir algo así como:

—Adiski. Apezak Obeto.

Hoenir no supo qué quería decir con eso.

—Adiski. Apezak Obeto —repitió el pequeño skraeling.

Parecía no representar ningún peligro y Hoenir bajó el arma. Este momento fue aprovechado por el niño para esconderse detrás de un árbol y luego echarse a correr como una liebre, asustada y salvaje, por el bosque.

El muchacho lo dejó ir. Se mantuvo alerta, pero también se dio a la tarea de cortar las patas traseras del alce, apenas arriba del muslo. No fue una tarea fácil. Se olvidó de cortarle el cuello para desangrar al animal y la destazada fue mucho más sangrienta de lo que imaginó. Estaba inquieto por la posibilidad de que el niño hubiera dado la voz de alerta y no tardaran en llegar más skraelings con intenciones de matarlo. Como pudo finalizó su tarea. Estaba harto y sentía náuseas de respirar esa masa sanguinolenta y de tener las manos y los antebrazos tintos en sangre. Se colgó las dos piezas en la espalda y se alejó lo más rápido que pudo con rumbo al drakkar.

Esa noche cenaron estupendamente. La carne del alce era sabrosa, casi exquisita. La propia Hilda probó uno que otro bocado y sonrió con beneplácito al escuchar de la buena puntería de su amado. Thorsson, por su parte, también estaba contento. Se enorgullecía de su hijo. Había mostrado valor ante los skraelings. Aquel fue su bautizo de guerra y había salido airoso. Sus flechas habían segado la vida de cuatro guerreros. Era bueno para el arco y la flecha. Parecía tener valor y buen temple. En definitiva estaba orgulloso. Sentía que le había dado la vida a otro indomable.

Partieron al día siguiente con rumbo al sur.

Hicieron, por algún tiempo, navegación de cabotaje, a prudente distancia de la costa pero sin perderla de vista. El drakkar se comportaba de manera estupenda, si bien era cierto que nunca había enfrentado fuertes olas o una tormenta. Avanzaron confiados en que el buen tiempo los favorecería por toda la ruta. De cuando en cuando, tanto uno como otro se preguntaban si en verdad el mundo se acababa en alguna parte y estaban atentos a ver señales de la proximidad del abismo. Una vez que el cielo se encapotó con rapidez y empezó a soplar un fuerte viento, pensaron que podía ser esa señal. Tanto así, que Thorsson dio la orden de acercarse a la costa y buscar un lugar seguro, antes que ser arrastrados por las aguas que, pensaba, se precipitarían hacia una profundidad diferente, la del mundo que terminaba.

Nada sucedió. El cielo volvió a lucir espléndido y continuaron el viaje. El sol comenzó a hacerse más fuerte. Un sol que lo mismo les agradaba que les hartaba y fatigaba. Thorsson recordó una ocasión en que remontó el Ebro para secuestrar al rey Malasin de la Iberia, que se había encontrado con un clima parecido. Caluroso y agradable, pero también sofocante. Los vikingos, no habituados a tal clase de canícula, terminaron por despojarse de sus cotas y de sus pieles y deambulaban casi por completo desnudos a bordo del drakkar. Sudaban a mares y la piel se les empezó a poner roja y ardiente. Así, desnudos, se habían enfrentado contra una horda de salvajes morenos que había intentado, disparándoles flechas desde un risco, detener su paso. Y así, desnudos, habían capturado al rey Malasin.

—Los rojos —les llamaba Malasin, en virtud de su piel requemada hasta el punto de no aguantar ni siquiera el roce de la ropa.

Algo parecido sucedía ahora. El mismo calor insoportable. Sólo que, a diferencia del mar que encontraron en ese entonces, éste poseía una belleza jamás vista. A doce días de haber dejado el lugar del alce, que en su geografía y entorno era similar a todos los territorios donde había estado Thorsson, éste, el que tenían enfrente, era muy distinto. No había montañas ni riscos. La tierra era plana, sin más relieve que largas playas arenosas y una especie de pared de vegetación exuberante, una selva que parecía impenetrable. Lo mejor, sin embargo, era el mar. Sus aguas, en distintos tonos de azul y verde, y claras, de una transparencia que parecía mágica, como proveniente de algún reino de la fantasía y de lo imposible. La propia Hilda, ya más recuperada, no dejaba de mirar por la borda, azorada por aquel océano, que le parecía de fábula. Hoenir estaba junto a ella, cuidándola del sol con una especie de toldo que había hecho poner entre las cuerdas que tensaban el mástil. Estaban abrazados, contemplando aquel paisaje. El mismo Gaulag estaba maravillado. En todos sus años de piloto jamás se había encontrado con algo así. ¡Podían ver el fondo sin ninguna dificultad! Lo mismo un fondo arenoso que un fondo lleno de algas y de magníficos corales. Se imaginaba que podía ver las viviendas y los escondites de todas las criaturas misteriosas y errantes del mar, duendes y monstruos, dioses y náufragos en constante pena. Abrigó la esperanza de toparse de nuevo con el Hauman, si bien el pan se había agotado y ya no hubiera tenido para darle y provocar una de sus piruetas de contento sobre el agua. La comida empezaba a escasear, así que Thorsson dio la orden de dirigirse a la costa para conseguir de víveres. Anclaron en una muy estrecha bahía, a corta distancia de la playa. Gaulag y Thorsson, fuertemente armados, bajaron y se internaron en la selva. Hoenir se quedó para vigilar el drakkar. Y a Hilda.

—¿Cómo está el tesoro de mi pecho, la alegría de mi corazón? —la saludó el muchacho, no bien ella se hubo despertado. Aún seguía débil y su cara mostraba todavía ciertos estragos de haber estado cerca de la muerte.

Hilda bostezó, fatigada aún, recién despertada.

—¡Es precioso! —dijo, al contemplar el sitio donde se encontraban.

El mar era bello y poco profundo. Las arenas blancas. Las aguas, de una transparencia inaudita.

—Me voy a dar un chapuzón —dijo ella.

—Pero... —trató él de protestar.

Aún la veía débil. ¡Y su herida!

No tuvo tiempo de nada. Hilda se despojó del camisón que llevaba. Quedó hermosa y completamente desnuda. Sonrió al ver la cara de azoro de Hoenir. También su expresión de gusto. No se lo esperaba y por lo mismo la sorpresa fue más agradable. El muchacho la recorrió con la vista. Era una mujer bella. De pronto no supo qué hacer. Si taparla o abrazarla y cubrirla de besos, decirle cuánto la amaba y que gustoso podía dar la vida por ella. Pero se quedó sin decir palabra. Era la primera vez que la contemplaba desnuda.

—¡Gö! —exclamó ella, repitiendo el grito de guerra de los vikingos, zafándose de la mano con la que Hoenir intentaba sujetarla.

Terminó por arrojarse al agua.

—¡Hilda! —gritó él al verla saltar por la borda.

Parecía una niña traviesa. Se sumergió unos dos metros y salió a flote con una enorme cara de gusto. Se sacudió el agua de la cabeza, de los cabellos, y chapoteó, llamando la atención de Hoenir con juguetones golpes de agua.

—Ven —lo llamó.

Hoenir la miraba con amor pero también como hombre. Su cuerpo desnudo se mostraba sin ningún pudor en aquella transparencia impresionante del mar.

—Ven, que el agua está rica.

El muchacho sonreía ante su ocurrencia de desnudarse y de darse aquella zambullida. Envidiaba su arrojo. Admiraba su espíritu libre y travieso. Le gustaba su cuerpo. No podía evitar detener su mirada en su pubis, en su pecho.

—Mujer de las Tierras Más Allá del Oeste… ¡te amo! —le dijo.

—Cobarde precioso que no se atreve a disfrutar de este mar… ¡te amo!

Los dos se lanzaron besos. Se adoraban. Luego ella se puso a dar unas brazadas por aquí y por allá. Nadaba con gusto, envuelta en la tibieza de aquellas aguas.

Hoenir se sintió presa de una alegría enorme. Tal vez todo tenía una razón, y lo sucedido con Hako y sus hombres, desde el enfrentamiento con ellos hasta su atropellada huida a bordo del drakkar, habían desembocado en aquel instante que algo tenía de único y maravilloso: la hermosa Hilda nadando al desnudo frente a él.

—Ven, no me tengas miedo —ella no dejaba de sonreír.

El muchacho asintió con satisfacción.

—Está bien —le dijo—. Te daré las llaves de este mar, que proclamo como tuyo.

Empezó a despojarse de sus ropas. Algo en su interior le aconsejó que no dejara sin vigilar el barco, pero esa voz fue prontamente acallada por su juventud y sus ganas de vivir la vida. Quedó por completo desnudo. Se sentía pleno de alegría y vitalidad.

Estaba a punto de lanzarse por la borda cuando se detuvo. Alcanzó a distinguir una especie de sombra que se deslizaba por el fondo de aquellas aguas.

Hilda seguía ahí, llamándolo en tono amoroso y juguetón. Pero él no hacía caso. La sombra avanzó más y más. Se acercó a la muchacha y comenzó a nadar alrededor de ella. ¡Tiburón!, cayó en la cuenta el muchacho. "Tiburón", y la sola mención de tal animal lo hizo estremecerse.

Fue por su arco y por sus flechas. A Hilda le extrañó verlo, por completo desnudo, apuntándole con aquellas armas.

—¿Qué pasa? ¿Qué sucede?

Ella intuyó que algo andaba mal pero sin atinar a saber qué. Volteó a un lado y a otro y no vio nada. Hasta que sintió esa especie de rozón en su pie. Sumergió la cabeza para ver de qué se trataba y alcanzó a ver al tiburón, que parecía merodearla.

—¡Hoenir! —gritó entonces.

—¡Mantén la calma! —le pidió el muchacho.

Era una petición absurda, dadas las circunstancias. Pero Hilda obedeció. El muchacho no supo si se trataba de un portento femenino de sangre fría o había quedado paralizada de miedo, pero agradeció que la muchacha se quedara quieta, sin dar muestras de una excesiva alarma. Tan sólo se mantenía a flote como mejor podía.

El tiburón comenzó a dar círculos en torno a Hilda, su aleta dorsal perfilándose amenazadora en la superficie.

—¡Hoenir! —gritó ella, ahora sí muy asustada.

El muchacho tensó el arco lo más que pudo. Centró su atención en un lugar entre la cabeza y el lomo del escualo. Apuntó. Lo siguió en su nadar en torno de la muchacha. El círculo que hacía se volvía cada vez más estrecho.

—¡Hoenir, por favor!

A Hoenir se le hubiera partido el corazón de haber visto aquella cara de terror y de angustia. No la vio. Estaba concentrado en su blanco, toda la fuerza de sus brazos y su puntería puestos en un solo tiro.

—¡Hoenir!

El muchacho disparó.

Las aguas, que eran transparentes, comenzaron a teñirse de un intenso color rojo.

Los Caballeros de la Hermandad

I

Iqui Balam recuperó la salud y el vigor.

Comenzó a caminar por la habitación y a pasearse por los alrededores de lo que parecía un palacio. Se sorprendió al percatarse de que era igual, en su arquitectura, a un magnífico edificio de Mayapán, que contenía un rostro enorme de Chaak, el dios de la lluvia. Ahí estaba esa especie de trompa que sobresalía de su nariz, y que había visto durante unas prácticas militares realizadas con el propósito de preparar la defensa de la ciudad. Muchos hombres se enamoraron, en esa ocasión, de Sac Nicté, la princesa de Mayapán. Contaba apenas con unos quince años de edad y era sumamente atractiva y hermosa. Se aposentó, resguardada del sol por una especie de tienda hecha de vaporosas telas blancas, en lo alto de la pirámide principal, y desde ahí observó los ejercicios de guerra. La mayoría se deleitó con su presencia, con su aspecto magnífico y bello. Algunos de sus compañeros suspiraron por aquel rostro. Otros, esa noche se retiraron a dormir con una sonrisa; soñaron con placidez, regodeados en su hermosura. Iqui Balam, en cambio, fue el único que se resistió a sus encantos. Estaba enamorado de Yatzil, y Yatzil le parecía más bonita que mil princesas juntas.

El muchacho subió unos escalones hasta una plataforma ubicada unos quince metros más arriba. Desde ahí pudo observar mejor el lugar donde se encontraba. Chichenheim, como le llamaban. Frente a él se hallaba la Pirámide de Kukulkán. O, por decirlo mejor, su réplica. Una copia exacta, pero más grande. También, como más antigua. El muchacho dudó si esta construcción había sido hecha con anterioridad. De ser así, ¿cómo? ¿Por qué? Igual sucedía con los demás edificios. No sólo experimentaba esa sensación de familiaridad, de haberlos visto en alguna parte, sino esa noción de antigüedad que los rodeaba. Parecían viejos, muy viejos. Tal vez por cierto descuido.

O por alguna actitud de indiferencia. Al parecer, habían conocido años de mayor esplendor. Ahora estaban como dejados; como abandonados. En algunas partes, se dio cuenta, la selva había comenzado a invadir las construcciones. Árboles, vegetación y raíces crecían entre sus piedras. La selva, por lo demás, circundaba Chichenheim al igual que lo hacía en Chichén Itzá. Pero había una gran diferencia. La vegetación en aquella enorme cueva era más tupida, más densa, más alta. Los árboles sobresalían por su altura, superior en promedio a los veinte metros. Las plantas eran de lo más variadas y más grandes de lo normal. Lo mismo las flores. Y los frutos. Se sentía una gran humedad. Y luego, esa extraña luz. ¿De dónde provenía? No era producto de los rayos solares, de eso estaba seguro. Alzó su vista lo más alto que pudo, sólo para comprobar lo que ya sabía. Que esa selva, que esa ciudad, que esas terribles criaturas, que él mismo, se encontraban en el interior de una gigantesca caverna. Desde su sitio podía ver el techo de piedra; un techo irregular, formado por pliegues de roca maciza. Eso era indudable. No había ningún tipo de hueco por donde penetrara el sol. Pero, entonces, esa luminosidad, ¿de dónde provenía? Tal vez de las mismas rocas de la caverna.

Se preguntó, al contemplar la enorme Pirámide de Kukulkán, si ahí, en Chichenheim, le tocaría en suerte atesitguar la destrucción del mundo. La Profecía.

Suspiró. Después subió a grandes zancadas otra escalinata.

En la cima se encontró con un Chac Mool gigante. Medía unos cinco o seis metros de altura. Estaba tallado en roca. Representaba a un hombre reclinado sobre su espalda y sus codos, los talones recogidos hasta las nalgas, los antebrazos extendidos a lo largo de los muslos, las manos sosteniendo una vasija y la cabeza levantada, con la vista hacia la derecha. Miraba hacia la Pirámide de Kukulkán. Le sorprendió su tamaño. Era mucho más grande que el del Templo de los Guerreros, en Chichén Itzá. Los itzáes acostumbraban tocarlo por su creencia en que, al hacerlo, podrían renacer y quedar protegidos ante los males del mundo.

"Renueva mi vida. Y consérvala", era la plegaria de aquel rito.

Se realizaban peregrinaciones que provenían de diversas ciudades aledañas para repetir y perpetuar este culto. Era una forma de acercarse a la divinidad, tocándola. De hecho, la estatua aparecía desgastada en varias de sus partes, principalmente en la nariz, las rodillas, los hombros y en una especie de casco que llevaba en la cabeza, debido a esta veneración cuya base era el tacto. Podían tocar al Chac Mool en cualquier sitio, con excepción de sus manos y de la vasija que sostenía entre ambas. Estas partes eran sagradas. Formaban parte del rito del Quinto Sol. Conforme a sus creencias, el mundo había sido destruido en cuatro ocasiones: una debida al frío, otra al fuego, otra a los terremotos y una más al diluvio. El ser humano había logrado sobrevivir, pero en medio de grandes penas y calamidades. Se había convertido en un ser imperfecto, refugiado en las copas de los árboles y sufriendo la persecución de las bestias. Para evitar una nueva destrucción, cada cierto tiempo se llevaban a cabo ceremonias de renovación de la vida.

Una de las más importantes era la del Chac Mool. Cada 146 tzolkines, el equivalente a 104 años, se encendía el fuego nuevo en el recipiente que sostenía entre sus manos. Eran sacrificados un guerrero destacado y una princesa, y sus corazones aún palpitantes se colocaban en la vasija, a la que se le agregaba copal y pedazos de madera de ceiba.

Era una ceremonia magnífica y rica. Las mejores galas se vestían durante ese acto. Circulaban las mejores viandas, que hacían recordar la dicha de comer y, por tanto, de sentirse vivos. Igual sucedía con las bebidas, que se vertían en vasos y copas en grandes cantidades.

El momento culminante ocurría cuando una luz de lo más deslumbrante hacía su aparición y se concentraba en el Chac Mool y en su vasija. Era un rayo poderoso que terminaba por encender la madera de ceiba, el copal y los corazones.

Los itzáes, entonces, vitoreaban y aclamaban a su rey, que se alzaba como el victorioso causante de que la vida se encendiera y se renovara por otros 146 tzolkines.

"¡Renueva mi vida! ¡Y consérvala!", se escuchaba la plegaria, expresada de manera unísona y ensordecedora.

A Iqui Balam no le había tocado presenciar aquella escena. Se la había descrito su padre, por boca de su abuelo, y sabía de ella por las enseñanzas propias de su educación como niño y como guerrero. La siguiente renovación del fuego del Chac Mool tendría que ocurrir, precisamente, un año más tarde, al completarse el ciclo sagrado de los 146 tzolkines. ¡Pero era, también, la fecha dada por Chan Chaak como el principio del fin del mundo! Se acercaba, más que la renovación de la vida, la llegada del reino del Bolom Tikú y sus nueve infiernos. El arribo de la destrucción, del "cadáver cósmico".

"Todo se perderá —le vinieron a la mente sus palabras—. Las hazañas de guerra, las mujeres que tuvimos, las oraciones al Dios de dioses o a nuestros venerados Chaak e Itzamná, la bondad del amanecer y de las madres, el sabor de la comida más deliciosa. Todo, hasta nosotros mismos. Tragados por la destrucción, por la vorágine, por el huracán cósmico. El momento de rendir pleitesía, con dolor y terror, a la negación del ser. Un momento tan sólo, ¡pero qué momento! Terrible, espantoso, inenarrable. El verdadero instante, el único, donde nada permanece intacto ni duradero. Tal es la voz de la verdad. Tal es la voz de la Profecía…"

De pronto, se dio cuenta de algo que no había notado una especie de resplandor que emitía la vasija sostenida por el Chac Mool gigante de Chichenheim.

"Fuego", fue lo primero que se le ocurrió.

Se encaramó por el codo de la estatua y trepó unos dos metros por los antebrazos. Se sorprendió de lo que vio. No era madera quemándose a la manera de una fogata, sino una especie de piedra incandescente que brillaba.

—Es la roca de Kaali —escuchó una voz.

Era Hoenir, que lo observaba desde la base del Chac Mool.

II

Lo escuchó atentamente.

Estaban sentados en las rodillas del Chac Mool y desde ahí contemplaban la selva y la ciudad. A su derecha, hacia el mismo sitio donde volteaba el rostro de la estatua, se perfilaba la enorme Pirámide de Kukulkán.

Hoenir llevaba una espada, la espada de Kaali, que también brillaba, como si se quemara por dentro. El hombre suspiró ante la contemplación de Chichenheim y la selva que parecía querer empezar a invadirlo todo. Volvió a dar otro suspiro y explicó:

—Este mundo, el Mundo de Adentro, no existía. La tierra florecía en la superficie. Se animaba con la presencia de criaturas extrañas, gigantescas bestias, gigantescos árboles, gigantescos insectos. Era un mundo donde el ser humano aún no aparecía. Era la creación original. Permaneció así durante muchos millones de años. Amanecía y atardecía conforme a las leyes del universo. Las montañas eran montañas, azul el cielo, altos los árboles, bendita el agua, eterno el sol. Pero nadie les decía de esta manera. Ni montaña ni cielo. Tampoco agua o sol. No había necesidad de nombrar las cosas. El mundo era, y ya. Perduraba. Existía sin más razón que la de existir. Subsistía porque así tenía que ser, y al hacerlo, se eternizaba. No era un mundo ni bueno ni malo. Era, y con eso bastaba para que se manifestara. Todo transcurría como debía transcurrir. Las cosas y las criaturas del mundo eran indiferentes a lo que no fueran ellas mismas. Un día todo cambió. Ocurrió sin aviso. Nada en verdad anticipó lo que estaba a punto de suceder. Si acaso, tan sólo ese destello. Esa luminosidad que de pronto apareció enorme, contundente, en lo más alto del cielo, como si se tratara de otro sol, aunque más grande y más potente. Y el viento huracanado. Y el tremendo e insoportable calor. Fue cosa de unos instantes tan sólo. Algunas de las gigantescas criaturas voltearon la vista hacia arriba y vieron algo inexplicable. Algo inusitado, que las sobresaltó y las hizo estremecerse de miedo. No hubo tiempo para más. Aquel magnífico sol, una inmensa bola de llamas y muerte, se precipitó a tierra, aplastándolo todo.

—¿Qué era aquello? —preguntó el muchacho.

—Una enorme piedra del universo. Un pedazo de estrella. Una chispa de la fragua de Odín. La gran roca de Kaali.

—¡Como la que sostiene el Chac Mool en su vasija!

—Así es —respondió Hoenir.

—Un *buts' eek'* —dijo Iqui Balam, refiriéndose a un cometa. Él había visto uno desde el Observatorio, en Chichén Itzá. El contrahecho Iktán, su amigo y protegido en aquel entonces, se lo había mostrado. "Ve la estrella que viaja", le dijo. A Iqui Balam le maravilló la contemplación de aquel espectáculo, que le parecía mágico y misterioso. Se sobrecogió con un poco de temor, pensando que podía ser el augurio de una desgracia. Iktán, en cambio, parecía muy tranquilo. "Bueno es conocer el universo y sus leyes", dijo, con una enorme sonrisa de satisfacción.

—El lucero que humea, en efecto. El *chamal xnuuk*, probablemente. La roca de Votán —aceptó Hoenir—. Una enorme roca de fuego que se estrelló contra la Tierra. La selva se incendió. El agua de los mares se evaporó. Se levantó una gigantesca polvareda que tapó durante meses la luz del sol. La mayoría de las bestias pereció.

Iqui Balam recordó la leyenda del Chicxulub o fuego del diablo. La había aprendido durante su estancia en la escuela de guerra, de boca de uno de los más temidos sacerdotes. Chak Ek, se llamaba, le rendía culto a la estrella roja, la de la sangre en batalla, y le gustaba repetir el mito del Segundo Sol, que se había precipitado sobre el mundo, causando una enorme ruina y la sombra de la muerte por doquiera. "Fue el Chicxulub —decía—, el Chicxulub."

—Muchos kines pasaron antes de que todo volviera a la normalidad —agregó Hoenir—. Cuando los incendios se apagaron y comenzaron a aparecer los primeros rayos del sol, el espectáculo era desolador. El mundo había llegado a su fin... Pero no en todas partes. Hubo regiones que se salvaron del cataclismo, las suficientes para albergar la vida. Las criaturas sobrevivientes emprendieron largas marchas para encontrar comida. Algunas marcharon al norte, donde no encontraron nada y perecieron. Otras, al sur y al este, donde aconteció lo mismo. Pero hubo un grupo que marchó al oeste, al mismo punto donde había caído la enorme roca incendiada. Su instinto les prevenía de acercarse a ese sitio, pero su hambre era mayor que su cautela. Marcharon durante muchos meses. Algunos de los grandes animales perecieron. Otros persistieron en la búsqueda de alimento. Por fin, no se sabe cuándo ni cómo, encontraron una entrada al Mundo de Adentro. La gran roca en llamas se desintegró. Produjo un enorme cráter y, con sus restos, esta formidable cueva.

Iqui Balam escuchaba con interés, su imaginación puesta en aquel tiempo primigenio.

Hoenir agregó:

—La roca de Kaali, como está hecha de la *ek* o estrella errante, brilla en ciertas condiciones. Entre ellas, con la humedad. Es como un sol que permitió la vida. Al paso del tiempo se formó esta selva. Después llegaron las bestias. Ya has visto algunas. El Mildnor, el Munin de la Sangre y los Durgold. Antiguamente la Tierra estaba poblada por este tipo de criaturas. Aquí sobrevivieron, indiferentes a lo que pasaba en la Tierra de Afuera.

III

Fueron interrumpidos por un guerrero:

—¿Qué sucede? —preguntó el hombre de la barba blanca.

—¡El Ejército de la Profecía encontró una de las puertas!

—¿Cuál?

—La de Tulum...

Hoenir dio la alarma de inmediato. Tambores, cornetas y cascabeles sirvieron para llamar a la defensa de la Tierra de Adentro.

Se formó un ejército pequeño, de menos de un millar de hombres. Iqui Balam se decepcionó. ¡Tan sólo el Ejército de la Profecía contaba entre sus filas con treinta mil guerreros! ¡Treinta mil! ¿Qué iban a poder hacer ante las huestes de Chan Chaak? Nada, nada en absoluto, fue la conclusión a la que llegó el muchacho.

Hoenir, en cambio, no parecía arredrado. Se puso al frente de su ejército. Les dijo:

—Amigos, camaradas, compatriotas. Ha llegado la hora de enfrentar al mal de la ambición y la sed de poder. No es un asunto nuevo para los de nuestra estirpe. En sus orígenes, cada uno de nosotros proviene de un acto de rebeldía ante la maldad o ante la injusticia. Nuestros antepasados, llámense celtas, egipcios, cartagineses, libios, judíos, mauritanos, mongoles, atlantes o vikingos, tuvieron que dejar sus propias regiones de vida, marcadas por el despotismo y la muerte, para buscar la paz y la equidad en las Tierras Más Allá del Oeste. Nos unimos a Votán y a su labor redentora. Votán, que era el iluminado por el bien. Con él, nuestros ancestros conocieron la dicha y la armonía. Fue una época feliz, quizá la única que en verdad hemos conocido. Fundó Thule, a la que nuestros enemigos, luego de conquistarla, llamaron Tolán y luego Tula. Fue el primero que cultivó la sabiduría y el culto a la divinidad, no en su provecho personal sino para su pueblo. Nos enseñó a vivir en concordia más que en la guerra, en el conocimiento y no en la ignorancia, en las artes de cultivar la tierra y de penetrar el cielo. Fue, también, el primero en reunir el conocimiento necesario para descubrir una de las puertas de la Tierra de Adentro. Penetró a ese mundo que sólo era una leyenda, venció el miedo ante lo que no se sabe, bajó a las entrañas del reino de lo que no es, encontró al Durgold y lo domó. Maravilló a propios y extraños al salir del interior de la Tierra y montar aquel gigantesco lagarto, que sólo obedecía a sus órdenes. Era un animal enorme y largo de cuerpo, aterrador para muchos, digno de admiración para otros, que propagó aún más la fama de Votán, nuestro gobernante. Quetzalcóatl, comenzaron a llamarlo quienes lo veían, mudado su trono de sabiduría y bondad al lomo de aquel descomunal lagarto. Votán Quetzalcóatl, comenzaron a gritarle en Thule y en la Ciudad de la Paz que empezó a fundar. Votán Quetzalcóatl. Votán Serpiente Emplumada.

—¡Votán Kukulkán! —exclamó al unísono aquel grupo de hombres.

—¡Votán Kukulkán! —repitió Hoenir con entusiasmo.

Hizo una pausa en la que tomó aire. Estaba exaltado y lleno de juvenil pasión. A su lado lo escoltaban dos guerreros, que usaban capas y una extraña máscara. Estaban armados lo mismo con una lanza que con una espada y un cuchillo, y llevaban un escudo que mostraba en su lado externo aquellos extraños símbolos que había visto en su entrada a la cueva: las runas Tywaz y Wyrd.

—Votán Kukulkán. La Serpiente Emplumada que trajo la paz y la felicidad a estas regiones. Votán Kukulkán, que tuvo que enfrentarse a la sanguinaria ambición de Kajín y sus Hombres de la Oscuridad. El mal de siempre: el que se apodera de las almas y las pierde en el deseo de poseer y de mandar. Fue una lucha cruenta de muchos años. La bondad y la maldad se enfrentaron. La luz y la oscuridad. Nos hubieran masacrado, a no ser por el descubrimiento, en esta misma región de la Tierra de Adentro, del Misterio de las Estrellas. Fue el propio Votán quien lo descubrió. Él, con su voluntad de vida y su inquebrantable fe en la bondad de sus enseñanzas. Fue un descubrimiento fortuito. Fue un encuentro de almas, más que de hombres. Ahí estaba, en el mismo lugar donde se levanta ahora nuestra pirámide a Votán Kukulkán, el Barco del Cielo. Cayó, cual si se tratara de un naufragio más en el océano, en esta Tierra de Adentro. Sucedió antes de muchas cosas que hoy nos son queridas y comunes. Votán Kukulkán halló a un ser que no era de aquí. Tampoco era enviado por los dioses. Era un ser humano sin serlo. Un viajero del mar del universo. Lo encontró tirado a escasos metros de su drakkar averiado. Su estado era lamentable. No era precisamente como nosotros, pero lo era. Se hallaba recostado boca arriba. Estaba reclinado sobre su espalda y sus codos, los talones recogidos hasta las nalgas, los antebrazos extendidos a lo largo de los muslos, las manos sosteniendo algo que no quería soltar y la cabeza levantada, con la vista hacia la derecha. Miraba hacia el Barco del Cielo. Era nuestro venerado Chac Mool.

—¡Chac Mool, hijo de las estrellas! —vociferaron a coro aquellos hombres.

Hoenir señaló la magnífica estatua.

Dijo:

—El hijo de las estrellas era, como nosotros, un guerrero de la bondad y la justicia. Provenía de más arriba de nuestra vista, de Tzab Ek, las nueve estrellas del cascabel, las pléyades, de una entrada a otro mundo, a otro nivel de lo que es y de lo que existe. La Puerta de lo Otro. Huía de su propio rey tirano, gobernante de la oscuridad y de la sangre. Chac Mool quiso enfrentarlo y fue recibido con muerte, con los golpes de la sangre injusta. Su último gran gesto de héroe consistió en robar un drakkar para continuar su lucha desde otro lugar del universo. La huida no fue fácil. Averiada su nave por las flechas y las lanzas más potentes que ustedes puedan imaginar, cayó en este mundo. Votán Kukulkán lo cuidó. Quiso salvarlo de la muerte con su ciencia de plantas y pócimas, pero fue imposible. Chac Mool murió. Lo hizo, no sin antes revelar algunos secretos increíbles y maravillosos. Nos brindó su conocimiento y también el poderío del fuego. Sus armas, que nos enseñó a usar, nos permitieron triunfar sobre nuestros enemigos. Armas inmensas en su capacidad de destrucción. Nuestro pueblo, el de los Xi primigenios, el de los Xi libres, sin ser numeroso ni contar con un gran ejército, derrotó a Kajín y a sus Hombres de la Oscuridad. ¡Gracias a nuestro arrojo, a nuestra creencia en lo justo de nuestra lucha y a las armas del Mensajero de las Estrellas, poderosas y devastadoras...!

Fue un momento tenso, de apasionada elocuencia y dramatismo. Hoenir hizo una pausa. Después, continuó:

—Hoy, sin embargo, cuando nuestro pueblo se ve de nuevo afrentado, no contamos con estas armas...

Hubo un murmullo generalizado de decepción. Una especie de ambiente anticipado de derrota.

—Lo sé, lo sé. Estamos a merced de nuestros enemigos y no contamos más que con nuestra propia fortaleza y nuestra enjundia para vencerlo. Es un enemigo poderoso, quizá más poderoso incluso que el de los Hombres de la Oscuridad. Pero así lo quiso nuestro *jarl*, el gran seguidor de los dictados de la bondad y la justicia, Votán Kukulkán. ¡Nunca más tales armas, tal poderío, tal capacidad de reducir al hombre a sangre y cenizas, ni en manos que se dicen justas, y mucho menos en las que enarbolan la maldad!

Hoenir, aunque no lo pareciera, estaba muy consciente de ese aire de desilusión. Él mismo contemplaba a aquellos hombres y dudaba si la victoria estaría de su lado.

—Ustedes, guerreros de la Serpiente Emplumada, defensores de la bondad y de la justicia, conocen el resto. Disgustado consigo mismo, ocultó las poderosas armas. Sólo él y nadie más supo dónde y cómo, en qué escondite de Afuera o de Adentro, las colocó. Es el secreto de Kukulkán y la obra más elocuente en humildad y sentido de la responsabilidad humana de toda su historia. Votán Kukulkán siempre fue fiel a sí mismo y a sus enseñanzas en torno al bien. Renunció a ser el hombre más poderoso que jamás existiera. Lo hubiera sido, sin duda, con esas armas. No quiso, y tal es el ejemplo que nos deja, el modelo a seguir. Muy pocos lo comprendieron. El rey Gucún fue de los más descontentos. Gucún se rebeló, ordenó su captura y pensó en los métodos de tortura que utilizaría para arrancarle su secreto, pues quería para sí aquellas armas y el trono universal que traían consigo. Votán Kukulkán, alertado de la traición, escapó a la Tierra de Adentro. Lo hizo con un centenar de fieles seguidores, a los que condujo por la Puerta de la Ciudad de la Paz al inframundo, a la tierra de Durgold, de la Estrella que Cae y de Chac Mool. Hizo tapiar aquella entrada con lujo de fuerza, fuego y resplandor, para no ser seguido por las huestes del traidor. Nadie más supo de él. Ese día el mundo lloró. Ese día la Vida de Afuera perdió a uno de sus mejores hombres. Ese día, montado en su enorme y temible lagarto, la Serpiente Emplumada, nuestro *jarl* desapareció para convertirse en el Corazón del Cielo, en el Señor del Amanecer…

Iqui Balam escuchaba aquel relato y le parecía igual de extraño y sorprendente, tal como había sido su vida desde que cayera en la Tierra de Adentro. Él también había escuchado esa leyenda: la partida del gran señor Kukulkán, harto de las blasfemias y las mezquindades de la Tierra de Afuera. Su desaparición era tan sentida que se oraba por tenerlo de regreso para contar con la bienhechora luz de su bondad y su sabiduría. ¡Ahora entendía mejor la ceremonia del arribo de Kukulkán, su sombra que se desplazaba como una serpiente desde lo alto de la pirámide en su honor, hasta su desvanecimiento en el dzonot sagrado de Chichén Itzá! ¡No era una serpiente, en realidad, sino un Durgold! ¡Y sus plumas no eran tales, sino la colorida cresta del gigantesco lagarto! ¡Y se dirigía a la Tierra de Adentro, no al reino del señor de los huesos! ¡Tal era la verdad de Quetzalcóatl! ¡El verdadero secreto de Kukulkán!

—Amigos, compañeros, compatriotas —continuó Hoenir; su rostro era lo mismo de pesadumbre que de valentía, de incertidumbre que de arrojo; no dejaba de empuñar su espada y caminaba de un lado a otro, tratando de animar a sus soldados—. No soy nadie para mentirles. El ejército al que nos enfrentamos es inmenso y poderoso. Nosotros somos unos cuantos. El miedo es natural, yo mismo lo siento. A nadie le agrada morir. Y tal vez ahora tengamos que hacerlo...

Su voz se apagó, como quebrándose. Fue sólo un instante, un breve momento que quizá nadie notó, pero él sí, y eso le disgustó. Era hijo de un grande, de Thorsson el vikingo, de Thorsson el Indomable, y ésta no era la hora de fallar ni de mostrarse débil ante sus hombres.

—Amigos, compañeros, compatriotas —repitió, ahora con más fuerza; su voz fue de nuevo entusiasta, poderosa; contempló a su ejército con actitud benevolente y de reto; los medía, los desafiaba; terminó por afirmar con enjundia—. El que no sirva para matar servirá para que lo maten. No se muere más que una sola vez, pero está en nuestras manos decidir cómo queremos hacerlo. Vivir o morir, es todo lo que importa. Aspiro, sin embargo, a que esa decisión sea tomada por nosotros, guerreros de Votán Kukulkán, y no por Chan Chaak y su Ejército de la Profecía.

Se paseó entre las filas de sus soldados y luego continuó, con la misma arenga, retadora y apasionada:

—Tal vez ellos tengan las armas, pero nosotros tenemos la valentía, la temeridad y, por si fuera poco, la razón y el arrojo para defender nuestra causa. Tal vez haya más enemigos que flechas en nuestros arcos, pero hay más valor y espíritu de lucha en nosotros. Somos un ejército de hombres honrados y buenos. La victoria tal vez se contemple como algo lejano, acaso imposible, pero la victoria comienza aquí —y se tocó el pecho—, en los corazones de los hombres.

Se veía seguro de sí, fuerte, como con una juventud ansiada y recuperada.

—Aspiremos a la victoria. El triunfo o nada. No sabemos rendirnos. Nunca lo hemos hecho y mucho menos lo haremos ahora. El triunfo o nada.

Sus palabras hicieron eco en sus hombres:

—El triunfo o nada —escuchó en coro la respuesta.

El propio Iqui Balam pronunció esa frase, henchido el pecho de orgullo y ganas de hacer la guerra.

Hoenir agregó:

—Merece vivir quien por un noble ideal está dispuesto a morir. No nos vencerán. Somos el Ejército de la Razón y la Justicia. Somos los guerreros de Votán Kukulkán. No será una lucha fácil, se los aseguro, pero más gloria obtendremos a cambio. No quisimos la guerra, pero no nos arredramos ante nada. ¡Para hacerle frente a la guerra hay que convertirse en guerra! Los guerreros que dirigen sus flechas contra el enemigo siempre dan en el blanco.

Hoenir desenvainó su espada y la mostró con el puño en alto.

—¡Quien nace como guerrero, se defiende como guerrero!

Hubo exclamaciones de apoyo y de ánimo.

—¡O el triunfo o nada!

—¡El triunfo o nada! —fue el alarido de entusiasmo que resonó en cada piedra de Chichenheim, en cada garganta y en cada corazón de aquellos hombres.

IV

El triunfo o nada.

Para Iqui Balam fue nada. El muchacho fue aprehendido y llevado a la misma habitación donde se curó de la herida en el hombro. Poco pudo hacer por evitarlo. Fue sorprendido por una decena de guerreros, que lo sometieron no sin algún esfuerzo. Se defendió y protestó como pudo, pero fue inútil.

—¡Quiero luchar con ustedes! —les gritaba.

A lo lejos distinguió a Hoenir, quien había dado la orden de apresarlo.

—¡Te puedo ser útil! —le dijo—. ¡Conozco muy bien las tácticas de los itzáes!

No bien dijo esto, se arrepintió. Él mismo era uno de ellos. Por eso lo habían aprehendido, porque no confiaban en él. A sus ojos, era un enemigo. Antes, no lo habían matado. Lo mejor era dejarse llevar por el destino. Permitió ser dominado por aquellos hombres y trocó su enjundia por una dócil actitud y un evidente mutismo.

Ya tendría tiempo de demostrar su valía. No ahora, se dijo, no ahora.

Pasó una jornada así y luego otra. Por más que pedía información sobre la guerra a los dos hombres que vigilaban detrás de la puerta, éstos se negaban a responderle. Ni siquiera lo saludaban a la hora de entregarle, una vez al día, agua y alguna clase de alimento.

Encerrado, pensaba en Yatzil. Pobre. Tal vez también permanecía presa, temerosa y angustiada, sin saber de él.

Una ocasión le pareció escuchar su voz.

—Iqui —sintió que lo llamaban.

Estaba dormido y esa voz lo despertó.

—¿Quién es? —preguntó, en medio de la oscuridad de sus aposentos; la sombras más negras que pudiera imaginarse, mismas que le recordaron su caída a lo que pensó era el inframundo.

Se ilusionó al pensar que era su amada.

—¿Yatzil? ¿Eres tú?

Pero no recibió respuesta.

A la siguiente jornada le volvió a pasar lo mismo.

—Iqui. Iqui Balam…

El muchacho se desperezó y aguzó el oído.

—Yatzil, estrella de mi alma, ¿eres tú?

Le respondió el silencio y la oscuridad.

A la tercera jornada le sucedió exactamente de la misma manera. Escuchó que alguien lo llamaba.

—¿Yatzil? —volvió a preguntar.

Ahora sí recibió una respuesta.

—No, no soy Yatzil.

—¿Quién eres, entonces?

—Soy y he sido jornadas enteras de llanto.

—No entiendo —titubeó el muchacho.

—Soy una pena errante, un dolor que no acaba.

La voz sonaba hueca, como si se filtrara por alguna ranura entre las piedras. Pertenecía, indudablemente, a una mujer. ¿A quién?, se preguntaba Iqui Balam. ¿Por qué se aparecía así de súbito a mitad de la nada? Tal vez era alguien que no se atrevía a decirle en plena cara que Yatzil había enfermado de gravedad, o que había muerto. Que la habían ejecutado…

—Háblame de Yatzil —pidió.

—Es una buena muchacha.

—Eso ya lo sé. Dime algo más.

—Es de las nuestras…

—¿Qué quieres decir con eso? —preguntó, ávido de saber, el muchacho. Pero, otra vez, aquella voz guardó silencio y así se mantuvo hasta que fue obvio que no volvería a hacer acto de presencia. No, por lo menos, durante aquella jornada.

A Iqui Balam su cautiverio se le figuró aún más insoportable debido a la espera. Ansiaba la llegada de la oscuridad para escuchar de nuevo aquella voz. Las horas pasaban. Otro día de encierro e incertidumbre y creía que se volvería loco de continuar así, recluido. Él era un guerrero y los guerreros hacían la guerra. De ser cierto que se aproximaba el fin del mundo, le daba pavor que ocurriera convertido en prisionero. O que el Ejército de la Profecía, en caso de levantarse con el triunfo, lo matara por traidor.

Para no aburrirse o volverse loco, comenzó a escribir poemas de amor dedicados a Yatzil. Hacía mucho que no ponía en práctica la flor y el canto. Aún así, no se sintió incómodo. Al contrario, pensaba en su amada y la inspiración le salía por todos lados. Era un poeta, lo tenía muy claro, además de un guerrero.

A falta de papel amate donde escribir, lo hizo en las paredes. Arrancó un trozo de madera de una de las columnas y lo utilizó para grabar sus versos sobre la cal y el canto.

Uno de estos poemas le gustó especialmente.

Decía:

> Todo eres tú.
> La flor y la flecha.
> La ceremonia del amanecer y la estrella errante
> —¿acaso tus ojos?—
> donde hemos caído.
> Por ti hago a un lado mi llanto de hombre sobre la tierra.
> Me gusta el azul del cielo, que es el de tu piel.
> Tu mano en la oscuridad más oscura, que me buscaba.
> Recuerdo tus grandes arracadas y la sonrisa,
> inmensa como un sol.
> Las cosas de arriba.
> Y las de abajo.
> Todo eres tú.

Esa ocasión durmió satisfecho. Ni siquiera se acordó de la voz. Sólo tenía en mente el rostro de Yatzil. Dormía en paz, como si no hubiera guerra. Entre sueños le pareció escuchar una voz que le decía: "Iqui Balam, despierta". Algo en su interior se puso en alerta. Se despojó de las ataduras del sueño y escuchó decir:

—La Puerta de Tulum está a punto de ceder. Chichenheim necesita hombres valientes y dispuestos a dar la vida por la bondad y la justicia.

El muchacho no tardó en responder:

—Yo soy Iqui Balam, el de la lanza que aterra. Iqui Balam, el de la flecha en el blanco. Iqui Balam, el del hacha para tundir cabezas. Iqui Balam, el del corazón bien puesto. Iqui Balam, el del espíritu guerrero.

—Chan Chaak hace daño a la gente. Viene arrasando todo a su paso. No respeta vidas. Tiene el signo de la ambición en el rostro. Y el de la sangre.

—Pero quiere salvar el mundo, dice. Y no quiero que desaparezca la risa de mi amada o que los venados dejen de correr. Quiero árboles, no sombras. El transparente mar o el canto de los pájaros, no el abismo.

—La Profecía es él —afirmó la voz—. El fin del mundo es él, Chan Chaak. Ésa es la verdad, Iqui Balam.

—¿Quién eres? —preguntó el muchacho.

—Mejor respóndeme tú: ¿qué piensas de esta guerra?, ¿de qué lado estás?

—¿Quién eres? —insistió el muchacho.

—Importa más saber quién eres tú: si luz o sombra, si verdad o mentira.

—Soy quien debo ser: un guerrero poeta.

—¡Poeta!

—Sí, poeta. Mis flechas son tan certeras como mi flor y mi canto.

—¿Poeta?

—Sí.

Se escuchó algo así como una expresión de divertido gusto.

La voz preguntó:

—¿Cuál es tu felicidad más grande?

—Yatzil —contestó sin dudarlo ni un segundo.

La voz se tornó seria, casi dolida, cuando preguntó:

—¿Y cuál es tu pesar más grande?

Iqui Balam tragó saliva antes de responder:

—Haber perdido a mi madre.

La voz calló. Lo hizo durante toda la jornada. El muchacho no volvió a escucharla, sino hasta muchas horas después.

—Las cosas se están poniendo feas. La Puerta de Tulum caerá en manos de Chan Chaak de un momento a otro. Hay que hacer algo.

—Libérame —pidió Iqui Balam.

—¿Cómo puedo estar segura de que no nos traicionarás?

—Tendrás que creerme.

Se hizo de nuevo el silencio. Por fin, la voz volvió a hablar:

—Esta bien. Espera mi señal...

Iqui Balam aguardó, no sin gran inquietud. Pensaba si se trataría de una trampa. Tal vez Hoenir quería ponerlo a prueba. Debía tener cuidado, mucho cuidado, si quería sobrevivir. Comió con buen apetito y escribió otro poema en la pared.

> Los días negros que se alejen.
> El temor y la sangre fuera de la piel.
> Soy una lágrima que canta de alegría.

Esperó y esperó. Terminó por dormirse y más tarde fue despertado por un ruido extraño, como el crujir de una rama.

—Soy yo, no te espantes.

Iqui Balam se sobresaltó. Escuchó la voz, pero de una manera más clara, más nítida. Buscó de manera instintiva su cuchillo, pero no lo llevaba consigo.

—¿Buscas esto?

Sintió que algo era arrojado a su cama. Lo tanteó a oscuras. Era un arma. ¡Su cuchillo! El mismo que le había regalado Kabah.

—¿Quién eres? —preguntó.

La voz no respondió. Como llevaba algo envuelto entre las manos, comenzó a desenvolverlo. Era una roca de Kaali. Al hacerlo, la habitación se iluminó.

Iqui Balam pudo contemplar a una mujer que le resultó vagamente familiar.

Ella pudo ver a un muchacho distinto, más grande, más guapo, más fuerte. Sonrió feliz, verdaderamente complacida.

—¿Quién eres? —volvió a preguntar Iqui Balam.

Le recordaba a otra mujer, a la bella y amable flor de la jungla y del leño que calienta los hogares. Él también, aunque todavía sorprendido e incrédulo, sonrió invadido por una tierna alegría.

—Soy Nicte...

—Mi *naa-chin*, mi madre querida —dijo el muchacho.

V

Soy una lágrima que canta de alegría.

Soy la mujer más feliz de la Tierra.

Soy quien no pudo defenderte.

Soy quien pensaba a cada instante: quién cuidará de mi hijo, quién lo alimentará, quién le dirá palabras tiernas, quién lo protegerá de las cosas malas del mundo, quién lo tranquilizará si llora en las noches, quién le hablará de mí, para que me siga amando, para que no me olvide.

Soy quien no pasó un minuto sin que te extrañara, porque eres de la bondad lo mejor, porque eres de las estrellas la más brillante, porque eres de la selva el canto alegre de los pájaros, porque eres mi naa-chin, mi querida mamá.

Soy quien oró porque no escucharas los gritos, porque no supieras lo que pasaba, porque no te enfrentaras a los putunes, para que no te mataran, azotándote contra las rocas. Soy quien, convertida en un mar de llanto, me vi de pronto sin ti, sin mi vida, sin mi Tigre de la Luna.

Soy quien te pide perdón, por no haber estado a tu lado cuando me necesitabas.

Soy quien te decía criaturita, pedazo de cielo, hombrecito guapo, hijo mío.

Soy quien te decía: mamá. Quien te gritaba: mamá. Quien te lloraba: mamá. Quien te soñaba: mamá. Quien quería abrazarte y tocar tu mejilla y decirte, como ahora: mamá.

Soy quien te hablaba en las noches, desde donde me encontrara, y te decía: te quiero.

Soy quien andaba por la tierra perdido como un huérfano y preguntaba: ¿dónde estás?

Soy quien deseaba: cuídate. Quien decía: vive feliz. Quien lloraba: quisiera verte, mi niño.

Soy el que nunca te olvidó. El que sufrió como nadie tu ausencia. El que se culpó largamente por ser débil y cobarde. El que te lloró hasta casi formar otro océano. El que nunca te dio por muerta. El que te defendió a golpes. El que veía a otras madres y se le contraía el alma y pensaba en ti.

Soy tu mamá.

Soy tu hijo. Soy quien se arrodilla y besa tus manos.

Soy quien pregunta por tu papá, cómo está, lo extraño como se extraña al sol cuando hace frío.

Soy quien está enamorado de una mujer bella: Yatzil.

Soy quien está feliz de verte tan grande, tan guapo, tan fuerte.

Soy Iqui Balam, el Tigre de la Luna.

Soy quien te quiere con un amor eterno e inmenso.

Soy quien dice: perdóname. Y quien sin pena derrama un tierno llanto porque te ha encontrado.

VI

Su madre tenía la misma sonrisa, el mismo rostro que él recordaba, radiante y bello. La recordaba más delgada, eso sí. Nicte había subido de peso. Doce años mediaban entre el momento del secuestro, por parte de los putunes, y el reencuentro en Chichenheim. ¡Cuánto tiempo! ¡Doce años! Iqui Balam estaba contento, pero acaso un poco confuso. Le parecía estar en medio de un sueño, uno de los miles que tuvo, porque jamás perdió la esperanza de que su madre volviera a abrazarlo y a besarlo. ¡Y ahora la tenía frente a él! Le parecía increíble después de tanto tiempo. ¿Y en dónde? En el lugar menos esperado: en ese Mundo de Adentro, tan sorprendente y misterioso.

—Ten —le dijo Nicte, enmarcado el rostro en una enorme sonrisa.

Le hizo entrega de un collar del que pendía un enorme colmillo de tigre.

—¿Te acuerdas del sueño que tuve, la víspera de tu nacimiento?

¡Por supuesto que lo recordaba! A Iqui Balam le gustaba escuchar esa historia: la del origen de su nombre. Le encantaba la voz de su madre, una voz llena de cariño, que era como un plácido amanecer, como una canción de cuna. En su sueño, a Nicte se le aparecía un tigre enorme que la acechaba y que sabía de su embarazo. "La criatura que llevas dentro será grande entre los grandes", gruñó el tigre. Era majestuoso, imponente, de gran tamaño y con una piel bellísima. Brillaba en la noche. Enseñaba los colmillos. Gruñía. Dijo, con voz suave y al mismo tiempo poderosa: "Tu hijo está destinado a notables proezas. Será fuerte y valeroso. Te dará muchas alegrías. Poseerá el don de la flor y del canto. Se convertirá, además, en un gran guerrero que combatirá al reino de las sombras y de la sangre derramada, y se convertirá en rey por derecho propio, más por sus virtudes que por su mano dura o sus crueldades".

"Fuerte y valeroso", recordó Iqui Balam, y la sombra de una añeja vergüenza se dibujó en su cara.

La madre, en cambio, no dejaba de sonreír. Estaba feliz.

—Hay algo que no te dije. Justo el día que naciste, grande fue mi sorpresa al encontrar, en tu cuna dos cosas. Una, este colmillo. Mira de qué tamaño es. Velo. Toca su filo. Estaba a un lado de tu almohada. Nunca te lo di, hijo, temerosa de que se tratara de un mal augurio. La única vez que lo usaste fue a los tres meses de nacido, durante tu *hetzmek* o ceremonia del bautizo. ¡Te veías tan lindo y tan tierno! Te llevamos al templo de Itzamná y ahí te incensamos y cantamos por tu buena fortuna. Tu padre te puso una flecha en tu mano. Yo te puse la flor y el canto de un amate en la otra. Y, además, te colgué este collar.

El muchacho escuchaba respetuoso y atento.

—El tiempo pasó. Coloqué el colmillo en un collar y un buen día me decidí a dártelo. Fue, precisamente, el día en que fuimos al arroyo y me hicieron prisionera los putunes. Desde entonces lo he guardado para dártelo. Toma, es tuyo…

El muchacho se puso aquel objeto al cuello. No pudo evitarlo: comenzó a llorar.

—No es tiempo para lágrimas —lo abrazó Nicte—. Nuestras vidas corren peligro. Hay que hacer algo. Te necesitamos. Necesitamos tu fuerza y tu valor. Debes acompañarme —y señaló el estrecho pasadizo por el que había entrado. Le bastó con activar un secreto mecanismo para abrir una puerta.

VII

El pasadizo descendía por varios metros con una leve inclinación. Luego se unía con unas escaleras que bajaban hasta una cueva. Todo ese tiempo fueron iluminados por la roca de Kaali. Olía a humedad y a encierro. Dieron vuelta a la derecha en una bifurcación. Unos diez metros más adelante, tomaron hacia la izquierda en un punto donde había tres caminos diferentes. Iqui Balam notó unos extraños signos tallados en las paredes de roca. Parecían indicaciones de la ruta que debían seguir. Avanzaron unos cien metros más por un sendero pedregoso hasta encontrarse con una gruta de mayor tamaño. Nicte miró hacia todos lados. Caminaron con precaución, sin dejar de mirar a los alrededores. El muchacho sintió una corriente de aire y no tardó mucho en saber de dónde provenía. Se trataba de un hueco en la parte superior, al que subieron no sin cierta dificultad. Una vez que lo alcanzaron, Nicte caminó unos diez pasos más hasta encontrarse con una especie de muro de maleza. Lo empujó y asomó la cabeza. Sacó el cuerpo y, una vez fuera, le dijo a su hijo:

—Ven —le dio la mano.

Iqui Balam subió a la superficie. La superficie del Mundo de Adentro. Se encontró con la selva. Una selva muy tupida y de enormes árboles. También, con tres extraños y curiosos personajes que no dejaban de mirarlo en actitud recelosa y amenazadora.

El muchacho se percató del inminente peligro. Jaló a su madre y la puso detrás suyo. "Fuerte y valeroso", le vino a la mente esa frase, así como la palabra: "Cobarde". Nunca más la dejaría a merced de nadie. Sacó el cuchillo y lo blandió a la defensiva.

—¡Soy el Tigre de la Luna! ¡Yo habré de protegerte!

—¡Es bravo el niño! —dijo uno de aquellos hombres.

—¡Niño! —se ofendió Iqui Balam.

—¡Déjenmelo a mí! —fanfarroneó otro.

—¡Atrévete, si puedes! —lo desafió el muchacho.

—¡Quietos todos! ¡Déjense de tonterías! —pidió Nicte.

Se deshizo de la protección de Iqui Balam, caminó unos pasos al frente y se interpuso entre su hijo y aquellos singulares individuos.

—¡Madre! —se alarmó el muchacho.

—¡Mírenlo! ¡Parece un crío de pecho! ¡Necesita a su mamá! —se burló uno de ellos, que blandía una espada.

Otro lo apuntaba con un arco y una flecha lista para disparar. Y otro más lo amenazaba con una curiosa arma de punta filosa en un extremo y chata en el otro.

—Ahora Chan Chaak envía niños a hacer el trabajo —dijo este último, un hombre rubio y corpulento.

Nicte se enojó.

—¡Basta ya!

—¡Es un mocoso! —dijo uno, el de menor estatura.

Aquellos hombres no dejaban de ver a Iqui Balam en actitud retadora.

—¡Bajen las armas! —pidió Nicte.

Fue inútil. Todos insistían en su actitud hostil y amenazadora. Al ver que no le hacían caso, repitió, con más fuerza:

—¡Que las bajen, les digo!

Lo hicieron, no sin refunfuñar.

—¡Iqui! —llamó la atención de su hijo. —¡Tu también obedece, haz lo que te digo! —lo regañó.

El muchacho, si bien cauto y alerta, bajó el cuchillo y terminó por enfundarlo. No entendía qué pasaba, pero su madre parecía saber lo que hacía. Una vez que todos estuvieron tranquilos, pidió con una seña que se acercaran.

—Iqui, te quiero presentar a tus hermanos...

El muchacho no cabía en su asombro. Nicte lo tomó del hombro y se los fue presentando uno a uno.

Llamó al que sostenía la espada.

—Es Ubu.

Era un hombre negro y delgado, aunque de gran estatura. Descendía de una valerosa estirpe de valerosos y bondadosos reyes. Su primer hogar se situaba en una región donde el sol y la arena se aposentaron en todas las cosas, llamado Libia.

Presentó después al del arco y la flecha. Un hombre pequeño, casi un enano.

—Es Gatoka, del país de Pigmea. No permite ningún tipo de burla con respecto a su estatura. Quien se ha atrevido, yace con una flecha atravesada en el pecho. Yo soy la única persona a la que le permite que le diga Chan, que es pequeño, en maya.

—¿Qué tal Aklax? —lo retó el muchacho, pues *aklax* significaba enano.

Gatoka bufó, enojado. Dijo algo en un idioma incomprensible y preparó su arco y su flecha...

—¡Iqui! ¡Gatoka! —Nicte volvió a ponerlos en orden.

El hombre bajó su arma y lo mismo hizo el muchacho con el cuchillo recién desenfundado.

—Más te vale tenerlo de tu lado, Iqui. Gatoka es malhumorado, pero de buen corazón. Y muy valiente...

Fue interrumpida por un carraspeo. Lo emitió con vanidad el rubio corpulento. Era Sigurd.

—Pero puedes llamarme Hacha Sangrienta —dijo, y sonrió.

—O Mikli, que significa "Grande" —aclaró Nicte.

El hombre aprovechó para mostrar su musculatura, en especial sus bíceps.

Iqui Balam seguía sin entender. Nicte le explicó:

—A ellos les debo la vida. Me salvaron de los putunes. Se aparecieron de pronto. Eran tres contra más de cuarenta guerreros hechos de maldad y de sangre. Yo apenas pude darme cuenta qué pasaba, en virtud de hallarme casi inconsciente por los golpes. Sangraba de la nariz y me dolían los pómulos, los tobillos, las muñecas, la cabeza. No podía respirar. Me ahogaba. No supe cómo le hicieron. Qué pasó o por qué. Me pareció que tenían la rapidez del rayo, la agilidad de una pantera, la fuerza de una estampida de tapires, la peligrosidad de una serpiente venenosa, la contundencia de un castigo divino, la fortaleza de una roca, la decisión del jabalí, el empuje de un mar, la bienhechora presencia de los héroes. Sólo escuché gritos de dolor. Me salpicó la sangre. En mi estado de sopor pensé que llovía. No era así. Era la sangre de un cuello cercenado y la de un brazo mutilado y la de un vientre perforado de lado a lado. Zumbaron las saetas. Resonaron los golpes en las cabezas. Se amputaron manos. Se mandó al Xibalbá a todos aquellos desafortunados, que entregaron su cuerpo y su espíritu a los Ajawab o Señores del Infierno. Cuánto dolor, cuántos ayes, cuánta guerra. Cuánto desconcierto y cuánta cercanía con la muerte. Hasta que, de pronto, se hizo el silencio. Ni los pájaros trinaban, asustados por tanta destrucción. El silencio. Después, unos pasos. Alguien me desataba. Fue Mikli. Alguien me dio agua para tomar. Fue Ubu. Alguien más estaba a punto de arrancarme el collar de colmillo de tigre, cuando se dio cuenta que, de un lado, estaba la runa Tywaz, que representa la fuerza, y del otro, la runa Wyrd, que representa la inteligencia.

Iqui Balam se llevó las manos al cuello, tomó el colmillo y observó los dos signos extraños.

—En ese momento tomaron la decisión de conducirme hasta Chichenheim.

Sus heridas tardaron cuatro meses en sanar. Tenía varias costillas rotas y el pómulo quebrado.

—Luego fui yo quien los cuidó —sonrió Nicte, en verdad complacida.

—Es nuestra madre. Mamá Gema, que significa "la protectora" —dijo Ubu.

VIII

—Nuestro deber es defender Chichenheim —dijo Sigurd.

Estaban alrededor de una fogata y hacían preparativos para marchar a defender la Puerta de Tulum. Las últimas noticias señalaban que las tropas de Votán Kukulkán resistían en un enclave conocido como Heimdall.

Cada uno afilaba sus armas. Habían completado, además, una buena cantidad de equipo bélico, entre escudos, cascos y un bien dotado arsenal de lanzas, flechas, hachas y espadas. Iqui Balam se preguntaba cómo iban a transportar todo aquello, pero la respuesta llegó de la mano de Ubu, quien trajo a un Durgold.

—La Serpiente Emplumada está de nuestro lado.

—Venceremos —dijo Gatoka.

A lo lejos, se escuchó un poderoso rugido.

—Es un Fafner —explicó Nicte—, siempre al acecho.

Al muchacho le pareció advertir en varias ocasiones que la maleza se movía en diversas direcciones, como si un animal enorme rondara por los alrededores. Se puso alerta. Ahí estaba algo de gran tamaño, sin duda. Pero ninguno de los demás pareció notarlo, así que terminó por despreocuparse.

El Durgold se recostó y comenzó a dormitar. Ubu echó más leña al fuego.

—En jornada y media más, si avanzamos con rapidez, estaremos en Heimdall —dijo.

—¡A ver qué cara pone Hoenir al vernos! —dijo Gatoka, sonriendo.

Habían desobedecido la orden de permanecer en la Tierra de Adentro, pero habían partido con la intención de espiar los movimientos del Ejército de la Profecía. No faltó quien quisiera acompañarlos. Formaron un grupo de veinte guerreros que, en un alarde de fanfarronería, creyeron poder emboscar a Chan Chaak y matarlo. Hoenir, en cuanto lo supo, montó en cólera. ¡Necesitaba a sus mejores hombres y temía perderlos por una valentonada! De hecho, los perdió casi a todos. Fue algo terrible. Se despertaron, una noche, rodeados por los itzáes. Fueron pasados por las armas sin misericordia alguna. Tan sólo se salvaron cuatro de ellos. Los tres hermanos, Ubu, Sigurd y Gatoka, quienes lo hicieron a duras penas, no sin un buen susto y una que otra herida sin importancia. El otro fue un valiente guerrero de nombre Udor. Llevaba una fea cortada en un brazo, pero aún así le fue posible escapar y entrar de regreso a la Tierra de Adentro. Pensó que era el único sobreviviente y, al llegar ante Hoenir, aseguró que todos habían muerto. "¿Todos?", le preguntó Hoenir. "Sí, todos", fue la respuesta. A Hoenir le dolió. Sintió que mucho de la guerra la tenía perdida sin Ubu, Sigurd y Gatoka, tres de sus más bravos y queridos guerreros.

—Yo también sufrí —dijo Nicte—. Los imaginé sin vida, sus cuerpos mutilados.

—Intentamos regresar, pero nos topamos con que la entrada estaba fuertemente vigilada. Habían seguido el rastro de sangre dejado por Udor y llegaron así a otra de las puertas a Chichenheim —dijo Gatoka.

—Por eso estuvieron a punto de matarte —señaló Ubu a Iqui Balam.

—Hoenir partió a sellar la entrada, sabedor de que las señales de sangre atraerían al Ejército de la Profecía, y te encontraron.

—Al hacerlo, te creyeron un espía.

—¡No soy un espía! —protestó el muchacho.

—Eso está por verse —dijo Sigurd.

Iqui Balam se le fue encima, pero Nicte se interpuso. Los regañó con severidad:

—¡Niños, niños! El enemigo es otro. Necesitamos estar unidos. Ahora, más que nunca. Vean.

Tomó una flecha. La puso de manera perpendicular sobre su muslo, ejerció presión y la rompió. Lo efectuó con una especie de furia, con enorme facilidad.

Después se hizo de cinco flechas.

—Una, por cada uno de nosotros, yo incluida —dijo.

Las colocó todas juntas sobre su muslo e intentó romperlas. No le fue posible.

—¿Ya ven? Uno por sí mismo no puede hacer nada. Si estamos solos somos frágiles, nos rompemos. Pero si estamos unidos, somos fuertes. ¿Oyeron? Fuertes.

Se dirigió al Durgold, que dormía plácidamente, y extrajo, de la carga ya amarrada a su lomo, un largo envoltorio.

—Iqui —le dijo a su hijo—, ¿te acuerdas que cuando naciste te dije que a un lado de tu cuna habían aparecido dos cosas?

El muchacho se llevó la mano al cuello y tocó el colmillo de tigre. Su madre desenvolvió lo que llevaba en su mano. Era como una espada. Estaba hecha de piedra blanca, no de obsidiana o de hierro.

—Es un colmillo de Grendel —explicó su madre.

Así le llamaban a los tigres dientes de sable que habitaban la Tierra de Adentro.

—¡Es enorme!

—Espérate a ver cuando tengas la oportunidad de estar cerca de uno —se burló Gatoka.

—Es un Pakal. Tal es el nombre que recibe —explicó Sigurd.

—Es un valioso tesoro —dijo Ubu.

—Y hay que saberlo usar con valentía y honor —aseguró Gatoka. El colmillo se pulió de tal forma que sirviera de espada —informó su madre—. Es una magnífica arma, filosa y efectiva. Su empuñadura, observa, es de piel de Fafner. Tiene una inscripción en ambos costados. Está escrita en rúnico, el idioma antiguo de Votán Kukulkán. Dice: "Muerte al malvado y vida al bondadoso".

Iqui Balam la tomó entre sus manos.

—Es tuya —repitió Nicte—, pero antes... —se dirigió a Sigurd, Ubu y Gatoka—. Quiero que permitan a Iqui Balam ser uno de ustedes. Es un valiente. Un bravo guerrero.

Los tres asintieron, aunque de mala gana. Nicte sonrió complacida. Los colocó a un lado de la fogata y les tocó el hombro con el colmillo de Grendel. Les pidió que repitieran a coro las Nueve Nobles Virtudes de los guerreros de Chichenheim.

Honor.

Lealtad.

Valor.

Verdad.

Libertad.

Trabajo.

Disciplina.

Solidaridad.

Perseverancia.

—Recuerden su compromiso con estas virtudes —pidió Nicte—. Son guerreros, no asesinos. Son valientes, no malvados. Lo dijo Votán Kukulkán: "Si no está bien, no lo hagas. Si no es verdad, no lo digas".

Pidió que repitieran esas palabras y que, al hacerlo, extendieran sus manos con la palma hacia arriba. Llevó, con cuidado, la punta del colmillo de Grendel hasta sus manos e hizo en cada uno de ellos una pequeña incisión. Tan filosa era aquella arma que bastó un leve corte para que apareciera la sangre.

—Véanse a los ojos, junten sus manos ensangrentadas y digan: "Somos hermanos. Defenderé con mi vida tu vida. Cuidarán mi espalda como yo cuido la suya. Perseguiremos la gloria en batalla y la vida tranquila y honrada en la paz".

Nicte volvió a tocar el hombro de cada uno de aquellos guerreros.

—Los nombro Caballeros de la Hermandad —les dijo.

Sudri y la tormenta

I

—No tenía idea de que la carne de tiburón fuera tan rica —comentó Thorsson.

—Lo he dicho siempre: este feo bicho bien puede pasar por el más fino bacalao —agregó Gaulag, mientras engullía un bocado.

El tiro de Hoenir había sido certero. No sólo eso, doblemente certero. Disparó una flecha, y como temió no acertar en el blanco, dejando a Hilda en la mayor de las indefensiones, de inmediato, con la mayor rapidez posible, colocó una nueva saeta en el arco. El resultado fue extraordinario. La primera dio en la cabeza y la segunda en una branquia. Fue cuestión, entre una y otra, de un solo instante, de un momento de decisión entre la vida y la muerte. Entre el mordisco artero y el salvar el pellejo.

Hilda, no bien se dio cuenta de los flechazos, se puso a nadar lo más rápido que pudo, de manera desesperada y con la angustia reflejada en su rostro, con rumbo al drakkar. Hoenir la esperaba para darle una mano y ayudarla a subir a bordo.

—Fue terrible, fue terrible —se le echó en los brazos, dejándose llevar por un profundo sentimiento de protección que sólo el pecho y el abrazo de Hoenir podían brindarle.

—Ya, ya. Lo sé. Estás a salvo —trataba de calmarla. Hilda temblaba y se estremecía de pensar en lo cerca que había estado de haber servido de alimento para aquel terrible monstruo.

Estaba desnuda, lo único que la cubría eran las gotas de mar que resbalaban por su cuerpo. No le importaba en absoluto. No sentía pena ni se sometía a las reglas básicas del pudor. Nada parecía ser más importante en el mundo que ese abrazo tierno y, sin embargo, fuerte y viril. Su desnudez, en todo caso, resaltaba, más que por su belleza, por esa fragilidad que ahora la inundaba. Parecía débil e inerme, desprotegida a no ser por la manera como se pegaba al cuerpo de su amado.

237

—No me sueltes nunca —le pedía.

El muchacho se dejaba llevar por la ternura, más que por la tentación de la desnudez. Sentía su piel, o aspiraba aquel aroma a joven que Hilda desprendía de su cuello, de su espalda, y su único instinto era el de brindarle refugio, el de protegerla.

—Nada malo te pasará a mi lado —prometió el muchacho, apretándola con más fuerza contra su pecho.

El tiburón, mientras tanto, se había agitado con violencia al sentir los flechazos. Pareció querer huir por simple instinto de sobrevivencia, alejarse de aquello que le hacía un daño más allá de lo que hubiera sentido hasta ese momento, pero algo en él se apagó y terminó por quedar flotando igual que un tronco a merced del oleaje.

Las aguas se tiñeron de rojo.

Así permanecieron, las blancas arenas de la playa coloreadas de carmesí, el transparente mar tranquilo y sin embargo tinto en muerte. Fue ese mismo mar púrpura el que se encontraron Thorsson y Gaulag a su regreso.

Thorsson se preocupó. Su primer pensamiento se dirigió al muchacho. "Que esté bien, por favor, magnánimo Odín, que esté bien, por favor." Se le ocurrió imaginar lo que parecía obvio: un ataque de los skraelings y la posibilidad de encontrarse con su hijo muerto. Esa sangre era de él, pensó con angustia.

—¡Hoenir! —le gritó, la espada y el hacha listas para vengar cualquier afrenta.

—¡Aquí! —le respondió Hoenir, agitando los brazos para informarle que todo estaba bien y señalándole el lugar donde las olas habían arrojado al tiburón a la playa.

Fue Gaulag el primero en correr en dirección del escualo. Era, después de todo, su día de suerte. Se alegró de pensar que esa noche sí comería. Les había ido mal, no habían podido cazar más que dos o tres pequeños pajarracos, nada que valiera la pena, pero el tiburón —poco más de dos metros de largo, una marca negra en la punta de la aleta dorsal y una dentadura que infundía respeto aún después de muerto— era suficiente para apagar su hambre de ya varias jornadas.

Espantó a las gaviotas que se disputaban ese botín. Él mismo destazó y preparó al tiburón, cortándolo en trozos y filetes que puso al fuego.

—Delicioso —Hoenir también estuvo de acuerdo.

Gaulag desprendió las dos flechas del cuerpo del tiburón y se las entregó al muchacho con una reverencia.

Thorsson seguía orgulloso de su hijo. Lo veía con otros ojos, por supuesto que ya no como el niño que a ratos le parecía, indefenso e ingenuo ante las cosas del mundo, sino como el hombre hecho y derecho que ahora era, ese vástago que no dejaba de sorprenderlo: el mismo que parecía poder conseguirse su propia comida, proteger a su mujer, luchar airosamente para salvaguardar la propia vida, y, en fin, enfrentar cualquier obstáculo que se le interpusiera en el camino.

Gaulag, mientras tanto, no ocultaba su alegría. Estaba de lo más contento por aquel suceso. No sólo había comido delicioso, sino que se había puesto a cortar las mandíbulas del tiburón, metiéndolas en un balde de agua hirviendo. Quería conservarlas como recuerdo de aquel viaje. Les prometió, a Thorsson y a Hoenir, que a la primera oportunidad les haría un collar con un diente de aquel escualo.

—Ninguna deidad del mar querrá acercarse a ustedes en cuanto se lo pongan encima —aseguraba, con sus supersticiones de pescador y marino.

Por la noche, satisfechos de tanta comida, estaban recostados en la cubierta del drakkar —no había señales de la luna pero el cielo estaba bellamente tapizado de estrellas— y Gaulag se puso a contar otra de sus historias: el día que dos hombres fueron comidos por un tiburón. Thorsson le hizo señas de que se callara, temeroso de que Hilda estuviera despierta y se pusiera nerviosa con el relato. Una vez que comprobó que la muchacha dormía, dio la orden de continuar. Él mismo estaba interesado en aquella historia. "Era un tiburón enorme, del tamaño de un drakkar de ocho remos", dijo Gaulag. Sucedió tras un viaje dedicado a asolar las costas de Inglaterra. Su *jarl* era un vikingo tal vez no muy corpulento pero buen estratega. Era bueno para la lucha cuerpo a cuerpo, y, además, no le arredraba nadie. Era un hombre de cuidado. No tenía adversario digno de su rapidez de manos y pies, lo que lo convertía en un sujeto que pasaba de fanfarrón a altamente peligroso. Más aún, si llevaba consigo un cuchillo y un hacha. Con decir que no necesitaba de escudos ni de nada que se le pareciera, llámense cotas o armaduras. Dos o tres movimientos ágiles y eficaces, y dejaba a sus rivales regados en el campo de batalla. Su fama era tanta que no faltaba quién quisiera retarlo. Eso mismo pasó en esa travesía, tras regresar victoriosos de Inglaterra. El saqueo fue tan bueno que los hombres estaban la mar de contentos. Se repartió el botín y le tocó a cada uno una parte nada desdeñable. No faltó quien quisiera celebrar con vino, y el *jarl* no lo objetó en absoluto. Era otra manera de premiar a sus hombres por la esforzada valentía mostrada ante los sajones. Se emborracharon. En un momento dado, un tipo de nombre Sven, a quien apodaban la Roca, se le ocurrió enfrentar al *jarl*, primero de palabra y después a golpes. Sven era el *smithr* o herrero del drakkar. Le decían la Roca por lo correoso de sus músculos, que ejercitaba al golpear metales en su fragua para darles forma de espadas, puntas de flecha o clavos. Parecía hecho, precisamente, de piedra. Así, por lo menos, pegaba: como piedras lanzadas con toda la fuerza. El *jarl* y él se enfrascaron en una linda pelea. Gaulag era el *styrimadr* o timonel. Dejó el mando a un aprendiz de piloto y se puso a observar la pelea. El aprendiz se distrajo y el drakkar quedó de costado contra el oleaje. Al corregir el rumbo viró con fuerza. El movimiento fue tan brusco que dos hombres perdieron el equilibrio y cayeron al agua.

Gaulag regresó al timón y maniobró para rescatar a aquellos hombres. Hizo arriar la vela y ordenó a los remeros que enfrentaran el oleaje. Los dos hombres gritaban y alzaban los brazos. De pronto, algo inesperado ocurrió. Algo por completo inusual. Primero fue el rostro descompuesto de los náufragos. Después, la forma como se elevaron por encima de la superficie, empujados desde abajo por una fuerza colosal o de dimensiones mágicas. Más tarde vieron aparecer el cuerpo de un enorme tiburón que llevaba en la boca a aquellos desdichados. Fue un salto descomunal el que dio. Volvió a caer al agua y se hundió sin soltar su presa, en medio de una explosión de espuma, de sangre y de un violento coletazo.

Nunca más volvieron a saber de esa bestia ni de aquellos infortunados…

II

Hilda cayó víctima de la fiebre. Acaso fue el susto mayúsculo mientras nadaba, el tiburón rondándole la vida y la muerte. Acaso fue que la herida terminó por infectarse más allá de los menjurjes y cuidados de Thorsson. Acaso fue el calor reinante lo que entorpeció que la herida sanara. Nadie lo sabía. Lo cierto es que la muchacha volvió a apagarse. Deliraba y se estremecía. Sudaba frío y el sitio del flechazo desprendía un olor molesto, putrefacto. Se mantenía respirando sin que Gaulag o Thorsson supieran cómo. Llevaba varios días sin probar alimento, pues estaba inconsciente, y cuando no, cualquier provisión que era llevada a su boca la vomitaba de inmediato.

—Papá, ¡sálvala! —le pedía Hoenir.

Thorsson buscó y rebuscó entre las medicinas y frascos con yerbas que llevaba algo que pudiera hacerla recuperar la salud, pero todos sus intentos parecían en vano. Hilda se consumía lentamente. Parecía morir sin remedio.

—Amor —la tomaba Hoenir de las manos o acariciaba su frente y sus mejillas.

Hoenir extrañaba su sonrisa. Y su semblante sonrojado, juvenil y sano. Y que ella tomara sus manos con las suyas y se pusiera a ver las estrellas con sueños de una feliz vida compartida. Y sus pasos, con los pies alegres y descalzos, por la cubierta del drakkar. Y sus blusas blancas y sus faldas azules, las mismas con que la había visto por primera vez, muy cerca de un arroyo, caminando de regreso al pueblo, con su belleza impresionante y ese aspecto como de adolescente madura, sus rodillas raspadas de subirse a las rocas y a los árboles, su dentadura que era como un amanecer, su olor a flores recién cortadas y sus ojos cuya mirada coqueta quería nada más que para sí.

Extrañaba su actitud de reto ante las cosas de la vida. Y su inocencia. Y su cuerpo al encontrarse en un abrazo con el suyo.

III

Todo había ido de mal en peor.

Primero Hilda. Su semblante pálido. Su falta total de recuperación. La expresión sombría de Thorsson por no saber qué hacer para curarla. El corazón adolorido de Hoenir por sentir que la perdía.

Luego, los ataques de los skraelings. No bien trataban de alcanzar la costa cuando eran recibidos con hostilidad, desde gritos y movimientos de brazos, que eran como si quisieran ahuyentar a demonios, hasta flechazos y persecuciones en canoas. Una de esas ocasiones observaron cómo uno de aquellos seres de las Tierras Más Allá del Oeste utilizaba una especie de vara larga para dispararles dardos con el soplar de la boca. Los dardos, por fortuna, habían errado el blanco, estrellándose en la borda o en los remos. Thorsson recuperó uno. Era como una flecha diminuta. Se cuidó de tocar su punta afilada, pues algo en su instinto de guerrero le advertía acerca de la posibilidad de que estuviera impregnada de veneno. ¡Malditos skraelings! Thorsson ya estaba harto de su agresiva y sempiterna presencia. Skraelings por todos lados. Se trataba de skraelings por completo distintos a los del norte. En principio, por su indumentaria. Las pieles de foca que utilizaban para cubrirse eran sustituidas por unas telas que les colgaban por atrás y delante de la cintura hasta cubrir sus sexos y sus nalgas. Eran más morenos, también. Y más belicosos. Mientras en las regiones boreales se habían encontrado con grupos más o menos pequeños, en aquellas nuevas tierras los guerreros se apostaban por cientos y por miles. No había modo de enfrentarlos, a no ser que uno quisiera suicidarse. Y estaban por todas partes. Apenas el drakkar se acercaba a alguna playa, eran atacados. Thorsson, al principio, pensó en una desafortunada casualidad. Pero después, pensándolo bien, coligió que los vigilaban y que tenían un sistema de comunicación para seguir sus movimientos y rechazar cualquier amago de desembarco. En consecuencia, el hambre apremiaba. No habían podido bajar a cazar nada en absoluto. Gaulag se las ingeniaba para pescar. Hoenir había podido flechar algunas gaviotas. Pero no era suficiente. Y, luego, el calor. Infernal, insoportable. Habían tenido que hacerse una especie de sombrillas con trozos de palma. La sed era otro problema. Al verse imposibilitados de buscar agua en tierra firme, sobrevivían con la que recolectaban de lluvia. Lo hacían colocando recipientes sobre la borda. Durante algunas semanas todo había marchado bien. Se habían visto favorecidos por frecuentes precipitaciones, algunas de ellas meras lloviznas, pero algunas un poco más copiosas, que no solamente saciaron lo sediento de sus cuerpos sino que los refrescaron del agonizante calor que se abatía sobre ellos. Pero llevaban varios días sin siquiera una gota de lluvia y la poca agua que quedaba la racionaban lo más que podían. Hoenir y Thorsson le daban parte de la suya a Hilda, que se seguía debatiendo entre la vida y la muerte, entre alucinaciones y fiebres.

—Hay que hacer algo —pedía Hoenir.

Por allá, a lo lejos, comenzaban a formarse una serie de grises nubes que acaso presagiaban una bienhechora lluvia. Todos tenían sed y hambre.

—Bajaremos a tierra no importa lo que cueste —respondió Thorsson.

No bien había dicho eso, cuando una andanada de flechas se clavó en distintas partes del drakkar.

—¡Skraelings! —gritó Gaulag.

Era una flotilla de unas diez canoas que se aproximaban por el lado de babor.

—¡Tensa la vela! —pedía el piloto, con voz desesperada.

Se encontraban en una zona de poco viento. El drakkar era tan pesado que, por más que se pusieran a remar entre los tres, sería insuficiente para hacer avanzar con rapidez la embarcación. Todos preveían lo peor. Serían alcanzados por aquellas canoas que llevaban varias decenas de hombres en total. Hoenir preparó su arco. Tenía que esconderse detrás de la borda para no ser acribillado por las saetas. Hilda estaba protegida en una especie de cobertizo que habían construido para protegerla de las inclemencias del clima. Thorsson, una vez que tensó el velamen, también tomó un arco. Gaulag se protegía lo mejor que podía con un escudo y maniobraba el drakkar para ubicarlo en el menor indicio de viento.

—Calculo unos cuarenta skraelings —dijo Thorsson, aguzando la vista.

Las flechas seguían cayendo a su alrededor. También les llegaban los frenéticos y agudos gritos de sus atacantes. Hoenir preparó una flecha y la disparó. Con tan buena puntería que uno de los skraelings terminó con el cuello atravesado y cayó al mar.

—¡Gaulag! ¡Haz algo! —pedía Thorsson. Sin buen viento, tal empresa era imposible. Hoenir volvió a disparar y la flecha se clavó en el brazo de uno de sus enemigos. El drakkar avanzaba lentamente, pero no lo suficiente para alejarse de las canoas.

Hoenir y Thorsson trataban de mantenerlos a raya, pero entre el vaivén del oleaje y el tener que cubrirse para no ser alcanzados por alguna flecha, sus disparos no eran de lo más eficaces. Mataron a seis skraelings pero era insuficiente. Sus atacantes no parecían arredrados en absoluto. Remaban con vigor y con una especie de fanática furia. Harían todo por matar a esos extranjeros en su extraño barco, sin duda.

El viento pareció cambiar. De hecho se sintió una ráfaga de aire húmedo y frío. El mar también empezó a transformarse. De olas casi planas y tranquilas a un vaivén cada vez más fuerte e irregular. Las grises nubes, que parecían distantes, se acercaban como si tuvieran vida propia, como si tuvieran hambre y quisieran devorarlo todo, incluido el horizonte.

El drakkar comenzó a adquirir un poco de mayor velocidad y los remeros tuvieron que renovar sus esfuerzos para no quedar retra-

sados con sus canoas. Éstas estaban compuestas por cuatro hombres
que remaban y dos que disparaban arcos. El propio Hoenir recibió
un rozón en el hombro derecho, que le alcanzó a cortar la carne.
No se quejó. Siguió disparando tan rápido como podía. Thorsson
vio la herida de su hijo pero no se preocupó. Su preocupación estaba
en otra parte: en estribor, donde una de las canoas se las había inge-
niado para llegar y sus ocupantes se encaramaban por la borda. No
había tiempo que perder. De un certero flechazo acabó con la vida
de uno de ellos. Otro se le fue encima con una especie de macana hecha de madera incrustada con piedras filosas. Thorsson nunca había visto algo así. Apenas tuvo tiempo de desviar el golpe, que
iba directo a su cabeza. Aprovechó el impulso de su atacante para
tomarlo del brazo y forzarlo a darle la espalda, mientras él lo sujetaba del cuello. Fue como un milagro. El skraeling cayó abatido por
la flecha de uno de sus compañeros. Fue un instante apenas, el que
lo salvó de haber sido el blanco de aquel disparo. Thorsson cargó
con todo y el skraeling contra el que había lanzado el flechazo. Éste
volvió a disparar, pero la flecha se clavó de nuevo en el cuerpo del
hombre que le servía como escudo. Y como ariete. Se fue a estrellar
contra los hombres que subían por la borda, dejándoles caer el cuerpo sangrante de su compañero. Los skraelings se precipitaron al mar.

—¡Gaulag, sácanos de aquí!

El viento, para este entonces, comenzaba a arreciar, con ráfagas
cada vez más fuertes. El cielo comenzó a nublarse. De algún lado
provenía un agradable olor a lluvia.

—¡Hoenir, a tu derecha!

El muchacho obedeció la orden de su padre. Volteó hacia ese
lado y disparó una flecha contra uno de los skraelings, que había
logrado subir a cubierta.

—Uno menos —dijo.

—Dos —aseguró el padre —despachándose a otro de ellos con
la extraña hacha de madera y piedras. El golpe sobre la cabeza del
skraeling sonó duro y contundente. Le había roto con facilidad los
huesos del cráneo.

La vela comenzó a henchirse y el drakkar a crujir por efecto de
tensarse todas sus amarras. Inició entonces una vigorosa navegación
con rumbo al este para huir de las canoas que los atacaban. Thorsson y Hoenir lograron detener el abordaje, pero las flechas seguían
cayendo sobre ellos. El muchacho alcanzó a ver el cobertizo donde

estaba su amada y lo descubrió lleno de aquellas saetas. Rezó porque estuviera bien. Y, aunque su primer impulso fue correr a su lado, su instinto de sobrevivencia le ordenó permanecer donde se hallaba, parapetado tras la borda de popa. De vez en cuando, tanto él como su padre levantaban la vista para observar a sus atacantes. Las canoas se habían ido rezagando más y más, pero aún se encontraban a una distancia peligrosa.

Las nubes, de grises, comenzaron a tornarse negras. Gruesos goterones de lluvia comenzaban a caer, todavía desperdigados por aquí y por allá. Hoenir abrió la boca, ansiando recibir esa agua que apagara en algo su sed. El drakkar comenzó a bambolearse con fuerza en virtud del oleaje. El mar se encrespaba cada vez más.

—¡Vamos directo a una tormenta! ¡Tenemos que buscar la manera de regresar y encontrar refugio en la costa! —gritó Gaulag.

En otras circunstancias, hubieran puesto el timón en aquella dirección; pero con los skraelings detrás de ellos, tal maniobra era imposible. Sus atacantes seguían ahí, como aferrados a la idea de aniquilarlos de una buena vez. Sus canoas parecían como cáscaras de nuez al influjo del oleaje. Remaban con vigor y lanzaban de cuando en cuando alguna flecha.

—¡No me gusta esto! —aseguraba Gaulag, su voz como perdida entre el ruido del viento, y señalaba con rumbo hacia donde se dirigía el barco: una especie de enorme muro lleno de nubarrones negros.

Ahora sí, la lluvia comenzó a caer con más fuerza. Hoenir fue al cobertizo en busca de Hilda. Estaba inconsciente. Ni una flecha había entrado a aquel sitio. Le tocó la mejilla, ardía. Humedeció con la lluvia un trapo y se lo puso en la frente.

Thorsson le ordenó a Hoenir:

—¡Amárrala! ¡Sujétala bien de donde puedas, que esto se va a poner feo!

La lluvia arreció.

Thorsson se dirigió hasta donde estaba Gaulag, en el timón. Lo recibió un caudal de agua con tintes rojizos. Era sangre. Del piloto. Una flecha lo había alcanzado en una pierna. Él mismo se la había quitado. Thorsson admiró su bravura. Ni un grito, ni un ay de dolor habían salido de su boca. Revisó la herida. No era de muerte. Sí había penetrado el muslo, pero de manera lateral, sin hacer mucho daño. Le puso un trapo amarrado arriba de la herida. Le dio una palmada. En unos días estaría como nuevo. Eso, si salían con vida de esa tormenta.

—¿Qué hacemos? —preguntó.

—Nunca he visto nada igual. Es una tormenta asombrosa. Tenemos que navegar con rumbo a la costa o moriremos, sin duda.

Thorsson miró hacia atrás para ver si seguían siendo perseguidos por los skraelings. No pudo ver nada. No porque no estuvieran ahí, acechándolos, sino porque las olas eran tan grandes que era imposible observar lo que pasaba alrededor.

El drakkar crujía y saltaba o golpeaba las olas.

—¡Regresemos! —ordenó Thorsson.

Era morir a manos de los skraelings o del mar. Sabía que, por lo menos, con los skraelings tenía posibilidades de salir con vida. Con el mar, en cambio...

—¡Que Odín te guíe! —dijo Gaulag dirigiéndose al drakkar.

El viento los arrastraba a la tormenta. Debió pedirle a Thorsson que aflojara la vela, para maniobrar mejor. Thorsson lo hizo, sosteniéndose a duras penas de pie, aferrado a las cuerdas, a la mesana, para no caer aventado por las olas.

—Así, así. Basta —lo dirigía Gaulag.

El mar estaba enfurecido. Surcaban por olas enormes. Había dejado de llover pero el viento arreciaba. Parecía de pronto como si la noche se hubiera abatido sobre ellos, de tan oscuro que estaba por causa de los nubarrones.

Hoenir, en el cobertizo, había amarrado a Hilda, sujetándola a una de las costillas de la borda. En esas estaba cuando fue atacado por un skraeling. Hoenir se sobresaltó. No se lo esperaba, así que se sintió por completo a merced de su atacante. Éste lo tumbó, empujándolo con fuerza. El muchacho sintió que había llegado su hora. El barco se inclinó hacia adelante y el skraeling perdió el equilibrio. Hoenir aprovechó para sacar un cuchillo. No hubo necesidad de utilizarlo. El skraeling tenía una flecha que le atravesaba un costado, a la altura del corazón. Thorsson le había disparado.

Lo echaron por la borda. Lo hicieron con cuidado de no caer empujados por el oleaje. El mar se había tornado sombrío y amenazante. El drakkar crujía como a punto de partirse en dos. Hoenir se preguntó cuánto más resistiría. Thorsson abrigaba el mismo temor. El único que no mostraba preocupación era Gaulag. Él sabía de barcos. Además, se había encargado de reforzar el drakkar. Imaginó tormentas, abismos, bestias marinas y se propuso fortalecer la estructura de la embarcación, incluido su casco y la base del mástil. Estaba perfectamente bien calafateado, y prueba de ello es que a lo largo de la travesía no habían tenido ni una sola entrada de agua. Era un drakkar hecho para durar. Crujía y crujía. Aún así, estaba seguro de que resistiría.

El problema eran las olas, tan altas que ahora sí saltaban por encima de la borda, arrastrándolo todo a su paso. Entre Thorsson y Hoenir se encargaron de sujetar toda la carga, aún a riesgo de caer o ser llevado por un golpe de agua.

Gaulag se puso a recitar un poema aprendido en Groenlandia:

> Puedo cantar,
> hablar de mis viajes,
> tiempos duros de navegación.
> Amargas carencias.
> Y a menudo he aprendido
> lo que es un barco en una tormenta...

"El mar parece montaña", continuaba el poema en otra de sus partes. Y, en efecto, ahora lo parecía. Unas olas que eran como un alto muro, temibles y amenazadoras. Eran trombas, remolinos, demonios líquidos. Se aparecían de todas partes. No bien habían logrado sortear una cuando, al caer al fondo, aparecía otra, más grande e imponente. A ratos era como si mil cataratas juntas se precipitaran sobre el drakkar. En ocasiones, como un duro golpe, demoledor y contundente. Todos, en la embarcación, se habían amarrado, para no ser arrastrados al océano por aquella magnífica muestra del poder de los dioses marinos. Gaulag ahora despotricaba, como si con imprecaciones y maldiciones pudiera detener aquel embate. Había lanzado al mar una especie de ancla flotante. Era un truco aprendido en alguna de sus travesías y servía como contrapeso, para no ser volteados por las olas. Era como la cola de un cometa, que lo estabilizaba en el agua. Tal vez sólo la pericia del piloto los había salvado del inminente desastre. El drakkar parecía siempre a punto de quedar hecho pedazos o de terminar panza arriba. Hoenir estaba junto a Hilda. La protegía del vaivén y de los golpes de agua que alcanzaban la cubierta. Hubiera dado su vida, en ese momento, porque ella estuviera sana y a salvo. Su enorme amor parecía haber llegado a una inesperada y terrible conclusión en aquel tremendo mar. Ella con sus fiebres y su agonía, y él con su ternura y su no apartarse de su lado, salvaguardándola del peligro de morir ahogada o golpeada contra la borda. El muchacho lloraba, pero sus lágrimas se confundían con el agua dispersa por todas partes. El zarandeo era infame. A ratos se sentía caer en un profundo abismo, y entonces se aferraba con más fuerza a su amada, y en otras parecía ser impulsado hacia arriba por una fuerza extraordinaria que quisiera lanzarlos directamente al cielo. Tal vez así era ser llevado por las valkirias al Valhalla. Creyó llegada su hora, y no pudo menos que sentirse triste; él, que había imaginado una vida llena de victorias de guerra; una vida donde su nombre brillara, y con la linda y dulce presencia de Hilda acompañándolo a todas partes. Moriría sin remedio, de eso empezaba a estar seguro, en un lugar por completo alejado de todo.

Thorsson, por su parte, estaba harto y fatigado. Harto de luchar contra aquellos formidables muros de agua y la incontenible presión del viento que pegaba contra su cara y su cuerpo con la fuerza de mil martillos. Estaba fatigado, también, y se dejó llevar por una especie de tranquila rendición. Estaba bien sujeto a la borda pero inerme, vulnerable, en espera de que viniera lo que viniera. La muerte, lo más probable.

Se puso a pensar en el fin de todo, de sí mismo, del mundo. En el Ragnarok.

Allí se alimenta hasta saciarse de la carne de los muertos
y la morada de los dioses se enrojece con sangre;
se oscurece el sol y pronto con el verano llegan las poderosas tormentas.
¿Podrías saber aún más?

Se repitió esos versos del *Voluspa*, a propósito del comienzo de "la batalla final", el tiempo en que "los hombres se compadecerán unos a otros", el momento último, el de la verdad suprema. El de la muerte de todo lo conocido.

En ese momento "el mar se embravece, las olas se levantan, proclamando la llegada del destino". Él mismo había escrito esas palabras en su propia versión del Ragnarok, cuando una febril locura lo hizo ausentarse del mundo y dedicarse a estudiar y a escribir. ¡Ah, las cosas que leyó! Se hizo sabio de la manera como los sabios se hacen sabios: reconociendo que, por más que supiera, no sabía nada. Escribió visiones pesimistas de un final que ahora, en medio de ese mar de rabia y espanto, se le aparecía en todo su esplendor, tal y como lo había imaginado.

Se dejó vencer por lo irremediable y recitó en actitud estoica, para sí mismo:

> El sol se oscurece, la tierra se hunde en el mar,
> las ardientes estrellas caen, desde el cielo son arrojadas.
> Sube violento el humo y la llama que alimenta la vida
> hasta que el fuego sube a lo alto, hasta el mismo cielo.

Thorsson estaba consciente de ese destino que era el comienzo del fin. El comienzo del adiós eterno. El camino sin regreso. Tal vez ya había hecho de todo y sólo le restaba aquella última hazaña, la más guerrera de todas: morir.

IV

Fue Hoenir el primero en despertar. Lo hizo como quien se despereza de una pesadilla, con alarma, por no saber en qué lugar se está del sueño o de la realidad. Se sacudió la cabeza, todavía empapada. Le costó trabajo recordar, como si hubiera emprendido un largo viaje, monótono y aburrido. O como si hubiera caído enfermo, acosado por una fiebre terca. El cuerpo le dolía. Se descubrió amarrado. Tenía sangre ahí donde las cuerdas lo apretaban. Y estaba todo como torcido. Quiso hablar y era como si hubiera perdido la capacidad de hacerlo. La boca se encontraba seca, los labios partidos. Por fin, logró articular palabra:

—¿Hilda? —fue lo primero que dijo. No escuchó respuesta. Si acaso, algo como un golpeteo que provenía de alguna parte—. ¿Hilda? —volvió a preguntar.

Se fue recuperando de aquella extraña pesadez que lo mantenía en un estado de somnolienta turbación. La cabeza parecía estar a punto de estallarle. Se descubrió más sangre, pero ésta en su hombro. Recordó, o por lo menos intentó hacerlo. Los skraelings. La persecución. La herida de flecha. La tormenta.

Eso, la tormenta.

Poco a poco, fue adquiriendo mayor conciencia de lo sucedido. Se acomodó y, al hacerlo, sintió una mano. La tocó, la apretó, la reconoció. Abrió por completo los ojos y la vio a su lado. Las cuerdas se habían aflojado y su cuerpo estaba recostado, con la cabeza hacia abajo.

—¡Hilda!

Su amada no respondió. Se acercó a ella. Temió lo peor: que hubiera muerto. Respiró aliviado al sentir las palpitaciones de su sangre en las venas del cuello. La desamarró, le dio un beso tierno en la mejilla y la colocó de tal manera que pudiera reposar con holgura, con restos de un pedazo de tela bajo la cabeza, como si se tratara de una almohada. Miró a su alrededor. Se dio cuenta de que el cobertizo había quedado hecho trizas. Se puso de pie para contemplar el daño. Sus piernas tardaron en reaccionar, por completo débiles y envaradas. El drakkar había sufrido las consecuencias de la tormenta. La borda cercana a la proa lucía con un boquete que comprendía buena parte de la cubierta. Por aquí y por allá encontró maderos levantados o fuera de su sitio. El velamen había desaparecido casi en su totalidad. Estaba hecho trizas. Sólo jirones de tela lucían colgados del mástil y de lo que quedaba de la driza. Había barriles, botellas y frascos, cajas y vasijas desperdigadas por doquier. También algunas armas, entre ellas la espada de Kaali, que se encontraba tirada a mitad de cubierta.

Paseó su vista por el mar. El mismo mar de siempre, inmenso, invencible. Un mar de color azulado oscuro, pero calmo, apenas con un tenue oleaje.

Buscó a su padre. Ahí estaba, amarrado a la borda de estribor. Parecía inconsciente.

Faltaba Gaulag.

En el timón no había nadie. El drakkar se encontraba a la deriva, en completa libertad. Removió restos de objetos. Levantó un pedazo grande de vela que colgaba por babor. No lo vio por ninguna parte. Sospechó que el pobre infeliz había sido lanzado al agua, para perecer sin remedio en aquel océano. "Ahora sí estará junto a su Hauman y sus otras divinidades marinas — pensó Hoenir—. La malvada Ran lo jaló a su reino de cuevas de coral, como hace con todos los ahogados." Sintió pena por él. Viajar tan lejos y morir de esa manera, acaso fatigado de flotar y dejándose llevar a las profundidades. Acaso devorado por los tiburones.

De pronto, escuchó un golpeteo, y, entre el golpeteo, un quejido. Vio una gaviota suspendida en el aire, que se acercaba y alejaba del drakkar en busca de algo. A esta gaviota se le unió otra, que parecía hacer lo mismo. Y otra más, que tenía el pico rojo, como sangrante. Hoenir fue a averiguar qué pasaba. Se dirigió al sitio donde la tormenta había arrancado un pedazo de borda y de cubierta. Espantó a las gaviotas, que lo acechaban en actitud amenazadora, como si quisieran atacarlo. Le graznaron, en una especie de advertencia áspera, discordante, para mantenerlo alejado. El muchacho no se amedrentó. Podía sentir el batir del viento muy cerca de su rostro e imaginó que faltaba poco para que decidieran atacarlo. Tomó la espada de Kaali y, agitándola en su contra, sólo así las pudo ahuyentar.

Hoenir dejó la espada a un lado y se asomó a ver qué buscaban las gaviotas con tanto ahinco. ¡Era Gaulag! Estaba recostado en un hueco entre la cubierta y el fondo del barco.

—¡Gracias a Odín que me encontraste! —su rostro se alegró, si bien era un rostro dominado por la hambruna y la fatiga.

El muchacho le dio la mano y le ayudó a salir de aquel sitio. Gaulag lo hizo con dificultad, pues tenía todo el cuerpo entumido. Explicó:

—Era el único sitio a salvo del maldito sol y me recosté. Supongo que me quedé dormido. Pero de pronto sentí un picotazo. Eran las malditas gaviotas, que querían comerme vivo. Por más que trataba de ahuyentarlas, a golpes, a patadas, ahí seguían, las endemoniadas.

La pierna derecha de Gaulag sangraba. Ahí había recibido el flechazo. Si bien no era una herida de consideración, tenía la carne viva y un hilillo de sangre le escurría rodilla abajo.

—¡Me picotearon mi pierna! —se quejaba el piloto.

—Será mejor que hagamos algo para que dejes de sangrar —le dijo Hoenir, ofreciéndole un retazo de vela.

Una vez repuesto de este incidente, ambos trataron de reanimar a Thorsson. Éste, más que inconsciente, parecía profundamente dormido. Incluso roncaba. A Gaulag le pareció que así debía verse un oso en su madriguera, mientras hibernaba. Tenía la piel roja de sol. Rojísima. Había estado mucho tiempo expuesto a los rayos solares. Hoenir tomó un recipiente, lo amarró a una cuerda y lo lanzó al mar. Su contenido lo vació en el rostro de su padre. El agua surtió su efecto y Thorsson despertó. Lo hizo de manera lenta, como si le costara trabajo moverse, abrir los ojos. Se quejó de dolor en sus brazos y en sus piernas. Suspiró con pesadez y preguntó:

—¿Dónde estamos?

Hoenir no tenía una respuesta. Tampoco Gaulag. Tan solo atinó a decir:

—Perdidos en el océano.

V

Hilda no pudo resistir y murió a las pocas horas.

La herida no había dejado de supurar y estaba inflamada, no sólo el sitio exacto del flechazo sino una buena porción del hombro, que aparecía amoratado en algunas secciones y en tonos rojizos y verdes en otras. Su rostro había adquirido una palidez escalofriante. Su cuerpo se había ido consumiendo debido a la infección y a la falta de comida. Sus mejillas estaban hundidas. Los huesos parecían reinar más que la carne. Hoenir lloraba.

—¡Y yo que prometí protegerla! —sollozaba.

La recordaba, bella como era, lo mismo en la aldea, donde se distinguía de inmediato por su hermosura entre las demás muchachas, y en aquella maravillosa playa, donde ella había nadado desnuda. Se reprochó no haberla abrazado más fuerte. No haberla acariciado más. No haberle hecho el amor.

—¡Ah, maldito Hako! ¡Que los lobos más feroces te coman vivo, que te atraviesen mil dolores como espadas en el pecho, que los tiburones de la vida te persigan con sus tarascadas de furia!

Hoenir se abrazaba a ella como si pudiera revivirla. Lloró y lloró hasta quedar seco. La veló toda la noche. No se separó de ella ni un segundo.

Thorsson y Gaulag se encargaron de construir una balsa hecha con maderos del drakkar. A la mañana siguiente le dijeron:

—No la olvides pero déjala ir.

Hoenir lloró en el hombro de su padre como nunca lo había hecho, ni de niño. Se abrazó a él. Sollozaba y la señalaba a ella, tan linda y tan demacrada.

Entre Thorsson y Gaulag cargaron el cadáver y lo recostaron sobre la balsa.

No sin esfuerzo la echaron al mar. La habían cubierto con varios tipos de ropa y una capa de terciopelo que había sobrevivido el naufragio. Thorsson, sin que Hoenir lo notara, había echado sobre el cuerpo una sustancia oleaginosa, que facilitaba la combustión. Con la ayuda de unos cristales que expusieron a los rayos del sol lograron producir una flama, encendieron una antorcha hecha de un palo y restos de vela y finalmente prendieron la capa y soltaron la balsa para que quedara a la deriva.

Hoenir la vio partir, envuelta en llamas.

—Hilda, querida —se despidió Hoenir—. Volveremos a encontrarnos. Yo no te desconoceré en la vida, tú no me desconozcas en la muerte.

VI

El mar lo es todo, el mar siempre está.

Hoenir se la pasaba viendo el océano. Parecía querer arrancarle respuestas. A ratos, aullaba de dolor. A ratos, maldecía con ganas de que su voz alcanzara a las divinidades. A ratos simplemente permanecía en silencio. O lloraba.

Thorsson lo dejó hacer. Permitió su luto como quien brinda una caricia. Le dolía su hijo pero debía ocuparse ahora de hacer todo lo posible por mantenerse con vida. Habían logrado capturar algunos peces que aminoraron su hambre. Había llovido, muy poco, pero lo suficiente para llenar uno que otro recipiente y saciar en algo su sed. La piel de Thorsson comenzaba a pelarse, como si se tratara de una víbora que mudara su envoltura. Fue un proceso doloroso, que el vikingo resistió de manera estoica. Empezaba a acostumbrarse a esa nueva vida, de pesca, de labios secos, de brazos y piernas rojas y adoloridas, de nostalgia y de dudas. Había pasado su enojo inicial al percatarse que la mayor parte de sus pertenencias habían sido engullidas por el mar. La tormenta se había llevado frascos, pócimas, mapas, varias armas, libros antiguos y sus propios manuscritos. Esto último lo hacía sufrir enormemente. Toda su vida desde que quedó baldado estaba en esos papeles, en esas historias, en esas frases. Todo se había esfumado. También las cosas de Thordal. Su legado de libros y ciencia, todo, literalmente todo, en el fondo de ese océano que parecía infinito.

Lo único que lo consolaba era tener en su posesión el mapa de Thule. Se había cuidado de esconderlo muy bien. El pergamino permanecía en su envoltura de cuero, aunque metido en un frasco opaco y largo, taponeado con corcho y sellado con una brea especial, la misma que se usaba para calafatear los barcos. Lo había depositado en un escondite especial, construido cerca del mástil que, conforme a lo especificado por Gaulag, era el lugar más fuerte del barco. El drakkar podía deshacerse en mil pedazos, pero esa parte perduraría de manera íntegra, sin importar el tipo de desastre, golpe o naufragio que ocurriera. Thorsson, aprovechándose que todo mundo dormía, lo sacó de su sitio para verificar su estado. El frasco se encontraba en magníficas condiciones. Lo había envuelto, además, en terciopelo, para protegerlo de mejor manera. Recordó a Heyerdhal y su cabeza llena de runas. Sopesó el frasco y el tesoro que contenía. Repasó mentalmente lo estipulado en el mapa:

"El dragón emplumado, cansado de las miserias de los seres humanos, se retira al inframundo de la mágica vida, no de los caminos secos de la muerte, a la que llaman la bóveda celeste hecha de piedra, el jardín olvidado, el hogar de los desilusionados de la guerra, el espacio de la felicidad".

¿Qué significaba todo eso? No lo sabía. Se lo había aprendido de memoria, en caso de que el mapa no resistiera el viaje, pero aún no había tenido la oportunidad de comprobar ninguno de sus asertos. Ni siquiera podía precisar su posición en aquel océano inmenso. El mapa decía: "El destino que está más allá de la tierra roja y del vino. Hacia Westri, el que sostiene y el que nunca creció, y hacia sus hermanos Bofur, Nain, Onar y Sudri". Habían navegado más al sur de la tierra del vino, que no podía ser otra más que Vinland, pero después de aquella poderosa tormenta su paradero le resultaba desconocido.

Thorsson se sintió confuso y desalentado. Guardó el frasco con el mapa y se puso a cavilar sobre su paradero. Le preguntó a Gaulag. Éste esperó la noche para ver las estrellas. A la mañana siguiente hizo cálculos con respecto a la salida del sol, y lo único que dijo fue:

—Sudri. Estamos al sur, sin duda. Lo más al sur que alguien haya llegado.

Eso le agradó a Thorsson. Entre todas sus desgracias, ésa era la única buena noticia. El sur. El deseado sur, que tanto había motivado ese viaje. El sur y la ansiada Thule. El sur y la región que era como un paraíso. El sur de Ullam y Thordal. El sur de Chichenheim. Pero la noticia, que en principio fue buena, se convirtió al cabo de un rato en un gran interrogante. ¿Dónde exactamente de ese gran sur se hallaban? No había manera de saberlo. Todo era ese inmenso mar. Y tal vez, de pronto, el proverbial abismo donde todo terminaba. La Ginunga, que era el nombre de la nada, de ese hoyo sin fondo y sin luz que constituía la ausencia total de todo, del no ser y del no estar. La Ginunga, se repetía Thorsson, desolado e impotente como estaba. No se veía tierra por ninguna parte. Gaulag había hecho nuevos cálculos y previó que debían navegar rumbo al suroeste, ¿pero cómo? ¡Sin vela, parecía imposible! Remar resultaba una tarea impensable. Parecían condenados a quedar a la deriva, a capricho de los dioses.

Se hicieron expertos en pescar y en cazar. Gaulag tuvo su momento de desquite cuando, mediante una ingeniosa trampa, pudo atrapar una gaviota. Le torció el cuello, le quitó las plumas y las vísceras, y al poco rato preparaba un desabrido caldo cocinado con agua de mar.

Hoenir se unió a ese banquete, donde el pajarraco le hizo los honores a la hambruna de los náufragos. A Thorsson le dio gusto ver a su hijo. Era el primer alimento que se llevaba a la boca desde la muerte de Hilda, lo cual interpretó como una señal de regreso. Estaba, otra vez, entre ellos. Por algunos días creyó que el muchacho cometería la tontería de lanzarse al mar, pues su mirada era reflejo de su desdicha, su semblante del pesimismo, su aspecto todo de la tristeza más pesada. Comió y le hizo bien. Fue como si regresara del lugar de los muertos para situarse, de nuevo, en el lugar de los vivos.

Los días pasaron. Gaulag, en el timón, únicamente cuidaba que el barco no se alejara tanto de la latitud que buscaba, "Sudri, Sudri", repetía en una voz que empezaba a sonar la de un loco. Estaba lleno de pústulas a todo lo largo de la piel. El sol los hacía añicos. Los fatigaba y minaba su cordura, sus esperanzas. Thorsson, que quiso imponer orden, dejó al poco tiempo que el destino hiciera lo suyo. Lo poco que había sobrevivido a la furia de la tormenta quedó desperdigado a todo lo largo de la cubierta, acaso como evidencia de una derrota anticipada.

Un día se despertaron con la sorpresa de hallarse en medio de grises nubarrones y de un portentoso vendaval. El recuerdo de la pasada tormenta volvió a aparecer, como un temblor de miedo, en sus corazones. Pero también los animó. Era como tener la oportunidad de probarse, de mostrar su carácter de hombres. Las ráfagas pegaban de lleno en sus rostros y lo agradecían. Era el primer cambio en el clima en mucho tiempo. ¡La embarcación avanzaba! Comenzó a llover y eso los reanimó de una manera vertiginosa. Se volvieron a sentir animados, vivos. Era como volver a entrar en una batalla. Tal vez, en el fondo, cada uno de ellos prefería morir así, luchando contra los elementos que con la muerte lenta de la calma chicha.

El viento arreció y también la fuerza de las olas.

Las nubes se tornaron negras. Se prepararon a afrontar una enorme tormenta.

VII

Se comportaron como unos valientes.

Lo mismo el drakkar que, zarandeado y todo, con la fuerza de una multitud de gigantescas olas, aguantó sin hundirse ni quebrarse, aunque no sin algunos desperfectos, a merced de aquella fenomenal furia marina. Fue una buena batalla, en la que estuvieron a punto de ser azotados por un enorme golpe de ola o lanzados por la borda para ser comida de los tiburones. El drakkar, con su cabeza de dragón en la proa, y su cola de dragón en la popa, parecía una serpiente marina que gustara de probarse en ese océano embravecido.

Al final la tormenta amainó y sólo quedaba un poderoso vendaval que arrastraba al barco a su capricho.

Thorsson, Hoenir y Gaulag se abrazaron, con la dicha de haber mantenido la vida. El zarandeo y bamboleo continuaba, pero aún así se dieron a la tarea de sujetar aquello que había quedado desperdigado sobre cubierta, en especial algunos utensilios que habían adaptado para la pesca, algunas vasijas para cocinar o recolectar agua y las pocas armas que les quedaban.

Hoenir distinguió la espada de Kaali, que rodaba a merced del vaivén del oleaje. Sabía, o por lo menos intuía, el valor que tenía para su padre, y se dirigió a levantarla. Pero notó algo extraño. Al momento de acercarse para recogerla, el arma se movió. No hacia el sentido de la inclinación del barco, sino como si obedeciera a algo distinto, a un impulso propio. Volvió a agacharse, y sucedió lo mismo. Parecía como si la espada de Kaali buscara algo. Se movía en una dirección, luego en otra. Finalmente, se quedó quieta, la punta con rumbo a estribor. El muchacho, recuperado de cierta sorpresa, quiso tomarla de nuevo. Se imaginó de niño, cuando trataba de pescar ranas y éstas saltaban apenas sentían acercarse sus manos. Algo similar sucedió entonces. La espada avanzó por sí sola unos cuantos centímetros. Luego, otros pocos centímetros más. Hoenir no daba crédito a lo que pasaba. Decidió dar por terminado ese juego y actuar con un rápido movimiento para atrapar a la escurridiza arma. Thorsson, que se había dado cuenta, miraba a su hijo con expectante curiosidad. Sabía que algo mágico ocurría pero no sabía qué. El muchacho se lanzó con brío para tomar la empuñadura. Pero la espada parecía tener vida propia. Adivinó sus intenciones y se alejó fuera de su alcance. Acto seguido, pareció cambiar de rumbo y, de una manera por demás asombrosa, pareció levantarse de la punta, temblar un poco en esa posición y después volar por los aires y precipitarse con velocidad vertiginosa en dirección de la borda, donde terminó por clavarse.

Hoenir no podía creerlo. ¿Alucinaba? ¿Era producto del hambre, de la fatiga? Se lo cuestionó. Se sintió mareado, debido al eterno movimiento del mar. Notó la presencia de su padre, que había presenciado todo aquello. Intercambiaron miradas de pasmo y extrañeza. ¿Qué pasaba? Se dirigieron ambos a donde estaba la espada. La tocaron como si se acercaran a un animal salvaje.

El muchacho la tomó de la empuñadura y la desclavó. Al hacerlo, supo que debía sostenerla fuerte con las dos manos, pues la espada parecía querer escapársele en cuanto pudiera hacerlo.

—¿Qué demonios pasa? —preguntó.

Thorsson recordó las palabras del snorri Thordal.

—Es una espada mágica —repitió—. Está hecha con el mismo material que las estrellas y el martillo de Thor. Es parte del sol cuando chocó con el mundo.

Le enseñó la runa Wyrd, la runa de Odín, grabada en su hoja filosa, y la runa Tywaz, la runa de Thor, en su empuñadura.

—¿Qué significan? —preguntó Hoenir.

—Es la fuerza y la inteligencia juntas. Del poder y del conocimiento. La espada de Kaali no es sólo para matar sino para pensar.

Thorsson hizo un esfuerzo por recordar aquella conversación de hacía tantos años cuando era un niño. Rememoró, no sin cierta alegría:

—"Cuando uses la espada de Kaali no te dejes llevar sólo por tu impulso guerrero sino por tu vocación de hombre sabio".

Hoenir, que sostenía con fuerza la espada, que parecía tener una vocación de huida, de querer irse a ignorados rumbos, meditó lo dicho por su padre. De pronto, sintió como si jalara de la brida a tres caballos salvajes. En eso, el barco se movió al influjo de un golpe de ola y de nuevas rachas de viento. Al hacerlo, Hoenir notó que la espada se movía, pero en busca siempre del mismo rumbo.

Tuvo, entonces, una idea. O, más que una idea, un recuerdo. Llegó a su memoria lo estipulado en "El mapa de Thule".

—¡Gaulag! —gritó—. ¡Dirige el timón a este rumbo! —y señaló el que apuntaba el arma.

—Pero… —trató de protestar; ir en esa dirección era recibir de lado las olas y el vendaval.

Thorsson recordó el Mapa de Thule, que decía: "Lleva el corazón alegre, la proa siempre hacia abajo y la lengua de fuego de Kaali. Es tu faro y tu guía, la única salvación".

—¡Obedece! —lo secundó Thorsson.

VIII

Entre Gaulag, Thorsson y Hoenir diseñaron un ingenioso mecanismo de modo que la espada de Kaali se mantuviera en la proa del drakkar, justo antes de la cabeza del dragón de proa. Tenían la espada muy bien sujeta a varias cuerdas, para impedir que se soltara y escapara merced a ese influjo de vida propia que parecía haber obtenido de repente. Se cuidaron de una manera muy calculada de no amarrarla por completo, para permitirle cierto espacio de libertad y movimiento. De esta manera podía señalar el rumbo al que parecía querer llegar con tanta ansia.

"Es tu faro y tu guía, tu única salvación", tenían en mente la instrucción del mapa y se aferraban a ella como quien busca resguardo en la noche helada o respuestas a un alma atormentada por las dudas.

Seguía el vendaval, que había aligerado un poco durante algunas horas y que, al sobrevenir la tarde, volvía a aumentar de cuando en cuando con ráfagas y olas más grandes y más fuertes. Volvieron a aparecer los nubarrones negros. La posibilidad de tormenta. El atardecer fue hermoso. La noche se aposentó y, de nuevo, las cosas se mantuvieron en relativa calma. La oscuridad era completa, solo teñida de cuando en cuando por algunas andanadas de relámpagos a lo lejos.

Colocaron una lámpara junto a la espada de Kaali, para que Gaulag pudiera ver el rumbo que marcaba.

Los tres náufragos se dedicaron a descansar, cada uno con sus pensamientos. Thorsson intuía que algo bueno debía de suceder. Se lo decía su experiencia de guerrero. Tantas veces que había estado a punto de perder la vida y continuaba vivo. ¿Por qué no ahora le sucedería lo mismo? Presentía que estaba cerca de su destino, cualquiera que fuera, y éste no era el de la muerte. Se sentía fatigado, pero bien. Le preocupaba Hoenir, su duelo, su melancolía. Estaba seguro de que finalmente había optado por la vida, antes que atreverse a acompañar a su amada en la muerte, pero necesitaba estar más presto y diligente si en verdad quería sobrevivir. Le gustó verlo animado cuando descubrieron aquella propiedad misteriosa y probablemente mágica de la espada de Kaali. Por un momento tuvo en su rostro un brillo de optimismo. Pero, al poco rato, había vuelto a caer en esa triste languidez. ¿Gaulag? No lo había dicho, pero a Thorsson no se le había escapado el hecho de que el piloto empezaba a perder cabello y a sangrar de la boca. La enfermedad de los dientes parecía haberse aposentado en él. Gaulag mismo debía saberlo, experto en las consecuencias de las largas travesías. No por nada, a sugerencia suya, Thorsson había adquirido varios manojos de una hierba conocida como coclearia o hierba de los marinos. Era sabido que los hombres de mar contraían un mal que los hacía sangrar del cuero cabelludo, uñas y encías, y que llegaban a morir en medio de una terrible agonía. El propio Thorsson había presenciado a algunos de estos desgraciados, afectados por una enfermedad que era como si la sangre no estuviese a gusto en el cuerpo y quisiera salir por cualquier agujero que encontrara. La coclearia era buena para evitarla y remediarla. Le pareció buena idea que Gaulag pensara en llevarla a bordo del drakkar. De hecho, la habían consumido, masticándola y chupando sus jugos. Tenía un sabor amargo, como ácido. Pero, si algo quedaba de esta hierba, se había ido al fondo del océano tras la temible tormenta. No más de una semana había pasado desde entonces y ahora el *styrimadr* mostraba algunos síntomas que le parecían inequívocos. Se preguntó si moriría. Fue egoísta: a Thorsson le preocupaba menos la posibilidad de su muerte que quedar desprotegidos, sin sus conocimientos, sin su experiencia de marino.

Así se durmió. No supo cuánto tiempo transcurrió, pero de pronto fue despertado por un brusco movimiento del barco.

Una ola enorme los había golpeado. El agua había entrado a cubierta, barriéndolo todo. Thorsson preguntó por su hijo y por Gaulag. Estaban bien, aunque empapados. En ese momento comenzó a llover a cántaros. El drakkar crujía, azotado por el fuerte oleaje.

En ese instante sucedió algo extraordinario. La espada de Kaali se iluminó. El resplandor fue tanto que enceguecío momentáneamente a los tres náufragos.

"Es la magia, que comienza a develarse", pensó Thorsson.

—¡Es "la lengua de fuego de Kaali"! —repitió Hoenir en voz alta.

Los dos se voltearon a ver. ¡El mapa tenía razón! ¡Todo parecía ir encajando en su sitio!

—¡A la derecha! ¡Dirige el drakkar a la derecha! —le gritaron a Gaulag.

Éste obedeció. Podía ver perfectamente el rumbo marcado por el arma.

No tardó en amanecer. La tempestad no amainaba. No era tan fuerte como la que habían encontrado una semana atrás, pero no estaba exenta de peligro. La espada de Kaali fue perdiendo brillo conforme los primeros rayos de sol se fueron adueñando del mundo. A ratos los envolvía un negro y denso nubarrón y el arma volvía a encenderse como si tuviera fuego por dentro. De nuevo aparecía el resplandor de la mañana y la espada dejaba de brillar.

"Qué extraño", pensó Thorsson, quien buscaba darle una respuesta a ese misterio, a esa "lengua de fuego".

El barco se vio arrastrado por lo que imaginaron era una fuerte corriente submarina. Afrontaron grandes olas, que parecían confabularse para ir minando la fortaleza del drakkar. La lluvia apareció mezclada con el intenso rocío del oleaje al chocar contra la borda. Cada uno se agarró a algo que lo mantuviera sujeto, dentro de la embarcación. No pocas veces resbalaron, ya sea por el continuo vaivén o por la entrada de alguna ola que parecía tener la consigna de Ran de llevárselos a sus cuevas de corales.

—¡Egir, protege a tus marineros! —clamaba Gaulag.

El piloto se dejó llevar por el desasosiego de pensar que se dirigían al sitio donde se acababa el mundo. Estaba atento a cualquier señal que lo mostrara. Algún relámpago y su trueno ensordecedor. Alguna ola portentosa, que pareciera montaña. Algún remolino que se apareciera de manera súbita. Temía, al mismo tiempo, que aparecieran el Neckar o el Kraken, los portentosos monstruos de las profundidades.

Nada sucedió, fuera del fuerte oleaje, las rachas de viento y la lluvia. El mal tiempo amainó y, de cuando en cuando, aparecieron parches de un magnífico cielo azul. El drakkar, sin embargo, parecía tener vida propia. Era como si tuviera intacto su velamen y se dejara conducir por las corrientes de aire. La tormenta parecía extinguirse poco a poco, pero el barco no dejaba de ser impulsado por una misteriosa fuerza.

Una espesa bruma cubrió el océano. No se podía ver mucho a la redonda. Aún así, Gaulag se dejó llevar por una intuición. Soltó el timón. La nave continuó por sí sola su rumbo, marcado por la espada de Kaali. Volteó a ver a Thorsson, que estaba a punto de regañarlo por descuidar la navegación, y reconoció en su rostro el mismo semblante lleno de extrañeza y de sorpresa.

Pronto cayeron en la cuenta que no se trataba de ninguna corriente marina la culpable de que el barco se dejara impulsar sino de la fuerza de la espada, que se sentía atraída por algo que parecía jalarla con portentoso empeño. Se preguntaron si se trataba del llamado de alguna divinidad. Tal vez Odín los reclamaba. O tal vez era una manera de entrar al Valhalla. Llegó a pensar que estaban muertos y que entrarían al paraíso de los vikingos con todo y su apaleado drakkar.

La nave avanzó entre la bruma, tal y como si se tratara de una vigorosa serpiente marina que despertara de un largo sopor, su cabeza y cola de dragón perfectamente intactas en la proa y en la popa.

Hoenir no había estado exento de aquel maravilloso proceder del barco. Se preguntaba cosas. Cavilaba. Concluía que la magia de la espada era un signo de que la buena suerte estaba de su lado. Algo en él brilló, aunque sea momentáneamente. Se imaginó dueño de un destino grandioso. Acaso era la forma como los dioses actuaban. Hako y la huida. La búsqueda de Sudri. La tormenta y el descubrimiento de los poderes de la espada de Kaali. Todo debía tener un fin. "Pero, ¿cuál?", se preguntaba el muchacho.

La respuesta llegó pronto, si bien de una manera inesperada.

—¡Miren!

El primero que dio la voz de alarma fue Gaulag.

—¡Estamos a punto de estrellarnos!

La intensa bruma se desvanecía decenas de metros más adelante. Lo que vieron pudo haberlos alegrado pero, en vez de eso, los atemorizó. Era tierra firme. ¡Habían llegado a tierra firme! Sí, pero no era lo que esperaban: se perfilaba, ante ellos, una silueta enorme y amenazadora.

La costa no estaba formada por una playa sino por un acantilado rocoso que se alzaba como veinte metros de altura. En su base podían apreciarse las olas, que se estrellaban con fiereza en las rocas. Estrellarse ahí era perder el barco y la vida.

Gaulag manipuló el timón para evitar el choque contra aquella pared de piedra. El drakkar obedeció y se deslizó con suavidad a babor. La maniobra había sido ejecutada a tiempo y la nave parecía a salvo del encontronazo. Gaulag respiró aliviado y lo mismo hicieron Thorsson y Hoenir. Pero el gusto les duró poco. El barco, guiado por la espada de Kaali, se dirigió de nuevo al acantilado. El piloto maniobró el timón pero le fue imposible virar.

La bruma volvió a espesarse. Estaban a unos minutos, nada más, del choque. Aquello parecía un *holm* o isla rocosa. Gaulag invocó a todos los dioses. Thorsson se encontró de pronto sin saber qué hacer. La muerte lo sorprendía de una manera inesperada. El único que parecía atento y diligente era Hoenir. Pensaba con rapidez. De pronto, dio la orden:

—¡Gaulag! ¡Suelta el timón!

El piloto lo hizo, más que por obedecer, por rendirse ante lo irremediable. El barco se precipitó hacia las rocas. La bruma comenzó a espesarse de nuevo. Apenas y pudieron ver una pared oscura que se acercaba de manera amenazadora. También escucharon un ruido que no pudieron definir y que fue aumentando en intensidad. Parecía agua que caía. Thorsson ofreció el pecho, agradeció a la vida por los dones recibidos y se tiró de rodillas para esperar con humildad la muerte. Se imaginó el diálogo entre su *seola* o alma y los guardianes del Valhalla:

—Seola: ¿has combatido para el bien de los de tu raza y los de tu sangre?

—Seola: ¿has muerto como un valiente, con la cara al enemigo y sin estremecérsete el corazón?

Thorsson a todo respondía que sí, aunque se preguntaba, no sin desconsuelo, si morir a bordo de un barco que se estrella y se parte en mil pedazos lo haría merecedor de entrar al paraíso de los verdaderos guerreros. Gaulag también se rindió. La enfermedad de los dientes lo había debilitado. Sangraba con profusión de las encías. Se dejó caer, por completo disminuido de fuerzas. "Total, para qué luchar", fue lo último que pensó y cerró los ojos, como abandonándose a un merecido descanso. El choque sobrevendría en cualquier instante. Hoenir era el único que se negaba a dejarse vencer. Como no veía nada, se encaramó en la proa, junto a la cabeza de dragón. El ruido aumentó y lo mismo la sombra que se proyectó sobre ellos.

Hoenir fue el primero en recibir un inesperado golpe.

La ansiada noche

I

—¡Heimdall está a punto de caer!

Ése era el clamor más preocupante en todo Chichenheim.

Los Caballeros de la Hermandad lo escucharon en una especie de eco de voces tristes y desesperadas a lo largo del camino, en boca de guerreros que regresaban malheridos, en mujeres que aprovisionaban de comida a los combatientes, en niños curiosos que atestiguaban el fragor de los arcos, las lanzas y las espadas en la sangrienta y desigual lucha, desde su partida a combatir al Ejército de la Profecía.

—¡Heimdall está a punto de caer!

Marcharon presurosos a unir sus fuerzas a las de Hoenir. Los cuatro Caballeros de la Hermandad, Sigurd, Ubu, Gatoka e Iqui Balam llevaban encogido el corazón, temerosos de no llegar a tiempo, de que todo estuviera perdido, y, al mismo tiempo, dispuestos a ofrendar su vida para evitar que sucediera.

Llevaban ya una jornada y media de camino. Lo hacían a marchas forzadas, a ratos a pie, dándole un respiro al Durgold, pero mayormente sobre su lomo. La bestia era dócil y se dejaba conducir con soltura. Ubu la manejaba. Estaba sentado al frente, a la altura del cuello, y desde ahí dirigía el andar del gigantesco reptil. Lo realizaba por medio de unas riendas hechas de cuero, sujetas al hocico y la cabeza. Ubu se desempeñaba en este menester con elegancia. Tenía en todas sus acciones un aire como aristocrático, fino y muy estudiado. Su postura era siempre la misma, nunca encorvado, siempre muy derecho, como empeñado en resistir de manera firme y con las fortalezas de una estirpe mayor a la de los simples mortales los rigores de la vida.

Gatoka iba atrás; su diminuto cuerpo como perdido en el lomo del Durgold. Desde cierta distancia podía pensarse que se trataba de un niño. Lo desmentían su aspecto fiero y su porte de inmutable guerrero. Parecía atento al camino. Daba la impresión de no perder detalle del mínimo movimiento que llegara a percibir en aquella intrincada ruta en medio de la selva. Era dueño de unos ojillos muy inquietos y saltones, que todo lo veían como un posible tiro al blanco. Tenía preparado su arco y sus flechas, listos para usarse contra cualquier bestia salvaje o enemigo. Llevaba tatuada, en su hombro derecho, la runa Alziz, la runa de la protección y la vigilancia, la de aquellos que siempre están atentos, la runa de aquellos que se ubican donde los árboles no les impiden ver el bosque. Era su sino y Gatoka lo cumplía con esmero.

Sigurd venía atrás, montado muy cerca de las patas traseras del Durgold. Se encargaba de la retaguardia, pero también de vigilar la carga, que venía sujeta con cuerdas y una red hecha de delgadas lianas. También, por supuesto, de echarle un ojo a Iqui Balam. No se fiaban de él. A pesar de haber firmado un pacto de hermandad con su sangre entremezclada, lo habían hecho con recelo, obligados por el cariño que sentían hacia Nicte. Ninguno de los tres se sentía a gusto con el itzáe. A todo lo largo del camino apenas y le habían dirigido la palabra. Temían su deslealtad. Que fuera un espía de Chan Chaak. Un traidor. De hecho, razonaban que, si no era, traicionaba a los suyos y, en su código de ética, eso bastaba para ser un traidor consumado. Y un traidor era un traidor, donde quiera que fuere. Si traicionaba a su propia gente, ¿qué podían esperar ellos? Así que lo vigilaba. Tenía preparada su arma, una enorme y pesada hacha, lista a usarla de ser necesario. Un movimiento en falso, la sospecha de un engaño, y le cortaría el cuello.

Iqui Balam, por su parte, no salía de su asombro. Todo aquello le seguía pareciendo fantástico y maravilloso. Se entretenía en mirar a su alrededor, deslumbrado por aquel mundo particularmente extraño. Mientras lo hacía, no dejaba de pensar en Yatzil. ¿Dónde estaría su cosa amada, su estrella del alma? Llegó a pensar que había hecho mal en abandonarla, sin siquiera saber su verdadero paradero, sin llegar a verla mediante un atisbo, por pequeño que fuera, sin saber si en verdad estaba bien. La recordaba linda y sonriente, pero pintada de azul, el color de los sacrificios. También pensaba en su madre. "Soy una pena errante, un dolor que no acaba", le había dicho. Le parecía inaudito y muy afortunado que, después de tanto tiempo, la hubiera encontrado. ¡Y en qué lugar! El Mundo de Adentro era un lugar extraño. Bastaba verlo montado en el Durgold para comprobarlo. Le parecía increíble y mágico. Le impresionaba su enorme tamaño, su lomo áspero y escamoso, sus garras, de lo más afiladas, y las tiras de piel que, desde el cuello y hasta la mitad del cuerpo, daban la apariencia de plumas largas y multicolores.

"Kukulkán", empezó a pensar que así tendría que ser su nombre. El Durgold era la Serpiente Emplumada. Su cabeza era la misma que adornaba la gran pirámide tanto en la Tierra de Adentro como en la de Afuera. Ahora entendía mejor. Ahora podía ver que todo era cierto. Que Kukulkán existía. Que algún día regresaría a traer la paz y la prosperidad al mundo.

En eso estaba cuando sintió que algo se movía del lado izquierdo. Fue un movimiento casi imperceptible, en virtud de la tupida maleza.

El propio Durgold lo notó. Disminuyó su paso y se inquietó. Olfateaba algo, algo le preocupaba.

—¡Dracos! —gritó Sigurd. Su voz era potente como el eco de una pesada roca al caer por entre los riscos de una alta montaña.

De pronto, una especie de endemoniadas bestias se abalanzó sobre ellos.

Eran extremadamente rápidas y ágiles. A Iqui Balam, de no haber estado alerta, le hubieran arrancado la cabeza de una sola y eficaz mordida. Sigurd derribó a dos con su hacha y Ubu hizo lo propio con uno que le apareció de frente. Saltaban y atacaban. Lo hacían con furia y velocidad. Medían lo mismo que un hombre maduro. Se erguían en dos patas y tenían brazos pequeños, terminados en filosas garras. Su boca era aterradora, de fuerte mandíbula y dos hileras de dientes impresionantes y temibles. Saltaban y buscaban aprisionar a sus presas entre sus fauces y las zarpas de sus poderosas patas. Lanzaban gruñidos al atacar y agudos chillidos al caer víctimas de las armas de los Caballeros de la Hermandad.

El Durgold no dejaba de moverse de un lado a otro, para librarse de los Dracos que buscaban clavarle sus dentelladas.

—¡A tu izquierda! —le avisaron a Iqui Balam del peligro.

El muchacho esquivó el ataque, pero al hacerlo perdió el equilibrio y cayó de manera algo más que descompuesta al suelo. Ahí se encontró con un Draco dispuesto a devorarlo. Lo hubiera hecho, a no ser porque una flecha de Gatoka le entró por un ojo, aniquilándolo de inmediato.

—¡Pakal! —le gritaba Gatoka, instándolo a defenderse.

—¡Usa tu pakal! —le ordenaba Sigurd, al tiempo que despachaba a otro Draco con su hacha.

Iqui Balam reaccionó. Desenfundó su arma, el colmillo de Grendel convertido en filosa espada. La blandió en el aire y esperó una nueva acometida.

Un Draco le saltó encima, gruñéndole con verdadera rabia. No lo hubiera hecho. De un rápido movimiento, Iqui Balam avanzó, clavándole la espada a mitad del pecho. No hubo tiempo de cantar victoria ni de contemplaciones de ninguna clase. Dos Dracos más lo atacaron. Eran los únicos que quedaban de aquel furioso y hambriento grupo de bestias. Rugieron y arremetieron con inusitada ira. Iqui Balam los enfrentó. Esquivó las dentelladas, escabulléndose por entre las patas del Durgold. Desde ahí hirió a uno en el cuello y al otro en el vientre. Este último alcanzó a derribar a Iqui Balam. Bestia y hombre cayeron al polvoso suelo. El otro Draco fue rematado por Ubu y su espada. Buscaron al muchacho y lo vieron salir de debajo del animal que restaba. Se le veía todo ensangrentado, pero era la sangre de aquellas bestias, no la suya.

II

Los Caballeros de la Hermandad detuvieron la marcha y formaron un campamento. Un poco más y llegarían a Heimdall a jugarse la vida. Comieron y afilaron sus armas; después, durmieron. Gatoka roncaba. También Sigurd. Lo hacían cubiertos por unas mantas de color negro, instaladas a manera de escudo contra la luz de la caverna. Era la única forma de sobrellevar aquel día eterno. La cueva nunca conocía la noche. Todo a su alrededor estaba tocado por aquella extraña luminosidad. Gracias a este curioso fenómeno subsistía la vida, pero también la condena del insomnio. Para dormir debían hacerlo en lugares donde el brillo no se aposentara. Los Fafner, por ejemplo, en los Hoyos Nauseabundos. Los Munin de la Sangre, en las Criptas de los Huesos Mondos. Las demás criaturas se las ingeniaban para hacer madrigueras subterráneas, al cobijo de la luz. A los propios Durgold se les cubría la cabeza con una pesada manta negra.

El mismo Iqui Balam llevaba dos jornadas sin poder conciliar el sueño. No lo había relacionado con la constante luz, sino con la sensación de peligro. Le proporcionaron una de las mantas negras. Se la echó encima, se acomodó lo mejor que pudo y se dispuso a dormir.

Pero no pudo. Se sentía inquieto. Terminó por destaparse y lanzar un suspiro de molestia y desánimo.

—Nunca te acostumbrarás… —dijo Ubu.

Se refería al insomnio sin remedio y a la ausencia de algo misterioso y definitivo: la noche. La Tierra de Adentro era la Tierra del Día Eterno.

—¿No te parece curioso? —preguntó Ubu—. Mientras todo mundo le teme a la oscuridad, nosotros la ansiamos. Daríamos la mitad de nuestra vida por un pedazo de noche.

Guardó silencio. Después pidió:

—Platícame de la noche. Dime qué recuerdas.

Iqui Balam meditó la respuesta.

—La noche es ver en una estrella el rostro de mi amada. La cercanía de lo que no tiene principio ni fin. El aroma del miedo a lo que no se ve. El encuentro con uno mismo, la flor que crece hacia adentro, la muerte que no es…

Ubu escuchaba.

—La noche es el infinito convertido en pregunta.

Ubu parecía apesadumbrado. Alto de estatura, estaba sentado, las piernas recogidas con las rodillas a la altura del pecho. Semejaba a un ídolo tallado en madera negra. Tenía, como siempre, su espada junto a él. Su semblante era el de un rey sin corona. El de un mar sin olas. El de un día sin pan.

—Sucede que extraño la noche —dijo—. Nací en la luz. La infaltable luz. La luz por todas partes.

Miró hacia arriba, como si se tratara de una desgracia: la omnipresente luz.

—Un día todo cambió. Un día escuché la palabra "noche". Tenía el atractivo de un misterio. De algo mágico. Decir noche era decir un conjuro y quise saber. Indagué. Llegué así a escuchar enigmas que nombraban lo que no existía en la Tierra de Adentro. Enigmas como atardecer, cielo estrellado, luna llena.

Así fue como nació la Hermandad. Huérfanos todos, se unieron en la búsqueda de respuestas para ese hartazgo de luz que los invadía. Supieron que existía otra cosa, algo más llamado lo diurno y lo nocturno. El día y la noche. La vigilia y el sueño. Un día se decidieron a develar por sí mismos el misterio. Fraguaron planes, inventaron soluciones, merodearon las conversaciones de los ancianos, pactaron la huida hacia la Tierra de Afuera. Fue un muchacho llamado Plinio el

Cartaginés, hábil para indagar los secretos mejor guardados, quien los convocó y les hizo saber la ubicación precisa de dos puertas al mundo externo. El corazón parecía salírseles de la emoción. Recién dejaban una niñez luminosa y se adentraban a una adolescencia nocturna y estrellada. Prepararon sus armas, se avituallaron lo mejor que pudieron de viandas y agua, se juraron lealtad entre ellos mismos, se comprometieron a guardar el secreto y, aunque cada uno abrigaba el temor de arriesgar la vida, se lanzaron de lleno a la aventura.

Asomaron sus narices a la Tierra de Afuera. Estaban no sólo asombrados, sino maravillados. Salieron de la Tierra de Adentro a una hora muy cercana al atardecer. Estaban cansados y sudorosos. Preocupados, también, por lo que pudieran encontrar. Se pusieron en guardia, sus armas y su espíritu bien dispuestos a enfrentarse con el misterio. Respiraron un aire más fresco, más fácil de respirar. Encontraron, también, otra clase de luminosidad.

Fue Sigurd el que señaló al sol.

El cielo era impresionante, cargado de nubes coloreadas de tonos rojizos y amarillentos.

Se ensimismaron ante aquello que les pareció un milagro. Sintieron una brisa fresca y el ligero temblor de los que experimentan la belleza o el misterio.

No dijeron nada. El silencio era absoluto y hermoso. El día, que para ellos era eterno, se fue extinguiendo para dar paso a una curiosa penumbra. Ubu no pudo evitarlo: dos gruesas lágrimas recorrieron sus mejillas. Por alguna extraña razón recordó a su madre, su tibieza y su ternura.

La oscuridad se fue aposentando, desplazando las tonalidades anaranjadas, el cielo como incendio. Gatoka distinguió una estrella y luego otra y otra más. Tenía la boca abierta, incapaz de decir palabra.

Fue Plinio el Cartaginés el que habló:

—La noche —dijo y los cuatro se abrazaron con solidaridad y entusiasmo.

III

No fue la única vez.

A escondidas siempre, temerosos de ser gravemente reprendidos, aquellos cuatro muchachos emprendieron otros viajes a la Tierra de Afuera.

Se alimentaron de la noche. Por algún tiempo también permanecieron insomnes, absortos ante la contemplación de ese espacio infinito, de las incontables estrellas, de ese misterio oscuro que tanto les atraía. Después, lograron conciliar el sueño. No supieron ni como pasó. Simplemente, sucedió. Durmieron a pierna suelta, despreocupados de las bestias, de los peligros, de los riesgos que implicaban los Hombres de Afuera. Cada uno tuvo sueños plácidos. Gatoka se contempló a sí mismo como un gigante, el respetado rey de una región conocida como Kilimanjara, célebre por sus piedras que brillan, por una cascada altísima a la que lo mismo llaman Lágrima o Leche de la Madre Eterna por los animales fabulosos que la pueblan y por ser un paraíso donde la inmortalidad estaba a punto de alcanzarse. Desde su gran altura, parecida a la de una montaña, Gatoka contemplaba con orgullo y benevolencia su reino. Sigurd, por su parte, se soñó poseedor de una poción mágica que le permitía hacerse invisible, de otra que lo convertía en el hombre más codiciado por las mujeres y otra más que le permitía convertir en riquezas todo lo que tocara. Se vio de la mano de una mujer hermosísima, a la que no podía dejar de mirar. Su nombre, creía recordar, era Marisarosa. Plinio, en torno a una soberbia guerra donde rescataba a Qart Hadast, o Ciudad Nueva, de las legiones romanas. Venció las tres murallas y las flechas que ensombrecían el cielo. Hubo un momento en que se estremeció al situarse en el templo de Tofet, donde quemaban vivos a los niños, y en otro se reconfortó de sus heridas y penurias de batalla en los brazos de la hermosa princesa Dido, también conocida como la Portadora del Tesoro. Ubu, en cambio, soñó en un desierto. Un páramo arenoso y seco, ardiente. Estaba solo en aquel lugar, y estaba a punto de llorar, cuando de pronto un tierno viento comenzó a arrastrar la arena, dejando al descubierto su patria, que estaba llena de ríos de aguas claras y jardines verdes y florecientes. Se veía a sí mismo como un guerrero, el mejor de todos, y se ponía a las órdenes de sus padres, los monarcas de todo aquello. También soñó con una cuna. Él estaba adentro. Lo curioso es que se sabía un bebé, pero no lo era. Era Ubu tal cual, alto y delgado, el Ubu actual, aunque acostado como un recién nacido y siendo mecido por una delicada mano y una bella voz que le cantaba canciones llenas de ternura. Sentía que estaba en el mejor de los lugares, en aquella patria, en aquella cuna, despojado del insoportable calor y de la arena.

La noche los cautivó.

Un día, Ubu descubrió a las siete estrellas que conforman las Pléyades.

—El hogar de Chac Mool —dijo Gatoka.

—La Puerta al Universo de Afuera —asintió Sigurd.

Las historias parecían ciertas. En la Tierra de Adentro, las Pléyades eran veneradas en inscripciones y grabados. En algunas representaciones tomaban la forma de la cola de una serpiente de cascabel. En otras, el perfil de una puerta. La Pirámide de Kukulkán estaba orientada durante los equinoccios y solsticios para coincidir en el cénit con las Pléyades. Había una vieja historia que decía que la pirámide permitía la conexión entre la Tierra de Adentro y la Puerta al Universo de Afuera.

—Chac Mool se lo confió a Kukulkán —recordó Plinio el Cartaginés.

Se decía que en el interior de la pirámide a Kukulkán de la Tierra de Adentro permanecían los restos del barco de las estrellas por el que había viajado el legendario Chac Mool. Él mismo estaba enterrado ahí.

Los cuatro amigos de aventuras se pusieron a explorar la Tierra de Afuera. Se fueron alejando más y más de la puerta, a la que llamaron el Escondite del Misterio. Un día, tras deambular por sacbés a través de la selva, se toparon con Chichén Itzá. La ciudad los asombró. Era enorme y muy poblada. También bella, magníficamente construida. Se preguntaron cosas. No entendían por qué la Pirámide de Kukulkán de la Tierra de Adentro era parecida a la de la Tierra de Adentro. Tampoco por qué sus habitantes parecían tan orientados a la guerra. Vieron ejércitos muy bien entrenados, dedicados al ejercicio de las armas y la conquista. Supieron de pueblos sometidos, de matanzas, de escaramuzas y batallas al por mayor, de sacrificios humanos. Esto último los indignó. Ubu estuvo a punto de revelar su presencia al querer salvar a una joven a punto de ser sacrificada. Sus compañeros lo detuvieron. Fueron testigos, no sin horror, de la forma en que el aún palpitante corazón era sacado de sus entrañas. En otras ocasiones estuvieron a punto de enfrentarse con partidas de exploradores que les seguían las huellas. En todos los casos, prefirieron la evasión al enfrentamiento. Los itzáes comenzaron a llamarles los *xiu* o extranjeros. Empezaron a surgir historias alrededor de ellos. De Gatoka decían que era un *alux*, especie de duende maya, pequeño, travieso y malhumorado. De los otros afirmaban que se trataba de los señores del

Xibalbá. De Plinio el Cartaginés, que se trataba de Ahalcaná, el señor de las hinchazones y la cara amarilla. De Sigurd, que era Xiquiripat, el señor ávido de sangre. Y de Ubu, que era Chamiabac, encargado de enflaquecer a los hombres hasta volverlos huesos y calaveras. A los cuatro muchachos, estas creencias les divertían. Se dedicaban a esquivar a los itzáes y a cazar tapires y jabalíes, cuya carne no habían probado y, una vez que lo hicieron, les pareció exquisita. Así, mientras deambulaban por la selva, conocieron Uxmal, Palenque y Mayapán. También Tulum, que les pareció el más hermoso sitio sobre la tierra. En uno de sus recorridos, ávidos de saber y conocer, de explorar aquellas tierras, se encontraron con un grupo de putunes que llevaban prisioneras a varias mujeres, entre ellas a Nicte. Todas eran conducidas como bestias salvajes; las muñecas y los tobillos sostenidos por un largo palo. Algunas se quejaban. Lo hacían de forma apagada y lastimera. La más golpeada parecía Nicte. Sangraba de nariz y boca. Su aspecto les convenció de hacer algo para salvarla. No hubo quien disintiera. Los cuatro estuvieron de acuerdo en liberarla. Se enfrentaron a los captores. Les cayeron como el rayo en la tormenta, como la flecha al contacto de la carne. Fue un ataque rápido y contundente. Aquellos cuatro embravecidos muchachos lograron vencer a una veintena de sanguinarios putunes. No dejaron ni a uno vivo. Liberaron a Nicte y a las demás mujeres. Estaban a punto de llevarlas a las cercanías de Chichén Itzá cuando descubrieron que Nicte llevaba un collar de diente de tigre con las runas Tywas y Wyrd. El descubrimiento los dejó pasmados. No sabían qué hacer. ¡Era una de las suyas! Lo deliberaron largamente. Se decidieron a curarla y la condujeron a la Tierra de Adentro.

Hoenir se encolerizó al saber lo que habían hecho.

—La Gran Prohibición. Rompieron la Gran Prohibición —los regañaba—. ¡Han puesto en peligro a todo Chichenheim!

La cólera de Hoenir era entendible. Temía que los itzáes, los putunes, quienes fueran, descubrieran el camino hacia la Tierra de Adentro.

Se suavizó al momento en que Sigurd le hizo entrega del diente de tigre con las dos runas.

—Vivirá entre nosotros —aceptó al fin.

Nicte sanó de sus heridas. Por un tiempo ideó la manera de escapar. Quería ver a su esposo y a Iqui Balam. Ansiaba abrazarlos y decirles: "Estoy bien". Después se dio cuenta que huir era imposible. Se quedó a cuidar a los cuatro muchachos que la habían salvado de los putunes. Sus padres habían muerto en diversas circunstancias y estaban solos. "Mamá Gema", comenzaron a llamarle, que significa "la protectora".

Transcurrieron muchas jornadas. Un día Nicte lloró como nunca había llorado. Le dijeron:

—Plinio el Cartaginés está muerto.

Ella no dejaba de llorar y sollozar.

—Lo mataron los itzáes —informaron.

Ubu, Gatoka y Sigurd estaban visiblemente consternados.

Habían sido emboscados. Plinio el Cartaginés ni siquiera tuvo tiempo de defenderse. Una flecha le atravesó de lado a lado el pecho, destrozándole el corazón. Los demás reaccionaron con rapidez y esquivaron el ataque, las flechas y lanzas que buscaban terminar con sus vidas. Una vez que recuperaron el aliento, tras la sorpresa inicial, se dedicaron a ejercer sus notables artes de guerreros. Espadas, flechas y hachas al servicio de la venganza. Ultimaron, uno a uno, a los itzáes. No mostraron compasión alguna. Antes bien, gozaron con cada uno de sus tajos, con cada uno de sus flechazos, al contemplar las cabezas destrozadas, la sangre que brotaba interminable, las expresiones de dolor, los miembros cercenados y las entrañas de fuera, de sus enemigos. Fue tanta la saña que, una vez cometida la matanza, se voltearon a ver por completo extrañados de sí mismos. Estaban asustados.

—¿Qué hemos hecho? —preguntó Gatoka.

—¿En qué nos hemos convertido? —preguntó Ubu.

Enterraron el cuerpo de Plinio el Cartaginés en un lugar secreto y regresaron con los ojos hinchados de tanto llanto, la sangre seca de los itzáes todavía en sus pieles y en sus ropas, a Chichenheim.

Hoenir volvió a encolarizarse.

Los perdonó porque sabía que, llegado el momento, defenderían con habilidad y gallardía la Tierra de Adentro. Les prohibió volver a salir. Por supuesto, la prohibición no sirvió de nada: no pasaría mucho tiempo antes de que volvieran a hacerlo.

IV

—¡Heimdall está a punto de caer!

Se encontraron a un Durgold muerto. La enorme bestia lucía hinchada y despedía un nauseabundo olor. Estaba llena de flechas clavadas en el lomo, en sus costados, en sus piernas. Una gran mancha de sangre seca se había formado debajo de ella. Los Caballeros de la Hermandad no dejaron de experimentar pena por el animal. También una especie de mal augurio. Su muerte tenía algo de ominoso. De inminente derrota. Era la Serpiente Emplumada vencida. Eran ellos mismos a punto del más terrible de los fracasos.

El propio Durgold que los transportaba se detuvo a olisquear a la criatura. Incluso trató de moverla, como si quisiera despertarla de algún sueño profundo. Al darse cuenta que era inútil, lanzó un gruñido grave y apesadumbrado.

Ubu le palmeó el cuello y la cabeza y lo instó a continuar.

A lo lejos se distinguía la copa de un árbol enorme.

—El Ygdrassil —dijo Gatoka, apenas lo tuvo a la vista.

Ése era su destino; acaso, también su tumba. A sus narices les llegó cierto tufo a humo y a muerte. Revoloteaban varios Munin de la Sangre, que se veían diminutos, como perdidos entre aquel cielo de rocas brillantes y esa fronda inmensa.

Avanzaron a mayor velocidad. Aquella región de la Tierra de Adentro parecía uno de sus límites. La selva se detenía abruptamente ante una muy alta pared de roca. Se conformaba de distintos riscos, que le daban forma irregular. Había una especie de neblina, que no dejaba ver con claridad. Resultó que no era neblina, sino humo. Allá, a lo lejos, se distinguía un incendio justo en la base de aquel árbol gigante al que llamaban Ygdrassil. Se trataba de una yaxché o ceiba enorme. Iqui Balam nunca había visto algo así. Era enorme e imponente, tanto, que su copa rozaba el techo de la caverna. Tenía algo de mágico, de atrayente. Era como un faro que los dirigía. Ahí estaba Heimdall. Y la batalla contra el Ejército de la Profecía.

Conforme se acercaban y el Ygdrassil se magnificaba en todo su esplendor, Iqui Balam no dejaba de pensar que para los itzáes la ceiba representaba los tres mundos posibles. Sus raíces, el inframundo; su tronco, el mundo de los seres humanos; y su copa, el lugar de los dioses. Era un tipo de árbol que le inspiraba tranquilidad. Se sentía a gusto bajo su cobijo. Le transmitía una sensación de bienestar. Mientras hubiera ceibas, todo estaba en su sitio. Él, de niño, ansiaba ser una ceiba:

—Soy un árbol de ceiba que camina —llegó a decir en algún momento.

Recordó y repitió algunos versos que le había inspirado una imponente ceiba a un lado del Templo de los Guerreros en Chichén Itzá:

En tu sombra permite mi reposo, como la rama al quetzal.
Que en tu fronda me abrigues, no en tus raíces.
Perdona mi pequeñez como yo alabo tu grandeza.

La ceiba le agradaba. Le hacía sentirse en territorio conocido, en casa. Nicte lo amamantó bajo una que crecía frente a su casa. Era un árbol fuerte, alto y robusto. Su madre contaba que en ese mismo sitio, muchos años atrás, dos jóvenes enamorados se habían quitado la vida al saber que sus padres no les permitirían casarse.

—Por las tardes, aquello que tú crees es el murmullo de las hojas mecidas por el viento, son las voces de los dos amantes, que se hablan —aseguraba Nicte.

Iqui Balam tenía por costumbre tocar el tronco de aquel árbol, y, después, de cuanta ceiba cruzara por su camino. Tenía algo de sagrado este gesto. Era como si al tocarlo, se sintiera en contacto con el universo. Se sentía, entonces, fuerte y sabio, protegido. El día que su padre lo llevó a Uxmal, a dejarlo en casa de sus abuelos, Iqui Balam tocó una ceiba enorme y muy frondosa que se alzaba a un lado del sacbé.

—No permitas que mi padre me abandone —pidió con todas sus fuerzas.

El deseo se cumplió. Desandaron el camino y regresaron juntos a Chichén Itzá. Su padre, incluso, le dijo: "Perdóname". En su interior, Iqui Balam siempre creyó que la ceiba había intervenido. Después de todo, era el árbol de la vida, del conocimiento. Tocaba a las ceibas y les decía: "Gracias". Ahora ansiaba llegar al Ygdrassil y tocarlo. Le pediría:

"Dile a Yatzil que no me olvide. Que la amo. Que me ame."

"Conforta a mi padre, porque piensa que he muerto o lo he abandonado. Dile que aquí estoy, cumpliendo mi destino de hombre, que lo quiero."

"Dale una larga vida de dicha a mi madre, la protectora, la mejor, la más linda, la más querida."

"Que no sobrevenga el cataclismo, que los dioses nos perdonen, que la Profecía se equivoque, que el fin no suceda. Que vivamos. Que vivamos."

"Que no caiga Heimdall. Que no caiga Chichenheim."

"Que sea yo el más valeroso de los guerreros, que haya cantos para festinar mi gloria, que mis hazañas se graben en piedra, que hablen con respeto del Tigre de la Luna, que las flechas y las lanzas no me toquen."

Recitó nuevamente:

Que en tu fronda me abrigues, no en tus raíces.

Subieron por un ancho terraplén que ascendía hacia las raíces de la gigantesca ceiba. El Durgold avanzaba con dificultad, fatigado y resoplando a cada rato. El terraplén no seguía una línea recta, sino que serpenteaba. Unos cincuenta metros adelante se toparon con una guarnición resguardada por guerreros de Chichenheim. Era una estructura fortificada y de altos muros almenados. No había puerta, sólo una valla hecha con un tronco que impedía el paso. A ambos lados se alzaban dos torres, de donde se asomaron varios hombres armados con lanzas.

—¿Qué hacen ustedes aquí? —les preguntó uno que salió a recibirlos y que parecía a cargo. Se puso entre la valla y el Durgold, dispuesto a no dejar que los muchachos continuaran su avance.

Era un hombre fuerte y correoso. De porte altanero y rijoso. Los miró con desdén, como si se tratara de niños a quien poder castigar y regañar.

—Éste no es sitio para ustedes —dijo, con la misma actitud pendenciera y petulante.

—No pueden ustedes solos y venimos a ayudarlos —contestó Ubu.

Gatoka mostró su arco y Sigurd su hacha, y le sonrieron con sorna, por si cabía alguna duda.

—¿Y ése? —apuntó a Iqui Balam.

—Ése es nuestro hermano. Más te vale dejarlo en paz y ocuparte mejor de salvar el pellejo. De huir, como de seguro lo harás, llegada la hora.

El hombre abandonó momentáneamente su altanería. Bajó la vista y se sinceró, con la sinceridad que le proporcionaba la cercanía de la muerte.

—Las cosas están feas allá arriba —dijo—. Vayan, pues, si están dispuestos a morir —y se apartó para cederles el paso.

Franquearon los muros y se encontraron con una plaza donde reposaban dos Durgold. Parecían agotados. Ambos tenían la lengua de fuera. Una espesa baba se derramaba desde las comisuras de la boca. Había otra torre, más alta, construida del lado derecho. Del izquierdo se levantaba un grupo de construcciones que servían para el descanso de los soldados. Al final del terreno, donde empezaba el precipicio, sobresalían decenas de estacas de buen tamaño, con la punta inclinada hacia afuera. Era para detener a los Munin de la Sangre. Ahí se ensartaban si se atrevían, en vuelo rasante, al querer llevarse a alguno de los guerreros. Del lado derecho, se levantaba un refugio para los heridos. Uno de ellos tenía un ojo cerrado en una suerte de masa sangrienta y cojeaba ayudado por un bastón, pues le faltaba un pie. Se le veía mal, debilitado. Aún, así, tuvo fuerzas para burlarse:

—¡Eh, Sigurd! No son mujeres a los que habrás de enfrentarte.

Muchos de los heridos movieron la cabeza en señal de desaprobación. Nunca habían considerado a Ubu, Sigurd y Gatoka como verdaderos guerreros, sino como unos muchachos traviesos, ajenos a los problemas y necesidades de Chichenheim.

—Que Kukulkán los guíe —dijo el más benevolente.

—Que guíe mis flechas. Con eso me basta—respondió Gatoka.

El Ygdrassil

I

El drakkar atravesó una pared de agua y arribaron a una cueva oscura.

El muchacho estaba por completo empapado y tembloroso.

La oscuridad era completa y terrible. Tal vez eso era la muerte, pensó Hoenir. No dejaba de imaginar que de un momento a otro vendría por él una valquiria o acaso un gigante o un demonio. Estaba abrazado del cuello de la cabeza de dragón en la proa. Temía ser engullido por alguna fuerza poderosa o por un vacío absoluto e irremediable. No dejaba de sentir una incómoda vulnerabilidad. Un escalofrío le recorría todo el cuerpo.

La oscuridad, sin embargo, no duró mucho tiempo. La espada de Kaali comenzó a desplegar su magia. La lengua de fuego se encendió y brilló de nuevo.

La cueva se iluminó.

Gaulag abrió los ojos. Lo hizo por completo maravillado, como sorprendido de hallarse con vida, y no sólo eso, de una sola pieza, lo mismo que el barco.

Thorsson tampoco podía creerlo.

Se palpaba el cuerpo una y otra vez, desconfiado, como si temiera no encontrar el pecho, los hombros, el vientre, en su sitio.

El drakkar continuó su impulso hacia adelante. La cueva se iluminaba a su paso, proyectándose en las paredes y en el techo infinidad de misteriosas sombras y figuras que parecían malignas, misteriosas. Era como si estuvieran rodeados de espíritus siniestros, de demonios a la espera de saltarles encima. El barco se detuvo una veintena de metros más adelante. Lo hizo de manera brusca, cimbrándose toda la estructura como el último estertor de un agónico. Quedó varado en una playa de gravilla negra.

—Hay que bajar —dijo Hoenir.

—Espera, necesitamos la espada —lo detuvo Thorsson.

La desamarraron con cuidado. Temían que el arma saliera disparada con esa especie de vida propia que manifestaba, en loca y mágica huida lejos de sus manos. O que el brillo los quemara. Nada sucedió. La espada, a pesar de semejar un sol, a pesar de que parecía un tizón vivamente encendido, mantenía su temperatura normal. Fue Hoenir el que la agarró con firmeza. La sopesó. La admiró.

Gaulag se unió a ellos. Sangraba de los ojos y de las uñas. Un hilillo rojo escurría por su boca.

—No me dejen —pidió.

Saltaron fuera del barco. Era la primera ocasión en varias semanas que pisaban tierra firme. Fue una sensación curiosa. Estaban de pie sobre la gravilla y aún así sentían el suave vaivén de estar a la deriva.

Caminaron unos metros. Hoenir alzó la espada para ver mejor. La cueva era enorme. Parecía de roca maciza. Estaba plagada de estalactitas y estalagmitas, algunas de un enorme grosor y tamaño. Brillaban con tonalidades blancas y grises, iridiscentes. Daba la impresión de estar formadas de granos de oro o de diminutos espejos.

Vieron, a una veintena de metros, que la cueva parecía terminar de manera abrupta en tres oscuros túneles. Se acercaron para inspeccionar. Tenían la esperanza de hallar alguna salida que los sacara de aquel sitio. Estaban atentos a ver algún resquicio de luz o de sentir alguna corriente de aire que les indicara la ruta más rápida a la superficie. Querían salir de ahí a como diera lugar. Estaban a salvo pero aquel sitio les producía un enorme desasosiego. Temían algún peligro escondido entre las sombras. La cueva olía a podredumbre. Un olor que se les figuró parecido al de la muerte.

Al llegar a los túneles, la sorpresa de Thorsson no tuvo límites. Fue el primero en darse cuenta.

—¡Miren! —ordenó.

Sobre la pared, a la entrada de aquellas galerías umbrías y rocosas, estaban grabadas decenas de runas.

—Gebo —leyó Hoenir.

—Ebwaz —leyó Thorsson.

—Y Febu y Kano…

—¡Por el martillo de Thor! ¡Jamás pensé encontrarme con algo parecido! —aceptó Thorsson. Su corazón palpitaba con fuerza. Se sentía como a punto de revelar un misterio. Como a punto, también, de encontrar un magnífico tesoro. Se rascó la cabeza, preguntándose a qué obedecía ese inusitado descubrimiento. No dejaba de verlas, de tratar de interpretarlas. Había runas por doquiera. Toda la pared de la entrada a los túneles estaba plagada de esos claros e inequívocos signos.

¿Quién los había escrito? ¿Por qué? No parecían formar palabras sino que se desplegaban en forma dispersa, sin motivo aparente.

—Berkana, Laguz, Raido, Isa... —Hoenir siguió leyendo.

Se asomó a uno de los túneles, que olía de manera fétida. Se asomó a otro. Se escuchaban ruidos extraños. Se asomó al tercero. Era una mezcla de fetidez y sonidos que provocaban miedo. ¿Qué habría ahí adentro? El sólo imaginarlo le produjo un escalofrío. Tal vez despiadados monstruos o gigantes hambrientos. Tal vez era la entrada al Helheim o morada de la diosa de la muerte. Observó a su alrededor en busca de Garm, el perro de pecho ensangrentado que vigilaba la entrada al reino de los descarnados.

—Miren...

Fue Gaulag el que llamó su atención.

En el túnel del centro se perfilaban dos runas de mayor tamaño.

—Tywaz y Wyrd —leyó el piloto, a quien no se le había escapado que eran las runas grabadas en la espada de Kaali.

—¡Es por aquí! —se entusiasmó—. ¡Entremos a este túnel!

—Espera —le ordenó Thorsson.

Los otros dos túneles también tenían runas más visibles que las otras. Acercaron la espada de Kaali para ver mejor. El del lado derecho ostentaba la runa Algyz y la runa Wunjo.

—Es la runa de la protección y la runa de la luz —interpretó Hoenir.

—¡Debe ser también otra salida! —dijo Gaulag, quien se sentía a punto de volver a ver el sol en la superficie.

El túnel de la izquierda mostraba la runa Kano y la runa Anzuz.

—La runa de la iluminación y la runa de los mensajes.

—¡Pero, dense cuenta: están al revés!

—Quiere decir que es el túnel de la negrura.

—Y que es una advertencia: no hay que hacer caso a este mensaje.

Tanto Hoenir como Gaulag parecían convencidos de ello.

—Entremos al túnel de en medio.

—Sí, el de la runas de Thor y de Odín.

Hoenir penetró al túnel indicado, el que le parecía el más obvio, a juzgar por las runas grabadas en la espada de Kaali. Le llegó de inmediato un olor fétido y escuchó sonidos que le enchinaron la piel.

—Deténte —le ordenó Thorsson.

Agregó, por completo convencido:

—Vamos a entrar al túnel de la izquierda.

—¡Pero es el menos propicio! —protestó Gaulag.

—No. Hoenir, recuerda el mapa de Thule.

Thorsson lo dijo de memoria: "Si eres quien eres, seguirás adelante. Recuerda las runas Tywas y Wyrd. Y no desconfíes de la runa Kano invertida. Llegarás a la raíz de Ygdrassil, el viejo roble-yaxché de la existencia y del conocimiento, a mi nueva morada, a Chichenheim".

—Vean, todo ha coincidido —agregó—. La ruta a Sudri. La lengua de fuego, que será "tu faro y tu guía, la única salvación". ¡La espada de Kaali que parecía tener vida propia! ¡Gracias a ella estamos aquí! O la parte que dice: "Cuando te enfrentes a la pared de roca, no le temas". ¡Es por la que acabamos de pasar! Y ahora esto: "No desconfíes de la runa Kano invertida". La ruta Kano invertida —repitió—. ¡Ése es el camino! —y señaló el túnel de la izquierda.

II

Caminaron por el túnel de la izquierda. Un túnel húmedo y maloliente. A ninguno le pasó desapercibido el hecho de que parecía orientarse en dirección al norte y que además mostraba una pendiente en constante descenso. En la mente de los tres se les figuraba que habían entrado al Helway o camino a la morada de los que ya no son. Thorsson recordaba un episodio de la *Edda Prosaica* donde Hermor, el que siempre brillaba, iba en busca de Baldr, hijo de Odín, para que fuera devuelto por la reina Hela, quien se lo había llevado al reino de los muertos. Nueve días y nueve noches había caminado Hermor por túneles helados y fétidos. Se había encontrado con miles de hombres encadenados, que sufrían incontables dolores y torturas. También con un río llamado Slid, que llevaba en su corriente pus, bilis negra y sangre putrefacta. Él, también, como ellos, caminaba con rumbo norte y hacia abajo.

La espada de Kaali iluminaba el camino. No fue una marcha fácil. Pedruscos de todo tamaño obstaculizaban el paso. La humedad reinante, además, provocaba que todo fuera resbaladizo, ideal para una dolorosa caída. Todos sudaban copiosamente y había momentos en que les costaba trabajo respirar. Gaulag era el que más sufría. Estaba débil por la enfermedad de los dientes. Había dejado de sangrar de los ojos y uñas, pero aún tenía un hilillo rojo recorriéndole desde las comisuras de la boca hasta el cuello. Hubiera querido rendirse en varias ocasiones, pero el miedo de quedarse solo y a oscuras lo hacía sacar fuerzas de flaqueza. Thorsson, por su parte, también la pasaba mal. Su rodilla destrozada y tiesa no era lo mejor para caminar en ese tipo de terreno. Había estalactitas y estalagmitas por doquier. Lanzaba juramentos y maldiciones como una manera de paliar su sufrimiento. Tampoco quería rendirse ni dar marcha atrás. Estaba atemorizado, sí, de lo que pudieran encontrar. Igual sucedía con Hoenir. Le daba terror encontrarse con la propia Hela y su cuerpo mitad bello y mitad corrupto. O con el perro Garm, el vigilante, y su sed de carne fresca de humanos. Era él el que abría el paso, iluminando aquella galería rocosa y húmeda con la espada de Kaali. La blandía con firmeza y siempre en guardia, dispuesto a usarla en cualquier momento.

—¿Qué es eso? —preguntó Thorsson.

—¿Qué? —preguntó Gaulag.

—Parece un rumor —dijo Hoenir.

—Un rumor que se acerca. El sonido va en aumento a cada instante...

Hoenir se adelantó con la espada para ver si veía algo, pero no vio nada fuera de rocas y sombras. El sonido aquél creció y creció. El corazón comenzó a palpitarles con fuerza. Tal vez sí habían tomado el camino equivocado. Tal vez, en efecto, era la malvada Hela, que se acercaba con su congelado hálito de muerte.

Fue Thorsson el que reaccionó:

—¡Busquemos un refugio!

Lo encontraron en medio de unas rocas altas. Ahí se guarecieron. Hoenir dispuso la espada de tal forma que podía defenderse ante cualquier ataque y Thorsson sacó el tomajok que llevaba sujeto a la cintura. "Gö", repetían para sus adentros, listos a defender su vida.

El sonido aumentó en intensidad. Que recordaran, ninguno de los tres había escuchado algo parecido. Se trataba de chillidos estremecedores y difíciles de olvidar. Intuyeron que serían los lamentos de las almas adoloridas y torturadas de los muertos. No podían apartarse de la mente lo que su imaginación forjaba: visiones espeluznantes de los más atroces sufrimientos, terribles apariciones de ultratumba. Les llegó un olor acre y desagradable, que parecía aposentarse en la ropa, en la piel, en las fosas nasales. Asimismo, se escuchó un aleteo multiplicado y repetitivo, estremecedor y alucinante, que parecía provenir de cientos de nerviosos y torturados pajarracos. Hoenir se asomó. Vio una bola negra y peluda en constante movimiento, que se acercaba. Agachó la cabeza. Eran murciélagos. Miles de ellos, que volaban en un compacto grupo, como si temieran volar en solitario. Parecía una nube oscura e interminable. Pasaron unos cinco minutos antes de que desaparecieran, llevándose consigo sus chillidos, su olor y su aleteo.

Los tres salieron de su escondite y continuaron la marcha. Llegaron hasta una especie de río que cruzaba el túnel. No era el Slid. No llevaba pus, bilis negra ni sangre putrefacta sino agua cristalina y helada. Hoenir lo iluminó con su espada. Sus aguas eran tan transparentes que podía verse el fondo, formado por un lecho entre arenoso y rocoso.

Tocaron el agua con precaución, como si se tratara de la pócima de alguna bruja o de algún duende maligno de las profundidades del bosque. Hoenir incluso la probó.

—Está rica —dijo.

Era la primera agua fresca que probaban en semanas. Les pareció mejor que la hidromiel. Se frotaron el rostro con ella. Se lavaron las manos. Se echaron agua en el cabello y en las axilas. Gaulag aprovechó para limpiarse la sangre.

—Crucemos —ordenó Thorsson.

Tuvieron que nadar esforzándose un poco en luchar contra la corriente. No era mucha, pero aún así tuvieron que lanzar dos o tres buenas brazadas para no ser arrastrados hasta regiones oscuras que se perdían por debajo de las rocas. Gaulag fue el último en pasar. Hoenir le extendió la espada, para ayudarlo a cruzar. No bien lo había hecho cuando una figura espantosa de color blanco se apareció de pronto en el río y quiso morder los tobillos del piloto.

Hoenir lo jaló, en un acto de sobrevivencia y de espanto, para apartarlo de aquella bestia. Cayeron, uno de espaldas y el otro de rodillas, a unos cuantos metros de distancia de aquel río subterráneo.

El monstruo continuaba ahí. Estremecía la superficie del agua, como afectado por una súbita y poderosa furia. Lo primero que hicieron los tres fue esconderse detrás de unas rocas. Estaban verdaderamente asustados. Temían que aquella bestia pudiera salir del río, arrastrándose de alguna pavorosa manera, y que los persiguiera con sus poderosas mordidas, que lanzaba a diestra y siniestra, la cabeza fuera del agua.

Fue Hoenir el que abandonó su escondite y se acercó al animal. Lo iluminó con su espada.

—¡Es un tiburón! —dijo.

El escualo lanzaba tarascadas sin ton ni son. Era completamente blanco y no tenía ojos.

—Nunca había visto a un lobo de mar así —dijo Gaulag, aún con temor.

—Yo tampoco, pero puede ser nuestra cena —aseguró Thorsson.

Idearon la mejor manera de pescarlo. Untaron un poco de sangre de la que escurría de las encías del piloto en la punta de la espada de Kaali. El muchacho metió el arma al agua y la agitó. El tiburón reaccionó con un rápido y nervioso frenesí, lanzándose con verdadera furia hacia aquel rastro sangrante. Al no obtener el bocado, se agitó violentamente, hambriento y enojado. Hoenir repitió la acción, pero ahora mantuvo la espada bien sujeta, como si se tratara de un anzuelo. Cuando el tiburón percibió la sangre, se lanzó de lleno contra lo que pensó era un rico manjar. Se encontró con el arma, que se le clavó hasta más allá del cuello. Fue recibido, además, con un certero golpe en la cabeza por parte de Thorsson, quien le perforó el cráneo con el extremo puntiagudo de su tomajok.

III

No hubo manera de hacer fuego, así que tuvieron que comerlo crudo. Cortaron pedazos muy finos, como laminillas, para que fuera más fácil masticarlo y digerirlo.

Caminaron lo que les pareció una eternidad. Sin la presencia del día y de la noche, se les dificultaba saber el tiempo que llevaban dentro del túnel. No habían dejado de sudar. Decidieron dormir y así lo hicieron, turnándose las guardias. El primero en vigilar fue Hoenir. De vez en cuando le parecía oír ruidos, pero se alzaba de hombros. Probablemente eran filtraciones de agua. Después le tocó a Gaulag, que temía ser atacado por miles de monstruos. Seguía sangrando y se le había metido a la cabeza la idea de que la sangre atraería a siniestras criaturas, que querrían devorarlo. Thorsson lo relevó pronto. Escuchó los ronquidos muy irregulares del piloto y los muy acompasados de su hijo. Repasó las aventuras que habían corrido y no dejaba de pensar en que se hallaba cerca de Chichenheim. Estaba inquieto. Se sentía presa de una enorme necesidad de conocer, de saber. Imploraba a todos los dioses que lo dejaran vivir para develar la verdad de todo aquello.

Hoenir, al principio no pudo conciliar el sueño, más por el dolorido recuerdo de Hilda que por los posibles peligros que ahí encontraran. Después durmió muy profunda y descansadamente, hasta que fue despertado por su padre.

—Debes ver esto —fue lo primero que dijo. Se le veía nervioso y entusiasmado. Durante su guardia había decidido explorar qué había más adelante. Llevó consigo la espada de Kaali. Caminó algunos centenares de metros hasta encontrarse con algo que le pareció maravilloso y sorprendente.

Era lo mismo que ahora les mostraba a sus compañeros: una roca grabada con caracteres rúnicos.

Fue Hoenir el que leyó:

—Heimdall…

—¿Heimdall? —se sobresaltó Gaulag.

—Sí, no hay duda, Heimdall. Ahí dice Heimdall.

Heimdall era el hijo de Odín y resguardaba la entrada entre Midgard, o tierra de los hombres, y Asgard, o tierra de los dioses. Era poseedor del Gjallarhorn, una especie de trompeta con la que anunciaba la llegada de los enemigos. Tenía sentidos muy agudos, que le permitían escuchar a distancia el vuelo de una mosca, observar cualquier leve cambio de panorama, detectar cualquier criatura extraña. Había sido alimentado con sangre de jabalí y era bueno para la espada y el arco y la flecha. Podía pasarse días enteros sin dormir, lo que lo hacía un magnífico vigilante. Cuidaba que nadie se acercara al hogar de los dioses.

—No escucho su cuerno —dijo Hoenir— y tampoco lo veo por ninguna parte, con su resplandeciente armadura blanca y sus dientes de oro.

—Tal vez montó en su brioso corcel Gulltop y se ha ido a anunciar la mañana —se burló Gaulag.

—Sea como sea, si éste es el lugar de Heimdall… —aventuró Thorsson una hipótesis—: ¡El puente del arco iris se encuentra cerca! ¡Y el Ygdrassil!

El puente del arco iris separaba Midgard y Asgard. En uno de sus extremos estaba Himinbjorg, la atalaya desde la que vigilaba Heimdall, y, en el otro, el Ygdrassil o árbol de la sabiduría. De este árbol Odín había obtenido el conocimiento rúnico, que le daba poder a los hombres. Era el árbol de la verdad y de la vida.

—Lo dice el mapa de Thule —reconoció Hoenir, quien repitió de memoria: "Llegarás a la raíz del Ygdrassil, el viejo roble-yaxché de la existencia y del conocimiento, a mi nueva morada, a Chichenheim".

—Hay que buscar el puente y atravesarlo —dijo Thorsson con voz decidida.

Avanzaron. El camino era menos abrupto y más sencillo de recorrer. Hoenir los iluminaba con la espada de Kaali. Les llegó una ráfaga de viento frío. La piel se les enchinó y tuvieron miedo. Aún así, siguieron adelante. El túnel se redujo hasta convertirse en una estrecha galería rocosa. Escucharon un rumor lejano y volvieron a experimentar la misma corriente de aire frío. Thorsson no dejaba de tener en mente unos versos del *Voluspa* que lo aguijoneaban, llenándole de cautela, de preocupación:

El hombre que se halla ante umbral ajeno
debe ser cauto antes de cruzarlo,
mirar atentamente su camino:
¿quién sabe de antemano qué enemigos pueden estar sentados
aguardándole en el salón?

Su curiosidad era mayor y avanzó. Tras unos diez metros, se abría ante ellos una enorme cueva, que parecía iluminada. Tanto así, que brillaba como si se tratara del alba. De hecho, pensaron por un instante que habían logrado salir a la superficie. No fue así. El camino continuaba a la manera de un puente. Debajo de ellos, a uno y otro lado, se abría un profundo abismo.

—No se le ve fondo —se asomó Hoenir.

Tomó una piedra y la dejó caer. Pasaron unos segundos antes de que se escuchara un ruido opaco y sordo. Gaulag se estremeció, aterrado de pensar lo que sería precipitarse en aquel hondo vacío.

Caminaron preguntándose si el puente sería lo suficientemente fuerte como para resistir su peso. Lo hacían con recelo, avizores a cualquier peligro. Se preguntaban si no desembocaría en el castillo de Hela, llamado Angustia, con sus mesas de hambre, sus sirvientes de miedo y sus camas de preocupación. Aquel camino se extendía unos veinte metros hasta juntarse con otro túnel. Franquearon aquel paso y marcharon por una decena de metros más. De pronto tuvieron la impresión de que se hacía de día. Además, las rocas se tornaban en otra cosa. ¡En raíces! ¡Raíces de árbol!

La luz se acrecentó. Apenas salieron del túnel, se maravillaron ante lo que vieron. A sus pies se desplegaba ante ellos una selva inmensa y magnífica.

—¡Nos hemos salvado! —se abrazaron.

Thorsson alzó la vista y se encontró con un enorme árbol. No pudo dejar de experimentar un curioso asombro. Si el mapa era cierto, se trataba del Ygdrassil, el mítico árbol donde Odín se había colgado por nueve días para salir fortalecido de cuerpo y de alma. Pero no era un viejo roble sino una ceiba. Un ejemplar bello y descomunal, de grueso tronco y fuertes ramas de colores entre amarillentas y rojizas, de las que pendía una nutrida hojarasca.

Gaulag y Hoenir estaban felices. Pensaban que habían salido a la superficie. Bien pronto, sin embargo, se dieron cuenta que no era así. Miraron hacia arriba, más arriba de la copa del Ygdrassil y se encontraron con que el cielo no era cielo. Era un techo alto de roca. ¡De roca que brillaba! Estaban dentro de una enorme cueva. De un lugar inmenso e increíble.

Thorsson no podía creerlo. Hoenir tampoco lo entendía. Dio unos pasos adelante para poder observar mejor ese paisaje inaudito.

De repente, vio acercarse a un monstruo terrible.

"Un dragón", fue lo primero que se le ocurrió pensar. Era una bestia enorme y alargada. Su cuerpo, lleno de escamas o plumas multicolores. De su boca sobresalía una lengua roja y bífida. Hoenir se quedó paralizado del miedo. Lo único que atinó a decir fue:

—¡La Serpiente Emplumada!

La Casa Oscura

I

El mapa de Noil era verdadero. Iktán no pudo menos que pensar en su padre cuando, tras pasar la cascada, penetró a la gruta de acceso a la Tierra de Adentro.

Lo recordó abatido por las flechas, mudo en su dolor, desdeñoso hacia sus verdugos. Se preguntó qué hubiera sentido su padre al saber que el menor y menos favorecido de sus hijos había descifrado el mapa. Él, el tullido, el frágil, el contrahecho. ¿Orgullo? ¿Desprecio? ¿Indiferencia? Una palmada en el hombro le hubiera hecho bien. Pero Noil no acostumbraba tratarlo con caricias sino con puñetazos y puntapiés, así que terminó por maldecirlo y escupir en su memoria.

—¿Estás seguro que éste es el camino?

La voz era de Chan Chaak. Apenas había entrado a la cueva. No se había mojado al atravesar la cascada. Su séquito de guerreros y sirvientes lo había protegido con una esterilla de color rojo extendida y anudada a dos palos finamente labrados. Entró a bordo de una embarcación plana y firme. Se encontró con decenas de canoas y un centenar de soldados que portaban antorchas encendidas. Lo sobrecogió encontrarse en una gran cueva perfectamente iluminada, pues imaginó estar en el umbral de la Casa Oscura, con sus tinieblas eternas, que eran como un vacío sin fondo, o de la Casa de las Navajas, con sus cuchillos filosos por todas partes, listos a cortar su carne en miles de pedazos. Temía a los siniestros señores de Xibalbá. Conocía muy bien la historia de Hunapú e Ixbalanqué, los dos hermanos que habían logrado atravesar los ríos de sangre y podredumbre que cruzaban aquel reino de los huesos y de las sombras. Decapitaron a Hun-Camé y Vucub-Cané, pero aún permanecían sus secuaces Ahalcaná, Chamiaholom, Quicrixcac, Chuchumaquic y Quicré.

Imploró a Itzamná por protección. Lo hizo mientras Iktán lo conducía al extremo opuesto de la cueva, donde habían descubierto cuatro grandes huecos que parecían entradas. Al iluminarlas con antorchas, las sombras se alejaron. Eran túneles, sin duda.

—"Salieron de allí y llegaron a una encrucijada de cuatro caminos" —dijo Iktán refiriéndose a un canto del *Popol-Vuh* sobre el viaje de Hunapu e Ixbalanqué por la Casa Oscura; agregó—: "Ellos sabían muy bien cuáles eran los caminos de Xibalbá: el camino negro, el camino blanco, el camino rojo y el camino verde".

Chan Chaak se sobresaltó al escuchar aquello. Finalmente respiró hondo, reunió fuerzas y preguntó:

—¿Y cuál tomamos?

—El camino negro —respondió Iktán—, que es el que tomaron Hunapu e Ixbalanqué.

Chan Chaak quiso saber cuál de los túneles era el correcto, pero Iktán se encogió de hombros. No lo sabía. El Mapa de la Profecía no era claro a ese respecto. Había mandado a cuatro grupos de hombres a explorarlos. No fue fácil convencerlos. "Es la Casa del Frío", dijeron algunos. "Es la Casa de los Tigres", dijeron otros. Se referían a las moradas de Xibalbá, donde los hombres eran torturados de manera espantosa. Algunos se rehusaron a entrar. Bastó que Iktán pidiera una lanza y se la clavara en el pecho a uno de aquellos infelices para obligarlos a entrar en la oscuridad.

Eso había sido en la mañana. Cerca de cinco horas habían pasado y ninguno había regresado. Del túnel bautizado como blanco, les llegó el eco de una gritería descomunal y terrible. Después, el silencio más definitivo. Del túnel verde, un murmullo de gruñidos que se fue apagando. Del túnel negro y el túnel rojo no habían visto y escuchado nada, ninguna pista que indicara cuál era el camino correcto.

Decidieron esperar un poco más. Chan Chaak pasó revista a sus hombres. Más de cuatrocientos guerreros rindieron pleitesía a su soberano. Afuera esperaba el grueso de su ejército, listo para entrar en acción. Iktán se dedicó a explorar la cueva.

—¡Eh! ¡Por aquí! —alguien llamó su atención.

Se encontró con el esqueleto de un barco. Era un drakkar. El drakkar de Thorsson. Sólo quedaba el armazón. Había sido desmantelado de todo lo valioso, la cabeza y la cola de dragón, los herrajes, el timón, incluso el mástil. Iktán se encaramó a su cubierta. La exploró. No dejaba de querer saber. También, de inquietarse. Se encontró, a lo largo de la borda, con una serie de inscripciones escritas en un idioma desconocido. Eran runas. Las halló también a todo lo largo de la caverna, talladas en la dura roca, en piedras y estalactitas. Trató de traducirlas y le resultó imposible. Les llamaba Los Signos del Silencio. Se preguntó si se trataban de una maldición, de una condena. Se preguntaba cosas. Temió que la Puerta de Tulum no fuera la entrada a la Tierra de Adentro y sus secretos sino a Xibalbá y sus torturas eternas. Le hubiera gustado tener a Xan, el mosquito del que hablaba el *Popol-Vuh*, para mandarlo a explorar esas cuevas y tener noticias de lo que albergaban.

De pronto, de manera hueca y sin embargo perceptible, se escucharon gritos y lamentos que provenían del túnel negro. Los hombres de Chan Chaak prepararon sus armas. En sus rostros se dibujaba el miedo y la angustia. Iktán mismo buscó protegerse detrás de unos guerreros. Él también temía lo inesperado, la bestia demoniaca, la oscuridad que todo lo come, el sufrimiento indescriptible. Tal vez había violado lo inviolable. Estaba condenado a que sus huesos fueran arrojados a la barranca más profunda. Tal vez le había llegado la hora de morir. Tembló hondamente, el temblor de quien se enfrenta a lo desconocido.

Los gritos y los lamentos se hicieron más nítidos.

—¡Auxilio! —le pareció escuchar.

Alcanzó a ver dos figuras que parecían humanas y sin embargo no lo eran. Sintió miedo. Las figuras reptaban. Se arrastraban a duras penas, como dos gusanos heridos. Brillaban. Una especie de brillo carmesí.

—¡Son guerreros de la Profecía! —gritó alguien.

Los hombres se arrastraban porque no tenían piernas. A uno le faltaba un brazo. Estaban llenos de sangre. Era lo que brillaba.

—¡Auxilio! —volvió a gritar uno de ellos.

Fueron cargados en vilo y atendidos. Contaron, con voces adoloridas y entrecortadas, que habían sido atacados por horrorosas criaturas. "La noche más espantosa de todas", se quejó uno. "La Muerte Súbita. La Mordida de las Tinieblas", dijo el otro. Después no hubo más. Sólo ayes y lágrimas. Gemidos de dolor.

II

Iktán se decidió por el túnel rojo. Era lo suficientemente ancho como para permitir el avance en grupos de cinco a seis soldados. La marcha era penosa en virtud de la falta de aire fresco y las piedras y estalagmitas que entorpecían el paso. Los hombres respiraban con dificultad. También, sudaban copiosamente. Les dolían los pies de tanto caminar por la gravilla, que les cortaba los dedos, los costados de la planta, los talones. Y tenían miedo. Todos, todos, estaban sobrecogidos por el temor; en especial, los que iban a la vanguardia. Pobres hombres, que imaginaban dirigirse a las mismísimas fauces de la muerte. Iktán fue el encargado de organizarlos. Escogió a un valiente capitán para avanzar al frente con cincuenta soldados. Le dio la oportunidad de seleccionar a los que él considerara los más osados y aptos para el combate. Oraron, se encomendaron a todos los dioses y avanzaron. Se formaron, en total, doce grupos de guerreros. Esperaban la orden de Iktán y emprendían el recorrido. Lo hacían a intervalos de tres minutos. Mil quinientos guerreros en total. Otro tanto esperaba afuera, en las cercanías de Tulum. Aguardaban por instrucciones, ya sea de penetrar, de llevar alimentos o proveerlos de armas o de alistar más refuerzos. Iktán había diseñado la estrategia de combate. Había ideado, también, un sistema de mensajeros que lo mantendrían al tanto de lo que sucedía en la vanguardia y en Tulum.

—Sin novedad. Piedras y oscuridad. Pero avanzamos —se le acercó uno de estos mensajeros. Estaba enlodado de los pies a la cintura y sudaba a mares.

Iktán escuchó el mensaje y respiró aliviado. Continuaron la marcha. Algunos de los soldados tenían los codos y las rodillas raspados por las caídas entre las rocas húmedas y resbaladizas. Lo abrupto del camino no le molestaba a Iktán. Tampoco a Chan Chaak. Los dos eran conducidos sobre unas plataformas hechas con tablones y cubiertas con hoja de palma, sostenidas cada una por seis soldados. Las cargaban sobre los hombros. El plan inicial, que consistía en ser cargados en las sillas reales, utilizadas para la tarea de recorrer grandes distancias, tuvo que ser abandonado por improcedente. Las estalactitas constituían un serio peligro. En caso de estar sentados, la altura que alcanzaban las sillas hacía que lo irregular del techo les impidiera seguir adelante. Las protuberancias rocosas impedían avanzar con prestancia y seguridad. Se optó por este otro medio de transporte, que tuvo que ser improvisado con rapidez. Iban acostados boca abajo, con la cabeza bien atenta al camino. Desde su posición alcanzaban a ver por encima de las cabezas de los guerreros hasta donde la luz de las antorchas les permitía escudriñar el terreno. Chan Chaak iba bien agarrado, prevenido al vaivén de aquel recorrido. Tenía miedo. Miedo de oscuras asechanzas, de misteriosos peligros.

Una prueba de ello lo constituyó la llegada de otro mensajero.

—¡*Xoc!* —le dijo a Iktán.

No podía ser posible, pensó el sacerdote. *Xoc* era el nombre que los itzáes le daban al tiburón. La Criatura de la Sangre de la Piscina de Fuego, le llamaban.

Chan Chaak se dejó llevar por un leve estremecimiento. El término *xoc* le traía malos recuerdos. Una vez, de niño, acompañó a su padre a establecer alianzas con los señores de Yaxchilán. Eran personajes poderosos y dignos de ser tratados con respeto. El hecho de que fuera su padre el que los visitara, y no al revés, daba cuenta no sólo de su alcurnia sino del tamaño de sus ejércitos. El viaje fue largo y fatigoso, emprendido a través de selvas, colinas y un río al que llamaban Usumacinta. Yaxché Chaak llegó acompañado de un ostentoso séquito de doscientos de sus mejores guerreros, y aún así había un ambiente muy desfavorable, de constante afrenta y miedo. Se temía una celada por parte de Yaxchilán. Chan Chaak, a sus escasos seis años, vivió de cerca ese temor. Su padre quiso llevarlo para que se fuera fogueando como gobernante. Debía enterarse de los goces y riquezas, pero también de los peligros y sinsabores del poder. La atmósfera le pareció de lo más hostil. Los mismos soberanos contribuían a esta impresión. Escudo Jaguar era un hombre mal encarado y rudo, y su esposa, Dama Tiburón, no se quedaba atrás. Ésta era el verdadero poder detrás del poder, una mujer ambiciosa y sin escrúpulos. Corría el murmullo de uno a otro lado de Mayapán que había hecho matar a su primer esposo para aliarse con Escudo Jaguar, un guerrero poco afortunado de facciones pero con fama de sanguinario e intrigante, que muy pronto se había convertido en nacom de la guerra. Juntos lograron construir un reino poderoso y temido, que ansiaba desbordarse más allá de sus fronteras. Ya le habían hecho la guerra a Bonampak y a Tikal con excelentes resultados. Yaxché Chaak temía ser invadido y decidió adelantarse para formar una alianza.

—¿Y qué nos ofreces a cambio? —preguntó Dama Tiburón en el interior del Palacio Real.

El rey de los itzáes hizo traer una rica ofrenda consistente en joyas de oro, obsidiana, jade y cristal transparente.

—¿Y qué más? —preguntó Dama Tiburón, nada impresionada por aquellos regalos.

Ella impactó enormemente a Chan Chaak. Pudo verla de cerca y sentir su poder. Un poder que lidiaba con la ambición, la envidia, la soberbia y el rencor. Era una mujer de mediana edad cubierta con una hermosa piel de escualo. En su testa llevaba una especie de tocado hecho con la cabeza de un tiburón toro. Hablaba y sus fauces se movían al hacerlo, mostrando sus afiladas y temibles hileras de dientes.

—¿Te gusta, pequeño? —se burló del miedo de Chan Chaak.

La reina lo sujetó y lo abrazó, cargándolo contra su pecho. El niño se estremeció al sentir lo áspero de la piel del tiburón. Quiso llorar pero estaba entrenado para no hacerlo. Dama Tiburón hizo como si lo arrullara, frotándolo contra su disfraz y provocándole rozaduras en sus piernas, en su costado, en sus brazos.

A una orden de Yaxché Chaak uno de sus capitanes acudió a pedirle el niño a la reina, so pretexto de no fatigarla.

—¡Largo de aquí! —el capitán fue recibido con una bofetada dada con la mano enguantada de la soberana. El guante estaba hecho con piel de tiburón. El atrevido guerrero resultó con la cara feamente raspada.

Dama Tiburón sonrió con placer al ver el rostro ensangrentado.

—Te voy a enseñar algo que va a ser de tu agrado —le dijo entonces a Chan Chaak.

Lo llevó en sus brazos hasta el *dzonot* de Yaxchilán.

—Mira lo que hay ahí adentro.

Eran tiburones. Cuatro de ellos, de buen tamaño. Chan Chaak, al asomarse, sintió miedo. Un miedo mayúsculo. Temió ser arrojado al agua, para escarmiento y burla de los itzáes.

La reina dio instrucciones de traer a varios prisioneros. Estaban desnudos y amarrados. Temblaban de temor. A otra orden de la soberana, alguno de sus capitanes se encargó de perforar el prepucio de aquellos desdichados con una filosa espina. De inmediato comenzaron a sangrar. La punta del pene se tiñó de un brillante rojo carmesí. No bien las gotas sangrientas tocaron la tierra, fueron levantados en vilo y arrojados al cenote.

Chan Chaak no quiso mirar. Se imaginaba las mordidas, la forma tan horrible como aquellos hombres habían sido sacrificados. Cerró los ojos. Sólo los abrió para ver el rostro de gozo y satisfacción de la soberana.

Ese mismo rostro lo imaginó ahora, al escuchar la palabra *xoc* por boca del mensajero. Se estremeció de tan sólo pensar que iba al reencuentro con aquel terror, el de Dama Tiburón y sus dientes, su áspera piel.

—Los tiburones son blancos y parecen no tener ojos. Pero son fuertes y temibles —lo puso al tanto el mensajero.

Continuaron el avance. En un punto determinado sintieron frío, mucho frío, una corriente helada, como si emanara del hálito gélido de la muerte misma.

—¡La Casa del Frío! —se desató el murmullo entre los soldados. Iktán mismo se estremeció con un curioso escalofrío.

Los hombres tiritaban. Aún así, mantuvieron el paso, disciplinados. Hora y media después escucharon un murmullo de aguas. El eco cercano de una corriente. Las antorchas se elevaron para distinguir lo que venía adelante. Era un río subterráneo. El río de los tiburones.

Tanto Iktán como Chan Chaak bajaron de la plataforma para examinar aquel remanso de aguas cristalinas. Ahí estaba un puente hecho de manera precaria, con lanzas y escudos. Vieron también sangre, regada o salpicada en el piso y las paredes.

—Perdimos a diez de nuestros hombres —informó el mensajero.

Iktán meditó qué hacer. Pidió que se adelantara el más bravo de los guerreros. Nadie lo hizo. Se hizo un grave y pesado silencio. El sacerdote los regañó. Los llamó "mujeres".

—Las mujeres son el sabor de la vida, pero nunca he sido una y no lo seré ahora —se escuchó la voz de uno de los soldados.

Era un guerrero más bien corto de estatura, pero de mirada y actitud decidida. Se llamaba Tapir de las Piedras Verdes.

Iktán le pidió hacerse un corte en su mano. El guerrero obedeció y la sangre comenzó a fluir.

—Ahora extiende tu mano y deja que la sangre gotee en el agua.

Todo mundo permaneció expectante, en espera del momento de la muerte ajena. Cayó una gota y luego otra más. Chan Chaak sintió miedo. Un miedo antiguo. Indeleble. Infantil. Nada sucedió. Las aguas fluían de manera tranquila. Corrían de derecha a izquierda y se perdían por debajo de gruesas paredes de roca. Tapir de las Piedras Verdes comenzó a relajarse, a sentirse a salvo. De pronto, su cara se descompuso. Fue el primero en verlo. Surgido de la profundidad de aquel remanso, saltó un tiburón. Era blanco y grande, de unos dos metros de largo. Apareció de entre las aguas y se elevó más de un metro en busca de su mano. Apenas tuvo tiempo de retirarla. Se escuchó una potente tarascada. A ésta le siguieron otras. Cinco o seis tiburones aparecieron queriendo morderlo todo. Se lanzaban fuera del agua, en la orilla, en un intento desesperado por atrapar alguna presa. Chan Chaak estaba aterrado. Iktán, fascinado. Se imaginaba el día en que fuera investido como soberano de los itzáes. Una de sus primeras encomiendas sería la de construir un foso con tiburones alrededor de su palacio. Nadie se le acercaría. Sería invulnerable.

Usaron las plataformas a manera de puente y así cruzaron el remanso.

III

"¡Kukulkán!" Fue un grito de conmoción y sorpresa que se abatió a todo lo largo del túnel. "¡Kukulkán! ¡Kukulkán! ¡Kukulkán!" El sonido de aquel nombre rebotó en las paredes de roca, en un eco estremecedor y estridente.

Sucedió poco después de haber dado la orden de descansar. Los hombres estaban fatigados a más no poder. Según los cálculos de Iktán, habían caminado unas diez horas. No había ninguna referencia a si se trataba del día o la noche, pero intuyó que sería muy de madrugada en el Mundo de Afuera. Durmió un poco, cobijado por sus sueños de poder y de gloria. Cuando despertó, un grupo de jóvenes guerreros recién llegados a la vanguardia repartían agua y comida entre sus compañeros. El ánimo se había reavivado. Los soldados platicaban animadamente, ya sin el temor de que cualquier quebranto del silencio trajera como consecuencia la furia de los señores del inframundo. No parecía haber nada de qué preocuparse.

De pronto, sin embargo, les llegó reverberado por el túnel aquel nombre:

"¡Kukulkán!"

No faltó quién se estremeciera al oírlo. Algunos detuvieron el paso. Iktán se sintió curioso y ordenó avanzar con rapidez para encontrar la causa de aquel eco que no cesaba. Se encontró con uno de los mensajeros, que acudía a informarle. Se le veía intensamente fatigado. Había corrido a todo lo que daba para entregar lo más rápido esa noticia. Se le veía jadeante y preocupado, ansioso. Aún así, con voz entrecortada, dijo:

—Hemos visto a Kukulkán.

—¿A la Serpiente Emplumada? —preguntó el sacerdote.

—Sí. Es enorme. Y se come a nuestros hombres.

IV

La Serpiente Emplumada. Quetzalcóatl. El gemelo divino. La estrella de la mañana y de la tarde. Moyocoyani, "quien se crea a sí mismo", también lo llamaban. Ombligo divino. El centro origen de todo. Tloque Nahuaque, "el dueño del cerca y el junto". Gucumatz, lo nombraban los antiguos. El Constructor. El que nos regaló el maíz. El que da vida. Kukulkán, le decían los itzáes.

—Es el poder que no quiere el poder —le había dicho Tihuin, el sacerdote que Iktán había hecho matar en Teotihuacan.

Estaba escrito en los *Huehuetlahtolli*, o Antiguas Palabras. Fue el gran señor de los toltecas. Ce Acatl Topiltzin. El Príncipe del Año Uno Caña. El tlatoani del principio de todo, de la fecundidad. Cezalcuati, era otro de sus apelativos. Su madre se llamaba Chimalma, una hermosa mujer embarazada a la fuerza por el rey Mixtocóatl, monarca de Tollan. Avergonzada por tal hecho, puso a su hijo en una cesta y lo arrojó al río. Fue descubierto por unos ancianos que lo rescataron y lo educaron, haciendo de él un hombre noble, fuerte y culto. Su nombre era Votán. Regresó a Tollan, donde reclamó su reino y donde gobernó con probidad, ganándose la admiración y el respeto de todos. Se decía que era un hombre alto, rubio y barbado. Un día probó el pulque y se emborrachó. Cometió barbaridad y media. Mató, violó, insultó. Apenado, abandonó la ciudad y se exilió en los montes y en las barrancas. Llegó a las grutas de Juxtlahuaca, donde desapareció. Por muchos años no se tuvo noticia de él. Retornó convertido en un hombre más sabio y más poderoso. Se decía que poseía el secreto del rayo y del trueno. Venció a los enemigos de Tollan. Pudo haber sido el monarca de todo el mundo, pero prefirió la bondad. Predicaba la paz. Sufrió el embate de muchos reyes y sus tropas, deseosos de arrebatarle el secreto del rayo y el trueno. Cansado de la guerra, marchó con su pueblo a Yucatán, donde fundó Chichén Itzá. Por algún tiempo gozó de tranquilidad, incluso cambió de nombre para no ser reconocido. Kukulkán, comenzó a ser llamado. Pero sus adversarios lo encontraron. Ansiaban arrebatarle el misterio de su poder. Votán Kukulkán decidió esconderse. Tomó el camino del Mar de las Turquesas. Se embarcó con rumbo a Venus. Se marchaba, autosacrificándose, para salvar a los hombres de la guerra total. Prometió regresar para imponer de nuevo el orden, la paz, la prosperidad. Desde entonces el mundo espera su retorno.

"Quetzalcóatl, ahora que nos devora la podredumbre, ahora que las alas del cielo no vuelan, ahora que la tierra está marchita y triunfa la insensatez del hombre, vuelve", eso decían los mexicas.

"Kukulkán, señor de la sabiduría que no hiere, soberano de lo que es bueno, tú que eres la luz y la sangre del corazón eterno, tú que albergas el tesoro de lo que es y de lo que existe, mécenos con tus flores y tu sonrisa, cuidanos en este tiempo de cuchillos y canallas, danos el don de la dicha y del maíz cuando es mucho, asómate a lo que somos, perdona nuestra soberbia y apiádate de nosotros, regresa a tu tierra, a tu pueblo, los itzáes", eso decían los mayas de Chichén Itzá.

Tihuin también esperaba su regreso. Le había confiado a Iktán el secreto de su paradero:

—Está en el Inframundo que No Es, en el lugar de los asombros y la vida eterna. En la casa de la sabiduría. Y del poder.

Lo dijo en la cueva debajo de la gran pirámide, donde estudiaba al Sol mediante vasijas llenas de agua a distintos niveles. "El gran astro después del astro rojo es la clave para entenderlo todo", recordaba sus palabras. Júpiter. Iktán prestaba oídos. Tenía grabada aquella conversación. Fue la primera vez que escuchó cosas tales como la Lengua del Escorpión, la Puerta de la Tierra y la Puerta del Cielo, el tapir volador, las flechas semejantes al rayo, las lanzas que vomitaban fuego. Nunca antes había oído hablar de Huichil el desalmado. Su imaginación voló tan alto como su ambición. Reconoció, por el semblante sorprendido del anciano sacerdote, que tenía en sus manos un tesoro. El pergamino de Noil era un mapa. Y un calendario. "Está escrito en la lengua del escorpión y de Votán", había dicho el viejo. El anuncio de la Profecía. Cuando Tihuin se negó a descifrarle aquellos extraños signos grabados en las paredes de la cueva y marcados en su pergamino, selló su destino. Iktán no se arrepentía de haberlo matado. Antes, le había arrancado sus secretos. Por eso, a final de cuentas, se hallaba allí, en la entrada del Inframundo que No Es. Recordó los gritos del sabio, sus gritos desesperados y agónicos, pero también lo mucho que aquella muerte le había servido para estar más cerca de descifrar el misterio y adquirir el mayor poder que el mundo hubiera conocido.

Cuando escuchó aquel grito: "¡Kukulkán!", se afianzó en él la seguridad de estar en el camino indicado. "La Casa de Quetzalcóatl", se dijo para sus adentros, con una honda satisfacción. Incluso con una sonrisa. Cuando el mensajero le espetó que habían visto a la Serpiente Emplumada, pero que era enorme y se comía a los guerreros, la sonrisa desapareció.

No podía creerlo. Apresuró la marcha y arribó al lugar de origen de aquella estridencia. "Kukulkán. Kukulkán". Lo hizo en hombros de Tapir de las Piedras Verdes. El guerrero resoplaba debido al esfuerzo. Caminaba a duras penas, haciendo equilibrio entre las resbaladizas piedras. Chan Chaak estaba a su lado, al igual que sus soldados. Habían recorrido unos cinco kilómetros antes de encontrar a los demás guerreros, aglomerados en desorden, temerosos.

Todos repetían, como un conjuro:

—Kukulkán.

Iktán los tuvo que apartar para que lo dejaran pasar. Le urgía ver con sus propios ojos aquel prodigio: el milagro de Kukulkán. La Serpiente Emplumada.

Llegaron hasta un punto donde el túnel se hacía más estrecho. Se escuchaban rugidos de una clase desconocida. También siseos penetrantes y prolongados. Había como una especie de insano terror en el ambiente. El miedo a lo terrible y a lo desconocido. Se acercó al capitán, un hombre robusto, con una fea y reciente herida en el pecho, para interrogarlo.

—Kukulkán —atinó a decir, él mismo, en su frialdad de hombre acostumbrado a la guerra, por completo desconcertado. Tenía sus ropas manchadas de sangre, lo mismo que sus cabellos. Se le veía inquieto. Trataba de domeñar su miedo. Añadió, con algo de contenida furia: ¡Son dos las Serpientes Emplumadas!

El hombre intentó tranquilizarse y contó la manera como habían llegado al final del túnel. Se encontró con otro mundo. Un mundo como el nuestro, pero adentro. Un mundo enorme dentro de una cueva. Fue un atisbo, tan sólo. Apenas tuvieron tiempo de vislumbrar todo aquello cuando aparecieron las dos serpientes. Fue algo aterrador. Nunca en su vida de guerrero había visto algo semejante. "¡Kukulkán!", gritaron y se arrodillaron para mostrar su veneración y respeto. Pensaron que de un momento a otro el Hombre Sabio Gemelo de Venus tomaría el lugar de esas dos terribles criaturas. Creyeron que la paz y el bienestar sobrevendrían, que el mundo estaba a salvo. Sin embargo, no fue así. Las bestias los atacaron. Fue una embestida furiosa y sanguinaria. Tuvieron que retroceder en desbandada. Algunos de sus hombres se precipitaron a un hondo precipicio. Otros murieron aplastados. Dos o tres, devorados por Kukulkán.

—La sangre de aquellos desafortunados nos salpicó en un chorro rápido y violento —agregó el capitán; él mismo había recibido un zarpazo, como atestiguaba su herida en el pecho; apenas había salvado la vida—. Los que pudimos escapar corrimos con todas nuestras fuerzas, cruzamos un puente y nos refugiamos aquí. Las bestias siguen ahí, pero son tan grandes que no pueden pasar por aquella abertura.

Iktán se acercó al sitio indicado.

—¡Cuidado! —le advertían.

No era lo que se dice un valiente. Tenía más ambición que valentía. Sintió miedo, un miedo enorme. El corazón le latía con fuerza, pero quería saber, verlo con sus propios ojos. Se asomó con cautela. Lo que vio lo dejó al mismo tiempo aterrado y maravillado.

Tenía frente a sus ojos a dos gigantescos lagartos, monstruosos y hambrientos.

V

Los Durgold acechaban vigilantes. Estaban alertas del otro lado de la abertura.

Chan Chaak, mientras tanto, había preparado a sus hombres. Dos líneas de ataque. Una de arqueros y otra de lanceros. No había mucho que pensar. Tampoco se trataba de diseñar la gran estrategia. El lugar era incómodo para la batalla. Poco rango de maniobra y, aún así, debían atacar. Debían hacerlo a como diera lugar. Era la única forma de abrirse paso y llegar al Inframundo que No Es. Al sitio del mapa y de la Profecía. No importaba cuánto dolor, cuánto sacrificio, cuántas vidas humanas tendrían que ofrecerse, lo importante era derrotar a las dos grandes bestias. Chan Chaak los arengó:

—La salvación del mundo está en nuestras manos.

El Ejército de la Profecía elevó sus rezos a Izamná. Los guerreros pintaron su cuerpo de negro y de amarillo para emular a los jaguares. Encendieron sahumerios y afilaron sus armas.

Cuando el momento llegó, fueron puestos en orden de cinco en cinco. No más podían caber por esa abertura. Cinco arqueros y cinco lanceros, así, sucesivamente, hasta completar un contingente de cincuenta soldados. En total, diez líneas de batalla. El plan era sencillo, matar a las bestias con toda la fuerza de un ataque masivo.

Chan Chaak daría la orden. Aprovecharían un momento de descuido de aquellas criaturas.

Tuvieron que esperar. Los Durgold estaban inquietos. Como que algo intuían. Se asomaban por la abertura. Trataban de alcanzar con su lengua lo que pudieran. Chan Chaak, en uno de esos intentos de aquella lengua larga y viperina, de mover inquieto, de atrapar a uno de sus guerreros, la asaeteó con suma habilidad. El Durgold gimió de dolor y se abalanzó con su cabeza para intentar romper la roca y castigar al insolente. Era imposible. Ahí adentro, detrás de la abertura, estaban a salvo. Chan Chaak se carcajeó de lo lindo. Quería brindarles entereza a sus hombres, y él debía ser el primero en tenerla. Valor. Ganas de vencer. De derrotar el miedo. De no sucumbir a los temores de lo desconocido.

Se volvió a asomar por aquella especie de entrada al infierno y vio a las bestias. Se habían apartado a reposar, tiradas de panza, a unos metros de la abertura. El soberano colocó a sus hombres en posición y dio la orden de ataque.

Los cinco primeros hombres avanzaron, prepararon su arco y dispararon sus flechas. Todas dieron en el blanco pero ninguna logró penetrar la dura piel de aquellos animales.

—¡Las lanzas! ¡Ahora! —dio la orden Chan Chaak.

Los siguientes cinco soldados de la línea avanzaron y arrojaron sus armas.

Los Durgold se desperezaron. Gruñeron, molestos por ser atacados. Retrocedieron un poco para evitar aquel embate. Esto fue aprovechado por Chan Chaak, quien hizo salir a sus guerreros.

—¡Flechas! —y un nuevo grupo de guerreros disparaba—. ¡Lanzas! —y lo mismo.

Fue un ataque muy bien sincronizado. Las bestias parecían sorprendidas. No se lo esperaban y se mantenían alejadas, como indefensas. Algunas flechas y lanzas pudieron traspasar la coraza de su piel. Se clavaron en sus patas y en sus costados.

Las huestes de Chan Chaak ganaron terreno. Dispuso a sus hombres fuera de aquella abertura en lo que parecía ser un puente. A los lados, un negro vacío, inquietante y mortal. De frente, el Inframundo que No Es. Y aquellas criaturas.

Los soldados avanzaron y se posicionaron a mitad del puente. Pero los Durgold, que parecían azorados por el ataque, reaccionaron. En un abrir y cerrar de ojos, embistieron a los soldados. Uno de ellos, al ver venir a las criaturas, esperó a pie firme el ataque. Sostuvo con fuerza la lanza y se la clavó a un lado de la quijada. Fue lo último que hizo en vida. El Durgold movió la cabeza y de un solo golpe lo mandó al abismo. Otros fueron aplastados por las patas enormes de aquellos monstruos. Dos más terminaron entre las mandíbulas y tres o cuatro, ya sea por perder el equilibrio, por querer escapar sin conseguirlo o por el empujón de las bestias, cayeron al vacío en medio de horrendos alaridos. Les había llegado el momento de conocer en persona a Ah Puch o dios de la muerte. Algunos valientes, incluido Chan Chaak, permanecieron en pie de guerra, esquivando las tarascadas. Uno de los Durgold dio un fuerte e inesperado coletazo. Chan Chaak y algunos de sus hombres lograron saltar, evadiendo el golpe. Los otros infortunados fueron barridos y arrojados al abismo.

No había más que hacer. Era una batalla perdida. Chan Chaak dio la orden de retirada y, corriendo a todo lo que daban, en defensa de sus vidas, se replegaron de nuevo detrás de la abertura. El soberano lucía raspones por doquier. Estaba agitado pero, picado en su orgullo, con ganas de seguir dando pelea.

—¡Hay que hacer algo! —le dijo a Iktán, urgiéndole a encontrar una manera de acabar con aquellas bestias.

Iktán lo pensó un poco. Tras unos minutos dijo:

—Chaách-paak-p'ó.

Se refería al chapopote o brea del petróleo. Brotaba en lo que los mayas denominaban "ojos negros". Era la sangre de Ek Xib Chaac o dios negro del oeste. Ek Chuah, el dios de la guerra, tenía el cuerpo recubierto de este material. Podía encontrarse a manera de charcos y en algunas ciénagas y playas. En estas últimas tomaba la forma de bolas mezcladas con arena. Los itzáes las recolectaban y las ponían a hervir para separar las impurezas. Lo utilizaban para impermeabilizar los templos. También, mezclado con algo de paja, para recubrir sus embarcaciones. Los artistas lo empleaban en sus pinturas murales. En algunas casas importantes, se utilizaba el chapopote como combustible, para iluminar las habitaciones. Las antorchas que habían sido llevadas a la Puerta de Tulum habían sido hechas con trapos mojados con esta sustancia, negra, pegajosa y viscosa. Era buena para arder.

Iktán hizo traer vasijas con chapopote. Mandó impregnar las flechas y les encendió fuego. Uno de los Durgold, que se asomaba, olisqueando, inspeccionando con su larga y roja lengua, fue el primero en recibir los flechazos. El animal gruñó con rabia y dolor. Las flechas hicieron blanco, clavándose en la cabeza. La piel era dura y de seguro no le provocaron mayor daño, como si se tratara de la picadura de una espina. Pero la brea permaneció encendida. El calor, al quemarla, asustó a la bestia.

Nuevas flechas encendidas se le clavaron en el cuerpo.

El Durgold se retorció y se revolcó en el piso. Logró apagar muchos de aquellos pequeños incendios, pero al tiempo que lo hacía, más flechazos recibía, con su carga de fuego y dolor. La bestia retrocedió, gimiendo en forma lastimera. Obligó al otro Durgold también a recular.

Los arqueros salieron de su escondite y dispararon más de aquellas saetas encendidas. Fue como una lluvia de estrellas que iluminó la cueva. Chan Chaak dirigía el ataque. La otra bestia también recibió lo suyo. Sus quejidos eran impresionantes y retumbaban por las paredes y techos de roca. Los guerreros fueron ganando terreno. Tanto así, que lograron hacerse dueños del puente.

Iktán ideó otro plan. Ordenó que el chapopote fuera regado al extremo de aquel camino. Mucho de aquel veneno oscuro. Litros y litros de brea. Un largo trecho con la sangre negra de Ek Xib Chaac, el dios cuervo.

Y esperó. No pasó mucho antes de que los Durgold reiniciaran el ataque. Se les veía inquietos y furiosos.

Pero no venían solos. ¡Los lagartos gigantes eran montados por varios hombres! ¡Y estaban armados! Fue algo inaudito e inesperado. El propio Iktán no podía dar crédito a sus ojos. Dispararon sus armas una vez que tuvieron a distancia a los itzáes. Dos, tres guerreros murieron, atravesados sus pechos por aquellas saetas. El Ejército de la Profecía tuvo que retroceder. Pero no por mucho tiempo. Una vez que los Durgold tocaron el chapopote, sus patas no encontraron sustento y resbalaron. Dieron un vuelco lento y aparatoso. Algunos de sus jinetes murieron aplastados. Otros fueron arrojados al piso, donde intentaron recuperarse, poniéndose rápidamente de pie. Se encontraron por completo embadurnados de aquella brea, negra y viscosa. Igual sucedió con las iguanas gigantes. Una de ellas había tomado tal velocidad para embestir a los intrusos, que resbaló hasta casi la abertura donde se habían refugiado los itzáes. Gruñía y siseaba molesta. Intentaba ponerse de nuevo en cuatro patas, pero era inútil. Hacía precarios intentos de equilibrio y otra vez, resbalándose y resbalándose, iba a dar al suelo.

Iktán supo que había llegado el momento. Él mismo encendió con una antorcha más flechas empapadas de aquella brea.

—¡Disparen!

Las flechas volaron. Llegaron a su destino. Se clavaron en el cuerpo de las iguanas y en el reguero de chapopote.

Se desató un infierno.

VI

El Ejército de la Profecía avanzó por entre los restos achicharrados de hombres y de una de las bestias. La otra, por completo envuelta en llamas, terminó por desplomarse al vacío, como si se tratara de una tea que iluminara la más oscura de las noches. Era una visión terrible de la batalla. Los cuerpos carbonizados ofrecían otro aspecto terrible de la muerte.

El puente aún estaba caliente cuando empezaron a cruzarlo.

Iktán estaba ansioso de llegar al otro lado. Conocer el Inframundo que No Es. Verlo con sus propios ojos. Aún así, algo en su interior —ese don de sabiduría que se manifestaba en forma de recelos e intuiciones— le advertía que no debía ir en la vanguardia. Lo mismo le hizo saber a Chan Chaak. Éste aceptó. Dispuso que cien guerreros avanzaran en primer término y los vio partir en medio de ese campo de batalla nauseabundo y humeante.

No bien llegaron al otro extremo cuando fueron recibidos por una carga furibunda de extraños guerreros.

—¡Viva Chichenheim! —gritaban algunos.

—¡Viva Votán Kukulkán! —gritaban otros.

Estaban ataviados de un extraño atuendo. Parecían murciélagos. De inmediato les vino a la mente la Casa de los Murciélagos o Zotzi-Ha. Si era así, estaban perdidos. Hunapú e Ixbalanqué los habían sufrido en su viaje al inframundo. El propio Hunapú había sido decapitado por Camazots, el Gran Murciélago. "Quilitz, quilitz", eran los gritos de los *zots* o murciélagos. Los itzáes estaban desconcertados. Más aún cuando, al frente de aquel curioso grupo de soldados, apareció un hombre alto que les dijo:

—Soy Ahpuh-Tzotzil, el rey murciélago. Si no quieren morir, regresen por donde vinieron.

Hubo una especie de incómodo silencio. Fue Chan Chaak el que respondió:

—A todos nos llega la hora de morir, pero nuestras armas y nuestra gallardía retrasarán ese momento.

—Nuestra vocación es la paz, pero también sabemos hacer la guerra —el rey murciélago blandió una enorme espada que parecía brillar como si tuviera vida propia.

—El mejor enemigo es el enemigo muerto —contestó Chan Chaak.

—Que la muerte ocurra, pues. Que su sangre sirva de escarmiento al que ose atacar el lugar de Kukulkán.

El Ejército de la Profecía rugió como un jaguar enorme. El Ejército de Murciélagos levantó los brazos para desplegar sus alas. Usaban una terrible máscara con enormes colmillos manchados de sangre. Según una leyenda, el murciélago había surgido del semen de Quetzalcóatl. Era el mensajero de los dioses. Se le representaba sosteniendo una cabeza arrancada en su garra derecha y un corazón sangrante en la izquierda. Eran los Señores de la Oscuridad. En su pecho llevaban los glifos de Tzotziha Chamalkan o serpiente hermosa de la casa del murciélago. Chillaron. Un sonido estridente y molesto. De alguna manera terrorífico, en aquel entorno de cuevas y sombras. Batieron sus alas, que eran de una tela negra cosida entre sus brazos y sus costados. Fue tan fuerte la corriente de aire que provocaron, que apagaron las antorchas de los itzáes.

—¡Que las tinieblas pierdan a nuestros enemigos! —gritó el que se hacía llamar Ahpuh-Tzotzil y se lanzó al ataque.

La negrura era completa. En medio de aquella cerrada tiniebla se escuchó el chocar de las armas, los ayes de dolor, las cabezas que rodaban, los huesos que se rompían, los gritos de enjundia, los chillidos de los murciélagos y los rugidos de los jaguares, el eco de la muerte, el sonido sordo de la sangre derramada.

Los Munin de la Sangre

I

Aquel mundo era extraordinario.

Así les pareció a Thorsson y a Hoenir.

Un mundo dentro de otro mundo. Un mundo mágico, de encanto, como surgido de las leyendas contadas por los snorris, como parte de una saga increíble y asombrosa. Lo presidía lo que sin duda era el Ygdrassil, el árbol de la vida y el conocimiento. Un árbol enorme, jamás habían visto algo así en toda su existencia. El árbol de Odín, el de las runas, donde permaneció colgado nueve noches hasta adquirir la sabiduría. Un árbol de tronco y raíces lisas y amarillas. La conexión entre el reino de los muertos y de los dioses.

Thorsson respiró hondo, profundamente satisfecho de haber llegado con bien hasta ese sitio.

Abrazó a su hijo y se dedicó, junto con él, a contemplar desde las alturas el fabuloso mundo que se extendía a sus pies. Thule, pensó Thorsson. La Hiperbórea de los gigantes. Repitió en su mente la descripción rúnica que contenía el mapa: "La bóveda celeste hecha de piedra, el jardín olvidado, el hogar de los desilusionados de la guerra, el espacio de la felicidad".

Dirigió su mirada hacia arriba. Aquello, sin duda, era "la bóveda celeste hecha de piedra", y aquella selva, allá abajo, "el jardín olvidado".

—Thule, al fin.

—Chichenheim —lo corrigió Thordal.

¡Thordal! El snorri, sí. ¡Tanto tiempo sin verlo! Y ahora... ¡Otro asombro más de ese mundo extraordinario!

Thorsson seguía sin creerlo del todo, como si apenas despertara de entre la somnolencia y las fiebres de una larga enfermedad.

¡Thordal! ¿Cuánta vida había transcurrido desde la vez que se despidió de él, al verlo partir en su drakkar, acompañado de Ullam? Él era un niño, apenas. Un niño temeroso de quedarse a solas, a quien le pareció injusta esa partida. Cuarenta años atrás, por lo menos.

No lo hubiera reconocido, no detrás de esa máscara, no después de tantos años, a no ser por una pregunta que les hizo:

—¿Es ésa una espada de Kaali?

Todo había transcurrido con una enorme rapidez. La Serpiente Emplumada se les había aparecido de pronto y estaba ahí, frente a ellos. Lucía furiosa, su actitud era amenazante.

—¡Por Ran y sus ahogados tumefactos! ¿Qué es eso? —preguntó Gaulag.

Era una bestia enorme y alargada. Tenía una cabeza temible en cuanto a su tamaño. Su cuerpo lucía una serie de escamas multicolores, que crecían hasta convertirse en algo así como tiras de cuero. O como plumas. De su boca sobresalía una lengua roja y bífida.

Hoenir, el primero en verla, tragó saliva y desenfundó su espada.

Thorsson, que no tardó mucho en percatarse de su presencia, se reconfirmó a sí mismo en la Hiperbórea de los gigantes. Acto seguido empuñó su tomajok, dispuesto a defender a su hijo y a ofrecer cara su vida.

"¡Gö!", exclamó para sus adentros el grito de batalla vikingo.

Gaulag, excesivamente débil como para intentar cualquier tipo de defensa, se desplomó al piso, paralizado del miedo. Volvió a sangrar de las encías y de los ojos. Pensó que, ahora sí, ése sería el final de su vida.

La bestia siseó y se detuvo, todavía más amenazante, como si contemplara quién sería el primero sobre el que debía de abalanzarse. Babeaba, como si se saboreara el próximo bocado.

En eso, detrás del enorme animal, apareció un grupo de hombres armados con arcos y flechas. No dijeron nada. Tan sólo apuntaron y le dispararon a Hoenir, a quien tenían más cerca.

Hubiera sido una muerte rápida y dolorosa. No lo fue, en virtud de que los dardos se estrellaron contra la espada. Hoenir apenas y escuchó una rápida repetición de sonidos secos y metálicos. Una de las flechas seguía sujeta a su arma, las otras habían pegado primero contra la filosa hoja y ahora lucían inermes, regadas en el piso.

Los hombres se sorprendieron. Aún así, volvieron a tensar sus arcos. Estaban a punto de disparar una nueva andanada de saetas, cuando recibieron la orden:

—¡Alto!

Fue la primera ocasión que Hoenir, Thorsson y Gaulag se percataron de la presencia de aquel extraño personaje. Estaba vestido de negro y usaba una máscara que le daba un aspecto oscuro y siniestro. Lo más fantástico de todo es que se hallaba montado sobre la Serpiente Emplumada. Parecía dominarla. Dirigirla. Preguntó, con voz que parecía fatigada:

—¿Es ésa una espada de Kaali?

Hoenir la sostenía frente a él, como si se tratara de un escudo. No la había abandonado en ningún momento desde que desembarcaron en la Puerta de Thule. Era su guía, su protección.

Thorsson pareció reconocer esa voz. Pero, ¿de dónde? De algún recuerdo antiguo, muy antiguo, o de la ambigüedad de los sueños recurrentes. Bajó su tomajok y dijo:

—Es la lengua de fuego proveniente de los insectos de luz del enorme cielo.

El hombre que montaba a la bestia la hizo avanzar. Dos, tres pasos que hicieron temblar la tierra, y a Thorsson, Gaulag y Hoenir, estremecer su corazón.

—No me basta. Puedo decidir su muerte o su vida. Los extranjeros no son bienvenidos. Pueden regresar por donde vinieron y olvidarse de lo que han visto. O divulgarlo en el mundo de los muertos.

Thorsson no se amilanó. Dio un paso adelante y dijo:

—Busco al dragón emplumado.

—Aquí lo tienes —el hombre señaló a la bestia—, y está dispuesto a devorarlos, apenas cuente con mi permiso.

Hoenir volvió a blandir la espada, dispuesto a defenderse.

—¡Largo de aquí! —ordenó el hombre.

—No —contestó Thorsson—. No he atravesado el sitio de los feroces lobos de mar, ni me alejé de la tierra verde y del vino; no seguí la voz de Sudri ni la de Kaali; no viví mil fatigas ni tormentas para ahora retirarme como si nada. No sería digno de un vikingo. Soy Thorsson el Indomable.

—¿Quién? —preguntó con notoria avidez el hombre.

Thorsson calló. Ya había dicho lo que tenía que decir. Se formó un molesto silencio, interrumpido tan solo por los siseos y gruñidos de la bestia, que quería atacar.

—¡Northumbria! —gritó entonces el de la máscara.

Thorsson experimentó un vuelco de su corazón. ¡Tantos años de no escuchar esa palabra, de haberla guardado en el mejor de los olvidos, y ahora, tanto tiempo después, no importaba qué tanto la hubiera hecho de lado, qué tanto la herida hubiera cicatrizado, le volvía a doler como antaño! Ahí, en Northumbria, en el país de los pérfidos sajones, había muerto su padre. El mayor dolor de su infancia. El recuerdo de una orfandad mayúscula y terrible.

Thorsson se plantó frente a la Serpiente Emplumada dispuesto a lo que fuera. Si ése era el momento de morir en batalla, el instante en que las valquirias lo conducirían al Valhalla, la hora de decir adiós a la vida, que así fuera. Sopesó su tomajok y espetó con gallardía:

—¡Northumbria! ¿Para qué nombras en vano el sitio donde murió el mejor de los *einheriar*, el que era un ejército por sí mismo, el siempre victorioso, la montaña que camina, mi padre?

El hombre de la máscara pareció cimbrarse. Pidió a sus hombres que sostuvieran las riendas de la Serpiente Emplumada y desmontó de la bestia. Se sostuvo en pie con dificultad. Caminó hacia Thorsson. Le dijo:

—Hace mucho tiempo, en otra vida, le regalé una espada de Kaali a un niño vulnerable e indefenso. Hoy veo ante mí a un hombre cojo e insolente.

A Thorsson se le llenaron los ojos de lágrimas.

—Yo soy ese niño al que dejaron solo. Después fui el Indomable. El que recibía anillos. El que partió a las Tierras Más Allá del Oeste. El viudo al que su mujer enjabonaba los días de lavado. El que aprendió de los skraelings a usar el tomajok. El que tuvo un hijo bueno, enamoradizo y valiente. El que descifró el Mapa de Thule. El que emprendió en su drakkar el camino al sur.

El hombre se despojó de su máscara. El rostro lucía cientos de arrugas, pero era él, a no dudarlo.

—¡Snorri! —dijo Thorsson.

Se abrazaron en medio del desconcierto de los hombres que los rodeaban. Hoenir bajó la espada. Gaulag estaba pálido y a punto de desmayarse. Tenía la boca llena de sangre.

II

Ullam murió.

Pero antes de eso había gobernado con mano bondadosa y sabia sobre Chichenheim.

El mismo Kukulkán lo había nombrado su sucesor antes de partir a buscar los secretos de la Tierra Hueca.

Thorsson y Hoenir escuchaban atentos aquella historia. Gaulag no. Gaulag había muerto apenas llegaron a esa asombrosa ciudad, bajo la bóveda celeste hecha de piedra. Su agotado cuerpo no pudo más con la enfermedad. Débil hasta lo indecible, sucumbió. Su corazón dejó de latir mientras dormía. Hoenir uso la espada de Kaali para cavar su tumba. Lo enterraron cerca de un riachuelo, con la intención de que se sintiera por lo menos cerca del agua, donde había transcurrido toda su vida.

Ullam, por su parte, muerto hacía una decena de años, estaba enterrado en el interior de la Pirámide de la Serpiente Emplumada.

—Ahí, junto al Viajero de las Estrellas, ahí está, durmiendo el sueño eterno.

Ellos mismos estaban en la Pirámide de Kukulkán, pero en una de las galerías superiores, donde Thordal tenía sus aposentos.

Les habían ofrecido agua fresca y comida en abundancia. Padre e hijo devoraron con fruición lo que les pusieron enfrente. Era el primer alimento en forma que probaban durante largo tiempo. Frutas, una gran variedad de ellas, algunas conocidas y la mayoría no, como las que llamaban mango, jitomate y pera, y unas carnes a las brasas, provenientes de un animal al que llamaban dragón gordo.

Comían y bebían mientras Thordal los ponía al tanto.

—Hace muchos katunes, hace muchos inviernos, que cayó una gran chispa del cielo. Su impacto fue tan grande, que horadó la tierra y formó esta enorme cueva. Aquí se guarecieron lo mismo bestias antiguas que los sobrevivientes de la Ciudad a Mitad del Océano. Fueron sus primeros habitantes. Aquí se refugiaron tras el cataclismo de las aguas. Ellos construyeron esta pirámide, que erigieron conforme a una sabiduría superior. Se ubica sobre una fuente de energía natural, que la provee de una extraña fuerza. Es como una especie de fogata para el que ha padecido los rigores de la nieve o como un faro para el alivio de los marineros. Una guía espiritual. Un llamado de atención a los dioses, a las estrellas. La alinearon de tal forma que pudiera orientarse a la Entrada del Cielo. Es un enlace entre lo terreno y lo divino. Lo que existe más allá de las Pléyades. Nuestro origen y nuestro futuro. Hace mucho que la fuerza está ahí, y la entrada, arriba y debajo de nosotros, pero los hombres de las estrellas son un recuerdo, ya no abren la puerta, se han ausentado. Kukulkán fue el último en entablar contacto. Chac Mool, se llamaba. Un hombre sabio, más sabio que todos los sabios del mundo. Estaba malherido. Su barco de las estrellas se dejó guiar por la fuerza de la pirámide. No hubo necesidad de romper el techo de piedra. Apareció de pronto, surgido de la nada que lo es todo. Su barco, como si hubiera sido azotado por las tempestades del cielo, lucía maltrecho, incapaz de emular a los lobos del mar y a los frágiles animales del viento. Kukulkán pudo entrar a esta nave. Se maravilló con lo que vio. También con Chac Mool, con su bondad y su sapiencia. Hablaba sin hablar. No decía nada pero Kukulkán lo escuchaba. Así aprendió su lengua, que es la del Escorpión. A él le escuchó decir: "Si no está bien, no lo hagas. Si no es verdad, no lo digas", que es nuestra divisa. Le habló de paz. De tener el corazón bien puesto, pero tranquilo. Le transmitió secretos. Le habló de las armas del trueno. Le dijo: "No las uses, a no ser para sobrevivir". Kukulkán cumplió con su palabra. Muerto Chac Mool, salió de la Tierra de Adentro y las usó para defender su pueblo, al que llamaban Tollan. Ahí, y en la Ciudad de los Dioses, divulgó el arte de la tierra y el de la bondad. Pero el rumor de aquellas armas se esparció a los cuatro vientos. No faltaron los crueles, los ambiciosos. Invasores del norte y del oriente, hombres malos del quiché, intentaron quitarle la espada volcán y la flecha rayo. Kukulkán tomó la decisión de refugiarse de nuevo en el Inframundo que No Es. Pero la maldad es experta y certera. Encontraron una entrada y penetraron con un gran ejército. Profanaron el lugar sagrado de la fuerza, la Puerta del Cielo. Proclamaron: "¡Muerte a Kukulkán!", y se lanzaron en feroz guerra contra la Serpiente Emplumada. Los comandaba Huichil, el déspota, el musculoso. Era un hombre hábil y malévolo. Logró apoderarse de algunas de las armas poderosas. Fue una verdadera matanza, la guerra de la verdad de la sangre. Kukulkán por poco y perece, y con él, su legado de luminosidad y sabiduría.

—¿Qué pasó, entonces? —preguntó Hoenir, vivamente interesado.

—Kukulkán abrió la Puerta del Cielo. Viajó al lugar del Escorpión, a la eternidad convertida en un instante. Regresó con el secreto para vencer a sus enemigos y con otro secreto, que prefirió guardar para sí; la Profecía del Sol Furioso, la llamó y no dijo más. Venció a Huichil. Pero, una vez vencido, la Serpiente Emplumada se encargó de destruir las Armas de las Estrellas. "Nunca más este terror", proclamó a la hora de destruirlas.

—Pero, sin esas armas, ¡estarían a merced de sus enemigos!
—protestó Hoenir.

Thordal lo tranquilizó:

—Kukulkán fue cauto y sabio. Escondió algunas.

—¿Dónde? —quiso saber el muchacho, dispuesto a irlas a buscar de inmediato.

—En un lugar secreto, aquí, en esta enorme cueva.

III

Iqui Balam escuchaba atento el relato de Hoenir. Sucedió durante un descanso en la batalla, una especie de no pedida tregua que ambos ejércitos se dieron para replegarse, recuperar fuerzas y recoger a sus muertos y heridos. El muchacho había luchado bien. Se había distinguido por su valor. Él, junto con los Caballeros de la Hermandad, conformaban un grupo tenaz y esforzado, que bien pronto fue temido por los soldados de la Profecía. Enfrentarse a ellos era morir. Aún así, sus esfuerzos no eran suficientes. Los Caballeros Murciélago eran sobrepasados en número. No importaba qué tanto daño hicieran en combate, nuevos y frescos guerreros itzáes se incorporaban para acometer a los guerreros de Kukulkán. No era un secreto: Heimdall estaba a punto de caer.

—¡Qué bien nos harían esas armas! —dijo el muchacho.

Su comentario fue visto con recelo. A pesar de su arrojo en el combate, a pesar de haber luchado a brazo partido con los soldados de Chichenheim, para muchos no dejaba de ser un itzá y, por lo mismo, un traidor.

¿Qué tal si había sido enviado por Chan Chaak para enterarse de sus movimientos de guerra, de sus efectivos, de sus armas? ¿No había sido amigo de Iktán, el mismo que había descubierto la Puerta de Tulum?

Hoenir, sabio y prudente, no quiso hacer caso de rumores ni de prejuicios. No respondió tampoco al comentario del muchacho. No, por lo menos, de manera directa. Simplemente dejó entrever:

—Kukulkán dejó señales, acaso hasta un mapa de localización de las armas. Cuando llegue el tiempo, esas señales se revelarán. No antes. Y tampoco para todos, sino para unos pocos privilegiados.

"Yo seré quien las encuentre", pensó Iqui Balam, cuidándose de decirlo en voz alta, para no despertar sospechas.

Hoenir continuó con su relato.

—Kukulkán vio en Ullam a un sucesor. La guerra lo había hecho taciturno y ausente. Le dolía la muerte de su esposa y de sus hijos, asesinados a manos de los esbirros de Huichil. Se sintió lleno de dudas. También, de curiosidad. No dejaba de hablar de la Profecía del Sol Furioso. Eso lo inquietaba. Ungió a Ullam con el poder de la Serpiente Emplumada y partió a buscar respuestas. Hay quien dice que partió a Oriente en un barco. Otros, que volvió a viajar en el tiempo comprimido al origen de todo, a la Puerta del Cielo, al territorio del Escorpión. La verdad es que marchó a buscar a los Sabios de la Tierra Hueca. Los descendientes de la Ciudad entre los Océanos. Viven en un mundo como éste, en el interior de la tierra, pero más grande. Un mundo mejor. Un mundo donde hay más respuestas y donde el bienestar es norma. Hacia él partió. A buscar sus puertas. Ullam quedó en su lugar. Gobernó con sabiduría y bondad, conforme a los dictados de la Serpiente Emplumada.

—¿Y el snorri?

—Vivió lo suficiente para confiarme sus secretos. Runas, astros, idioma del Escorpión, herbolaria, agricultura, las cosas del mar, del cielo y de la tierra, lectura del pensamiento y el corazón de los hombres, las enseñanzas de Votán Kukulkán. Me dijo: "Haz el bien". Desde entonces trato de hacerlo. "Y no dejes de aprender." Desde entonces no he dejado de seguir su consejo. "Respeta a todas las criaturas vivientes del universo." Desde entonces he matado, siempre con pesar, pero sólo por sobrevivencia.

Guardó silencio. Le herían en su credo de hombre bueno los lastimeros gritos de los heridos y los agónicos, el hedor a carne quemada, las veces que con su espada de Kaali había cortado la carne de sus enemigos.

—¡Ahí vienen de nuevo! —gritó uno de los vigías.

Hoenir no pudo ocultar una expresión de desagrado. También de cansancio. Estaba fatigado, su brazo le dolía, era un viejo, pero debía marcar el ejemplo. Fue el primero en tomar sus armas y marchar a luchar.

—¡Gö! —esbozó su grito vikingo.

En momentos como ése, ¡cómo le hubiera gustado tener a Thorsson de su parte! Su padre había vivido el tiempo suficiente para enseñarle sus artes de guerra. Y para acompañarlo en sus exploraciones por la Tierra de Adentro. Se enfrentó a un Munin de la Sangre. ¡Incluso voló brevemente bien sujeto del lomo de uno de esos pajarracos!

Hoenir sonreía al recordarlo. El orgullo indomable de su padre. Su sed de justicia. De saber. Su espíritu fuerte y curioso. Vivió como murió. Aceptó la vida que le tocó y la muerte que le tocó. A Hoenir le decía: "Vive de modo que desees volver a vivir". Si lo único que le pesó al final de su existencia fue no haber muerto en batalla, no lo demostró. "No vendrán por mí las valquirias", dijo, pero no con desencanto sino con una indudable sonrisa.

Ahora lo extrañaba. Extrañaba su eficaz tomajok. Y la fuerza de su espada. Hubiera querido verlo convertido en un furioso berseker. ¡Lo que los itzáes hubieran pensado! ¡El demonio mismo! ¡El miedo que le hubieran tenido! Se lamentaba: diez bersekers como él y hubiera terminado en menos de un tronar de dedos con el Ejército de la Profecía.

Hoenir blandió la espada y se lanzó de lleno a repartir tajos y estocadas. Lo siguieron sus capitanes. También los Caballeros de la Hermandad. Fue una lucha cruenta y despiadada. El Ejército de Chichenheim contuvo lo mejor que pudo a sus adversarios. Les ayudaba estar del otro lado de Heimdall, ahí donde terminaba el puente que conectaba con el Ygdrassil y con la Tierra de Adentro. Era un lugar relativamente estrecho, que no permitía una batalla abierta, lo que hubiera puesto en evidente desventaja a los guerreros comandados por Hoenir. Ese lugar era su fortaleza. Pero a cada nuevo enfrentamiento su fuerza se debilitaba. Los heridos se contaban por decenas; los muertos, ni se diga. De un momento a otro, sucumbirían. Si no a una derrota total, sí a que Heimdall cayera. Y con ello, a que se abrieran las puertas de Chichenheim. Sería el acabóse. El verdadero fin del mundo para los habitantes de la Tierra de Adentro.

En la mente de los Caballeros Murciélago tal posibilidad era cada vez más cercana y preocupante, pero ninguno de ellos quería decirlo en voz alta. Todo era un rumor, un susurro que el viento llevaba. Cada muerto, cada herido, se los recordaba. Su fatiga, lo mismo. Pero se negaban a darse por vencidos.

IV

Iqui Balam se despertó de golpe, con la angustia reflejada en el rostro.

Soñó en Yatzil. Que estaba en peligro. Fue un sueño muy vívido, tan vívido, que parecía real. "¡Yatzil!", gritó, evidentemente sobresaltado. Sudaba. También estaba preocupado y estremecido. Le costó trabajo salir de su atolondramiento, tras haber dormido varias horas. Gatoka, que estaba a su lado, se desperezó con el grito. Se puso en alerta y le preguntó qué pasaba. Iqui Balam le habló de Yatzil.

—Ahora que todo esto termine me casaré con ella —dijo.

Gatoka se sonrió ante tal optimismo, el de los locos y los enamorados.

—Si tuviera muchas vidas, se las ofrecería todas. Nada más tengo una, pero es de ella.

Iqui Balam hubiera hablado por horas de Yatzil, pero no hubo tiempo para más.

—¡Nos atacan! —se desató el grito de alarma.

Fatigado y todo, Gatoka se desperezó. Cogió su arco y su carcaj lleno de flechas y marchó al frente de batalla. Le dijo al muchacho:

—Conserva tu única vida, así sea para esa otra muerte que es el casamiento.

Eran, de nuevo, atacados por el Ejército de la Profecía. Iqui Balam ya había tenido oportunidad de mostrar su valor. Se había batido con bizarría en contra de los itzáes. Éstos, al reconocerlo, le habían gritado muchos nombres: "¡Traidor!" "¡Rata inmunda!" "¡Tu madre regala su carne a los putunes!" Los insultos le dolían a Iqui Balam. Lo zaherían en lo más hondo de su alma. Sus antiguos compañeros de armas no se cansaban de injuriarlo y de querer matarlo. Las cargas más fuertes, las embestidas más furiosas de aquellos soldados, parecían dirigidas contra el muchacho.

—¡Muerte al renegado!

Iqui Balam se defendía como mejor podía. Al principio, motivado por un mero afán de sobrevivencia. Después, con el coraje y la enjundia de quien se defiende con valentía y honor de la injusticia y la maledicencia.

Repetía las palabras de Hoenir.

—El mundo no se va a acabar. Escuchen bien lo que les digo: ¡miente Chan Chaak y miente Iktán! ¡Los han engañado!

A Hoenir lo encontraron ataviado con su traje de Caballero Murciélago. Era Ahpuh-Tzotzil. Él sólo había matado a más de cincuenta guerreros del Ejército de la Profecía. Se había enfrentado cuerpo a cuerpo en una lucha colosal por defender Chichenheim. Los destazó con su magnífica espada, que brillaba en la oscuridad.

Los Caballeros de la Hermandad llegaron justo en el momento en que la superioridad numérica del Ejército de la Profecía hacía retroceder a los guerreros de Chichenheim. Iqui Balam apenas tuvo tiempo de maravillarse con la imponente ceiba que presidía Heimdall. Sus gruesas y largas raíces, de un llamativo color rojo y amarillo, formaban un hueco parecido a un túnel, por el que transitó el Durgold y su carga de hombres y de armas.

Las flechas llovían del otro lado. Los Caballeros de la Hermandad tuvieron que hacer uso de sus escudos, que colocaron por encima de sus cabezas, para protegerse.

—Ha llegado la hora de la verdad —dijo Ubu.

—De cubrirnos de gloria —dijo Gatoka.

—De demostrar que yo soy el mejor de todos —sonrió Sigurd con altanería.

—Repitan conmigo —pidió Ubu. Las flechas se clavaban en sus escudos y alrededor de ellos. Dijeron a coro:

—"Somos hermanos. Defenderé con mi vida tu vida. Cuidarán mi espalda como yo cuido la suya. Perseguiremos la gloria en batalla y la vida tranquila y honrada en la paz".

—Que así sea —dijo Iqui Balam.

Se unieron a los Caballeros Murciélago. Fue una magnífica demostración de arrojo y valor. También, de habilidad con sus armas. Los soldados del Ejército de la Profecía cayeron víctimas de sus artes como guerreros. Se abrieron paso hasta donde se encontraba Hoenir.

—"Si no está bien, no lo hagas. Si no es verdad, no lo digas" —dijeron ante su presencia.

—¡Así que están vivos! —los saludó el *jarl*; los creía muertos en una emboscada en la Tierra de Afuera. Dijo con una sonrisa—: ¡No sé si alegrarme o sentir que la mala suerte me persigue!

—¡Que nuestras armas sean las que respondan tus dudas! —respondió Ubu.

Se lanzaron al ataque. "¡Soy Gatoka, el Invencible!", se presentó el pigmeo, al tiempo que con sus flechas atravesaba la garganta de dos de sus adversarios. "¡Soy Ubu, el Valeroso!", exclamó el delgado y alto espadachín, mandando a otra vida a quien se le acercara. "¡Soy Sigurd, el mejor de todos!", presumía el poseedor de un hacha que hacía estragos en las líneas enemigas. "¡Soy Iqui Balam, el Tigre de la Luna, destinado a grandes empresas y a la gloria!", apuntó el muchacho, y mostró de manera amenazadora su pakal. Con cada tajo decía: "¡Muerte al malvado y vida al bondadoso!"

V

Capturaron a varios soldados de la Profecía.

Les perdonaron la vida, cosa que no pasaba con los Caballeros Murciélago que caían en manos de Chan Chaak y sus secuaces. Éstos eran pasados por las armas rápidamente, sin miramiento alguno. Tal suerte corrió el desafortunado Udor, el joven sobreviviente de la emboscada de los itzáes en la Tierra de Afuera. Había perdido las dos manos, debido a sendos tajos de espada. Fue apresado y acuchillado de manera sangrienta y despiadada. Su cuerpo fue arrojado al negro vacío que presidía los flancos del puente de Heimdall.

Hoenir, por su parte, interrogaba a los prisioneros:

—¿Cuántos hombres componen el Ejército de la Profecía?

Preguntaba con la esperanza de descubrir un punto débil, una esperanza de la cual asirse para alzarse de entre la derrota más inminente con la victoria más contundente. Les sacaba información. Quería saber cómo se avituallaban, cuánto chapopote tenían, si contaban con armas poderosas y novedosas, si buscaban otras entradas a la Tierra de Adentro. Debía saber, enterarse. Se enfrentaban a un ejército superior, si bien no en estatura moral, sí en armamento y efectivos. El tiempo corría con rapidez, y cada nueva jornada traía consigo la sombra de la capitulación y del desastre. Hasta ese momento habían podido mantenerlos a raya. Pero no podrían hacerlo eternamente. Heimdall estaba a punto de caer. Hoenir lo veía a la perfección. Sus guerreros, aunque valientes, eran pocos. Y estaban cansados. Luchaban más por la honra que por los designios de su voluntad, minada por las heridas, la muerte de sus compañeros, la dureza de los combates.

Uno de los prisioneros captó su atención

—¡El Mapa de la Profecía! —dijo.

Lo interrogó. Supo que por ese medio habían encontrado la Puerta de Tulum. Se preguntó si contendría la clave para ingresar a otras puertas.

—¡No sólo es un mapa! —exclamó el hombre—. ¡También predice el fin del mundo!

Con esta información convocó a un Consejo de Guerra. Invitó a sus más leales capitanes. También, a los Caballeros de la Hermandad. Les dijo:

—Necesito de su ingenio y de su valentía para llevar a cabo una peligrosa empresa…

Todos escucharon atentos. Les explicó la existencia del Mapa de la Profecía y la necesidad de arrebatárselo de las manos a Chan Chaak.

—Hay que conseguirlo a como dé lugar. Lo tiene en su poder el nacom ceremonial. Un sacerdote llamado Iktán.

—¡El contrahecho! —exclamó Iqui Balam—. Lleva el rencor metido en la sangre. La sed de venganza...

Se esbozaron planes. Ninguno era del agrado de Hoenir. Les sobraba bravura y les faltaba inteligencia. Iqui Balam pidió la palabra.

—Pero... ¡es un brujo del agua, un itzá! —protestaron algunos de los capitanes.

El *jarl* los acalló. Argumentó:

—Hoy se ha batido tan valientemente como muchos de ustedes. Que hable.

Iqui Balam así lo hizo. Planteó una alternativa que parecía suicida: batirse en retirada y ceder Heimdall a los enemigos.

No faltaron las voces de protesta:

—¡Lo dicho, es un traidor! —gritó uno de aquellos capitanes.

—¡Muerte al renegado! —pidió otro.

Hubo quien lo enfrentó, con ganas de clavarle mil y un cuchillos en la espalda.

Otro más lo retó:

—A puño limpio o con el arma que escojas, que de todas formas te daré muerte, infeliz...

El muchacho no se arredró. Empuñó su pakal, dispuesto a defender su vida.

—¡Alto! —se escuchó la poderosa voz de Hoenir.

—Pero, *jarl*... —no faltaron las protestas.

—¡Alto, he dicho! ¡No es digno de un Caballero Murciélago matar por matar! ¡No es la ley de Kukulkán! ¡No es la razón de ser de Chichenheim! Además, por más descabellado que parezca, Iqui Balam tiene razón...

El estupor fue generalizado.

Nadie podía creerlo. ¿Acaso Hoenir había enloquecido? Hubo voces de enojo y de reprobación. No faltó quien de manera molesta externara su condena y quien censurara por completo lo que pensaban era un completo desatino. El *jarl* aplacó los ánimos. Al hacerlo, dio sus razones:

—El Mapa de la Profecía es más importante de lo que creíamos. Debemos apoderarnos de él. Temo que contenga la clave de las otras entradas a la Tierra de Adentro. No podemos permitir que se descifre su ubicación.

Hubo un momento de duda. El *jarl* estaba en lo cierto. De ser descubiertas las otras puertas, serían atacados por distintos flancos. No podrían resistirlo.

—¿Y qué con el fin del mundo? —preguntó entonces uno de los capitanes. Era un temor generalizado. Un secreto a voces que debía ser formulado y respondido en voz alta.

—¿Es cierto eso? —preguntaron.

Se había corrido ese rumor. Había empezado tras escuchar las confesiones de los soldados capturados y se había propagado con rapidez.

Hoenir no contestó de inmediato. Meditó su respuesta, que fue la siguiente:

—Para mí son patrañas.

—¿Y qué sentido tendría una mentira semejante? —preguntó Ubu.

—Engañar a los itzáes para entregarse en una guerra total de conquista.

—¿Y si fuera verdad? —quiso saber Sigurd.

—La respuesta está, asimismo, en el Mapa de la Profecía —respondió Hoenir—. Se dice que ahí están asentados el día y la hora en que el cataclismo ocurrirá.

—Más pronto de lo que desearíamos —intervino un capitán llamado Evora.

—Bueno, he ahí otra razón para apoderarnos del mapa.

—¿Aun a costa de Heimdall?

—Aun a costa de Heimdall —dijo Hoenir.

—¿Y cómo piensas hacer que el mapa caiga en nuestras manos?

—Tengo un plan y los hombres necesarios para llevarlo a cabo.

—¡Nosotros! —se ofrecieron Ubu, Sigurd y Gatoka.

Hoenir sonrió. Les dijo:

—No se ofrezcan si no saben del peligro que les espera.

—¡El peligro es lo que como todos los días, y me quedo con hambre! —respondió Sigurd.

—Pueden perder la vida.

—Lo prefiero; mil veces la muerte, a vivir como esclavo de los itzáes —dijo Ubu.

—¿Y tú? —Hoenir le preguntó a Gatoka.

—Yo soy el miedo y el terror. Una pesadilla. En mí el guerrero se convierte en furia, en valentía inusitada, en sed de victorias. Y si no basta con eso, mis flechas son certeras y poderosas, y responden mejor que mis palabras.

—¿Y tú, que te has quedado de pronto tan callado? —cuestionó a Iqui Balam.

—Soy un hombre íntegro, no un traidor. En mí convive la flor y el canto y la ley de la espada. Los pongo al servicio de Kukulkán; es decir, de Chichenheim. Soy el Tigre de la Luna. ¡Que mi nombre brille en la victoria junto con el de ustedes!

—El trabajo es suyo, entonces.

Hoenir los abrazó, agradecido y respetuoso.

Confiaba en su valor, en que el plan resultaría y en que pronto tendría el Mapa de la Profecía entre sus manos. Quería verlo, estudiarlo. Tenía una fuerte corazonada. Intuía que el mapa contenía las instrucciones para encontrar las Armas de las Estrellas.

VI

Los Caballeros Murciélago se retiraron.

No fue un repliegue totalmente aceptado. Muchos capitanes lo hicieron bajo protesta, convencidos de que se trataba de un grave error. ¡Un error mayúsculo! Rendían Heimdall y con ello franqueaban el paso hasta Chichenheim. Era una decisión por completo suicida, descabellada. Pero era una orden, una orden de Hoenir, a quien respetaban y obedecían, y debían cumplirla.

Se replegaron. Algunos lloraron al hacerlo. El sacrificio de muchos de sus compañeros parecía haberse hecho en vano. Ellos mismos hubieran preferido morir antes que rendirse. Se enjugaron las lágrimas, tomaron sus armas y, con evidente mala gana, iniciaron la retirada.

El Ejército de la Profecía atestiguó el repliegue. No podían creerlo. Al principio creyeron que se trataba de una trampa. Aguardaron a ver algún movimiento sospechoso, y como no se percataron de nada extraño, mandaron a unos exploradores. En cualquier otra circunstancia, y dadas las peculiares condiciones de defensa que ofrecía Heimdall, tal tarea hubiera significado una muerte o una captura seguras. Pero los exploradores tantearon el terreno, avanzaron hasta más allá de las fortificaciones, justo después del Ygdrassil, y regresaron sanos y salvos para contar lo que habían visto.

—Huyeron —fueron contundentes esas palabras—. Hemos vencido.

Hubo evidentes y sonoras muestras de júbilo.

Chan Chaak estaba orgulloso de aquel resultado. Se imaginaba proclamado soberano de la Tierra de Afuera y de la Tierra de Adentro. Por supuesto, antes tendría que vencer por completo a sus adversarios, pero aquella retirada le hacía sentir seguro de que el triunfo se hallaba cerca, al alcance de su mano.

Iktán, por su parte, no ocultaba su júbilo. Las cosas salían bien, conforme a lo planeado. Se congratuló de su buena suerte. Se maravilló de encontrarse ante aquel mundo extraño y maravilloso. No se cansaba de observarlo, de escudriñarlo. Quería saber, arrancarle sus secretos. Aquel resplandor, por ejemplo, ¿cuál era la causa? El día eterno lo intrigaba. Y la magnífica ceiba. Su enorme tamaño. Miró su mapa y ahí estaba. ¡Todo era exacto! Eso lo reafirmó en su sed de conocimiento y de ambición. Le frustraba no haber traducido todo el mapa. Esto lo entendía ahora: "La bóveda celeste hecha de piedra, el jardín olvidado". Pero, ¿aquellos otros signos que no lograba saber su sentido? ¿Qué secreto guardaban? Algunos los relacionaba con las Pléyades y el Sol. Los demás, acaso con la ubicación de algo importante. En el fondo, sabía que era el sitio donde encontraría el Poder Inmenso; intuía, con esa magnífica mezcla de maldad y sabiduría que lo caracterizaba, que de resolver el acertijo de aquellos signos, daría con lo que Tihuin, el torturado sacerdote de Teotihuacan, llamaba las Armas de las Estrellas.

La resolución de tal enigma le pesaba tanto, que se pasaba el mayor tiempo posible estudiando el Mapa de la Profecía. Había logrado convencer a Chan Chaak de establecer un campamento al pie de la enorme ceiba. El soberano comía ansias y hubiera querido desplegar su ejército en persecución de las fuerzas de la Tierra de Adentro, que huían. Iktán lo llamó a la cordura. Le exigió cautela. Debían, primero, explorar el terreno. También, contar con el grueso de su ejército. Muchos de sus soldados aún permanecían a la expectativa en el túnel o en la Puerta de Tulum. Por supuesto que llevarían a cabo una ofensiva digna de los itzáes, pero no debían de apresurarse sino esperar el momento correcto.

Chan Chaak accedió. Había seguido al pie de la letra las indicaciones de Iktán, y gracias a él es que había llegado a ese sitio tan extraordinario. Se imaginaba como gobernante de dos reinos magníficos, el rey maya más grande y poderoso de todos los tiempos. Inflamado en su soberbia, decidió hacerle caso, una vez más, al contrahecho. El triunfo, después, de todo, no era más que cuestión de tiempo.

Él mismo se encargó de montar un campamento en forma. Sus soldados lo agradecieron. Por vez primera se encontraban en descampado, no encerrados en la oscuridad de un túnel o cercados por oscuridades y precipicios insondables. Ellos también estaban asombrados de la Tierra de Adentro. Se dedicaron a maravillarse con aquel extraño sitio, a montar guardias, a hacerse por fin de un alimento decente, a descansar y cuidar a sus heridos.

Iktán se acomodó justo debajo de una gran raíz de la enorme yaxché. Se sentía protegido ahí. Él también creía en la bondad de las ceibas, en su carácter de árbol que toca los tres mundos: el de los muertos, el de los hombres, el de los dioses. El árbol que lo era todo. El árbol que podía comunicarlo con todo. Recordaba, además, la manera como le gustaba encontrar refugio ante el intenso calor del mediodía bajo su magnífica sombra. Era un lugar donde se sentía cómodo, a gusto. Por si fuera poco, ahora se sentía también protegido, vigilado por Tapir de las Piedras Verdes. El valiente guerrero había sido su escolta desde aquella osada ocasión, en que lo puso a prueba con los tiburones. Iktán suspiró, absorto por unos instantes en la contemplación de aquel extraordinario país, su selva y su día, que no terminaba nunca. Desplegó su mapa sobre una piedra y se puso a estudiarlo.

Tenía un sentimiento incómodo, como de ser observado. Miró a su alrededor, hacia arriba, y no se percató de nada extraño. Si se hubiera fijado con más detenimiento, hubiera descubierto a Iqui Balam, quien desde las alturas del Ygdrassil, no perdía detalle de sus movimientos. O si no a él, entonces a los demás Caballeros de la Hermandad. Se hallaban encaramados entre el follaje, las raíces y algunas oquedades de la ceiba, perfectamente ocultos. Llevaban una buena dotación de armas. También, unos bultos con una pesada carga.

Los bultos estaban colocados en distintos puntos alrededor del tronco del enorme árbol. Habían sido disimulados con follaje y estaban bien atados para no permitir que su contenido se derramara antes de tiempo.

A una orden de Ubu, los Caballeros de la Hermandad salieron de sus escondites. Armados con un cuchillo, treparon con agilidad, se cuidaron de hacerlo con sigilo para no ser descubiertos, y se dirigieron a los bultos. Los cortaron como si se tratara de desollar un tapir o un cerdo.

Algo sanguinolento y repugnante se desparramó entonces.

Muchos de los soldados fueron bañados o golpeados por aquella masa nauseabunda, que cayó sobre ellos. Resultó ser dragón gordo en pedazos. El suelo se llenó de esa carne sangrienta y cruda. El sobresalto fue general. Nadie entendía lo que pasaba. Algunos se asustaron. Era como si lloviera sangre del cielo, como si se tratara de una ominosa señal de los dioses. Como si de un momento a otro fuera a ocurrir una imbatible tragedia.

El ambiente se llenó de un olor a masacre, a un hedor insoportable, a lo que huele el campo de batalla después de una furiosa carnicería de venganza y de guerra.

De pronto, algo pasó raudo y pesado.

Algo que volaba. Fue algo tan rápido que apenas hubo tiempo de avizorarlo como una sombra, como una ráfaga, como un aviso de que algo malo sucedía.

Y a esta sombra, a esta ráfaga, le sucedieron muchas. Muchas más.

—¡Nos atacan!

No hubo tiempo de reaccionar. Por lo menos, no de la manera en que cualquier guerrero bien entrenado lo hubiera hecho. La sorpresa fue terrible y mayúscula. A todos los tomó desprevenidos. En verdad que no se esperaban un ataque de tal naturaleza. Se escucharon gritos, quejidos, alaridos de terror. Algunos de los primeros infortunados que fueron pescados por unas fauces enormes, ni siquiera supieron qué los atacaba. Murieron al instante, triturados sus huesos sin ningún tipo de compasión, mientras que otros apenas si se dieron cuenta, con estupor y un miedo jamás experimentado, que lo que quedaba de sus cuerpos atrapados entre aquellos colmillos volaba al influjo de una poderosa bestia.

—¡Ahpuh-Tzotzil! —gritó alguien, en actitud aterrada y desesperada.

—¡El rey murciélago! —gritaron otros, igualmente despavoridos.

En la imaginación de muchos se les figuró que aquel Ejército de Murciélagos que habían combatido, se había convertido de pronto, por las artes y ciencias de algún embrujo poderoso, en aquellas fieras terribles y voladoras.

—¡Ahpuh-Zotzil! —se repitieron los gritos.

Al rey murciélago se le representaba sosteniendo una cabeza arrancada en su garra derecha y un corazón sangrante en la izquierda, y eso mismo parecía ocurrir en esos terribles instantes, por la manera como aquellos bichos carniceros diezmaban al Ejército de la Profecía.

Se escucharon chillidos estridentes y un batir desesperado de alas.

Eran los Munin de la Sangre. Atraídos por los restos de dragón gordo, se dejaban caer desde sus guaridas hasta el pie del Ygdrassil, para devorar todo lo que encontraran a su paso. Parecía un enjambre de furiosas y gigantescas avispas, un ataque imprevisto de enormes gaviotas. Una carga poderosa de cientos de horribles demonios.

Pasado el desconcierto inicial, los guerreros del Ejército de la Profecía cayeron en la cuenta de que se trataba de enormes bestias mezcla de pelícano y murciélago. No tenía plumas sino una piel correosa. Tampoco el color negro o café de los quirópteros sino una tonalidad gris clara y por completo mate. Al desplegarlas, sus alas lucían delgadas y membranosas. Lucían unos temibles dientes en sus poderosas mandíbulas.

—¡Tzotzil, Tzotzil! —era el grito de espanto generalizado.

Fue un verdadero banquete. Los soldados no tenían forma de protegerse. Los Munin de la Sangre, alborotados por el olor que emanaba de los restos de dragón gordo y de los cuerpos despedazados, no cejaban en su empeño de llevarse entre sus fauces un sabroso bocado de aquel festín de asustados guerreros.

Uno de los primeros en ser devorados fue Tapir de las Piedras Verdes. Se había encaramado sobre una raíz para ver qué pasaba, cuando surgida de la nada pasó volando una de aquellas bestias y se lo llevó sin siquiera proferir grito alguno.

Chan Chaak era bravo y se defendía con algunos de sus mejores hombres. Se habían parapetado detrás de unas rocas, desde donde se defendían lo mejor que podían, manteniéndose a distancia de las poderosas fauces a punta de golpes de lanza y de algunos flechazos.

El desorden se generalizó. No hubo tiempo de elaborar ningún tipo de defensa, a no ser la individual, la de la sobrevivencia. Todo mundo se preguntaba qué pasaba. En unos instantes, gran parte de aquel cuerpo de soldados había sido diezmado. Era increíble. Lo que el Ejército de la Tierra de Adentro no había podido hacer con sus armas, lo habían hecho aquellos magníficos y terroríficos animales.

Desde lo alto del árbol, los Caballeros de la Hermandad contemplaban gustosos aquel espectáculo de muerte rápida, de pavor y de sangre vertidos por doquiera. Se sentían satisfechos de que la primera parte de su plan marchara con tan buena fortuna. Veían los rostros de terror, la manera como las bestias no cejaban en saciar su hambre, la forma tan eficaz como cumplían con su tarea de asesinos del aire. Iqui Balam admiró el vuelo de aquellos extraños animales. Sentía, por supuesto, una cierta aprensión al contemplar aquella matanza. ¡Eran sus compatriotas, sus compañeros de guerra! Se hizo el duro. Sólo así podía aguantar aquella visión propia más del Xibalbá que del mundo de los hombres. Pensó que defendía una causa justa. Desconfiaba de Chan Chaak y de sus intenciones. Y, por supuesto, de Iktán. Además, debía llevar a cabo la segunda parte del plan: apoderarse del mapa. Acaso era la parte más difícil. Nunca dudó en poder hacerlo, y sin embargo, no dejaba de temblar de nervios, de inquietud, por la complicada tarea que tenía enfrente. Observó a Iktán. Pudo ver su rostro cruzado por un rictus de espanto al ver aparecer de la nada a los Munin de la Sangre. Su cuerpo, frágil y contrahecho, parecía ser despreciado por aquellas bestias, que no le hicieron caso, perdonándole la vida. Desde su escondite, lo vio enrollar el mapa y llevarlo en su mano mientras se guarecía entre unas raíces y unas rocas.

No esperó más. No esperó la orden de Ubu de empezar a actuar.

Iqui Balam dejó su escondrijo y bajó con habilidad por el tronco de la ceiba hasta encontrarse frente a frente con Iktán.

Éste no pudo evitar un notorio sobresalto.

—¿Tú? —su cara era de verdadera sorpresa.

El muchacho se plantó en actitud retadora.

—Sí, yo, el Tigre de la Luna.

—Un infame traidor…

Aquello disgustó enormemente a Iqui Balam, quien no estaba para juegos. Cumpliría con su misión a como diera lugar. Empujó al contrahecho y, de un rápido movimiento, le arrebató el mapa.

Iktán no pudo hacer nada para evitarlo. Era demasiado débil y pusilánime. Al sentir que de manera tan fácil y artera le quitaban el mapa, sintió que le quitaban la vida. Ese mapa era su cobijo, su aire, su única razón de existir. Exigió, a gritos agudos y desesperados:

—¡No sabes lo que haces! ¡Dámelo!

Iqui Balam no hizo caso.

—¡Entrégamelo! ¡Si lo haces, tal vez te deje compartir el dominio del mundo!

—¡Pensé que lo que te interesaba era salvarlo! —respondió el muchacho.

En ese momento sintió un batir de alas a su espalda.

Era un Munin de la Sangre. La bestia siseaba en forma amenazadora. Tenía el pico abierto y mostraba una temible hilera de afilados dientes. Llevaba, entre ellos, restos de la vestimenta de uno de los infortunados itzáes que se había comido. También restos de carne humana. No se hallaba de ninguna manera satisfecho. Quería más, saciar su hambre. Se saboreaba la cercanía de un nuevo y suculento bocado. El muchacho se sobresaltó pero, lejos de amedrentarse, se mantuvo firme, en actitud valiente y decidida. Desenfundó su pakal, dispuesto a cobrar cara su vida. Ya se había enfrentado a uno de estos animales el día que llegó a la Tierra de Adentro. Había sido una de sus bienvenidas a ese mundo singular y curioso. Ahora tenía que enfrentarse, otra vez, a una de estas horribles criaturas.

Hoenir, a la hora de fraguar su plan contó por qué se le nombraba Munin de la Sangre a la enorme bestia. Recitó en una extraña pero evocativa lengua:

> *Huginn ok Muninn*
> *Fljúga hverjan dag*
> *Jörmungrund yfir...*

"Hugin y Munin vuelan todos los días alrededor del mundo." Eran dos cuervos que acompañaban a Odin. Hugin representaba al pensamiento y Munin a la memoria. Pero también representaban a la guerra. Los valerosos hombres de aquella Tierra de los Hielos los conocían como pájaros de los cadáveres y las batallas. "Águilas de la Sangre", los llamaban algunos. "Gaviota de los Muertos", le llamaban otros. Su festín era la carroña, la carne inerte de los caídos en la guerra. Eran los cuervos del infierno. Ullam, al verlos por vez primera, no pudo menos que llamarlos de tal manera. El nombre gustó, incluso al mismo Kukulkán, y así, Munin de la Sangre, se le conoce desde entonces.

Eran seres implacables en sus cacerías. Portentosos y feroces, se arredraban ante muy poco. Su instinto era tan fuerte, que preferían morir en el intento de conseguir comida antes que vivir con hambre.

Sigurd, desde su escondite en lo alto de la ceiba, gozaba con aquel espectáculo de cuerpos despedazados. Repetía una maldición aprendida de niño:

Hrafnar skulu pér á hám galga slíta sjónir ór

"Que los cuervos te arranquen los ojos en la alta horca", decía, al ver a los Munin de la Sangre hacer su trabajo de muerte y de rapiña.

Eran unos animales en verdad temibles. Iqui Balam se mantuvo sereno, el colmillo de tigre desenvainado y preparado para usarlo en cualquier momento. La bestia, que lo sobrepasaba en altura, lanzaba tarascadas, como para amedrentarlo.

—¡Dame el mapa! —escuchó a sus espaldas.

Apenas tuvo tiempo de ver el cuchillo que se dirigía a sus costillas. Esquivó su puntiaguda hoja por escasos centímetros. Al hacerlo, Iktán fue a dar, obligado por el impulso que había tomado para apuñalarlo, a los pies de Iqui Balam, entre éste y el Munin de la Sangre.

El animal se lanzó contra el malogrado sacerdote. Sólo la oportuna intervención del Tigre de la Luna pudo salvarlo. Iqui Balam cargó contra la bestia, y justo cuando el pico estaba a punto de alcanzar a Iktán, le clavó su pakal en el pecho. El Munin de la Sangre sólo alcanzó a picotear al sacerdote, antes de caer muerto, el corazón perforado por la espada del muchacho.

Iktán, que creyó llegada su hora, abrió los ojos para darse cuenta de lo que había sucedido. La bestia, para su sorpresa, estaba muerta a sus pies. Él tenía los hombros manchados de sangre. Estaba lívido, por completo desencajado por el terror. Se incorporó. Las de por sí delgadas y deformes piernas, convertidas en hilachos, parecían incapaces de sostenerlo en pie. Tuvo que apoyarse en una roca para no caer. Respiró hondo. El rostro del sacerdote era de miedo y, al mismo tiempo, de alivio. Se descubrió de pronto aturdido, como adormilado. Estuvo a punto de decirle "gracias" a Iqui Balam y darle la mano en señal de verdadera amistad, pero se contuvo. Podía más su rencor y su ambición. En vez de agradecerle, se puso a gritar:

—¡Guardias! ¡Guardias!

Iqui Balam apenas tuvo tiempo de agacharse, antes de que un Munin de la Sangre, que pasaba en vuelo rasante, en busca de más víctimas, le arrancara la cabeza con su poderoso pico.

—¡Guardias! ¡A él! —seguía Iktán con sus gritos.

Iqui Balam quiso buscar un refugio donde protegerse. Corrió hacia una parte de la ceiba que le pareció segura. Al llegar ahí se encontró con un grupo de guerreros del Ejército de la Profecía que le cerraban el paso.

—¡Muerte al traidor! —exclamaron, apenas lo reconocieron.

Fue lo último que dijeron. Gatoka descargó sobre ellos sus flechas, Ubu la precisión de su espada y Sigurd la fuerza de su hacha.

—¡Si crees que has de llevarte toda la gloria, estás equivocado! —lo recriminaron.

Iqui Balam se alegró de aquel encuentro. De paso, desde lejos, les enseñó el Mapa de la Profecía, con la sonrisa y vanidad de quien muestra algo preciado.

Los Caballeros de la Hermandad aprobaron con una caravana la proeza del muchacho. Pero no hubo tiempo para más. Se encontraron rodeados por guerreros itzáes y se enfrascaron en una tenaz lucha cuerpo a cuerpo contra sus atacantes.

—¡Huye! —le gritaron—. ¡Llévale el mapa a Hoenir!

Iqui Balam estaba a punto de unírseles en la pelea, eso le dictaba su espíritu de verdadero guerrero que llevaba en las venas, pero reconoció la sabiduría de aquellas palabras. Tenían razón. Debía marcharse rápido y llevarle el mapa al *jarl* de la Tierra de Adentro. Antes, tenía que buscar la mejor manera de escabullirse, de cuidarse de las flechas de los itzáes y de las dentelladas de los Munin de la Sangre.

Iktán continuaba con sus gritos de alarma.

—¡Aprésenlo! ¡Mátenlo!

Más guerreros acudieron en su auxilio. Chan Chaak mismo se apersonó para ver de qué se trataba.

—¡El mapa! ¡Tiene el mapa! —le escuchó decir al sacerdote.

Eso le bastó para ponerse en persecución del muchacho. Ordenó a un grupo de sus hombres combatir a los Caballeros de la Hermandad y él mismo comandó a otro para copar a Iqui Balam.

El Tigre de la Luna intentó evadirse. Se escabulló por aquí y por acá. Mató con su pakal a dos itzáes que intentaron agarrarlo, pero más y más soldados del Ejército de la Profecía se aparecían por doquier, con las intenciones de matarlo.

Iqui Balam corrió por su vida. Lo hizo entre las rocas, las raíces y las fortificaciones de Heimdall. Rodeó el grueso tronco amarillo del Ygdrassil. Se sintió perdido. Algunas flechas pasaron cerca de él, sin tocarlo. Los Caballeros de la Hermandad le gritaban:

—¡Vamos en tu ayuda!

El Tigre de la Luna era perseguido y acosado. Debía huir, eludir hasta donde pudiera cualquier enfrentamiento directo, escapar lo antes posible con el mapa. Respiró hondo para recuperar el aliento. Comenzaba a fatigarse. Los músculos de las piernas le dolían, pedían a gritos un merecido descanso. Para su mala fortuna, su huida le hizo llegar hasta un punto de no retorno. Tenía, de frente, el abismo, y detrás, a Chan Chaak y a sus soldados. Parecía el fin. Maldijo su suerte, que lo había conducido a tal atolladero. Tan cerca que había estado de lograr su objetivo, ¡y ahora eso! Se asomó al vacío. Allá abajo, como a cien metros, se extendía la selva. Pensó en aventarse. Hubiera sido una muerte segura. Y dolorosa. Imaginó que Hoenir podría mandar una batida de sus Caballeros Murciélago para recuperar, de entre los restos de su cuerpo despedazado, de entre la masa sanguinolenta de piel y huesos rotos, el Mapa de la Profecía. Estaría muerto pero sería un triunfo, pues el mapa terminaría en las manos correctas. Después, casi de inmediato, se arrepintió, porque pensó en otra posibilidad: que su cadáver fuera olfateado por alguna bestia y devorado con todo y mapa. ¡Todo su esfuerzo, su muerte, habrían sido en vano!

Volteó a ver a sus perseguidores.

—¡Entréganos el mapa! —exigió Chan Chaak.

Iqui Balam se vio rodeado por decenas de guerreros de la Profecía. Todos ellos le apuntaban con sus arcos y con sus lanzas. Chan Chaak mantenía el brazo en alto. Apenas lo bajara, sería la señal para acribillarlo sin miramiento alguno.

—¡Aguanta, Pakal! —escuchó la voz de Ubu.

Aquella voz lo reconfortó momentáneamente. Sabía que los Caballeros de la Hermandad no lo dejarían solo. Tan sólo se preguntaba si llegarían a tiempo para salvarlo.

—¡Ríndete! —gritó el soberano de los itzáes.

Iqui Balam dio unos pasos hacia atrás, en dirección al abismo.

La idea de lanzarse al vacío, si no lo tentaba, por lo menos era lo único que se le ocurría para hacer que el mapa no volviera a caer en manos del Ejército de la Profecía. Pensó en su madre. "Estás destinado a hacer cosas grandiosas", había sido su vaticinio, y tal vez se cumplía. Su destino era salvar a Chichenheim con el costo de su propia vida...

En eso escuchó un aleteo. "Sólo eso me faltaba —pensó invadido de un escalofrío—, ser atacado ahora por un Munin de la Sangre." Volteó, a la defensiva, la mano dispuesta a desenfundar su pakal, hacia el lugar de donde provenía aquel ruido.

Se encontró, en efecto, con un Munin de la Sangre. Era un ejemplar grande, más grande que el promedio de estas bestias. Estaba cabizbajo y malherido. Apenas y se sostenía de pie en un risco, a escasos dos metros abajo del muchacho. Siseaba y se quejaba con una especie de bufido. Sangraba profusamente del lomo.

—¡Ríndete! —volvió a escuchar la exigencia de Chan Chaak.

—¡No lo hagas! ¡Aguanta! ¡Ya vamos en tu auxilio! —gritó Sigurd.

El Ejército de la Profecía volvió a sufrir el embate de aquellos osados Caballeros de la Hermandad, que comenzaron a abrirse paso entre los itzáes.

Chan Chaak supo que había llegado el momento. Bajó el brazo.

Decenas de flechas y lanzas se dirigieron al muchacho.

La trampa

I

Yatzil sufría. Sufría de no saber. Sufría de amor, de soledad.

Sufría de azul. El color de los sacrificios seguía ahí, como un recordatorio de la proximidad de la muerte. En cualquier instante, vertiginosa, terca, involuntaria.

Sufría de ausencia. La ausencia de su amado. De Iqui Balam. No sabía nada de él, si vivía o si lo habían matado en ese mundo extraño, cuyas leyes y costumbres no entendía.

No sabía, tampoco, que era observada. Que alguien se había fijado en ella. Que la habían puesto alto, muy alto, en un nicho especial. El nicho del amor y del ideal. El nicho de la atracción. El lugar del suspiro por lo femenino. Que era bella y linda y hermosa, y etérea, inalcanzable, a otros ojos.

Ignoraba eso y más. Que un Caballero Tigre Dientes de Sable, un Caballero Grendel, se había prendado de su caminar, de su mirada inquieta, de su piel azul, de su exotismo, de su perfil tan distinto, de toda ella.

Que su nombre era Vitus y que era alto y gallardo, que andaba por el mundo como sólo la poderosa juventud lo ordena, que era un estupendo guerrero, que llevaba el cabello largo, y que estaba al pendiente de su vida, la de Yatzil.

Todo lo veía y todo lo vigilaba. Vitus vio llegar a Nicte, a quien le escuchó decir: "Iqui Balam está vivo. Y te ama, Yatzil. Te ama mucho…" Yatzil se entusiasmó. "Y tenía razón: eres hermosa". La muchacha quiso verlo, que la llevaran ante él. Dijo: "Mi corazón es de Iqui Balam. Mi vida. Ahora no vivo, existo tan sólo, al igual que una piedra". Vitus escuchó la pregunta: "¿Quién eres?", y la respuesta: "Soy Nicte". Yatzil no podía creerlo. Pensó en su propia madre, sacrificada por la furia de Chan Chaak. Sollozó, porque se sentía huérfana y sola. Argumentó: "Pero ella está perdida. La secuestraron los putunes. Era el dolor más grande de Iqui, el dolor más grande". Conversaron. Hablaron como mujeres. Se refirieron a la guerra. Chichenheim, dijo Nicte, está a punto de caer. Yatzil volvió a sollozar. "¿Moriremos?", preguntó. Se había salvado de ser arrojada al dzonot sagrado, pintada de azul. ¿Y sólo para eso? ¿Para ir a morir a ese sitio, a ese misterio? Cuando se enteró que su amado había partido a luchar contra el Ejército de la Profecía, su corazón pareció quebrarse en dos. Nicte la consoló. Le comunicó las palabras de su hijo al despedirse. Eran para ella, para Yatzil. "Dile que la amo, que es el verdadero sol, que le ofrezco mi lanza y mi escudo, y mi devoción diaria, mi trabajo; que es la alegría y la flor y el canto, que eso es; que no moriré sino en sus brazos, de viejo, una vez cumplido mi destino, que es grande y dejará huella en los recuerdos y en las estelas. Dile que la amo, que volveré por ella…"

—Iqui Balam está hecho para acometer grandes empresas y, entre ellas, para amarte, mi niña —dijo Nicte.

Yatzil lloró y Nicte la abrazó con ternura.

Nicte misma estaba conmovida. También Vitus, quien contemplaba la escena.

II

A Yatzil se le metió una obsesión: debía ir en busca de Iqui Balam.

Se asomó por la ventana. Ahí encontró a Vitus. Había sido vencido por el cansancio. Estaba acostado sobre el piso y dormía. Era su guardián. Un muchacho de rostro atractivo, que no dejaba de posar su mirada en ella o de estar al pendiente de sus necesidades. Ahora estaba dormido, agobiado por la fatiga, y roncaba dulcemente. Yatzil abrió la puerta y salió, cuidándose de no despertarlo. Bajó por unas escalinatas y llegó hasta la plaza principal, junto a la Pirámide de Kukulkán. Le maravilló, de nuevo, su enorme tamaño. Y que fuera una réplica de la existente en Chichén Itzá. Se volvió a preguntar cosas. Algunas mujeres llamaban a aquel lugar La Tumba de los Dioses de la Puerta del Cielo. Caminó a un lado del Chac Mool gigante. Otro misterio. Por ahí escuchó un cierto barullo. Se escurrió por entre unas estelas y alcanzó a distinguir a un grupo de soldados que se preparaba para partir.

Por supuesto, se cuidó de no ser descubierta. Esperó a su partida y los siguió de lejos. Era un grupo como de veinte guerreros. Marcharon por espacio de algunas horas. Lo hicieron a través de una impresionante selva, de árboles enormes y frutos que Yatzil jamás había visto en su vida. De cuando en cuando se escuchaban ruidos extraños a la distancia. Sintió temor. Un temor sólo aplacado por su deseo de encontrarse con su amado. Se sentía protegida, de alguna manera, por aquel grupo de soldados. Le bastaba gritar para que ellos se dieran cuenta de su presencia y, en caso de sobrevenir algún peligro, estaba segura de que la protegerían.

Al cabo de algunas horas detuvieron su camino, montaron un precario campamento y se dispusieron a descansar. Yatzil también se detuvo. Lo hizo con alivio, por completo fatigada. Los pies le dolían. Había sido una dura jornada. Se escondió, a prudente distancia de aquel contingente de guerreros, y ella misma trató de conciliar el sueño. Debía descansar. ¡Pero no podía hacerlo! Estaba inquieta, ansiosa por encontrarse con su amado. Además, el brillo eterno de la cueva le provocaba insomnio. Terminó por bostezar. Arrancó unas hojas planas y enormes de una planta y se cubrió. Finalmente, concilió el sueño.

Se despertó de un sobresalto. La tierra parecía temblar. No sólo eso, también estaba aquel sonido: un sonido desgarrador y tremendo. Era una especie de chillido. Un rugido fuerte y estremecedor.

Permaneció acostada. Pero, cuando el temblor y el ruido comenzaron a hacerse más evidentes, se desperezó, poniéndose de pie, alarmada.

Apenas lo hizo, algo enorme corrió a su lado. Algo con plumas. Se asustó. Le pareció ver una gallina gigante; pero no, no era una gallina sino más bien una especie de lagarto que corría en dos patas. Lo hacía a toda velocidad. Lo hizo tan rápido que Yatzil apenas tuvo tiempo de verlo. Le maravilló el tamaño y el colorido plumaje. Porque eran plumas, de eso estaba segura.

El feroz y estridente rugido continuó. La hizo paralizarse de miedo.

Vio moverse las copas de los árboles. Un movimiento por completo antinatural y violento. El rugido volvió a atronar con más furia.

Huyó. Corrió lo más rápido que pudo en dirección del contingente de soldados. Sólo ellos podían protegerla. Tendría que revelar su presencia, a pesar del peligro de ser apresada y mandada de vuelta a Chichenheim. No encontró a nadie. ¡Se había quedado dormida y el campamento había sido levantado!

Los pasos retumbaban cada vez más cerca. Volteó y vio a la bestia. ¡Era enorme! Su cabeza sobresalía de los árboles más altos. Rugía y enseñaba los dientes, largos, amenazadores y filosos.

Buscaba a su presa.

Yatzil se echó a correr. Parecía el más ágil y rápido de los venados. Se detuvo cuando dejó de escuchar los rugidos y cesó de vibrar la tierra bajo sus pies. Respiró aliviada. Se examinó los brazos, llenos de raspones, producto de la maleza, las lianas y los matorrales que le cerraban el paso. Se sentía a salvo, satisfecha de haber burlado al monstruo. Estaba en un claro en medio de la selva. Le pareció un sitio extraño. Caminó con cautela. Al dar los primeros pasos desconfió, pues tenía la sensación de estar encima de algo mullido, frágil e inestable. Quiso regresar por donde vino, pero, al hacerlo, se encontró de frente con la bestia.

Era una criatura enorme. La cabeza, descomunal. Había aparecido de entre los árboles, sigilosamente, y sólo esperaba el momento oportuno para saltarle encima. Mostraba los dientes en actitud feroz.

Yatzil tembló. Intuyó que su hora había llegado. Se percató del color azul que aun la cubría y se dijo que no había remedio, que estaba condenada a morir. Pensó en Iqui Balam y se lamentó no haberlo visto. Su amado jamás sabría que había ido en su búsqueda.

La bestia rugió y avanzó hacia ella. Dio dos, tres pasos. De pronto, el suelo se hundió a sus pies. El enorme animal desapareció de su vista, precipitándose sin remedio hacia un oscuro agujero. Yatzil sonrió, agradecida por su buena suerte. Se percató de las estacas afiladas que yacían abajo y de la forma como aquella criatura se ensartaba en medio de estridentes rugidos de dolor. "Es una trampa", pensó.

Entonces, sin ningún tipo de aviso, el suelo cedió debajo de ella. Yatzil misma se precipitó sin remedio al fondo de aquel terrible hoyo.

III

El Fafner rugía de dolor. Bufaba y bramaba impotente, incapaz de escapar de las estacas que le provocaban tanto daño. Se movía de manera desesperada, tratando de zafarse. Aullaba y chillaba. Lanzaba furiosas tarascadas. Su cola latigueaba. La sangre manaba a borbotones. Su sufrimiento era visible. El hoyo, una enorme trampa diseñada para cazarlo, retumbaba por la magnitud de sus rugidos.

Yatzil, que había sentido cómo la tierra cedía a sus pies, cayó sin remedio en aquella oquedad. En su rostro se reflejó el miedo y la desesperación. Moriría, no en la piedra de los sacrificios, sino devorada por aquel monstruo. Su condena, la condena de estar pintada de azul, la perseguía.

Si se salvaba de morir devorada, de seguro moriría por el impacto de caer decenas de metros hasta el fondo.

Cayó. Pero algo parecido al instinto o al puro miedo de morir la hizo tratar de asirse de algo. Extendió los brazos. Buscó de qué agarrarse. Se asió con fuerza de una rama que colgaba. Gritó:

—¡Auxilio!

El Fafner trató de alcanzarla con sus quijadas. El enorme animal, herido de muerte como estaba, alargaba el cuello para tratar de atrapar a Yatzil entre sus mandíbulas.

Sus aserrados y poderosos dientes estaban a punto de pillarla. Se escuchaba el choque intenso de los dientes al fallar la tarascada. A Yatzil le llegó el tufo a podrido proveniente de las entrañas de la bestia. Pataleaba y alzaba las piernas, intentando escapar al ataque.

—¡Auxilio! ¡Alguien que me ayude!

Las fauces aquellas, pestilentes y temibles, estaban cada vez más cerca. El Fafner rugió de nuevo, presa de un indecible sufrimiento. Se esforzó aún más. Un nuevo intento y la tendría entre sus dientes.

Yatzil lloraba de desesperación. Se imaginaba presa de aquella mordida, partida a la mitad. Vio al Fafner tomar impulso. "Nunca más tu sombra junto a la mía, tu hombro junto al mío, mis labios cerca de los tuyos, mi amado", dedicó sus últimos pensamientos a Iqui Balam. Cerró los ojos.

De pronto, sintió que algo la tomaba de la mano. ¡Era Vitus!

—¡Aquí estoy! —le dijo aquel hombre—. ¡No te preocupes! ¡Aguanta!

La jaló fuera del hoyo con todas sus fuerzas. Yatzil, una vez que se sintió a salvo, se abrazó a él, sin dejar de sollozar.

El Sacbé de la Paz

I

—Está muerto —le dijeron a Hoenir.

Estaban cabizbajos y, de alguna forma, abochornados y pesarosos, heridos en su corazón y en su honor. También se les veía fatigados. Habían recorrido a marchas forzadas, entre las inclemencias y peligros de la selva, desde el Ygdrassil hasta la Tierra Peligrosa, donde se encontraron con el *jarl* para ponerse a sus órdenes.

—Reposen y estén listos para entrar en combate —les dijo Hoenir.

El *jarl* evitó cualquier asomo de pesadumbre por la noticia. Apenas había conocido a Iqui Balam, y sin embargo había algo en él que le había resultado agradable. Tal vez esa mezcla de ingenuidad y arrojo, que tanto le hacían pensar en sí mismo cuando era muchacho. O acaso su espíritu indómito, que lo había hecho sobresalir como guerrero en una región tan peligrosa y tan de maravilla como la Tierra de Adentro. O tal vez la intuición de que el muchacho estaba destinado a algo extraordinario. No había dudado, ni por un instante, en que el Tigre de la Luna se apoderaría del Mapa de la Profecía. Había que ver su determinación, su energía y su valor para cumplir lo prometido. No parecía arredrarse con nadie ni con nada. Si alguien podría llevar a cabo tal empresa, era él. No podía fallar…

¡Pero había fallado!

—Tratamos de buscarlo al pie del acantilado —informó Gatoka, por completo apesadumbrado—, pero no encontramos rastro alguno de su cuerpo. Ni del mapa. Alguna bestia, de seguro, se nos adelantó. Pobre muchacho.

Hoenir prefirió cambiar el tema. Pidió que le rindieran cuentas de lo sucedido en Heimdall. Fue Ubu quien le informó. Lo hizo de manera escueta, como algo que hubiera ocurrido siglos atrás, sin apasionamiento alguno:

337

—Los Munin de la Sangre hicieron lo suyo: más de trescientos, si no es que algunas decenas más, sucumbieron ante sus mandíbulas.

Hoenir asintió complacido. De él había sido el plan. Trescientos enemigos menos era un buen número, pero no suficiente. Sus espías le habían informado que el Ejército de la Profecía se componía de alrededor de treinta mil soldados. Todos ellos buenos guerreros, fogueados en combate. Se preguntaba, no sin un acendrado reproche, si había sido un error entregar Heimdall. Ahora tenían el paso franco. Y sin el mapa. Prefirió no pensar en ello. Era un líder y ahora debía idear la mejor forma de defenderse. Alistó a sus hombres para el combate. Colocó a los Caballeros Grendel en el flanco izquierdo y a los Caballeros Murciélago en el derecho. Los dividió a su vez en dos grandes secciones, una de arqueros y otra de lanceros. Colocó a tres Durgold al frente y a tres en la retaguardia. Eran los últimos que quedaban. Los Durgold se habían venido extinguiendo desde años atrás, debido a que ya no había hembras para aparearse. No era el único caso. Los habitantes de Chichenheim sufrían de lo mismo. Las mujeres escaseaban. Su ritmo de natalidad había disminuido hasta casi ser nulo. Antes, cuando Kukulkán reinaba, la población se contaba por decenas de miles. Eran gente proveniente de la Tierra Sumergida, de la Isla del Crisantemo, de las Cordilleras Azules, de Nubia, de las Doce Tribus, de Shaka, del Lugar entre los Dos Ríos, de los Hijos de Odín, de Thule, de Tláloc e incluso de los itzáes. Todos ellos habían encontrado un refugio en la Tierra de Adentro. Se dedicaron a construir una gran y bella ciudad. Era la más grande e imponente. Ahora lucía desgastada y descuidada. De aquel esplendor solo quedaba el recuerdo. Y el orgullo. Tomó sólo una o dos generaciones para darse cuenta que la población se reducía. Nacían hombres pero no mujeres. La causa podía encontrarse en algo que Kukulkán había llamado los Rayos Invisibles de la Estrella. Él lo había aprendido de Chac Mool. La roca de que estaba hecha la enorme caverna contenía algo que afectaba la fertilidad. Kukulkán mismo había partido a buscar a los sabios de la Tierra Hueca para encontrar una solución al problema. Se había marchado más de sesenta años atrás y no se tenía noticias de él. Tal vez había muerto en su intento. Tal vez los había olvidado. Como quiera que sea, no se conocía el remedio. No había cura. Estaban condenados a extinguirse. O a dejar Chichenheim y a hacer su vida en la Tierra de Afuera. Muchas veces Hoenir se sumió en ese dilema. Se imaginaba el día en que ya no hubiera ni un solo habitante en ese mundo maravilloso. Se preguntaba también si valía la pena defenderse de sus enemigos, si de todas formas tenían los días contados.

Se desperezó y empezó a dar órdenes.

El Ejército de Chichenheim se componía, a lo sumo, de cuatrocientos bravos guerreros. En un enfrentamiento directo contra el Ejército de la Profecía no tenían muchas posibilidades de salir con vida. Pero Hoenir tenía planes. Debía preparar la defensa y alentar a sus hombres. No estaba del todo preocupado. Su decisión de trasladar el campo de batalla a la Tierra Peligrosa le concedía una enorme ventaja táctica. El terreno se caracterizaba por su muy especial ubicación, no exenta de riesgos. De un lado, se abría el más espantoso y terrible escenario natural. Ahí la selva se acababa para dar paso a una brutal geografía, marcada por el misterio de sus recovecos y la violencia tectónica. Fallas geológicas en forma de profundas grietas, una gran abundancia de fumarolas tóxicas y ríos de lava que aparecían de forma inesperada y siempre cambiante, abismos que parecían no tener fondo, eran su marca, su fisonomía. Se trataba de un sitio digno del demonio. Helhaus, lo llamaban precisamente, que significa Casa del Infierno. Del otro lado se hallaba una región por completo cenagosa, caracterizada por sus arenas movedizas y por ser el sitio preferido de caza del Dracon del Pantano. De entre todas las bestias de la Tierra de Adentro, los Dracons eran los más temidos. Atacaban siempre en grupo y de manera letal y vertiginosa. Los Dracons del Pantano hacían lo mismo, eran igual de ágiles y voraces, con la particularidad de que podían permanecer escondidos debajo del agua y del lodo en espera de su presa. Los Dracons también habían sufrido los estragos de los Rayos Invisibles de la Estrella. En los últimos tiempos su número había disminuido de manera considerable debido a la desaparición paulatina de las hembras. Aún así, por lo menos una docena de ellos, si no es que más, merodeaba la ciénaga. El Ejército de la Profecía, en caso de querer ganar tiempo y pasar esa región, que era el punto más directo para llegar a Chichenheim, se encontraría con una desagradable y mortífera sorpresa. De esta forma, detenida su marcha tanto por izquierda como por derecha, deberían pasar por el único punto posible: el Sacbé de la Paz. Era un nombre curioso para un terreno que había sido preparado para la guerra. Se componía de una ruta fortificada en varios puntos, con gruesos muros almenados y fosos por los que sólo era posible cruzar mediante puentes móviles. Si los atacantes lograban embestir y derrotar las primeras líneas, bastaba con quitar el puente para crear un obstáculo y detener su marcha.

Hoenir se había encargado personalmente de preparar la defensa y de arengar a sus soldados. Conversaba con ellos, les reiteraba la causa por la que peleaban, la causa de la vida, de la libertad. Se había hecho avituallar de comida y agua, y armó a sus guerreros lo mejor que pudo. Había flechas de sobra, lo mismo que lanzas y cuchillos. Las espadas escaseaban. El *jarl* había intentado por muchos años fabricar más espadas de Kaali, pero el material era tan duro que ni las fraguas más calientes podían fundirlo. En realidad, no importaba. De todas formas, lo que tenían por delante se reducía a algo muy simple: a vivir o a morir. No había posibilidad para la derrota, a menos que ésta estuviera acompañada de la muerte.

II

Los Caballeros de la Hermandad eran de los guerreros más bravos y entusiastas. Habían jurado defender con sus vidas la Tierra de Adentro. Mantenían la frente altiva y sus armas dispuestas.

Después de un día de arduo combate, buscaron reposo a la sombra de una de las fortificaciones. Querían dormir. Llevaban sus capas del sueño, que les permitían cubrirse como si se tratara de la tan ansiada noche. Se tumbaron a un lado de un muro de piedra. Se cubrieron con aquella tela oscura. Pero era inútil: no podían conciliar el sueño. Todos pensaban en Iqui Balam. Se reprochaban no haberlo salvado.

Ubu era el más apesadumbrado. En su mente volvía una y otra vez la imagen del muchacho precipitándose al vacío en medio de una lluvia de flechas y lanzas. También estaba preocupado. Pensaba en lo que le diría a Nicte. Sigurd, lo mismo: "Te fallamos, madre". A ambos se les oprimía la garganta y el corazón de tan solo imaginarlo. A Gatoka le pasaba igual. "Si tan sólo hubiera despachado más rápido a los itzáes, si tan sólo hubiéramos llegado a tiempo", se reprendía con dureza.

Sigurd terminó por incorporarse. Echaba maldiciones y juramentos. Fue él quien llamó la atención de Ubu y de Gatoka.

—¡Miren quién están ahí!

—¡No es posible! —exclamó Gatoka.

Era Yatzil. La habían reconocido por su color azul. El azul de los sacrificios. Era guapa, reconocieron.

Gatoka pensó: "Es un mal sitio para una mujer sola".

"Busca a Iqui Balam, pobre muchacha", coincidieron Ubu y Gatoka.

De pronto vieron a Vitus, que se le acercaba. Los ojos de la muchacha se alegraron. Vitus la tomó del brazo y la condujo por entre un grupo de soldados hasta el lugar donde Hoenir había hecho, en un tendajón de mantas y palos, su centro de operaciones.

La aparición de Vitus junto a la chica no les gustó en absoluto. Les dio mala espina. Vitus no era de su agrado. Era un guerrero solitario, incapaz de hacer amistad con nadie. Los Caballeros de la Hermandad lo habían invitado en innumerables ocasiones a participar en sus correrías, y él siempre los había rechazado. Sabían, por buena fuente, porque ellos mismos lo habían visto hacía un año a lo sumo, merodeando por Chichén Itzá, que Vitus también había incursionado en la Tierra de Afuera. Su espíritu inquieto y curioso lo había llevado a explorar ese otro mundo, el del día y de la noche. Era de porte petulante y orgulloso. Se creía superior a cualquiera. Despreciaba los atributos guerreros de los demás, en especial de los Caballeros de la Hermandad. Manejaba bien la lanza y la espada, era ágil para atacar o esquivar los ataques, y era fuerte y valeroso, pero no era el mejor de todos. En una ocasión retó a Ubu a ver quién era el amo y señor de la espada. Ubu aceptó, dispuesto a ponerlo en su sitio. Sólo la oportuna intervención de Hoenir detuvo el duelo. Ambos fueron amonestados por el *jarl*. La Tierra de Adentro no era lugar para ese tipo de demostraciones. Los obligó a hacer las paces y ambos se dieron la mano, si bien a regañadientes.

Ahora lo veían salir de la tienda de campaña de Hoenir, acompañado de Yatzil.

Ella lloraba. Alguien les señaló el sitio donde se encontraban los Caballeros de la Hermandad y hacia allá se dirigieron. El primero en hablar fue Vitus. Les reprochó, no sin un dejo de evidente desdén:

—¡Así que murió por su culpa!

Sigurd sacó su mazo, dispuesto a hacerle pagar caro tal afrenta.

Yatzil preguntó, hecha un mar de lágrimas:

—¿Es cierto que Iqui Balam, mi amado, murió junto a la gran ceiba?

Sollozó con evidente pena cuando escuchó los pormenores de su muerte.

Vitus la abrazó con amor y ternura para consolarla. Se fueron a sentar a la sombra de un árbol. Vitus no había dejado de abrazarla y ella, por lo menos a la distancia, parecía no importarle ese abrazo. No lo rechazaba, no lo apartaba de su lado. Al contrario, daba la impresión de necesitarlo. Aquella escena turbó a los Caballeros de la Hermandad. Sintieron un molesto escozor que tardó en irse. Sólo la proximidad de la batalla pudo borrar esa sensación que algo tenía de dolor y de furia.

III

Los Durgold empezaron a rugir.

Fueron los primeros en presentir lo que se avecinaba. Fue como si, de pronto, arribara la noche. Como si la noción concreta de noche se aposentara por primera y única vez en la Tierra de Adentro. Parecía como si lo nocturno se diera a partir de una larga y extraña sombra, como si los atisbos de una mayor oscuridad constituyeran el preludio de un peligro inminente o de un misterio.

Cientos, miles de flechas surcaron el aire en dirección al Ejército de Chichenheim. Fue una lluvia de muerte, de puntiagudas maneras de rasgar y penetrar la piel. Las flechas se clavaron justo en el blanco, en los cuerpos de los guerreros de la Tierra de Adentro. Su efecto era mortífero… o lo hubiera sido a no ser porque se impactaron sobre monigotes hechos de paja y ataviados con los uniformes de los Caballeros Murciélago y Grendel.

Era uno de los planes de Hoenir y daba resultado. Había hecho fabricar lo más sigilosamente que pudo aquellos remedos inánimes de hombres y los había colocado como si se tratara de sus propias fuerzas dispuestas a la defensa de sus posiciones de batalla.

El *jarl* había previsto esa forma de ataque. Era una forma típica de la estrategia itzá. Una andanada masiva de flechas y después una carga rápida de guerreros equipados con lanzas y cuchillos. Sus previsiones habían sido reforzadas por los informes que le habían proporcionado sus exploradores, a los que había enviado a espiar los movimientos de sus enemigos.

Una vez que las flechas se precipitaron en contra de los monigotes, se escuchó un rugido estremecedor. Eran los gritos de guerra de los atacantes, que cargaban a toda velocidad para embestir y rematar a sus contrincantes.

La tierra tembló ante esa embestida. Los rostros de los itzáes mostraban una gran determinación y una espantosa fiereza en su asalto a las fortificaciones del Sacbé de la Paz.

Su expresión cambió a la hora de constatar el engaño orquestado por Hoenir. Su sorpresa fue mayúscula. Lo fue todavía aún más, al darse cuenta que habían caído en una trampa.

A sus flancos, más bien a su retaguardia, y surgidos tanto de los altos pastizales de la ciénaga a su siniestra, como de una grieta en la agreste geografía tectónica que se encontraba a su diestra, aparecieron los arqueros de Chichenheim, que les dispararon a mansalva. Fue una verdadera carnicería. Los gritos de dolor se mezclaban con el brotar de la sangre de las heridas. No hubo tiempo de reaccionar. Las flechas, disparadas desde atrás y en forma diagonal para que los guerreros de la Tierra de Adentro no se hirieran entre ellos, lograron su cometido de exterminio. Los itzáes quedaron regados sobre el terreno. Sólo unos tres o cuatro lograron huir, pero con rumbo a la ciénaga. No importaba: los Dracons del Pantano darían pronta cuenta de ellos. Hoenir dio la orden de avanzar por entre los caídos y despojarlos de sus armas. Prohibió rematar a los heridos: no le parecía una acción digna de un seguidor de Kukulkán.

IV

Chan Chaak no estaba dispuesto a más sorpresas. Desplegó un bien escogido grupo de exploradores, que se encargó de vigilar el terreno y percatarse de posibles trampas. No vieron nada extraño. De todas maneras, el soberano de los itzáes consultó con Iktán qué hacer.

—Estáte preparado para más artimañas —le dijo tan solo, con voz por completo desanimada.

El contrahecho se había sumergido en un evidente pesimismo desde que el Tigre de la Luna lo despojó de su mapa. Estaba triste, apesadumbrado. ¡Tan cerca que había estado de ser el hombre más poderoso del mundo, y volvía a convertirse en lo de antes, una piltrafa, un malogrado pusilánime y debilucho! Maldito Iqui Balam. Lo odiaba. Se arrepentía de no haberlo matado. Aparte de hallarse abatido por la pena, se encontraba también profundamente enojado. Juraba y perjuraba que recuperaría su tesoro. No importaba cómo ni por qué medios, pero lo haría, estaba seguro de ello. Él también había mandado una batida de sus hombres a buscar los restos del muchacho al pie del alto barranco. No encontraron nada. Lo más lógico es que su cuerpo, despedazado por la caída, hubiera sido devorado por animales salvajes, igual de grandes y feroces que los horribles murciélagos gigantes a los que se habían enfrentado. El mapa, entonces, yacería en las vísceras de alguna bestia. Él mismo se asomó al borde del acantilado, en el sitio exacto donde lo vio caer. Le quedaba claro: nadie podría sobrevivir a una caída desde esa altura. Era un destino dramático pero apenas acorde para un insolente traidor. Pero, más que desalentarse por no haber encontrado su cuerpo, la noticia le había dado esperanza. Algo en su interior le hacía sospechar la posibilidad de que el muchacho hubiera sobrevivido. Si era así, tenía el mapa. Y había que recuperarlo. Le faltaba muy poco para traducir lo que intuía era el sitio donde se escondían las Armas de las Estrellas. Oraba a los dioses porque así fuera, porque Iqui Balam se encontrara con vida y en poder del mapa. Ahí estaba la clave que necesitaba para convertirse en soberano de todo lo habido y por haber.

Iktán marchó junto con las tropas del Ejército de la Profecía, al lado de Chan Chaak y sus escoltas. Él también se maravillaba de ese mundo extraño. A cada paso que daba descubría algo nuevo, ya sea en forma de plantas, insectos, frutos o animales. Su espíritu curioso estaba fascinado por lo que veía. Sólo así lograba distraerse un poco de su pesadumbre y de su enojo. Le enseñaron una curiosa criatura que mataron en el trayecto. Era algo parecido a un armadillo pero mucho más grande, casi del tamaño de un hombre. Lo habían matado a lanzazos y pedradas. Quedó inmóvil y masacrado con evidente saña, en medio de restos de piel y de carne y un charco de oscura sangre. Aquel extraño ser fue examinado con atención por Iktán. Le pareció que tenía más de tortuga que de armadillo, si bien su caparazón era más flexible y llevaba otro parecido que le cubría la cabeza. Su cola era casi del tamaño de su cuerpo y terminaba en una especie de dura bola con tres puntiagudas espinas. Carecía de colmillos. Su dentadura estaba compuesta por poderosos molares, por lo que el sacerdote coligió que se alimentaba exclusivamente de vegetales. Lo desollaron, abriéndolo por el vientre desde el cuello hasta el comienzo de una de las patas traseras. Sacaron sus vísceras y su carne fue cortada en trozos, que fueron puestos al fuego y después comidos. Las opiniones eran divididas. Había quien aseguraba que su sabor era el de un armadillo y quien afirmaba que era más parecido al de una tortuga. Iktán tampoco supo distinguir muy bien a qué sabía. De lo único que estaba seguro es que se trataba de un reptil, y su carne, una mezcla entre un cocodrilo y una víbora.

También probaron frutos desconocidos. Uno de ellos resultó venenoso. Se trataba de una fruta parecida al tomate, sólo que más grande y de un color rojo brillante. No faltó quien la descolgara del árbol en que se daba y la probara. El sabor era bueno, tanto así que no dejó de elogiarlo, y lo compartió con un grupo de amigos. Al poco rato todos estaban muertos, pálidos y tiesos. Al fruto le pusieron el nombre de Cimí, que en el mundo maya era el día dedicado a la muerte.

De cuando en cuando escuchaban un estruendo terrible, lo que sin duda era el rugido de una gigantesca bestia. Se pusieron alertas, pues tal vez estaba al acecho para atacarlos. Lo mismo sucedió cuando alguien aseguró haber visto, escondido en la espesura de la selva, un enorme tigre con grandes y protuberantes colmillos. Hubo quien no le creyó, pero otros se mantuvieron atentos y avizores. El encuentro con los grandes murciélagos los había puesto en estado de evidente alerta y cautela. La Tierra de Adentro era un lugar misterioso y lleno de sorpresas. Se preguntaban cuál sería la siguiente sorpresa, de qué terrible aspecto y de qué tamaño.

Avanzaron siguiendo las huellas dejadas por el Ejército de Chichenheim y establecieron su campamento a una prudente distancia del Sacbé de la Paz, al que ellos llamaron el Lugar de la Horrible Muerte del Enemigo. Ahí Chan Chaak discutió la estrategia de ataque. No tendría que ser distinta a la que siempre utilizaba y que había demostrado ser exitosa en todas y cada una de sus incursiones con los pueblos que invadía. Preparó a sus arqueros, más de cuatrocientos, que dispararon sus flechas en contra de las huestes de Hoenir. El resplandor propio de la cueva se ensombreció ante el paso de tal cantidad de saetas. A una orden suya partió un contingente de doscientos hombres a terminar lo que las flechas habían comenzado. Corrieron a todo lo que daban con la sed de sangre y la furia guerrera reflejada en sus rostros. Desde su posición, Chan Chaak no pudo constatar el fracaso de su empresa. Él estaba seguro de su triunfo y se jactaba de su superioridad bélica. Allá en Chichenheim, por las condiciones del terreno, habían logrado mantenerlos a raya. Pero aquí, en campo abierto, sería diferente, eso pensaba. No fue sino hasta que uno de sus exploradores volvió con la mala noticia que la soberbia del soberano tuvo que ceder y se dio cuenta de su descalabro.

—¡No estamos hechos para la derrota! —gritó, visiblemente enojado y se dedicó a proferir insultos y maldiciones.

Una vez que se serenó, pensó lo que tenía que hacer para no sufrir un nuevo revés. Debía cambiar de estrategia. Exploró el terreno y se percató de lo peligroso del mismo. Por un lado, aquella escenografía tectónica y volcánica, más parecida a un infierno que a la realidad misma y, por el otro, un pantano que sin duda entorpecería el avance de sus hombres. Lo meditó un poco, compartió sus intenciones con sus capitanes, y se decidió por esto último. Se saboreaba la forma como sorprendería a sus enemigos, atacándolos por donde menos se lo esperaban. Sabía que ellos deseaban un ataque frontal, pero no estaba dispuesto a dárselos. Temía más trampas y artimañas. Hizo construir unas frágiles embarcaciones, para avanzar mejor por entre el agua y el lodo. Hizo descansar a sus hombres y, al cabo de algunas horas, ordenó iniciar la marcha.

Fue cauto. Dejó al grueso de su ejército en el campamento y él mismo se puso a la cabeza de unos quinientos guerreros. Fue una marcha lenta y fatigosa. La ciénaga presentaba diversos grados de dificultad. Por un lado, encontraron una especie de lodo muy pegajoso, que entorpecía y agobiaba el andar. Por el otro, los niveles de agua cambiaban de manera drástica. Podían ahora caminar por un terreno donde el agua no les llegaba ni a las rodillas, y en otros donde era necesario nadar porque aquel líquido espeso y lodoso los cubría por entero.

Casi todos sufrieron con las sanguijuelas. Se les pegaban en las piernas, en el pecho y en la espalda. Eran difíciles de quitar, pues se aferraban con sus dientes a la piel con tal ahínco y fuerza, como si hubieran estado hambrientas por siglos.

Luego, los mosquitos. Llegaban por miles, como una nube terca y amenazadora. Se aposentaban en la piel y la picaban con furia. Era como enfrentarse, por su tenacidad y voracidad, a los Munin de la Sangre, sólo que éstos podían desaparecer de un manotazo acompañado de una injuria. También, el olor. La ciénaga era nauseabunda. Olía horriblemente a descompuesto, a podrido. Un olor que picaba la nariz y provocaba el asco y la sensación de vómito. Había un sitio en particular, caracterizado por una neblina espesa y alta, donde ese olor era más fuerte.

—¡Eh, vean esto! —llamó la atención uno de los soldados.

Descubrieron restos de animales.

—¡Vean el tamaño de esos huesos! —se maravillaron ante los fémures y las costillas que hallaron.

Algunos animales no habían sido devorados por completo y se descomponían de manera fétida, inmunda.

—¿Quién habrá hecho esto? —preguntó Chan Chaak.

La respuesta la tuvo casi de inmediato. Uno de sus hombres fue devorado por algo que salió con rapidez del agua y con la misma rapidez se ocultó para esquivar las miradas y su captura. A ese hombre le siguió otro y luego otro. Igual de vertiginoso en ambos casos, el ataque de aquello era eficaz y contundente.

—¿Qué demonios es eso? —preguntó uno de los guerreros, antes de ser mordido de manera violenta en una pierna y ser arrastrado al fondo del pantano.

Chan Chaak apenas tuvo tiempo de esquivar una mordida. Sintió el aliento de aquella bestia muy cerca de su cabeza. Rodó con agilidad hacia un terreno lodoso para alejarse del agua de donde habían salido tales criaturas.

—¡Aquí, mis hombres! —ordenó.

Pudo ver, desde su posición, uno de aquellos animales. Se le figuró una enorme lagartija. Una lagartija gigante con hambre. Era un animal veloz y sanguinario. Aparecía de debajo del agua y se volvía a escabullir con un bocado entre las fauces.

—¡Un círculo! ¡Hagamos un círculo! ¡Un círculo doble! —volvió a ordenar.

Colocó dos filas de sus guerreros. Una, enfrente, con una rodilla en el piso, y la otra, detrás, de pie. Todos, con sus lanzas bien empuñadas hacia adelante. Desde ahí vieron cómo muchos de sus compañeros eran devorados por aquellos inauditos y terribles seres. Se escuchaban sus gritos de dolor en medio de intensos chapoteos y espantosos gruñidos.

Una de estas bestias intentó atacarlos. Se topó con un grupo de guerreros dispuestos a defenderse con sus armas. Recibió varios pinchazos que lo hicieron rugir de dolor. Casi al mismo tiempo fueron atacados por dos más de esas criaturas. Al igual que la primera, terminaron por sufrir el castigo de varios lancetazos y terminaron por

arredrarse. Retrocedieron y se alejaron en búsqueda de nuevas víctimas. Algunos infortunados terminaron entre sus fauces. Otros lograron llegar hasta donde estaba Chan Chaak y reforzaron con sus armas
el círculo de defensa. Ahí permanecieron por varias horas resistien-
do algunos esporádicos ataques. De hecho, dos de aquellos portentosos animales terminaron por ser abatidos por las lanzas y cayeron
muertos a unos cuantos metros. Uno de ellos aún mostraba, entre sus
inquietantes y peligrosos colmillos, los restos de una pierna humana.

Las horas pasaron y, tras el ataque, el silencio y la quietud se
apoderaron de la ciénaga y todo pareció volver a la normalidad. El
soberano ordenó bajar la guardia y dar atención a los heridos. Se
puso a contar a sus hombres. Contabilizó ciento diecisiete. Algunos mostraban una gran entereza de ánimo, pero la mayoría tenía
una actitud fatigada y desesperanzada. Todos mostraban un evidente
temor, reflejo de su encuentro cercano con aquellas bestias, además de diversas lesiones en forma de simples moretones y raspones,
o más graves, que iban desde fracturas hasta mutilaciones de antebrazos, manos y dedos. El resto de los guerreros con los que había
iniciado esa aventura estaban muertos o dispersos de manera agónica o empavorecida por aquel maldito pantano.

V

Chan Chaak estaba furioso.

¡Su ejército era invencible! ¡Estaban hechos para conquistar el
mundo! ¡Eran los mejores!

Vociferaba y golpeaba a quien tuviera enfrente. Insultaba y maldecía sin ton ni son. No lo entendía. De todos los hombres con los
que había iniciado esa aventura, le quedaban poco más de la mitad.
¡La mitad, repetía con disgusto, la mitad! Los demás estaban muertos o heridos, víctimas de las escaramuzas con sus enemigos y de sus
encuentros con aquellas endemoniadas bestias. Lo peor había sido
esto último. Sus guerreros estaban atemorizados. ¿Qué clase de tierra extraña era ésa, tan llena de maravillas y peligros, para albergar
a semejantes criaturas? Aún temblaban al recordar el aleteo de aquellos murciélagos gigantes o el chapoteo que presagiaba la aparición
de aquellas furias del pantano. Para quien había estado ahí, era terrible, lo más terrible y pavoroso a lo que se habían enfrentado en su

vida, y para quienes se habían salvado de tal percance y escuchaban temerosos el recuento de esas horribles carnicerías, se estremecían de pensar que la misma suerte correrían, partidos en dos por tan tremendos monstruos. El ambiente en el campamento de los itzáes era de miedo. Algunos presentían que se trataba de signos evidentes del próximo fin del mundo, de las aterradoras consecuencias de la Profecía. Otros simplemente temían el inesperado y cercano encuentro con una muerte atroz. Había quien aseguraba haber visto aluxes escondidos detrás de los árboles, y aquel otro, que se había topado con la Xtabay. Comenzaron a circular rumores de peligros inminentes. También, de rebelión. Chan Chaak tuvo que hacer matar a tres infelices que se atrevieron a cuestionar su autoridad y, por tanto, aquella incursión a la Tierra de Adentro.

—¡Estamos aquí para salvar al mundo, recuerden! —exclamó mientras eran atados a un tronco, flechados frente al grueso de su ejército.

Recompuso la moral de sus guerreros con ese método y el de los azotes. Se impuso como soberano y como hombre. No dio muestras de terror ni de flaquezas. Estaba decidido a conquistar la Tierra de Adentro a como diera lugar. Mandó por refuerzos, tropas frescas y numerosas, que ordenó traer de varios de los territorios conquistados. Pidió consejo a Iktán. Éste le dijo:

—Cola negra.

—¿Qué dices, insensato? —le reclamó el soberano.

—Veneno de cola negra. Necesitamos veneno de cola negra para matar a las bestias.

A Chan Chaak no le pareció mala idea. La cola negra era una serpiente muy temida en Mayapán. Su veneno causaba la muerte inmediata. Era escurridiza y difícil de atrapar. Le gustaban las mujeres que amamantaban; las asfixiaba con el sofoco causado por sus anillos enroscados alrededor del cuello, y luego extraía la leche de sus pechos. Dijo Iktán:

—Que preparen a cuanta madre recién parida encuentren para que funcionen como carnada, y una vez que aparezcan las colas negras y las capturen, me las traen de inmediato. Ya veremos si esas bestias del pantano no caen muertas ante su veneno...

Chan Chaak dio órdenes de que así sucediera.

Pero estaba ansioso, inquieto. Sentía que debía atacar lo más pronto posible. Quería lanzarse con todo su ejército para acabar de una buena vez y para siempre con sus odiados enemigos. "Si los ataco ahora, los tomaré por sorpresa", fue su lógica. No esperó por el veneno. Preparó a sus tropas. Las arengó. De los tres mil hombres que tenía de reserva, se puso al frente de mil y a los otros los hizo estar preparados, a la espera de sus instrucciones. Avanzaron por un terreno flanqueado por la ciénaga y la infernal geografía volcánica. De cuando en cuando les llegaba un tufo a podrido y a emanaciones azufrosas. Trotaban a buen ritmo, dispuestos a apresurar el paso en cuanto les fuera requerido. En un punto escucharon un zumbido y se percataron de una sombra que avanzaba por los aires.

—¡Flechas! —gritó Chan Chaak—. ¡Posición de *weech-áak!* —ordenó.

Ni tardos ni perezosos, bien entrenados como estaban, se apretujaron unos contra otros, pusieron una rodilla en tierra y levantaron sus escudos. Era como si se tratara de la coraza de un armadillo o el caparazón de una tortuga. Precisamente, *weech* significaba armadillo y *áak* tortuga. Una antigua leyenda aseguraba que el Sol y la Luna habían escapado de la primera destrucción del mundo protegidos por un caparazón de tortuga y otra que los armadillos habían obedecido las órdenes del Sol para someter a un par de dioses insolentes. A Chan Chaak se le había ocurrido tal posición de defensa durante una de sus incursiones al Petén y desde entonces era una maniobra de rigor ante un ataque masivo de flechas. Esta ocasión no fue la excepción. Las saetas cayeron y se fueron a clavar contra esa protección. Sólo unos cuantos infortunados fueron atravesados por aquellos dardos, ya sea por una lamentable tardanza a la hora de cubrirse o por el descuido de dejar un hueco entre los escudos.

—¡Adelante! ¡A salvar al mundo! —gritó Chan Chaak, alentando a sus hombres a incorporarse y lanzarse a la batalla.

Avanzaron unos treinta metros cuando el ambiente se oscureció de nuevo. A la orden del soberano volvieron a la posición *weech-áak*, que los protegió de las flechas.

Volvieron a ponerse en marcha. A sus narices les llegaba un olor picante a azufre y de cuando en cuando recibían oleadas de calor. No vieron nada extraño, a no ser ese horrible paisaje volcánico, lleno de enormes grietas, lava y emanaciones vaporosas, que tenían a su derecha. Chan Chaak se detuvo a un lado del camino e instó a sus guerreros a aumentar el paso. De un trote ligero pasaron a uno más rápido. En sus rostros se reflejaba la avidez de enfrentarse, de una vez por todas, con el enemigo. Era una cara curtida en la experiencia de batalla, una expresión de furia, de sed de sangre.

Llegaron a una parte donde se alzaba una especie de pared de negra roca del lado derecho y, más adelante, se toparon de frente con un Durgold.

Su sola presencia los paralizó. Era un animal enorme. Algunos ya habían tenido la oportunidad de contemplar uno de aquellos portentos en Heimdall, pero la inmensa mayoría se enfrentaba por primera vez con esa bestia. Los guerreros detuvieron su marcha, agolpándose ridículamente a escasos diez metros del gigantesco reptil.

El Durgold gruñía y serpenteaba su roja y viperina lengua. Se le notaba inquieto y nervioso. Se hallaba sujeto a unas cuerdas que llegaban hasta la pared de negra roca que el Ejército de la Profecía tenía a su diestra. Pensaron que estaba liado y que su muerte o captura sería fácil. No esperaron a Chan Chaak para recibir órdenes. Algunos bravos capitanes se adelantaron para azuzar a la bestia. Tenían sus lanzas en la mano, listas a lanzarlas a la menor provocación. El primero de ellos, el más adelantado, fue recibido con un flechazo en pleno pecho que lo hizo caer como fardo en el suelo. Los demás apenas tuvieron tiempo de reaccionar. Vieron aparecer a un hombre alto y barbado seguido de varios arqueros. Ahí estaba Gatoka. Era el que había acertado directo al corazón del primero de aquellos capitanes y ya lanzaba una segunda flecha para acertar en el corazón del otro.

—¡Al ataque! —gritó el capitán restante.

Los bravos soldados del Ejército de la Profecía estaban a punto de lanzar una andanada de flechas y arcos contra el Durgold y sus enemigos cuando vieron cómo el hombre alto de la barba blanca desplazaba hacia atrás al enorme animal.

Las cuerdas se tensaron. El Durgold jaló las cuerdas y éstas hicieron derribar la pared de roca.

—El Muspelheim —dijo Hoenir, al momento en que un río de lava se abatió sobre una centena de aquellos desgraciados.

Muspelheim era el reino del fuego, según los vikingos. Ahí habitaba Surt el gigante, listo para imponer su ley cuando se decretara el fin del mundo o Ragnarok. Las sagas hablaban de ríos de veneno rojo, refiriéndose a la lava. Aquel líquido era tan caliente que llameaba como si se tratara de las pavesas de una fragua. Así, también, envueltos en llamas, murieron los guerreros de la Profecía. Su cuerpo se encendía antes de ser devorado por completo por aquel infierno. Fue un griterío espantoso el que se escuchó. El olor a carne quemada se mezcló con el del azufre y otras emanaciones propias de aquella tierra de llamas. Algunos guerreros sobrevivieron y quedaron entre la lava y el Durgold. Tuvieron que acercarse a sus atacantes para no sufrir con el intenso calor que se sentía a sus espaldas.

Hoenir les dijo:

—La vida o la muerte, lo que ustedes decidan —y señaló sus armas, invitándolos a deponerlas.

Hubo quien se abalanzó contra Hoenir o el Durgold y recibió varios flechazos. La mayoría, sin embargo, reconoció su derrota y se mostró sumisa. Fueron capturados y llevados a la retaguardia, fuertemente atados para que no escaparan.

VI

"En el principio no había nada y todo era un inmenso vacío conocido como Ginnungagap. Era el hueco de lo que no es. El vientre de la oscuridad. El completo desorden de lo indeterminado. La hendidura de la noche indiferente, fría y eterna. El ser vacante. El universo cuando no se llamaba universo sino invisible e inexistente e interminable caos…"

Hoenir se despertó sobresaltado. Había soñado con su padre, convertido en un berseker pero sin ojos, sin espada y sin su inseparable tomajok, de pie pero atravesado por varias flechas lanzadas por los itzáes. Sangraba con profusión. Pero no mostraba dolor. Tampoco emoción alguna. En su sueño, Thorsson le hablaba de runas y de menjurjes, de mujeres que no volvían, de tiburones en mares de un azul turquesa y de lugares misteriosos encima de una alta montaña, a los que llamaban Llaqta y Picho, dominados por la Puerta del Sol. Le habló también del Ragnarok o fin de los tiempos, y del Ginnungagap o inicio de la nada.

El *jarl*, en esa extraña somnolencia, no sabía qué hacer. Era un niño. Un niño que lloraba y que dudaba: si quitar las flechas y curar las heridas de su padre, o irse a esconder armado únicamente de la espada de Kaali a un lugar que sólo él conocía al pie de un fiordo, para no ser encontrado por el fin ni el principio del mundo. Ni por su propia muerte. Ni la de su madre.

Poco a poco recuperó la compostura. Estaba envuelto en su tela del sueño, bien cubierto de la cabeza a los pies. Era, al igual que una inmensa mayoría en Chichenheim, la única clase de noche que conocía. Pero se había acostumbrado y no le hacía falta. A diferencia de muchos, él sí podía conciliar el sueño. Estaba en paz consigo mismo y con el mundo.

Recuperó el ánimo y se fue desperezando, como si su sueño hubiera sido de lo más agradable y tranquilo.

Se despojó de la tela del sueño. Saludó a unos Caballeros Murciélago que descansaban a su lado.

Salió de aquel precario refugio en que se guarecía. Le agradó ver el buen talante que mostraban sus guerreros. Todo era animación en el campamento. Las caras largas de las jornadas pasadas se habían tornado en rostros contentos y esperanzados. Tenían la esperanza de la sobrevivencia. El futuro, de pronto, había dejado de ser terrible e incierto. ¡Habían derrotado a los itzáes! Se sentían capaces de vencerlos, a ellos y a cualquier otro gran ejército que se les enfrentara, sin importar el tamaño o las armas de sus enemigos. ¡Había que contemplar la manera como el terror se dibujaba en sus rostros! Los soldados capturados les imploraban clemencia y les llamaban *sajkil*, que significa "temor". Estaban temerosos de la Tierra de Adentro, que no dejaba de sorprenderles y maravillarles. Temblaban al pasar cerca de un Durgold. "Kukulkán, Kukulkán", comenzaron a decir, como para hacerles saber que compartían creencias y costumbres, y que los admiraban. Nunca recibieron maltrato, y recibieron agua y alimento abundante a sus horas. Los guerreros de Chichenheim, por su parte, veían a Hoenir y lo vitoreaban. ¡He ahí un buen *jarl*!, afirmaban con orgullo. ¡Por supuesto que derrotarían al Ejército de la Profecía!

Hoenir, junto con sus soldados, se congratulaba de esos triunfos. Por supuesto que había lugar para el festejo y la esperanza. Así se mostraba el *jarl*, radiante y con los ojos puestos en la victoria. Por dentro, sin embargo, su semblante anímico era otro.

Había recibido informes preocupantes:

—Hicieron traer decenas de serpientes, de las llamadas cola negra, y se las entregaron a Iktán, el malogrado sacerdote.

Eso se lo dijo Ukele, uno de sus informantes.

—Y más de quince mil nuevos guerreros se preparan para ingresar a la Tierra de Adentro. En no más de tres jornadas los tendremos encima de nosotros.

Eso le informó Sac, descendiente de los hombres de la Ciudad a Mitad del Océano.

Hoenir los mandó a descansar y se quedó a cavilar sobre aquellos informes. Tras meditarlo un poco, intuyó para qué querían el veneno. Iktán era astuto y los Dracons del Pantano pasarían a mejor vida. Libres de ese obstáculo, la ciénaga era como un día de campo. Llegarían con mayor celeridad y directamente a Chichenheim. Debía enviar algunas de sus tropas a vigilar aquel sitio, y pensar en dos o tres trampas más, pero sus fuerzas de defensa sufrirían, al dividirlas, una mengua en su capacidad de defensa y ataque. Podría detenerlos por algún tiempo, pero no por mucho. Las fuerzas de Chan Chaak ascendían ya a más de siete mil guerreros, y Hoenir sabía que podía reclutar a varios miles más. Poco podría hacer él y sus hombres para contenerlos. Ésa era la realidad. Tarde o temprano tendrían que sucumbir ante el tamaño de ese ejército, el de la Profecía.

Mandó llamar a todos sus capitanes, entre los que incluyó también a los Caballeros de la Hermandad. Todos llegaron con rapidez para ponerse a sus órdenes y escuchar las instrucciones. Todos, menos Ubu, Sigurd y Gatoka.

—¿Dónde demonios están? —preguntó Hoenir.

Nadie le supo responder. Habían desaparecido del campamento.

VII

Los Caballeros de la Hermandad hacían de las suyas. Hoenir lo supo tiempo después por boca de uno de sus informantes, que no dejaba de sonreír mientras lo contaba.

—Lograron capturar a una Memech Janojoch hembra, alta y vistosa que, además, estaba en celo. Le hicieron tomar agua hasta atragantarse. Así la mantuvieron a lo largo de una jornada y media, obligándola a beber aún en contra de su voluntad. Orinó en varias ocasiones y en total lo suficiente como para alimentar un río. Recogieron aquel líquido espeso, que ya se sabe de su olor y lo que provoca entre los machos. Se cuidaron muy bien de verterlo en recipientes cerrados y se reían de lo lindo cuando emprendieron la marcha con rumbo al campamento de Chan Chaak. Ahí, en diversos puntos, derramaron su contenido. Por supuesto, los primeros en notarlo fueron los itzáes, en virtud de su apestoso aroma. No bien acababan de fruncir las narices y de preguntarse qué era aquello, cuando escucharon gruñidos espantosos y atronadores. Eran los Memech Janojoch machos, que acudían al llamado. No es menester decir que la tierra tembló, merced a su rápida urgencia por aparearse. Los árboles se cimbraron, lo mismo los cuerpos de los itzáes, que ignoraban de qué se trataba pero intuían que tendría que ser algo horrible. Así fue. Los Memech Janojoch arrasaron todo a su paso con tal de ser los primeros en hacer uso de aquella hembra que habían olfateado. No les importó pasar por encima del Ejército de la Profecía. Mataron a varias decenas, muchos de ellos aplastados.

En otra ocasión, los Caballeros de la Hermandad prendieron fuego a unos pastizales donde rondaba una manada de Grendels.

El fuego lo diseñaron de tal manera que los enormes tigres dientes de sable tuvieron que correr rumbo a donde acampaba Chan Chaak y sus hombres. Las bestias devoraron con deleite a cuanto itzá pudieron llevarse entre sus fauces. Fue una jornada llena de horror para aquellos guerreros. Otra más en aquella región de asombro, donde no dejaban de maravillarse y enfrentar el peligro.

Chan Chaak, mientras tanto, estaba harto de todo aquello. Presentía que no se trataba de coincidencias o de simples bestias que seguían su instinto natural, sino de actos evidentemente deliberados que intentaban matar, asustar y menguar la moral de sus hombres.

Debía apurarse a atacar. Él también había enviado a un grupo de exploradores a inspeccionar el terreno. De los veinte que envió, sólo tres regresaron sanos y salvos. Los demás fueron comidos por diversos animales que competían entre sí en tamaño, número de dientes y ferocidad, o habían sido capturados por Caballeros Murciélago. Esos tres le bastaban, sin embargo, para enterarse de lo que le interesaba. Lo mejor fue la descripción de esa ciudad maravillosa a la que llamaban Chichenheim. Iktán lo acompañaba cuando escuchó el relato de aquellos hombres. Los dos no cabían de su asombro cuando les describieron la Pirámide de Kukulkán, semejante a la de Chichén Itzá. Otro de los exploradores le describió la enorme estatua de Chac Mool. El explorador restante le dijo:

—La ciudad está desprotegida. Todos los guerreros, con excepción de unos cuantos, se encuentran defendiendo el Lugar de la Derrota Inminente. Los que se quedaron, apenas una treintena de ellos, se concentran en un solo sitio. La entrada a la gran Pirámide de Kukulkán.

¡Ahí deberían de estar las Armas de las Estrellas!, pensaron Iktán y Chan Chaak. Por supuesto, se cuidaron de decirlo en voz alta. Solamente intercambiaron una mirada cómplice y una sonrisita cínica. ¡Ya no requerían el Mapa de la Profecía! Les bastaba con llegar a Chichenheim, hacerse de la ciudad y entrar a la pirámide.

—¿Qué pasó con el veneno? —preguntó Chan Chaak.

Iktán había hecho lo suyo y lo tenía listo. Sólo le faltaba el cebo. Hizo apartar a los guerreros con las heridas más graves y los mandó a sacrificar. Fueron veintidós los cuerpos todavía sangrantes, a los que impregnó del veneno de las colas negras.

Los condujeron hasta la ciénaga. Iktán confiaba en que aquellos monstruos del pantano recibieran su merecido.

VIII

"Perseguiremos la gloria en batalla y la vida tranquila y honrada en la paz."

Tales fueron las palabras de Hoenir antes de dividir a su ejército. Una parte continuó en el Sacbé de la Paz y la otra en la orilla del pantano más cercana a Chichenheim. Él mismo, montado en un Durgold, se encargó de hacerse presente en ambos lugares, para supervisar los trabajos de defensa. Veía animados a sus guerreros y eso le agradaba. A ratos se dejaba llevar por el optimismo de la victoria y a ratos por el duro peso de la realidad, que le hacía abrigar pocas esperanzas de triunfo. Se sentía cansado, además. A su edad, ya no estaba para esos trotes. Sólo un alto sentido del deber lo impulsaba a sacar fuerzas de flaqueza, a mostrar energía cuando ésta le faltaba. Extrañó el dulce hálito de la juventud, su pujanza e impetuosidad, cuando todo era brío y confianza en la rapidez y fuerza de la espada. Ahora podría blandir cualquier arma con eficacia, pero más por experiencia guerrera que por el vigor juvenil de antaño. Extrañó también no tener junto a él a Thorsson. Apenas lo había soñado: su padre tenía vacías las cuencas. ¿Por qué soñarlo así, ciego? Tal vez porque él mismo se negaba a ver la realidad. Se preguntó si en verdad valía la pena aquel mayúsculo esfuerzo de sobrevivencia, cuando de todas formas iban a ser aniquilados.

Le dio también por recordar a Hilda. Hace mucho que no lo hacía. Había preferido no repetir su nombre para no sufrir. Ahora no se cansaba de hacerlo: "Hilda, Hilda", y, como antaño, pensaba en sus sonrojadas mejillas o en sus tobillos, firmes y atrayentes. Ninguna otra como ella. No es que no hubiera conocido mujeres después de su muerte, pero ninguna lo satisfizo. Ninguna tenía su belleza ni su bondad. Ninguna, tampoco, estaba tan grabada en su piel y en su alma. Conservaba de ella un espejo, como si aún retuviera en su pulimentada superficie su rostro, sus cejas, sus ojos, sus cabellos. No quiso casarse ni prometer su vida a nadie. Era Hilda la única. A ella le debía su existencia, que debía honrar con un destino limpio, valiente, ejemplar.

¡Hacía tantos años de su muerte! Y ahora, acaso, se acercaba la suya propia. Acarició su espada de Kaali como para cerciorarse de que tenía con qué defender su vida. También lo hizo con otra espada, de menor tamaño, que había pertenecido a su padre. Ésta la llevaba sujeta del lado izquierdo de su cinto. La desenfundó y se puso a sopesarla, a examinarla.

Se encontró con una frase rúnica inscrita en su hoja: "Certera y poderosa, protégeme y abre el camino".

La había olvidado por completo.

De repente, como en una poderosa cascada de recuerdos, se le agolparon en su mente memorias de tiempos perdidos, cuando Thorsson lo alentaba a aprender el arte rúnico, por ser la única vía a la verdad. "Erilaz", recordó esa palabra, que significaba sabio de las runas. Thordal, el snorri, le había enseñado todo lo que sabía y él había querido transmitírselo a su hijo. "Erilaz", precisamente, era uno de los nombres con que lo llamaba de cariño. ¡Las runas! Nada de lo que pasara o dejara de pasar en el universo se les escapaba. Eran conocimiento pero también deseo, invocación. Hoenir se palpó en el pecho el collar que había sido de su padre y que ahora él llevaba como un recuerdo o una caricia que no quería perder. Fue como un chispazo de vida cuando vinieron a su mente las palabras que albergaba: "Que la muerte se tarde en llegar".

Thorsson había tenido una vida larga y llena de experiencias. ¿Le serviría también a Hoenir mismo ese collar para no morir ahora que la muerte rondaba? ¿Le funcionarían las runas para invocar la victoria y conseguirla? "El poder sobre todas las cosas, es lo que te da la palabra —recordó esa frase, dicha por su padre—. Al invocar vida, se crea. Al invocar muerte, se destruye." Hoenir había olvidado su poder de invocación. Había pasado su vida estudiando las estrellas, la vida de la Tierra de Adentro. En el camino, había hecho de lado a las runas. Podía leerlas, podía interpretarlas, podía vislumbrar sus secretos, pero había relegado esa otra parte, quizá la más importante, la de conjurar la palabra para lograr algo. Las palabras eran sortilegios, encantamientos.

Se entusiasmó en grado sumo. Hubiera querido llenar el Sacbé de la Paz y la propia Chichenheim de sentencias rúnicas de optimismo, triunfo y sobrevivencia. ¿Por qué no? Pero esa ilusión se derrumbó pronto. Recordó que el drakkar que lo había conducido a la Tierra de Adentro tenía la inscripción "Nunca me hundiré" y nunca se había hundido, pero que la casa donde había muerto su madre ostentaba la frase "De pie, siempre", y se había derrumbado por un terremoto. Suspiró con algo parecido a la fatiga y el desencanto. No, volvió a poner los pies en la tierra: si quería mantenerse con vida, y con él a todos los que lo seguían y confiaban en sus planes y estrategias, lo que debía hacer era prepararse bien para la defensa. Las palabras por sí solas no detenían las flechas ni la estocada de una espada o de una lanza. Por eso arengó a sus soldados a dar lo mejor de sí, a luchar con todo lo que tuvieran para no ser derrotados.

—Si de algo vale su existencia, éste es el momento de demostrarlo —dijo.

Aún así, una vez que ordenó que cada hombre tomara su puesto, tomó un cuchillo y él mismo se encargó de escribir sobre una de las murallas: "Que lo justo y lo bondadoso se impongan".

No tuvo mucho tiempo de reflexionar si eso que escribió guardaba alguna relación con lo que sucedió a continuación, si era una coincidencia o la prueba de que las runas, en efecto, tenían un poder, una fuerza única. Tan sólo prestó oídos para estar atento a esa especie de murmullo que crecía. Al principio presintió que se trataba del anuncio de la próxima batalla, acaso la última y más importante de todas, el sonido del miedo por la sangre y el dolor que se avecinaban.

Dio mayor atención a ese murmullo que, de pronto, le pareció menos de temor y más de asombro y de admiración. Se asomó para ver de qué se trataba y se encontró con la causa, que le pareció sorprendente.

Ahí, frente a él, avanzaba con paso decidido un joven guerrero. No era un guerrero común. No vestía como Caballero Murciélago ni como Caballero Grendel. No llevaba las armas del ejército de Chichenheim.

—No puede ser —murmuró Hoenir, atónito.

Era Iqui Balam, a quien todos habían dado por muerto.

—Que no se diga que un guerrero maya no es valiente o que no cumple sus promesas —dijo el recién llegado.

A su lado caminaba Bulín, el pequeño de la selva. Lo hacía con garbo pero nervioso. Se le pegaba al muchacho en busca de protección y éste le pasaba una mano por el cuello para tranquilizarlo.

—¡Tigre de la Luna! —exclamó Hoenir apenas lo tuvo cerca. Se dirigió a él y lo abrazó fuertemente, con verdadera alegría.

El muchacho sonrió. Era la sonrisa de la juventud pero también de la victoria. Llevaba en la mano algo que mostró con orgullo, con el brazo en alto.

Era el Mapa de la Profecía.

El llanto

I

Iqui Balam, una vez que entregó el mapa, se derrumbó víctima de la fatiga.

Estaba lleno de moretones y raspones y mostraba una herida, si bien superficial, en el costado derecho.

Hoenir dio instrucciones de curarlo. Le aplicaron algún bálsamo que olía a eucalipto y a sávila. Lo dejaron reposar. El muchacho durmió como si no lo hubiera hecho por siglos.

El *jarl*, mientras tanto, se dedicó a estudiar el mapa. Lo hizo a solas, cuidándose de no ser visto. Lo extendió sobre una mesa y lo observó con detenimiento. Sus ojos se entretuvieron largamente en sus pliegues, en sus lados gastados, en su olor a viejo, en la humedad que empezaba a corroerlo, en las marcas de sangre en una de sus esquinas, en sus signos. Eran runas, ni duda le cabía. También había otros caracteres, que relacionó de inmediato con la lengua del Escorpión, la de los visitantes de las estrellas. Era un documento valioso, escrito tal vez por el mismísimo Kukulkán. Supo que se trataba, en efecto, de un mapa. Contenía indicaciones de acceso a la Tierra de Adentro. La Puerta de Tulum estaba marcada muy claramente con detalles de la costa y el glifo Zamá, que significa mañana o amanecer, por ser Tulum el lugar de inicio de la vida interna. También se leía "sin temor a la roca y a la pared de agua", que mostraba el camino a través de una cascada. Y la marca Sudri, que era la clave de todo, pues la puerta se hallaba al sur del faro de Tulum.

El Mapa de la Profecía también hablaba del fin del mundo. Ahí estaban la runa Dagaz y la runa Wyrd. Por separado, tenían otro significado, más positivo y benévolo; juntas, implicaban la cercanía de una muerte. Debajo de ellas se hallaba la runa Kano. Escrita de manera correcta, denotaba el fuego, la luz. Pero se hallaba invertida: significaba el frío, la oscuridad. Hoenir no pudo menos que pensar en el Ragnarok, en el fin de los tiempos. Podía leerse algo así como "el inicio de lo que ya no tiene remedio", "la noche eterna y solitaria", "el vacío que nos alcanza". Había números también y representaciones de planetas, en especial de Júpiter, que tenía un lugar notable en el mapa, y del Sol. Este último estaba dibujado como un dragón que escupe fuego. Tenía el semblante maligno y enojoso. El mundo, nuestro mundo, se mostraba quebrado, despreciado por el gran cocodrilo que tan precariamente lo sostenía.

Hoenir estaba en verdad interesado en su contenido. Se dedicó al estudio del mapa con la pasión de quien se halla cerca de descubrir un significado para su vida y para los que ama. Tenía, además, la certidumbre de que el mapa también mostraba el sitio donde Kukulkán había ocultado las Armas de las Estrellas.

—Hay movimientos de tropas —lo interrumpió uno de sus capitanes.

Hoenir se sobresaltó. Tan ensimismado estaba en el mapa que se había olvidado por completo de aquella guerra. Se mesó la barba y ordenó:

—Estén preparados. Avísenme cuando se encuentren a la distancia de nuestros mejores arqueros.

Se hundió de nuevo en el estudio de la Profecía. No pasó mucho tiempo para que su semblante, que era serio, se tornara preocupado y sombrío.

"Es cierto —se dijo, no sin pesadumbre—. Todo parece indicar que Iktán y Chan Chaak tenían razón: el mundo ha de acabarse pronto. Aquí está, claramente indicado: en el próximo equinoccio."

Una gran pena lo invadió. De pronto, todo le pareció inútil. Se sintió abrumado por tal verdad, fatigado de saber que no había remedio. La Profecía estaba ahí, con toda su desnuda verdad de calamidad de astros. Por supuesto, necesitaba más tiempo. Había cuestiones que escapaban a su comprensión. Debía regresar a la Pirámide de Kukulkán y consultar los libros de Thordal y los Textos del Origen.

El fin del mundo se aproximaba, pensó no sin desconsuelo.

En eso escuchó una voz conocida. Era Iqui Balam. Había entrado con humildad y le llamaba *Yuum Nojoch Yuum*, que significa "jefe" en maya.

—¿Todo bien? —preguntó el Tigre de la Luna, la mirada puesta en el Mapa de la Profecía.

—Muchacho… Me temo que son malas noticias…

Iqui Balam reconoció la gravedad de aquel semblante.

—Entonces, es verdad: el mundo ha de llegar a su fin. Pronto, muy pronto.

Hoenir no tuvo necesidad de responder. Su actitud lo decía todo.

II

—Los Caballeros de la Hermandad han vuelto a hacer de las suyas —le informó un capitán, con una amplia sonrisa en el rostro.

Ahora habían utilizado un Tricornio, un enorme animal acorazado, para embestir las tropas de Chan Chaak.

—Fue el caos más completo. Ni las lanzas más filosas y certeras pudieron penetrar su coraza. Muchos murieron atravesados por sus cuernos o aplastados entre sus patas. Rompieron filas y huyeron desperdigados y temerosos. Han tenido que retroceder a su posición original para recomponer su ejército.

—Lo que sea, con tal de retrasarlos. Necesitamos tiempo y nos lo están dando.

—¡Voy a unirme a ellos! —Iqui Balam volvió a empuñar su espada.

—¡No! —le ordenó Hoenir—. Te necesito aquí.

—¡Pero ni siquiera saben que estoy con vida!

—¡Ya lo sabrán! Además, porque te creen muerto, luchan con tanto denuedo.

Iqui Balam pareció no entender. Hoenir explicó:

—Te vengan, muchacho. Se sienten culpables de tu muerte. Cada una de sus acciones a ellos les alivia y a ti te honra.

Hoenir pidió que le contara cómo había salvado la vida. Esto dijo el Tigre de la Luna:

—Cuando Chan Chaak dio la orden de matarme, salté al vacío. Caí encima del lomo de un Munin de la Sangre herido. El pajarraco siseaba y bufaba, adolorido, en una saliente, metros abajo. Quiso desembarazarse de mí y empezó a moverse de un lado a otro. Batió sus alas y se echó a volar. Yo me agarré fuertemente a su cuello. Fue un vuelo brusco, lleno de tumbos y piruetas. De cuando en cuando, volteaba su enorme cabeza para tratar de pescarme con su pico lleno de temibles dientes. Al poco rato, herido como estaba, terminó por debilitarse. Intentó llegar a su nido, en lo alto de la cueva, pero no pudo hacerlo. Agotado, planeó hasta descender a tierra. En ese momento decidí saltar y así salvé la vida. Así fue.

El relato le causó una viva impresión a Hoenir. El muchacho era valiente, a no dudarlo. Sólo conocía a otra persona capaz de una proeza así: a su propio padre. Thorsson el Indomable lo había hecho una vez. Fue por probarse y divertirse. Había resultado con un hombro dislocado, pero estaba feliz. "Es lo más extraño y grandioso que he hecho sobre la tierra", no se cansaba de decirlo: "volar".

—Eres un buen guerrero, honesto y de noble corazón —le dijo Hoenir.

Regresaron a estudiar el mapa, en particular un fragmento que desconcertaba al *jarl*. Éste suspiró con desánimo, pues se sentía frustrado.

—Hay algo aquí que no entiendo. Es la parte relativa a las Armas de las Estrellas. Mira, pareciera que el mapa está incompleto.

El muchacho lo examinó. Después de un rato dijo, en actitud reflexiva:

—Qué curioso. Me parece haber visto signos parecidos en otra parte…

—¿Dónde? —Hoenir se mostró vivamente interesado.

—En un sitio bello e increíble: la cabeza de mi amada Yatzil.

Hoenir recordó, como si se tratara de un puñetazo de la memoria, dos momentos: la vez que perdonó la vida de la muchacha, por distinguir en su nuca las runas de Thor y de Odín, y la ocasión aquella en que tanto él como Thorsson resolvieron el misterio que encerraba el náufrago Heyerdahl con sus delirios de "dragones milenarios con plumas" y de un lugar llamado Tolán. Ya muerto, descifraron el intrigante "Mira cielo", inscrito en uno de sus pies. Fue el propio Hoenir quien supo que se refería a la cabeza. Lo raparon y encontraron decenas de frases rúnicas. ¡De ahí habían obtenido el Mapa de Thule, el mismo que los había conducido hasta la Tierra de Adentro!

III

Hoenir marchó a Chichenheim en compañía de Iqui Balam.

Lo hicieron montados en un Durgold, al que el *jarl* instaba, a gritos o con las riendas, a apresurar el paso.

El muchacho estaba contento, radiante. ¡Iba a ver a Yatzil! Su dulce flor, la mujer amada. La extrañaba. Quería abrazarla y besarla.

Decirle: "No me volveré a separar de ti nunca". Pensaba en su rostro bello y en sus manos, a las que se aferraría con fuerza y con ternura para no perderla de nuevo. También ideaba lo que le diría. "Te entrego mi vida. Depongo mis armas ante ti. Te quiero." O "Eres el instante en que el mundo tiembla ante el amanecer". O "Tú eres la soberana de la sonrisa y de la belleza. ¿Cómo explicar el brillo de tus ojos, tu andar agraciado, tu cuerpo a la luz de la luna? Es muy simple: como el aroma inexplicable de las frutas, como el delicado posar de las aves en las altas ramas, como la caricia del mar en la playa, así eres tú. Y te amo. Quédate conmigo".

Al llegar a Chichenheim no fueron recibidos por nadie. La ciudad estaba desierta, como abandonada. Aquella desolación sobrecogió al muchacho. Se imaginó que todo había muerto. Que nadie había sobrevivido. Ni siquiera Yatzil.

Bajaron del Durgold. Bulín olfateó algo. Se puso contento y comenzó a dar de saltos alrededor del muchacho.

—¿Sabes que está por aquí, verdad? —lo acarició—.¡Búscala! —ordenó el Tigre de la Luna.

Le dio una palmada y lo vio echarse a correr.

Iqui Balam y Hoenir corrieron detrás del venado.

El muchacho estaba ansioso. Anhelaba ver a su amada. No podía aguardar más. Deseaba llenarla de besos. Contarle sus aventuras. Escuchar las suyas y decirle una y otra vez que la quería, que la extrañaba.

El corazón del muchacho palpitaba con fuerza. Antes de dar vuelta en una esquina, escuchó con claridad los bramidos y gruñidos del venado. También una voz.

—¡Bulín! —era la voz de ella.

El alma le dio un vuelco cuando escuchó otra voz. Una voz de hombre.

—¡Qué sorpresa! ¡Y te conoce, querida!

—¡Es Bulín, el pequeño de la selva! —explicó ella.

Iqui Balam se mostró receloso. Se acercó con sigilo. Se asomó apenas por encima del dintel de una pirámide, la que sostenía al Chac Mool gigante.

Lo que vio no le gustó. Ahí estaba Yatzil, aún pintada de azul, hermosa como siempre. Pero se encontraba acompañada de un guerrero alto y esbelto, de bien formado y musculoso cuerpo. Llevaba multitud de armas, un carcaj lleno de flechas a la espalda, un arco en el hombro, varios cuchillos y una gran espada. Ella lo tomó del brazo y se pegó a su cuerpo. Sonreía.

El muchacho comprendió lo que pasaba. Ella, creyéndolo muerto, lo había olvidado. Ahora tenía otro hombre, alguien que la consolara y protegiera. Se dejó caer por completo abatido. Se reprochaba haberla dejado sola. Apretó los puños y los dientes. Estaba por completo triste, desilusionado.

—¿La encontraste? —escuchó la voz de Hoenir.

Iqui Balam señaló detrás del dintel donde se protegía.

—Ahí está. Pero no le digas que me viste. Yo estoy muerto para ella.

Se echó a correr lejos, donde nadie pudiera percatarse de su llanto.

Las Armas de las Estrellas

I

Nada se pudo hacer para remediarlo, nada. Ni los rezos ni los lamentos. Ni las buenas intenciones ni las malas. Fue inevitable, como inevitable fue el nacimiento del mundo y sus maravillas y desilusiones. Así, de la nada, cuando todo era negro y frío, surgió la luz y la tibieza del ser, y así, de la nada, regresó de nuevo a lo mismo, a la no existencia, a la apatía, al asombro de lo que es y ya no. Hay quien escuchó un profundo quejido, como del interior de la mismísima tierra herida o de un alma desgarrada, ilimitada e infinita, y lo consideró como el inicio del fin. Otros vieron señales en el cielo, estrellas que caen, atardeceres de un color desconocido, el rostro de los dioses que se reían y se burlaban. Nadie lo supo de cierto, porque los indicios llegaron a ser muchos, pero cada quien dentro de su cuerpo, llámense aves o piedras, olas o cucarachas, polvo o muchachas, árboles y oro, flechas y tapires, frágiles seres humanos o imponentes cordilleras nevadas, se estremeció al reconocer que algo no estaba bien, que el hálito se escapaba, que aquel temblor era diferente y que la noche comenzaba a hacerse más noche. Fue un alarido de las cosas, una estridencia malsana de la vida, y aquello que se denominaba sentimientos, que eran variados, se redujeron a unos cuantos: terror, tristeza, pena, dolor, desasosiego, angustia, y más terror, mucho terror. El terror por todas partes. El fin. La destrucción, el cataclismo, el acabose. Llegó de adentro o de afuera, eso no se supo o no se quiso que se supiera. Sucedió, como antes sucedía el viento que movía las copas de los árboles o los suspiros de los enamorados o lo diurno a lo nocturno. Cuando lo que era, era, sin razón aparente, pero era. Y cuando el sol estaba en su sitio, y los peces en el mar, y los bebés en sus cunas. Ese tiempo, antes del flagelo de la nada, cuando el gran miedo y el gran terremoto sólo eran una profecía que algún día tendría que cumplirse.

II

Hoenir llevaba el semblante austero y preocupado.

Él sabía. Él sabía y era un tormento.

Sabía que pronto el mundo llegaría a su fin.

No sólo lo había visto en el Mapa de la Profecía, sino que, aprovechando su regreso a Chichenheim, había consultado textos y diversos instrumentos que tenía a su alcance al interior de la gran Pirámide de Kukulkán. El propio Libro del Escorpión, que se contaba entre las pertenencias de Chac Mool, el viajero de las estrellas, que se pudieron rescatar de su nave averiada, daba cuenta de ese suceso. Lo describía igual que en el mapa. "Del gran astro y el quinto mundo provendrá la muerte. Aparecerán las manchas y después la tormenta que regresará el todo que fue a la nada que ya no es." El Libro del Escorpión carecía de una fecha exacta, se entretenía más bien en descripciones de cómo ocurriría la hecatombe, pero era semejante en muchas partes al Mapa de la Profecía, donde se describía de manera muy clara el momento preciso: durante el ya cercano equinoccio de primavera, tras seis giros completos de Nohon Ek, el planeta Venus. "Ese día —se leía en el mapa—, cuando la sombra de la Serpiente Emplumada haya transitado por todos los escalones de la gran pirámide, ese día ocurrirá el fin del mundo. La tierra se abrirá en dos para crear el gran abismo, el de la nada. El del silencio absoluto."

Era la voz de la Profecía.

Hoenir se estremeció al haberlo leído y al constatar las semejanzas entre uno y otro texto. Tenía sus dudas con respecto a unos signos cuya interpretación se le escapaba a su ciencia. Pero, para su enorme pesar, todo correspondía con lo revelado por Iktán y Chan Chaak. ¡No había diferencias significativas! Entonces, lo asaltaba la duda: ¿por qué ese afán de poder y de sangre? ¿Por qué esas incursiones guerreras, esa terca voluntad de ser el soberano de todo lo existente? Tendría que haber un motivo que lo explicara. Algo no estaba bien. Algo estaba fuera de toda lógica. En ninguna parte de lo que leyó se decía que hacer la guerra haría que los dioses perdonaran el inevitable cataclismo. En ningún lado se encontraba la solución que detendría la hecatombe. Algo no estaba bien, se repetía, pero no sabía qué. Algo faltaba. Tal vez había otro mapa que lo completaba. O una piedra grabada en alguna pirámide o alguna cueva. O tal vez en la cabeza de alguien más, pero ¿de quién?

No dejaba de preguntarse y de estar preocupado.

Se encontró con Yatzil. La muchacha se hallaba acompañada de Vitus en una explanada al lado de la pirámide dedicada a Chaac Mool. Los dos jugaban con Bulín, el pequeño de la selva. El rostro de ella parecía animado, pero aún podían verse los estragos de haber llorado mucho. Se le notaba con creces: estaba triste y apesadumbrada por la muerte de Iqui Balam. El venado y Vitus parecían ser los únicos que le daban consuelo. De no haber sido por ellos, la pobre muchacha andaría deambulando sin nada de qué asirse a la vida, totalmente sola, abandonada.

—Necesito de tu ayuda —le dijo una vez que la tuvo frente a frente.

Yatzil no puso objeción alguna.

Fue llevada a una habitación dentro de la Pirámide de Kukulkán donde le cortaron el cabello. Fue rapada por completo. Un acto que en otras circunstancias hubiera sido deshonroso, indignante, pero al que la muchacha se sometió de manera voluntaria y con humildad, tras saber que en su cabeza se hallaba inscrito algo valioso que podía ayudar a vencer al Ejército de la Profecía. El por qué era ella, precisamente, la portadora de tales signos, le resultaba sorprendente. ¿A qué hora sucedió eso? Tendría que haber sido a una muy temprana edad, porque no tenía ningún tipo de memoria al respecto. Eso pensaba mientras una anciana cortaba con extremo cuidado sus cabellos, tratando de no herir sus sentimientos. También Hoenir se preguntaba lo mismo. La Tierra de Adentro no había dejado de maravillarlo desde que puso el pie por vez primera en ese lugar. ¿Qué nueva sorpresa le deparaba ahora? Conforme los cabellos fueron retirados, los signos comenzaron a aflorar en todo su esplendor. Hoenir los copiaba, escribiéndolos sobre una hoja blanca de amate.

Una vez al descubierto todos aquellos caracteres, se puso a estudiarlos y a confrontarlos con el mapa. Ahora sí, cada parte coincidía. Una era el complemento de la otra. Se encontró con una historia resumida y llena de giros poéticos con respecto a las batallas por la justicia ganadas por las Armas de las Estrellas, su inmenso poderío y las razones por las que debían ser destruidas. "Los guerreros de la sangre se convirtieron en humeante ceniza. No hubo tiempo para lamentos, así de rápida la muerte asolaba con su lluvia de fuego y su carcajada hueca —se leía—. Fue triste. Murieron la mujer que amaba y los hijos a los que les faltaba conocer el mar y comer y jugar.

Entonces, quedó decidido." Y frases como: "No hay quien se resista a ser dios ni a gobernar con soberbia". "El poder y el mal alientan los crímenes y la basura de la noche."

También se hacía el recuento del armamento destruido. "Una gran pira de fuego que ardió como un momento único de sol, y dieron las gracias por haberse deshecho del peligro de la vanidad." De todas las armas que Chac Mool llevaba en su Barco de las Estrellas, sólo dos se salvaron: el tapir volador y el rayo de la ira. "Tanto mal puede tanto bien y tanto bien puede tanto mal", era la única explicación para tal hecho, al que también llamaban "el riesgo". Esto último alentó a Hoenir, quien leyó con avidez lo que seguía, "el gran ignoto, el rincón inescrutable", el sitio donde habían sido escondidas. La descripción estaba en clave. Pero era un lugar en la Tierra de Adentro, de eso estaba seguro.

Había permitido que Yatzil se quedara en la habitación. Era un testigo bello y mudo de aquella búsqueda. Estaba calva, y había algo de trágico y desdichado en esa condición. Ella, por su parte, no había querido verse en ningún espejo. Era natural. Tenía, desde pequeña, complejo de fea, por no ser bizca ni tener la frente aplastada, como bien se lo hicieron entender las demás mujeres itzáes, que se burlaban de sus extraños rasgos, así que mantenía una especie de estoico desdén o despreocupación por su aspecto. Sentía frío. Ésa era la única diferencia, la sensación de frialdad que le llegaba hasta el cuello y se enseñoreaba en su nuca y en sus orejas. Eso, y aquello otro que ahora extrañaba: el no poder jugar con los dedos entre sus cabellos.

Se mantenía atenta al empeño de Hoenir por resolver el misterio y con algo de tímida satisfacción por poder contribuir a despejar aquel enigma. Su vanidad podía permanecer incólume si su calva ayudaba a lo que el *jarl* trataba de dilucidar con tanto ahínco. Se llevó las manos a su recién rapada cabeza. Intentaba sentir alguno de aquellos signos, pero no sintió nada, sólo levemente lo hirsuto de una piel erizada y lastimada.

Se sentía emocionada, parte de un secreto compartido por muy pocos, acaso sólo por Hoenir y por ella, si bien no dejaba de experimentar una enorme tristeza al recordar a Iqui Balam y saberlo muerto.

Sabía que el muchacho hubiera entendido y aprobado su nuevo aspecto. Que no se hubiera decepcionado de ella; al contrario, estaba segura que su joven amado se hubiera sentido orgulloso de saber su participación en la defensa de la Tierra de Adentro y, sobre todo, para que el Ejército de la Profecía no se saliera con la suya.

"Iqui, Iqui —lo llamaba con el pensamiento—. Te amo, te sigo amando, y estoy tan apesadumbrada por tu ausencia, tan sola con mi pena, que acaso mejor me valdría morir y en ocasiones es lo único que quiero."

Yatzil empezó a llorar. Un llanto quedo y muy contenido, muy triste.

—¡Lo tengo! —gritó Hocnir, visiblemente emocionado. Al fin, su empeño rendía frutos. Al fin, los signos se le habían revelado—. Lo tengo! —repitió, y volteó a ver a Yatzil con ganas de abrazarla, de compartir su alegría por aquel descubrimiento.

Entonces se dio cuenta del amargo y callado llanto que vertía la muchacha.

III

Iqui Balam dijo que sí sin siquiera dudarlo.

—Tu vida está en peligro —reconoció Hoenir.

No le importaba. Menos, después de haber visto a Yatzil del brazo de Vitus. Se sintió morir. Su vida había dejado de valer la pena, así que el riesgo de perderla no lo arredraba en absoluto. Aceptó el encargo sin pensarlo demasiado. Ni siquiera se cuestionó la razón de haber sido escogido. Había un terco orgullo de guerrero que le hacía suponer que él era el indicado para hacerlo.

Sólo una cosa le pidió a cambio: que le permitiera despedirse de su madre.

Hoenir se negó, argumentando que nadie más podría saber ese secreto.

—Además, ella también te cree muerto...

Saber aquello le dolió al muchacho. Imaginaba el rostro de Nicte, por completo abatido. Y su dolor inmenso por el hijo perdido.

—Por favor —insistió el Tigre de la Luna.

Hoenir aceptó. El muchacho se encaminó a casa de su madre.

Tal y como suponía, la encontró dormida. Le agradó el dulce aroma de aquella habitación. Nicte dormía con placidez. Lo hacía por completo presa de la fatiga, pues no había dejado de llorar desde que recibió la noticia. Primero le llegó en forma de rumor. Después ella misma indagó y el resultado fue el mismo. Después, la visitó

Yatzil y ambas lloraron por quien más querían. Un llanto enorme, una pesadumbre cercana a la muerte, una pena que era como una pesada losa sobre su corazón. Ahora se hallaba rendida, envuelta en un reconfortante sopor. Su almohada estaba empapada en lágrimas, igual que su alma. Empezó a soñar. Soñó que el Tigre de la Luna la visitaba de nuevo. El mismo tigre enorme y de piel blanca, que brillaba en la noche. Ahora no sintió temor. Al contrario, se sintió protegida en su presencia. Soñó que mostraba sus afilados colmillos y que le decía: "No sufras".

En su sueño, ella sabía que algo la entristecía, pero no sabía qué.

"Tu hijo está bien. Y te ama."

"Pero está muerto", se acordó de pronto, la angustia reflejada en el rostro.

El tigre gruñó, disgustado.

"No, no lo está", dijo.

Ella se movió inquieta en la cama. Había algo que la hacía ilusionarse con esa noticia y algo que la hacía permanecer incrédula. Apretó los dientes y los puños. Sufría.

"No sufras", volvió a escuchar.

El Tigre de la Luna rugió amenazador, levantándose en dos patas. Nicte sintió miedo. Temió ser atacada. Vio como el tigre avanzaba hacia ella y comenzaba a olfatearla.

"No me comas", intentó defenderse, pero fue inútil. Tenía al tigre encima de ella.

"Te amo —escuchó—. Perdóname por no haberte podido defender cuando fuiste atacada por los putunes. Perdóname por haberte hecho sufrir", y en lugar de una mordida recibió un dulce beso en la mejilla.

"¿Quién eres?", preguntó ella.

"Soy el Tigre de la Luna", contestó Iqui Balam.

"¿Iqui?"

No recibió respuesta.

"Iqui, ¿estás ahí?"

El tigre volvió a rugir. Ella, a sollozar.

"Debo irme", dijo él.

"¿A dónde?"

"A cumplir mi destino. El que soñaste, el que me diste."

Ella recordó:

"La criatura que llevas dentro será grande entre los grandes".

372

Recordó al pequeño Iqui Balam, la forma como le gustaba subirse a su regazo y la instaba alegre a que le contara esa historia: la del origen de su nombre.

"Sí, mi pedazo de cielo", le dijo como en ese entonces.

El tigre volvió a gruñir. Cuando lo hizo, su voz se convirtió en suave y al mismo tiempo poderosa. Le explicó:

"Tu hijo está destinado a notables proezas. Será fuerte y valeroso. Te dará muchas alegrías. Poseerá el don de la flor y del canto. Se convertirá, además, en un gran guerrero que combatirá al reino de las sombras y de la sangre derramada, y se convertirá en rey por derecho propio, más por sus virtudes que por su mano dura o sus crueldades".

"¿Iqui?", preguntó ella, de nuevo inquieta en su sueño.

"Debo irme —contestó el tigre—. Debo combatir al reino de las sombras y la sangre derramada."

"¡No te vayas!"

"Debo cumplir mi destino. Seré fuerte y valeroso."

Nicte sintió otro beso tierno en su mejilla. Después, un grave gruñido:

"Adiós".

Nicte, al despertar, se encontró con un diente de tigre a un lado de la cama.

IV

Hoenir regresó al campo de batalla.

Ahí lo esperaba una sorpresa.

Chan Chaak había sido hecho prisionero por los Caballeros de la Hermandad.

La algarabía era notoria en el campamento. Todo mundo festejaba no sólo la osadía de Sigurd, Ubu y Gatoka, sino la inminencia de la rendición del Ejército de la Profecía. Eso pensaban. Apresado su gobernante, no tendrían más remedio que rendirse. Tendrían que replegarse y salir de la Tierra de Adentro. Se imaginaban que tal sería el efecto de la captura. Estaban felices. Los Caballeros Grendel y Murciélago no podían ocultar la felicidad de sus rostros. Continuaban en sus puestos de combate, pero sólo por disciplina y como un mero trámite antes de contemplar con alegría la deshonrosa retirada de los invasores.

Chan Chaak estaba atado de manos y pies cuando fue llevado ante Hoenir.

—¡Te costará cara esta afrenta! —fanfarroneaba el soberano.

—No estás en condiciones de nada —lo puso en su sitio Hoenir.

—Mis guerreros vendrán a mi rescate.

—Tus guerreros tendrán que salir de la Tierra de Adentro, si en algo estimas tu vida.

—¡No le temo a la muerte!

—Haces bien, para que cuando llegue no temas al cuchillo que ha de ponerte frente a ella.

Hoenir sonrió para sus adentros. Por supuesto, no tenía ninguna intención de matarlo. Lo haría, sólo en caso de que peligrara Chichenheim. Ahí sí que no se tentaría el corazón. Él mismo lo liquidaría sin miramiento alguno, con sus propias manos. Era una enseñanza de Votán Kukulkán: "Nunca mates por matar. Hazlo, sólo para defender tu vida". Él se había apegado a esas enseñanzas y era lo mismo que había inculcado a sus guerreros.

Chan Chaak se agitaba como una fiera herida.

—¡Soy el rey de los itzáes, soberano del mundo entero, el favorito de los dioses! —trataba de imponer su jerarquía.

—Aquí no eres más que un hombre común y corriente, como cualquiera de nosotros —le espetó Hoenir.

—Ya pensarás distinto cuando acabe con tu mundo y lo someta a mis superiores caprichos.

—Aunque así fuera, poco te durará el gusto. Ese mundo que será tuyo verá su fin pronto. La tierra se abrirá y caeremos en el vacío, en la oscuridad, en el frío, en la peor de las nadas. Lo dice la Profecía.

Chan Chaak sonrió. La sonrisa no pasó desapercibida a Hoenir. Lo supo entonces. Algo ocultaba. Esa sonrisa no sólo era motivada por su natural soberbia, sino por algo más. Por el conocimiento de alguna verdad que sólo él conocía.

Hoenir le preguntó:

—¿Cuándo es la verdadera fecha del fin del mundo? Responde.

Chan Chaak volvió a sonreírse, pero ahora su sonrisa era de burla, de desdén:

—¿Qué importa, si tu muerte te llegará antes? —contestó el rey de los itzáes.

Hoenir mandó que Chan Chaak fuera encerrado en un lugar seguro de Chichenheim y mandó a un par de mensajeros para plantear los términos de la rendición.

—O se rinden o Chan Chaak será sacrificado. La derrota por la vida de su rey —fue el mensaje que mandó al Ejército de la Profecía.

Se encontró con otra sorpresa.

—Por mí, que lo maten…

Fue la respuesta de Iktán, quien se había hecho cargo del mando.

No le resultó difícil hacerse del poder. Le bastó con aplacar los ánimos que pedían vengar de inmediato al rey de los itzáes, arguyendo que él, sólo él, Iktán el sabio, tenía el secreto de cómo detener la destrucción del mundo.

—Los dioses piden sangre, en efecto. La sangre de nuestros enemigos. Pero ésa es sangre cualquiera, plebeya. Los dioses exigen sangre real. ¡La sangre de Chan Chaak!

Por supuesto, no faltaron las protestas, sobre todo entre sus capitanes.

—¿De dónde has sacado eso? —le exigieron saber al contrahecho.

—Si Chan Chaak te escuchara, ya te habría mandado a sacarte las entrañas —dijo otro.

—Es la voz de la Profecía —respondió el sacerdote.

—¡Pero si te arrebataron el pergamino! ¡Y de tus propias manos! —lo vieron con desdén.

Iktán, a pesar de su corta estatura, los miró con soberbia, como desde lo alto de un pedestal.

—El ingenio sustituye a la estupidez —dijo tan sólo, y de entre sus ropas sacó otro pergamino, que mostró a los guerreros.

—¡Una copia!

—En efecto —se ufanó Iktán—. Y aquí está muy claro, vean —les mostró su contenido— que Chan Chaak debe ser sacrificado a los dioses.

Por supuesto, no había nada que evidenciara su aserto, sólo signos que a los capitanes les resultaban ajenos y lejanos a toda comprensión. Sospecharon un ardid, una maniobra de Iktán para hacerse del poder. Pero, ¿y si era cierto?

El sacerdote apuntaló su estratagema:

—Chan Chaak lo sabía. Y está dispuesto a morir por la salvación de los itzáes.

Los capitanes se miraron entre sí, por completo perplejos. Iktán aprovechó para mostrar de nuevo su pergamino y agregar con poderosa convicción:

—Aquí está. "Morirá por mano enemiga y extraña, sacrificado para que el mundo permanezca como es."

—Pero, entonces, si el mundo ha de salvarse con su sacrificio —cuestionó uno de los capitanes—, ¿qué hacemos aquí?

—Esta tierra es terrible y maldita —aseveró otro.

—Nunca nos habíamos topado con la muerte como en este sitio.

—Agradezcamos a Chan Chaak su sacrificio, que lo sitúa alto en nuestros corazones, pero regresemos a Chichén Itzá. Olvidémonos de esta tierra de espanto.

—Es cuestión de cordura, no de cobardía —aseguraron.

Iktán debía lograr que no dieran marcha atrás. Pensó rápido.

—Todo está escrito en la Profecía. El presente, el pasado y el porvenir. Está el sacrificio de Chan Chaak y lo que acaban de decir. "Es cuestión de cordura, no de cobardía." Aquí está —insistía el malogrado—. También está que, una vez salvado el mundo, debemos ser sus dueños. Y soy el único que puede guiarlos.

—¿Cómo? —preguntaron con gran escepticismo.

—Aquí está la clave —volvió a mostrar su copia del mapa—. Y yo la he descifrado.

—¿La clave de qué?

—De un secreto sólo compartido por Chan Chaak y ahora por ustedes…

—¿Qué secreto es ése? —se acercaron para saberlo.

—¡Las Armas de las Estrellas!

V

Iqui Balam partió justo en el momento en que el Ejército de la Profecía atacó al Ejército de la Tierra de Adentro.

Él mismo se hallaba en el Sacbé de la Paz cuando las flechas volvieron a ennegrecer el brillo misterioso de la enorme caverna. Flechas que buscaron herir y matar y que se sucedían en oleadas de un lado a otro, lanzadas con la misma furia y con la misma enjundia. Iktán fue cauto y no cargó con todos sus hombres en un ataque fulminante y decisivo, temeroso de encontrarse con nuevas trampas por parte del jefe de sus enemigos, a quien llamaban *jarl,* y en otras ocasiones, Hoenir. Fue una lluvia intensa de saetas que poca mella hizo en uno y otro bando. Era, de todas formas, una maniobra distractora. Mientras los arcos se tensaban y se disparaban las veloces y letales flechas, el contrahecho daba las órdenes para que mil de sus soldados penetraran la ciénaga, a fin de tomar desprevenidos a sus adversarios, atacándolos por su flanco derecho. Confiaba en que el veneno hubiera surtido efecto y acabara de una vez y para siempre con aquellos endiablados monstruos del pantano. Si no, se había encargado de aleccionar a sus soldados en la mejor forma de defenderse para no ser devorados por tales criaturas. "En círculos, en círculos dobles o triples de defensa —insistía—. Y siempre juntos, formando un grupo compacto. El que se aísle terminará en la quijada de alguno de esos monstruos."

Iktán, por cierto, estaba feliz. Era el soberano. Ahora podía mandar a su antojo, sin más reglas que su propia soberbia y su propia ambición. Se sentía cerca del triunfo. Se imaginaba entrando victorioso a Chichenheim, una ciudad que sus espías calificaban de bella e imponente. Le habían descrito la Pirámide de Kukulkán, y si bien al principio quedó absorto, preguntándose el por qué de su semejanza con la de Chichén Itzá, luego empezó a colegir, por las demás descripciones que le brindaron, sus aposentos y una especie de túnel que daba comienzo en uno de sus lados, al pie de la escalinata rematada con serpientes colosales, que debía guardar algo importante. La conclusión le pareció evidente: ¡Las Armas de las Estrellas!

Se saboreaba la proximidad de la victoria.

En eso estaba cuando escuchó un rugido estremecedor. Era un sonido estridente y de dar miedo. Sus propios hombres dejaron de disparar sus flechas, asombrados por la potencia de aquello que cimbró no sólo sus oídos, sino sus almas.

Temblaron de miedo, cautos y atentos, sabedores que una nueva bestia, acaso más grande, más poderosa a todas las que habían visto antes, acechaba por los alrededores, dispuesta a saltarles encima en cualquier momento.

Iqui Balam también lo escuchó.

—¡Un Fafner! —dijo y recordó al inmenso y terrible animal.

Estaba ahí, en algún lugar cercano de la selva. Él también se turbó, sabedor que de un momento a otro debía salir de la protección del campamento y arriesgarse a toparse de frente con tal criatura, si quería cumplir con su cometido: buscar las Armas de las Estrellas.

Por toda la Tierra de Adentro volvió a resonar aquel terrible rugido.

El Tigre de la Luna aprovechó ese momento de confusión, cuando los arqueros escucharon aquel estruendo y dejaron de disparar sus flechas, para emprender su viaje.

—Espera —le pidió Hoenir.

El muchacho obedeció.

—Ten. Llévate esto —desenfundó y le dio la espada de Kaali.

Fue un momento breve, pero solemne. Hoenir se veía conmovido.

—A mí me ayudó a encontrar mi destino. Que a ti te ayude a encontrar el tuyo —le dijo.

Iqui Balam se admiró del tamaño de la espada, de su filo y de su brillo. Hoenir se despojó también de la funda y del cinto.

—Que la muerte se tarde en llegar —pidió con fervor de vikingo, repitiendo las palabras inscritas en un collar que había sido de Thorsson, su padre.

Ambos se dieron un abrazo. El abrazo de quienes marchan al peligro, la viril solidaridad que distingue a los verdaderos guerreros ante la proximidad de la muerte.

Se hizo el silencio. Los dos comprendieron que era la hora de la acción, no de las palabras. Iqui Balam se puso el cinto y enfundó la espada. Apenas y se despidió con un movimiento de mano. No había que posponer más su encuentro con el peligro. Marchó, ahora sí, en pos de su destino. Apenas dejó el descampado, comenzó a recitar algo que había aprendido de niño:

"Que no me muerda la serpiente, que no me muerda el tigre. Que no se rindan mis pies. Que no se corten con una astilla aguzada. Que la muerte no llegue hoy. Que me domine la alegría. Y la fuerza. Que sea yo el mejor para vivir este día. Que no se cruce el peligro ni que mi sangre alimente la tierra. Que mi vida fluya hacia el triunfo y el bienestar".

Su padre se la había enseñado.

Pensó en él y se condolió de ignorar su suerte. Deseó tenerlo a su lado. Se juró que una vez terminada la guerra saldría al Mundo de Afuera para buscarlo. Por supuesto, llevaría a su madre. Imaginaba la emoción de ésta, su nerviosismo por regresar a Chichén Itzá. Al verdadero sol. A la bondad de la noche. Los volvería a reunir después de tanto tiempo y pensó en sus rostros de asombro y de alegría. Tal imagen lo alentó a cumplir con éxito su empresa. Volvió a recitar:

"Que mi vida fluya hacia el triunfo y el bienestar".

Su caminar fue más lento de lo que esperaba, en virtud de lo tupido de la vegetación. Los árboles, la mayor parte de troncos lisos y delgados, se sucedían unos muy cerca de los otros, y los arbustos lo cubrían hasta la cintura. Avanzó como mejor pudo, tratando de no desviarse de la dirección indicada por Hoenir. Había tenido que aprenderse de memoria las instrucciones, a efecto de que, si era capturado, nadie más pudiera conocer el paradero secreto de las Armas de las Estrellas. Por lo pronto, todo coincidía. "La selva como muro", le había dicho el *jarl*. Le esperaban "El sitio de los demonios", "El pantano negro", "El cubil del solitario", "El aire de la muerte". Caminó con decisión. Se sintió seguido por algo, pero, por más que se esforzó en descubrir de qué se trataba, no pudo distinguir nada. Sólo una cosa le quedaba clara: no se trataba de un ser humano, sino de una bestia. Casi podía olerla, intuirla. Llevaba listo su pakal, dispuesto a usarlo tan rápido como la ocasión lo requiriese.

Escuchó el sonido cantarino de un arroyo. Tenía sed. Había caminado por espacio de unas tres horas sin descanso alguno. Remontó una pequeña colina y al llegar a su cima, apenas traspuso una hilera muy cerrada de árboles, distinguió un delgado afluente. Vio también unas extrañas criaturas. Nunca había visto algo parecido. Eran como venados, si bien muy pequeños, casi enanos. ¡Los venados de los aluxes!, pensó, presa de sus mitologías ancestrales. Era un grupo como de diez de aquellos animaluchos, que bebían agua y retozaban en la orilla. Emitían sonidos agudos y prolongados. Eran relinchos. De pronto, éstos cesaron. La tierra retumbó y los animalitos corrieron en busca de la protección de la jungla. Iqui Balam decidió quedarse a buen resguardo de la tupida vegetación para atestiguar de qué se trataba. Vio moverse las copas de los árboles. Se escondió todavía más, cauteloso de lo que tendría que ser una enorme criatura. Escuchó algo que lo desconcertó. Unos sonidos que le parecieron familiares. Se trataba de una serie de gruñidos cortos y graves y, luego, otro gruñido, más prolongado. Más que gruñido se trataba de una especie de balido gutural y grueso. ¡Eran iguales a los que hacía Bulín, el pequeño de la selva, sólo que más fuertes, más intensos! Aguzó el oído y la vista. Escuchó un olfateo vigoroso y vio moverse los matorrales de enfrente. No tardó mucho en aparecer una criatura imponente en su tamaño. ¡Era un venado! Un venado macho, a juzgar por su cornamenta, pero diez veces más grande que cualquier otro ejemplar de la Tierra de Afuera. Iqui Balam quedó con la boca abierta, maravillado por aquella presencia. Le maravilló no sólo el tamaño, sino el porte, la elegancia que mostraba al marchar para beber agua en el arroyo. No dejaba de olfatear, como a la espera de cualquier aviso de peligro. Era un animal fuerte y robusto, pero se mostraba nervioso, inquieto a cada paso que daba. Se plantó a mitad de un claro en la selva, volvió a otear el ambiente y comenzó a hacer nuevos balidos, suaves e intermitentes.

"Llama a alguien", coligió Iqui Balam, acostumbrado a los sonidos de Bulín.

Apareció una hembra de color más claro y una piel más brillante y tersa, acompañada de dos cervatillos. Bebieron agua. Los primeros en hacerlo fueron los cervatillos, bajo la mirada atenta de su madre. El venado macho vigilaba. No dejaba de ver a los alrededores y de olfatear. Cuando le llegó su turno, parecía estar más ocupado en vigilar que en beber. De pronto, algo llamó su interés. Miró hacia algún punto de la selva, más o menos en dirección de donde se encontraba el muchacho. Dio un nuevo balido y todos supieron de qué se trataba. Era una orden. Corrieron a ocultarse entre los árboles.

VI

La batalla estaba a punto de perderse.

Eso lo supo Hoenir al contemplar cómo, a pesar de la bizarría de sus soldados, el Ejército de la Profecía era mucho más numeroso. Eran más, muchos más, y su número los abrumaba. No importaba cuántos mataran en combate, aparecían nuevos guerreros, multiplicados como por arte de magia.

En un principio habían logrado detenerlos. Pero fue tan sólo por algunas horas. Cuando la lluvia de flechas mostró su ineficacia, Iktán dio la orden de avanzar y lo hizo mediante un embate poderoso, con una buena parte de su ejército abalanzándose con arrojo contra las guarniciones del Sacbé de la Paz. Muchos de ellos conocieron la muerte de inmediato atravesados por lanzas y saetas. Pero, fuera de un desconcierto inicial, que los hizo pensar en retroceder, los itzáes renovaron con nuevos bríos su ataque. No importa si uno moría, siempre había otro que avanzaba y aseguraba posiciones en el terreno.

Los Caballeros Murciélago fueron los primeros en resistir el ataque. Se batieron con valentía sin igual. El propio Hoenir los comandaba. Él fue el primero en ponerse al frente de sus hombres, sabedor que lucharían a su lado hasta la muerte. Llevaba la espada de su padre y se abría paso con estocadas precisas y fulminantes.

—¡Viva Votán Kukulkán! —les escuchaba decir a sus soldados, ellos mismos animándose para lanzarse de lleno a la batalla.

Fue una carnicería. Se podían pisar los dedos cercenados o los intestinos de fuera de los muertos. La sangre invadió con su acre y pesado olor todo el campo de batalla. Lo mismo sucedió con los gritos, tanto de enjundia como de dolor. Y con los juramentos, las maldiciones y las invocaciones a los dioses. Morir fue sencillo, entonces. La muerte rondaba saboreándose con todo aquello, con el chocar de los escudos y las lanzas, con el sonido de la carne que se desgarra, con el sudor de los guerreros y con el olor del miedo y de la valentía. Los rostros y los cuerpos estaban manchados de rojo carmesí. Había espadas clavadas en los cuerpos inertes, también cuchillos y hachas en sus vientres y en sus espaldas. Había quien tenía destrozado el cráneo. A aquel le faltaba una mano. A aquel otro, un ojo. A ése, la vida. Las cabezas rodaban, las heridas se abrían, los cuerpos rodaban por el piso o se enfrascaban de pie en una lucha para defender una existencia que en esos momentos parecía precaria, acechada por mil y un peligros en forma de armas punzantes o contundentes.

Hoenir, al tiempo que era ducho con la espada, mostró una singular habilidad con su tomajok, el mismo que su padre había traído de sus andanzas con los skraelings en las Tierras Más Allá del Oeste. Suplía juventud con experiencia. Casi no se movía, pero parecía como si lo hiciera de manera constante. Desviaba los golpes y propinaba los suyos con precisión. Una estocada, una finta, un girar de cintura y el estupendo lance para rematar con el tomajok a uno y otro de sus adversarios. No parecía haber hombre que pudiera vencerlo. Itzá que se ponía en su camino, Itzá que mandaba de inmediato al inframundo.

"Soy el indomable", se repetía, haciendo eco del recuerdo de su padre.

No estaba solo.

—¡Aquí estamos!

Los Caballeros de la Hermandad lo protegían. Cuidaban que no peleara con más hombres que los que podía vencer, quitándoselos de encima a punta de martillazos, cuchilladas y golpes de lanza.

Gatoka, desde una de las paredes almenadas, disparaba sus flechas con endemoniada precisión. Les protegía las espaldas, a sus hermanos, a Hoenir y a los Caballeros Murciélago que viera en peligro. Por supuesto, no se daba abasto. ¡Eran demasiados esos itzáes! Por más certero que fuera, no le alcanzaban las flechas para matar a tantos enemigos. Se dedicó a cuidar al *jarl* y a Ubu y a Sigurd.

Fue una lucha intensa y pareja, por lo menos durante un tiempo. Después, Hoenir temió lo peor. Contempló a sus hombres y los vio malheridos y fatigados, los rostros iracundos, pero faltos de verdadera esperanza, cuando no muertos y esparcidos por el campo de batalla.

Era hora de actuar. A una seña suya, sus bravos guerreros dejaron de luchar y se replegaron, como si les asustara la inminente derrota.

—¡Huyen! ¡Vean cómo huyen! —gritaban los itzáes, por completo contentos por lo que consideraban un triunfo seguro.

—¡Los vencimos! —gritaban otros.

—¡La Tierra de Adentro es nuestra! —eran otras expresiones de júbilo.

Hoenir mismo se replegó, acompañado por Ubu y Sigurd. Se refugiaron detrás de los sólidos muros de la guarnición. Respiraron hondo y aflojaron hombros y brazos, agotados los músculos de tantos golpes y estocadas. Cuando vieron que los itzáes se aprestaban a perseguirlos para rematarlos, el *jarl* dio otra orden:

—¡Liberen a los Durgold!

Ya estaba convenido. El plan era simple. Constaba de cinco soldados subidos en el lomo de los cuatro Durgold que quedaban. Estaban armados unos de lanzas y otros de flechas. La orden era cargar a toda velocidad contra los itzáes. Así lo hicieron. Los portentosos animales avanzaron a toda carrera contra aquellos soldados, que fueron tomados desprevenidos. Fue una carga exitosa. Desataron el caos y el terror entre el Ejército de la Profecía. No eran pocos los que veían por primera vez un monstruo así en sus vidas. Algunos quedaron paralizados de terror y murieron aplastados. Otros intentaron correr y fueron alcanzados por aquellas fauces.

Los arqueros también cumplían con su tarea. Las flechas se clavaban en el pecho o en el rostro de sus adversarios. Fue un ataque sorpresivo y fulminante que arrojó más de dos centenares de muertos entre los itzáes. Éstos rompieron filas y se vieron obligados a retroceder. Huían despavoridos, tan pálidos y frenéticos como si hubieran visto los terrores más grandes del Xibalbá.

Hoenir apenas tuvo tiempo de gozar esa retirada, porque de inmediato se dispuso a llevar a cabo otro de sus planes.

Todo lo tenía preparado. Mandó llamar a cuatro de sus capitanes.

—Yuve murió en batalla —le informaron.

—También Cóatl.

Hoenir sintió pena por aquellos hombres, dos de sus mejores soldados.

Se presentaron ante él Olafson y Tlalocan. Los dos mostraban las huellas de la batalla. Estaban tintos en sangre ajena y ellos mismos ostentaban una que otra herida o cortada leve. También acudieron dos guerreros, uno Murciélago y el otro Grendel. Denil y Vucub, eran sus nombres. Uno cuyo origen se encontraba en la Ciudad Devorada por las Aguas y el otro en las regiones quechuas del sur. Ambos tenían buena disposición para el combate.

—Se convertirán en hombres oso... —los previno Hoenir.

—¡En bersekers! —se entusiasmó Olafson.

Hoenir sacó de entre sus ropas una bolsita. La mostró, sopesándola en su mano, y dijo:

—Aquí está el secreto. *Amanita muscaria*, un hongo terrible y poderoso. Es fruto de Sleipner, el caballo de Odín, que al cabalgar despedía de su boca una espuma roja. Al caer al suelo, ahí crecía este hongo, que es el secreto de los bersekers. Sleipner, sin embargo, parece que no cabalgó por estos rumbos, pues no encontré este hongo ni en la Tierra de Adentro ni en la de Afuera. Lo que ustedes ven aquí es lo único que queda. Lo he conservado por años y años, en espera del momento más oportuno para usarla. Creo que el momento ha llegado. La guardaba un snorri sabio llamado Thordal y un día mi padre la usó para sacarme de un verdadero peligro. Vi sus efectos. Sé que funciona y que produce hombres oso capaces de vencer cualquier ejército.

—Tomémosla, entonces —dijo Denil.

Mandaron traer agua y vasos. Dividieron lo que quedaba de la *Amanita muscaria* en partes iguales y la vertieron en el líquido. El polvo era rojo y entintó el líquido. Lo agitaron y lo bebieron. Algunos pensaron que lo que bebían era sangre. Sabía horrible. Ninguno disimuló su cara de asco.

Al principio no pasó nada. Los cuatro hombres se miraban entre sí, como frustrados por no sentir ningún tipo de efecto.

—Parece que no funciona —dijo Cóatl, decepcionado.

De pronto, él mismo se arqueó, presa de una irreprimible convulsión. Su cara mostró un hondo espanto, producto de una horrible visión o de un agudo dolor. Se desplomó al piso y empezó a temblar violenta y terriblemente. No hubo tiempo de sorprenderse ni preocuparse, porque igual empezó a suceder con los demás. Uno a uno sufrieron aquella tortura. La boca les espumeaba. El cuerpo entero les dolía, como si fuera traspasado por miles de afilados cuchillos. Gritaron. Primero fue un grito humano de intenso dolor. Después se transformó hasta convertirse en una especie de alarido más cercano a lo animal.

Era como si mil tigres hubieran sido heridos al mismo tiempo y rugieran estruendosamente, horriblemente adoloridos. Sus rostros reflejaban angustia, terror. Parecían pedir auxilio con la mirada. Se llevaban las manos a la garganta, como si no pudieran respirar. Cada uno experimentó algo más. Sus cuerpos parecían salírsele de la piel que los contenía. Los ojos parecían obedecer a impulsos propios y estaban a punto de saltárseles. Los músculos, en fin, su cabeza, sus pies y sus brazos, parecían quebrarse en miles de astillas. Volvieron a gritar. Un aullido. Un aullido furioso y de desesperación.

Pensaron que les había llegado la hora de su muerte. En la poca lucidez que el dolor les permitía, intuyeron que habían sido envenenados, aunque no alcanzaban a comprender las causas. No entendían por qué Hoenir, al que respetaban, había hecho algo así. Menos aún, que estuviera a un lado suyo, observándolos tan sólo, sin hacer absolutamente nada para aliviar su sufrimiento. No dejaban de temblar, un temblor terco e involuntario, como si tuvieran un gran frío. Poco a poco, sin embargo, el dolor disminuyó. De pronto, se sintieron aliviados. Era como recuperarse de una grave enfermedad. Se dieron cuenta que nada les molestaba. El dolor se convirtió en un recuerdo lejano. Se sentían extraordinariamente sanos y presos de una gran vitalidad. Experimentaron un muy satisfactorio sentimiento de poder y de fuerza. Se incorporaron de un salto. Al verse, comprendieron lo que había sucedido.

Sus músculos habían crecido hasta hacerse poderosamente prominentes. Sus manos, en lugar de manos, eran garras afiladas y peligrosas. Les había crecido el vello, que se desbordaba por todo su cuerpo. El rostro mostraba un aspecto feroz.

VII

Iqui Balam bordeó el Pantano Negro. Tuvo que hacerlo así, por no encontrar ninguna parte lo suficientemente firme para cruzarlo. Era un lugar lúgubre y peligroso. De él brotaba un líquido oscuro y viscoso que burbujeaba y se pegaba a todo, así como un olor acre y hediondo, difícil de soportar. Nada crecía a sus alrededores. El paisaje era hostil, como si rondara la muerte. El muchacho se acercó para tocar aquella brea.

"Chapopote", coligió. Él también había visto ese material espeso y negro, que manchaba las playas. Se juntaba a manera de bolas de distintos tamaños, y se le usaba para impermeabilizar techos y embarcaciones y para iluminar templos y habitaciones.

Caminó a todo lo largo de la orilla. Al hacerlo, oraba: "Que no me muerda la serpiente, que no me muerda el tigre. Que no se rindan mis pies. Que no caiga en este terrible lago de chapopote…"

Vadeó un promontorio y escuchó unos quejidos. Se puso en alerta. Se encontró con una especie de tapir gigante. Era enorme. De tapir sólo tenía el cuerpo. Lucía dos grandes orejas y una larga trompa, además de dos colmillos que se curvaban hacia arriba. Tenía una pelambre marrón y gruesa. Y estaba atrapado en la brea.

Por más que luchaba por salir, era inútil. El esfuerzo lo había agotado y empezaba a desfallecer. En sus ojos se dibujaba una petición de ayuda, también, la cercanía de la muerte. Se balanceaba lentamente sin saber qué hacer.

Iqui Balam pensó en arrojarle algo, una liana o una rama de qué sujetarse.

En eso estaba cuando le pareció percibir una sombra y también un leve silbido. Fue un instante apenas. Se agachó por mero instinto de supervivencia. De no haberlo hecho, un Munin de la Sangre le hubiera arrancado la cabeza.

El pajarraco lanzó un alarido estridente y desesperado. Un chillido de enojo y frustración. Iqui Balam sólo percibió el golpe de aire del aleteo y una estela de olor desagradable. Observó aquel portento de animal, que alcanzaba cierta altura y luego daba vuelta para atacarlo de nuevo.

Desenfundó su pakal. Pero, conforme el pajarraco se acercaba a toda velocidad, comprendió que enfrentarlo así sería suicida y buscó donde protegerse.

El aleteo de aquella bestia hacía vibrar el aire y levantar el polvo y las hojas. Iqui Balam corrió para protegerse detrás de un árbol caído. Llegó justo a tiempo, antes de que el Munin de la Sangre lo alcanzara. Apenas y pudo percibir la filosa hilera de dientes en el pico y el nauseabundo olor proveniente de aquella boca que intentaba engullirlo. Le lanzó una estocada con su pakal, pero no alcanzó a dar en el blanco. El animal continuó su vuelo y terminó por alejarse.

A Iqui Balam le sorprendió su tamaño. Era mucho más grande que los Munin de la Sangre a los que se había enfrentado en el Ygdrassil. Recordó su vuelo, subido en el lomo de uno de esos pajarracos. Y su combate contra esa especie de lagartija o cocodrilo gigante. ¡Y los Durgold! ¡Y los Dracons del Pantano! Su vida en verdad estaba envuelta en sucesos extraordinarios. Desde su llegada a aquel mundo no dejaba de asombrarse. Qué región tan extraña era ésa. Había luchado contra animales inimaginables, se había enfrentado con valor en todas las pruebas que se le habían puesto enfrente y ahora tenía el encargo más extraordinario de todos: buscar las Armas de las Estrellas.

Hizo un recuento de su recorrido y de lo que le faltaba. Ése, sin duda, era el Pantano Negro. Y no lejos de ahí debía estar "El cubil del solitario", pues tal era la condición de aquel enorme Munin de la Sangre. Era el más grande de todos y actuaba por sí solo, no en bandada. Le dio gusto saber que iba por buen camino. Siguió adelante y no pasó mucho tiempo antes de descubrir, en lo alto de una formación rocosa, el nido de aquel pajarraco. Estaba hecho de ramas y arbustos, así como de pasto seco. Le llamó la atención el olor. Fuerte, acre, hediondo hasta lo indecible. No tardó en descubrir la causa. A todo lo largo de las paredes de roca escurría el excremento de la bestia, que iba a depositarse alrededor de grandes pilas de guano. Ahí, confundida con la inmundicia, sobresalían huesos de distintos animales. Costillares y cráneos, fémures y omóplatos, al por mayor. Descubrió varios cráneos humanos. Se preguntó quiénes serían los infelices que terminaron en la panza de aquel bicho alado. Ojalá y hubiera sido Iktán, pensaba, a quien tanto debía lo mismo tanto infortunio que su llegada a aquella región extraordinaria.

Traspuso la formación rocosa. Apenas lo hizo algo llamó su atención. Un ruido. Un sonido casi imperceptible. Miró hacia lo alto pensando que se trataba del Munin de la Sangre. No vio nada. Pero los ruidos continuaban. Era como si algo se arrastrara entre los altos pastizales y la selva que se abrían frente a él. Blandió su espada y se puso atento. De pronto, los vio.

—¡Dracons! —se dijo.

Prefería mil veces enfrentarse al más grande de los Munin de la Sangre o al más voraz de los Fafner antes que a aquellas criaturas. Ya los Caballeros de la Hermandad le habían contado de su sanguinaria naturaleza. Eran terribles. No eran tan grandes de tamaño ni tan fuertes como un Fefnir, pero eran ágiles y veloces. Su poderío radicaba en la rapidez de su ataque. Además, nunca atacaban solos, siempre en partidas de seis o siete. Iqui Balam vio a cinco de ellos. Los tenía frente a él. Sacó su pakal, pero supo que sus posibilidades de defenderse eran remotas.

De repente, algo se le ocurrió. Sucedió cuando los Dracons se acercaban a él en actitud amenazadora. Lo hacían con lentitud, como si no tuvieran prisa.

Iqui Balam dio unos pasos atrás al tiempo que los Dracons avanzaban. Tomó una piedra y se la aventó al monstruo más cercano. Éste gruñó al sentir el golpe, un gruñido que fue copiado por sus compañeros.

Aprovechó el momento para correr. Lo hizo a toda velocidad. Los Dracons, apenas reaccionaron, se abalanzaron en su persecución.

Iqui Balam cerró los ojos. Sentía repugnancia, pero era lo único que podía hacer. Se lanzó contra una de las pilas de excremento. Quedó cubierto de aquel guano hediondo, espeso y tibio. Tuvo ganas de vomitar pero se contuvo. Los Dracons, que estaban a punto de alcanzarlo, se detuvieron en seco. Parecían enojados pero, al mismo tiempo, desconcertados. Olisquearon el ambiente. Gruñían asqueados. Uno de ellos se acercó a Iqui Balam. Se le quedó mirando y lo olfateó. Si su plan fallaba, ése era el momento de saberlo. El monstruo lo tenía ahí, a su disposición. Hubiera podido arrancarle la cabeza de un mordisco. O un brazo. El muchacho tuvo miedo. Dejó de sentir asco. Volvió a experimentar algo que a su joven edad conocía muy bien: la cercanía de la muerte. Pensó que, ahora sí, le llegaría la hora.

Se dijo para sí:

"Que no me muerda la serpiente, que no me muerda el tigre. Que no se rindan mis pies. Que no me coman los Dracons…"

El Dracon junto a él casi le tocó la cara. Pero, al hacerlo, su boca tuvo contacto directo con el excremento. Bufó con evidente desagrado. Dio algunos pasos atrás y terminó por marcharse.

Los otros gruñeron con enfado e hicieron lo mismo.

VIII

Nunca, en la historia de los quichés, de los xiu, de los toltecas, de la gente del altiplano, de los itzáes y de todos los reinos de Mayapán, se había visto algo así.

Sólo Hoenir lo había contemplado con anterioridad. Y lo había leído con curiosidad al amparo de una vela, de niño, en la *Saga inglynga*:

"Los hombres de Odín marchaban sin cotas de malla, enfurecidos como perros o lobos. Mordían sus escudos, fuertes como osos o toros salvajes. Mataban a sus enemigos de un solo golpe, pero ni el hierro ni el fuego los dañaba. Tal es lo que se llama el Furor de los bersekers".

Ésa era la palabra: furor. El origen de Votán tenía su raíz precisamente en el nórdico *wut*, que significa "ira". Eran los soldados iracundos y furiosos de Odín. Los guerreros irascibles y coléricos de Chichenheim.

Fueron tres los que se lanzaron con inusitada fuerza y arrojo al combate.

Denil fue el único que no pudo acompañarlos. El berseker que surgió de él fue demasiado para su mente y para su cuerpo. Perdió la razón y el control de lo que estaba bien y de lo que estaba mal. Hoenir lo notó desde el principio. Atestiguó cómo su capitán, descendiente de lo que algunos llamaban Atlántida, experimentaba el proceso de transformación de una manera más violenta y convulsa. Apenas se convirtió en hombre oso, se lanzó a atacar a sus compañeros. No reconocía a nada ni a nadie, más que a su propia sed de sangre. Se puso a destruir todo lo que encontraba. Llevaba en la boca su escudo, que mordía como si sufriera de una intensa hambre. El *jarl*, primero desconcertado, haciéndose a un lado para esquivar alguno de sus golpes, tuvo después el ánimo para ordenar:

—Sujétenlo. Rápido.

Los otros bersekers obedecieron. A duras penas, entre los tres, lograron dominarlo. Lo hicieron caer y lo sujetaron en el piso. Denil vociferaba, gruñía, lanzaba golpes y patadas, pero no pudo librarse de sus captores. Lo ataron con gruesas cuerdas imposibles de romper.

—¡Hierve! —informó Vucub.

Su voz, aunque humana, parecía más el gruñido de alguna bestia extraordinaria.

—Hierve, en efecto —constató Hoenir, acercándose a tocarlo.

Denil ardía por dentro. Se puso rojo, como si se hubiera expuesto al sol por horas. De la pelambre que lo cubría y que se había erizado como un puerco espín, se desprendía humo. Un humo blanco, oloroso a azufre y amoniaco. Uno de sus ojos se contrajo como si nunca lo hubiera tenido y el otro lo abrió en forma tal que no era humanamente posible, de forma grotesca y desmedida. Algunos que lo vieron juraban que un punto de fuego coronaba su cabeza. Otros, que los jirones de ropa que llevaba puesta se consumieron rápidamente, envueltos en llamas.

Denil se retorcía de furia y de dolor.

—Parece como si fuera a estallar —dijo Olafson, quien poseía la misma voz de bestia inusitada.

Hoenir dio la orden de llevarlo a un estanque cercano. Lo cargaron y transportaron en vilo. Una vez ahí, lo aventaron al agua. Ésta hirvió de inmediato, desprendiendo grandes burbujas y espesas columnas de vapor.

Sólo así Denil pareció aliviar en algo su sufrimiento.

—¡Déjenlo ahí! —ordenó Hoenir.

No había tiempo para más. Sabía que Iktán y sus itzáes se preparaban para atacarlos con todas sus fuerzas. Debía mandar a combatir a sus bersekers. Contempló a los tres que le quedaban: eran enormes y visiblemente musculosos. Comenzaban a babear una espuma blanca, como si estuvieran poseídos por la rabia. Se les veía ansiosos de exterminar lo que se les pusiera enfrente.

—Que no quede nada, ni el recuerdo, del Ejército de la Profecía. Combatan por el honor de Kukulkán y la gloria de Chichenheim —les dijo Hoenir.

Era la orden que esperaban para lanzarse al ataque.

Los soldados de la Tierra de Adentro que presenciaron a aquel trío de bersekers no daban crédito a lo que veían. Los vieron marchar a toda velocidad, a la manera de una estampida. Pisaban y el suelo retumbaba. Bufaban mientras corrían. Gruñían de manera violenta y desesperada. Hubo quien quiso reconocer a Olafson, a Tlalocan, a Vucub, pero fue imposible. Mitad hombres, mitad bestias, tenían cierta conciencia de su nuevo estado. Sin embargo, se dejaban arrastrar por algo superior a sus fuerzas. Tenían sed de muerte. Deseaban arrasar con todo. Eran poseídos por una furia enorme e incontrolable.

Atacaron. El Ejército de la Profecía fue tomado por sorpresa.

A los gruñidos de iracundia le sucedieron los gritos de espanto. Y los ayes de dolor. La huida precipitada de muchos, que creyeron que se enfrentaban a los mismísimos demonios del Xibalbá. Muy pocos se quedaron a enfrentarlos. Lo hicieron a sabiendas de que se trataba de una lucha perdida de antemano. Fue una verdadera carnicería. Una matanza rápida e implacable. Resultaron destrozados y triturados por aquella fuerza salvaje y superior. Vucub era el más diestro en matar. Armado de espada, garras y colmillos, no había quién pudiera detenerlo. Asesinó a mansalva, guerreó como ni él mismo lo hubiera imaginado. Ese combate elevaría su nombre a la gloria eterna. Olafson y Tlalocan no se quedaban atrás. Eran más torpes, menos ágiles en su nuevo cuerpo de hombre oso, pero igual de eficaces a la hora de triturar o cortar cabezas. Nada los detenía. Ni siquiera habían sido heridos, pues nadie se les había impuesto ni amenazado lo suficiente como para tocarlos con sus armas. Bramaban, gruñían. Lo hacían como si por dentro algo les hiriera. Pero sus cuerpos estaban limpios, fuertes, ansiosos de más guerra, incólumes y poderosos.

Dejaron el campo sembrado de cadáveres mutilados, mordidos, machacados, con las vísceras de fuera y los huesos rotos, meros guiñapos de lo que algún día fueron osados guerreros de Chichén Itzá.

Iktán, desde su campamento, presenció la estrepitosa retirada. Fue una afrenta inusitada. El malogrado escuchó los gritos de agonía y espanto. Él mismo se sobrecogió ante la inminencia de aquel terror, acaso un aviso de lo que sería su propio destino: la muerte a manos de un hombre oso. Tembló. Su maltrecho cuerpo se estremeció de horror, pues sabía que nada podía hacer para defenderse. Maldijo a Noil por darle un cuerpo así. En una rápida sucesión de pensamientos lo recordó golpeándolo e insultándolo, y también atado a un poste y siendo herido por decenas de flechas. Ése había sido su fin y tal vez se lo merecía. De pronto, sin embargo, a partir de esas imágenes que acudían a su memoria, tuvo una idea. Fue más bien una revelación, la clave para salvar la vida.

Mandó llamar a su jefe de guerra.

—Quiero a todos los flecheros que puedas reunir, rápido. Y una línea de lanceros, los mejores que tengas.

Fue difícil, porque todo mundo pensaba en huir, en alejarse de inmediato y por completo despavoridos de aquel sitio.

—¡Ahí vienen los hombres bestia! —pasaron algunos que corrían a todo lo que daban, asustados a más no poder, los rostros desencajados por el terror.

Iktán volvió a temblar, escuchaba los avisos de la muerte que se aproximaba. Dudó, él también, en salir huyendo. Pero pudo más su ambición. ¡Estaba tan cerca del triunfo! Sacó fuerzas de flaqueza. Se puso al frente de los flecheros. Eran unos sesenta, que se estremecían de miedo. Atrás colocó a una línea de lanceros. No pasaban de cuarenta, y todos ellos, sin excepción, observaban con ojos azorados y asustados lo que intuían era una muerte horrible y cercana.

Cuando vieron aparecer a los bersekers, se estremecieron. No pudieron huir, porque sentían las piernas por completo envaradas, paralizadas del miedo. ¡Eran enormes esas criaturas! ¡Y parecían invencibles!

—¡Preparen! —ordenó Iktán.

Los soldados, aunque azorados y temblequeantes, obedecieron.

—¡Apunten!

Los hombres oso se encontraban a unos treinta metros y corrían furiosos y verdaderamente raudos, poderosos e imponentes, decididos a no dejar ningún sobreviviente.

—¡Acaben con los malditos! —gritó el malogrado sacerdote.

Las flechas zumbaron en el aire y fueron a dar en el blanco.

Olafson murió de inmediato. Se le clavaron tres flechas en pleno rostro. Uno de los dardos penetró por el ojo izquierdo hasta el cerebro. Cayó a tierra en medio de intensas convulsiones, que se apagaron al cabo de algunos momentos, igual que su vida de guerrero.

Los otros dos bersekers tuvieron tiempo de protegerse con sus escudos. Ahí se clavaron la mayoría de las saetas. Aún así, Vucub recibió sendos flechazos en las piernas y Tlalocan uno en el hombro. No detuvieron su carrera. Estaban heridos, pero como si no lo estuvieran.

"¿De qué clase de materia están hechos estos hombres bestia?", se preguntó Iktán, quien no dejaba de sorprenderse y maravillarse con todos los asombros que le deparaba la Tierra de Adentro.

—Fléchenlos de nuevo —gritó—. ¡Apunten a los pies y a las piernas!

Su orden se cumplió con eficacia. A unos cuantos metros de distancia los dos bersekers recibieron las saetas en sus extremidades inferiores. Ambos lanzaron sendos gruñidos de dolor y de coraje.

Tlalocan cayó al piso, incapaz de dar un paso adelante. Algunas de las flechas habían roto sus rodillas y otras se habían clavado en la femoral. La sangre comenzó a manar a chorros. Algunos de los itzáes sintieron cómo, al ser regados con este líquido, les quemaba la piel y los rostros. Vucub fue el único en continuar. Rengueaba notoriamente. Estaba muy mal herido. Tenía una pierna por completo inutilizada. Aún, así, arremetió contra sus enemigos. Algunos no tuvieron tiempo ni de reaccionar. Otros intentaron defenderse y fueron de inmediato atravesados por su espada.

—Los lanceros, ¡ahora! —gritó Iktán, quien había retrocedido hasta un lugar que le pareció seguro.

Los guerreros cargaron contra el hombre oso. Lo hicieron con la intrepidez del miedo, con el valor que da el mero afán de sobrevivencia. No pocos pagaron cara su osadía. Fueron aniquilados con destreza por el berseker. Su espada los cruzó de vientre a espalda o los destazó, cortándoles brazos, piernas, cabeza. Pero eran tanto los lanceros que no faltó quién pudiera clavarle su arma. Una de las lanzas lo penetró por un costado; otra, a la altura del hombro. Vucub lanzó un alarido inmenso y desgarrador, que llegó a ser escuchado en el Sacbé de la Paz. Se tambaleó presa de un dolor intenso, pero siguió peleando. Mató a todo aquel que tuviera cerca, incluidos a los lanceros que tuvieron la osadía de herirlo.

Iktán, mientras tanto, había preparado otra línea de flecheros.

—¡Apunten!

Vucub se dio cuenta del peligro. Se abrió paso entre sus atacantes para arremeter en contra de los flecheros que lo amenazaban. En su rostro de hombre bestia se reflejaba lo mismo la valentía que la angustia. Dio unos pasos en dirección a los flecheros, dispuesto a mandar al inframundo a aquellos infelices. Fue demasiado tarde.

—¡Mátenlo, ahora!

El miedo inmenso de algunos itzáes, que vieron venir de frente a aquel portento increíble de hombre, hicieron que algunas flechas se desviaran. Sus brazos temblaron de terror y sus manos terminaron por soltar el arco o no tensarlo demasiado. Pero otras, más de una decena, dieron en el blanco. Vucub volvió a ser asaeteado en piernas, vientre y pecho. Rugió de nuevo por completo adolorido y herido en su amor propio. Gruñó con pesadumbre. No estaba hecho para la derrota. Su instinto era el de la suprema sobrevivencia y la victoria más contundente. Avanzó dispuesto a cobrarse caro la afrenta. ¡Era un berseker, no cualquier otro guerrero! ¡Y un soldado de Kukulkán! Quiso proferir una maldición, un rugido, un grito de batalla, pero se encontró con la sangre que reverberaba en su garganta y que no le permitía respirar. Volteó a ver a Tlalocan y lo único que vio fue a un tumulto de enemigos que terminaban por rematarlo; la tremenda hemorragia vertida por todas partes, como un lago rojo y caliente. Cargó a duras penas contra algunos de sus verdugos. Los mató al instante. Pero llegaron otros, y otros más. Incluso, los que habían huido, ahora regresaban y lo herían con sus armas. De pronto, se dio cuenta, ya no era un portento de criatura, sino un simple ser cuya vida se acababa. No sintió dolor, sino vergüenza. Estaba hecho para derrotar, no para ser derrotado por esa turba de infames.

IX

Iqui Balam sintió el revoloteo del pajarraco, que se posó sobre un promontorio, se irguió desplegando en forma amenazadora sus alas, emitió un penetrante chillido y avanzó dando precarios pero decididos pasos. Era el Solitario. El más grande y poderoso de entre todos los Munin de la Sangre. Lo había divisado desde lo alto, mientras planeaba en busca de alguna presa. El muchacho también lo vio. Incluso admiró la forma como, en picada, se abalanzó a toda velocidad contra él. Apenas y tuvo tiempo de esquivar el primer picotazo. A éste sobrevino una nueva embestida y otro picotazo. Escuchó cómo el animal profería graznidos de furia y frustración. Pero también observó un comportamiento diferente. La bestia voló de nuevo hacia él, pero esta vez sin intención de atacarlo. Simplemente se detuvo, batiendo sus alas en el aire, y pareció observarlo, o más que observarlo, olfatearlo. Incluso voló de tal forma que giró suspendido a escasos tres metros del suelo alrededor del Tigre de la Luna. Parecía confundido, cauto de lanzarse a un nuevo ataque.

Iqui Balam seguía cubierto de excremento. Había dejado de experimentar asco. Sentía, simplemente, que llevaba encima una coraza, una especie de escudo que lo protegía del peligro.

Había funcionado con los Dracons. El truco se lo había aprendido a Bulín, el pequeño de la selva. En una ocasión, mientras paseaban por un antiguo sacbé, que ya casi nadie utilizaba, escucharon el gruñido de un jaguar. Ambos se asustaron. Quedaron, en prin-

393

cipio, paralizados del miedo. Un nuevo gruñido, más cercano, los hizo reaccionar. Corrieron en la misma dirección. El corazón parecía salírseles del temor y del esfuerzo de correr lo más veloces que podían.

De repente, Bulín se detuvo.

—¿Qué haces? —Iqui Balam le preguntó.

Trató de hacerlo correr de nuevo, pero el venado no hizo caso. Se dedicó a olfatear algo por entre unos matorrales.

El gruñido se escuchó nuevamente. Iqui Balam lo escuchó tan cerca y potente, que se sobresaltó, pues creyó que el jaguar no tardaría en echárseles encima.

—¡Vámonos!

El muchacho estaba a punto de reiniciar su alocada carrera, dejando a Bulín a su suerte, cuando lo vio deslizarse entre unos matorrales y se restregó contra un montón de caca de mono.

—¿Qué haces?

Iqui Balam sospechó que el venado había enloquecido.

A pesar del asco, el muchacho se acercó para levantarlo del suelo y obligarlo a huir junto con él. El venado no obedeció. Se seguía embadurnando de aquel excremento. Iqui Balam no se dio por vencido. Le pasó las manos por debajo e intentó cargarlo. Al hacerlo, se llenó el también de aquella inmundicia. Maldijo a todo lo alto. Estuvo a punto de vomitar, pero un nuevo rugido lo paralizó por completo.

Volteó a sus espaldas y se encontró al jaguar, que se acercaba en actitud de ataque. Se hallaba como a unos cuatro metros de distancia. Era un macho, a juzgar por el tamaño. Se relamía los bigotes, esperanzado en el banquete que tenía adelante.

Iqui Balam creyó llegada su hora.

De pronto, el jaguar se detuvo. Olisqueó algo que no le gustó. Avanzó unos metros más. Volvió a olfatear y a gruñir. Pero, más que en tono de amenaza, de desdén. Y de repulsión. Se acercó, como si tuviera más hambre que asco. Se paró en seco al oler aquello que le desagradaba. Movió la cabeza de un lado a otro y luego hizo cimbrar todo su cuerpo, como si tras una zambullida en el río quisiera quitarse el agua de encima. Gruñó de nuevo, ahora como una advertencia. Luego se tensó, dio un gran salto y desapareció por entre los árboles y los matorrales.

Iqui Balam respiró con alivio.

Igual sucedió con los Dracons y, ahora, con el Solitario.

El gigantesco animal se detuvo a unos cuantos pasos. Extendió sus alas y comenzó a batirlas con fuerza. Al principio, Iqui Balam pensó que se trataba de una mera demostración de poderío. Terminaría por largarse a otro sitio, igual que lo había hecho el jaguar varios años atrás, ahuyentado por el nauseabundo olor.

Pero, al tiempo que batía las alas, el Munin de la Sangre reemprendió la marcha para acortar la distancia que lo separaba del muchacho.

Iqui Balam no comprendía. El hediondo aroma continuaba ahí. El excremento apestaba acre y nauseabundamente en todo su cuerpo. ¿Entonces?

De repente, lo comprendió todo. ¡El Munin de la Sangre batía las alas para alejar aquel olor de sus narices! Desenfundó su pakal justo cuando el pajarraco le lanzó un picotazo. Dio un paso atrás para no ser atrapado entre aquellas fauces, y desde ahí, con su espada, lo mantuvo a distancia. A cada picotazo que le lanzaba, éste era desviado ágilmente por el muchacho. El Munin de la Sangre comenzó a desesperarse. Lo atacó con mayor frenesí. Iqui Balam se defendía con prestancia y lo mantenía a raya. En un par de ocasiones logró asestarle algunas estocadas al cuerpo, de cuyas heridas comenzó a manar un hilillo espeso de color rojo oscuro. Azuzado por estas acometidas, el pajarraco inició una nueva forma de ataque. No sólo lo picoteaba, sino que utilizaba sus alas para golpearlo. Uno de aquellos golpes hizo que el muchacho perdiera el equilibrio y cayera al suelo. Soltó su pakal, que fue a dar lejos de su alcance. La bestia lo agredió con renovados bríos. Iqui Balam desenfundó la espada de Kaali. Colocó su arma frente a él, inclinada hacia el pajarraco, justo cuando éste se le fue encima. Apenas y tuvo tiempo de hacer a un lado la cabeza, antes de que un nuevo picotazo buscara perforarle el rostro. El Munin de la Sangre no fue tan afortunado. La espada de Kaali se clavó, cuan larga como era, en el pecho de la bestia.

X

Yatzil acudió, como era su costumbre desde que se enteró de la muerte de Iqui Balam, a visitar a Nicte, a que le hablara de su hijo, a compartir su dolor, a solidarizarse en su duelo por la pérdida de aquel a quien tanto amaban.

—¡He llorado tanto! —le decía, verdaderamente compungida, si bien terminaba por abrazar a Nicte, sabedora que ella también había derramado igual o mayor número de lágrimas.

A Vitus, fuera de la habitación, se le partía el corazón de escuchar aquel llanto y aquellas demostraciones de afecto. Estaba enamorado de Yatzil. Era su encanto y adoración. Daría la vida misma por ella. Estar a su lado constituía un inmenso gozo. No era un secreto y nunca lo sería. Él mismo se lo había dicho:

—Te amo —se arrodilló al confesarlo, en actitud de completa rendición ante ella.

Yatzil se sentía halagada, pero también abrumada por aquella declaración. No respondió nada, a no ser el silencio. Era incapaz de corresponderle, pues su alma seguía volcada al Tigre de la Luna. Aún muerto, sus sentimientos y pensamientos tenían un dueño, y ese dueño no era otro más que su querido y añorado Iqui Balam.

—¡Tan joven! —se quejaba su madre, abrumada por su pérdida.

—¡Tan guapo! ¡Tan galante! —agregaba Yatzil.

Las noticias de la guerra les llegaban con su carga de inminente derrota, pero terminaban por alzarse de hombros, indiferentes. Su pena era mayor. En lo hondo de su alma la vida no les ofrecía atractivo alguno. Yatzil misma llegó a pensar en suicidarse. El color azul de su piel le seguía resultando ominoso. La muerte la perseguía sin descanso. Tal vez no tendría que sufrir el cuchillo ajeno sino el propio. Muchas veces había pensado en arrebatarle a Vitus alguna de sus armas y clavársela en el pecho para despojarse de una vida que ya no deseaba. Nicte no se quedaba atrás. Luego de enterarse de la muerte de su hijo, la existencia le pesaba como nunca antes. No le veía caso vivir. No dormía, abrumada por cientos de funestos pensamientos y por una sensación de pérdida irremediable que la abrumaba; y cuando lograba conciliar el sueño, era asolada por terribles pesadillas. Al despertar, no era diferente. No tenía ganas de nada ni de levantarse. Sólo la visita de Yatzil lograba animarla levemente.

—Lo hubieras conocido de niño, qué travieso era... —recordaba Nicte.

De pronto escucharon cierto alboroto de voces. Eran Ubu y Sigurd, que llevaban a Gatoka en una camilla. Discutían con Vitus, al que le reprochaban no estar en el frente de batalla.

—¡Necesitamos de tu espada y de tu brazo, y tú aquí, entre las mujeres! —le dijo Sigurd.

Nicte y Yatzil salieron a ver qué pasaba. Fue Ubu el que explicó:

—Hirieron a Gatoka. Necesita de tus cuidados, madre.

El pequeño arquero había recibido dos flechazos, uno en el pecho y otro en el hombro. Nicte revisó las heridas. La del pecho era de preocuparse. La sangre manaba levemente de un agujero a la altura del corazón.

—Detuvimos la hemorragia, pero debe ser atendido, madre...

—Tú puedes curarlo, Gema —intervino Sigurd.

Nicte pidió que lo llevaran al interior de la habitación y lo depositaran sobre su cama. Gatoka gimió, hundido en un pesado sopor. Por su tamaño parecía un niño malherido.

—¿Y ustedes? —preguntó Nicte, mientras le aplicaba a Gatoka un emplasto de plantas medicinales sobre sus lesiones.

"Quédense aquí, conmigo", hubiera querido decirles.

—Tenemos una misión muy importante —dijo Sigurd.

Lo que escuchó a continuación la dejó por completo asombrada.

—Debemos ir en busca de Iqui Balam. No ha muerto... —reconoció Ubu.

XI

No fue una sorpresa. Y, sin embargo, nunca esperaron ser atacados con tanta fuerza. Los Dracons del Pantano fueron vencidos. Agobiados por el veneno murieron de manera rápida, en medio de la más terrible asfixia y unas intensas convulsiones. Los soldados de Iktán, entonces, no tuvieron mayor obstáculo que el lodo y el agua pestilente y estancada para atravesar aquel páramo peligroso y desolado. Una de las bestias sobrevivió y se abalanzó, matándolos de inmediato, contra un grupo de asombrados guerreros, que apenas y tuvieron tiempo de encomendarse a los dioses antes de ser desmembrados por aquellas garras y los afilados dientes. El pánico cundió entre los demás soldados. Pero una vez que comprobaron que el animal actuaba en solitario, lo persiguieron y acorralaron hasta matarlo. Era una criatura magnífica y eficaz en su afán de carnicería, si bien su poderío consistía en atacar en grupo. Por sí sola poco pudo hacer ante la ofensiva de los itzáes. Su cuerpo, yaciente entre el barro, había sido atravesado por decenas de flechas. Hubo quien, de un golpe de hacha, le tumbó algunos colmillos para llevárselos de recuerdo, y quien, al verlo jalar aire en actitud agónica y desesperada, le clavó una lanza donde intuyó se hallaba el corazón, matándolo de una buena vez y para siempre.

El Ejército de la Profecía atacó el flanco derecho del Ejército de la Tierra de Adentro. Los vigías evitaron que lo inesperado de aquella embestida terminara por derrotar de manera segura y contundente a los soldados de Chichenheim. Hoenir actuó rápido. Colocó a sus guerreros de tal forma que parecían fatigados y dormidos. Al percibirlos así, los itzáes creyeron que se trataba de una presa fácil y se abalanzaron para atacar con toda la saña de que disponían. Corrieron por entre el lodazal. Lo hacían de una manera frenética y sin embargo disciplinada, dispuestos a acabar con sus enemigos.

A escasos diez metros de sorprender a los soldados del Sacbé de la Paz, se precipitaron en un pantano lodoso y profundo. Eran arenas movedizas. Una treintena, si no es que más, se hundieron sin remedio, en medio de gritos de ayuda y chapoteos. Sus compañeros trataron de sujetarlos, estirándoles una lanza o alguna soga. Nada pudieron hacer. No pocos resultaron abatidos por flechas. Los que sobrevivieron tuvieron que retirarse a un lugar más seguro en el lodazal. Algunos maldecían su mala suerte. Otros juraban venganza.

Hoenir, mientras tanto, estaba contento de que sus ardides funcionaran. "El mejor enemigo es el enemigo muerto", le vinieron a su memoria esas palabras del propio Chan Chaak. También estaba preocupado. Se preguntaba si valía la pena sostenerse en el Sacbé de la Paz o si debía retroceder y hacerse fuertes en Chichenheim. Ahí, por lo menos, disponía de otras artimañas para defenderse mejor. Retirarse, sin embargo, significaba dejar el paso franco a sus adversarios. Sólo de una cosa estaba seguro: debía de ganar tiempo. El tiempo suficiente para que Iqui Balam encontrara las Armas de las Estrellas.

XII

Iqui Balam buscó la hierba.

—La reconocerás por su olor penetrante. Huele a podredumbre. Tal vez el olor sea insoportable, pero es lo único que podrá salvarte —le había dicho Hoenir.

Se acercaba al "aire de la muerte", letal e imperceptible. Lo reconoció por una roca con una figura característica. Semejaba el rostro de un guerrero de la más alta jerarquía, con su penacho y el singular perfil maya.

—Ahí está —se dijo satisfecho al divisarla encima de un promontorio.

La encontró poco tiempo después de haberse lavado el excremento y la sangre del Solitario en un riachuelo que corría a lo largo de un sendero, donde encontró huellas de distintas bestias. Percibió un ligero aroma que le resultaba desagradable y desconocido. Encontró varios animales muertos. Todos lucían hinchados y sangrantes, como si la sangre hubiera salido con fuerza de sus ojos y de sus oídos, de sus pezuñas.

Por fin la descubrió. "La hedionda", era el nombre que recibía. Un arbusto que se caracterizaba por su olor fuerte y repugnante. Cortó el tallo y algunas hojas en pequeños trozos y las machacó entre sus manos. Colocó esa mezcla en una tela y cubrió con ella su nariz y boca. Respiraba incómodo y apesadumbrado por aquella fetidez. Avanzó con cautela y luego con decisión. Se encontró con un lugar como de encanto. Una región entre fantástica y terrible. Largas y gruesas columnas de vapor amarillento se erguían en un terreno por completo yermo. Los ojos le empezaron a arder. Por un movimiento instintivo frotó sus párpados con aquella mezcla de hedionda que llevaba en la tela y el ardor disminuyó. Caminó con prisa, a un tiempo maravillado y atemorizado por encontrarse en aquel sitio. Cruzó una especie de pared formada por aquellas emanaciones, tan espesa que no se veía nada del otro lado. Sintió un suave calor al hacerlo, también, cómo la piel le ardía. Se encontró, una vez que traspuso el grueso de aquellos vapores, con más animales muertos, entre ellos varios Dracons y algunos cervatillos gigantes. Avanzó con rapidez hasta dejar atrás esa tierra vaporosa y desolada y encontrarse de nuevo con la selva.

Se sentó, recargado en un árbol, para descansar un rato. Miles de pensamientos lo abrumaban. Entre ellos, los de Yatzil, que tan rápido lo había olvidado y ahora gozaba de un nuevo amor. Suspiró con profunda pena, la pena de ver a la mujer amada en brazos de otro. Sintió una punzada en el corazón y una sensación incómoda en el vientre. Pensó, asimismo, en su madre, la pobre, cómo la extrañaba. Hubiera querido sentir su presencia reconfortante en esos momentos. Una caricia, una palabra suya de cariño y de aliento. Sintió pena por ella, por su dolor, pues lo pensaba muerto. Trató de alejar esos pensamientos, que sólo lo mortificaban. No pudo hacerlo totalmente. Si no pensaba en Yatzil o en su madre, pensaba entonces en la suerte que correrían los guerreros de Chichenheim. ¿Estarían a punto de sucumbir? Lo invadió una infinita y molesta tristeza. Se sintió frágil y vulnerable. Volvió a suspirar. Lo hizo con angustia. Todo parecía estar en su contra. Se sintió incómodo ante los retos que tenía por delante. Se sintió irremediablemente pequeño, insignificante. Estaba cansado. Y sentía temor. Por unos instantes pensó, incluso, en claudicar. ¿Para qué tanto esfuerzo? ¿Para qué, si de todas formas el mundo se iba a acabar? ¿No estaba escrito en la Profecía?

Se desperezó y suspiró hondo. Se limpió el polvo del camino y se dispuso a avanzar. Lo hizo, no sin algo de desconsuelo, fatigado aún por tanta guerra, por tantos enormes retos. Sacó fuerzas de flaqueza y caminó con decisión, resuelto a cumplir a como diera lugar con su encargo. Le faltaba el más importante de todos esos desafíos. Hoenir lo había llamado: "El peligro mayor, la bestia mayúscula".

XIII

En un principio, Vitus y Yatzil habían seguido a los Caballeros de la Hermandad. Lo habían hecho a cierta distancia, cuidándose de no ser vistos.

La idea había sido de ella.

—Tenemos que encontrar a Iqui Balam… —dijo, vencida por el amor, con la más completa de las convicciones.

Por supuesto, Vitus experimentó un doloroso sobresalto. Él lo sabía en carne propia. No había nada peor que amar a quien no nos ama. Amar y no ser amado. Él sufría ese rechazo. Yatzil amaba a otro. A Iqui Balam, cuyo sólo nombre era capaz de provocar en Vitus un profundo desasosiego. Escucharlo en voz de ella era como un tormento. Sentía que el corazón se le rompía en mil pedazos y que el alma se le empequeñecía, atosigada por dolorosas heridas. La aversión hacia su rival era enorme. Más ahora, al enterarse que continuaba vivo. No se le borraba de la mente el rostro de Yatzil al enterarse de tal noticia. Entre el azoro y la incredulidad, ese rostro era de indudable amor. Ella lo amaba, a él, a Iqui Balam. Había pasado de la tristeza más profunda a la alegría más inmensa. A Vitus, en contraste, la noticia lo sumió en una mayor congoja. Estaba lleno de inquina y de aversión hacia Iqui Balam. No tenía más que sentimientos de rencor y de coraje. Sentía que el alma se le desbarataba sin remedio.

—Vamos —le insistió Yatzil, evidentemente entusiasmada.

Vitus no pudo negarse. Tomó sus armas y marchó junto con Yatzil en pos de su rival, Iqui Balam.

Esperaron un rato, hasta que Ubu y Sigurd desaparecieron por la selva, y entonces los siguieron. Vitus se había destacado desde muy pequeño como explorador. Era capaz de llegar a cualquier destino sin perderse. Y de rastrear con éxito lo que fuera, desde animales hasta seres humanos. Tenía una especie de sexto sentido con respecto a su capacidad de ubicación. Sabía siempre, sin duda alguna, por más intrincado o lejano que fuera el camino, dónde exactamente se hallaba y cuál era la mejor ruta de regreso a casa. Además, utilizaba todo, el tacto y el olfato, la vista y el oído, su capacidad de intuición y un enorme talento para el razonamiento lógico, a fin de seguir cualquier huella o de encontrar el rumbo correcto a donde fuera.

Así sucedió con Ubu y con Sigurd. Le fue fácil seguir sus pasos. Una marca de pasos, una rama rota, la maleza aplastada, lo que fuera, le bastaba para saber hacia dónde se habían dirigido.

Llegaron al arroyo en donde Iqui Balam había visto los ciervos gigantes. También arribaron al Pantano Negro. Más adelante Vitus reconoció el sitio denominado el Cubil del Solitario.

—Cuidate de la muerte que llega volando —le dijo a Yatzil, advirtiéndole del enorme pajarraco.

Una vez, de niño, Vitus había estado en ese lugar, que sólo era conocido para unos cuantos audaces como él. En sus muchas fantasías había imaginado lazar al Solitario, dominarlo y llevarlo como un magnífico botín de caza a Chichenheim, donde lo admirarían por su arrojo. El gran Vitus, lo llamarían. El valiente Vitus. Sin embargo, el tamaño y la ferocidad del gigantesco Munin de la Sangre lo pusieron en su sitio. El pajarraco, terrible y sanguinario, lo impresionó grandemente. Pasó dos o tres días con pesadillas, pensando que la bestia lo atacaba y lo prendía con aquellas fauces.

Arribaron a la madriguera del Munin de la Sangre, consistente en un nido enorme de ramas y maleza seca, ubicado en lo alto de un macizo de roca. Yatzil fue la primera en fruncir el ceño. Lo hizo completamente asqueada por las pilas de excremento que rodeaban aquel sitio.

Avanzaron unos metros más en medio de aquella pestilencia.

—¡Abajo! —ordenó Vitus.

Pidió silencio, pues le pareció haber visto algo. Husmeó, levantando levemente la cabeza. Su rostro lo dijo todo.

—¡Dracons! —informó en voz baja.

Un grupo de estos animales se encontraban a escasos metros. No mediaba entre ellos más que un terreno de altos pastizales. No había sitio dónde esconderse y mucho menos dónde protegerse. El guerrero desenfundó su espada y esperó el ataque. Pero nada sucedió. Los Dracons permanecieron en su sitio, absortos en devorar al enorme Munin de la Sangre.

Vitus se puso a inspeccionar el terreno y encontró huellas de Iqui Balam. Coligió entonces lo que había ocurrido. El muchacho había vencido a la enorme bestia. Vitus admiró su valor, pero el despecho hizo que lo calificara como un acto de mera suerte.

Regresó con Yatzil. La encontró preocupada, pero a salvo. La tomó de la mano y avanzaron. Lo hicieron con cuidado y en completo sigilo. Más adelante penetraron de nuevo a una región selvática. Al cabo de algunas horas los árboles desaparecieron.

Vitus olfateó algo en el ambiente.

—¡El aire de la muerte! —dijo.

Sus dotes de explorador lo condujeron al sitio donde Iqui Balam se había procurado la hierba conocida como la hedionda. Arrancó más de esa hierba para dársela a Yatzil. Al hacerlo, un dejo de preocupación apareció en su rostro. Le pidió con suavidad:

—No te muevas…

Había descubierto un insecto que caminaba por su cabello. No era un insecto cualquiera. Se trataba de un Ciempiés de la Tumba. Era de color rojizo y llevaba una especie de calavera blanca dibujada en el lomo. Se decía que se alimentaba de cadáveres, y al hacerlo, si picaba algún ser vivo, les inoculaba la muerte. Aquellos que picaba se iban secando poco a poco hasta quedar convertidos en momias.

Vitus desenfundó su daga y la empuñó en actitud cauta y medida. De un rápido movimiento, derribó al insecto.

Al hacerlo, sucedió algo inesperado. La cabellera de Yatzil voló hasta caer al suelo.

La muchacha quedó con su linda cabeza descubierta. De inmediato volvió a sentir aquella singular vergüenza de cuando quedó calva, a petición de Hoenir. Sintió frío. Y también una especie de desnudez incómoda, como si la hubieran despojado indignamente de todos sus vestidos.

De no haber continuado pintada de azul, Vitus hubiera percibido el rubor que inundó su rostro. Yatzil estaba incómoda, apenada. No podía ser de otro modo. A pesar de haberse dejado rapar por una causa que consideraba noble y justificada, no había terminado de sentirse a gusto. Menos aún, con esa peluca. Había sido una exigencia de Hoenir. No quería que nadie se diera cuenta de los extraños signos en su cabeza, a fin de que el secreto que albergaban quedara entre ellos.

Yatzil estaba azorada y casi petrificada. Vitus se sintió culpable de haber hecho algo malo. Se agachó a recoger la peluca, no sin antes aplastar al Ciempiés de la Tumba. Se la entregó con humildad. Ella tartamudeó. Empezó a decir, como disculpándose:

—Me fueron hechos de niña, no sé dónde ni cuándo. Yo no sabía de su existencia. Son parte de un mapa…

Vitus, que no había visto aquellos signos en su cabeza, preguntó, intrigado:

—¿Un mapa? ¿De qué mapa hablas?

Yatzil le contó del descubrimiento hecho por Hoenir. Agregó:

—Después de resolver su misterio, envió a Iqui en busca de algo.

El guerrero pidió ver los curiosos caracteres. De pronto, uno le pareció familiar. Era el signo de una Serpiente Emplumada. Se le veía de frente, con una especie de cuello estilizado de plumas y la boca cerrada.

Vitus se entusiasmó. El magnífico explorador que había en él terminó por decir, por completo animado:

—Ya sé a dónde dirigirnos —dijo.

XIV

Hoenir se replegó a Chichenheim, donde buscó hacerse fuerte. Tuvo dos jornadas de ventaja sobre el Ejército de la Profecía, mismas que utilizó para resguardar la ciudad. Algunos mecanismos de defensa habían sido implantados por el propio Kukulkán, en previsión de algún ataque, sobre todo en los tiempos de mayor ambición de sus enemigos, que buscaban hacerse de la Tierra de Adentro y de las Armas de las Estrellas. Había hecho excavar, con ayuda de los Durgold, un foso perimetral que debía mantenerse seco en tiempos de paz y lleno de agua en caso de guerra. Hoenir, al tanto de esta maniobra, mandó inundar el foso. Lo hizo llenándolo del agua conocida como de los huesos mondos. No era un agua cualquiera. Provenía de un lago situado a escasa distancia, donde habitaban unas criaturas mitad peces y mitad reptiles, temibles por su aspecto y voracidad. Animal que se acercara a beber en sus orillas, animal que era sorprendido, atrapado entre sus fauces y devorado hasta quedar el esqueleto limpio de carne. Hoenir abrió las compuertas que permitían que el agua corriera por un sistema de conductos hasta el foso. Mandó comprobar su eficacia. Ordenó que los restos de un dragón gordo fueran echados al agua. Apenas tocaron la superficie, fueron atacados por una decena de aquellas bestias. El foso parecía hervir de furiosa y hambrienta vida.

Pasó revista a sus hombres e inspeccionó las posiciones de combate.

Al hacerlo, se percató con mayor precisión de los costos de la guerra. De los cerca de ochocientos guerreros con que contaba, más de dos terceras partes habían muerto a manos del Ejército de la Profecía. ¿Y Cochup?, preguntaba. Había perecido atravesado el pecho con una lanza. ¿Jermis? Había sido hecho prisionero y sacrificado a los dioses. ¿Dzibaltén? Recibió la muerte producto de un macanazo en la nuca. ¿Ixtli? Se defendió con bizarría, pero fue alcanzado por una cuchillada en el vientre. ¿Darío? Ultimado a flechazos. Uno a uno, fue enterándose de sus muertes. El recuento de los desaparecidos le resultó en extremo doloroso. No eran soldados cualesquiera. Eran guerreros de Chichenheim. Tenían rostro y nombre, historias personales que ahora quedaban truncas. Se sintió apesadumbrado y abatido. Se responsabilizó de sus muertes. ¿Quién era él para creerse capaz de defender la Tierra de Adentro?, se cuestionaba. ¿Quién se creía para asumirse como líder de cientos de guerreros? ¿Quién, para salvar a su pueblo?

Había sido Thordal quien lo invistió como *jarl* de la Tierra de Adentro.

—¿Por qué yo? —preguntó Hoenir.

Había guerreros más osados, hombres y mujeres más inteligentes, valientes y con mayores capacidades que él. Se lo hizo saber a Thordal, pero éste, surcado el rostro por una sonrisa amable, respondió, simplemente:

—Porque eres bueno.

La respuesta desconcertó a Hoenir. Él esperaba otra razón. De hecho, experimentó cierta decepción al escuchar ese motivo. Hubiera querido escuchar: porque eres el guerrero más fuerte, más diestro, más rápido, más arrojado. O el más respetado por su valor a toda prueba. O el único capaz de gobernar ante los peligros que se ciernen sobre Chichenheim. O por ser quien llevará a buen término el legado de Kukulkán. Pero, ¿por ser bueno?

Thordal, que notó la confusión, agregó a su respuesta:

—Ser bueno es mejor que ser fuerte o valiente. Hay en ti dudas, pero no sombras, deseos mas no ambiciones, sed de vivir y no hambre de muerte. Tu corazón es tu guía. Síguelo, mi querido Hoenir. La bondad y no la maldad, ésa es la enseñanza y el camino mostrado por Kukulkán.

Hoy Hoenir hubiera querido ser mejor estratega que bueno, ser más joven que bueno, ser mejor gobernante que bueno. Thordal se había equivocado. Hubiera escogido a un guerrero de verdad, alguien con experiencia sobrada para la guerra, alguien que no tuviera dudas ni debilidades. Estaba triste y desilusionado. Las esperanzas se desvanecían. No dejaba de pensar en aquellas muertes de sus propios soldados, provocadas acaso por su ineptitud y torpeza. No podía apartar de su mente que todo era como una premonición. Si la muerte acechaba, le dio por suponer, era porque la maldita se aposentaría de todo. Dentro de poco llegaría el fin, el enorme cataclismo y la invasión del frío, de lo que no es, ni siquiera la eterna noche. El Ragnarok.

Recordó a su padre, los años que pasó en la confección de su propia versión del fin del mundo. Por ahí debería de tener ese manuscrito, que había sobrevivido al viaje hasta la Tierra de Adentro. Tal vez ese texto no era más que otra premonición del inminente fin, un adelanto del destino terrible de calamidad final que les esperaba. Thorsson lo tituló *Saga última*. Lo mostró a Ullam y a Thordal, quienes admiraron la poesía, el estilo y el contenido ahí vertidos. La *Saga última* permaneció en la Cámara del Saber de la Pirámide de Kukulkán. Cuando Thordal le confió a Hoenir que él sería el nuevo *jarl* de Chichenheim, le hizo entrega de aquel manuscrito.

—Aquí está tu padre —le dijo.

Hoenir leyó algunas partes, que le parecieron demasiado densas y oscuras. En aquel tiempo le pareció un relato pesimista y tenebroso, cargado de una sabiduría pesada y hermética. Ahí estaba su padre, sí, pero ese padre derrotado y ausente debido a su rodilla deshecha por los skraelings. Guardó el manuscrito y se olvidó de él. Ahora volvía a recordarlo. Ahí estaba el Ragnarok, la batalla final, la caída última, el fin que se aproximaba. Abandonó sus sentires de antaño y se dedicó a buscar la *Saga última*.

Cuando la encontró, abrió sus hojas de papel grueso y leyó al azar:

"La vida no es, si se exceptúa el instante. Un abrir y cerrar de ojos. Una pasión inútil. Lo demás son adornos para soportar tanta verdad."

El semblante se le entristeció, pues se le vinieron a la mente las últimas palabras de Thorsson:

"Pensé que valía la pena y viví engañado porque la única verdad es ésta y todo se esfuma, nada permanece…"

Durante algún tiempo Hoenir sobrellevó esas palabras como una condena. Él también moriría, como su padre, y nada de lo que hubiera hecho lo salvaría de cerrar para siempre los ojos. Nada, tampoco, se llevaría. Amores, aventuras, riquezas, nada quedaría. Todo moriría con él, incluido ese gran esfuerzo por entender y perseverar que se llama vida.

Hubiera podido sucumbir a tal pesimismo, pero Thordal lo había nombrado *jarl* y debía cumplir con su encargo. Rodeó su vida y la de los demás con "adornos para soportar tanta verdad". Se entregó a su gente, no a sí mismo. Debía garantizarles una existencia digna, sin amenazas ni peligros. Estudió y se preparó. Fue un mejor hombre cada día. Se convirtió en un líder respetado y admirado.

Ahora, sin embargo, todo parecía oscuro, sin salida. La Profecía parecía no mentir. Por un lado, Iktán y su poderoso ejército; por el otro, el aviso terrible del sol, que se convulsionaba con evidente enojo. Era la muerte terrena y vulgar, cósmica y divina, sin escapatoria.

Suspiró con pesadumbre, un poco fatigado y un mucho desasosegado por la proximidad del fin.

En ese momento entró Joba, uno de sus capitanes. Parecía preocupado. Lo instó a acompañarlo. Algo sucedía en el campo de batalla. Subió a una de las pirámides y desde ahí pudo verlo.

Era Iktán.

El contrahecho se veía ridículo en su fragilidad. Estaba de pie, vulnerable e inofensivo. Se encontraba a unos pasos del foso con el agua de los huesos mondos. Se comportaba como poderoso, cuando era en realidad una criatura pequeña y delicada. Uno podía reírse de sus desplantes. Más aún, cuando decía:

—¡Ríndanse!

Su voz sonaba igual de quebradiza que su aspecto. Aún, así, amenazaba:

—Sé dónde están las Armas de las Estrellas y entraré a sangre y sufrimiento a lo que ustedes llaman la Pirámide de Kukulkán si no se rinden antes. ¡Háganlo! Perdonaré su insolencia y su rebeldía si lo hacen...

Hoenir lo confrontó:

—¡Vaya que eres osado de venir tú solo a retarnos!

—No estoy solo —dijo, y a un movimiento de mano el Ejército de la Profecía se desplegó alrededor de la ciudad.

Eran miles de guerreros que salían de entre la protección de la jungla y se alineaban en actitud de guerra, dispuestos al ataque.

—¡Soy invencible! —dijo Iktán—. Si no se rinden, ¡prepárense para su muerte!

XV

El rugido fue por completo terrible e impresionante.

Iqui Balam lo supo de inmediato: por ahí rondaba el Gigante. Tal había sido la última indicación dada por Hoenir.

—En el sitio del Gigante, ahí encontrarás las Armas de las Estrellas.

El camino había sido largo y peligroso. Había sorteado con bien todos los riesgos y amenazas que encontró a su paso. El muchacho se sentía cansado, pero orgulloso. Hubo un momento en que se sintió capaz de vencer cualquier obstáculo que se le pusiera enfrente. Su actitud era la del valiente, osado y decidido. Era el Tigre de la Luna, cuyo destino era acometer con éxito lo imposible. Se apresuraba en recorrer aquella espesa selva, enmarañada de maleza y árboles enormes. Por supuesto que encontraría las armas y salvaría a Chichenheim.

Sin embargo, al escuchar aquel potente rugido, supo que aún le faltaba un reto, el más grande e importante de todos.

Su cuerpo entero se estremeció al percatarse de la presencia del Gigante. Se protegió detrás de un grueso tronco de ceiba amarilla a avistar los alrededores. No advirtió nada extraño en aquella espesura. Sólo, de cuando en cuando, cierta vibración que cimbraba el suelo y los árboles.

Caminó hasta toparse con un claro en la selva, lleno de huesos esparcidos por todas partes. Era la guarida de la enorme criatura, el lugar donde devoraba a sus víctimas.

El muchacho dudó en aventurarse por aquel sitio o dar un rodeo para no salir de la protección que le brindaba la selva.

De pronto, algo sucedió.

La espada de Kaali, que llevaba a la cintura, pareció adquirir vida propia. Se movió. Se levantó con todo y funda, bien sujeta a su cintura, como si apuntara a alguna parte.

La desenfundó y sintió cómo la espada parecía obedecer a un impulso propio, animada por una fuerza superior. Tuvo que sujetarla fuertemente para que no se le escapara de las manos.

Iqui Balam recordó las palabras de Hoenir: "A mí me ayudó a encontrar mi destino. Que a ti te ayude a encontrar el tuyo", le dijo, al momento de entregarle la espada. Tuvo un presentimiento y lo siguió. Caminó en la misma dirección que el arma apuntaba. Sintió en ese momento que las vibraciones del suelo se hacían cada vez más evidentes. Por ahí andaría el monstruo al acecho. Aún, así, siguió adelante. Estaba tenso y temeroso, lleno de inquietudes y dudas. Más todavía, cuando la espada de Kaali se iluminó y le señaló con más fuerza el camino.

Apresuró el paso como una forma de dominar aquel extraño ímpetu. La sujetó fuertemente. Pasó por encima de fémures y columnas vertebrales, de cráneos y restos de carne descompuesta. Sin embargo, llegó un momento en que ya no pudo retener la espada. Se le escapó sin remedio, volando, como si se tratara de un pájaro asustado.

Fue a clavarse unos metros adelante.

Se escuchó un nuevo rugido. Las vibraciones eran más fuertes.

Iqui Balam corrió en pos de la espada. La encontró. Tenía más de la mitad de su cuerpo enterrado. Aún brillaba, como poseída por un sol interno. Intentó sacarla, pero le resultó imposible.

Fue entonces que, de manera súbita, lo supo. ¡Ahí tendrían que estar las Armas de las Estrellas! Se puso a cavar. Se ayudó de su cuchillo. Como era de obsidiana, terminó por romperse. Usó su pakal. Cavó y cavó hasta que, de pronto, chocó contra algo metálico.

Intentó desenterrarlo Era una especie de caja. No pudo terminar de hacerlo. Tuvo el presentimiento de que algún peligro lo acechaba. Se percató que había dejado de escuchar los rugidos y que el suelo no se cimbraba.

Alzó los ojos, no sin cierta aprensión. Ahí, frente a él, se erguía el Gigante.

XVI

Vitus contó a Yatzil la historia del Gigante:

—Recién había salido del huevo cuando Kukulkán lo tomó entre sus brazos y lo protegió. Había quien no estaba de acuerdo y pedía su muerte. Aún se hallaban presentes los daños causados por sus terribles padres. La sangre y los destrozos, los gritos de dolor y las ruinas en que quedó convertida la sagrada ciudad. Eran ellos o los habitantes de Chichenheim. Dos criaturas enormes y monstruosas que constituían la peor de las pesadillas de la Tierra de Adentro. Los Grendel y los Dracons eran nada en comparación a aquel par de magníficas bestias. Fueron muertos por más de cien guerreros. Después, destruyeron el nido. Arrasaron con todos los huevos, con excepción de uno. El protegido por Kukulkán. Él le salvó la vida. Lo llevó a su pirámide y lo cuidó. Jugaba con él. Le hablaba. Lo acariciaba. Le puso su marca, que es la de la Serpiente Emplumada. La misma que vi en tu cabeza.

Vitus se había encaramado por un sendero pedregoso hasta una roca de buen tamaño, que coronaba una ladera. Continuó:

—Antiguamente, se decía que Kukulkán imponía su marca a los Durgold, que fueron los primeros animales de la Tierra de Adentro que pudo domesticar. Una vez que montó y fue obedecido por uno, comenzó a ser llamado el Dios de la Serpiente Emplumada. Se le hizo un signo especial y con ese signo marcó a las criaturas bajo su mandato. El Gigante no fue la excepción.

Se escuchó entonces un rugido atronador.

—¿Oíste eso? Debe de andar cerca.

Yatzil se estremeció de miedo. Vitus continuó:

—Un día, Kukulkán recibió noticias de nuevas incursiones enemigas a la Tierra de Adentro. Se trataba de un poderoso ejército, mucho mayor aún que el Ejército de la Profecía. Como todos, iban en pos de las Armas de las Estrellas. La única forma que encontró Kukulkán de vencerlos fue con las Armas de las Estrellas. No quedó ni uno solo de sus enemigos.

Vitus le dio la mano a la muchacha para ayudarla a subir a un promontorio de rocas. Yatzil quiso saber más. El guerrero respondió:

—Kukulkán decidió destruir las Armas de las Estrellas. Era la única forma de mantener la paz. Acabado el motivo de ambición, se acabarían también las hostilidades hacia la Tierra de Adentro, ésa era su lógica. No todos estuvieron de acuerdo. Hubo quien temía que, sin las armas, nuestro pueblo sería presa fácil de nuestros adversarios. Kukulkán escuchó los pros y los contras. Finalmente, dio a conocer su decisión. La hizo pública para que se conociera en todos los confines del mundo.

De nuevo, otro rugido. Un sonido estridente y violento de primitiva furia. Vitus se detuvo para ubicar la dirección de la que procedía y luego guió a Yatzil por entre un sendero. Continuó:

—Kukulkán destruyó las armas. Pero no todas. Fue precavido. Guardó algunas en un lugar desconocido. Lo hizo al mismo tiempo que dejaba al Gigante en libertad…

Vitus guardó silencio, pensativo. Fue Yatzil la que aventuró una posibilidad:

—¡Liberó al Gigante para proteger las Armas de las Estrellas!

Vitus asintió y dijo:

—Cuando vi la marca en tu cabeza, supe de inmediato que debíamos dirigirnos al sitio del Gigante. He tomado un atajo que nos hará llegar antes que Ubu y Sigurd. Como siguen las huellas de Iqui Balam, se tardarán más en encontrarlo. Nosotros, en cambio, estoy seguro que pronto le daremos alcance.

Yatzil preguntó con ansiedad:

—¿Y cómo es el Gigante?

—Es la muerte convertida en pesadilla —respondió Vitus.

XVII

No tardaron mucho en llegar hasta el claro en la selva. El lugar les pareció lúgubre y ominoso, como si se encontrara ahí el mayor de los riesgos o el final de todos los destinos.

Yatzil hizo una mueca de temor y luego otra de desagrado al descubrir los restos de criaturas devoradas. Vitus, mientras tanto, avanzó unos pasos para observar mejor el terreno. La tierra se estremeció junto con un nuevo rugido, más cercano y poderoso. Aguzaron sus sentidos y distinguieron algo a lo lejos, entre una nube de polvo.

Pudieron ver la enorme cabeza y parte del lomo del Gigante. Rugía con enojo y pisaba con furia. Ahí, junto a él, se encontraba Iqui Balam. Mantenía la espada desenfundada y la blandía con decisión.

—¡Iqui! —le gritó Yatzil.

El muchacho no pudo escucharla. Todos sus sentidos estaban concentrados en la enorme bestia. El Gigante quería devorarlo. Y si no eso, aplastarlo con sus patas.

Yatzil no pudo más. Desesperada, corrió en su búsqueda.

—¡Iqui! ¡Iqui! —lo llamaba.

Corrió hasta detenerse a unos metros del Gigante. Tomó una piedra y se la aventó a la bestia.

El Gigante ni se inmutó. Estaba entretenido en tratar de atrapar a Iqui Balam con sus fauces. Éste se defendía como mejor podía. Le había dado dos estocadas. No había sido fácil. La piel del Gigante era áspera y dura, como la de un cocodrilo. Se alzaba sobre sus patas traseras y tenía unos bracitos dotados de filosas garras. Su altura era impresionante, lo mismo que su aspecto, voraz y feroz. Al sentir que el arma lo atravesaba, el Gigante rugió con sufrimiento y deseo de venganza.

—¡Déjalo en paz, maldita bestia! —la muchacha trató de llamar su atención.

Iqui Balam por fin la vio.

—¡Yatzil! —gritó él, por completo sorprendido.

—¡Te amo! —gritó ella.

El Gigante reaccionó a los gritos y dejó de interesarse en el muchacho. Volteó a verla a ella. Incluso babeó, como saboreándose de antemano el delicioso bocado. Yatzil retrocedió unos pasos y recogió un hueso de buen tamaño, que blandió con decisión.

—¡Te amo! —volvió a gritar ella.

La bestia avanzó en pos de Yatzil. Fue seguida por Iqui Balam, quien le clavó la espada en el bajo vientre. El Gigante rugió de dolor. Buscó con furia al muchacho y le lanzó una tarascada. El Tigre de la Luna apenas y tuvo tiempo de escapar.

—¡Eh! ¡Horrible bestia! —Yatzil movía los brazos para atraer su mirada.

El Gigante, encolerizado, se dirigió hacia ella. Avanzó de manera lenta, seguro de atraparla.

De pronto, se detuvo. Tenía varias saetas clavadas en su piel.

Yatzil volteó y encontró a Vitus. Portaba su arco y su carcaj lleno de flechas. Disparó una tras otra. El Gigante rugió y siguió

411

avanzando. Se acercó a paso lento, con actitud amenazadora y la mirada puesta en la muchacha. Recibió flechazos en los muslos, en el pecho y en los brazos. Vitus apuntó hacia la cabeza. Midió bien su disparo y la saeta voló hasta clavarse en el ojo derecho. El Gigante se retorció entre adolorido y desorientado, lleno de una evidente furia.

El momento fue aprovechado por Vitus y Yatzil para huir.

Cada quien corrió por su lado. Vitus, hacia la protección de la selva. Una vez recuperado, fue seguido por el Gigante, que avanzaba a grandes y furiosos pasos, decidido a devorarlo. Yatzil, por su parte, se escondió detrás del costillar de alguna bestia. Estaba asustada y orgullosa de sí misma. El corazón le palpitaba como si quisiera salírsele del pecho. Más aún, cuando vio acercarse a Iqui Balam y salió a su encuentro para trenzarse en un abrazo tierno y fuerte a la vez, que hubieran querido eterno.

—Te amo —dijo el muchacho.

—Nunca más te separes de mí —le pidió la muchacha.

Iqui Balam la tomó de la mano y la instó a seguirlo. Corrieron hacia el sitio donde estaban las Armas de las Estrellas. Ahí les esperaba una nueva sorpresa.

Se toparon con un Grendel, un ejemplar terrible y magnífico de tigre dientes de sable. Su aspecto era feroz y majestuoso, de grandes y amenazadores colmillos y una hermosa piel blanca. Sus dos largos colmillos eran filosos y retadores.

El muchacho colocó detrás de él a Yatzil y desenfundó su pakal. El Grendel volvió a gruñirles, ahora con más furia. Pero, en vez de atacarlos, se dedicó a escarbar. Lo hizo donde estaban las Armas de las Estrellas. Escarbaba con rapidez, ayudado de sus patas delanteras. De cuando en cuando volvía a gruñir, lanzándoles una mirada desdeñosa y de advertencia.

Dejó de escarbar cuando la tierra volvió a cimbrarse. Era el Gigante, que regresaba dispuesto a atacarlos.

El Grendel gruñó enojado. Se tensó y caminó con rumbo a Yatzil y a Iqui Balam. Éstos creyeron llegada su hora. Le bastaba un salto para que el enorme tigre se les dejara ir con toda su furia. El muchacho empuñó con más fuerza su pakal, pero supo que sería inútil. Nada podría hacer ante semejante bestia. Le dijo a Yatzil, sabedor que quizá fuera lo último que dijera en vida:

—Gracias, flor de la vida, hermosura del mundo, gracias.

El Grendel gruñó como si se tratara de mil tigres. Su piel se encrespó. Los ojos se convirtieron en furia. Las garras salieron a relucir y los colmillos se volvieron más amenazantes.

Dio un salto, luego otro, y se les fue encima.

XVIII

El mundo continuaba. El mundo no había llegado a su fin.

Yatzil cerró los ojos. Él también lo hizo, cuando sintió lo inevitable: que el Grendel los destrozaría de un solo golpe de garras y colmillos. Respiró hondo y se despidió de la vida.

El Grendel, sin embargo, les pasó por encima. Ni siquiera los tomó en cuenta. Tenía la mirada fija en el Gigante y se situó frente a él, dispuesto a enfrentarlo.

Rugió de nuevo antes de abalanzarse contra la enorme bestia. Corrió hacia ella y se le tiró a los pies para derribarlo. El Gigante cayó de manera torpe y con estrépito, en medio de una densa nube de polvo.

Iqui Balam corrió hasta el sitio de las Armas de las Estrellas. Ahí, en el hoyo escarbado por el Grendel, encontró la caja de aspecto metálico. La tomó entre sus manos y la limpió de la tierra que la cubría. Sobre la tapa se hallaban algunos caracteres, incomprensibles para él, escritos en la lengua del Escorpión.

Las dos bestias rugían, enfrascadas en una lucha a muerte. El Gigante parecía llevar todas las ventajas, pero el Grendel se las ingeniaba para atacarlo y esquivar sus mordidas.

El muchacho abrió la caja. Contenía tres objetos. El primero, un pergamino escrito en un idioma desconocido. El segundo, una especie de piedra plana de color negro y con un punto brillante de color rojo en el centro. El tercero, uno como cuchillo hueco con una empuñadura.

El muchacho tocó la piedra. Al hacerlo, la tierra comenzó a vibrar.

—¡Mira! —dijo ella.

Sacudiéndose para salir del sitio donde se hallaba enterrado, empezó a elevarse un objeto.

—¡El tapir volador! —exclamó Iqui Balam.

Tomó el cuchillo hueco y lo manipuló. Bastó con apretar una parte movible de su empuñadura para que de su punta se proyectara una luz que era más brillante que cientos de soles.

—¡El rayo de fuego! —exclamó victorioso.

En ese momento escucharon un poderoso rugido de dolor. Era el Grendel. Estaba bajo las patas del Gigante. Las garras lo sujetaban fuertemente. No podía escapar. El peso lo vencía y bufaba con desesperación e impotencia. El Gigante rugía en son de victoria y esperaba el momento oportuno para lanzarle una tarascada.

El muchacho dudó. Pero fue sólo un momento. Corrió hacia el Gigante y lo enfrentó:

—¡Soy el Tigre de la Luna! —le dijo.

Apretó la empuñadura y un nuevo rayo salió despedido. Fue un roce apenas. El haz de luz se estrelló contra la parte superior del hombro de la bestia, quemándolo de inmediato. La piel quedó en llamas por algunos momentos. El muchacho volvió a accionar el mecanismo del rayo y quemó su costado. El Gigante se sobresaltó. Rugía desesperado, sin saber qué pasaba. Liberó al Grendel y comenzó a retirarse con cautela.

El Grendel se incorporó con dificultad. Estaba muy maltratado y dolido. Fijó la mirada en el muchacho, una mirada ambigua de reto y agradecimiento. Le gruñó.

—¡Ni se te ocurra! —exclamó Yatzil.

Estaba junto a su amado y empuñaba la espada de Kaali, dispuesta a defenderlo.

El tigre no se dio por aludido. Dio unos pasos en dirección a ellos. Iqui Balam tenía listo el mecanismo del rayo.

—¡Cuidado! —escuchó un grito.

Eran Ubu y Sigurd, que corrían en su rescate.

El tigre volteó a verlos con desdén. Gruñó. Al muchacho le pareció que ese gruñido le era conocido. Era la voz del Tigre de la Luna que le decía a su madre: "Tu hijo está hecho para acometer grandes empresas". Bajó su arma y le pidió a Yatzil hacer lo mismo.

El Grendel hizo una inclinación con la cabeza y se alejó a toda velocidad.

Cuando Ubu y Sigurd llegaron, se encontraron a Iqui Balam y a Yatzil abrazados, dándose un beso.

El fin

I

Vitus quedó malherido, la pierna derecha fracturada en dos partes debido a los embates del Gigante. Sobrevivió, aun cuando la bestia había logrado acorralarlo bajo los troncos de varios árboles caídos. Sólo la oportuna llegada de los Caballeros de la Hermandad pudo salvarlo de una muerte segura. Sigurd lo distrajo, agitando los brazos delante de la bestia, gritándole, aventándole piedras, tratando por todos los medios de llamar su atención, hasta que lo logró y salió corriendo, con el enorme animal detrás suyo, en busca de la protección que le brindaba la selva. Mientras tanto, Ubu rescataba a Vitus. Lo cargó sobre sus hombros, lo llevó hasta una cavidad escondida entre unas rocas que servía de refugio y ahí lo dejó para ir en busca de Iqui Balam. Cuando volvió al claro que era el cubil del Gigante, éste ya se había cansado de perseguir a Sigurd y había regresado para reclamar sus dominios. Tenía, bajo sus garras, un Grendel, y amenazaba con abalanzarse sobre el muchacho, que lo enfrentaba con una extraña mezcla de ingenuidad y valentía. Le advirtieron del peligro pero no les hizo el menor caso. Pudieron ver, no sin asombro, la forma como una especie de violento rayo salía de la mano del muchacho. Retrocedieron un poco, asustados ante tal portento. Atestiguaron la huida del Gigante y la actitud del gran tigre dientes de sable que se aproximó en actitud amenazante y luego agradecida. Llegaron justo en el momento en que Yatzil e Iqui Balam se daban un beso.

No hubo mucho que decir. El tiempo apremiaba y había que ir en ayuda de Hoenir y Chichenheim. Iqui Balam intuyó la valía del tapir volador. Se empeñó en vencer su temor de montarlo y después a aprender a someterlo no sin una que otra aparatosa caída. Los Caballeros de la Hermandad contemplaban sus esfuerzos por aprender a dominar el arte del vuelo. Lo hacían con admiración. Yatzil, con amor.

Una vez se arriesgó a hacer varias piruetas sin caer. Entonces, se sintió listo.

—La victoria es nuestra —dijo.

Se despidió de Ubu y de Sigurd. Se montó al tapir volador y llevó consigo a Yatzil.

Ella tuvo miedo. Se abrazó a la espalda de su amado y emprendieron el viaje por la Tierra de Adentro. Iqui Balam le refirió su experiencia montado en el lomo del Munin de la Sangre. Yatzil, que primero cerró los ojos, asustada, después los abrió y no dejaba de asombrarse por lo que veía desde las alturas.

El muchacho se guió de regreso conforme a la ruta emprendida en búsca de las Armas de las Estrellas. Allá abajo estaba el Pantano Negro, el Cubil de la Bestia. Cuando arribaron a Chichenheim, los Caballeros Grendel y los Caballeros Murciélago quedaron con la boca abierta. También los guerreros del Ejército de la Profecía. Fue un momento mágico, de aturdimiento y estupefacción. Ninguno daba crédito a lo que veía. Se hizo una tregua involuntaria. Los soldados más aguerridos depusieron las armas para contemplar aquel extraño prodigio. Ningún adversario se atrevió a flecharlo, ni siquiera a proferir palabra alguna, por temor de desatar alguna furia divina.

Sobrevoló la ciudad y tocó tierra en lo alto de la Pirámide de Kukulkán.

Ahí lo esperaba Hoenir.

—Cumplí, por mi honor y por mi pueblo —le dijo el muchacho.

—Llegas a tiempo —lo abrazó el *jarl*—. Se han adueñado de todo. Éste es nuestro último reducto. De no hacer algo, en algunas horas más todos estaremos muertos.

—No, si yo puedo evitarlo.

Iqui Balam encargó a Yatzil con Hoenir. Le dio un beso y le hizo una promesa al oído. Montó de nuevo en su tapir volador e hizo uso del rayo.

La Profecía se cumplió para muchos. El fin les llegó de manera rápida e inaudita.

Iktán fue una de las víctimas. Agobiado por su soberbia, se puso a arengar a sus tropas para que derribaran al muchacho en pleno vuelo, con flechas y con lanzas. Él mismo empuñó un arco, para dar el ejemplo. No lo hubiera hecho. Asustados por el rayo, sus guerreros comenzaron a huir, en completa desbandada. Pasaron por encima del malogrado, aplastándolo, matándolo a pisotones. No fue la única muerte. Iqui Balam se enceguecíó por la fuerza de las Armas de las Estrellas.

Hoenir le gritaba:

—¡Ya basta!

Él no hacía caso. Accionaba el rayo y cegaba cuantas vidas se le pusieran enfrente. Cuando todo terminó, se arrepintió de tanta saña. Pero ya era tarde.

II

Chichenheim volvió a la normalidad. Regresaron los ancianos, las pocas mujeres y los pocos niños, escondidos en cuevas, en espera de un desenlace de muerte o de victoria.

Nicte lloró de gusto al ver sana y salva a Yatzil y casi se deshace de la felicidad de saber vivo a Iqui Balam.

—Eres el Tigre de la Luna —le dijo ella, abrazándolo.

En las calles se festejaba el triunfo y se lloraba a los muertos. Hoenir, una vez exterminado el Ejército de la Profecía, apenas tuvo tiempo de celebrar. Tenía un asunto pendiente que merecía su atención. Se retiró a estudiar el mapa para desentrañar su misterio. De poco servía la victoria si el fin del mundo se avecinaba.

Iqui Balam lo encontró absorto en su estudio. Después de saludarlo, le dijo:

—Vengo a devolver tu espada. Si a ti te ayudó a encontrar tu destino, a mí me ayudó a encontrar el mío.

La espada de Kaali lucía esplendorosa, perfectamente pulida y afilada. Hoenir la miró como quien se pone a contemplar el pasado. Era su vida. Ahí estaba lo que era y lo que había sido. La enfundó y se la puso al cinto.

—Destruye las Armas de las Estrellas —ordenó entonces.

—Pero… nuestros enemigos… —protestó el muchacho.

—En todos lados hay enemigos, hasta en ti mismo —dijo Hoenir.

Iqui Balam recordó la forma como se había dejado llevar por el impulso del rayo, aniquilando a todo aquel que se le enfrentara. Se sintió avergonzado. Accedió.

—Permíteme conservar el tapir volador —pidió solamente.

Hoenir no encontró razón alguna para impedírselo.

Ambos eligieron el día y la hora para encontrarse y destruir el rayo. Se cuidaron de no ser seguidos y se encaminaron a la región de los ríos de lava.

—Que ningún otro hombre sobre la tierra sufra sus consecuencias —dijo Iqui Balam.

—Que ningún otro hombre sobre la tierra ambicione tenerla —dijo Hoenir.

Arrojaron el arma a aquellos torrentes al rojo vivo. Se fundió entre el fuego y se perdió para siempre.

III

Vitus se recuperó y también Gatoka. La vida en Chichenheim se animó. Todo hubiera estado perfecto a no ser por una sombra que embargaba sus corazones.

La Profecía, que no tardaría en cumplirse.

La fecha pronosticada del fin del mundo llegó. Hubo quien se arrodilló. Hubo quien oró solemnemente. Hubo quien cerró los ojos. Hubo quien tembló. Hubo quien se despidió. Hubo quien tomó de las manos a sus seres queridos y esperó el momento del cataclismo, el momento en que la vida acabaría sin remedio.

El propio Hoenir aguardó ese instante, el de la inevitable muerte. Estaba previsto ahí, en el mapa y en otros vaticinios. Algo se le escapaba en su interpretación de aquellos signos, algo intuía de equivocado, algo que no lograba descifrar del todo, un pequeño misterio que era el más grande de todos, pero el resultado parecía de todas formas irrefutable: el mundo se acabaría en la fecha prevista.

Nada sucedió, sin embargo.

No hubo desilusión sino vítores. La conclusión general fue que los dioses los habían perdonado. En la Tierra de Adentro, debido al triunfo sobre sus adversarios. En la Tierra de Afuera, a la creencia de que el Ejército de la Profecía había salido victorioso. Se ignoraba su verdadera suerte. Por lo mismo, se organizaron en Chichen Itzá grandes festejos. El día de Kukulkán, la celebración fue la mejor y más grande de todas las que se tuviera memoria. La Serpiente Emplumada no faltó a su cita y bajó desde lo alto de su templo hasta sumergirse de nuevo en el cenote sagrado. La vida continuaba y había que celebrar la benevolencia divina, que los había salvado. Las noticias tardaron en llegar y no fue sino muchos meses después que se supo de la derrota de Chan Chaak.

El desconcierto creció y con él las rencillas y la sed de ambición de los reinos circundantes. Chichén Itzá, desprotegida, comenzó a ser asolada. Primero fueron incursiones de leve rapiña. Después, ataques mayores que dejaron a la ciudad apesadumbrada y debilitada.

La tristeza corrió entre los itzáes.

Los dioses, que los habían perdonado, ahora parecían darles la espalda. Las mujeres y los niños sufrían. Los guerreros escaseaban, dejando a Chichén Itzá a merced de los ataques. La muerte se aposentó en aquella región anteriormente temida y próspera. La hambruna fue terrible. Los lamentos y los rezos no eran escuchados por ningún cielo.

Iqui Balam, enterado de esta situación, pidió ir en ayuda de Chichén Itzá. Hoenir se negó. "Ya se ha derramado suficiente sangre", dijo. El muchacho insistió. Era su pueblo y debía velar por su bienestar. Tomó una decisión. Saldría de la Tierra de Adentro para brindar auxilio a los itzáes. Sabía que el *jarl* se opondría y se cuidó de decírselo. Conocía la ubicación de por lo menos dos salidas a la Tierra de Afuera y eligió una, la menos recóndita.

—Llévame contigo —le pidió Yatzil.

Ansiaba regresar. No sólo para disfrutar del aire fresco y del día y de la noche, sino para tener noticias de sus padres.

Montaron el tapir volador. Descendieron en lo alto de la Pirámide de Kukulkán. Se encontraron con una Chichén Itzá derruida y desolada. También vacía. Todo mundo parecía haber muerto o huido. Bastó con que alguien los viera para que se corriera la voz. Al poco rato los sobrevivientes abandonaron sus tristes escondites para suplicar ayuda a ese hombre proveniente de las alturas.

Se arrodillaron ante él.

Tras escuchar las súplicas, hicieron preguntas. Los padres de Yatzil habían sido sacrificados. Ella lloró desconsolada. El padre de Iqui Balam escapó a la matanza.

—Se refugió en Otolum, el lugar de las Casas Fuertes —le dijeron.

—Debo ir a buscarlo —dijo el muchacho.

—Llévanos contigo —le pidieron.

—Los dioses nos han abandonado. No nos abandones tú también —le dijo un anciano.

Todo era desolación en Chichén Itzá. Sólo existía ahí la muerte y el desaliento.

—¡Ya vienen nuestros enemigos! —informó alguien.

Iqui Balam ordenó la partida. Era un séquito de vulnerables el que lo acompañaba. Atravesaron la selva. La marcha fue penosa y no exenta de peligros. El muchacho cazaba y alimentaba a su pueblo. Comenzó a ser venerado. Lo respetaban porque era un buen guerrero y un buen guía que los salvaba de los infortunios.

Llegaron a Otomul. Iqui Balam sobrevoló las murallas de la ciudad fortificada, y desde las alturas preguntó por su padre.

—¿Estás vivo o estás muerto? —escuchó su voz entre quienes se congregaron para presenciar con incredulidad su vuelo.

El muchacho descendió y lo abrazó. Platicaron de tiempos antiguos y lo puso al tanto de lo sucedido durante su ausencia. El padre lloró cuando supo que Nicte vivía.

Iqui Balam le presentó a Yatzil.

—Es la mujer de mi vida —le dijo.

IV

No pasó mucho tiempo antes de que Iqui Balam recibiera una visita.

—Hay hombres armados y de aspecto extraño detrás de las murallas —le informaron.

—¿Y qué quieren? Si es guerra, guerra les daremos —respondió el muchacho.

—Sólo hacen preguntas.

—¿Qué clase de preguntas?

—Preguntan por alguien.

—¿Por quién?

—Por un importante señor y valiente guerrero. Un tal Pakal…

El corazón se le llenó de alegría. No podían ser otros más que ellos, sus hermanos de batalla, así que corrió a su encuentro.

Los Caballeros de la Hermandad lo abrazaron con gusto.

—¿Cómo me encontraron?

Apareció Vitus como toda respuesta. Cojeaba de una pierna. Después agregó:

—Soy el mejor explorador —dijo con orgullo.

Ubu lo abrazó con efusión, lo mismo que Sigurd y Gatoka. Le dijeron:

"Somos hermanos. Defenderé con mi vida tu vida. Cuidarán mi espalda como yo cuido la suya. Perseguiremos la gloria en batalla y la vida tranquila y honrada en la paz".

Se miraron las manos, exactamente en el sitio donde Nicte les había practicado una incisión para unir su sangre y sellar de esta manera su juramento de hermandad.

—¿Y Nicte? —preguntó Iqui Balam, el rostro no exento de un dejo de tristeza.

Lo esperaba otra sorpresa.

Ella los acompañaba. La vio y no pudo menos que derramar algunas lágrimas de alegría. La abrazó con evidente gusto, la cargó, dándole giros, la besó varias veces en la frente y la mejilla y la llevó ante su padre. Se enterneció al verlos llorar de júbilo por el reencuentro.

—¿Y Hoenir? —preguntó el muchacho.

—Enojado contigo, por no haberte siquiera despedido... —dijo Gatoka.

El muchacho bajó los ojos, apenado por su conducta.

—Y obsesionado con descifrar la Profecía —agregó Ubu.

—Supongo que te habrá perdonado, pues te manda esto —informó Sigurd.

Era un pergamino. Iqui Balam lo extendió y leyó: "Si no está bien, no lo hagas. Si no es verdad, no lo digas".

Era el legado de Kukulkán.

Invitó a los Caballeros de la Hermandad, junto con Vitus, a quedarse en Otomul y aceptaron con gusto. Ayudaron a Iqui Balam a proteger la ciudad. También, a desarrollar el comercio y la agricultura.

No pasó mucho tiempo antes de que el muchacho les diera una noticia.

—Me voy a casar con Yatzil.

Tal había sido la promesa que le había hecho al oído antes de partir con las Armas de las Estrellas a combatir al Ejército de la Profecía.

"Que sólo nos separe la muerte —le dijo—. Que tú y yo seamos uno, como el canto al pájaro, como el agua al río. Sé mi mujer para siempre, que yo seré tu hombre para lo que tú decidas."

El enlace ocurrió un fresco día de principios de año. Fue una ceremonia suntuosa y regia. Ella radiante de hermosa y él gallardamente enamorado. Todo en ellos era festejo y felicidad. Agradecían estar vivos y juntos, y de nuevo en la Tierra de Afuera, para disfrutar de su viento, de sus noches, del sonido familiar de sus animales y de su gente.

Poco a poco, montado lo mismo en su tapir volador que dando órdenes acertadas y valiosas, Iqui Balam se fue convirtiendo en el líder. Era un gobernante con afán de bondad, prosperidad y justicia.

Otomul creció en señorío e importancia.

Sus enemigos lo pensaban bien antes de decidirse a atacarlos, pues sabían de la bien ganada fama de guerrero de Iqui Balam.

Lo llamaban Pakal el Temible, Pakal el de la Espada Rápida, Pakal el de la Muerte Segura, Pakal el Vencedor del Ejército de la Profecía, Pakal el del Tapir Volador. Pakal, así empezó a ser conocido. Fue su nombre de guerra y después de rey.

Rey Pakal, lo coronaron.

Reinó Otomul conforme las enseñanzas de Kukulkán, con sabiduría, rectitud y bondad. Fomentó la astronomía y las bellas artes. Construyó un observatorio e hizo decorar la ciudad con coloridos murales y estupendas esculturas y bajorrelieves.

Levantó una pirámide dedicada a Kukulkán. Ésa sería, al morir, su sepultura. Hizo construir en su interior una cámara mortuoria, parecida a donde reposaban los restos del Hombre de las Estrellas, en Chichenheim.

Colocó un pesado ataúd de piedra, cuya tapa fue decorada con una imagen suya mientras montaba el tapir volador. Ahí, a la usanza maya, está representada su vida. Su hazaña mayor ocurrió en la Tierra de Adentro y su historia ocupa casi toda la gruesa lápida. Se esculpió el nombre de Kukulkán al mismo nivel que el de Hoenir. Están las bestias y la descripción de sus regiones. Un glifo es el de Kaali y otro el de Odín y Thor. El Ygdrassil domina la imagen, pues es la ceiba gigante, la alegoría del mundo de los hombres, de los dioses y de la muerte, pero también de la verdad y la búsqueda de conocimiento. Se ve el poder del rayo, sus efectos sobre el Ejército de la Profecía, y se describe su destrucción entre los ríos de fuego. El Gigante es un monstruo solar. El Munin de la Sangre, un pájaro celestial. Hay runas y serpientes emplumadas que no son otros que los Durgold. Algunos de sus caracteres están copiados de la cabeza de Yatzil. Otros de su pakal. Otros hacen referencia a las Pléyades; es decir, a la Puerta del Escorpión. También están los nombres de Ubu, Sigurd, Gatoka y Vitus. Se lee: "Aquí yace Pakal, quien triunfó en el inframundo y es guerrero de Kukulkán".

V

Un día, Iqui Balam recibió la visita de un Caballero Murciélago.

Iqui Balam lo recordaba. Era Papanquétzal, un destacado guerrero cuyo padre había acompañado a Kukulkán a buscar a los sabios de la Tierra Hueca y quien se había batido con bizarría por la defensa de la Tierra de Adentro.

—Rey Pakal —le hizo una reverencia—, Tigre de la Luna, salvador de Chichenheim, valeroso entre los valerosos, vencedor de ejércitos invencibles, mi señor...

Se incorporó y le hizo entrega de un envoltorio. Explicó:

—Hoenir, mi *jarl*, en el ocaso de su vida, me ha pedido buscarte para pedirte que seas tú el encargado de difundir la Verdadera Profecía.

El Caballero Murciélago marchó a reposar y dejó a Iqui Balam en sus aposentos. Éste desenrolló los pergaminos y leyó:

"Querido Tigre de la Luna. Lo he descifrado al fin. El término del mundo ha de llegar, sin duda alguna, si bien no prontamente, como creíamos. Está escrito que así será, y el remedio, si lo hay, se escapa a mi conocimiento. Te comunico, simplemente, lo que sé. El Sol habrá de rebelarse, se manchará su rostro y largos castigos y tormentos de fuego asolarán el bienestar de quienes, vivientes o no, habitamos la Tierra de Adentro y de Afuera. Será el comienzo del miedo. El desenlace del capricho de la existencia. El gran Bolontikú. Sucederá en un abrir y cerrar de ojos, igual que nuestro paso por estas regiones de lágrimas y alegrías. Todo inició el 4 Ahau 8 Cumkú, cuando del maíz y el soplo divino se creó lo creado y lo increado. Llegó ese soplo desde el corazón del Escorpión, encerrado en las siete almas celestiales. Fuimos hechos para durar, pero todo acaba, como bien lo saben los muertos y los ancianos. Un día, todo culminará. Será el instante donde el ser y el no ser serán consumidos por el frío y la oscuridad. Será la tortura como alimento, la aflicción y el dolor como lo único posible. ¿Hay esperanza? Para nosotros sí, porque no lo veremos. Pasaremos a otra clase de oscuridad y de frío, antes del cataclismo final, cuando los dioses se fatiguen de sostener el viento y las estrellas en su sitio. Nosotros moriremos cuando nos llegue el tiempo. Pero ellos, los seres del porvenir, cuando hayan transcurrido todos los kines que le han sido otorgados a la vida, atestiguarán la llegada de la muerte infinita, del pasmo convertido en vacío. Está ahí, escrito en la Profecía y en la errancia de las cosas del cielo. Todo está ahí, hasta el movimiento mínimo de las ramas mecidas por el viento. Esto ocurrirá. Primero, el gran salón de los espejos, donde habrá de cuestionarse lo que somos, lo que hicimos y lo que no hicimos. Después, comenzará el temblor interno del universo, el enojo de todo lo divino, la vibración que anuncia el cambio súbito. El calor será insoportable. Quemará y arrasará como un castigo por no haber sabido cuidar nuestra casa de ríos y mares, de selvas y jabalíes. Venus hablará con su caminar por el sacbé del cielo, sus 117 giros de vida más veinte, que anuncian los enojos solares. Será el tiempo de la estrella errante, llamada Absinthe. El momento en que el Sol la derribe sobre el mundo. El instante en que el rayo imperial todo lo destruye. Se desatará la bestia y el Ragnarok. Cuatro jinetes vendrán. Se abrirá la séptima estrella, la de la puerta del Escorpión. Algunos, muy pocos, escaparán. La mayoría perecerá en la peor de las noches eternas. Ése es el ciclo de la vida. Cinco mil ciento veinticinco años de paz y luego de destrucción mayúscula. Lo he calculado bien. Es el tzolkín de la nada. Ahí, el tiempo se acaba, los calendarios se detienen, porque no habrá más días, ni Venus, ni seres vivientes, ni otoños. Llegará ese día, en que el verdadero fin se cumple. Hazlo saber en todas partes, para que el mundo se prepare. Ésta es la fecha: el 13 Katún Ahau. Un millón trescientos sesenta y seis mil quinientos sesenta kines, menos veinte, para reflexionar y volver a las enseñanzas de Kukulkán. He ahí la única verdad, la más grande de todas. La verdad de la profecía".

Iqui Balam mandó esculpir en piedra el verdadero anuncio del fin.

Lo hizo en el templo dedicado a su hijo, Chan Bahlum, el de los seis dedos, el mismo que en la hora más negra de los mayas, cuando todo eran rencillas y desolación, condujo a su pueblo a la Tierra de Adentro, donde encontró refugio y una nueva vida.

Así desaparecieron, de repente, los mayas, y así continuó en la Gran Cueva su magnífico legado.

El Tigre de la Luna, el rey Pakal, colocó el designio en lo alto de una estela calendárica. Después de esa fecha, no había más. Se trataba de un glifo con el katún tormenta y la representación del Sol. Era el día de la Profecía, el 13 Katún Ahau.

Corresponde al 22 de diciembre de 2012 de nuestra era.